TABLE FOR TWO

Copyright © 2024 by Amor Towles
Published by arrangement with William Morris Endeavor Entertainment, LLC.
All rights reserved.

Korean translation copyright © 2025 by Hyundae Munhak Publishing Co. Ltd
Korean edition is published by arrangement
with William Morris Endeavor Entertainment, LLC.
through Imprima Korea Agency.

이 책의 한국어판 저작권은 Imprima Korea Agency를 통해
William Morris Endeavor Entertainment, LLC.와 독점계약한 ㈜현대문학에 있습니다.
저작권법에 의해 한국 내에서 보호를 받는 저작물이므로 무단전재 및 복제를 금합니다.

테이블 포 투

에이모 토울스 소설
김승욱 옮김

현대문학

아버지 스토클리 포터 토울스를 기억하며

차례

 뉴욕

줄 서기 ✦ 11
티모시 투쳇의 발라드 ✦ 59
아스타 루에고 ✦ 102
나는 살아남으리라 ✦ 145
밀조업자 ✦ 191
디도메니코 조각 ✦ 241

 로스앤젤레스

할리우드의 이브
  1부 ✦ 311
  2부 ✦ 418

작가의 말 ✦ 590

일러두기
✦ 모든 각주는 옮긴이 주입니다.

줄 서기

1

마지막 차르가 마지막 나날을 보내고 있을 때, 모스크바에서 100마일 떨어진 작은 마을에 푸시킨이라는 농부가 살았다. 푸시킨과 아내 이리나는 비록 자녀라는 축복을 받지 못했지만, 방이 두 개 있는 아늑한 오두막과 몇 에이커의 땅이라는 축복을 누리고 있었다. 두 사람은 처지에 걸맞은 인내와 끈기로 땅을 경작했다. 줄을 맞춰 땅을 갈고, 씨앗을 심고, 곡식을 수확했다. 베틀의 북처럼 땅을 이리저리 오가면서. 하루 일이 끝나면 두 사람은 집으로 돌아가 작은 나무 식탁에서 양배추 수프로 저녁 식사를 하고, 시골 마을의 신성한 잠에 무릎을 꿇었다.

농부 푸시킨은 같은 이름을 지닌 시인처럼 언어를 잘 다루지 못했지만, 영혼에 시인 같은 일면을 지니고 있었다. 그래서 자작나무에 새로 돋은 이파리, 여름의 천둥, 가을의 황금빛을 목격할 때면 자신이 만족스러운 삶을 살고 있음을 가슴으로 느끼곤 했다. 사실 만족감이 워낙 커서 푸시킨은 설사 밭을 갈다가 낡은 청동 랜턴을 발견해서 그 안에 갇혀 있던 지니가 풀려나 세 가지 소원을 들어주겠다고 하더라도 무슨 소원을 빌어야 할지 알 수 없을 정도였다.

그런데 이런 종류의 행복이 정확히 어디로 이어지는지 우리는 모두 알고 있다.

2

러시아의 많은 농부가 그렇듯이, 푸시킨과 아내는 미르, 즉 땅을 빌려주고, 배분하고, 탈곡 경비를 함께 부담하는 공동체에 속해 있었다. 미르의 구성원들은 가끔 한자리에 모여 공통의 관심사를 의논했다. 1916년 봄 어느 날 그런 회합이 열렸을 때, 무려 모스크바에서 온 청년이 나서서 이 나라의 인구 중 10퍼센트가 90퍼센트의 땅을 소유한 것은 정의롭지 못하다고 설명했다. 청년은 자본가가 달콤한 차를 마시고 깃털로 둥지를 장식할 수 있게 해주는 수단들을 상세히 묘사했다. 그리고 그 자리에 모인 사람들에게 잠에서 깨어나, 억압 세력을 누를 국제 프롤레타리아의 필연적인 승리를 향해 자신과 함께 행진하자고 부추기며 말을 맺었다.

푸시킨은 정치적인 사람이 아니었다. 딱히 교육 수준이 높지도 않았다. 따라서 그 모스크바 청년의 말에 무슨 의미가 있는지 다 이해하지는 못했다. 그러나 모스크바 청년이 몹시 열정적인 태도로 수많은 화려한 표현을 사용했기 때문에, 푸시킨은 그 청년의 말이 둥둥 떠서 흘러가는 광경을 마치 부활절 행렬의 깃발을 구경하듯이 즐겁게 지켜보았다.

그날 밤 푸시킨과 아내는 집으로 걸어가면서 모두 말이 없었다. 시간도 늦었고, 섬세한 산들바람이 불고, 풀밭에서는 풀벌레가 합창하고 있으니 푸시킨이 보기에는 더할 나위 없이 완벽한 침묵이었다. 그러나 이리나의 침묵은 달아오른 프라이팬의 침묵과 같았다. 기름 속에 뭔가를 떨어뜨리기 직전의 침묵. 푸시킨이 공중을 떠가는 청년의 말을 지켜보며 즐거워하는 동안 이리나의 의식은 덫처럼 그 말을 붙잡았다. 탁 하고 덫이 닫힐 때처럼 붙잡은 그 말을 놓아줄 생각이 없었다. 사실 청년의 말을 붙잡은 이리나의 아귀힘이 워낙 강해서, 혹시 청년이 그 말을 돌려받고 싶어진다면 덫에 걸린 늑대가 제 발목을 물어뜯듯이 자신의 말을 물어뜯어야 할 터였다.

3

아주 본질적인 격언에서 농부의 지혜를 볼 수 있다. 전쟁이 왔다 가고, 정치가가 일어났다 쓰러지고, 대중의 기세가 부풀었다 이지러질지라도, 결국 밭고랑은 밭고랑으로 남는다. 그래서 푸시킨도 전쟁, 왕정 붕괴, 볼셰비키의 부상을 므두셀라처럼 현명한 시선으로 바라보았다. 낫과 망치가 그려진 깃발이 러시아 대지 위에서 펄럭이게 되었을 때, 그는 다시 쟁기를 들고 평생의 일을 시작할 준비가 되어 있었다. 그러니 1918년 5월 아내가 가져온 소식, 그러니까 두 사람이 모스크바로 이사할 것이라는 소식이 그에게는 날벼락이었다.

"모스크바로 이사라니." 푸시킨이 말했다. "우리가 도대체 왜 모스크바로 가?"

"왜냐고?" 이리나가 발을 쾅 구르며 다그치듯이 물었다. "왜냐고? 때가 왔으니까!"

19세기 소설을 보면 시골에서 자란 아름답고 젊은 아가씨들이 수도의 삶을 동경하는 것은 드문 일이 아니었다. 최신 유행을 보고, 최신 댄스의 스텝을 배우고, 최신 로맨스 책략을 낮은 소리로 의논할 수 있는 곳이 바로 수도 아닌가. 이리나가 모스크바에서 살고 싶어 하는 것도 비슷했다. 공장 노동자들이 한 사람처럼 망치를 휘두르고 집집마다 부엌 문에서 프롤레타리아의 노래가 흘러나오는 곳이 바로 모스크바니까.

"옛날부터 하던 일을 그대로 하려고 왕을 절벽에서 밀어버리는 사람이 어디 있어?" 이리나가 주장했다. "러시아 사람들이 이참에 완전히 미래의 토대를 놓아야 해. 서로 어깨를 맞대고 돌을 하나씩!"

이리나가 이렇게 수많은 말로 자신의 생각을 표현했을 때 푸시킨이 반박했을까? 머릿속에 가장 먼저 떠오른 망설임을 입 밖으로 표현했을까? 그러지 않았다. 그는 조심스럽고 신중하게 반박할 말을 고르기 시작했다.

흥미로운 것은, 푸시킨이 자신의 생각을 정리하면서 바로 이리나가 사용한 말을 그대로 쓰게 됐다는 점이다. '때가 왔다'는 말. 이건 푸시킨에게도 낯선 말이 아니었다. 사실 그는 이 말의 가장 가까운 친척이었다. 어렸을 때부터 그는 아침에 이 말과 함께 일어나고 밤에 이 말과 함께 잠들었다. "씨를 뿌릴 때가 왔어." 봄에는 이 말과 함께 덧창이 열리고 빛이 들어왔다. "수확할 때가 왔어." 가을에는 이 말과 함께 화덕에 불이 지펴졌다. 소젖을 짤 때가, 건초 꾸러미를 만들 때가, 촛불을 끌 때가 왔다는 말도 있었다. 사람이 해와 달과 별처럼 항상 하던 일을 (이참에 완전히가 아니라 또다시) 해야 할 때가 왔다는 뜻이었다.

그날 밤 푸시킨이 침대로 올라가면서 정리하기 시작한 반박의 말은 이런 것이었다. 그는 다음 날 아침 아내와 함께 이슬 맺힌 풀밭 사이를 걸어 밭으로 향할 때도 계속 이 말을 정리했다. 그해 가을 두 사람이 수레에 세간을 싣고 모스크바로 출발할 때도 그는 여전히 이 말을 정리하는 중이었다.

4

10월의 여덟 번째 날에 두 사람은 수도에 도착했다. 길을 나선 지 닷새 만이었다. 두 사람이 덜컹덜컹 대로를 따라 움직이며 받은 인상을 우리가 일일이 장황하게 설명할 필요는 없을 것이다. 전차도, 가로등도, 6층 건물도, 분주하게 북적거리는 사람들과 넓은 상점도, 볼쇼이 극장이나 크렘린 궁전처럼 전설적인 건물도 두 사람에게는 모두 처음 보는 것이었다. 그러니 우리가 일일이 말할 필요가 없다. 이런 광경에 두 사람이 느낀 인상이 완전히 정반대였다고 말하는 것으로 충분하다. 이리나는 이런 광경을 보면서 목적의식, 다급함, 흥분을 느낀 반면, 푸시킨은 그저 당혹스러울 뿐이었다.

도시중심부에 도달한 뒤 이리나는 여독을 풀겠다고 시간을 허비하지 않았다. 푸시킨에게 그 자리에 가만히 있으라고 말한 뒤 주위를 파악하더니 군중 속으로 사라졌다. 첫째 날이 다 가기 전에 이리나는 아르바트 거리에 방 하나짜리 아파트를 구했다. 그리고 차르의 초상화 대신 블라디미르 일리치 레닌의 사진을 반짝반짝한 새 액자에 걸었다. 둘째 날이 다 가기 전에 이리나는 짐을 다 풀어놓고, 말과 수레를 팔았다. 셋째 날에는 붉은별 비스킷 집단공장에서 남편과 자신의 일자리를 구했다.

예전에 에든버러의 크로퍼즈 컴퍼니(1813년 이후 여왕의 제빵사) 소유이던 붉은별 비스킷 집단공장에는 5만 평방피트 규모의 시설과 오백 명의 종업원이 있었다. 경내에는 곡식을 저장하는 사일로 두 개와 자체 제분기가 있었다. 거대한 혼합기가 있는 혼합실, 거대한 오븐이 있는 제빵실, 컨베이어벨트가 비스킷 상자를 대기 중인 트럭 뒤꽁무니까지 곧바로 대령해주는 포장실도 있었다.

이리나에게 처음 할당된 일자리는 제빵사의 조수였다. 그러나 오븐 문이 헐거워졌을 때 멍키렌치 다루는 솜씨를 증명한 덕분에 이리나는 곧장 정비실로 다시 배치되었다. 그러고는 며칠도 안 돼서, 이리나가 굴러가는 컨베이어벨트를 멈추지 않고도 나사를 조일 수 있다는 말이 흔하게 돌아다녔다.

한편 푸시킨은 혼합실에 배치되었다. 노처럼 생긴 주걱이 커다란 금속 통 안에서 벽에 챙챙 부딪혀가며 비스킷 반죽을 섞는 곳이었다. 푸시킨이 맡은 일은 초록불이 반짝일 때마다 각각의 반죽에 바닐라를 첨가하는 것이었다. 그러나 계량컵에 바닐라를 잘 담아두었는데도, 기계 소리에 귀가 먹먹해지고 주걱의 움직임을 보다가 최면에 걸린 것처럼 멍해져서 푸시킨은 바닐라를 붓는 일을 완전히 잊어버렸다.

오후 4시에 시식을 하려고 온 시식 담당관은 굳이 비스킷을 먹어보지 않아도 뭔가 이상하다는 것을 알 수 있었다. 향기만으로도 충분했다. "바닐라 맛이 안 나는 바닐라 비스킷을 어디에 씁니까?" 그는 푸시킨에게 이런 질문을 던지고는, 하루 종일 생산한 비스킷을 개 먹이로 보내버렸다. 그리고 푸시킨은 청소반으로 재배치되었다.

청소반에 간 첫날 빗자루를 든 푸시킨에게 배정된 곳은 널찍한 창고였다. 밀가루 포대가 줄줄이 탑처럼 쌓여 있는 곳. 푸시킨은 그렇게 많은 밀가루를 평생 처음 보았다. 농부가 겨울을 날 수 있을 만큼 풍성하게 곡식을 추수하게 해달라고, 어쩌면 가뭄에 대비해서 곡식을 조금 남길 수 있을 정도면 좋겠다고 기원하는 것은 당연한 일이다. 그러나 창고 안의 밀가루 포대는 너무 크고 너무 높이 쌓여 있어서 푸시킨은 인간을 파이에 집어넣어 요리하는 거인의 부엌에 자기도 모르게 들어간 민담 속 등장인물이 된 기분이었다.

창고의 모습이 아무리 어마어마해도 푸시킨이 맡은 일은 아주 간단했다. 포대가 수레에 실려 혼합실로 운반될 때 바닥으로 흘러나온 밀가루를 모두 빗자루로 쓰는 것.

어쩌면 푸시킨이 도시에 도착한 뒤로 줄곧 흥분한 상태였기 때문인지도 모른다. 어쩌면 푸시킨이 젊어서부터 즐겁게 낫을 휘두르던 기억 때문이었는지도 모른다. 어쩌면 아직 밝혀지지 않은 선천적인 근육 장애 때문이었는지도 모른다. 누가 알겠는가? 어쨌든 푸시킨이 바닥에 떨어진 밀가루를 쓸려고 시도할 때마다, 밀가루는 쓰레받기로 들어가지 않고 공중으로 풀썩풀썩 일어났다. 크고 하얀 파도처럼 일어난 밀가루가 눈가루처럼 푸시킨의 어깨와 머리카락에 내려앉았다.

"아냐, 아냐!" 십장이 푸시킨의 손에서 빗자루를 빼앗으며 고집스럽게 말했다. "이렇게 하라고!" 십장은 몇 번 빠르게 빗자루를 놀려 4평방피트의 바닥을 깨끗이 청소했다. 공중으로 떠오른 밀가루는 단 한 톨도 없었다.

남을 기쁘게 해주고 싶은 마음이 언제나 가득한 푸시킨은 십장의 솜씨를 의사의 도제처럼 열심히 지켜보았다. 그러나 십장이 등을 돌리고 푸시킨이 빗자루를 움직이기만 하면 밀가루가 공중으로 피어올랐다. 결국 청소반에서 사흘을 보낸 뒤 푸시킨은 붉은별 비스킷 집단공장에서 아예 쫓겨났다.

"해고라니!" 그날 밤 이리나가 푸시킨과 함께 사는 작은 아파트에서 소리쳤다. "어떻게 공산주의에서 해고를 당할 수 있어!"

그 뒤로 며칠 동안 이리나가 이 질문의 답을 찾으려고 애썼는지는 모르겠다. 그러나 이리나는 기어를 조정하고 나사를 조이는 일을 계속해야 했다. 게다가 이미 공장의 노동자 위원으로 선출되기까지 했다. 공장에서 이리나는 『공산당 선언』의 구절들을 지체 없이 인용해 동지의 사기를 높여주는 사람으로 유명했다. 다시 말해서, 철저한 볼셰비키였다.

그럼 푸시킨은? 그는 체스판 위의 공깃돌처럼 시내를 굴러다녔다.

5

1918년에 새 헌법이 비준되면서 프롤레타리아 시대의 새벽이 밝았다. 적을 일제 소탕하는 시대, 농업 생산물을 강제 징발하는 시대, 개인 거래가 금지되는 시대, 필수품을 배급하는 시대의 시작이기도 했다. 아니, 뭘 기대했는가? 하얗게 설탕을 입힌 케이크와 하녀가 푹신하게 만들어주는 베개?

이리나는 공장에서 열두 시간 일하고 노동자 위원회에서도 활동해야 했기 때문에 한가한 시간이 단 1분도 없었다. 그래서 어느 날 아침 출근하면서 빵, 우유, 설탕 배급카드를 한가한 남편의 손에 불쑥 쥐여주고 자신이 밤 10시에 퇴근해서 돌아오기 전에 찬장을 채워두라고 단호하게 말했다. 그러고는 나가면서 문을 얼마나 세게 닫았는지 벽에 걸린 블라디미르 일리치가 흔들거릴 정도였다.

계단을 내려가는 이리나의 신발 소리를 들으며 우리의 주인공은 제자리에 가만히 서서 커다랗게 뜬 눈으로 문을 빤히 바라보았다. 이리나가 건물 밖으로 나가 전차를 타러 걸어가는 소리에 귀를 기울이며 그는 꼼짝도 하지 않았다. 전차가 덜컹거리며 시내를 달리는 소리, 이리나가 공장의 문을 씩씩하게 통과하는 동안 들려오는 호루라기 소리에도 귀를 기울였다. 컨베이어벨트가 돌아가는 소리가 들린 뒤에야 푸시킨은 문득 생각난 말을 뱉었다. "그래, 여보." 그러고는 배급카드를 단단히 손에 쥔 채 모자를 쓰고 용감히 거리로 나갔다.

길을 걸으면서 푸시킨은 자신의 임무에 어느 정도 두려움을 느꼈다. 북적거리는 상점에서 모스크바 사람들이 손가락질하고, 고함을 지르고, 이리저리 밀쳐대는 모습이 눈에 보이는 듯했다. 밝은색이 칠해진 상자가 줄줄이 늘어선 벽 앞의 진열대, 카운터에서 원하는 물건이 뭐냐고 물으면서 빨리빨리 하라고 재촉하더니만 엉뚱한 물건을 카운터에 쿵 하고 내려놓으면서 "다음 사람!"이라고 외치는 직원의 모습도 훤히 보였다.

그러니 그가 포템킨 전함 거리의 빵집(그가 들러야 하는 곳 중 첫 번째 장소)에 도착해서 그곳이 탁아소처럼 조용한 것을 보고 얼마나 놀랐을지 상상해보라. 손가락질, 고함, 밀치기 대신 그곳에 있는 것은 줄이었다. 질서정연한 줄. 주로 서른 살에서 여든 살 사이의 여자들로 구성된 그 줄은 상점 문간에서부터 우아하게 길을 따라가다가 모퉁이에서 예의 바르게 휘어졌다.

"여기가 빵집 줄 맞아요?" 푸시킨은 나이가 지긋한 아주머니에게 물었다.

그 아주머니가 미처 대답하기도 전에 가까이에 서 있던 다른 아주머니가 엄지손가락을 힘차게 움직이며 말했다. "줄 끝은 줄 끝이지, 동무. 뒤에서도 가장 뒤."

푸시킨은 고맙다고 인사하고 모퉁이를 돌아 줄을 따라서 뒤에서도 가장 뒤까지 무려 세 블록을 걸어갔다. 얌전히 자리를 잡은 그는 앞에 서 있는 두 여자에게서 모든 손님이 각자 가져갈 수 있는 물건은 검은 빵 한 덩이밖에 없다는 말을 들었다. 두 여자는 짜증을 내며 이 소식을 알려주었지만 푸시킨은 오히려 기운이 났다. 손님 한 사람이 각각 검은 빵 한 덩이밖에 받을 수 없다면, 눈을 가늘게 뜨고 물건을 고를 필요도, 주인이 물건을 쿵 하고 내려놓을 일도 없을 터였다. 그냥 줄을 서서 기다리다가 빵 한 덩이를 받아 집으로 가져가면 될 일이었다. 이리나가 시킨 그대로.

푸시킨이 이런 생각을 하는 동안 젊은 여자가 옆에 나타났다.

"여기가 줄 끝이에요?" 그녀가 물었다.

"맞아요!" 푸시킨은 웃는 얼굴로 소리쳤다. 남에게 도움이 될 수 있는 기회가 반가웠다.

✦ ✦ ✦

그 뒤로 두 시간 동안 푸시킨은 두 블록을 나아갔다.

일부 사람에게는, 아니 어쩌면 대부분의 사람에게, 이렇게 째깍째깍 시간이 흐르는 소리가 한밤중에 수도꼭지에서 물이 똑똑 떨어지는 소리처럼 들릴 것이다. 그러나 푸시킨에게는 아니었다. 줄을 서서 시간을 보내면서도 그는 전혀 불안하지 않았다. 씨앗에서 싹이 나기를 기다리거나 건초의 색이 바뀌기를 기다릴 때와 똑같았다. 게다가 기다리는 동안 그는 주위의 여자들을 자신이 가장 좋아하는 대화에 끌어들일 수 있었다.

"날씨가 정말 좋지 않아요?" 그는 네 여자에게 말했다. "햇볕이 이보다 화창할 수 없고, 하늘도 이보다 더 파랄 수 없을 거예요. 하지만 오후에는 비가 조금 내릴 것 같기도 한데……."

'날씨 얘기라니!' 여러분이 눈을 부릅뜨고 이렇게 외치는 소리가 들리는 것 같다. '그가 가장 좋아하는 대화가 이거라고?!'

그래, 그래, 나도 안다. 하느님 아버지가 어느 나라를 향해 미소를 지으실 때, 평균 소득이 올라가고 먹을 것이 풍부하고 군인들은 막사에서 카드 게임이나 하며 시간을 보낼 때, 그럴 때에는 날씨 얘기만큼 생색을 내며 들어줘야 하는 주제가 없는 것 같다. 만찬 파티와 오후의 티타임에서 자주 이런 이야기를 꺼내는 사람은 지루한 사람으로, 심지어는 견디기 힘든 사람으로 평가된다. 비가 내릴 가능성에 대한 이야기는 상상력이나 지능이 모자라서 최신 문학, 영화, 국제 정세, 그러니까 간단히 말해 시대를 논할 수 없는 사람에게나 어울릴 것 같다. 그러나 사회가 혼란스러울 때에는 날씨 이야기가 그렇게 반갑지 않은 것만은 아닌 듯…….

"어머, 맞아요." 여자들 중 한 명이 웃는 얼굴로 맞장구를 쳤다. "날씨가 정말 좋아요."

"하지만……." 다른 여자가 말했다. "성당 뒤편에 걸린 구름을 보니 비가 내릴 거라는 말이 맞을지도 모르겠네요."

순식간에 시간이 좀 더 빨리 흐르는 것 같았다.

그날 오후 1시에 푸시킨은 (빵 한 덩이를 외투 안에 간수한 채) 막심 고리키 거리로 향했다. 지시에 따르면 그곳에서 설탕을 구해야 했다. 상점이 가까워지자 다시 번뜩 불안감이 들었지만, 이번에는 아주 미약한 희망 한 줌이 불안감을 물리쳤다. 그렇게 목적지에 도착한 그가 본 것은? 세상에나, 또 줄이었다!

오후 시간이었으므로 식료품점 앞의 줄은 아까 빵집 앞의 줄보다 당연히 더 길었다. 그러나 12시 15분부터 12시 45분까지 정말로 내린 비 덕분에 거리가 서늘해지고 공기도 상쾌해졌다. 푸시킨이 가까이 다가가자 아까 빵집 줄에서 만난 두 여자가 그에게 친절하게 손을 흔들었다. 그래서 그는 그럭저럭 편안한 마음으로 자신의 자리를 찾아 줄을 섰다.

푸시킨이 서 있는 곳 맞은편에 마침 차이코프스키 음악학교가 있었다. 러시아 전역을 통틀어 신고전주의 건축양식을 훌륭하게 보여주는 건물이었다.

"저 건물이 정말 멋지지 않아요?" 푸시킨은 자신과 마찬가지로 줄 끝에 선 할머니에게 말했다. "기둥 꼭대기에 소용돌이처럼 생긴 걸 보세요. 처마 아래의 작은 조각상들은 또 어떻고요." 이 동네에 40년 넘게 살면서 저 건물 앞을 수천 번 지나갔어도 이렇다 할 생각을 해본 적이 없는 할머니는 자세히 살펴보니 건물이 정말로 멋지다고 인정할 수밖에 없었다.

이렇게 해서 식료품점 줄에서 보내는 시간도 조금 빨리 흐르기 시작했다. 사실 시간이 워낙 빨리 흘러서 푸시킨은 오후가 다 저물어가는 것을 거의 알아차리지 못했다……

그날 밤 이리나가 집에 돌아왔을 때 푸시킨은 너무나 불안한 심정으로 문 옆에 서 있었다. 이리나가 그를 보는 순간 예상했다는 듯 한숨을 내쉴 정도였다.

"이번엔 또 무슨 일이야?" 그녀가 다그치듯 물었다.

그래도 감각이 있어서 푸시킨은 날씨가 좋다든가 음악학교 건물이 훌륭하다든가 밖에서 친절한 여자들을 만났다는 이야기를 하지 않고, 빵과 설탕을 받기 위한 줄이 너무 길어서 우유 줄을 설 시간이 없었다고 아내에게 설명했다.

푸시킨은 노력했다는 증거로 빵과 설탕을 내밀면서 아내가 이를 악무는 것, 눈썹을 아래로 내리는 것, 주먹을 쥐는 것을 보았다. 그러나 최악의 상황을 각오하는 와중에도, 아내의 눈동자가 방황하는 것이 보였다. 이리나는 간단한 일 세 가지조차 해내지 못한 남편, 그리고 여기에 암시된 공산주의의 결함 때문에 갑자기 갈등해야 하는 처지가 되고 말았다. 푸시킨에게 화를 내야 할까? 그렇게 하면 빵과 설탕과 우유를 구하기 위해 줄을 서야 하는 상황을 받아들일 수 없다고 어떤 식으로든 인정하는 것이 될까? 만약 남편의 머리를 때린다면, 동시에 혁명도 어느 정도 때리는 꼴이 될까? 살다 보면, 1 더하기 1이 쉽사리 2가 되지 않을 때가 있다.

"잘했어, 남편." 결국 이리나는 이렇게 말했다. "우유는 내일 구하면 되지."

그 순간 푸시킨은 엄청난 기쁨을 느꼈다. 사랑하는 사람에게 봉사하고 그들의 인정을 받는 것, 이보다 더 복잡하게 인생을 살 필요가 있는가?

6

줄을 서서 기다리는 것 외에 선택의 여지가 없다면 함께 줄을 설 사람은 바로 푸시킨이라는 사실을 모스크바 시민들이 깨닫는 데에는 시간이 오래 걸리지 않았다. 워낙 온화한 성품을 지닌 그는 촌스럽지도 않고 건방을 떨지도 않았다. 자기 생각만 늘어놓지도 않고 재수없게 굴지도 않았다. 일단 날씨가 좋다는 이야기와 건물이 아름답다는 이야기를 하고 나면, 그는 주로 자녀에 대해 물었다. 어찌나 진심으로 관심을 보이는지, 자녀가 성공했다는 이야기가 나올 것 같은 기미만 보여도 그의 눈이 만족감으로 밝아졌고 조금이라도 좌절했다는 이야기가 나올 것 같으면 눈물이 글썽해졌다.

한편 푸시킨은 도시 생활에 점점 만족하고 있었다. 아침에 일어나면 달력을 흘깃 보면서 이런 생각을 했다. '아, 화요일이구나. 빵집에서 줄을 설 때가 왔어.' '벌써 28일이야? 야쿠스키 거리로 가서 차를 받는 줄을 설 때가 또 왔네.' 이런 식으로 이렇다 할 일 없이 몇 달이 몇 년이 되고 몇 년이 몇십 년이 되었겠지만, 1921년 겨울에 예상치 못한 일이 생겼다.

문제의 그날 오후에 푸시킨은 세 시간을 기다려 양배추 한 통을 받은 뒤 실 두 타래를 구하기 위해 트베르스카야 거리의 작은 백화점으로 가서 줄을 서려고 했다. 그런데 그때 양배추 줄 끝에서 지인이 그를 불렀다. 네 아이를 기르는 서른 살의 여자가 아주 걱정스러운 얼굴을 하고 있었다.

"나데즈다!" 우리의 주인공이 소리쳤다. "무슨 일이에요?"

"우리 막내 때문에요." 여자가 대답했다. "열이 39도 가까이 돼요. 식구들이 먹을 수프를 끓이려면 양배추 한 통이 필요한데, 여기보다는 약국 앞에 줄을 서야 하는 게 아닌가 싶네요." 푸시킨은 이 가엾은 여자가 느끼는 불안감을 자신의 표정으로 고스란히 표현했다. 하늘에 떠 있는 해의 위치(건물들 지붕 뒤로 살짝 기울어져 있었다)를 확인해보니, 나데즈다가 두 곳에서 모두 줄을 설 시간은 없을 것 같았다. 푸시킨은 두 번 생각하지도 않고, 나데즈다 뒤쪽의 여자 여덟 명(모두 몸을 앞으로 기울여 두 사람의 대화를 듣고 있었다)을 바라보았다.

"당신이 약국에 다녀오는 동안 내가 당신 자리를 맡아줘도 이 친절한 부인들은 괜찮다고 하실지 몰라요. 오늘이 화요일이니까 약국 줄이 그리 길지 않을 거예요. 사샤의 약을 구한 뒤에 서둘러 돌아와서 이 자리에 다시 줄을 서면 돼요."

만약 여러분이나 내가 이 간단한 의견을 내놓았다면, 틀림없이 다들 말도 안 되는 소리라는 표정을 지으며, 줄은 줄이지 마음대로 탔다 내렸다 할 수 있는 회전목마인 줄 아느냐고 말했을 것이다! 그러나 여덟 명의 여자들은 모두 푸시킨과 함께 줄을 서면서 그의 온화한 성품을 경험한 적이 있었다. 그래서 젊은 아기 엄마가 서둘러 달려가는 동안 아무런 이의 없이 푸시킨에게 자리를 내어주었다.

푸시킨의 예상대로 약국 앞에 줄을 선 사람은 서른 명뿐이었다. 손에 약을 들고 계산대에 도달했을 때 나데즈다는 갑자기 착한 마음이 샘솟아서 밝은색 막대사탕 한 봉지에 돈을 쓰고 말았다. 양배추 줄로 돌아가 자신의 원래 자리에 선 뒤에는 푸시킨의 반대를 이겨내고, 감사의 표시로 그 사탕을 꼭 가져가라고 고집을 피웠다.

7

격변의 시대에는 불꽃이 튀듯이 고아들이 생겨난다. 그라인더와 금속이 만날 때마다 눈부신 호선을 그리면서 공중으로 솟아오른 불꽃은 길바닥에 떨어졌다가 한 번 튀어올라 사라지거나 건초 속에 떨어져 연기를 피워 올린다. 1923년 어느 아침에 그렇게 소외된 아이 한 명(페탸라는 소년)이 폐쇄된 성당의 차가운 돌계단에 앉아 있었다. 무릎에 팔꿈치를 괴고 손바닥으로 턱을 받친 자세로 그는 길 건너편에 빵을 구하려고 늘어선 줄을 멍하니 지켜보았다.

잘 모르는 사람이 보기에 빵 줄은 소년에게 희망적인 곳처럼 보일지도 모른다. 줄을 서서 기다리는 사람 대부분이 아이를 기르는 여자들이 아닌가. 따라서 엄마 잃은 아이에게 거의 확실하게 동정심을 느낄 것 같았다. 뭐, 그럴 수도 있겠지. 하지만 페탸가 경험으로 터득한 바에 따르면, 빵 줄에 서 있는 여자들은 손을 내밀고 다가오는 소년의 귀를 비틀어버렸다.

그런데 그날 아침 페탸는 여자들의 줄이 앞으로 나아가는 모습을 잘 훈련된 개처럼 경계하면서도 체념한 표정으로 바라보다가 특이한 모습에 시선을 빼앗겼다. 줄 앞쪽 근처에 있던 한 남자가 옆의 여자들과 붙임성 있게 수다를 떨고 있었는데, 머리에 노란색 스카프를 두른 젊은 주부가 품에 봉투를 하나 안고 모퉁이를 돌아 나타났다. 그녀가 다가오자 남자는 모자를 벗어 그녀에게 따뜻하게 인사하더니 줄에서 벗어나 그녀에게 자기 자리를 내주었다.

줄을 서고 있는 아주머니들이 툭하면 고아의 귀를 비트는 사람들인 만큼, 그 젊은 주부가 쉽사리 잊지 못할 질책을 당할 것이 분명했다. 하지만 여자들은 소리를 지르지도, 주먹을 흔들어대지도 않았다. 오히려 그 젊은 주부에게 공간을 만들어주었다. 그러고는 남자가 다시 모자를 쓰고 그들 모두에게 작별 인사를 하자 젊은 주부가 봉투 안에서 말린 소시지 한 줄을 꺼내 남자에게 내밀었다. 그것을 보고 남자는 이러실 필요 없다는 몸짓을 하며 사양했다. 그러나 젊은 주부가 고집을 피우자(그래, 고집이었다!) 남자는 겸손하게 고마워하며 소시지를 받아들고 다시 모자를 벗어 인사했다.

페탸는 앉은 자세를 바꿔 허리를 꼿꼿이 세우고는 줄 뒤쪽의 어떤 여자가 남자를 부르는 모습을 지켜보았다. 여자가 손가락으로 여기저기를 가리키며 하는 이야기를 남자는 확실히 공감하며 듣고 있었다. 그러다가 그가 고개를 끄덕이자 여자는 재빨리 어디론가 달려갔고, 남자는 자연스럽게 여자의 자리를 차지했다.

페탸는 결국 그날 하루를 그 성당 계단에서 다 보내고 말았다. 그 시간 동안 그는 남자가 줄에서 세 번 자리를 옮겨 다니며 세 여자의 자리에 서 있다가 소시지 한 줄, 콩 통조림 하나, 설탕 두 컵을 받는 것을 보았다!

마침내 빵집 주인이 문을 닫아걸고 남자도 집으로 향하자 페탸는 부지런히 그의 뒤를 쫓아갔다.

"이봐요, 모자 벗는 아저씨." 페탸가 소리쳤다.

푸시킨은 조금 놀라서 고개를 돌려 아이를 내려다보았다.

"날 부른 거니?"

"아저씨가 아니면 누구겠어요? 있잖아요, 난 이 도시에서 평생 살았거든요. 그래서 말로 꼬시는 사람들을 볼 만큼 봤어요. 근데 아저씨는 무슨 사기를 치는 거예요?"

"사기?" 푸시킨이 물었다.

페탸는 세상 물정을 잘 아는 사람답게 눈을 가늘게 뜨고 계속 밀어붙이려고 했지만, 쉰 살의 기관원이 숨이 턱에 차서 나타났다. 뱃살 때문에 조끼가 팽팽한 것을 보니, 빵 양면에 버터를 잘 발라 먹을 수 있는 사람인 모양이었다. 그런데도 그는 그 모자 벗는 아저씨를 결코 함부로 대하지 않았다.

"푸시킨! 아이고, 다행이다! 자네를 놓쳤나 싶었어!"

버터 바른 빵 아저씨는 페탸의 존재를 알아차리고, 푸시킨의 어깨를 한 팔로 감싸며 그의 몸을 90도 돌려세우더니 낮은 목소리로 말을 이었다.

"정통한 소식통이 그러는데, 내일 오후에 굼 백화점의 조명부에 전기램프가 들어온다네. 말할 필요도 없이, 나는 거의 종일 회의에 참석하잖아. 내가 갈 때까지 자네가 내 자리를 좀 잡아줄 수 있을까?"

까치발로 서서 오른쪽으로 몸을 기울인 페탸는 더할 나위 없이 진지하게 귀를 기울이던 푸시킨이 갑자기 유감스러워서 죽겠다는 표정을 짓는 것을 보았다.

"크라코비츠 동지, 죄송하지만 벌써 마리아 보레브나에게 약속을 해버렸어요. 마리아가 남편의 영명축일을 위해 무화과를 구하려고 가스트로놈 No.4 식료품점에 가 있는 동안 정육점에서 줄을 서 주기로요."

크라코비츠가 어찌나 크게 실망하며 어깨를 축 늘어뜨렸는지, 조끼 단추가 거의 터질 것 같았다. 그러나 그가 돌아서려는 순간 페탸가 끼어들었다.

"푸시킨 동무, 저 신사분이 전깃불도 없이 회의를 준비하시게 할 수는 없잖아요! 제가 조수로서 정육점 줄을 대신 서드릴 수 있을 것 같으니까, 동무는 굼 백화점으로 가세요."

"그래, 그렇지!" 크라코비츠의 얼굴이 내일 구하고 싶다던 램프처럼 환해졌다. "어떤가, 푸시킨?"

그렇게 해서 그다음 날 푸시킨이 굼 백화점에서 줄을 서는 동안, 페탸는 정육점에서 줄을 섰다. 나중에 자신의 자리를 찾으려고 나타난 마리아 보레브나는 감사의 표시로 페탸에게 무화과 한 줌을 주었다.

"네게 과일을 나눠주다니 마리아는 정말 친절하구나." 페탸가 굼 백화점으로 와서 상황을 보고하자 푸시킨은 이렇게 말했다. "확실히 네 노력으로 받은 거니까 가져도 돼." 그러나 페탸는 그럴 생각이 전혀 없었다. 그는 노동을 하는 사람은 자신이지만, 사업 계획은 푸시킨의 것이라는 근거로 무화과를 절반씩 나눠야 한다고 고집을 피웠다.

그렇게 시작되었다. 일주일도 안 돼서 페탸는 하루에 두세 번씩 줄을 서게 되었고, 그 덕분에 푸시킨도 전보다 두세 번 더 줄을 설 수 있었다. 직업 정신이 강한 페탸는 푸시킨과 똑같이 행동하려고 공을 들였다. 다시 말해서, 짜증스러운 기색을 조금도 드러내지 않왔다는 뜻이다. 그보다는 날씨와 길 건너편 건물에 대해 이야기하고, 상대의 자녀에 대해 묻고, 상황에 따라 고개를 끄덕이며 맞장구를 치거나 안됐다는 듯 고개를 저었다. 그리고 헤어질 때는 항상 모자를 벗어 인사했다. 이런 방식으로 페탸는 푸시킨의 대리인으로 금방 인정받고, 줄을 서는 모든 여자들에게서 푸시킨과 똑같이 따뜻한 환대를 받았다.

8

사과나무가 잘 자라는 땅이 있다면, 몇 세대도 지나기 전에 온갖 종류의 사과나무가 다닥다닥 자랄 것이다. 시를 쓰기에 좋은 동네가 있다면, 온갖 종류의 시인들이 곧 나란히 앉아 시를 끄적일 것이다. 소련 모스크바의 줄도 그러했다. 언제든 도시 전역에서 중요한 물건을 구하기 위한 줄, 잡화를 구하기 위한 줄이 보였다. 버스를 탈 때도, 책을 살 때도 줄을 서야 했다. 아파트를 얻기 위한 줄, 학교 배치를 위한 줄, 노조 가입을 위한 줄도 있었다. 그 시절에는 무엇이든 가치가 있는 물건을 구하려면 줄을 서서 기다려야 했다. 그러나 온갖 종류의 줄 중에서도 페탸가 특히 눈독을 들인 것은 엘리트를 위한 줄이었다.

푸시킨을 만나기 전에 페탸는 세상에 줄 같은 건 없다고 생각했다. 남의 어깨를 밟고 올라서는 게 결국 그런 의미 아닌가? 단번에 줄에서 해방되려고? 그러나 남들이 모두 줄을 서서 구하는 물건을 위해 줄을 설 필요는 없다 해도, 엘리트는 엘리트 나름대로 줄을 서야 하는 이유가 있었다. 그들은 남의 것보다 더 큰 아파트를 원했다.

승용차와 운전기사를 원했다. 정부情婦에게 줄 모피 코트와 시 외곽의 별장을 원했다.

주석이 달린 『자본론』을 읽지 않아도, 더 값진 것을 원하는 사람은 소원이 이루어졌을 때 더 큰 감사를 표시할 가능성이 높다는 것을 알 수 있었다. 그러나 별장을 한 덩어리 떼어주거나 캐시미어 외투를 잘라줄 수는 없으므로, 엘리트들은 현찰로 감사를 표시하는 경향이 있었다.

그래도 길든 짧든, 생선 줄이든 새고기 줄이든, 모스크바에는 푸시킨과 페탸의 발로 감당할 수 있는 것보다 더 많은 줄이 있었다. 그래서 페탸는 동료를 몇 명 모았다. 그 뒤에 몇 명 더 모았다. 그렇게 해서 1925년 무렵 푸시킨의 밑에서 일하는 열 명의 소년이 서른 곳에서 줄을 서고, 각자 감사의 표시를 위로 올려보냈다.

9

인류의 적응력은 유명하지만, 향상된 생활 형편만큼 인간이 빨리 적응하는 것은 없다. 그래서 사회질서를 뒤집는 데(즉 특권층의 패배와 프롤레타리아의 승리에) 마음과 영혼을 다 바치려고 모스크바에 온 이리나도 세월이 흐르면서 자신의 꿈을 이룰 수 있는 최선의 방법이 무엇인지 점점…….

이런 진화가 자연스럽게 시작된 것은 1921년에 처음 받은 그 막대사탕 한 줌부터였다. 푸시킨이 한 손에는 양배추를, 다른 손에는 사탕을 들고 집으로 돌아왔을 때, 이리나는 힘들게 번 돈을 애들이나 먹는 사탕에 썼느냐고 아주 탈탈 털 듯이 호되게 한마디 할 준비가 되어 있었다. 그러나 푸시킨이 어떻게 사탕을 얻었는지 설명하자, 이리나도 뭐라고 할 말이 없었다. 어려움에 처한 아이 엄마를 위해 기꺼이 줄을 대신 서준 남편의 행동은 속속들이 동지적인 것처럼 보였다. 게다가 그가 사탕을 받을 것이라고 미리 기대하지도 않았으므로, 그에게 못된 술수를 썼다는 낙인을 찍기도 어려웠다. 그래서 이리나는 남편을 탈탈 터는 일을 다음으로 미뤘다. 며칠 뒤 푸시킨이 소시지를 들고 돌아왔을 때, 이리나는 잠시 머뭇거리다가 이것 역시 전적으로 옳은 행동이라며 고개를 끄덕였다. 사회가 공산주의로 성공적으로 이행하면 모두가 소시지를 조금 더 갖게 될 것이라고 레닌도 예언하지 않았던가.

소시지가 외투로, 외투가 현찰로 진화하자, 이리나는 공산주의의 또 다른 성취를 점차 인정하게 되었다. 남편의 변화를 통해서. 시골에 살 때 이리나는 항상 남편이 기운도, 뜻도, 감각도 없는 사람이라고 생각했다. 그러나 그건 그냥 그렇게 **보였을** 뿐이라는 사실이 점차 분명해졌다. 볼셰비즘 덕분에 구체제의 준準농노 신세에서 해방된 남편은 상당한 재능을 지니고 있음이 드러났다. 주부와 과부가 필요한 물건을 구하는 데 도움을 줄 뿐만 아니라, 많은 고아를 사실상 입양하다시피 해서 생산적인 시민으로 변화시킨 것이다! 이리나는 약간의 도덕적 만족감을 느끼며, 소시지를 팬트리에, 외투를 벽장에, 현찰을 책상 맨 아래 서랍에 간수했다.

그러던 1926년 어느 날, 마침 주택부 국장이던 크라코비츠 동지가 푸시킨에게 프랑스산 샴페인 한 상자를 구하는 줄을 대신 서달라고 부탁했다. 푸시킨이 성공적으로 물건을 구해왔으나, 크라코비츠 동지는 감사의 표시로 샴페인 한 병을 내주기가 너무 싫었다. 그래서 펜을 한 번 놀려, 니키츠키 타워스의 널찍한 아파트 한 채를 푸시킨에게 배정해주었다. 모스크바 강변에 새로 지어진 최신 주택 단지의 아파트였다.

그날 밤 푸시킨이 집으로 돌아와 이리나에게 사정을 설명했을 때, 이리나는 침착하게 생각해보았다. 공산주의가 모두에게 똑같은 삶을 보장한다는 것은 흔한 오해였다. 어쨌든 그녀의 생각은 그런 방향으로 흘렀다. 공산주의가 실제로 보장해주는 것은, 혈통과 행운 대신 국가가 나서서 공익을 꼼꼼히 따져본 뒤 누구에게 무엇이 돌아갈지 결정한다는 점이었다. 이 간단한 원칙에 따라, 많은 국민의 공익을 위해 남보다 더 많은 역할을 하는 동무가 더 많은 자원을 마음대로 처리할 수 있게 되는 것은 논리적인 결과였다.《프라우다》의 편집자이자 농민의 투사이며, 메트로폴 호텔 방 네 개짜리 스위트룸에 살고 있는 니콜라이 부하린에게 한번 물어보라!

반박할 수 없는 이 논리를 통해, 이리나는 자신들의 생활 형편이 나아진 것은 자연스러운 흐름이라는 것을 알게 되었다. 그녀는 이제 푸시킨을 **남편** 동무로 부를 때가 많았다.

10

푸시킨의 영혼에 깃든 시인이 한때 새싹과 여름비에 바치는 시를 썼다면, 이제 그의 시는 지붕에 앉은 비둘기와 덜컹덜컹 지나가는 전차를 노래했다. 다시 말해서, 이리나와 함께하는 푸시킨의 생활이 예전처럼 몹시 만족스러워져서 더 이상 바랄 것이 없어졌다는 뜻이다. 1929년 5월 2일까지는 그러했다.

그 주 일찍 내무인민위원부NKVD가 지식인 다섯 명을 한꺼번에 잡아들여 형사법 제58조의 반혁명 활동 혐의로 신속하게 유죄를 선고했다. 이 반역자들이 시베리아로 향하고 있을 때, 한 팀이 그들의 소책자, 일기, 서적을 모두 모아서 시청 소각장으로 가져오라는 명령을 받고 그들의 아파트로 파견되었다. 그런데 인쇄물을 가득 실은 쓰레기 처리 트럭이 트베르스카야 거리에서 전속력으로 좌회전할 때 원심력 때문에 우연히 잡지 한 권이 공중으로 날아올라 두 번 공중회전을 한 뒤, 마침 그 순간 인도에서 차도로 내려서려던 우리의 주인공 발 앞에 떨어졌다.

푸시킨은 글을 그리 좋아하는 편이 아니었으므로 그냥 잡지를 밟고 가던 길을 계속 가려고 했으나, 휘리릭 펼쳐진 페이지의 기사가 왠지 그의 시선을 끌었다. 그래서 그는 허리를 숙여 잡지를 주워 들었다. 그다음에는 좌우를 한 번씩 번갈아 살핀 뒤 그 페이지를 찢어 겉옷 안에 감췄다.

15분 뒤 집에 도착한 푸시킨은 이리나를 불렀다. 그렇게 대답이 없는 것을 확인하고 안방으로 가서 문을 닫았다. 그러나 문이 닫혀 있으면 아내가 집에 오더라도 소리를 들을 수 없다는 것을 깨닫고 다시 문을 열었다. 그 뒤에야 그는 침대에 앉아 겉옷 속에서 그 종이를 꺼냈다.

기사는 영어로 되어 있는 것 같았다. 푸시킨이 말할 줄도 읽을 줄도 모르는 언어였다. 따라서 그의 관심을 끈 것은 글이 아니었다. 그의 시선을 붙잡은 것은 기사와 함께 실려 있는 커다란 흑백사진이었다. 하얀색 긴 드레스를 입고 목걸이를 두 줄로 늘어뜨린 젊은 여성이 긴 의자에 누워 있는 사진. 머리는 금발이고, 눈썹은 가늘고,

섬세한 입술은 어두운 색이었다. 간단히 말해서, 그녀는 푸시킨이 지금껏 본 적이 없는 최고의 미인이었다.

하지만 그녀는 혼자가 아니었다.

한 팔로 머리를 받친 채 미소를 지은 그녀는 카메라를 등지고 앉은 남자를 바라보고 있었다. 턱시도를 입고, 한 손에는 술잔을 들고, 손이 닿는 곳에 담배 한 개비를 둔 남자였다.

평생 처음으로 부러움이 푸시킨의 가슴을 찔렀다. 부러운 것은 이 젊은 커플의 부유함이 아니었다. 뉴욕이라는 전설적인 도시에 있는 것 같은 이 우아한 테라스에서 두 사람이 공유하고 있는 매력적이고 평온한 분위기도 아니었다. 그 아름답고 젊은 여성이 함께 있는 남자를 향해 보여주는 미소가 부러웠다. 푸시킨은 평생을 통틀어 이렇게 아름다운 여자가 이런 식으로 자신에게 미소를 지어주는 일을 상상조차 한 적이 없었다.

그 뒤 몇 주 동안 푸시킨은 집에 돌아오면 문을 살짝 열어두고 침대에 앉아 지갑에서 그 사진을 꺼내 다시 바라보았다. 전에는 미처 알아차리지 못한 것이 눈에 들어올 때가 많았다. 테라스 가장자리를 따라 자라고 있는 하얀 장미라든가, 여자의 팔목에서 반짝이는 팔찌라든가, 그녀의 날씬한 발이 신고 있는 하이힐 같은 것들. 밤늦게 잠이 오지 않을 때면 푸시킨은 자신이 바로 의자에 앉은 그 남자가 되어 있는 상상을 자기도 모르게 하곤 했다. 손이 닿는 곳에 담배 한 개비를 두고 한 손에 술잔을 든 채 하얀 드레스를 입은 아름답고 젊은 여자의 미소를 받고 있는 남자가 바로 그였다.

몇 달 뒤 푸시킨이 수프용 뼈를 사려고 줄을 서고 있을 때, 그의 앞자리에 세르게이 리트비노프라는 50대 후반의 신사가 있었다. 신사는 다가오는 가을에 대해 푸시킨과 의견을 교환한 뒤, 자신이 인근 초등학교에서 일한다는 말을 우연히 하게 되었다. 거기서 바닥 청소를 맡고 있다고 했다.

"세상에." 푸시킨이 소리쳤다. "저도 예전에 바닥 청소를 한 적이 있어요!"

"그래요?" 리트비노프도 푸시킨만큼 들뜬 목소리로 말했다. 두 사람이 종잇조각과 밀가루의 공기역학적 차이에 대해 토론하는 동안 시간이 빠르게 흘렀다. 그러다 푸시킨이 리트비노프에게 처음부터 청소부였느냐고 묻자, 그는 엄숙한 표정으로 변해서 고개를 저었다. 전쟁 전 수십 년 동안 그는 어느 정도 명성이 있는 초상화가였다고 했다. 사실 그의 초상화 두 점이 트레티야코프 미술관에 걸린 적도 있었다. 그러나 그가 주로 그린 사람들이 귀족이었으므로, 1920년에 모스크바 예술인 조합은 그를 미학적으로 믿을 수 없는 사람으로 평가해 화가 면허증을 회수했다. 그래서 생계를 위해 그는 청소부가 되었다.

"결국 빗자루는 아주 커다란 붓이 아니겠소?" 리트비노프가 빙긋 웃는 얼굴로 말했다.

푸시킨은 트레티야코프 미술관에 가본 적이 없었다. 아니, 따지고 보면 어느 미술관에도 간 적이 없었다. 그러나 성화와 성상 앞에 무릎을 꿇은 적이 많으므로, 그때마다 사람의 얼굴을 그토록 진짜처럼 상세하게 그려내는 예술가의 능력에 감탄하곤 했다. 그런 재능이 있는데도 더 이상 사용할 수 없게 되었다는 말을 들으니 가슴이 아파서 푸시킨은 리트비노프에게 화가 나지는 않느냐고 물어볼 수밖에 없었다.

리트비노프는 다시 미소로 답했다.

"내가 이렇게 살게 된 지 9년이 됐어요. 분노에 인생을 넘겨주기에는 긴 세월이오."

그는 잠시 생각에 잠겼다가 말을 이었다.

"우리 할머니가 즐겨 하시던 말씀이 있지. 살면서 무엇을 선택하든 자기 몫을 반드시 해야 한다고. 화가의 삶이 누군가의 눈에는 가볍게 보일지 몰라도, 나는 초상화의 주인공을 앞에 두고 완성된 그림의 베일을 걷은 뒤 그 사람의 표정을 볼 때마다 내가 할머니의 말씀대로 살고 있다는 걸 알 수 있었소. 이봐요, 내가 아까 빗자루를 붓에 비유한 건 반만 농담이었소. 이건 나한테도 놀라운 일인 것 같은데, 학교에서 방금 청소한 복도를 아이들이 뛰어다니는 걸 볼 때면 내가 내 몫을 하고 있다는 기분을 다시 느끼거든."

푸시킨은 **도량**이라는 단어를 잘 몰랐지만, 이 화가 겸 청소부와 이야기할 때 바로 그것이 느껴진다는 점을 충분히 알 수 있었다. 그래서 헤어질 때 그 어느 때보다 깊은 찬탄을 담아 그와 악수했다.

그러나 30일 뒤 푸시킨과 우연히 다시 마주친 리트비노프는 30년쯤 나이를 먹은 것 같았다. 어떤 학부모가 지역 교육위원회에 불만을 제기했다는 모양이다. 차르의 친구들을 그리던 화가가 아이들로 가득한 학교에서 일하고 있다고. 그다음 날 경찰이 리트비노프의 작은 아파트를 수색했고, 그는 루비안카*로 끌려가 사흘 동안 구금된

✦ 비밀경찰 본부.

채 심문을 받았다. 결국 무혐의 처분을 받았는데도, 리트비노프는 학교로 돌아온 뒤 결근을 이유로 교장에게 질책을 들었다. 그가 쓰레기통을 비우는 동안 그와 잡담을 나누곤 하던 교사들도 입을 다물어버렸다. 그러나 무엇보다 힘든 것은, 예전에 복도에서 그가 손을 흔들면 마주 손을 흔들어주던 학생들이 이제는 그의 시선을 피한다는 사실이었다.

"1917년에 내 동료들이 이젤을 접고 파리로 도망칠 때 나는 고개를 저었소. '우리 동포들의 얼굴을 그리는 것이 우리 소명이야. 동포들의 변덕과 근심, 미덕과 악덕을 모두 그려야지. 그 사람들이 멋들어진 콧수염을 길렀든 뾰족한 염소수염을 길렀든 우리한테 무슨 문제겠어?' 나는 이렇게 말했지. 그때는 그렇게 말했어요. 하지만 지금은······."

리트비노프는 잠시 말이 없었다. 그러고는 무거운 마음으로 인정했다. 학교에서 청소를 하면서 한 손에는 작은 여행 가방을, 다른 손에는 밝은 노란색 카드를 들고 기차역에 서 있는 백일몽을 꾸기 시작했다고. 밝은 노란색 바탕에 진홍색 스탬프가 찍힌 카드.

푸시킨이 눈을 크게 떴다.

"성바실리대성당 모양의 스탬프 말입니까?"

"그래요." 리트비노프가 살짝 부끄러운 기색으로 시인했다. "국외여행국 스탬프."

◆ ◆ ◆

모스크바의 모든 줄 중에서 가장 손에 잡히지 않고, 가장 힘들고, 가장 넘볼 수 없는 줄은 바로 국외여행국으로 이어지는 줄이었다.

소련 밖으로 나가는 비자를 신청하는 곳. 그 줄이 어디 있는지 찾는 것만도 상당히 어려운 일이었다. 국외여행국이 크렘린 내부 깊숙한 곳, 계단을 두 번 올라가고 세 번 내려가서 오른쪽 왼쪽으로 계속 방향을 꺾으며 한참 걸어가다 보면 나오는 좁은 복도에 있기 때문이었다. 그 복도에는 똑같이 생긴 문이 마흔 개나 있었다.

운 좋게 이 미로를 잘 빠져나와서 국외여행국을 찾아내더라도, 안에 들어가면 직원이 연필 한 자루와 20쪽 분량의 서류 양식을 주면서 줄의 맨 뒤를 가리켰다. 당연히 서류에는 신청자의 이름, 주소, 직업, 생년월일뿐만 아니라 교육적인 배경, 종교적인 가정교육, 사회적인 출신성분도 모두 적어야 했다. 게다가 가족 전원의 이름, 부칭父稱, 애칭을 모두 기입하고, 그들의 나이, 성별, 직업도 적어야 했다. 신청자의 병력, 질환, 치료 이력도 필요하고, 원고로든 피고로든 증인으로든 사법체계와 관련된 적이 있는지도 밝혀야 하고, 소득원과 저축액 등도 적어야 했다. 이 철저한 조사서의 맨 끝에는 주관식 질문이 있었다. 당신이 여행하려는 나라는 어디인가? 그 나라에 간 적이 있는가? 간 이유는? 이번에는 그곳에 가려는 목적이 무엇인가? 그보다 더 중요한 질문은, 애당초 왜 소련을 떠나려 하는 건가!

며칠의 기다림(그건 상관없었다. 어차피 서류를 작성하는 데 여러 날이 걸리기 때문에) 끝에 작은 창구 앞에 도달하면 그곳에 신청서를 제출할 수 있었다. 창구 직원은 답변의 철저함, 명확성, 필체 등을 고려해서 신중하게 신청서의 점수를 매겼다. 만약 점수가 D나 F라면, 축하할 일이었다. 신청서가 갈기갈기 찢기고 신청자는 다시 줄의 맨 뒤로 가야 하니까. 점수가 B나 C라면, 직원이 새로운 연필을 주면서 신청서를 어떻게 수정해야 하는지 알려주었다. 뒤에서는 사람들이 잔뜩 기다리고 있는데. 하지만 첫 번째 시도에서 흠잡을 데 없이 신청서를 작성한 소수의 행운아는 안쪽 사무실로 안내되었다. 그 사무실에는 심사관이 해당 신청자의 신청서를 들고 작은 철제 책상에 앉아 있었다.

심사관은 서류의 맨 앞에서부터 시작해서 서류에 이미 있는 질문을 하나도 빼지 않고 다시 던졌다. 답변에 차이가 있는지 알아보기 위해서인 것 같았다. 심사 도중 언제라도 심사관이 눈썹을 치뜨거나 짧게 기침을 하면 다시 밖으로 나가 줄의 맨 뒤로 가야 한다는 신호일 수 있었다. 그러나 이 면담에서 살아남으면, 서류를 위층으로 보내 몇 명인지 밝힐 수 없는 검사관들의 심사를 받는 동안 기다리라는 지시가 떨어졌다. 모든 검사관이 서류에서 문제의 소지가 있는 부분을 찾지 못했다는 뜻으로 자신의 이름 첫 글자를 적어야만 서류가 심사관의 책상으로 되돌아와 진홍색 스탬프를 받을 수 있었다. 소련의 문을 잠시 열어주는 도장이었다.

대부분의 신청자가 당연히 비자 발급을 거절당하지만, 일가족 전원이 정치국의 암묵적인 축복을 받아 이 방법을 통해서 파리나 런던으로 갔다는 유명한 이야기들이 있었다. 그러나 이 소수의 행운아가 무슨 근거로 여행을 허가받았는지는 밝혀지지 않았다. 공산주의자로서 기록에 티끌 하나 없고 베를린에 가족이 있다는 이유로 여행을 허락받은 사람이 있는가 하면, 공산주의자로서 기록에 티끌 하나 없고 베를린에 가족이 있다는 이유로 비자 발급을 거절당한 사람도 있었다. 당신이 과학자라서 또는 과학자가 아니라서, 근면한 사람이라서 또는 근면하지 않아서, 유대인이라서 또는 유대인이 아니라서 비자가 발급될 수도 있고 거부될 수도 있었다. 어떤 결정이 내려질지 도저히 예측할 수 없기 때문에 지하의 잠겨 있는 방에서 카니발 때 볼 수 있는 것과 비슷한 화려한 바퀴 열 개가 아침마다 돌아가며 그날의 비자 발급 기준 열 가지를 결정한다는 소문이 돌 정도였다!

"그래요." 리트비노프가 살짝 부끄러운 기색으로 시인했다. "국외여행국 스탬프."

푸시킨은 새로운 친구가 된 그의 표정을 유심히 살펴보았다. 그러고는 곧 이렇게 말했다. "모스크바에서 청소를 할 수 없게 되었다면, 파리에서 그림을 그려야죠."

리트비노프는 푸시킨의 응원에 고마운 표정으로 미소를 지었으나, 곧 슬픈 얼굴로 고개를 저었다.

"거기서 줄을 서는 데에는 몇 주가 걸릴 수도 있다고들 하지. 그런데 스피츠키 교장은 내가 한 번이라도 더 '결근'하면 즉시 해고하겠다고 분명히 말했소."

"제가 대신 줄을 서드릴 수 있어요."

"아, 정말 마음씨 착한 친구로군. 하지만 그 줄이 어디 있는지 아는 사람도 없는걸."

"제가 정확히 알아요. 게다가……." 푸시킨은 더할 나위 없이 만족스러운 기분으로 말을 이었다. "우리 모두 자기 몫을 해야죠!"

12

국외여행국의 줄은 푸시킨이 지금까지 서본 어떤 줄보다 조용했다. 그곳에 모인 사람들이 워낙 초조한 상태라서, 기분 좋게 대화를 하려고 시도할 때마다 즉시 찌푸린 표정이 돌아왔다. 푸시킨은 사흘을 침묵 속에 보낸 뒤, 순전히 시간을 때우기 위해 국외여행국의 악명 높은 서류를 작성해보기로 했다.

그런데 막상 해보니 얼마나 즐겁던지!

소련을 떠날 생각이 전혀 없는 푸시킨은 자신의 답변이 정치적으로 어떻게 보일지 조금도 불안하지 않았다. 오히려 모든 질문이 과거의 따뜻한 일을 되새겨보라는 초청장처럼 보였다. 고골리츠키 마을에서 보낸 유년 시절에 그는 형에게서 덫으로 토끼 잡는 법을 배웠고, 어머니는 빨래를 널면서 노래를 부르곤 했다. 그러나 무엇보다 반가운 질문은 직업 경험에 관한 것이었다. 푸시킨은 자신과 이리나가 어떻게 땅을 갈아 작물을 수확했는지 설명했다. 어스름한 연보라색 빛 속에서 집으로 돌아가면 양배추 수프가 작은 식탁에서 기다리고 있었다는 이야기도 썼다. 얼마나 아름다운 시절이었는지! 사실 푸시킨이 말하고 싶은 추억이 너무 많아서 글자가 여백을 채우다 못해 뒷장으로까지 넘어갔다. 마침내 마지막 질문(왜 소련을 떠나려 하는가?)에 이르렀을 때, 그는 주저 없이 답했다. 그럴 생각 없음.

◆ ◆ ◆

줄을 선 지 18일 뒤에 푸시킨은 다음 날 정오에 창구에 도달할 것 같다는 좋은 소식을 리트비노프에게 알렸다.

"내가 8시에 가겠소!" 리트비노프가 고마워하면서 다짐했다.

그러나 다음 날 8시에 리트비노프는 나타나지 않았다. 9시에도,

10시에도, 11시에도. 창구 직원이 벨을 울리며 "다음 사람!"을 외친 11시 35분에도 나타나지 않았다.

푸시킨은 어떻게 해야 할지 알 수 없어서 문을 뒤돌아보았지만, 그의 뒤에 서 있는 사람이 그를 밀어버리는 바람에 비틀거리며 창구로 나아갔다.

"빨리 와요." 창구 직원이 말했다. "여기서 하루를 보낼 거예요? 서류나 줘요."

그 순간 푸시킨에게 리트비노프의 서류가 있었다면 직원에게 주었을 것이다. 그러나 리트비노프는 자신의 답을 다시 확인하고 싶다면서 전날 저녁에 신청서를 가져가버렸다. 그래서 어쩔 수 없이 푸시킨은 자신이 시간을 때우려고 작성한 신청서를 꺼냈다.

창구 직원은 푸시킨이 서류를 주머니에 넣으려고 반으로 접은 것을 보고 오만상을 찌푸렸다. 직원은 서류를 접수대에 놓고 일부러 과장된 몸짓으로 매끈하게 펴는 시늉을 했다. 서류를 접는 건 선을 넘는 짓임을 모든 신청자에게 보여주는 행동이었다. 서류가 잘 펴진 뒤 그는 연필을 들어 푸시킨의 답변을 검토하기 시작했다. 아주 작은 실수라도 곧바로 잡아챌 참이었다. 그러나 서류를 읽으면서 직원은 자기도 모르게 고개를 끄덕였다. 답변이 뒷장까지 이어진 부분(원래는 서류를 찢어버려야 하는 규정 위반)에 이르렀을 때에는 한숨을 내쉬었다. 분노의 한숨이 아니었다. 그 페이지에 별을 하나 그려 넣을 만큼 감상적인 만족감이 깃든 한숨이었다. 그러나 맨 마지막 질문에서 직원은 놀란 표정으로 시선을 들어 푸시킨을 보았다.

"110번 질문을 작성하지 않았어요."

푸시킨은 직원만큼 놀란 표정으로 서류를 내려다보았다.

"110번 질문요?"

"네." 직원이 말했다. "가고 싶은 곳을 말해야 하는 질문이에요."

그 질문을 그냥 뛰어넘었음이 분명한 푸시킨은 뭐라고 대답해야 할지 알 수 없었다. 단 한순간도 그 질문을 생각한 적이 없기 때문이었다. 기대에 찬 직원의 시선을 받으면서 푸시킨은 머릿속을 뒤졌다. 이리나가 항상 흑해에 가보고 싶어 했던 기억이 있는 것 같았지만, 그건 소련 영토에 있는 곳이고……. 그의 다음 차례인 남자가 발로 바닥을 탁탁 두드리는 소리가 확실하게 들려오기 시작하자, 푸시킨은 생각하기가 더욱더 어려워졌다. 그때 갑자기 지갑 속에 들어 있는 젊고 아름다운 여자가 생각났다.

"뉴욕시?" 그가 조심스럽게 말했다.

직원은 푸시킨의 말을 전혀 반박하지 않았을 뿐만 아니라, 해당 칸에 직접 답을 적어 넣기까지 했다. 그러고는 손짓으로 옆방을 가리켰다. 한 시간쯤 뒤 문이 열리고, 푸시킨은 심사관실이 아니라 이 부서의 부서장에게 인도되었다. 눈밑의 살이 늘어지고 몸집이 상당히 묵직한 부서장이 푸시킨에게 앉으라는 신호를 보냈다. 일반적인 절차에 따르면, 부서장이 푸시킨의 서류를 맨 처음부터 검토하며 그가 간과한 부분이나 답변이 달라진 부분을 찾아내야 했다. 그러나 그는 열네 번째 페이지를 펼쳤다.

"지금까지 당신이 경험한 노동을 내게 다시 말해보시오, 괜찮다면."

푸시킨은 답변을 적을 때 사용한 문장들을 굳이 외워두지 않았지만, 사실 그럴 필요가 없었다. 지금까지 살아온 인생을 통해 이미 외워두었기 때문이다. 그래서 그는 자신과 이리나가 고랑마다 땅을 어떻게 갈았는지 부서장에게 다시 설명했다. 황혼 녘의 풀벌레 소리와 추수를 앞둔 황금빛 곡식에 대해서도 이야기했다. 우크라이나의 밀밭에서 자란 부서장은 신이 만든 손마디 중에 감상적인 것과는 가장 거리가 먼 손마디로 눈에서 눈물 한 방울을 훔쳤다. 그러고는 종이를 몇 장 휙휙 넘겨서 푸시킨이 고골리츠키에서 보낸 어린 시절 이야기를 펼치더니, 서류를 푸시킨 쪽으로 휙 돌려서 한 질문을 손가락으로 톡톡 두드렸다.

"여기." 그가 말했다. "이걸 읽어보시오."

그는 의자에 등을 기대고 눈을 감았다. 추억을 하나씩 들려주는 푸시킨의 이야기에 더욱 세심하게 귀를 기울이기 위해서였다.

크렘린 지하의 화려한 바퀴 열 개가 그날 아침 빙글빙글 돌다가 어떤 기준에 안착했는지 누가 알겠는가? 어쨌든 푸시킨은 의자에서 일어날 때 부서장의 악수와, 양 뺨에 하는 키스와, 성바실리대성당 모양의 스탬프를 받았다.

13

빵과 설탕은 구했지만 우유는 구하지 못한 그 첫날 이래로, 푸시킨은 계단에서 들리는 이리나의 발소리에 이렇게 떨어본 적이 없었다.

이리나는 문을 열고 들어오자마자, 뭔가 문제가 있음을 알아차렸다. 남편의 표정이, 질질 끌리는 남편의 발이, 아내에게 하루를 잘 보냈느냐고 묻는 태도가 알려주었다. 세 번이나 묻는 것이.

"이미 두 번이나 대답했듯이, 오늘 하루는 생산적이었어." 이리나가 대답했다. "당신은 어땠어? 왜 손을 등 뒤로 돌리고 있는 거야?"

"등 뒤? 아, 그렇지, 있잖아, 아까 계단을 두 번 올라가고 세 번 내려가서 오른쪽 왼쪽으로 계속 방향을 꺾으며 한참 걸어갔는데 그 끝에, 그냥 어쩌다 보니까, 내 잘못은 전혀 없는데……."

"그래서, 그래서?"

푸시킨이 쏟아내듯 이야기를 들려주었다. 화가 겸 청소부인 리트비노프와의 우정, 자기 몫을 다하는 것의 중요성, 유난히 조용한 국외여행국, 시간을 때우려고 무릎까지 올라오는 풀밭의 풀벌레 이야기를 서류에 쓴 것.

이리나는 혼란스러운 얼굴로 남편을 빤히 바라보았다. 리트비노프라는 사람은 누구고 화가 겸 청소부는 또 뭐지? 올라가고 내려가고 오른쪽 왼쪽으로 가는 사무실이 뭐야? 게다가 풀벌레가 이 일과 무슨 상관인데?

더 이상 무슨 말을 덧붙여야 할지 알 수 없게 된 푸시킨은 그냥 등 뒤에 있던 양손을 앞으로 돌려 밝은 노란색 카드를 내밀었다. 이리나가 그것을 채갔다. 그 카드로 인해 아내가 불같이 화를 낼 것이라고 푸시킨이 겁을 먹었다면, 그것은 틀린 생각이 아니었다. 카드 맨 위에 '비자 신청서'라는 글자가 타자기로 찍혀 있는 것을 본 이리나의 뺨이 점점 빨갛게 변했다. 신청자 이름 중에 자신의 이름도 있는 것을 보았을 때에는 귀가 빨갛게 되었다. 신청한 목적지가 '뉴욕시'로 되어 있는 것을 보았을 때에는 심장 속에서 절절 끓던 피가 손끝 발끝까지 이르렀다. 그러나 끓어오르는 피가 혈관 속을 질주하는 와중에도, 그녀의 머릿속에서는 일련의 생각이 고속으로 지나가며 남편을 후려치고 싶다는 본능을 억제해주었다.

첫째, 남편의 자질에 대한 재평가가 있었다. 한때 목적도 상상력도 없이 빈둥거리던 남편은 볼셰비키 이상理想의 완전한 화신임을 증명했다. 지칠 줄 모르고, 단 하나의 목적을 위해 매진하고, 유능하다는 점이 그러했다. 그러니 모든 훌륭한 볼셰비키를 대할 때와 마찬가지로, 남편의 행동도 일단은 좋게 해석해보아야 했다. 그다음에는 크렘린의 스탬프에 대한 이리나의 깊은 존경심이 있었다. 이 도장은 과수원의 사과처럼 아무렇게나 굴러다니는 것이 아니었다. 언뜻 그렇지 않은 것처럼 보일지라도, 이 스탬프가 여기 찍혔다는 것은 누군가가 서류를 꼼꼼히 검토한 뒤 볼셰비키의 대의와 완벽히 일치한다는 평가를 내렸다는 확인이었다. 그러나 승리의 순간이 이렇게 가까이 다가왔는데 소련을 떠난다고 생각하니, 그것도 심지어 뉴욕으로 간다고 생각하니, 이건 정말로 변절이 아닌가?

이리나는 답을 구하기 위해 남편을 바라보지 않고, 벽에 걸린 사진을 보았다. 엄숙한 애정이 깃든 눈으로 그녀의 시선을 받고 있는 혁명의 아버지가 그녀에게 일깨워주었다. 전 세계의 모든 노동자가 사회주의 형제애로 단결해야만 프롤레타리아의 승리가 올 것이라고. 볼셰비키의 의도는 처음부터 러시아에 발판을 마련한 뒤, 전 세계로 이 운동을 퍼뜨리는 것이었다. 그리고 뉴욕시에 대해 생각해보니, 쇳조각을 가공하고 싶을 때에는 용광로 한복판에 그 쇳조각을 불쑥 집어넣는 것보다 좋은 방법이 있겠는가?

"좋아." 이리나의 주먹에서 피가 물러갔다. "아주 좋아, 남편 동무."

탄탄하기 그지없는 추론으로 이런 결론에 도달한 이리나는 여행 가방 한 개에는 두 사람의 옷을 넣고 다른 한 개에는 현금을 넣어 짐을 싼 뒤, 지체 없이 떠나자고 제안했다. 사실 이리나가 뼛속 깊이 철두철미한 볼셰비키인지는 몰라도, 바보는 아니었다. 운명의 여신이 이리나의 영리한 본능을 인정해주기라도 한 것처럼, 그녀와 푸시킨이 여행 가방을 들고 건물 밖으로 나왔을 때 길가에 리무진 한 대가 한가로이 서 있었다.

14

전쟁 전에 모스크바에서 트럭 운전기사로 일할 때 막시밀리안 샤포시니코프는 도시의 승용차 운전기사들을 낮잡아 보았다. 그들의 공손한 태도와 웃기게 생긴 검은 모자만으로도 무시당해 마땅하다고 생각했다. 그러나 공산주의 치하에서 그는 승용차 운전기사의 삶에 이점이 있음을 금방 알아차렸다. 구체적으로 말해서, 운 좋게 부지런한 당원(새벽부터 해가 질 때까지 일하는 것이 일상이고 때로는 밤까지도 일하는 사람)을 모시게 된다면 그 차를 운전기사 마음대로 쓸 수 있는 시간이 아주 많았다. 이 새로운 러시아에는 암시장 상인, 매춘부, 그리고 한 지점에서 다른 지점으로 이동해야 하는 중요 인물이 언제나 있었다. 이 중요 인물들은 멋들어지게 이동할 자격이 있었으며, 그 특권의 대가를 기꺼이 치르는 사람들이었다. 샤포시니코프가 바로 조금 전 니키츠키 타워스에서 그런 고객을 한 명 내려주었을 때, 푸시킨과 이리나가 건물 안에서 나왔다.

부부를 본 샤포시니코프는 조금도 망설이지 않고 웃기게 생긴 검은 모자를 쓴 뒤 차에서 내렸다.

"안녕하십니까, 동무들." 그가 소리쳤다. "여행을 떠나시는 모양입니다. 차가 필요하신가요?"

이리나가 남편을 바라보았다.

"이 사람한테 역으로 가자고 해. 난 위층에 두고 온 것이 있어."

이리나가 벽에 걸어두고 온 레닌의 사진을 가지러 올라간 뒤 푸시킨은 자신들이 기차를 타러 기차역으로 가는 중이라고 샤포시니코프에게 설명했다.

"레닌그라드행 야간열차인가요?"

"아이고, 맞아요."

"장기 체류?"

"아뇨. 우리가 레닌그라드로 가는 건 사실 브레멘행 배를 타기 위해서예요. 거기서 다시 증기선을 타고 뉴욕으로 갑니다."

막시밀리안 샤포시니코프가 모스크바에서만 살았다 해도 세상 물정을 모르지는 않았다. 니키츠키 타워스에 사는 부부가 짐을 가득 넣은 여행 가방 두 개를 들고 브레멘으로 가서 미국행 증기선을 탄다면 답은 하나뿐이었다. 과실을 수확할 때가 됐다는 것.

"아, 바다 여행이라." 샤포시니코프는 향수 어린 미소를 지으며 말했다. 바다를 본 적도 없으면서. "바다를 건너가는 표는 벌써 구하셨습니까……?"

"아직 기차표도 없어요."

샤포시니코프는 가슴을 부풀리며 모자를 고쳐 썼다.

"신의 섭리가 오늘 선생에게 미소를 짓고 계십니다. 레닌그라드까지 적당한 기차표를 구해줄 수 있는 사람을 내가 마침 알거든요. 바다를 건너갈 적당한 선실을 구해줄 사람도 알고요." 전체적으로 거짓말은 아니었다. 트럭 기사로 일하던 시절 샤포시니코프가 안면을 익힌 사람들 중에 지금은 소련의 부두와 기차역에서 일하는 사람이 많았다.

기차역에서 샤포시니코프는 완벽한 집사장의 능력을 보여주었다. 이리나에게 편안하게 앉을 자리와 차 한 잔을 구해주고, 가방을 맡을 짐꾼도 구해주었다. 그리고 푸시킨을 기차표 담당자(침대칸에서 일등급 자리를 구해줄 사람)와 수석 차장(식당칸에서 일등급 자리를 확보해줄 사람)에게 소개해주었다. 게다가 레닌그라드의 친구들에게도 연락해서 미국까지 건너갈 배의 표와 짐꾼과 선실을 최고급으로 살펴달라고 부탁하기까지 했다. 샤포시니코프는 기회가 생길 때마다 도와준 사람들에게 감사의 뜻을 어떻게 표시해야 좋은지도 푸시킨에게 살짝 알려주었다.

이렇게 여정이 매끈하게 준비된 상태로 푸시킨과 이리나는 1929년 10월 24일 브레멘에 도착해 배다리를 올라갔다. 뱃고동이 세 번 울리고, 색종이 조각이 부두에 비처럼 쏟아지고, 난간에 선 사람들이 모자를 흔드는 가운데 증기선이 바다로 출발했다. 뉴욕의 주식시장이 가파른 추락을 시작하던 바로 그 순간이었다.

15

이리나는 자신을 잘 알았다. 자신의 능력뿐만 아니라 언제 무슨 일을 해야 하는지도 알았다. 그러나 자신이 뱃멀미를 한다는 사실은 알지 못했다. 바다가 처음 크게 부풀어오르는 순간 뱀 한 마리가 그녀의 뱃속으로 스르르 들어와 빙글빙글 돌고 또 도는 것 같았다. 그래서 대서양을 건너는 동안 그녀는 베개와 화장실 변기 사이를 오가며 대부분의 시간을 보냈다.

푸시킨이 차갑게 적신 천을 들고 이리나를 간호하겠다고 나섰다. 그러나 남편이 계속 자신에게 관심을 쏟는다면 이 여행이 끝없이 길게 느껴질 것을 너무나 잘 아는 그녀는 배 안을 샅샅이 돌아다니며 자유롭게 즐기라고 남편을 고집스레 밀어냈다. 비록 처음에는 망설였지만 푸시킨은 정확히 이리나가 시킨 대로 했다.

한없이 펼쳐진 바다 풍경, 네 개의 코스로 이뤄진 식사, 술집의 재즈밴드는 당연히 즐거웠다. 그러나 그가 무엇보다 좋아한 것은 이 여객선의 승무원들이었다. 푸시킨이 보기에는 승객 한 명당 승무원 두 명이 붙어서 승객이 편안히 여행할 수 있게 열심히 돌보는 것 같았다. 아래층에는 객실 담당 메이드, 선실 보이, 남성 직원이 있었다. 식당에는 급사장, 웨이트리스, 그리고 높은 흰색 모자를 쓰고 쇠고기를 자르는 사람이 있었다. 위층에는 좌석을 마련해주는 훌륭한 젊은 남자들과 차를 가져다주는 훌륭한 젊은 여자들이 있었다. 푸시킨은 그들 모두에게 자신의 고마움을 표현할 기회가 아주 많은 것이 무엇보다도 기뻤다. 그 기쁨을 얼마나 누렸는지, 닷새 뒤 아침 7시에 푸시킨 부부가 뉴욕에 내렸을 때 짐꾼이 필요하지 않을 정도였다. 여행 가방 한 개가 텅 비었으니까.

16

"텅 비다니!" 웨스트사이드 부두의 여객터미널에 남편과 함께 서서 이리나가 소리쳤다. "텅 비다니!"

푸시킨이 모스크바에서 뉴욕까지 여행하는 동안 기꺼이 자신을 도와준 수많은 친절한 사람들을 열거하기 시작하자 이리나는 기가 막힌 표정으로 그를 빤히 바라보았다. 당혹스럽고, 믿을 수가 없었다. 힘겹게 번 적잖은 돈을 외국의 문턱에서 상냥한 늑대 무리에게 나눠주는 사람이 제정신인가? 누가 그런 짓을 하지?

하지만 이리나는 금방 답을 찾아냈다. '네가 결혼한 남자. 그 남자야!'

오, 남편이 변한 줄 알았을 때 얼마나 좋았던가. 수십 년 동안 이렇다 할 목적도 없이 살던 그가 목적과 상상력이 있는 사람임을 증명한 줄 알았지. 이 남자와 결혼한 것이 그리 잘못된 판단은 아니라고 생각했지. 얼마나 달콤한 생각이었는지. 설탕을 뿌리고, 초콜릿을 녹여서 입히고, 커스터드 크림을 채운 푹신한 빵 같은 생각이었어.

'하지만 그렇게 변신한 사람이 없는 것도 아니잖아.' 이리나의 마음속에서 작은 목소리가 연민을 담아 외쳤다. '사람은 변할 능력이 있는 것 아니야?' 이리나는 남편에게 소리치는 것으로 이 질문의 답을 대신했다. "물고기가 새가 될 리가 없지." 그러고는 아무 말 없이 터미널 밖으로 나갔다.

"거북이가 코끼리가 되겠어?" 그녀가 초자연적인 속도로 부두를 따라 걸으며 외치는 소리가 들렸다. "나비한테 수염이 생기겠어?" 이렇게 동물에 빗대서 상식을 말하는 데 너무 몰두한 나머지, 그녀는 주위 풍경에 거의 주의를 기울이지 않은 채 고가철도 아래를 지나 로어웨스트사이드의 거친 동네에 들어섰다.

"이제 어쩌지?" 그녀는 허공을 향해 물었다.

그러다 10번 애비뉴와 16번가가 만나는 모퉁이에 이르렀을 때 걸음을 멈췄다. 몇 걸음 앞에서 셔츠 차림의 여자 한 명이 벽에 기대어 외로이 담배를 피우고 있었다. 길 건너편에서는 어느 건물의 하역장 문 앞에서 많은 사람이 밀치락달치락했다. 한 번 흘깃 본 것만으로도 이리나는 무리 지은 사람들의 정체를 알아차렸다. 허름한 옷차림과 결의에 찬 얼굴을 보니 알 수 있었다. 이 사람들과 모스크바 공장 노동자 사이의 유일한 차이점은 세계 곳곳에서 온 사람들이 여기 모여 있는 것 같다는 점뿐이었다. 아프리카인과 아시아인, 독일인과 이탈리아인, 아일랜드인과 폴란드인이 다 있었다. 자신이 우연히 맞닥뜨린 이 광경이 무엇인지 궁금해서 이리나는 시선을 들었다가 건물 옥상의 광고판을 보았다. 태양만 한 크기의 황금색 원반이 거기에 그려져 있었다.

갑자기 하역장 문이 드르륵 올라가고, 멜빵바지 차림의 남자가 무장 경비원 두 명을 거느리고 서 있는 모습이 드러났다. 무리 속 사람들이 하나같이 입을 모아 소리치며 손을 흔들어대기 시작했다. 멜빵바지 남자가 잠시 그들을 훑어보다가 손가락으로 여기저기를 가리켰다.

"저 남자, 저 여자, 저 여자, 저 남자……."

그가 골라낸 사람들이 경비원의 손짓을 받고 안으로 들어갔다. 힘든 하루 일을 할 수 있는 특권을 부여받은 사람들이었다. 나머지 사람들은 과거에 자존심을 삼켜버렸듯이 실망감을 삼켜야 했다.

하역장 문이 쾅 하고 내려왔을 때, 셔츠 차림의 여자는 이제 벽에 한가로이 기대어 서 있지 않았다. 담배를 길에 던져버린 그녀가 지나가는 프롤레타리아들에게 일일이 종이를 한 장씩 나눠주며 빠른 말투로 다급하게 몇 마디 말을 했다. 지나가면서 전단지를 흘깃 보기만 하는 노동자도 있고 주머니에 쑤셔 넣는 노동자도 있었지만, 땅바닥에 그냥 버리는 사람이 많았다. 거센 바람 한 줄기가 거리를 휩쓸자, 바람에 휘말려 온 전단지 한 장이 이리나의 발 앞에 떨어졌다.

비록 거기에 적힌 글자는 전혀 읽을 수 없어도, 글 한복판에서 단호하면서도 현명한 표정으로 그녀를 빤히 바라보는 얼굴은 다른 누구도 아닌 블라디미르 일리치 레닌의 것이었다. 겨우 며칠 전 소련의 혁명이 일종의 발판 역할을 하게 될 것임을 그녀에게 일깨워준 바로 그 사람.

이리나는 전 세계에서 온 사람들이 떠나가는 모습을 지켜보았다. 아니나 다를까, 고향의 스카프를 머리에 쓴 젊은 여자 두 명이 보였다. 이리나는 뛰듯이 길을 건너가며 그 두 사람을 불렀다.

"이봐요! 자매님들! 러시아어 해요?"

두 여자가 걸음을 멈췄다.

"러시아어 알아요."

"방금 미국에 도착했어요. 여긴 어디에요?"

"내셔널 비스킷 사예요." 한 사람이 대답하고, 다른 사람은 그냥 옥상을 가리켰다.

이리나는 양손으로 전단지를 꼭 쥔 채, 두 여자가 동료들을 따라 도시중심부로 들어가는 모습을 지켜보았다. 그러고는 다시 시선을 들어, 건물 위에 거대한 태양 모양으로 탑처럼 우뚝 솟아 있는 비스킷을 다시 보았다. 그때 갑자기, 확고한 무신론자인데도, 그녀는 하느님이 자신을 정확히 왜 이리로 데려왔는지 깨달았다.

17

그럼 우리 친구 푸시킨은 어떻게 되었을까?

이리나가 터미널 밖으로 나가버렸을 때, 푸시킨은 재빨리 주위를 살핀 그녀가 시내로 들어가서 새 아파트를 구한 뒤 자신을 데리러 올 것이라고 생각했다. 모스크바에 도착한 첫날 그랬던 것처럼. 그래서 그는 기다렸다. 사방에 돌아다니는 사람이 많으니까, 이리나가 두고 떠난 자리에 계속 남아 있어야 그녀가 돌아와서 자신을 찾을 수 있을 것 같았다.

그 뒤로 몇 시간 동안 다른 승객들은 각자 여행 가방을 챙겨 가족들과 인사를 나눴다. 택시가 왔다 가고, 짐꾼들이 흩어지고, 터미널은 텅 비었다. 그런데도 이리나는 도무지 나타나질 않았다. 한번은 부두에서 그녀가 여기가 어딘지 잘 모르는 사람처럼 두리번거리는 모습이 보인 것 같았다. 푸시킨은 "이리나!"라고 소리치며 밖으로 뛰어나갔다. "이리나, 이리나!" 그러나 그녀를 쫓아가 어깨를 잡고 보니, 우연히 아내와 옷차림이 비슷한 낯선 사람이었다. 실망한 푸시킨은 기다리던 자리로 돌아왔으나, 여행 가방 두 개가 있던 자리에 한 개만 남아 있었다. 물론 텅 빈 가방 쪽이었다.

푸시킨은 어떤 지친 여행자가 실수로 여행 가방을 잘못 가져갔으려니 싶어서 다시 부두로 나갔다. 정말로 중절모를 쓴 남자가 그의 가방과 비슷한 것을 들고 걸어가고 있었다.

"잠깐만요." 푸시킨이 분주한 도로를 건너가는 그 남자에게 소리쳤다. "잠깐만요!"

남자에게 소리가 들리지 않는 것 같아서 푸시킨은 자동차가 조금 적어지기를 기다렸다가 서둘러 그의 뒤를 쫓아갔다. 첫 번째와 두 번째 교차로에서는 모자를 쓰고 가방을 든 남자가 앞에서 걸어가는 모습이 아직 보였다. 그러나 세 번째 교차로에 이르렀을 때는 남자가 이미 사라지고 없었다. 걸음을 멈춘 푸시킨이 좌우를 살펴보니 마침 모자 쓴 남자가 대로를 건너 골목으로 들어가는 것이 보였다. 그래서 푸시킨도 최대한 빠른 속도로 길을 건너 골목으로 들어갔더니, 갑자기 타임스 광장이 나왔다. 신호등이 번쩍거리고, 지하철 때문에 땅이 울리고, 자동차들이 꽝꽝 경적을 울리고, 수많은 남자들이 남북으로 바삐 움직였다. 그들 모두가 중절모를 쓰고 있었다. 겁에 질린 채 대로를 달려가던 푸시킨은 갑자기 아차 싶어서 오던 길로 돌아갔다. 하지만 이제는 여행 가방뿐만 아니라 자신이 통과한 골목조차 보이지 않았다. 다시 말해서, 길을 잃은 것이었다.

금방이라도 눈물이 날 것 같아서 푸시킨은 친구 리트비노프가 보여주던 금욕적인 태도를 흉내 내려고 했다. 그러고는 계단 두 개를 내려가고 세 개를 올라간다는 말을 중얼거리며 다른 사람들과 보조를 맞춰 걷기 시작했다.

모스크바의 모든 줄에서 푸시킨은 건축에 대해 최고의 감각을 지닌 사람으로 유명했지만, 브로드웨이를 걷고 있는 지금은 박공벽 하나도 눈에 들어오지 않았다. 헤럴드 광장에서도 김벌스 백화점과 별관을 이어주는 구름다리를 전혀 알아차리지 못했다. 매디슨 광장에서는 별난 모양의 플래티론 건물을 눈에 담지 못했다. 오후 5시에 시청 공원에 들어섰을 때는 울워스 건물의 존재를 알아차리지 못했다. 바로 얼마 전까지만 해도 그곳이 세계에서 가장 높은 건물이었는데도!

어느 벤치에 무너지듯 앉으며 푸시킨이 알아차린 것은 날이 너무 춥고 자신은 배가 고프다는 사실이었다. 겨울 외투와 스카프를 미국으로 가져오는 선견지명을 발휘하기는 했으나, 둘 다 여행 가방 안에 있었다. 배에서 아침 식사를 푸짐하게 먹었다고는 해도, 그 뒤로 틀림없이 열두 시간은 지났을 터였다. 마치 그 짐작을 확인해주듯이, 인근의 시계탑이 6시 종을 울리기 시작했다.

푸시킨은 몸을 덥히려고 대충 손바닥을 마주 비비고 포석이 깔린 바닥을 발로 쾅쾅 구르다가, 맞은편 벤치에서 너덜너덜한 외투를 입은 노인 한 명이 그의 시선을 끌려고 애쓰는 것을 갑자기 알아차렸다. 노인은 시계탑 쪽을 가리키면서 푸시킨에게 뭐라고 말한 뒤, 또 다른 방향을 가리켰다.

"미안하지만 무슨 말인지 모르겠어요." 푸시킨은 슬픈 표정으로 고개를 저었다. "영어를 한마디도 몰라요."

노인은 푸시킨의 대답을 대충 알아차렸는지 연민의 미소를 지으며 고개를 끄덕였다. 그러고는 벤치에서 일어나 다시 시계탑 반대 방향을 가리키며 푸시킨에게 신호를 보냈다. 뜻이 아주 명확한 신호였다. '이쪽이야, 친구. 따라와.'

노인의 미소에 마음이 움직인 푸시킨은 그를 따라 브로드웨이를 걸었다. 한 블록을 간 뒤 노인이 앞쪽의 뾰족탑을 가리켰다. 푸시킨은 추위를 피해 저녁 미사에 참석하러 가는 모양이라고 생각했다. 그러나 성당에 도착했을 때 노인은 조각이 새겨진 큰 문으로 들어가지 않고, 앞장서서 건물 뒤편으로 돌아갔다. 거기 부속실 문 앞에서 허름한 차림의 남자 스무 명이 참을성 있게 기다리고 있었다. 닭고기 수프의 향기가 허공에 퍼지기 시작했다.

푸시킨은 망설임 없이 줄 끝으로 가서 자리를 차지했다. 그 와중에도 너덜너덜한 외투를 입은 남자 한 명이 가까운 골목에서 나오는 것을 보았다. 푸시킨은 그와 시선을 마주치며 친절하게 손을 흔들어 알려주었다. '여기예요. 이쪽이에요, 친구.' 그러고는 미소를 지었다. 이제 저 남자가 와서 줄을 서면, 푸시킨은 더 이상 줄의 맨 끝이 아닐 것이다. 아니, 사실 그 무엇의 끝도 아닐 것이다.

티모시 투쳇의 발라드

1

 밀레니엄을 몇 년 앞둔 때에 티모시 투쳇이라는 사람이 뉴욕 공립도서관 5번 애비뉴 별관의 중앙 열람실에서 맥스웰 퍼킨스의 『편지 모음집』을 앞에 두고 앉아 있었다. 보스턴 교외 출신의 이 청년이 화창한 오후에 이 웅장한 곳까지 온 이유가 무엇일까? 아니, 애당초 뉴욕에 온 이유가 무엇일까? 아주 간단히 말해서, 유명한 소설가가 되겠다는 어린 시절의 결심 때문이었다. 평판 좋은 작은 대학의 학사 학위증을 단단히 손에 쥔 그는 수많은 유명인들이 거리를 돌아다니고 한밤중에도 불을 밝혔던 이 도시로 출발했다. 그와 함께 살게 된 댄은 NYU 출신의 배우 지망생으로, 이스트빌리지에서 누군가가 세낸 집에 다시 세 들어 살면서 새로운 룸메이트를 구하던 중이었다. 티모시는 이탈리아 식당에 웨이터로 취직한 뒤, 작문

노트와 펜, 타자지를 샀다. 지금 이 이야기의 배경이 되는 시대는 개인용 컴퓨터가 나온 지 10년도 더 지난 때인데도!

이렇게 만족스러운 환경을 구축한 젊은 작가들은 대부분 단 한 순간도 지체하지 않고 거친 포부의 바다로 뛰어들어 자유로운 시간에 문장을 자아내 문단을 만들고 그 문단으로 종이를 채웠다. 그렇게 기억과 공상에 바로 그 순간의 인상을 녹여내다 보면, 첫 번째 소설이 기적적인 데뷔를 앞두게 된다. 그러나 티모시는 연필로 책상만 두드리며 몇 주를 보낸 뒤, 본격적으로 글을 쓰기 전에 자신이 영웅으로 모시는 사람들의 **버릇**을 공부할 필요가 있다는 결론을 내렸다. 그들은 작업에 어떻게 접근했는가? 아침에 글을 썼는가, 저녁에 썼는가? 멀쩡한 정신이었나 술에 취해 있었나? 작품의 윤곽을 공들여 짰나, 아니면 왕의 행렬 앞에 붉은 카펫이 펼쳐지듯이 글이 저절로 흘러나오게 했나?

"최고의 작곡가와 건축가는 모두 대가의 솜씨를 공부한 뒤에야 남이 흉내 낼 수 없는 자기만의 스타일을 찾아나섰어······." 어쨌든 티모시는 수지에게 이렇게 말했다. 수지는 오벌린 출신의 추상적 표현주의 화가로, 그와 같은 층에 살고 있었다.

그러나 이렇게 현명한 견해를 말하면서도 티모시는 수지에게 완전히 정직하게 속을 털어놓지는 않았다. 자신에게도 정직하지 않았다. 사실 티모시가 소설 집필을 늦추기로 결정한 것은 방법론을 조사하고 싶다는 욕망 때문이 아니라, 너무나 어둡고 거슬려서 인정하기 힘든 두려움 때문이었다. 하고 싶은 이야기가 자신에게 없다는 두려움.

티모시가 영웅으로 모시는 사람들의 삶을 잠시 생각해보자. 포크너는 인종차별법이 시행되던 남부에서 성년을 맞았다. 나름의 특이한 언어가 있고 가족, 인종, 땅 등 웅장한 테마가 풍부하던 시대이자 장소였다. 헤밍웨이는 기자로 활동하고, 제1차 세계대전 때는 구급차도 몰다가 아프리카 사바나에서 사자를 사냥했다. 도스토옙스키는 어떤가? 자신이 품은 생각 때문에 시베리아로 쫓겨났다. 은유적인 표현이 아니다, 알다시피. 정말로 기차에 실려 **진짜** 시베리아로 끌려갔다. 스텝과 눈이 있는 그곳! 한번은 심지어 총살 직전까지 갔다가 마지막 순간에 차르의 형집행정지 처분을 받았다. 그러니 지금껏 경험한 가장 불편한 일이라고 해봤자 봄에 잔디를 깎은 일, 가을에 낙엽을 갈퀴로 긁어모은 일, 겨울에 눈을 치운 일뿐인 사람이 어떻게 우아하고 의미 있는 소설을 써낼 수 있겠는가? 티모시의 부모는 왜 하다못해 알코올중독에 무릎을 꿇거나 이혼소송을 제기하는 일조차 하지 않았단 말인가.

신들이 젊은이에게 문학적 명성을 얻겠다는 꿈을 불어넣고서 경험을 전혀 제공해주지 않다니, 이보다 더 잔인한 아이러니가 어디 있을까? 그러나 앞에서 말했듯이, 이것은 티모시가 자신을 포함해서 모두에게 숨긴 비밀이었다. 그래서 매일 오전 10시에 그는 도서관으로 가서 작가들의 버릇을 공부하며 소설 집필을 뒤로 미뤘다.

편지 모음집을 읽는 것은 소설을 읽는 것과 다르다. 이렇다 할 배경도 없고, 함축성 있는 대화도 없고, 책장을 계속 넘기게 만들 만큼 독창적인 플롯 장치도 없다. 편지를 연달아 읽으려면 참을성과 주의력이 필요한데, 티모시에게는 이런 자질이 전혀 없었다.

도서관에 앉아 좋은 글솜씨에 필요한 요소들에 관해 메모하거나 자기만의 유망한 아이디어를 발전시키지 않고 F. 스콧 피츠제럴드가 보낸 편지의 복사본을 뚫어지게 바라보던 티모시는 자기도 모르게 피츠제럴드의 서명을 계속 베끼고 있음을 깨달았다. 열람실 시계의 분침은 그동안에도 영원을 향해 돌이킬 수 없는 길을 나아가고 있었다.

"젊은이도 나처럼 퍼킨스 씨의 팬인 모양이야."

티모시는 화들짝 놀라서 시선을 들었다. 몸에 잘 맞지 않는 양복 차림의 자그마한 노인이 왼쪽에 서 있었다. 노인은 티모시의 작문 노트를 손짓으로 가리켰다.

"혹시 논문인가?"

"아뇨." 티모시는 헛기침을 하며, 아무 일도 아닌 척 팔꿈치로 노트를 가렸다. "저는 소설가예요."

"아아." 노인이 감탄하듯이 말했다. "훌륭하네. 앉아도 되겠나?"

노인은 티모시의 대답을 기다리지도 않고 의자에 앉아, 도서관에 어울리게 조용한 목소리로 그 유명한 편집자에 대해 어떻게 생각하느냐고 물었다. 알고 보니 노인은 티모시의 견해에 관심을 보였을 뿐만 아니라, 많은 부분에서 그와 같은 생각을 갖고 있었다. 게다가 티모시가 한 번도 들어본 적이 없는 일화도 들려주었다. 헤밍웨이와 피츠제럴드가 플라자 호텔 로비에서 만난 적이 있다는 이야기였는데, 이 이야기를 마친 뒤 노인은 바로 이 열람실의 참고 문헌 데스크에서 젊은 시절의 필립 로스와 자신이 마주친 적이 있다는 추억을 풀어놓았다! 마침내 노인이 티모시에게 즐거운 대화를 나눌 수 있어서 고마웠다고 인사한 뒤 자리를 뜨려고 일어섰을 때, 조금 머뭇거리는 듯한 기색이 보였다.

"공교롭지만……." 노인이 잠시 후 마치 약점을 고백하는 듯한 태도로 말했다. "나도 그 분야에 있어."

그러고 나서 노인은 명함을 꺼냈다.

피터 페니브룩

헌책과 희귀본 상인

뉴욕주 뉴욕시

라파예트 거리 800번지

"소소한 일거리가 필요해지면 한번 들러주게. 자네처럼 재능 있는 젊은이라면 확실히 할 일이 있을 거야."

페니브룩 씨가 발을 끄는 듯한 걸음으로 열람실을 나가는 동안, 티모시는 손에 쥔 명함을 내려다보았다. 약간 때가 묻고 귀퉁이가 휘어진 것이, 마치 주인의 지갑 속에 몇 달이 넘도록 오래 들어 있었던 물건 같았다. 노련한 뉴요커라면 여기서 순간적으로 의심이 들었을지도 모른다. 그러나 평생 처음으로 명함을 받아본 티모시는 따스한 행운의 바람이 불고 있다고 생각했을 뿐이다. 그래서 월요일 아침 일찍 페니브룩 씨의 가게에 가봐야겠다고 바로 그 자리에서 즉시 결심했다.

아니, 화요일 오후가 더 나을지도. 너무 안달이 난 것처럼 보이지 않게…….

2

 화요일이 되어 라파예트 거리를 걷는 티모시의 마음에는 페니브룩 씨의 가게를 찾아간다는 흥분이 가득했다. 상업의 세계는 그에게 낯선 곳이었지만, 서점에서 일해서 부자가 될 가능성이 별로 없다는 사실은 그도 아주 잘 알고 있었다. 그러나 **예술적인** 차원에서는 이것이 매력적인 일자리였다. 알다시피 배우인 댄은 공립극장의 안내인으로 일하며 생활비를 벌었고, 추상적 표현주의 화가인 수지는 레오 카스텔리 화랑의 접수대 직원이었다. 다시 말해서, 댄과 수지는 각자 자신의 예술이 이루어지는 **장소**에 몸을 푹 담그고 있다는 뜻이었다. 일주일에 5일 동안 그들은 보잘것없는 임금을 받고 보잘것없는 일을 흔들림 없이 완수함으로써 자신이 소명에 충실하다는 것을 증명하고 있었다. 그러면서 동시에 전략적인 삼투압 작용을 통해 창의적인 감수성을 더욱 풍부하게 가꾸는 중이었다. 티모시가 대충 친구로 지내는 사람들이 토요일 밤 인근 술집에 모일 때, 댄과 수지가 자기 분야의 최전선에서 경험한 일화들을 얼마나 훌륭하게 풀어놓는지 모른다. 그들은 예술계의 최신 트렌드뿐만 아니라 최고의 예술가들도 일부 언급했다. 직접 그들을 보았다면서! 반면 티모시는 식당에서 하는 일에 대해 질문을 받을 때마다 수치심에 뺨이 달아올랐다.
 하지만 서점에서 일하게 된다면?
 작가들이 수백 년 전부터 괜히 언어의 장인이라고 불리는 것이 아니다. 글을 쓰려면 특별한 훈련과 대장장이 같은 체력이 필요하다. 진심으로 글을 쓰는 작가는 상상력이라는 대장간에서 땀을 흘리며, 언어라는 모루 위에서 문장에 망치질을 한다. 작가 지망생이 일용할 양식을 벌 수 있는 곳으로 대장장이의 공방보다 더 좋은 곳이 어디 있겠는가? 티모시는 이렇게 한껏 목적의식에 취해 페니브룩 씨의 서점에 도착했다. 안으로 들어가자 그가 바랐던 것 이상, 아니 그 이하의 광경이 펼쳐져 있었다.

넓이를 따지자면, 서점의 크기는 티모시가 살고 있는 이스트빌리지의 아파트와 거의 비슷했다. 베트남전쟁 중에 소나무 판자로 만든 책꽂이는 거기에 꽂힌 책들과 마찬가지로 누렇게 변해서 뒤틀려 있었다. 서점 앞쪽에는 직원이 금전등록기를 조작할 수 있는 작은 책상이 있고, 맨 뒤에는 페니브룩 씨의 낡은 떡갈나무 책상과 유리 수납장이 있었다. 초판본과 희귀본을 보관해둔 수납장이었다.

"아, 티모시!" 페니브룩 씨가 책에서 시선을 들고 말했다. "마침 일을 하는 중이었는데. 혹시 내 제안에 마음이 끌린 건가? 임금 면에서는 내가 많은 걸 제안할 수 없겠지만, 문학의 바다에서 항해하고 싶어 하는 사람에게 즐거운 항구를 제공해줄 수는 있네."

티모시 본인도 생각해내기 힘들 만큼 훌륭한 표현이었으므로, 그는 그 자리에서 이 일자리를 받아들였다.

3

티모시의 첫 근무 날 페니브룩 씨가 공식적으로 가게를 한 바퀴 보여주면서, 작은 미로처럼 서 있는 책장들의 분류가 전기에서 역사로, 역사에서 미스터리로, 미스터리에서 SF의 황금기로 이어진다는 사실을 세심하게 설명해주었다. 금전등록기 작동법도 가르쳐준 뒤, 조금 과장되게 무슨 의식을 치르듯이 티모시 몫의 열쇠 한 벌을 건넸다. 혹시 페니브룩 씨가 늦게 나오는 경우 그가 가게 문을 열 수 있는 열쇠였다. 간단히 말해서, 티모시에게 '이곳에서 자유로이 있어도 된다'고 알려준 셈이었다. 그는 심지어 티모시에게 작문노트를 가져와 가게가 한산할 때 소명에 몰두해도 된다고 부추기기까지 했다.

페니브룩 씨의 말을 그대로 받아들인 티모시는 며칠 뒤 작문노트를 가져와, 혹시 단편소설을 쓸 수 있을까 하고 머릿속의 생각들을 일부 정리했다. 그런데 그 순간 우연히 페니브룩 씨가 책상 옆을 지나갔다.

"내가 조금 걱정을 하고 있었어, 티모시. 여기 일이 자네의 예술적인 포부에 방해가 될까 싶어서. 자네의 펜이 열심히 움직이는 걸 보니 내 마음이 좋군!" 페니브룩 씨는 이 말을 강조하기 위해, 티모시가 글을 쓰고 있던 페이지를 가볍게 건드리더니 멈칫했다.

"이런, 이건 우리가 만난 날 자네가 갖고 있던 바로 그 노트 아닌가?"

티모시가 그렇다고 하자, 페니브룩 씨가 머뭇거렸다.

"간섭할 생각은 전혀 없지만, 도서관에서 자네가 피츠제럴드 씨의 이름을 쓰는 것 같던데 그걸 내가 보고 말았네……."

티모시가 말없이 얼굴을 붉힌 것이 곧 긍정이었다.

"내가 봐도 되겠나?"

티모시는 피츠제럴드의 서명이 있는 페이지를 펼쳤다. 그리고 그가 결코 당황할 필요가 없었음이 드러났다. 페니브룩 씨가 감탄을 있는 대로 드러내며 크게 숨을 내쉬었기 때문이다.

"아, 정말 훌륭해, 티모시. 아주 인상적이야. 정말 재주가 있군, 자네." 페니브룩 씨는 S의 둥글게 휘어진 부분을 가리켰다. "피츠제럴드가 일찍이 성공해서 흥분한 걸 볼 수 있지. 그리고 여기, F 두 개의 화려한 윗부분에는 피츠제럴드가 전성기 때 즐긴 사치스러운 생활이 반영되어 있네. 그리고 여기, 마지막 d에서 아래로 그은 비스듬한 선, 이건 다가올 모든 슬픔의 전조야……."

페니브룩 씨는 고개를 절레절레 저었다. 피츠제럴드의 운명 때문인지 티모시의 예술적인 솜씨 때문인지는 알 수 없었다.

"이 서명은……." 티모시가 설명했다. "피츠제럴드가 할리우드에서 분주히 움직이고 젤다*는 노스캐롤라이나의 애슈빌에서 시설에 들어가 있을 때 퍼킨스에게 쓴 편지에 있던 거예요."

"그렇지, 그렇지. 여기 다 드러나 있어. 여기 다 드러나 있어."

이런 격려를 받고 나니 티모시는 참을 수가 없었다. 그래서 1925년경 헤밍웨이의 서명을 비슷하게 연구해놓은 페이지를 펼쳤다.

"아, 티모시!" 페니브룩 씨의 얼굴이 환해지며 미소가 나타났다. 뜻밖에 좋은 것을 발견한 표정이었다. "이 y를 좀 봐! 『두 개의 넓은 마음을 지닌 강』 2부에서 낚싯줄을 던지는 모습을 완벽하게 포착했어. 자네가 비스듬하게 쓴 i는 황소의 뒤편에서 불쑥 튀어나온 기마 투우사의 창 그 자체로군."

페니브룩 씨는 웃는 얼굴로 또 고개를 절레절레 젓더니 책상을 두 번 두드려 대화를 끝냈다. 그러나 돌아서서 자신의 책상으로 걸어가지 않고, 그 자리에 선 채 지나가는 자동차들을 바라보았다. 그러고는 묻지도 않은 질문에 답하듯이 슬픈 표정으로 고개를 저으며

◆ 피츠제럴드의 아내.

말했다. "나는 할 수 없었어."

"무슨 일이에요, 페니브룩 씨?" 티모시가 조금 걱정스러운 기색으로 물었다. "제가 도울 수 있는 일인가요?"

페니브룩 씨가 돌아서서 그의 눈을 똑바로 바라보았다.

"나도 모르겠어, 티모시. 그럴 것 같기도 해. 그럴 것 같기도."

이 말과 함께 페니브룩 씨는 서점 뒤편의 유리 수납장으로 갔다가 곧 되돌아왔다. 그리고 푸르스름한 책 한 권을 티모시의 책상에 아주 조심스럽게 내려놓았다. 존 더스패서스의 『42도선』 초판본이었다. 책이 조금 낡았지만, 원래 책 커버가 대부분 고스란히 남아 있었다. 페니브룩 씨는 책 커버에 한 손을 내려놓은 채로, 자신의 옛 친구 한 명이 중병을 앓고 있다고 말했다. 사실을 말하자면, 임종을 앞둔 처지였다. 이 친구는 젊었을 때부터 더스패서스의 헌신적인 팬이었기 때문에, 지난 세월 동안 그 작가가 쓴 모든 작품의 초판본, 특히 작가의 서명이 들어간 초판본을 수집했다.

"모든 작품을 모았네. 『42도선』만 빼고."

페니브룩 씨가 한숨을 내쉬었다.

"그래서 말인데, 티모시, 더스패서스 씨의 서명을 자네가 대신 해 줄 수……"

티모시는 깜짝 놀라서 시선을 들었다.

"작가의 서명 말인가요?"

"나도 알지, 알아." 페니브룩 씨가 슬픈 표정으로 고개를 끄덕였다. "평소 같으면 나도 그런 생각은 하지도 않았을 거야. 하지만 작가의 서명이 들어간 이 초판본이 에드워드에게는 아주 큰 의미가 될 걸세. 더스패서스에게는 달라질 것이 전혀 없는 일이기도 하고……."

티모시가 망설이는 것을 알아차린 페니브룩 씨는 수납장으로 돌아가서, 더스패서스의 편지와 일기 모음집인 『14번째 연대기』 한 권을 가져왔다. "존 더스패서스는 이 나라의 양심이고, 미국의 불평등을 그려낸 사람이었네. 『U. S. A.』 3부작을 통해서 소설에 대해 근본적으로 새로운 감각을 제공해준 사람이기도 하지. 이렇게 반박할 수 없는 성과를 거뒀어도, 더스패서스가 이 심오하고 묵직한 작품들을 쓸 당시 그의 서명에는 거의 젊은 사람 같은 기발함이 드러나 있네……." 페니브룩 씨는 책을 티모시의 책상에 내려놓고, 1930년대 초의 편지 모사본이 실린 페이지를 펼쳤다.

티모시는 페니브룩 씨의 설명이 옳았음을 즉시 알아차렸다. 더스패서스의 작품이 지닌 사회적, 예술적 중요성과는 달리, 대문자로 쓴 J, D, P의 끝부분이 모두 다른 글자의 머리 위로 높이 올라간 고리 모양을 하고 있어서 마치 한 줄로 걸어가는 아이들 중 세 명이 줄에 매달린 헬륨 풍선을 들고 있는 것 같은 느낌을 풍겼다.

페니브룩 씨가 말했다. "이런 서명을 제대로 존중하려면, 젊은이의 장난스러움을 필체로 표현할 필요가 있을 거야……."

티모시는 정확히 그렇게 해냈다. 더스패서스 씨를 대신해서.

다음 날 오전 11시 30분에 서점으로 나온 페니브룩 씨가 티모시의 책상 앞에 멈춰 섰다.

"어젯밤 병원으로 에드워드를 만나러 갔네. 중환자실로. 그 친구가 책을 펴고 더스패서스 씨의 서명을 보았을 때의 표정을 자네도 그 자리에서 봤으면 좋을 텐데. 어찌나 놀라고 어찌나 기뻐하던

지. 괴로울 때에 얼마나 위로를 받았는지." 여기서 페니브룩 씨는 평소와 달리 진지한 표정을 지었다. "자, 티모시, 자네가 당연히 거절할 거라는 건 알지만, 내 친구의 소원을 들어주느라 자네가 시간과 주의력뿐만 아니라 재능까지 쓰지 않았나. 그러니 이걸 꼭 받아주게…… 사례금이야." 페니브룩 씨는 재킷에서 봉투를 하나 꺼내 티모시의 책상에 놓았다.

사실 티모시는 정말로 거절했다. 서명을 쓰는 데에는 고작 몇 분밖에 걸리지 않았고, 상황을 감안하면 그런 일이나마 해줄 수 있는 것이 다행이었다. 그러나 페니브룩 씨는 거절은 곧 자신의 명예를 해치는 일이라는 듯 한 손을 들어올렸다. 그렇게 해서 페니브룩 씨의 봉투는 티모시의 서랍 속으로 들어가게 되었다.

그날 밤 늦게 페니브룩 씨가 집으로 돌아간 뒤, 티모시는 서점의 자물쇠를 잠그기 전에 서랍에서 봉투를 꺼내 열어보았다. 안에는 은행에서 곧바로 가져온 것처럼 빳빳하고 깨끗한 50달러 지폐 한 장이 들어 있었다. 봉투에서 지폐를 꺼내다 보니 어렸을 때 할머니가 이렇게 빳빳한 10달러 지폐와 생일 카드를 세인트루이스에서 보내주던 기억이 곧바로 떠올랐다.

이런 감상적인 연상 또는 어쩌면 **사례금**이라는 단어가 티모시의 꺼림칙한 마음을 조금 가라앉힌 것 같다. 서점을 나선 그는 단골집인 6번 애비뉴의 멕시코 식당(부리토 하나와 프로즌 마르가리타 두 잔을 8.99달러에 먹을 수 있는 곳)에서 친구들을 만나지 않고 전에 백 번쯤 지나치기만 한 소호의 프랑스식 주점에 들렀다. 밝은 하얀색 종이를 깔고 봉헌 촛불을 밝힌 사각형 탁자에 혼자 앉은 티모시는 그날 저녁의 스페셜 메뉴를 살펴보았다. 칠판에 유쾌한 유럽식

흘림체로 메뉴가 적혀 있었다. 티모시는 스테이크 프리츠*와 코트 뒤론 포도주 한 잔을 주문했다. 그리고는 빵에 손을 대기 전에 감사 기도 대신 존 더스패서스와 1930년대 및 그 너머의 사회적 소설을 향해 잔을 들어올렸다.

페니브룩 씨가 병든 친구를 위해 더스패서스의 서명을 써달라고 부탁했을 때 티모시가 조금도 의심하지 않았는지 여러분은 당연히 궁금할 것이다. 페니브룩 씨가 내세운 이야기의 진위에 티모시가 의심을 품었을까? 도덕적인 의미에서 자신이 더러운 물에 발끝을 담그려 하는 건지 생각해보았을까? 간단히 답하자면, 그러지 않았다. 페니브룩 씨의 칭찬에 들뜨고, 예술적인 도전에 흥미를 느끼고, 죽어가는 사람의 소원에 연민을 느낀 티모시는 판단하기 힘든 모호한 부분들을 잠시도 고민하지 않고 그냥 그 책에 서명을 썼다.

음, 설사 그날은 의심을 품지 않았더라도 열흘 뒤 페니브룩 씨가 다시 그의 책상 앞에 나타났을 때에는 틀림없이 이상하다는 생각이 들었을 것이다. 페니브룩 씨는 고개를 절레절레 저으며 T. S. 엘리엇의 『시집 1909~1925』 초판본과 책을 좋아하는 친구의 이야기를 내놓았다. 다른 사람도 아니고 학교 교사인 그 친구는 결혼 40주년이 되는 날 서명이 들어간 엘리엇의 시집을 남편에게 선물하고 싶어서 온 시내를 샅샅이 뒤졌다고 했다. 결혼 전 연애 기간에 남편이 그녀에게 엘리엇의 시 「프루프록」을 읽어준 것을 기념하기 위해서였다. 또 이런 얘기라니. 문제의 그 시가 결혼에 대해 너무나 슬픈 그림을

✦ 감자튀김과 스테이크가 함께 나오는 프랑스 요리.

그리고 있어서 정신이 제대로 박힌 젊은 남성이라면 자신이 유혹하려는 젊은 여성에게 읽어주지 않을 작품이라는 점은 일단 제쳐두자.

그러나 장애물경마에서 첫 번째 장애물을 통과한 명마가 두 번째 장애물 앞에서 고민하느라 갑자기 속도를 늦추던가? 당연히 아니다. 첫 번째 장애물을 성공적으로 통과하며 자신감을 얻었고, 경주의 짜릿함과 천둥 같은 자신의 발굽 소리로 이미 제정신이 아닌 말은 두 번 생각하지도 않고 두 번째 장애물에 달려든다. 티모시도 두 번째로 서명을 쓸 때 도덕적인 장애물을 쉽사리 뛰어넘어 트랙을 질주하면서, 노벨상을 수상한 엘리엇이 쓰고 다니던 테가 두꺼운 안경, 한쪽 옆으로 기울어진 가르마, 그의 유명한 트위드 사랑을 완벽하게 잡아냈다.

그리고 그다음 날 페니브룩 씨가 또 티모시의 책상 앞에 나타나 책을 받고 만족한 사람의 이야기와 봉투 하나를 내밀었다.

4

젊은이가 자신이 할 수 있는 일을 발견하며 나아가는 길은 중서부의 주간州間 고속도로가 아니다. 지평선까지 시야가 탁 트여 있지도 않고, 하얀 차선이 그려져 있지도 않고, 목적지까지 남은 거리를 알려주는 환한 표지판도 없다. 그보다는 좁고 구불구불한 샛길에 가깝다. 길가에는 덤불이 가득하고 머리 위에는 가지가 늘어져 있다. 젊은이는 그 길을 나아가면서 갑작스러운 교차로, 옆으로 갈라져 나간 오솔길, 운명적인 우회로를 만나는데, 그 길들은 각각 비슷한 교차로와 오솔길과 우회로가 있는 다른 샛길로 이어진다. 길이 워낙 복잡하고 수풀이 우거져서 어느 지점에서든 자신이 온 곳을 되돌아보기가 거의 불가능하다. 앞으로 나아갈 길은 말할 것도 없다.

길이 갈라질 때마다 왼쪽, 오른쪽, 직진 중 어느 쪽을 택할지 결정하기 위해 젊은이는 어렸을 때 들은 충고나 지금까지 경험한 모든 일, 또는 동전 던지기에 의존할지 모른다. 그러나 한 갈림길에서 다음 갈림길까지 나아가는 동안 그에게 영향을 미칠 가능성이 높은 모든 일 중에 완만한 소득 증가보다 더 강력한 것은 별로 없다.

세상이 장원과 오두막으로 나눠져 있던 시대는 이미 먼 과거가 되었다. 대신 우리 시대에는 먹을 것, 입을 것, 거할 곳이 수없이 다양한 모습으로 존재한다. 그래서 예전에는 팔자를 고치려면 부유한 상속녀와 결혼하거나 철도사업에 발을 들여놓아야 했던 반면, 지금은 일주일에 추가 수입이 50달러만 생겨도 사다리를 한 단 더 올라가 조금 더 맛있는 수프, 조금 더 세련된 셔츠, 자연광을 조금 더 받는 거실을 누릴 수 있다.

여러분은 이렇게 물을 것이다. "하지만 일상생활이 조금씩 좋아지는 것만으로 정말 차이를 느낄 수 있나요? 그것만으로 단 1분이라도 젊은이를 더 행복하게 만들고, 그의 자아에 힘을 주고, 시기심이라는 거슬리는 목소리를 막아버릴 수 있나요?" 갈림길에서 젊은이에게 일주일에 50달러를 추가로 벌게 해줄 테니 꿈을 조금 조정해보라고 말한다면 그를 마음대로 휘두를 수 있을 것이라고만 말해두겠다.

5

 어쩌면 너무 냉소적인 평가인지도 모르겠다.
 필자 본인이 타협한 경험, 자신의 결정이 불가피한 것처럼(다른 사람도 누구나 비슷한 상황에서 같은 결정을 내렸을 것이라고) 보이게 만들고 싶다는 뻔뻔한 욕망이 십중팔구 영향을 미쳤을 것이다. 그러나 우리의 주인공에게는 너무한 평가인지도 모르겠다. 부모와 마찬가지로 필자도 자신이 창조한 인물의 삶을 통해 자신의 영광을 되살리려 하거나 잘못을 속죄하려고 하면 안 된다. 필자는 이런 것들을 자신의 가방 속에 쑤셔 넣어 직접 끌면서 산길을 올라가는 법을 배워야 한다. 따라서 티모시에게는 십중팔구 더 신중한 평가를 받을 자격이 있는 듯하다.
 게다가 고대로부터 가장 중한 죄를 판결하는 자리에 앉은 사람은 죄인의 의도를 보여주는 증거를 요구해야 하고, 죄인이 자신의 행동에 담긴 도덕적 의미를 인식했는지 구별하려 애썼다. 사람이 사람을 **죽인** 사건이라 해도, 우리는 우연한 사건과 우발적인 사건, 우발적인 사건과 세심하게 계획한 사건을 구분한다. 이런 구분이 죽은 자에게는 전혀 위안이 되지 않는데도 말이다. 그렇다면 티모시는 이런 사법적 조사에서 어떤 평가를 받을까?
 첫째, 티모시가 내면을 성찰하는 사람이 아니라는 점을 인정하자. 그는 곰곰이 생각에 잠기는 성격이 아니었다. 책을 들고 침대에 앉으면, 한두 문장을 읽고 나서 잠이 들어 밤새 깊은 잠을 잘 때가 많았다. 그가 세심하게 공들여 계획을 짜서 냉정하게 실행하는 일은 없었다. 그보다는 '가장 저항이 적은 길', 즉 산에서 바다로 흐르는 강물이 택하는 길을 따라갔다고 말하는 편이 적절할 것이다. 낭만주의 시인, 미국의 초월주의자, 헤라클레이토스에서 노자까지 이어지는 수많은 신비주의자들은 바로 그 물이 흐르는 듯한 현상을 찬양했다. 사람들의 말처럼, 누이에게 좋은 일은 매부에게도 좋은 법이다.

6

그 뒤로 몇 주 동안 페니브룩 씨는 특정한 책을 원하는 특정한 인물의 사연을 티모시에게 공들여 설명해주었다. 각자 병이 있거나, 장애가 있거나, 자선을 베푼 경력이 있다는 사연이었다. 티모시가 누가 무엇 때문에 책을 원하는지 흥미를 보이는 것 같았기 때문이다. 그러나 가을 무렵에는 페니브룩 씨가 이렇게 공을 들일 필요가 없어졌다. 티모시는 이제 자신의 예술적인 성취에만 거의 전적으로 관심을 보이고 있었다.

그의 예술이 얼마나 풍부하고 다양했는지.

서명의 스펙트럼은 무지개처럼 단순하지 않다. 각각의 서명이 자기만의 색채를 갖고 있다. 사람의 서명은 근본적으로 워낙 독특해서 법 앞에서 지문이나 DNA 같은 위력을 갖는다. 뉴욕 공립도서관의 희귀본 및 원고 보관실에서 티모시는 이 다채로운 분야를 전체적으로 규정해주는 섬세한 차이를 모두 익혔다. 비탈길처럼 기울어진 서명, 뾰족하게 솟아오른 서명, 앞으로 치고나가는 서명, 발을 질질 끄는 서명, 기관총의 스타카토 소리를 연상시키는 서명, 자장가의 경쾌한 가락을 연상시키는 서명을 연구했다.

그러나 같은 포도원에서 다른 해에 수확한 포도로 만든 포도주 두 병이 서로 비슷하면서도 다른 것처럼, 같은 사람이 서로 다른 시기에 휘갈긴 두 서명도 같은 필체를 보여주는 동시에 그 서명을 쓸 때의 다른 상황을 표현해준다. 따라서 서명을 완벽하게 재현하려면 단순히 서명한 사람의 기본적인 필체만 익혀서는 충분하지 않고, 그 서명을 쓸 때 그 사람의 상황과 생각도 이해해야 한다.

이를 위해서 티모시는 역사책, 전기, 회고록을 몇 시간 동안이나 들여다보았다. 서명을 한 사람의 친구들을 만나보았을 뿐만 아니라, 그들의 지인에게도 환심을 사고 함께 저녁 식사를 했다. 열쇠 구멍에 귀를 대고 엿듣기도 하고, 출입문 위쪽의 창문을 들여다보기도 했다. 은유적으로 말해서 그렇다는 얘기다. 이런 방식으로 그는 릴리언 헬먼과 한창 로맨스에 빠져 있던 대실 해밋의 서명, 알코올중독으로 한창 고생하던 존 오하라의 서명, 자신과 한창 씨름하던 어니스트 헤밍웨이의 서명을 완벽하게 익혔다. 해밋, 오하라, 헤밍웨이, 이들 모두를 대신해서 티모시가 서명을 했다. 그리고 그밖에도 아주 많은 사람의 서명을 대신했다.

그렇다고 티모시가 아무 서명이나 막 한 것은 아니다. 그에게도 규칙은 있었다. 예를 들어, 이미 세상을 떠난 최고의 저자 중 몇 명의 서명은 기꺼이 대신 썼지만, 살아 있는 작가에 대해서는 선을 그었다. 페니브룩 씨가 언젠가 직접 말했듯이, 더스패서스를 대신해서 책에 서명을 써도 더스패서스에게는 달라질 것이 없었다. 게다가 더스패서스는 이미 무덤에 누워 있으므로, 그의 열렬한 팬들(말하자면 그의 횃불을 이어서 들고 있는 사람들)이 스스로 알아서 그의 서명을 구할 기회는 없었다. 그러나 토니 모리슨이나 존 업다이크는 사정이 달랐다. 이 저명한 문인들은 아직 살아서 아직 글을 쓰고 가끔 사람들 앞에 모습을 드러냈다. 그러니 팬들이 자기가 좋아하는 작품과 펜을 들고 그들을 찾아갈 수 있는 기회가 아직 남아 있었다. 내가 방금 (티모시를 대신해서) 말한 것처럼 티모시가 이 의견을 분명히 말한 적은 없을지 몰라도, 페니브룩 씨는 그의 도덕관념을 직감적으로 알아차리고, 그의 윤리관을 존중했으며, 그것에 맞춰 계획을 세웠다.

이 규칙에 어긋난 예외는 폴 오스터였다. 페니브룩 씨가 뉴욕주 개리슨에 사는 수녀원장과 아는 사이라는 것 같았는데, 그 수녀원장은 오스터의 작품을 사랑했지만 수녀원의 담장 밖으로 나가는 일이 드물었다. 가톨릭신자다운 죄책감을 조금 드러내면서, 그녀는 이른바 『뉴욕 3부작』의 첫째 권을 작가의 서명이 들어간 판본으로 갖고 있는 행복한 사람으로서 그 책 한 질을 온전히 갖게 해달라고 가끔 하느님께 기도한다고 페니브룩 씨에게 고백했다.

티모시가 원래 더 이상 직접 서명할 수 없게 된 사람들만 대신해서 책에 서명한다는 사실을 인정하면서도, 페니브룩 씨는 오스터의 이야기가 지닌 본질을 감안할 때 그를 예외로 삼을 것을 고려해보겠느냐고 물었다. 사실 오스터의 책에는 그림과 글자가 섞인 수수께끼와 재치문답이 가득하지 않은가. 도플갱어와 유령이 가득하지 않은가. 작품의 울타리 안에서 오스터가 작가이자 등장인물이자 남을 사칭하는 사기꾼이지 않은가.

페니브룩 씨의 격려로 티모시는 『뉴욕 3부작』을 다시 읽었다(아니, 『뉴욕 3부작』을 마침내 읽었다고 해야 할 것이다). 책을 다 읽은 뒤에는, 오스터의 작품이 지닌 본질을 감안할 때 그를 대신해 서명한 책이 발견되더라도 그에게는 십중팔구 문제가 되지 않을 것 같다는 말에 동의할 수밖에 없었다. 사실 그의 서명을 대신 쓰는 일에서 예술적인 만족감조차 느낄 수 있을 것 같기도 했다. 사흘 만에 책 세 권을 읽고 나니 티모시는 오스터의 생각을 몹시 강렬하게 느낄 수 있어서 오후 몇 시간 만에 수녀원장을 위한 서명을 두 개나 더 쏟아냈다.

7

이런 일이 벌어지는 동안 티모시는 자신이 대신해서 서명하고 있는 문인들이 더 존경받게 되었음을 알아차렸을까? 자신이 서명한 책이 더 희귀해져서 더 가치가 높아진 걸 알아차렸을까? 딱히 그렇지는 않았다. 해밋의 서명이 헤밍웨이의 서명으로 발전하고, 50달러가 들어 있던 봉투가 몇백 달러가 든 봉투로 발전하고, 이스트빌리지의 셋집이 5번 애비뉴 남쪽의 침실 하나짜리 아파트로 발전한 것이 티모시에게는 가을이 겨울이 되고 겨울이 봄이 되는 것처럼 완전히 자연스러운 일 같았다. 이런 맥락에서 그는 페니브룩 씨의 비밀스러운 사업에 대해서는 거의 생각하지 않았다. 그러니까, 5월의 어느 금요일 밤까지는 그랬다. 그날 그는 다소 호화스러운 고담 바앤드그릴의 바에 혼자 앉아 저녁을 먹으려고 했는데⋯⋯.

바텐더에게 음식을 주문한 뒤 티모시는 《뉴욕타임스》의 1면 기사들을 한가로이 훑어보았다. 그러다 신문의 접힌 부분 아래쪽에 시선을 주었을 때, 베이 지역에 있는 한 회사에 대한 기사가 눈에 들어왔다. '신新경제'를 주도하는 기업으로서, '전 직원'을 위한 '이윤 공유 프로그램'을 도입했다는 내용이었다. 티모시는 자신이 제대로 이해했는지 확인하기 위해 첫 번째 문단을 두 번이나 읽었다. 그가 교육받은 바에 따르면, '이윤'과 '공유'는 서로 양립할 수 없는 단어였다.

그 기사가 이어진 다른 면을 펼쳤더니, 티모시가 생전 처음 보는 비즈니스 면이었다. B4면에 이어진 '이윤 공유 계획'에 관한 이야기에는 그 회사 직원들의 커다란 사진이 동반되어 있었다. 우리의 주인공은 중역, 프로그래머, 비서, 관리인(그래, 심지어 관리인까지도!)의 웃는 얼굴을 자세히 살피면서, 자기 앞에 22달러짜리 햄버거가 놓이는 것조차 알아차리지 못할 만큼 커다란 깨달음을 얻었다.

만약 티모시가 기사의 요점을 제대로 이해한 거라면, 유치원에서 배운 나눔의 미덕과 경제학 개론 수업에서 배운 자본주의의 미덕을 결합할 기회가 마침내 생겼다는 뜻이었다. 티모시가 할 일은 페니브룩 씨에게 이 주제를 언급하고, 자세한 부분을 설명하는 것뿐이었다. 그러면 두 사람이 손에 손을 잡고 신경제로 건너갈 수 있을 터였다. 그러나 티모시는 먼저 정보를 좀 더 모으는 편이 현명하겠다는 생각이 들었다.

그래서 그다음 날 뉴욕 공립도서관에서 자신이 평소 즐겨 앉는 자리로 가서 평소처럼 회고록을 읽는 대신 《포브스》 열 개 호를 열심히 들여다보았다. 거기에는 문자 그대로(음, 정말로 문자 그대로라는 의미의 문자 그대로가 아니라, 비유적인 의미의 문자 그대로) 짜릿하고 새로운 단어와 개념이 가득했다.

티모시는 도서관에서 매디슨 애비뉴로 갔다. 평판 좋은 희귀본 서점인 보먼스가 오랫동안 자리를 지키고 있는 곳이었다. 안으로 들어가 마주친 광경에 티모시는 넋을 잃었다. 서점 내부는 상점이라기보다 J. P. 모건의 개인 장서실처럼 보였다. 가죽 소파가 있고, 바닥에서 천장까지 이어진 책꽂이에는 초판본이 꽂혀 있었으며, 한가운데의 샹들리에 아래에는 뉴턴의 『프린키피아 마테마티카』, 다윈의 『인간의 유래』가 유리 상자 안에 진열되어 있었다. 무려 2절판 셰익스피어도 한 권 있었다!

티모시가 감탄하며 바라보는 동안 그보다 많아야 다섯 살쯤 연상으로 보이는, 하얀 블라우스와 뿔테 안경 차림의 여자가 도움이 필요하냐고 물었다. 티모시는 도움이 필요하다고 대답했다. 그녀는 정말로 도움이 되었다. 아주 많이.

한 시간도 안 돼서 티모시는 사람 좋은 그녀, 즉 미스 체임버스에게서 세 가지를 배웠다. 첫째, 초판본의 가치가 얼마나 되는지 배웠다. 손님이 개방된 서가에서 고른 중고책을 구입할 때 계산해주는 사람은 티모시지만, 유리 수납장 안의 물건들은 모두 페니브룩 씨가 직접 판매를 담당했다. 따라서 원칙적으로 티모시는 유명한 소설의 초판본이 페이퍼백보다 더 가치가 있다는 것을 알고 있을 뿐, 초판본 커버의 『밤은 부드러워라』에 기꺼이 5만 달러나 지불하는 사람이 있을 줄은 꿈에도 짐작하지 못했다!

둘째, 저자의 서명이 있으면 초판본의 가치가 무려 50퍼센트나 상승할 수 있다는 것을 배웠다. 순간적으로 티모시는 입을 다물지 못했다. 사람들이 잘 펼쳐보지도 않는 책 표지 안쪽에 재빨리 휘갈긴 이름을 갖고 싶어서 50퍼센트나 더 비싼 가격을 기꺼이 지불하는 사람이 있다니.

하지만 그것이 바로 자본주의의 천재적인 면이 아닌가? 수요와 공급이 완벽한 평형상태를 이루어, 구매자가 생각하는 물건의 가치가 거래 가격에 정확히 반영되는 시스템이 아닌가? 고객이 서명본에 50퍼센트의 프리미엄을 지불할 용의가 있다면, 그것은 틀림없이 서명본에서 만족감을 50퍼센트 더 느낄 수 있기 때문일 것이다. 사실 사람들이 탐내는 그 책이 자신의 책꽂이에 안전하게 꽂혀 있다는 사실만으로도 그들이 마시는 위스키의 맛이 50퍼센트 더 좋아지고, 밤잠도 50퍼센트 더 깊어질 가능성이 높았다. 행복은 '제로섬 게임'이 아니라는 것을 이해하고 티모시는 의기양양해졌다. 서명본 구매자의 행복이 50퍼센트 증가하더라도, 다른 사람의 행복이 단 한 톨이라도 줄어드는 일은 없었다.

다음 날 서점 문을 닫을 시간이 됐을 때 티모시는 페니브룩 씨에게 시간을 좀 내줄 수 있느냐고 물었다. 그러고는 자리에 앉아,《포브스》를 읽으며 흡수한 모든 용어들을 사용해서 이윤 공유를 쾌활하게 설명했다. 먼저 그는 상품의 가치에 **희소성**이 미치는 영향을 인용했다. 그다음에는 저자를 대신해 서명을 함으로써 창출되는 **부가가치**를 언급했다. **이해관계 조정**의 장점이 잘 확립되어 있다는 점도 언급한 뒤, 그는 자신과 페니브룩 씨가 함께하는 작업의 이윤을 동등하게 공유하자는 제안으로 말을 맺었다.

티모시가 주장을 펴는 동안 페니브룩 씨는 더할 나위 없이 주의를 기울였다. 자신의 조수가 새로 배운 용어들을 쉽사리 사용하는 것이 적잖이 인상적이었다. 30년 넘게 판매자 및 고객과 거래해온 노련한 자본가인 페니브룩 씨는 어디 한번 해볼 테면 해보라고 티모시에게 말할 수도 있었을 것이다. 안타깝다는 듯이 고개를 절레절레 저으며, 자신이 그동안 티모시를 그토록 믿었는데 이런 이야기를 꺼내다니 실망했다는 뜻을 표현하며 이야기를 끝내버릴 수도 있었을 것이다. 그러나 티모시가 자신이 입에 담는 개념들을 완전히 이해하지 못했다 해도, 그의 주장은 사실 그의 생각보다 더 정곡을 찌르는 것이었다.

페니브룩 씨의 작은 서점에 희귀한 서명본이 갑자기 나타난 덕분에 이 분야에서 그의 지위가 바뀌었기 때문이다. 그는 오랫동안 중고서적 업계의 모호한 변방, 졸린 표정의 상인들이 1970년대에 나온 살인사건 추리소설의 낡은 7쇄본을 거래하는 곳에서 활동했으나, 갑자기 핵심 서클의 핵심 성소에 들어가게 되었다. 이제는 수집가와 경쟁자가 모두 그의 이름을 속닥거렸다. 희귀본이나 구하고 싶은 서적에 관해 문의하는 전화가 단 하루라도 걸려오지 않는 날이 없었다. 그런 전화에 페니브룩 씨는 이렇게 대답하곤 했다. "아뇨, 그 판본의 서명본은 제게 없습니다. 하지만 그 책을 구할 방법이 있을 것 같기도……."

그 결과 페니브룩 씨의 생활수준도 몇 단계 높아졌다. 이제 그는 옛날보다 더 훌륭한 식당에서 식사하고, 더 화려한 상점에서 물건을 샀다. 최근에는 자신이 사는 건물 관리인에게 혹시 위층의 더 넓은 아파트가 비거든 알려달라고 말을 해놓기도 했다. 그의 아내를 기쁘게 하고, 아들에게서 감탄을 이끌어낸 변화였다. 코네티컷에서 보험중개인으로 일하는 아들이 아버지에게 감탄한 것은 열네 살 때 이후로 처음이었다. 이윤 공유는 그가 받은 교육뿐만 아니라 애국심에도 저주 같은 개념이었다. 게다가 아주 최근에 올라간 생활수준의 사다리를 다시 내려와야 할지 모른다는 상황도 아주 비非미국적으로 보였다.

그래서 페니브룩 씨는 대화의 분위기에 맞춰 티모시처럼 비즈니스 용어를 조금 풀어놓았다. 그는 **이윤 공유**라는 개념에 열려 있다고 말했다. 그러나 **자영업자**로서 이 작은 사업체의 **영업과 마케팅**을 전적으로 책임지고 있을 뿐만 아니라, **장기 임대계약**과 **재고 유지**에도 **자본**을 투입했으니, 그는 **투자수익**을 어느 정도 가져갈 자격이 있었다. 그러므로 이윤을 똑같이 나누는 것을 공정하다고 보기는 어려웠다.

결국 두 사람은 서명본이 비서명본에 비해 시장에서 누리는 프리미엄의 25퍼센트를 티모시가 가져가는 것으로 합의를 보았다. 그래서 그 뒤로 작업한 세 권(헨리 제임스, 헨리 밀러, 헨리 데이비드 소로의 작품)이 비서명본에 비해 25퍼센트의 프리미엄이 붙어 총 5만 달러의 가격으로 각각 고객에게 전달되었을 때, 티모시는 빳빳한 100달러 지폐 25장이 들어 있는 봉투를 받았다.

8

일주일 동안 번 돈을 매주 한 번씩 은행에 들러 예금하는 티모시는 그 주 금요일에도 은행에 갔다. 나이는 젊지만 구세계의 감수성을 지닌 그는 자동입출금기를 거들떠보지도 않고 그대로 지나쳤다. 사람을 통해 일을 처리하는 편을 더 선호하기 때문이었다. 그러나 입금전표를 작성해서 방탄 창구 아래로 100달러 지폐 25장과 함께 밀어 넣었을 때, 창구 직원이 그에게 잠시 기다리라고 하더니 어떤 문 뒤로 사라졌다. 몇 분 뒤 진한 회색 정장 차림의 중년 남자가 갑자기 나타나자 티모시는 불현듯 불안해졌다. 영화에서 보면,

은행 직원이 잠시 기다리라고 말한 뒤 정장 차림의 남자가 갑자기 나타나는 것이 거의 항상 나쁜 소식의 전조였다. 정장 남자가 엄격한 표정으로 "이쪽으로 와주시겠습니까?"라고 말하고, 은행 경비원이 총기의 개머리판에 손을 댄 채 옆에서 대기하는 장면이 이어질 때가 많았다. 그러나 중년 남자는 로버트슨 지점장이라고 자신을 소개한 뒤, 티모시에게 거래해주셔서 감사하다는 말을 했을 뿐이었다. 저축계좌의 이자율이 역대급으로 낮은 수준이라서, CD(로버트슨 씨는 이것이 **콤팩트디스크**의 약어가 아니라 **양도성 예금증서**의 약어라고 설명해주었다) 같은 대안을 생각해보는 것이 좋을 수도 있다는 지적도 해주었다. CD에 관심이 있다면, 저희 은행의 재무설계사와 한번 만나보시겠습니까……? 티모시는 로버트슨 씨에게 감사하다고 인사한 뒤, 그 점을 잘 생각해보겠다고 말하고 나서 따스하고 보들보들한 기분으로 은행을 나섰다.

그날 밤 고담 바앤드그릴을 찾은 티모시는 평소처럼 바에 앉지 않고, 테이블 좌석을 청했다. 그리고 평소처럼 햄버거를 주문하는 대신, 드라이에이징 뉴욕 스테이크 340그램(미디엄 레어)을 주문했다. 웨이터가 반주로 포도주도 한잔하겠느냐고 묻자, 포도주에 대해서는 아는 것이 거의 없는 티모시는 이렇게 대답했다.

"글쎄요, 보르도?"

"알겠습니다." 웨이터는 잠시만 기다리라고 말했다.

1분도 채 지나지 않아서 진한 회색 정장을 입은 중년 남자가 티모시 옆에 갑자기 나타났다. 와인 목록을 손에 든 소믈리에였다. 한 손을 등 뒤로 돌리고 허리를 구부린 소믈리에 메티에 씨는 다양한 가격의 다양한 보르도 빈티지를 가리키며 무엇을 택하든 식사에 완벽한 반주가 될 것이라고 말했다.

 자신이 익숙한 곳에 들어왔다가 기다리라는 말을 듣고, 전에 한 번도 본 적이 없는 정장 차림의 중년 남자가 갑자기 옆에 나타난 것이 오늘 하루 동안 두 번째라는 사실을 티모시는 놓치지 않았다. 맨해튼 전역의 업체들에 로버트슨 씨나 메티에 씨 같은 사람들이 틀림없이 있을 것이라는 사실도 서서히 깨달을 수 있었다. 맞춤 양복을 차려입고, 몸가짐을 교육받은 그들은 특정한 계층의 고객에게 전문적인 조언을 하기 위한 준비를 갖추고 닫힌 문 뒤에서 대기했다. 그런데 이제 티모시도 그 계층에 속하게 된 모양이었다! 이 깨달음이 스테이크와 함께 마신 샤토 마르고 한 병만큼이나 티모시의 머리에 큰 영향을 미쳤다.

9

 6주 뒤 어느 오후, 봄이 여름의 문턱을 향해 깡충깡충 뛰어가고 있을 때, 페니브룩 씨가 티모시를 서점 뒤편으로 불렀다. 그러고는 더할 나위 없이 경건한 표정으로 낡은 19세기 책 한 권을 책상에 내려놓았다. 무슨 책이냐고? 레프 톨스토이의 『안나 카레니나』 러시아어 초판본의 1권이었다. 페니브룩 씨의 입에서 감격에 겨워 떨리는 목소리가 흘러나왔다.

 "오늘 오후에 나는 자네에게 지금껏 마주친 적이 없는 과제를 주려고 하네. 자네의 천재적인 재능으로도 따라잡기 힘들지 몰라." 그에게 주어진 일은 단순히 이 반박의 여지가 없는 걸작에 서명을 하는 데서 그치지 않고, 저자가 가장 사랑하던 막내딸 알렉산드라 르보브나 톨스토야의 열네 번째 생일을 맞아 아버지의 애정을 담은 말까지 덧붙여 적는 것이었다.

"알다시피 문제는……."

페니브룩 씨는 더 이상 자세히 설명하지 않았다. 그럴 필요가 없기 때문이었다. 티모시는 문제가 뭔지 즉시 알아보았다. 『안나 카레니나』는 톨스토이가 쉰 살이던 1878년에 출간되었지만 그가 이 책을 딸에게 선물로 준 것은 20년 뒤였다. 그때쯤 톨스토이는 신비주의 그리스도교의 교의를 완전히 받아들여, 채식주의, 성적인 금욕, 사유재산 반대를 동반하는 광적인 금욕주의자가 되어 있었다. 그러니 필체에 이런 점이 모두 드러나야 했다. 게다가 만년필을 이용해서, 다른 글자도 아닌 19세기 키릴문자로 글을 써야 했다.

이 엄청난 과제 앞에서 티모시는 진정한 예술가답게 은둔에 들어갔다. 이스트빌리지에서 친구들과 함께 시간을 보내거나 고담 바앤드그릴에서 식사하는 모습이 더 이상 보이지 않았다. 그는 공립도서관과 모건 도서관의 희귀 원고실에 몇 시간씩 앉아 있곤 했다. 전기와 편지를 읽고, NYU에서 기초 러시아어 일반인 개방 수업을 들었다. 필체를 연습하느라 종이 두 묶음과 잉크 세 병을 썼다. 심지어 톨스토이에게 공감하기라도 한 것처럼 수염까지 기르기 시작했다.

예술가의 섬세한 감수성을 모르지 않는 페니브룩 씨는 그를 재촉하거나 괴롭히지 않았다. 옆에서 어른거리지도 않고, 지나가는 말로도 묻는 법이 없었다. 자신의 책상에 앉아 곁눈질로 티모시를 지켜보며, 그 청년의 자세를 통해 그가 풀이 죽었는지 흥분했는지 추측해보려고 했다. 시간이 점점 흘러 몇 주가 지났는데도 페니브룩 씨는 인내심 깊은 수도사의 화신 같았다. 그리고 그 인내심이 마침내 보상을 받았다. 7월 15일 티모시가 종이 한 장을 들고 서점에 들어왔기 때문이다.

그는 아무 말 없이 종이를 사장(아니, 파트너라는 말이 더 적절한 것 같기도 하다)의 책상에 놓았다.

페니브룩 씨는 서두르지 않았다. 읽던 책을 옆에 내려놓고 목을 가다듬었다. 그러고는 살갗에 자연스럽게 분비되는 기름기 때문에 얼룩이 남지 않게 아주 조심스레 손가락을 종이에 댔다. 마치 110년 전의 원고를 다루는 사람 같았다. 그는 세심하게 종이를 살펴보았다.

"오, 티모시."

페니브룩 씨는 안경을 벗고 손수건으로 눈을 톡톡 찍었다. 한 방울 흘러내린 눈물 때문이었다. 진정한 눈물이었다!

"그동안 자네가 준비한 것이 헛수고가 아니었군. 자네가 찾던 것을 드디어 찾아낸 거야. 하나도 빠짐없이. 하지만 정말로 준비가 된 것 같은가……?"

"네."

"그럼, 여기 있네. 자."

페니브룩 씨는 맨 아래 서랍에서 그 초판본을 꺼내 책상에 올려놓았다. 그러고는 일어나서 자신의 의자를 양보했다. 티모시가 일을 마치는 데 한 시간 넘게 시간이 걸릴 것 같아서, 페니브룩 씨는 몇 걸음 떨어진 곳에 자리를 잡았다. 그러나 티모시는 외과의사의 확신과 마술사의 솜씨로 1분도 안 돼서 작업을 마쳤다.

티모시가 일어서자 페니브룩 씨는 청년의 오른손을 양손으로 부여잡고 그의 눈을 들여다보았다.

"나는 이 일을 하면서, 아니 평생 동안 예술을 창문으로 엿보았네. 자네가 지금 느끼는 만족감, 성취감, 이런 천재적인 작품을 세상에 내놓았다는 미학적인 행복감을 나는 그저 상상만 할 수 있을 뿐이지. 오늘은 편히 쉬게. 가서 멋진 저녁을 먹고 푹 자. 자네는 그럴 자격이 있네."

티모시 투쳇에게도 많은 결점이 있었지만, 허영심이 있다고 말할 수는 없었다. 친구들과 함께 있을 때 자랑을 늘어놓지도 않았고, 혼자 있을 때 거울만 빤히 바라보지도 않았다. 굳이 따지자면, 티모시에게는 오히려 끈질긴 자기 회의의 그림자가 드리워져 있었다. 그러나 그날 서점을 나설 때 티모시는, 페니브룩 씨가 짐작했던 것처럼, 예술가가 성공의 순간에 느끼는 고양감을 느끼고 있었다.

자신의 재능, 시간, 노력을 쏟아 인간의 마음을 표현해낸 기분이 마치 방금 협주곡의 마지막 음을 연주하고서 청중의 갈채를 기다리는 피아니스트의 기분과 비슷했다. 톨스토이가 소설의 마지막 페이지를 완성하며, 자신이 자신의 이전 작품을 뛰어넘었을 뿐만 아니라 동료는 물론 어쩌면 우러러보던 작가들의 작품마저도 뛰어넘은 것 같다는 사실을 깨달았을 때 느꼈을 법한 기분과도 거의 비슷했다.

페니브룩 씨가 제안한 그대로 티모시는 집으로 가서 샤워를 하고, 얼마 전에 장만한 스리피스 정장을 차려입은 뒤 맨해튼 위쪽에 있는 포시즌스의 풀룸으로 향했다. 필립 존슨이 20세기 중반 스타일로 설계했고 맨해튼 미드타운의 고층건물에 위치한 풀룸은 명사들이 모이는 곳이었으며, 모든 직원이 짙은 회색 정장을 입었다. 티모시는 미스 반데어로에 의자에 앉아 생전 처음으로 푸아그라를 먹고, 그다음에는 도버 서대기를 먹었다. 그날 낮에 도버에서 비행기로 배달된 생선이었다. 디저트로는 바나나 포스터를 주문했다. 직원이 이 음식을 수레에 실어 손님의 테이블까지 와서 손님의 눈앞에서 불을 붙여준다는 사실을 알게 되었기 때문이었다. 사실 포시즌스에서 보낸 시간이 전부 신성해서 티모시는 가능한 한 빨리 이곳에 다시 와야겠다고 결심했다. 상냥한 미스 체임버스를 초대해서 함께!

다시 52번가로 나온 티모시는 지하철을 탈지 택시를 탈지 잠시 고민했다. 그러나 그의 고민이 끝나기도 전에 반짝거리는 검은색 타운카가 길가에 멈춰 서서 그에게 서비스를 제공하겠다고 제안했다. 맨해튼에서는 타운카가 길가에서 승객을 태우면 안 된다는 사실을 티모시는 알고 있었다. 택시에 비하면 두 배, 지하철에 비하면 네 배나 많은 돈을 지불해야 한다는 사실 또한 알고 있었다. 그러나 자본주의의 천재성을 인정하는 의미에서 티모시는 그 자동차의 뒷좌석에 올라탔다. 가는 길이 정확히 자신이 치른 값만큼 편안할 것을 확신하면서.

9시 직후에 집에 도착한 티모시는 무너지듯 의자에 앉았다. 일을 잘 끝마쳤다는 기쁨과 훌륭한 식사의 여운이 아직도 남아 있는 것을 느끼며, 8층 아래의 거리에서 올라오는 소리에 만족스럽게 귀를 기울였다. 자동차 경적 소리, 술 취한 사람들의 고함 소리, 개 짖는 소리, 심지어 경찰차의 사이렌 소리까지. 그 모든 소리가 하나로 합쳐져서, 따스한 여름밤의 맨해튼이라는 교향곡이 되었다.

10

 페니브룩 씨가 축하의 의미로 즐거운 시간을 보내라고 티모시를 내보낸 것은 그의 성취를 인정하는 의미였지만, 또한 자신도 소소하게 자축의 시간을 보내고 싶기 때문이기도 했다. 그는 책상에서 지난주에 산 돔페리뇽 한 병을 꺼내 얼음을 채운 작은 금속 쓰레기통에 묻어두었다. 그러고는 조심스레 손의 물기를 말리고 나서 톨스토이의 책을 들어 속표지를 펼쳤다. 자신이 받게 될 보상, 동료들이 그의 대성공을 알고 나서 느끼게 될 시기심에 대한 생각은 잠시 미뤄두었다. 밤늦게 침대에 누운 뒤, 아내가 잠들어 코를 골기 시작하면 그 두 가지를 마음껏 이리저리 생각해볼 수 있음을 알기 때문이었다. 대신 이 기회를 이용해서 그는 순전히 예술적인 차원에서 티모시의 솜씨에 경탄했다. L자의 휘어진 곡선이 너무나 완벽해서 마치 숫자 8이 바람을 향해 기울어진 것처럼 보였다. 몹시 권위 있는 선으로 이루어진 대문자 T의 지붕 아래에서는 비가 내릴 때 소문자 o가 틀림없이 비를 그을 수 있을 것 같았다. 이 필체가 표현한 지성, 열정, 인간적인 웅대함이라니. 만약 페니브룩 씨가 이 서명을 맡긴 본인이 아니라면, 톨스토이가 모스크바에서 160킬로미터 떨어진 가문의 땅 야스나야 폴랴나에서 책상에 앉아 직접 이 글을 썼다는 사실을 추호도 의심하지 않았을 것이다.

 6시에 페니브룩 씨는 한숨을 내쉬며 책을 덮어 마닐라 봉투에 넣고 봉했다. 봉투에는 코네티컷에 사는 부유한 수집가의 주소를 이미 써두었다. 그러고 나서 그는 돔페리뇽을 빙글빙글 돌리다가(골고루 차가워지게 하려고) 길쭉한 플라스틱 잔(선견지명을 발휘해서 샴페인과 함께 사두었다)을 들고 서점 앞쪽으로 걸어갔다. 문을 잠그기 위해서였다. 그러나 문을 잠그는 동안 정장 차림의 남자 두 명이 문 앞에 나타났다.

평소 같으면 페니브룩 씨는 정장을 입은 남자 두 명이 이런 시간에 서점 앞에 나타난 것을 이상하다고, 아니 심지어는 불길하다고까지 생각했을 것이다. 그랬다면 더욱더 그들을 손짓으로 물리며 입술을 움직여 '영업이 끝났음'을 알렸을 것이다. 그러나 들뜬 기분에 평소와 달리 사람에게 너그러워진 페니브룩 씨는 잠갔던 문을 살짝 열고 평소보다 품위 있게 말했다. 비록 지금은 서점의 영업이 끝났지만 내일 아침 10시 이후에 다시 온다면 언제든 환영이라고.

이 말을 전하고 나서 페니브룩 씨가 다시 문을 닫으려 했을 때, 두 남자 중 한 명이 능숙하게 발끝을 문틈에 끼워 넣었다. 상점에서 지켜야 할 예의를 이렇게 어기는 모습에 페니브룩 씨가 당황스러운 마음을 미처 표시하기도 전에, 그 남자는 주머니에서 종이 한 장을 꺼냈다. 미국 수정헌법 제4조와 뉴욕주 법률에 따라 그와 그의 동료가 늦은 시간이라도 페니브룩 씨의 영업장에 들어와 샅샅이 수색할 수 있다고 허락해준 서류였다.

무슨 계기로 이렇게 불편한 시각에 지역 당국이 이곳을 찾아오게 되었을까? 간단한 운명의 장난으로……

◆ ◆ ◆

티모시가 『안나 카레니나』에 톨스토이 씨를 대신해서 서명하기 전날로부터 일주일 전, 폴 오스터(책 속 등장인물이 아니라 작가 자신)가 NYU 영문과의 어느 세미나에서 강연을 했다. 그날 저녁에는 오스터와 담당 편집자의 식사가 예정되어 있었다. 따라서 수업이 끝난 뒤 오스터는 브루클린의 집으로 돌아가지 않고, 마침 날씨도 좋고 하니 맨해튼 미드타운을 천천히 돌아다니기로 했다. 애스터 플레이스에서는 포스트펑크 옷차림을 한 젊은이들을 보며 내심 미소를 지었고, 10번가에서는 30대 때 자주 들르던 카페에 들어가 카푸치노 한 잔을 마셨다. 그러고는 12번가에 이르러 페니브룩 씨의 서점 문턱을 넘었다. 헌책방 앞을 그냥 지나가는 것은 그의 본성에 어긋나는 일이기 때문이었다.

서점 앞쪽 책상에 앉아 누군가의 전기를 열심히 읽고 있는 청년에게 예의 바르게 고갯짓으로 인사한 오스터는 안쪽으로 깊숙이 들어가 한가로이 서가들을 훑어보았다. 그러다 가운데 통로의 끝에 이르렀을 때 빈 책상 위에 자신의 두 번째 소설인 『유령들』한 권이 놓여 있는 것을 보았다. 라벨을 보니 서명이 들어간 초판본이었다. 오스터는 거의 감상적인 미소를 지으며 그 책을 들어 표지를 펼쳤다.

그러나 속표지를 보고 오스터는 배를 한 대 얻어맞은 기분이었다. 자신의 서명이 너무 거만하게 보인 탓이었다. 이렇게 당당하다니. 이렇게 자신감이 넘치다니. 주위에 아무도 없는데도 오스터는 젊은 날의 오만함을 보여주는 반박할 수 없는 증거에 얼굴을 붉혔다. 이 책이 출판되었을 때 그가 고작 서른일곱 살이었고, 『유리의 도시』가 받은 대중의 찬사에 아직 흠뻑 빠져 있었다는 사실은 변명이 되지 않았다. 그러나 젊은 자신을 질책하던 중에도 그는 P의 필체가 다소 인상주의적이라는 사실을 알아차렸다. 그 나이 때에는 확실히 대문자를 이보다 더 정확하게 썼는데.

'이상한걸.' 그는 속으로 생각했다.

그래도 그냥 그 정도에서 멈췄을 것이다.『유령들』밑에『잠겨 있는 방』도 한 권 있다는 사실을 깨닫지 못했다면. 그는『유령들』을 내려놓고『잠겨 있는 방』을 들었다. 여기에도 서명이 있는데, 그가 한 것이 아니었다. 이 서명 역시 자신의 성공을 의식하는 작가의 것이었으나,『잠겨 있는 방』이 출판될 무렵에는 아내가 이미 딸을 임신하고 있었다. 그 행복한 소식을 듣고 깊은 곳에서 솟아난 기쁨과 겸허함은 어디로 가버렸지?

오스터는 고개를 절레절레 저으며『유령들』위에『잠겨 있는 방』을 올려놓고 여름밤의 거리로 다시 나갔다. 그런데 동쪽으로 걸으면서 주위를 구경하는 중에도 왠지 마음이 불편했다. 정신을 차려보니 낯선 도시에 있는 것 같은 기분, 또는 이따가 중요한 회의가 있다는 사실을 깨달았는데 어디서 언제 누구와 만나야 하는지 기억나지 않을 때의 기분과 비슷했다.

3번 애비뉴에 들어섰을 때는 이 불편한 기분이 의심으로 변했고, 의심은 곧 확신으로 변했다. 그 두 책의 서명은 그의 것이 **아니었다**! 확실했다. 자신의 것 같지 않은 자신의 서명이 있는 책을 한 권 우연히 만나는 것은 그렇다 쳐도, 그런 책이 두 권이나 같은 책상에 있다고? 그것도 두 권이 포개진 채로? 이것은 그냥 의심스러운 수준을 훨씬 뛰어넘었다. 심지어 사악하기까지 했다! (적어도 문학적인 맥락에서는 그랬다.)

폴 오스터는 비록 수수께끼와 도플갱어와 유령을 사랑하는 사람이지만, 남이 자신을 대신해서 그 두 책에 서명했다는 생각에서 예술적인 만족감을 전혀 느낄 수 없었다. 16번가에서 화가 나기 시작한 그는 21번가에 이르렀을 무렵에는 사실상 분노한 상태였다.

오스터가 이렇게 분노한 시점이 페니브룩과 티모시에게는 최악이었다. 공교롭게도 21번가에 제13구 경찰서가 있기 때문이었다.

병원에 들어가서 네 번 연달아(가장 먼저 접수 직원에게, 그다음에는 간호사에게, 그다음에는 인턴에게, 그다음에는 마침내 의사에게) 어디가 아픈지 설명해야 할 때와 마찬가지로, 오스터는 가장 먼저 제복경관에게, 그다음에는 내근경관에게, 그다음에는 형사에게, 그리고 마지막으로 사기전담반 책임자에게 자신의 의심을 설명하며 점점 더 화가 났다. 매커스커 반장은 폴 오스터의 이름을 들어본 적이 없는 사람이었다. 작가로서도 작품의 등장인물로서도. 그리고 그의 신중한 의견으로는, 1980년대에 나온 두 소설의 속표지에 적힌 서명을 수사하는 것은 사기전담반의 시간을 가장 잘 활용하는 방안이라고 하기 어려웠다. 이 이야기의 시간적 배경이 미국의 도시중심부에서 범죄율이 하락한 시기인 것은 맞다. 따라서 매일 발생하는 살인사건과 무장강도 사건이 과거보다 적었다. 그렇다고 해서 수사해야 할 심각한 위법행위가 없는 것은 아니었다! 바로 그 순간에만 해도, 차이나타운에 갓 도착한 이민자들에게 빠른 말씨로 시민권을 약속하며 장사를 하는 일당이 있었고, 남의 신분을 도용해 신용카드를 만들어준 일당도 있었다. MBA를 취득한 청년들이 월스트리트에서 절도죄를 시스티나 성당 몇 채를 채울 만큼 저지르고 있는 것은 말할 필요도 없었다.

그래도 매커스커 반장은 뉴욕 시민을 위해 봉사하고 그들을 지키겠다고 서약한 사람으로서 그 문제를 조사해보겠다고 오스터 씨에게 약속한 뒤 곧 도슨 형사에게 그 일을 넘겼다. 그는 경력이 20년이 넘는 형사였다.

도슨 형사는 오랜 경험 덕분에 수사 시작부터 용의자를 만나보는 것은 현명하지 못하다는 사실을 알고 있었다. 사기꾼들은 겁이 많기로 악명이 높아서, 문제가 생길 것 같은 기미가 조금만 보여도 곧바로 주변을 싹 정리해버렸다. 그래서 그는 먼저 주변 정보를 수집하기 시작했다. 평판 좋은 서적상들을 만나 그 분야에 대한 감을 잡았고, 페니브룩의 평판도 짐작하게 되었다. 이런 대화를 통해 도슨이 배운 것은, 이런 거래에서 오가는 돈이 웃고 넘어갈 수준이 아니라는 사실이었다. 페니브룩이 수십 년 동안 이 업계에서 돌아다녔지만 '좋은 물건을 구하는 사람'으로 알려진 것은 고작 작년부터였으며, 최근에는 경쟁자에게 윙크를 하며 자신이 최고의 거래를 앞두고 있다고 암시했다는 사실도 알게 되었다. 이런 정보로 영장을 발부받은 그는 라파예트 거리에 있는 작은 서점으로 향했다.

◆ ◆ ◆

도슨 형사와 파트너 슈워치는 서점 안으로 들어간 뒤 꼼꼼하게 서점을 뒤지며 가짜 서명이 있는 오스터의 책을 찾아보았으나 찾지 못했다. 그들은 이어 유리 수납장 안의 책들을 일일이 꺼내서 속표지를 펼쳐보며 수상쩍은 서명이 있는지 살펴보았다. 그러나 보통 돈을 지불할 고객이 확보된 뒤에야 티모시에게 서명을 부탁하는 것이 페니브룩 씨의 방식이었다. 따라서 수상쩍은 서명을 수색하는 작업에서도 그들은 성과를 거두지 못했다. 도슨이 그다음으로 주의를 돌린 곳은 페니브룩의 책상이었다.

도슨은 옆에 서 있는 페니브룩이 식은땀조차 흘리지 않고 있음을 깨달았다. 이 수사 자체가 완전히 시간 낭비라는 생각이 더욱더 깊어졌다. 그러나 도슨은 직업 정신을 잊지 않고 책상 서랍을 하나하나 살펴보았다. 포스트잇 메모, 펜, 스테이플러, 프랑스어로 된 편지 한 통, 러시아어로 된 편지 한 통, 다양한 판매 전표가 발견되었다. 전표의 거래액은 모두 200달러 미만이었다.

도슨은 마침내 서랍을 모두 닫은 뒤, NYPD 방침과는 반대로 페니브룩 씨의 의자에 앉은 채 등을 기대며 소리가 들리도록 한숨을 내쉬었다. 바로 그때 페니브룩 씨는 땀을 흘리지 않지만 쓰레기통 아래쪽은 땀을 흘리고 있다는 사실이 눈에 들어왔다. 도슨이 몸을 오른쪽으로 기울여 쓰레기통을 슬쩍 밀어보니 얼음처럼 차가운 물속에 아직 따지 않은 샴페인 한 병이 잠겨 있었다. 형사로서 도슨은 가장 일상적인 물건이라도 상황에 따라 아주 다른 의미를 지닐 수 있음을 너무나 잘 알고 있었다. 그러나 차갑게 식혔지만 아직 따지 않은 샴페인이라면, 발견된 장소가 어디든 한 가지 의미밖에 없었다. 축하할 일이 있다는 것.

도슨은 다시 의자에 등을 기댔지만, 이번에는 한숨을 내쉬지 않았다. 그렇게 거의 2분 동안 페니브룩 씨의 의자에 가만히 앉아 있었다. 그러고는 책상 위로 손을 뻗어, 발송우편물 더미에서 두툼한 마닐라 봉투를 꺼냈다.

"그건 고객의 물건입니다." 페니브룩이 정중하게 끼어들었다.

"발송하기 전에는 아니죠." 도슨은 이렇게 대꾸하고 나서, 봉투를 열어 낡은 갈색 책 한 권을 꺼냈다.

"제발 조심해요, 도슨 형사.『안나 카레니나』의 초판본입니다."

도슨 형사는 손에 쥔 책을 한 번 돌려본 뒤 속표지를 펼쳤다. 거기에 색 바랜 파란색 잉크의 키릴문자로 된 문장 몇 개와 서명이 있었다.

"작가가 딸에게 쓴 헌사입니다." 페니브룩이 설명했다. "딸의 열네 번째 생일에."

"설마, 그런……."

도슨 형사는 책상의 가운데 서랍을 열어, 자신이 아까 보았던 러시아어 '편지'를 꺼내서 속표지의 글 옆에 나란히 두었다. 우연인지 내용이 글자 하나 빠짐없이 일치했다.

"이런, 이거야 원." 도슨 형사가 말했다.

헌사의 초고와 낡은 갈색 책이 지퍼락 봉투에 조심스레 담기고, 페니브룩 씨는 도슨 형사의 자동차 뒷좌석에 조심스레 태워졌다. 그렇게 모두 함께 13구 경찰서로 갔다. 그리고 그곳에서 자그맣고 나이 많은 서적상은 창문 하나 없는 방에 들어가 자신의 죄를 모두 불었다.

페니브룩 씨는 (관절염이 있는 손을 탁자 위에 잘 보이게 올려둔 채) 자신이 30년 동안 중고 서적과 희귀본을 정직하게 판매하는 사람이었다고 설명했다. 저는 아내를 부양하고, 아들을 키우고, 교회에 다닙니다. 하지만 지난 9월의 열다섯 번째 날(아, 정말 운명의 날이었어요) 티모시 투쳇(마지막에 t를 두 개 써야 합니다)이라는 젊은이가 제 가게에 들어와 문학을 사랑한다고 주장하며 거기서 일하고 싶다고 부탁했습니다. 그 젊은이는 제 밑에서 일하기 시작한 직후 출근할 때 자신이 갖고 있던 책을 한 권 가져왔지요. 존 더스패서스의 서명이 있는 『42도선』인데, 그 책을 팔고 싶다고 했습니다. 그래서 저는 그 젊은이를 대리해서 그 책을 어느 수집가에게 판매

했습니다. 그런데 일주일 뒤 티모시가 저자의 서명이 들어간 또 다른 초판본을 들고 나타난 거예요. 페니브룩 씨는 의심하지 않았습니까? 물론 의심했죠. 그럼, 그 청년에게 따져 물었나요?

여기서 페니브룩 씨는 고개를 푹 숙였다.

아뇨, 따져 묻지 않았습니다. 오히려 그 책을 판매했죠. 그 뒤로도 더 많은 책을. 도덕적으로 잘못된 일이므로 그는 연민을 전혀 기대하지 않는다고 말했다.

"저는 확신합니다, 형사님." 페니브룩은 흐느끼는 소리와 함께 진술을 마무리했다. "그 젊은이는 위조로 속속들이 잔뼈가 굵은 놈이에요. 그놈의 아파트(5번 애비뉴 96번지입니다)에 가면 그놈의 작문노트에 결정적인 증거가 있을 것 같습니다."

이 모든 사실을 밝히면서 페니브룩 씨는 약간의 당황스러움, 쉽게 남을 믿는 성격, 위협에 금방 꺾이는 모습을 보여주었다. 그래서 나이도 적지 않은 그가 남을 교묘히 조종하는 자들과 사기꾼들의 먹잇감이 될 때가 아주 많을 것 같았다. 그가 진술서에 남긴 서명에는 근면하게 살아오다가 지긋한 나이에 곧고 좁은 길에서 벗어난 정직한 사람의 후회가 너무나 잘 드러나 있었다. 대문자 P가 의기소침하게 늘어진 모습을 보면, 그 노인이 부끄러워서 고개를 늘어뜨린 모습이 거의 눈앞에 보이는 듯할 것이다.

그날 밤 8시 30분 티모시가 포시즌스에서 바나나 포스터를 즐기던 시각에 도슨 형사는 매커스커 반장의 집무실에서 라파예트 거리의 위조 사건을 상세히 보고하고 있었다.

이런 보고라면 이미 천 번쯤 해본 적이 있기 때문에 도슨 형사는 상사가 어떤 반응을 보일지 상당히 확신했다. 이것이 한 상점에서 두 남자가 저지른 서적 수집 사기극이라는 점(커낼 거리의 가짜 구치 가방 판매 사건보다 한 단계 아래 순위가 될 듯), 그리고 지금은 매커스커의 집에서 저녁을 먹을 시간이라는 점을 감안하면, 십중팔구 반장은 도슨의 보고를 받으며 단련된 무심함과 약간의 짜증을 보일 터였다.

그러나 뉴욕에서 자란 수많은 아이들과 마찬가지로 매커스커 반장 역시 멜팅포트의 산물이라는 점을 도슨은 미처 생각하지 못했다. 매커스커의 아버지는 글렌리벳 위스키처럼 스코틀랜드 출신이고, 어머니는 10월 혁명이 시작되자마자 우선 챙길 수 있는 것만 챙겨서 모스크바에서 도망친 사람의 외동딸이었다. 따라서 처음에는 도슨 형사의 짐작대로 무심하고 짜증스러운 표정으로 보고를 듣던 매커스커 반장은 도슨 형사가 『안나 카레니나』를 책상에 툭 내려놓는 순간 표정이 차갑게 식었다.

상관의 표정 변화를 알아차린 도슨이 조금 조심스럽게 말했다. "아무래도 이 책은……." 그러나 매커스커가 그의 말을 끊었다.

"그게 뭔지는 나도 알아, 형사."

잠시 침묵이 흐른 뒤 매커스커 반장이 책을 집어 들었다. 먼저 지퍼락 봉투에서 책을 꺼낸 뒤, 페니브룩 씨처럼 조심스럽게 표지를 펼쳤다. 그러나 헌사를 읽은 뒤 그는 눈물을 한 방울 흘리기보다는 고결하기 짝이 없는 도덕적 분노로 몸안의 모든 힘줄에 힘이 들어가는 것을 느꼈다. 자신이 물려받은 유산에 대한 자부심과 직업적 의무감이 동시에 작용한 결과였다.

"그 노인을 확보했겠지. 이…… 투쳇은 어디 있어?"

도슨 형사는 상사의 태도에 상당히 명백하게 드러나는 절제된 분노에 얼떨떨해졌다. 그러나 상사의 감정에 얽혀 있는 심리적인 기반을 조사하기만 해서는 일급 형사가 될 수 없는 법이다. 상사의 감정에 적절히 반응할 줄 알아야 했다.

도슨은 차렷 자세를 했다.

"그자는 5번 애비뉴에 살고 있습니다, 반장님. 96번지예요. 제가 날이 밝는 대로 놈을 데려와서 심문하겠습니다."

매커스커가 소설책에서 시선을 들었다.

"라이커스 교도소가 문을 닫았나, 형사?"

"아닙니다."

"예약이 꽉 찼어?"

"라이커스 섬에는 언제나 한 사람이 더 들어갈 공간이 있습니다."

"그럼 왜 내일 아침까지 기다려?"

"당장 놈을 잡으러 가겠습니다, 반장님."

매커스커가 칭찬하듯이 고개를 끄덕이자 도슨은 밖으로 나가려고 돌아섰다. 그런데 그때 매커스커가 한 손을 들어올렸다.

"잠깐만."

계속 그 손을 든 채로 매커스커는 다른 손을 움직여 아내에게 전화를 걸었다. 자신이 집에서 저녁을 먹지 않을 것이라고 알리기 위해서였다. 그러고는 7년 만에 처음으로 그가 아무 표시가 없는 차에 함께 올라 직접 범인을 체포하러 나섰다. 티모시의 아파트가 근처에 있고 위험에 처한 사람이 없는데도, 매커스커 반장은 도슨 형사에게 사이렌을 울리라고 지시했다. 사이렌 소리가 어찌나 단호하게 울려 퍼졌는지, 다섯 블록이나 떨어진 곳의 8층 아파트에서도 그 소리를 들을 수 있을 정도였다.

아, 티모시.

드디어 네게 경험이 될 일이 생겼다.

아스타 루에고

나는 스미티를 만나기 30분 전에 이미 그의 존재를 알아차렸다. 그럴 수밖에 없었다. 우리 둘 다 12월 말의 어느 금요일에 라과디아 공항의 고객서비스 센터 앞에 줄을 서 있을 때였다. 4시 30분에 내게 배정된 게이트의 모니터에는 비행기 네 편에 지연 표시가 떠 있었다. 15분 뒤에는 그 숫자가 열다섯 편으로 늘었는데, 거기에는 내셔널 공항으로 가는 내 5시 35분 비행기도 포함되었다. 데스크 직원에 따르면, 지연 사유는 날씨였다. 창문으로 봐서는 알 수 없었지만, 직원은 바람의 방향이 갑자기 바뀌면서 오대호의 눈보라가 시속 64킬로미터의 속도로 맨해튼으로 곧장 오는 중이라고 단언했다.

이유가 무엇이든 공항 모니터의 지연 편수가 15분 만에 넷에서 열다섯으로 늘어난다면 바로 재앙의 시작을 뜻한다는 사실을 나는 이미 오래 전에 배웠다. 곧 더 많은 비행기의 출발이 늦어진다는 발표가 나올 것이고, 이어 비행이 아예 취소될 것이다. 그리고 게이트 앞의 줄에는 실망한 표정으로 최대한 빨리 떠날 수 있는 비행기를 다시 예약하려는 사람들이 점점 길게 늘어설 것이다. 그러나 가장 빨리 떠날 수 있는 비행기의 출발 시각이 계속 뒤로, 뒤로 밀리면서 연결편 비행기를 타야 하는 사람들의 상황이 귀찮아질 테니, 고객들은 점점 성질을 내고, 직원들은 점점 지쳐가고, 선택지는 마음에 들지 않는 것만 남을 것이다.

그래서 지연되는 항공편이 표시되기 시작하자마자 나는 게이트 앞을 떠나서 종종걸음으로 온 길을 되짚어 고객서비스 센터로 갔다. 그곳에는 항공사 최고의 위기관리팀이 틀림없이 배치되어 있을 터였다. 그곳에 도착했을 때 내 앞에 줄 선 사람은 여섯 명이고, 창구 여덟 개 중 두 곳에만 직원이 있었다. 10분 뒤 나는 내 앞에 서 있는 사람 숫자만큼 내 뒤에 사람들이 서 있는 것을 보고 차가운 만족감을 느꼈다. 서로 바닥을 드러내는 경쟁이 시작되었다.

감정전염은 인간의 본성 중에서 상당히 보편적인 측면 하나를 지칭하기 위해 행동과학자들이 만든 말이다. 다른 사람의 기분이 드러나는 신호를 우리가 거울처럼 따라 하는 성향을 바로 감정전염이라고 한다. 따라서 누군가가 우리에게 미소를 지으면 우리도 마주 웃어 보일 가능성이 높다. 그러면 전반적인 상황과 상대에 대한 우리의 감정이 조금 더 긍정적으로 변한다. 그래서 웃음은 웃음을 불러오는 경향이 있고, 분노는 분노를 부르며, 눈물은 눈물을 부른다. 진화의 관점에서 감정전염은 중요한 특성이다. 엄마가 아이를 아주 효과적으로 달랠 수 있게 해주기 때문이다. 우리가 야생에서 갑자기 친구 또는 적과 마주쳤을 때 곧바로 반응을 조정할 수 있는 것도 감정전염 덕분이다.

  어쨌든 크리스마스까지 고작 엿새가 남은 금요일 밤에 눈보라가 다가오는 상황이라면, 라과디아 공항에서 감정전염이 어떤 마법을 부렸을지 짐작이 갈 것이다. 직장 때문에 공항을 이용하던 사람들은 그냥 평소처럼 주말을 집에서 보내려고 할 뿐이었지만, 선물을 잔뜩 든 많은 여행객은 가족과 명절을 함께 보내려고 가는 길이었다. 기후가 따뜻한 곳에서 연휴를 보내려고 공항에 나온 사람은 그보다 더 많았다. 그들은 예약한 곳에 도착하든 도착하지 못 하든 매일 500달러를 날리게 되어 있었다. 사람들은 저마다 지치거나, 갑갑해하거나, 불같이 화를 냈다. 그런 감정과 관련된 모든 지표들(소리가 들리게 내쉬는 한숨, 부릅뜬 눈, 투덜거리며 뱉는 욕설)을 그곳의 모든 사람이 보고 거울처럼 따라 하는 중이었다.

  정확히 말하자면, 거의 모든 사람이.

  다들 화를 내는 것이 너무나 이해가 가는 이 난장판의 한복판에서 나보다 다섯 명 앞에 서 있는 남자는 누가 봐도 분명한 호의를 발산하고 있었다. 키는 190센티미터쯤, 몸무게는 110킬로그램 남짓, 옷차림은 두 계절쯤 어긋난 넉넉한 황갈색 정장. 그는 자기가 좋아하는 브로드웨이 뮤지컬을 가장 좋은 좌석에 앉아서 곧 관람할 예정인 사람처럼 웃는 얼굴이었다. 덩치와는 달리 아주 부드러운 사람인 듯했다. 내가 지켜보는 동안 그는 돌아서서 머리를 숙여 뒤에 서 있던 노부부에게 뭐라고 말했다. 노부부는 각자 크리스마스 선물 포장이 된 길쭉한 상자를 들고 있었다. 노부부가 웃음을 터뜨리자 남자는 놀란 표정을 지었다. 자신이 그렇게 웃기는 말을 한 줄은 미처 몰랐다는 듯한 표정이었다. 그러다 그도 웃음을 터뜨리자,

그의 앞에 서 있던 여자도 웃기 시작했다.

내 바로 앞에는 월스트리트 타입의 젊은이 두 명이 똑같이 생긴 노키아 휴대폰을 각각 귀에 대고 서 있었다. 두 사람이 힘들게 인내심을 발휘하는 어조로 각각 비서에게 같은 지시를 되풀이하고 있을 때, 그들의 일행 한 명이 다가와서 케리 리무진을 뚫었다고 말했다. 상황을 보아하니 비행기보다 차로 가는 편이 보스턴에 더 빨리 도착할 듯 싶었다는 것이다. 케리의 운전기사가 15분 만에 올 수 있다고 했다. 같이 갈래, 어쩔래?

그들은 같이 가겠다고 했다. 그래서 나는 서비스 창구에 두 사람만큼 가까워졌다.

온화한 거인에게 호기심이 동한 상태라서, 창구 직원이 그를 향해 손짓하며 "다음 사람"이라고 외쳤을 때 나는 조금 실망했다. 하지만 남자는 아니나 다를까 노부부에게 돌아서서 먼저 가시라고 권했다.

"저는 급하지 않아요." 남자가 말했다. 노부부가 창구로 걸어가자 그는 미소를 지으며 내 쪽으로 고개를 기울였다. "소방차예요."

"소방차요?"

남자는 길쭉한 상자를 가리켰다. "디모인에 사는 손자들 선물이래요. 일란성 쌍둥이!" 남자는 대단하다는 듯 고개를 절레절레 젓다가, 갑자기 어떤 생각이 떠오른 사람처럼 움직임을 멈췄다. "혹시 소방차도 쌍둥이처럼 똑같을까요?"

나는 나도 모르게 빙긋 웃었다.

"그럼 애들이 싸울 이유가 줄어들겠네요."

"그렇죠." 남자가 맞장구를 쳤다. "크리스마스 아침에 기쁨과 실망은 종이 한 장 차이거든요. 자녀가 있으세요?"

"아뇨."

"아." 그는 마치 조금 실망한 것 같았다.

"하지만 노력 중이에요."

"그럼 앞으로 좋은 일이 있겠네요!" 그는 한 손을 내밀었다. "저는 스미티예요."

"제리예요."

"만나서 반가워요, 제리."

멀리 떨어져 있을 때 나는 이미 스미티가 덩치와 달리 부드러운 사람임을 알아보았다. 그러나 이렇게 나란히 서고 보니, 그가 십중 팔구 그 덩치 **때문에** 부드러운 사람이 된 것 같다는 생각이 들었다. 곰처럼 큰 덩치로 다른 사람들 머리 위로 우뚝 서 있다가 남들을 편안하게 해주기 위해 자신의 자세를 고치는 법, 목소리를 부드럽게 내는 법, 몸짓에 서투른 느낌을 조금 섞는 법을 터득했을 것이다. 그는 북극곰의 몸을 한 판다였다.

"여행을 떠나는 길이에요, 아니면 집으로 돌아가는 길이에요?" 그가 물었다.

"돌아가는 길이에요. 워싱턴으로."

"D.C?"

"네."

"아." 그가 조금 동경하는 표정으로 말했다. "얼마나 멋질까요. 백악관이며, 제퍼슨 기념관이며, 항공우주 박물관이며."

"연방인쇄국도요." 내가 덧붙였다.

"맞아요! 돈을 찍어내는 곳."

"대부분의 돈을 찍죠."

"대부분요?"

"연방준비제도가 텍사스에 인쇄 시설을 하나 더 만들었거든요."

"똑같은 지폐를 찍어요?"

"제조지 표시만 빼고요."

스미티가 이 소소한 사실에 무척 흥미를 느끼는 것 같아서 나는 나도 모르게 지갑에서 10달러 지폐를 꺼내 자그맣게 찍힌 FW를 보여주었다. 그 지폐가 텍사스주 포트워스에서 인쇄되었다는 표시였다.

"멋지네요!" 스미티는 지폐에서 눈을 들어 내 뒤의 남자와 시선을 맞췄다. "이것 보셨어요?" 그가 그 표시를 그 남자에게 막 보여주려는 순간, 두 창구 직원이 동시에 "다음 사람"을 외쳤다. "틀림없이 우리한테 행운의 날인가 봐요." 스미티가 웃는 얼굴로 내게 말했다.

만약 창구 직원 한 명만이 "다음 사람"을 외쳤다면, 스미티는 나더러 먼저 가라고 했을 것 같다. 조금 전 노부부에게 했던 것처럼. 사실 그가 지친 여행자들에게 모두 순서를 양보하느라 밤새 거기서 있었을 가능성도 높다.

내가 다음 날 오전에 떠나는 비행기(서른 번째 줄의 가운데 좌석. 고맙기도 하지)를 예약하고 돌아섰을 때 스미티는 보이지 않았다. 이제 고객서비스 창구 앞의 줄이 이 구역을 벗어나 신문 판매대 너머까지 이어진 것을 보고 나는 여행 요령에 밝은 나 자신을 칭찬했지만 몇 분 뒤 내가 신참들의 전형적인 실수를 저질렀음을 깨달았다. 모토로라 전화기로 세인트레지스 호텔에 전화를 걸어 예약 담당자에게 방금 그 호텔에서 사흘 밤을 묵었는데 하룻밤 더 방이 필요할 것 같다고 설명했더니 담당자는 호텔 예약이 꽉 찼다고 말했다. 페닌슐라 호텔도, 칼라일 호텔도 마찬가지였다. 내가 인간의 행동에 대한 내 분석에 감탄하는 동안 다른 사람들은 시내의 모든 호텔 방을 획획 채가고 있었던 것이다.

전화기를 닫으며 나는 한숨 내쉬기, 눈 부릅뜨기, 혼자 욕하기를 동시에 하려고 했다. 그런데 그때 그 온화한 거인이 역시 모토로라 전화기를 귀에 댄 채로 내 앞에 나타났다. 그리고 자신의 전화기를 가리키며 이렇게 말했다. "지금 그랜드하얏트에 방을 예약 중인데요, 방 필요하세요?"

'그랜드하얏트라니.' 나는 속으로 움찔했다. 평소 같으면 내 대답은 확실히 '아니오'였을 것이다. 그러나 지금은 평소 때와는 거리가 한참 멀었다.

"방을 구할 수 있으면 좋죠." 내가 말했다.

그가 손가락 하나를 들어올렸다. "네, 재니스. 이름이 스미스예요. S-M-I-T-H. 그런데 미안하지만 방을 하나 더 예약해도 될까요? 맞아요, 하나 더요. 아, 좋아요. 이름은 제리예요. 제리……." 그가 나를 보았다.

"브룩스." 나는 이름의 철자를 불러주고 싶다는 유혹에 저항했다.

"브룩스예요. 훌륭해요. 곧 갈게요!" 스미티는 전화를 끊으면서 내게 만족스러운 미소를 보냈다. "이제 택시를 같이 타고 가면 되겠어요!"

우리가 택시를 타고 가는 동안 눈송이가 떨어지기 시작했다. 차가 미드타운 터널을 빠져나올 때에야 나는 스미티에게 가방이 없다는 사실을 알아차렸다.

"여행을 가볍게 다니나 봐요." 내가 말했다.

"뭐라고요? 아, 맞아요. 오늘 오전에 당일치기 일정으로 시카고에서 왔거든요. 그래서 짐이 필요하지 않을 줄 알았죠."

뉴욕으로 당일치기 여행을 온 이유는 말하지 않았다. 나는 엠파이어스테이트빌딩과 자유의 여신상과 브루클린 다리를 보러 온 모양이라고 짐작했다. 연방준비제도 시설 하나가 월스트리트 근처에 있다는 말을 해줄까.

스미티는 전화기를 꺼내 아내에게 전화를 걸어서 메시지를 남겼다. 비행기가 취소되어 다음 날에야 집에 돌아가게 되었고, 벌써 아내가 그립다는 내용이었다.

'그렇지!' 나도 속으로 이렇게 외치며 전화기를 꺼내 비슷한 느낌의 비슷한 메시지를 남겼다.

"다 왔네요." 택시가 호텔 앞으로 들어가는 동안 스미티가 외쳤다. "이 도시에서 제가 좋아하는 곳 중 하나예요. 걱정 마세요. 버니스, 그러니까 델타 항공의 고객서비스 직원 말이, 자기네 바우처를 그랜드하얏트에서 받아줄 거래요."

"바우처요?"

"바우처 못 받았어요?" 그는 놀라움과 걱정이 섞인 얼굴로 물었다.

"아뇨. 그래도 괜찮아요. 우리 회사에서 경비를 대줄 거예요."

내 말은 진심이었다. 하지만 조금 사기를 당한 느낌을 피할 수 없었다. 만약 내가 나를 담당했던 고객서비스 직원의 이름을 알아두었다면, 작은 소리로 그에게 욕설을 내뱉었을 것이다.

스미티와 나는 체크인을 마치고 엘리베이터로 5층까지 올라갔다. 내 방에 들어간 나는 부족한 점이 보이는데도 어쨌든 안도의 한숨을 내쉬었다.

사람이 북적이는 공항에서 끝을 알 수 없는 비행기 지연이 단테조차 상상하지 못한 지옥의 한 장면을 연상시킨다면, 그럭저럭 괜찮은 시간에 집으로 돌아가는 비행기가 취소된 것은 오히려 선물처럼 보일 수 있다. 뉴욕에 사흘 동안 머무르며 이 회의에서 저 회의로 바삐 뛰어다니고, 한없이 많은 고객들과 끝나지 않는 만찬을 하고 나서 집으로 돌아가면 결혼생활이 위태로워질지도 모른다. 그런 일정에서는 언제 무엇을 어떻게 먹을지 자신이 결정할 수 없기 때문이다. 언제 무엇을 어떻게 볼지도 스스로 결정할 수 없다. 따라서 비행기가 취소된 것이 일시적인 오아시스 역할을 할 수 있다. 다른 사람에게 무엇도 양보할 필요 없이 24시간을 보낼 수 있으니까.

나는 샤워를 한 뒤 아래층으로 내려가 라이 맨해튼 한 잔과 모든 재료를 넣은 버거 한 개를 먹을 작정이었다. 식사를 마친 뒤에는 가장 비싼 카베르네 포도주 한 잔을 주문해서 내 방으로 가지고 올라와 〈로앤드오더〉를 2회분쯤 볼 것이다. 어쩌면 3회분을 보게 될지도 모르고.

나는 침대에 가방을 놓고, 호텔에 도착했을 때 항상 하던 절차를 되풀이했다.

가장 먼저 협탁의 디지털시계에 이전 투숙객이 설정해둔 알람이 남아 있는지 확인했다. 여행 중에 다른 사람의 알람 때문에 새벽 4시에 깨어나는 것보다 더 싫은 일은 없다. 이상하게 그런 알람이 울리는 시각은 꼭 새벽 4시쯤이다. 애틀랜타를 경유해서 위치토의 집으로 돌아가는 어느 가엾은 놈이 설정한 알람일 수밖에 없기 때문이다.

그다음 순서로 나는 여기저기 흩어져 있는 팸플릿, 브로슈어, 지역 잡지를 모아서 서랍에 던져 넣었다. 좋은 호텔이라 해도 그런 인쇄물을 보면 마치 치과 대기실에 짐을 푼 것 같은 기분이 든다.

내가 인쇄물 중에서 유일하게 서랍에 넣지 않은 것은 잠자리에 들기 전에 특정한 시각에 아침 식사를 가져다달라고 주문하는 내용을 써서 문고리에 걸어둘 수 있는 카드였다. 나는 저녁 식사는 룸서비스로 주문하지 않지만(차갑게 굳어서 도착할 때가 많기 때문이다), 아침 식사는 항상 그렇게 주문한다. 디지털시계의 시끄러운 알람에 깨는 것보다는 커피를 들고 온 남자가 문을 두드리는 소리가 훨씬 더 낫다. 게다가 아침 8시에 호텔 식당에 들어가 한숨이 나오는 조명 아래 식탁에 앉으면 식당 안의 모든 사람이 성별과 상관없이 모두 자신과 똑같은 몰골임을 알게 될 때가 많다. 하나같이 어두운 색 정장을 입은 이 사람들은 똑같은 종류의 회의에 참석해서 똑같은 이유로 똑같은 종류의 사람들에게 똑같은 말을 하게 될 것이다. 이런 사실을 깨닫고 나면 그날 하루 기분이 나쁠 가능성이 높다. 그러느니 방에서 에그샌드위치를 먹으며 자신이 개성 있는 사람이라는 환상을 즐기는 편이 낫다.

나는 정장을 벽장에 건 뒤, 가방에서 여행 파우치를 꺼내 약간의 자부심을 느끼며 욕실 선반에 놓았다.

맞다, 자부심이다.

출장 경험이 많은 사람이라면, 효율성을 보여주는 모든 사소한 점들이 자기만족의 근거가 된다. 그중에서도 잘 정돈된 여행용 파우치는 목록의 상단 근처에 위치한다. 나는 파우치의 지퍼를 열 때마다 그 안에 내가 필요한 모든 물건이 축소형으로 들어 있다는 사실에 즐거움을 느낀다. 접을 수 있는 칫솔 한 개, 일회용 면도기 두 개, 여행용 면도크림, 여행용 치약, 여행용 디오더런트, 여행용 두통약 병. 그밖에 연필 모양 지혈제, 일회용 밴드, 안전핀 두 개도 들어 있다. 집에 돌아오면 나는 파우치에 사용한 물건을 다시 채워 넣고 벽장 위쪽 선반에 놓는다. 네이비 실의 배낭처럼 작전에 나설 준비를 미리 갖춰두는 것이다.

20분 만에 샤워를 마치고 옷도 갈아입어 맨해튼을 마시러 갈 준비가 된 나는 엘리베이터로 갔다. 그런데 거기 스미티가 있었다.

"제리!" 그가 소리쳤다. 오랜 친구를 몇 년 만에 처음 본 사람 같았다.

"스미티." 내가 대답했다.

"버거를 먹으러 내려가는 길이에요. 같이 갈래요?"

"좋죠."

엘리베이터에 오른 뒤 우리는 동시에 숫자판을 향해 손을 뻗었다.

"당신이 해요." 내가 말했다.

스미티가 L 버튼을 누르자 엘리베이터가 아래로 내려갔다.

나는 그가 갑자기 환히 웃고 있는 것을 알아차렸다. 아마 머리 위에서 들리는 크리스마스캐럴 때문인가 싶었는데 아니었다. 감상적인 기억 때문이었다.

"나는 어렸을 때 매사추세츠 서부의 작은 도시에 살았어요." 그가 설명했다. "가장 높은 건물이라고 해봤자 3층밖에 안 되는 곳이었죠. 1년에 한두 번 식구들이랑 보스턴의 할머니를 만나러 갔는데, 할머니가 사시는 곳은 10층짜리 아파트 건물이었어요. 그 보스턴

여행에서 가장 신나는 일 중 하나는 엘리베이터를 타는 거였어요. 우리 형제는 누가 버튼을 누를지를 놓고 싸움을 벌이곤 했죠. 엘리베이터라니." 그가 미소를 지으며 말을 맺었다.

"맨해튼에 엘리베이터가 없는 건물은 없을걸요." 내가 말했다.

스미티는 화들짝 놀란 얼굴로 나를 보다가 몹시 진지한 목소리로 말했다. "사람들이 엘리베이터를 너무 인정해주지 않는 것 같아요."

그랜드하얏트의 식당이 피곤해 보이는 것은 전혀 놀랍지 않았다. 식당의 실내장식, 손님들, 음식도 마찬가지였다.

"바에서 먹는 게 어떨까요?" 내가 제안했다.

식당 직원과 벌써 친하게 이름을 부르는 사이가 된 스미티는 실망한 표정을 지었다.

"그러지 말고요." 내가 고집을 피웠다. "그냥 버거만 먹을 거잖아요. 그러면 바보다 더 좋은 곳이 어디 있어요? 게다가 아까 엘리베이터에서 당신이 버튼을 눌렀잖아요."

7시 30분이라서 바에는 이미 손님이 많았지만, 우리는 다행히 마지막으로 남은 의자 두 개를 차지할 수 있었다. 자리에 앉은 뒤 스미티가 주머니에서 전화기를 꺼내 바 위에 놓았다.

"아내가 전화할지도 모르니까요." 그가 설명했다.

"나도 마찬가지예요." 나는 이렇게 말하면서 역시 전화기를 꺼내 놓았다.

바텐더가 마침내 우리 앞으로 오자 우리는 버거 두 개(모든 재료를 넣은 것)를 주문했다.

"마실 것은요?"

"라이 맨해튼 스트레이트로." 내가 말했다.

스미티는 바텐더 뒤편의 벽에서 조명을 받고 있는 술병들을 눈으로 이리저리 훑어보다가 아직 마음을 정하지 못했다는 신호를 보냈다.

음식을 기다리는 동안 나는 그가 조금 불편해 보인다는 사실을 문득 깨달았지만 아마 저혈당 탓이려니 했다. 주문한 버거가 나오자 그의 기분이 다시 좋아졌기 때문이다. 그가 다시 질문을 던지기 시작한 것이 증거였다.

"직업이 뭐예요, 제리? 그러니까, 워싱턴에서요."

"삽을 팔아요." 나는 조금 심술궂은 얼굴로 대답했다.

"정말로요?!"

"아뇨. 나는 전략 컨설턴트예요."

"군대의?"

"정치 후보들한테요. 인구통계, 유권자 등록 운동, 메시지 다듬기 등에 대해 조언하죠. 간단히 말해서, 선거운동 구축을 돕는 거예요."

"무슨 선거요?"

"하원. 상원. 대통령."

"진짜예요?"

"진짜예요."

"민주당이에요, 공화당이에요?"

"양쪽 다. 그래서 아까 삽을 판다고 말한 거예요."

스미티는 잠시 어리둥절한 표정이더니, 곧 이해했다는 듯 미소를 지었다. "눈보라 때 제일 돈을 버는 건 삽을 파는 사람이라는 말처럼요?"

"보통은 골드러시 때라고 하지만, 눈보라도 괜찮아요. 당신은 어때요, 스미티? 무슨 일을 해요?"

"나는 장인 밑에서 일해요." 그가 조금 어색한 미소를 지으며 말했다. "제조업체를 운영하시는데, 내가 오늘 뉴욕에 온 건 지역 대리점 회의 때문이었어요. 내년의 작전 계획을 의논하자, 뭐 그런 거요."

"뭘 제조하는 회사예요?"

"기젯요."

"기젯이 뭐예요?"

"간단한 아이디어 제품과 이름이 잘 생각나지 않는 작은 제품의 중간에 있는 거예요."

"아." 나는 빙긋 웃었다. "작지만 필요한 물건."

"아, 맞아요. 정말 필요해요. 사실상 필수품이에요."

우리는 버거를 한 입 먹었다.

"항상 그 업계에 있었어요?" 내가 물었다.

"아뇨. 전에는 NBC에서 전국 광고 위탁업무를 했어요. 머스트 시 TV+ 등등을 위해 광고 시간을 팔았죠. 그다음에는 피츠버그의 계열사에서 일했고요. 장인어른의 회사에 들어간 건 고작 1년쯤 전이에요. 스미티 3.0이라고나 할까요." 그는 계면쩍은 미소로 말을 맺었다.

그러고는 잠시 그답지 않게 말이 없다가 다시 얼굴이 밝아졌다.

"사실 제 **첫 번째** 직업은 눈을 치우는 거였어요."

나도 얼굴이 밝아졌다.

"진짜요?"

✦ Must See TV, NBC가 1990년대에 사용하던 광고 슬로건.

"진짜요. 내가 어렸을 때 살던 곳에서는 겨울이 되면 밤새 눈이 60센티미터나 90센티미터쯤 내릴 때가 있었어요. 그러면 학교들이 **전부** 문을 닫았죠. 몬테소리 학교만 닫은 게 아니에요. 우리 동네에는 노부부들도 많았어요. 요즘은 아마 빈 둥지 부모라고 부르는 것 같은데. 우리 형제는 작업복을 입고 눈 속을 터벅터벅 걸으면서 집집마다 문을 두드려 진입로나 우편함까지 가는 길의 눈을 치워주겠다고 제의했어요. 돈벌이가 쏠쏠했어요."

그는 추억을 떠올리며 고개를 절레절레 저었다.

"그걸 어디다 썼어요?" 내가 물었다.

"뭘요?"

"그 쏠쏠한 거."

그는 잠시 먼 곳을 바라보다가 다시 나를 보았다.

"그러고 보니, 전혀 기억이 안 나네요."

나는 웃음을 터뜨렸다.

그러자 그도 웃음을 터뜨렸다.

그때 누군가가 소리쳤다. "스미티!"

방금 바로 걸어온 중년 부부였다. 밝은색 반소매 셔츠와 팔랑거리는 밀짚모자 차림이었다.

"앨버트!" 스미티가 대꾸했다. "앨리스!"

우리가 두 사람을 위해 공간을 만드는 동안 스미티는 그 두 사람도 공항에서 만났다고 내게 설명했다. "결혼 25주년을 기념해서 칸쿤으로 가는 길이었대요."

"그런데 그랜드하얏트에서 결혼기념일을 축하하고 있네요." 앨리스가 말했다.

"세상이 네게 리몬을 주거든, 너는 리모나다를 만들어라." 앨버트가 말했다.

"앨버트가 스페인어를 공부하는 중이거든요." 앨리스가 말했다.

"나도 외국어를 할 줄 알면 좋겠어요." 스미티가 조금 동경하듯이 말했다.

"배움에는 늦은 나이가 없어요." 앨버트가 말했다.

"그거 아세요?" 스미티가 말했다. "그거 완전 맞는 말이에요. 새해 결심으로 외국어를 공부해볼까 해요!"

"뭘 드시겠어요?" 바텐더가 물었다.

"쿠에르보 어때요?" 앨버트가 이렇게 말하고는 손짓으로 우리 일행을 가리키며 말을 이었다. "콰트로, 포르 파보르+!"

"아, 그러지 않으셔도……." 스미티가 말했다.

"우리가 원해서 하는 거예요!" 앨리스가 말했다.

바텐더가 우리 앞에서 작은 잔 네 개에 술을 채우는 동안 나는 스미티의 표정을 보고 그가 테킬라를 좋아하지 않는다는 것을 알 수 있었다. 그러나 앨버트와 앨리스가 잔을 들자 그도 잔을 들고 눈을 감더니 다른 사람들과 함께 단번에 마셨다.

"아리바++." 앨버트가 말했다.

"아리바." 스미티가 말했다.

내가 분명히 잘못 생각한 것이 하나 있었다. 스미티가 테킬라를 좋아하지 않는다는 것. 그는 테킬라를 사랑했다. 블랑코도, 레포사

+ Quatro, por favor, 스페인어로 '네 잔 부탁해요'.
++ Arriba, 스페인어로 '건배'.

도도, 아녜호˚도 사랑했다. 레몬 조각과 함께 마시는 것도 좋아하고 얼음을 띄운 마르가리타로 마시는 것도 좋아하고, 매운 것과 안 매운 것, 소금을 넣은 것과 안 넣은 것도 모두 좋아했다. 사실 스미티가 테킬라보다 더 좋아하는 건 낯선 사람들밖에 없는 것 같았다. 그는 낯선 사람들 역시 나이가 많든 적든, 매콤하든 매콤하지 않든, 짭짤하든 짭짤하지 않든 모두 좋아했다.

밖에서는 두 시간 넘게 눈이 펑펑 내리는 중이었다. 그래서 온갖 종류의 계획이 틀어진 여행객들이 칵테일을 좀 마시려고 바로 들어왔다. 손님이 점점 많아지자 스미티는 반 공식적인 주최자 행세를 하면서 사람들을 맞이하고, 주문을 받고, 서로를 소개해주었다. 메인주에서 왔다는 회계사는 가재잡이 통발을 낮잡아봤다. 암스테르담에서 온 젊은 커플은 영어를 나보다 더 잘했다. 인디애나 남부에서 온 80대 자매는 딱히 술을 즐기지는 않았지만, 가끔 그럴 만한 시기가 되면 셰리주를 한 잔쯤, 또는 두 잔쯤 마시라는 권유를 받아들이기도 했다.

스미티는 확실히 매력적인 사람이었다. 그를 지켜보면서 나는 그가 왜 매력적인지 이해했다. 낯선 사람을 만날 때마다 그의 반응에는 사랑스러운 리듬이 있었다. 먼저 상대에게 질문을 던진 뒤, 놀란 표정을 짓고, 동경하듯 상대를 인정하고, 맹세를 한 뒤 건배로 대화를 끝맺었다.

"어디서 오셨어요?" "어디로 가시는 길이에요?" 그는 이렇게 묻곤 했다.

✦ 모두 테킬라의 종류.

"설마요!"

"저도 언제 한번 그곳에 갈 수 있으면 좋겠네요……."

"꼭 그곳에 갈 거예요!"

"○○○를 위하여!"

'이런 대화의 흐름이 그렇게 드문 것도 아니잖아.' 여러분이 이렇게 반박할지도 모른다.

이 말이 맞을 수도 있다.

그러나 스미티의 태도가 몹시 이례적으로 보이는 것은 그가 몹시 진지하게 각각의 단계를 밟기 때문이었다. 그는 상대가 어디서 왔는지, 또는 어디로 가는 길인지를 진심으로 궁금해했다. 상대의 답을 듣고 놀라는 것도 진심이고, 자신도 상대와 같은 곳에 가고 싶다며 짓는 동경의 표정도 진심이었다. 언젠가 그곳에 가겠다고 그가 맹세할 때면, 모두가 그와 함께 들뜬 기분이 되는 것 같았다. 너무나 아름다운 광경이라서, 나는 다른 사람들을 대할 때 바로 저렇게 진실한 태도를 보이는 법을 연습하는 것을 나도 모르게 새해 결심으로 삼고 있었다. 진실한 태도를 연습한다는 말이 그 자체로서 모순이라는 사실은 생각하지 말자.

9시 무렵이 되자 스미티 덕분에 우리 모두 각자가 어디서 와서 어디로 가는 길인지 알게 되었다. 각자의 휴가와 직업에 대해서도, 또한 나무 모양의 가계도 중 적어도 가지 두 개 정도의 정보도 알게 되었다. 이제 바에 모인 사람이 쉰 명이 넘는다는 점을 감안하면, 적지 않은 성과였다.

어느 시점에 스미티가 벽에 설치된 텔레비전의 리모컨을 쥐었다.

그가 레인저스 경기 중계 대신 다른 채널을 틀었을 때, 나는 그 팀의 충실한 팬 두 명(유니폼까지 증거로 챙겨 입고 있었다)이 그를 밖으로 들고 나가 눈더미 속에 던져버릴 줄 알았다. 그러나 두 사람이 그럴 기회를 잡기도 전에 스미티가 채널 조작을 멈추고 "라이너스!"라고 소리쳤다.

정말로 화면에는 확실히 풀이 죽은 찰리 브라운과 함께 있는 라이너스 반 펠트가 있었다. 찰리가 화를 내며 양손을 하늘로 들어올린 뒤, 라이너스가 뭔가 달래는 말을 하고는 담요를 질질 끌며 무대 중앙으로 나섰다.

"모두 조용히 해요!" 스미티가 소리쳤다. "조용!"

스미티는 리모컨으로 화면을 조준하고 소리를 최고로 키웠다. 마침 딱 그 순간에 라이너스의 대사가 들려왔다. "무서워하지 말라. 보라, 내가 온 백성에게 미칠 큰 기쁨의 좋은 소식을 너희에게 전하노라. 오늘날 다윗의 동네에 너희를 위하여 구주가 나셨으니 곧 그리스도 주시니라. 너희가 가서 강보에 싸여 구유에 뉘어 있는 아기를 보리니 이것이 너희에게 표적이니라 하더니 홀연히 수많은 천군이 그 천사들과 함께 하나님을 찬송하여 이르되 지극히 높은 곳에서는 하나님께 영광이요 땅에서는 하나님이 기뻐하신 사람들 중에 평화로다 하니라."

빈스 과랄디 트리오의 음악이 다시 흐르고, 남의 등을 두드려주는 관습이 아직도 남아 있는 것처럼 모두가 서로의 등을 두드려줄 때, 맨해튼 두 잔과 테킬라 세 잔을 마시고 몽롱한 상태이던 나는 스미티가 바로 우리의 라이너스 반 펠트임을 문득 깨달았다. 그는 우리가 이 계절의 진정한 의미를 기억할 수 있게, 무대 중앙으로 나아가 성경 구절을 낭송하는 라이너스였다.

모두 함께 축하하는 분위기가 가라앉은 뒤, 앨버트와 앨리스는 우리가 서 있는 곳으로 다가왔다. 아침 일찍 비행기를 타야 하기 때문에 이만 들어가지만, 스미티를 만나서 너무나 기뻤다는 말을 꼭 해주고 싶다고 했다. 스미티는 그 말을 두 배로 돌려주었다.

앨버트가 모자 끝을 살짝 들어올리며 말했다. "아스타 루에고."

"그게 무슨 뜻이에요?" 스미티가 눈을 휘둥그렇게 뜨고 약간 뭉개진 발음으로 물었다.

"다음에 만날 때까지."

"다음에 만땅 될 때까지?"

우리 모두 웃음을 터뜨리자, 스미티는 놀란 표정을 지었다.

"다시 보자는 뜻이에요." 내가 설명했다. "우리가 다음에 다시 만날 때까지라는 뜻."

스미티는 그 기분을 알겠다는 듯이 고개를 끄덕였다. 틀림없이 진심 어린 표정이었다. 이렇게 흔한 말이 때로는 사람의 가장 깊숙한 감정과 어긋나기도 하는 법이지만, 그에게는 이 말이 맞춤 옷과 같았다.

11시쯤 나는 스미티에게 이만 들어가보겠다고 말했다. 스미티는 술을 한 잔 더 하고 싶다고 말했기 때문에, 우리는 다음 날 아침 7시 30분에 로비에서 만나기로 약속했다. 엘리베이터에서 5층 버튼을 누른 뒤 나는 6층부터 16층까지 버튼을 남김 없이 누르면서 커다란 만족감을 느꼈다. 하지만 어떤 노부인(공교롭게도 내 초등학교 1학년 때 선생님인 피터슨 부인과 많이 닮은 분이었다)이 엘리베이터에 올라 15층 버튼에 손을 뻗었다가 인상을 찌푸리는 모습에 조금 창피해졌다.

우리는 불편한 침묵 속에서 5층까지 올라갔다.

"해피 홀리데이즈?" 내가 엘리베이터에서 내리면서 이렇게 말하자, 노부인은 대답 대신 문을 빨리 닫는 버튼을 눌렀다.

방에 들어온 뒤 나는 무너지듯 침대에 누웠다. 대학 시절 이후 처음으로, 옷을 갈아입지 않고 이대로 잠들고 싶다는 유혹을 느꼈다. 이럴 줄 알았으면 아예 불을 끄고 누울걸.

밖에서는 눈이 계속 내렸지만, 5층 아래의 길에서는 제설차들이 도로를 긁는 소리가 들려왔다. '눈보라 때 삽을 파는 일이라.' 나는 속으로 생각했다. 말을 바꾼 것이 참으로 적절했다. 내가 일하는 곳은 골드러시보다 확실히 눈보라가 더 어울리는 곳이었으니까. 뚝 떨어지는 기온, 제한된 시야, 운전하기 위험한 환경까지 완벽했다. 유일한 차이점은 우리가 파는 삽이 눈을 치우는 용도가 아니라 눈을 쌓는 용도라는 점이었다.

이렇게 유감스러운 사실을 인정한 뒤, 일어나 앉아서 머리를 한 번 문지르고 욕실로 움직일 준비를 했다. 그때 휴대폰이 울렸다. 틀림없이 잘 자라는 아내의 전화일 터였다.

나는 휴대폰을 귀에 대고 말했다. "1-800-다이얼-데이트입니다. 무엇을 도와드릴까요?"

하지만 침묵이 흘렀다.

"누구세요?" 어떤 여자가 물었다. 아내의 목소리가 아니었고, 혼란스럽기보다는 비난하는 어조였다.

"그러는 댁은 누구세요?" 내가 되물었다.

"저는 제니퍼예요. 크레이턴은 어디 있죠?"

제니퍼의 고집스러운 목소리는 체구가 작은 여자들에게서 흔히 들을 수 있는 것이었다. 그들은 체구가 작다는 이유로 쉽게 밀려나지는 않겠다는 의미로 그런 목소리를 사용했다. 실제로도 그들은 쉽게 밀려나지 않았다. 나는 애덤에서 왔다는 크레이턴이 누군지 몰랐지만, 벌써 그 사람이 안됐다는 생각이 들었다.

"전화를 잘못 거셨습니다." 내가 말했다.

"잘못 걸지 않았어요."

나는 내 말이 옳다는 것을 보여주려고 내 번호를 읊은 뒤, 점잔을 빼며 말을 맺었다. "지금 이 번호를 누르신 거예요."

"누르지 않았어요. 내 휴대폰에 저장된 번호로 건 거예요."

몇 초 동안 나는 눈 내리는 창밖을 빤히 바라보았다. 그러다가 자유로운 손으로 눈을 덮었다.

"댁의 남편 성이 혹시 스미스……?"

"물론이죠."

"죄송합니다." 나는 허리를 좀 더 똑바로 세워 앉았다. "댁의 남편과 아까 공항에서 만났습니다. 택시를 같이 타고 호텔로 왔죠. 제가 실수로 남편의 휴대폰을 가져온 모양입니다."

"그건 괜찮아요. 그냥 남편이나 바꿔주세요."

"저는 제 방에 있고, 남편분은 아직 바에 있습니다. 제가 당장 전화기를 가져다주겠습니다."

내가 침대에서 일어나는 동안 휴대폰 속에서는 잠시 침묵이 흘렀다.

"그 사람이 바에……?"

"몇 분 전에 거기서 남편분과 헤어졌습니다."

"호텔 바 말이죠?"

"맞습니다."

…….

"아까 이름이 뭐라고 하셨죠?"

나는 이름을 말한 적이 없었다.

"제리입니다."

"좋아요. 잘 들으세요, 제리. 지금 아래층으로 내려가서 크레이턴을 찾아 그 사람 방으로 데려가세요. 아시겠어요?"

나는 무슨 소리인지 모르겠다고 말했다.

"내 남편은 알코올중독자예요, 제리. 지금 아래층으로 내려가서 그 사람을 그 바에서 데리고 나와야 해요."

나는 조금 당황한 상태로 스미티의 덩치를 생각하며, 내가 그를 데리고 나올 수 있을지 잘 모르겠다고 말했다.

그녀는 잠시 가만히 있다가, 어떻게 된 일인지 이제 알겠다는 듯이 말했다.

"그 사람이랑 같이 술을 마셨어요, 제리?"

나는 대답하지 않았다.

"당연히 그랬겠죠. 말투를 들으니 알겠네요. 둘이 같이 몇 잔이나 마셨어요?"

나는 이번에도 대답하지 않았다.

"아, 젠장. 말도 안 돼. 어떻게 이럴 수가 있어. 그 사람은 1년 넘게 술을 안 마셨어요, 제리. 1년 넘게. 그게 무슨 뜻인지 짐작이나 해요?"

"이봐요." 나는 조금 변명을 해야 할 것 같았다. "분명히 말하지만, 난 댁의 남편을 잘 알지도 못해요. 고작 몇 시간 전에 처음 봤다고요."

"아, 제발. 이건 내가 상관할 일이 아니네 어쩌고 하는 헛소리는 하지도 말아요! 분명히 말하지만, 이건 확실히 당신이 상관할 일이니까요."

화가 나서 내 얼굴이 점점 벌겋게 달아올랐다. 아니, 당황한 것 같기도 했다. 아니면 죄책감 때문일 수도 있고. 어쨌든 나는 이 여자와 계속 이야기하고 싶지 않았다.

"내가 당신 남편한테 휴대폰을 가져다줄게요." 내가 말했다. "그리고 당신에게 전화하라고 말하죠. 이만 끊겠습니다."

"뭐예요?" 그녀가 다그치듯 물었다. "그런 식으로 전화 끊지 말아요, 제리. 전화 끊지 말라고요!"

"끊겠습니다." 나는 다시 말하고 나서 휴대폰을 귀에서 떼려고 했다. 그러나 전화기 속에서 숨이 막히는 것 같은 소리가 들렸다. 마치 그녀가 갑자기 숨을 쉴 수 없게 된 것 같았다. 잠시 시간이 흐른 뒤에야 나는 그녀가 울고 있음을 깨달았다.

"내 전화 끊지 말아요." 그녀가 울음 섞인 목소리로 말했다. 이번에는 애원하는 말투였다. "내 전화 끊지 마요, 제리. 제발."

…….

"전화 끊지 않을게요."

그녀가 다시 마음을 다스리려고 애쓰는 소리가 들렸지만, 그녀의 목소리에는 여전히 감정이 생생히 드러나 있었다. "언성을 높여서 미안해요, 제리. 당신이 상관할 일이 아니라는 건 알아요. 하지만 내가 어떻게 해야겠어요? 지금 천 킬로미터 넘게 떨어져 있는데요. 우리 딸들은 침대에서 자고 있고요. 내가 어떻게 해야겠어요?"

"좋습니다. 내가 가서 데려올게요. 됐죠? 내가 당장 가서 남편분을 데려오겠습니다."

"좋아요." 감사와 안도감으로 그녀의 목소리가 조금 누그러졌다. 그러나 그녀는 곧 다시 아주 조금 딱딱해진 목소리로 덧붙였다. "당신이 어떻게 해야 하는지 말해줄게요."

내가 아래층에 내려갔을 때 바에 남은 사람은 서른 명으로 줄어들어 있었다. 스미티는 치마 정장을 입고 눈빛이 흐릿한 젊은 여성 두 명과 대화 중이었다.

"제리!" 그가 웃는 얼굴로 말했다. "다시 왔네요."

"네. 잠시 이야기 좀 할까요?"

"그럼요."

스미티가 나를 따라 바에서 나오는 동안 나는 무슨 말을 할지 정리해보았다. 그의 음주 문제나 아내에 관해 그와 이야기를 나누고 싶은 생각은 없었다. 지금 내가 이용할 수 있는 것은 내일 함께 택시를 타고 공항에 가자고 그가 아까 고집을 부렸다는 점이었다. 나는 그의 상식에 호소하기로 했다.

"위층에 올라가서 생각해보니까, 내일 공항이 난장판일 것 같더라고요. 보안 검색대에도 줄이 엄청나게 길겠죠. 도로 사정 때문에 차도 막힐 테고요. 그러니 일찍 출발하는 게 좋을 것 같아요. 6시 30분쯤?"

스미티는 내 말에 귀를 기울이며 사람 좋은 얼굴로 고개를 끄덕였다.

"좋을 것 같은데요, 제리."

"그럼 이만 들어가서 쉬죠."

"훌륭해요. 저 젊은 여자분들하고 하던 이야기만 마저 끝내고요. 금방 따라갈게요."

내가 위층에 올라가 있었던 시간은 모두 합해 길어야 20분 정도였지만, 스미티의 목소리를 들어보니 그동안 더욱더 술에 취한 모양이었다. 아니면 내가 술이 좀 깨서 그렇게 느껴진 것일 수도 있고.

"있잖아요, 스미티. 내가 실수로 당신 휴대폰을 가져갔어요. 그래서 방에 있는 동안…… 당신 아내한테서 전화가 왔어요."

그가 이 말을 이해하는 동안 나는 그의 다양한 측면, 즉 아이 같은 호기심, 붙임성 있는 미소, 판다 같은 자세가 아주 살짝 변하는 것을 볼 수 있었다.

"내가 아내한테 전화할게요." 그가 잠시 뒤 이렇게 말하고는 몸을 돌리려고 했다.

나는 그의 팔을 잡고 돌려세웠다.

"스미티……."

하지만 갑자기 우리 옆에 두 남자가 나타났다. 레인저스 팬인 그 남자들이었는데, 이번에는 나를 눈더미 속에 던져버릴 것처럼 보였다.

"이 자가 당신을 괴롭히는 거요?" 둘 중 한 명이 나를 감시하듯 시선을 떼지 않는 동안 다른 한 명이 스미티에게 이렇게 물었다.

순간적으로 나는 스미티가 그렇다고 대답할까 봐 가슴을 졸였다. 스미티는 확실히 그렇게 답할까 고민하는 기색이었다. 그러나 그는 내가 자신을 괴롭히는 것이 아니라면서 우리를 서로에게 소개해주었다. "션, 케빈, 이쪽은 제리예요. 제리, 션과 케빈이에요."

션과 케빈이 아주 조금 적의가 누그러진 표정으로 내게 고개를 끄덕하는 동안 스미티는 다음 행동을 고민하는 것 같았다.

"그거 알아요, 두 분?" 그가 두 남자에게 말했다. "제리와 저는 내일 일찍 출발해야 하기 때문에 이만 들어가기로 했어요. 두 분을 만나서 즐거웠어요!"

그는 두 사람과 악수를 나눈 뒤 나를 따라 엘리베이터로 향했다. 다른 사람들에게까지 굳이 잘 자라는 인사를 하려고 하지는 않았다. 그의 방에 다다랐을 때, 나는 6시 30분에 로비에서 만나자고 말했다. 그가 방 문 뒤로 사라지려는 순간, 나는 휴대폰을 바꿔야 한다는 사실을 떠올렸다.

"제리." 그가 말했다. "당신은 세상의 소금이에요."

내 방으로 돌아온 나는 침대에 앉아 안도의 한숨을 내쉬었다. 그때 전화벨이 울렸다.

다른 주의 번호였다. 나는 조금 경계하는 마음으로 전화를 받았다.

"여보세요……?"

"그 사람이랑 같이 있어요?"

스미티의 아내였다.

"이 번호를 어떻게 알았어요?"

"아까 말해줬잖아요, 제리."

다시 생각해보니 내가 내 말을 강조하려고 내 번호를 읊어준 기억이 났다. 하지만 고작 몇 초였는데. 이 번호를 어떻게 기억했지?

그녀는 내 생각을 읽었는지 이렇게 말했다. "네 번 시도 끝에 성공한 거예요."

이런 시각에 전화를 받았다가 고집스러운 제니퍼의 목소리를 듣게 된 낯선 사람 네 명의 반응이 어땠을지 상상이 갔다. 아까 내가 그랬던 것처럼 그들도 그리 정중하지는 않았을 것이다. 제니퍼도 그런 반응에 굴하지 않았을 것이고.

"다 잘됐어요." 내가 말했다. "남편분은 방으로 돌아왔어요."

"그럼 왜 내 전화를 안 받죠?"

"나야 모르죠. 샤워라도 하는 것 아닐까요? 어쨌든 내일 아침 일찍 만나서 같이 공항으로 갈 거예요."

"좋아요. 그 사람 신발은 가져왔죠, 그렇죠?"

…….

"제리, 신발을 가져오라고 했잖아요."

보는 사람이 없는데도 나는 고개를 저었다.

"다른 남자의 신발을 가져올 순 없어요." 내가 말했다.

그녀는 잠시 말이 없었다.

"그 사람 방으로 다시 가요, 제리. 다시 가서 그 사람이 있는지 확인해요. 전화는 끊지 말고요. 당장 그 사람 방으로 가서 문을 두드려요. 내가 들을 수 있게."

내가 스미티의 아내를 알게 된 지 그리 오래되지 않았지만, 그녀와 입씨름을 벌이느니 시키는 대로 하는 편이 기운을 덜 빼는 길이라는 점을 이미 알 것 같았다. 그래서 나는 복도를 걸어가, 휴대폰을 귀에 댄 채로 문을 두드렸다.

"스미티?" 나는 그의 이름을 불렀다. "스미티?"

"어떻게 됐어요?" 그녀가 말했다. "그 사람이 대답했어요?"

"잠든 모양이에요."

그녀가 한숨을 내쉬었다.

"잠든 게 아니에요, 제리. 바에 내려갔을 거예요. 다시 바로 가세요."
"난 안 갈 거예요."
"기왕 여기까지 왔잖아요, 제리. 이제 와서 물러나지 마세요."
"물러나는 게 아니에요." 나는 화가 났다. "이봐요. 당신 남편에게 모종의 사연이 있는 건 알겠어요. 하지만 내가 거의 저녁 내내 스미티랑 같이 있었는데, 내가 아는 한 스미티는 기분 좋은 사람이었어요. 달리 표현할 말이 없을 정도예요."
"주정뱅이가 모두 못된 사람이 되는 건 아니에요, 제리. 모두 폭력적이 되지는 않는다고요. 조용해지는 사람도 있고, 파티의 분위기 메이커가 되는 사람도 있어요. 하지만 주정뱅이들이 술을 마시면 항상 하는 행동이 있어요. 거짓말이에요. 한 명도 빼지 않고 똑같아요."
제니퍼는 숨을 깊이 들이쉬었다. 그녀가 마지막으로 한 번 더 애원할 준비를, 마지막으로 주장을 펼칠 준비를 하는 것 같았다. 나도 마음의 준비를 했다. 다시 입을 연 그녀는 현실을 받아들이는 듯했다. 이미 일어난 일은 나도 그녀도 바꿀 수 없고, 우리가 반드시 해야 하는 일을 회피할 방법도 없다는 사실을 인정하는 어조였다.
"그래요, 알겠어요. 당신은 공항에 발이 묶여 있다가 덩치 크고 상냥한 남자를 만나서 술을 한잔하게 됐어요. 그게 문제가 될 줄은 전혀 몰랐겠죠. 어떻게 알겠어요? 하지만 당신은 병에서 지니를 꺼내놓은 거예요, 제리. 소원을 풀어주는 지니가 아니라, 거짓말쟁이 지니예요. 그러니까 이제 아래층으로 내려가서 그 사람의 꼬리를 붙잡고 다시 병 속에 집어넣어야 해요."

스미티는 바에 있었다. 이제 남은 사람은 열 명뿐인데, 레인저스 팬들이 없는 것이 천만다행이었다. 스미티는 아까 같이 있던 그 흐릿한 눈빛의 젊은 여자 중 한 명과 대화 중이었다.

군청색 치마 정장을 입은 그녀는 2년 전 로스쿨을 졸업하고, 앞으로 3년 만에 주니어 파트너가 되겠다는 꿈을 품고 대형 로펌에서 일하는 사람처럼 보였다. 15미터 거리에서 짐작하기에는 너무 자세한 평가처럼 보일지 몰라도, 워싱턴에서 일하다 보면, 할리우드에서 배우 지망생을 알아보듯이 포부가 큰 젊은 변호사들을 알아볼 수 있게 된다.

스미티는 나를 보고 옆으로 조금 고개를 돌렸다. 그렇게 비스듬한 각도가 되면 곰 같은 그 덩치를 어떻게든 위장할 수 있다고 생각하는 모양이었다. 하지만 그 자신도 소용없는 짓이라는 사실을 인정했는지, 곧 다시 내 쪽으로 고개를 돌리고 뜻밖의 만남을 반가워하는 표정을 지으며 나를 손짓으로 불렀다.

"제리! 이쪽으로 와요. 소개해줄 사람이 있어요."

바에는 빈 잔 두 개가 있었다. 다른 사람의 잔이기를 바랐지만, 그렇지 않았다.

"이 이야기를 들어봐야 해요, 제리. 정말로요!"

"나중에요, 스미티. 당장 가야 돼요."

"가야죠. 확실히. 하지만 먼저……."

나는 휴대폰을 들어올렸다.

"나랑 같이 가지 않으면, 당신 아내한테 전화할 거예요."

이번에는 젊은 여자가 내게 등을 돌렸다. 그러고는 바의 저편으로 조용히 미끄러지듯 움직였다. 파트너가 되겠다는 꿈을 품은 젊은 변호사가 시내의 호텔 로비에서 유부남과 함께 취하도록 술을 마시는 건 결코 좋은 일이 아니라는 사실을 갑자기 깨달은 것 같았다. 싼값에 얻은 귀한 교훈이었다.

"제리, 제리." 스미티가 웃는 얼굴로 말했다. "이러지 않아도 돼요." 스미티답게 사람 좋아 보이는 미소였지만, 초저녁과는 달리 진실성이 없었다. 선거에 후보로 나선 정치가의 얼굴에 더 잘 어울릴 것 같은 미소였다. 선거 전략가에게도 어울릴 것 같았다.

나는 휴대폰을 열었다.

"알았어요, 알았어요. 가요, 간다고요."

그는 젊은 여자에게 설명하려고 고개를 돌렸다. 우리가 아침 일찍 출발해야 한다고 말할 생각이었겠지만, 그녀가 이미 사라진 것을 알고 화들짝 놀랐다. 우리는 또 로비를 가로질러 엘리베이터를 타고 올라와서 다시 그의 방으로 갔다. 하지만 이번에는 그가 문을 열었을 때 내가 따라 들어갔다.

"여분의 카드키를 나한테 주는 게 어때요?" 내가 말했다. 그는 침대에 앉았다. "당신이 늦잠을 잘지도 모르니까요."

내가 손을 내밀자 그는 수납장을 가리켰다. 나는 카드키를 주머니에 넣었다.

"당신 신발도 줘요."

정상적인 사람이라면 이런 요구를 들었을 때 파르르 떨며 화를 냈을 것이다. 나라면 틀림없이 그랬을 것이다. 스미티도 뾰로통한 표정을 짓기는 했다. 하지만 신발을 벗어 대충 내가 있는 쪽으로 던졌다. 나는 신발을 주워 들었다.

"6시 30분이에요." 내가 다시 말했다.

스미티는 침대에 털썩 드러누워 천장만 바라보았다. 한 시간 전에 내가 그랬던 것처럼. 나는 밖으로 나가면서, 혹시 그가 기젯 거래의 도덕적인 모호성을 고민하고 있는 건지 궁금해졌다.

나는 깜박 잊고 아침 식사 카드를 문고리에 걸어놓지 않았다.
아침에 눈을 뜨고 6시 15분인 걸 확인했을 때, 잊어버리기를 잘했다고 순간적으로 기뻐한 뒤 곧바로 벌떡 일어났다. 절대 늦으면 안 되는데 늦어버렸을 때의 불쾌한 흥분이 느껴졌다. 이불을 휙 젖히고 일어선 나는 화장실로 가서 샤워기 아래에 뛰어들었다가 금방 뛰어나왔다. 등에는 물기가 남은 채로 어제 입었던 옷을 다시 입고, 가방의 지퍼를 잠그고, 문밖으로 나갔다.
6시 28분에 나는 스미티의 방 안에 서 있었다.
그는 내가 그 방을 나올 때 있던 곳에서 많이 움직이지 않은 상태였다. 사각팬티 차림으로 침대 발치에 둥글게 웅크리고 있었으니까. 놀라운 것은 그가 정장 바지와 저고리를 옷걸이에 걸었다는 점이지만, 옷걸이는 아직 바닥에 있었다. 옷걸이를 봉에 걸려다가 겨냥이 빗나간 듯 싶었다.
나는 그를 흔들어 깨웠다. "일어나요. 가야 돼요."
그는 일어나 앉아서 눈을 비비며 방 안을 둘러보았다. "샤워를 해야겠어요."
확실히 샤워가 필요하기는 했다. 방 전체도 마찬가지였다.
"시간이 없어요. 머리만 적시고 옷 입어요."
"알았어요, 알았어요." 그는 이렇게 말하고 나서 거의 벌거벗은 자신의 몸을 가리켰다. "최소한 프라이버시는 조금 지켜줘도 되잖아요."

"2분 줄게요." 나는 이렇게 말하고 나서 복도로 나갔다.

그는 4분이 걸렸다. 내 꼴이 아무리 엉망이라도, 그의 몰골은 더 한심했다. 머리카락은 헝클어지고, 셔츠 자락은 삐져나오고, 얼굴은 창백한 누런색이었다. 좁은 엘리베이터에 오르니, 아직도 그의 모공에서 스며 나오고 있는 테킬라 냄새와 고약한 입냄새가 뒤섞였다.

그러고 보니 나도 이를 안 닦았는데…….

"젠장!"

"왜요?"

서두르는 통에 내 여행 파우치를 욕실에 그냥 두고 나왔다.

"아무것도 아니에요." 나는 이렇게 말했지만, 진심이 아니라는 기색이 역력히 드러났다.

스미티는 계속 물어보지 않았다. 문제가 무엇이든 자신의 탓이 될 것이고, 십중팔구 자신이 비난받아 마땅한 상황임을 경험상 깨달은 것 같았다.

엘리베이터에서 내리면서 그가 말했다. "저기요, 제리. 나는 오후 비행기로 다시 예약해야 할 것 같아요. 지금은 비행기를 탈 수 있을 것 같지 않아요."

"비행기를 탈 수 없을 것 같다는 헛소리는 하지도 마요, 스미티."

이 말을 하는 순간, 나는 스미티의 아내처럼 굴고 있음을 깨달았다. 그도 그것을 알아차렸는지 입을 다물었다. 나는 그의 팔꿈치를 붙잡고 로비를 반쯤 걸어가다가 걸음을 멈추고 엘리베이터를 뒤돌아보았다.

"뭘 잊어버렸어요?" 그가 물었다.

나는 의자를 가리켰다.

"여기 앉아요. 금방 갔다 올게요."

"걱정 마세요." 그가 싹싹하게 말했다.

조금 지나치게 싹싹했다.

"신발 줘요." 내가 말했다.

"네?"

"내 말 들었잖아요."

나는 그를 향해 손가락을 튕겼다.

이번에는 스미티가 화난 표정을 지었지만, 한순간에 불과했다. 곧 그의 어깨가 축 처졌다. 그가 신발을 벗으려고 앞으로 몸을 숙였을 때, 나는 그가 양말을 신지 않은 것을 보았다.

'더 잘됐어.' 나는 엘리베이터로 향하면서 속으로 생각했다.

엘리베이터 문이 열리자, 여자 한 명이 바퀴 달린 가방을 끌며 내리려고 했다. 피터슨 부인의 도플갱어처럼 생긴 그 여자였다. 우리는 함께 놀란 표정을 지었고, 그녀는 숫자판의 모든 버튼을 눌렀다.

힘들게 5층에 도착한 나는 복도를 달려가 카드키를 문에 넣었다. 그러나 기분 좋은 소리 대신, 전자 잠금장치가 빨간색으로 깜박거렸다. 나는 카드를 바지에 문지른 뒤 다시 넣어보았지만 결과는 마찬가지였다. "젠장." 이렇게 중얼거린 뒤에야 스미티의 카드인 것 같다는 생각이 들었다. 주머니란 주머니는 모두 뒤진 끝에 내 카드를 찾아 안으로 들어갔다.

내가 화장실에서 여행 파우치를 향해 손을 뻗는 순간 전화기가 울렸다.

아래층으로 내려와 스미티가 제자리에 가만히 있는 것을 보니 마음이 놓였다.

"자요." 나는 그에게 신발을 건넸다. 그와 동시에 숨을 참을 수밖에 없었다. 그에게서 풍겨 나오는 술 냄새 때문이었다. 하지만 이번에는 살짝 다른 냄새가…… 위스키?

어깨 너머로 뒤를 돌아보니 호텔 로비의 바는 닫혀 있었다. 이 지역의 청교도적인 법률, 유대교-그리스도교의 도덕, 상식에 따른 조치인 것 같았다.

나는 다시 스미티에게 시선을 돌렸다. "주머니 다 비워봐요."

그가 당혹스러운 표정을 지었다.

그와 1초 동안 눈싸움을 한 뒤 내가 앞으로 달려들었다. 그는 나를 막으려고 했지만 이미 늦었다. 내 손이 이미 그의 겉옷 주머니에 들어가 있었다. 거기에 그의 양말과 작은 플라스틱 병 두 개가 있었다. 내가 스미티에게 '프라이버시'를 보장해주는 동안 미니바에서 가져왔음이 분명했다. 나는 양말을 그의 무릎에 떨어뜨린 뒤, 아직 열지 않은 앱솔루트 병과 비어 있는 잭 대니얼스 병을 각각 양손에 들었다.

"보드카를 먼저 마셨어야죠." 내가 빈정거렸다. "그게 냄새가 별로 안 나거든."

"못되게 굴지 마세요."

"내가 지금 못된 기분이라서요. 신발 신어요."

내가 위층에 다녀오는 동안 프런트의 직원 두 명 앞에 손님 네 명이 줄을 서 있었다. 게다가 로비 밖을 흘깃 보니 여섯 명이 택시를 기다리고 있었다.

나는 다시 신발을 신은 스미티를 데리고 프런트 앞의 줄 끝으로 가서 그에게 꼼짝 말고 있으라고 말한 뒤 밖으로 나갔다. 그리고 도어맨에게 다가가 10달러를 슬쩍 찔러주며, 내가 체크아웃을 마치고 나왔을 때 택시를 곧장 탈 수 있게 해주면 10달러가 더 따라 나올 것이라고 말했다.

안에서는 어느 기업의 신참 중역으로 보이는 사람이 줄 끝에 서 있다가, 내가 자기 앞의 스미티와 합류하자 인상을 찌푸렸다.

"우린 일행이에요." 내가 말했다.

기다리는 동안 스미티는 우리 앞의 두 여자에게 어디로 가는 길인지, 어디서 왔는지를 묻지 않았다. 누구에게 무엇도 묻지 않았다. 내게는 좋은 일이었다. 두 여자의 수속이 끝난 뒤 프런트 직원 두 명이 동시에 "다음 분"을 외쳤다.

"오늘도 운이 좋네요." 내가 말했다.

나는 스미티를 직원 한 명에게 보내고, 다른 직원에게 향했다. 기업 중역이 소리쳤다. "일행이라면서요."

우리가 호텔에 머무른 것은 하룻밤이었으므로, 체크아웃에 1~2분이면 충분할 거라고 생각했다. 그러니 곧 출발할 수 있을 것이다. 그러나 내가 숙박비를 지불하고, 회사 회계팀에 제출할 영수증까지 챙긴 뒤에도 스미티는 여전히 프런트 앞에 있었다. 아까와 다른 점은 다른 사람이 한 명 더 그 옆에 와 있다는 사실이었다. 나이로 보나, 자세로 보나, 표정으로 보나 관리자처럼 보이는 사람이었다. 그가 스미티에게 뭔가를 설명하자, 스미티도 그에게 뭔가를 설명했다. 그러고는 세 남자가 모두 나를 바라보았다.

정신을 차리고 보니 그 프런트 직원은 새로운 손님을 상대하고 있고, 스미티는 한쪽으로 물러나 신발로 카펫을 문지르고 있었으며,

나는 프런트 구석에서 관리자와 이야기하고 있었다. 그는 오하이오 주 애크런 근처 어딘가 출신이라는데, 유럽 사람 같은 분위기를 확연하게 풍겼다.

"스미스 씨와 함께 여행 중이시죠?" 그가 말했다.

"딱히 그렇지는 않아요."

"그래요? 하지만 예약을 동시에 하셨던데요."

"맞아요. 그건 사실이에요."

"아."

"저기, 문제가 뭐예요?"

"스미스 씨의 계산서 금액이 신용카드 한도를 넘은 것 같습니다."

내가 그때 입을 쩍 벌렸던 것 같다. 숙박비는 하룻밤에 고작 200달러였다. 그런데 어떻게 스미티는 카드로 200달러도 지불하지 못할 지경이란 말인가? 하지만 나는 금방 알아차렸다. 제니퍼가 그의 카드 한도를 낮게 설정해놓은 것이다. 만일의 경우에 대비해서. 스미티 3.0의 새로운 일면이었다.

"좋습니다. 제가 방값을 내죠." 내가 말했다.

"사실 방값은 이미 해결되었습니다. 손님의 호텔 바우처로요. 해결해야 할 것은 부수적인 비용입니다."

"그럼 그걸 제가 낼게요."

"좋습니다."

나는 법인카드 뒤편에서 내 개인카드를 꺼내 관리자에게 건넸다. 그가 카운터 위에서 계산서를 내게 밀어주었다.

"잠깐!" 나는 금액을 가리키며 소리쳤다. "부수적인 비용이 천 달러라고요!"

"그렇게 됐습니다."

"이게 가능해요?"

"손님과 스미스 씨가 어젯밤 한 턱을 내신 것 같습니다만."

이번에는 내가 당혹스러운 표정을 지을 차례였다.

관리자가 유럽인 같은 태도를 버리고 단호하게 말했다. "바에서 술을 사셨습니다."

"누구한테요?"

"모든 사람에게요."

나는 스미티를 흘긋 보았다. 그는 자신의 신발을 흘긋 보았다.

"더 심각한 상황이 될 수도 있었습니다." 관리자가 계산서 맨 아래에 신용거래로 표시된 50달러를 가리키며 말했다.

"그게 뭐죠?"

"스미스 씨의 식음료 바우처입니다."

아침 일찍 눈보라가 뉴잉글랜드로 옮겨가면서 뉴욕시의 하늘은 이례적으로 상쾌하고 청명해졌다. 비행하기에 완벽한 날씨였다. 내가 도어맨에게 시선을 주자 그는 왼쪽으로 고개를 살짝 기울였다. 우리는 그를 따라 줄 선 손님들을 지나쳐, 이제 막 들어온 택시 옆으로 갔다.

"줄이 있는데요." 스미티가 말했다.

"웃기지 마세요." 내가 말했다.

나는 스미티를 택시 안으로 밀어 넣은 뒤 도어맨에게 약속대로 보너스를 주었다. 그러고는 운전기사에게 라과디아 공항으로 가자고 말했다. 차가 출발하는 동안 줄 서 있던 사람들이 모두 무시무시한 표정으로 나를 보았다. 피터슨 부인만 빼고. 그녀는 나를 향해 가운뎃손가락을 들었다.

라과디아 공항에 도착한 뒤 우리는 탑승권을 받아서(스미티는 당연히 일등석 표를 받았다) 순조롭게 보안 검색을 통과했다. 터미널 안에서 각자의 게이트를 향해 헤어질 순간이 되었을 때 그가 한 손을 내밀었다. 나는 고개를 저었다.
"내가 거기까지 같이 갈 거예요."
"그러지 않아도 돼요."
"꼭 그래야 돼요. 사실상 필수적인 일이에요."
아까 화장실에서 내 휴대폰이 울렸을 때 나는 전화를 받지 않으려고 했다. 그러나 여행 파우치로 손을 뻗다가 거울 안에서 면도도 하지 않은 얼굴이 나를 빤히 바라보는 것을 보았다. 저 전화를 음성사서함으로 넘길 테면 한번 넘겨보라고 말하는 것 같았다. 나는 주머니에서 휴대폰을 꺼내 열었다.
네, 스미티는 일어났어요. 내가 말했다. 네, 나갈 준비를 마쳤습니다. 네, 공항까지 같이 갈게요. 네, 게이트까지 바래다줄게요.
"게이트가 아니에요, 제리. 비행기까지예요. 그 사람을 당신이 비행기에 태워야 해요. 그 사람이 비행기에서 내릴 때쯤 내가 바로 앞에서 기다리고 있을 거예요."
'탑승권도 없이 보안 검색을 통과할 수 없을 텐데요.' 나는 속으로 생각했다. 그녀는 이번에도 내 생각을 읽었는지 이렇게 말했다. "나도 표를 샀으니까 보안 검색을 통과할 수 있어요."
나는 고개를 저었다. 스미티의 비행기 출발시각은 9시이고, 내 비행기 출발시각은 9시 15분이었다. 스미티를 비행기에 태운 뒤 내

게이트까지 가기에 빠듯한 시간이었다. 빠듯하기는 해도 불가능하지는 않았다.

"알았어요." 내가 말했다. "비행기까지 바래다줄게요."

"약속해요."

……

"약속합니다."

하지만 스미티의 게이트에 도착해보니, 체크인 데스크 위의 화면에 스미티의 비행기가 40분 지연된다는 알림이 떠 있었다. 나는 스미티를 끌고 다시 통로로 나가 대형 모니터를 확인했다. 지난 24시간 동안의 일을 다시 반복해야 하나 걱정스러웠다. 그러나 스미티의 시카고행 항공편을 제외하면, 모든 비행기가 정시에 출발한다고 화면에 표시되어 있었다. 내셔널 공항으로 가는 9시 15분 비행기도 마찬가지였다. 즉, 내가 스미티를 비행기까지 바래다주면, 내 비행기를 놓칠 수밖에 없다는 뜻이었다.

매일 아주 많은 비행기가 뉴욕과 워싱턴 사이를 오간다. 워낙 많아서 나는 마지막 순간에 항공편을 자주 바꾸곤 했다. 하지만 어제의 비행 취소 사태를 감안하면, 항공편을 바꾸기가 그리 쉽지 않을 것 같았다. 오전 비행기가 모두 만석일 것이고, 오후 비행기도 대부분 마찬가지일 것이다. 만약 9시 15분 좌석을 포기한다면, 내가 언제 라과디아 공항을 벗어날 수 있을지 누가 알겠는가?

나는 스미티를 끌고 다시 게이트 앞으로 가서 그와 나란히 앉았다. 기다리는 동안 나는 체크인 데스크 위의 시계를 보고 스미티는 카펫을 보았다. 9시 15분 전에 나는 스미티에게 고개를 돌려 이렇게 말했다. "난 내 게이트로 가야 해요……."

그가 새로이 긴장한 표정으로 시선을 들었다.

"이렇게 하죠, 스미티. 나는 제니퍼에게 당신을 비행기까지 바래다주겠다고 약속했어요. 그러니까 당신이 비행기에 반드시 탈 거라고 나한테 약속해야 해요."

"약속해요." 스미티가 잠시 머뭇거리다가 말했다.

우리는 서로의 눈을 바라보았다. 그러고 나서 나는 자리에서 일어나 그 자리를 떠났다. 악수도 작별 인사도 없이 그를 두고 떠났다. 길이 갈라지는 지점까지 뛰어가서 가파른 각도로 방향을 꺾어 내 게이트로 향했다. 어깨에 멘 가방이 엉덩이를 두드려댔다. 나는 맨 마지막 탑승 구역이 호명되는 순간에 게이트에 도착했다. 그때 내 휴대폰에 메시지가 들어왔다는 알림이 울렸다.

나는 조금 두려움을 느끼면서 주머니에서 휴대폰을 꺼내 열었다. "당신을 믿고 있어요, 제리." 이런 메시지였다.

다시 알림이 울리면서 추가 메시지가 들어왔다. "우리는 당신을 믿고 있어요."

굳이 강조 표시가 없어도 그녀가 어떤 부분을 강조했는지 알 수 있었다.

데스크 직원이 마지막으로 탑승객을 불렀다.

"젠장."

나는 스미티의 게이트로 다시 뛰어갔다. 가파른 각도로 또 방향을 꺾은 뒤에는 더 빨리 달리면서 식당이란 식당을 모두 흘깃거렸다. 곰 같은 덩치가 바에 앉아 있을 것 같은 숙명적인 감각이 점점 강해졌다.

하지만 스미티는 내가 두고 간 그 자리에 그대로 있었다.

나는 숨을 헐떡이며 마지막 4.5미터를 걸어가서 바닥에 가방을 던지듯 내려놓고, 그의 옆 빈 의자에 다시 앉았다. 그가 놀란 얼굴로 시선을 들었다. 눈물을 흘리며 우는 얼굴이었다. 눈물이 계속 뺨을 타고 흘러내렸다.

"제리." 그가 안도감과 불안감이 섞인 표정으로 말했다. 목소리와 몸이 가늘게 떨렸다. "집에 가고 싶어요."

"알아요, 스미티."

그가 손을 뻗어 내 손을 잡았다. 그냥 꼭 쥐는 수준이 아니라, 단단히 움켜쥐었다. 데스크 직원이 탑승을 곧 시작하겠다고 외쳤을 때도, 특별한 사정이 있거나 어린이를 동반한 승객을 환영한다고 말했을 때도 그는 계속 내 손을 잡고 있었다. 직원이 일등석 승객을 호명할 때까지 계속 잡고 있었다.

이번에도 우리는 작별 인사 없이 헤어졌다. 하지만 비행기로 통하는 통로로 들어가기 전에 스미티가 돌아섰다. 그리고 계면쩍은 미소를 지으며 한 손을 들고 말했다. "아스타 루에고, 제리."

나도 한 손을 들고 말했다. "아스타 루에고." 하지만 속으로 생각한 말은 이거였다. "아스타 눈카✦."

스미티가 통로 안으로 사라진 뒤에도 나는 게이트 앞에 남아 탑승 구역별로 계속 탑승하는 승객들을 지켜보았다. 데스크 직원이 뭔지는 몰라도 하여튼 어떤 보고서를 도트프린터로 찍어내는 것을 지켜보았다. 직원이 통로 문을 닫는 것을 지켜보았다. 비행기가 게이트에서 멀어져, 유난히 상쾌하고 파란 하늘 아래에서 활주로를

✦ '다시는 보지 말자'는 뜻.

향해 나아가는 것을 지켜보았다. 비행기가 시야에서 사라진 뒤에야 나는 자리에서 일어나 고객서비스 창구를 향해 움직였다.

내가 보스턴행, 댈러스행, 내슈빌행 비행기들을 차례로 지나쳐 걸으면서 스미티에 대해 생각했을 것이라고 상상하는 사람이 있을지 모른다. 그가 시카고에 도착했을 때의 광경, 세월이 흐른 뒤 그의 모습을 생각했을 것이라고. 하지만 나는 스미티에 대해 생각하지 않았다. 그의 아내에 대해 생각했다.

사람은 누구나 결점이 있다. 커다란 결점도 있고 작은 결점도 있다. 나타났다가 사라지는 결점도 있고, 끈질기게 남는 결점도 있다. 나는 생일을 잘 기억하지 못하는 것이 문제다. 상대가 흠잡을 데 없이 훌륭한 사람인데도 처음 만났을 때는 따뜻하게 대하지 못할 때도 있다. 아주 조금이라도 불편한 일이 생기면, 그 불편을 초래한 사람에게 그 사실을 알려주고 싶다는 유혹에 저항하지 못한다. 다른 사람의 시급한 일보다는 내게 시급한 일을 더 우선시하는 경향도 있다. 내가 사랑하는 사람들에게도 마찬가지다. 아니, 어쩌면 특히 그런 사람들에게 더 그런 성향을 드러내는 것 같기도 하다.

고객서비스 창구 앞에 줄을 서서 방금 있었던 일들을 생각하다가 정신을 차려보니 나는 내게 아무리 많은 결점이 있어도 언젠가 반드시 다가올 그때가 되면, 제니퍼가 남편을 위해 물불을 가리지 않았듯이 내 아내도 나를 위해 기꺼이 나서주기를 바라고 있었다. 아니, 그냥 바라는 정도가 아니라 거의 기원하고 있었다.

내 아내, 그녀의 이름은 엘렌이다.

나는 살아남으리라

5월 초의 아름다운 토요일 오후였다. 넬과 내가 에코백을 들고 막 농산물 시장으로 나가려는데, 어퍼이스트사이드에 사는 넬의 어머니 페기에게서 전화가 왔다. 나는 넬에게 전화기를 넘겨주었다.

"네, 엄마. 무슨 일이에요?"

"너 이쪽으로 올 수 있니?"

"언제요?"

"지금."

"지금 당장요?"

"너랑 의논할 일이 있어."

넬은 내게 보라는 듯이 눈동자를 굴렸다. 장모가 지난번에 넬을 업타운의 집으로 부를 때도 의논할 일이 있다고 말했지만, 실제로는 넬이 콜로니 클럽에서 열린 엘리 휴턴의 약혼 파티에 입고 간 옷이 마음에 들지 않는다는 말을 하기 위해서였다(너무 검은색이야, 너무 짧아, 지퍼가 너무 많아). 그보다 몇 달 전에는 넬을 집으로 불러 생일 선물로 양말을 준 사람까지도 빼놓지 말고 모든 이모, 고모, 숙모에게 감사 편지를 보내는 일이 얼마나 중요한지를 일깨워주었다.

넬이 어머니에게 하고 싶은 말이 무엇이냐고 물어볼 수도 있었겠지만, 그래봤자 아무 의미가 없었을 것이다. 페기가 누군가를 직접 만나서 할 이야기가 있다고 마음을 정하고 나면, 그녀는 그 상대를 대면할 때까지 그 이야기에 대해 절대로 말하지 않았다. 그렇게 말하지 않고 기다리는 동안 그 이야기를 머릿속으로 계속 곱씹다가 불만이 점점 커져서, 자신이 아이를 기를 때 꼭 가르쳐야 하는 것을 부주의하게 지나쳤다는 확신이 점점 깊어졌다. 그래서 넬 자매는 페기가 의논할 일이 있다고 하면 그 의논을 일찍 할수록 좋다는 사실을 이미 오래 전에 깨우쳤다.

"알았어요." 넬이 내게 빈 에코백을 건네며 말했다. "지금 갈게요."

넬의 어머니와 계부 존은 파크 애비뉴와 83번가가 교차하는 곳의 웅장한 건물에 살았다. 엘리베이터 여러 대가 두 곳에 나뉘어 설치되어 있고, 도어맨이 네 명이나 되는 곳이었다. 두 사람이 사는 아파트의 여러 방은 워낙 어둡고 풍부한 색으로 칠해져 있어서, 보자마자 도덕적인 자신감이 느껴졌다. 침실이 하나뿐인 우리 아파트가 달걀 껍질 색이나 아이보리 색으로 칠해져 있는 것을 보면, 넬과 내게는 그런 도덕적 자신감이 결여되어 있는 것 같았다.

페기는 문 앞에서 넬을 만나 부엌으로 데리고 가서 차 한잔을 권했다. 뭔가가 평소와 다르다는 점을 넬이 그 순간에 깨달았어야 하는 건데. 페기는 보통 거실에서 자신의 삶에 대한 생각을 털어놓았으며, 차를 내놓는 일은 결코 없었다.

어머니의 집으로 가는 지하철 안에서 넬은 어머니가 이번에는 어떤 불평을 늘어놓을지 예상해보려고 했다. 그녀가 가장 먼저 떠올린 것은 아직 젊을 때 아이를 갖는 것이 중요하다는 말이었다. 페기는 길을 걷다가 유아차를 밀고 가는 젊은 엄마를 봤다면서 찬사를 늘어놓거나 넬의 동창생의 언니가 난임 치료에 거액을 쓰고 있다는 말을 아무렇지 않게 흘리는 식으로 1년 전부터 이 주제를 에둘러 언급했다. 훌륭한 변호사가 모두 그렇듯이, 넬은 반박을 준비하고 싶은 유혹을 느꼈으나 페기에게는 언제나 반박이 별로 소용없었다. 따라서 부엌의 작은 탁자에서 찻잔을 앞에 두고 어머니와 함께 자리에 앉은 뒤, 넬은 그냥 마음의 준비를 단단히 했다.

"제레미는 잘 있니?" 페기가 말문을 열었다.

"잘 있어요."

"반가운 소식이구나. 지금도 잡지사에서 팩트 만들기를 하고?"

"팩트체크예요, 엄마.《하퍼스》에서."

"그래, 그렇겠지."

페기가 본론을 꺼내는 데 평소보다 더 시간을 들이고 있었다. 심지어 자신의 찻잔에 새로 차를 따르기까지 했다.

"너도 더 마실래?" 그녀가 넬에게 물었다.

"아뇨, 괜찮아요. 사실 난 커피파라서요."

"그럼 커피를 끓여줄까?"

"그러지 않아도 돼요."

"금방 끓일 수 있어."

"엄마, 괜찮다고요! 무슨 일인지나 말해봐요."

페기는 찻잔을 내려놓고 허리를 똑바로 폈다.

"네 계부가 바람을 피우고 있는 것 같아."

넬은 작게 웃음소리를 냈다.

페기가 입을 꾹 다물었다.

"그렇게 비웃지 마."

"미안해요, 엄마. 비웃은 게 아니에요. 그냥 놀라서 그랬어요. 내 말은, 존은 그럴 사람이 아니잖아요. 지금 연세가 얼마죠? 예순여덟?"

"그게 무슨 상관인지 모르겠구나."

"좋아요. 왜 존이 바람을 피운다고 생각하는지 말해주세요."

페기는 숨을 들이쉬었다.

"내가 기억하는 한, 네 계부는 토요일 오후에 유니언 클럽에서 스쿼시를 쳤어."

"맞아요."

"그런데 2주 전에 내가 봄맞이 브리지 토너먼트가 언제 열리는지 보려고 그 클럽의 월간 우편 안내서를 열어봤거든. 거기 달력을 살피다 보니, 스쿼시 코트가 7월 1일에 재개장한다는 말이 적혀 있는 거야. 지난 6개월 동안 리모델링을 했다고."

넬은 조금 당황해서 의자에 등을 기댔다.

"그런데 존은 올봄에도 스쿼시를 쳤고요?"

"토요일마다. 지금도 거기 가 있어."

넬은 잠시 가만히 있다가 고개를 저었다.

"틀림없이 아주 합리적인 이유가 있을 거예요, 엄마. 맨해튼에만 스쿼시 코트가 백 군데는 될걸요. 아마 다른 데서 스쿼시를 치시겠죠"

"다른 데서 친다는 얘기는 한 번도 한 적이 없어."

"그렇다고 스쿼시를 안 쳤다는 뜻은 아니잖아요."

"아니면 마침 잘됐다면서 그냥 말을 안 한 건지도 모르지."

"말하지 않아서 거짓말이 되는 것 말이죠."

"그래."

"존한테 넌지시 여쭤보기는 했어요? 그동안 어디에 다녔냐고?"

"남편한테 그런 질문을 어떻게 해?" 페기가 말도 안 된다는 듯이 말했다. 그러고는 의자에 앉은 채 몸을 조금 들썩거렸다. "그래서 너한테 전화한 거야."

"나더러 여쭤보라고요?"

"그건 아니지. 네가 존을 미행해봐."

"미행이라니!"

"맞아. 미행해봐."

페기의 말투가 조금 더 다급해졌다.

"지난 몇 달 동안 토요일 오후마다 존이 뭘 했는지 네가 좀 알아봐. 어디에 다녔는지. 누구를 만났는지. 네 말대로 아주 합리적인 이유가 있을지도 모르잖아. 아니면……."

페기는 주머니에서 접힌 종이쪽지를 하나 꺼냈다. 넬이 펼쳐보니, 다른 프라이빗 클럽의 월간 우편물에서 찢어온 페이지였다. 최근에 있었던 행사의 참석자들 사진이 쭉 실려 있는 페이지 한복판에 밝은색 옷을 입고 머리 모양을 비슷하게 다듬은 세 여자가 함께 찍은 사진이 있었다. 페기는 사진 중앙의 예순 살 여성을 가리켰다.

"…… 이 여자랑 있을 수도 있고."

넬은 그 종이를 손으로 잡았다.

"누군데요?"

페기는 딸에게서 시선을 돌려 가스레인지를 바라보았다. 그렇게 마음을 진정시킨 뒤에야 다시 고개를 돌려, 사진 아래의 설명을 한 손가락으로 가리켰다. 그 여자의 이름이 리디아 스펜서이며, 직책은 정원위원회 위원장이라고 적혀 있었다.

"클리블랜드 출신인 것 같아." 페기가 아주 치욕스러운 말을 하듯이 말했다. "아니면 오하이오의 다른 곳 출신일 수도 있고. 정확히는 모르겠어. 하지만 이 여자가 항상 존을 바라보고 있어. 그건 확실해. 네가 이 여자를 감시하는 게 어떨까?"

넬은 종이를 천천히 탁자에 내려놓았다.

"엄마, 난 누구도 감시하지 않을 거예요. 하지만 나더러 존과 이야기를 해보라고 한다면, 내가······."

"네 계부한테 이 이야기는 한마디도 하지 마! 단 한마디도. 알아들었어?"

페기의 목소리가 떨렸다.

"알았어요." 넬은 양손을 들어올리며 말했다. "말 안 할게요."

페기는 넬이 제대로 알아들었는지 확인하려는 듯 잠시 빤히 바라보았다. 그러고는 다시 가스레인지를 보았다. 하지만 이번에 딸에게 시선을 돌렸을 때는 마음을 진정시키지 못한 얼굴이었다. 그녀는 울고 있었다.

"네가 왜 날 도울 수 없다는 건지 모르겠어, 넬. 난 너한테 아무것도 부탁하는 법이 없잖아. 네가 그냥 한 시간만 시간을 내주면 되는 일인데. 한 시간만 투자해서 내 남편이 그동안 어디에 다녔는지 알아봐줘."

페기가 처음 남편을 의심하는 기색을 내비쳤을 때 넬이 작게 웃음소리를 낸 것은, 페기가 아무것도 아닌 일을 크게 부풀려 흥분한 역사가 길기 때문이었다. 자신이 주최한 크리스마스 파티에 니커슨 부부가 참석하지 않았다고, 도어맨인 마리오가 자신을 꼭 '부인'이라고 부른다고, 넬의 언니 수지가 야외에서 결혼했다고! 하지만 넬이 어머니의 의심을 가볍게 생각한 가장 큰 이유는 계부가 여자를 쫓아다니는 것 같다는 생각이 그의 성격과 너무나 어울리지 않는다는 점이었다. 존은 좁고 곧은 길을 최고의 형태로 의인화해놓은 것 같은 사람이었다.

넬의 친부에 대해서는 그런 말을 쉽사리 할 수 없는데…….

친부 해리 포스터는 여러 면에서 페기에게 완벽한 짝이었다. 페기처럼 그도 맨해튼섬에서 태어나 자랐다. 좋은 집안 출신으로 좋은 학교에 다녔으며, 월스트리트의 좋은 회사에서 좋은 일을 맡았다. 그러나 해리는 출신이나 교육에도 불구하고(아니, 아마도 그 때문에) 규칙을 슬그머니 피해가고도 남을 사람이었다. 기분이 좋을 때 그는 기숙학교 시절 『순수의 시대』에 관한 시험에서 다른 학생들과 답을 공유하다가 완전히 일이 꼬여버린 일화를 즐겨 이야기했다. 동료의 전화를 대신 받았다가 대형 고객을 새로 유치한 일화도 이야기했다. 그는 멀리건*이 골프 클럽에서 자신의 가장 절친한 친구라는 농담을 자주 했다. 사실은 멀리건이 그의 인생에서 가장 절친한 친구였다고 말하는 편이 더 정확했을 것이다.

넬이 열두 살, 언니가 열네 살일 때, 해리는 일주일에 한 번씩 페

✦ 골프에서 최초의 샷이 잘못돼도 벌타 없이 주어지는 세컨드 샷.

기에게 줄 꽃다발을 들고 집으로 돌아오는 버릇이 생겼다. 튤립 열두 송이, 백합 열두 송이, 장미 열두 송이. 페기는 더할 나위 없이 기뻐했다. 그녀의 로맨틱한 감성, 격식에 대한 감각, 실내장식 감각과 잘 어울리는 행동이었다. 페기는 줄기를 자른 꽃을 꽃병에 꽂아 식탁 한복판이나 현관홀처럼 잘 보이는 곳에 놓아두었다. 저녁 식사에 초대받은 손님이 꽃을 언급할 때마다, 페기는 남편이 목요일 저녁마다 새로운 꽃다발을 집에 가져온다고 다소 무심하게 설명하며 몹시 즐거워했다.

그러나 시간이 흘러, 해리가 페기에게 꽃다발을 가져다주기 시작한 것은 사무실 맞은편 꽃집에서 일하는 매력적인 젊은 여성 때문이라는 사실이 밝혀졌다. 그는 목요일 오후마다 그 가게에 들러 아무 꽃이든 눈에 띄는 대로 열두 송이를 샀다. 순전히 그녀와 가벼운 이야기를 나누기 위해서. 7월이 되어 페기가 아이들을 데리고 메인주에 있는 가문의 여름별장으로 떠나자 해리는 그 젊은 여성을 위해 꽃을 사기 시작했다. 그녀는 침실이 하나뿐인 퀸스의 자기 아파트로 꽃다발을 가져가 줄기를 다듬고 꽃병에 꽂아서 잘 보이게 놓아두었다.

해리는 여느 때처럼 8월 마지막 주에 메인주로 와서 가족과 합류했다. 그러나 노동절이 되어 식구들이 별장의 냉장고를 모두 비우고 짐을 차에 실었을 때, 해리는 페기에게 집으로 돌아가지 않겠다고 선언했다. 뉴욕으로도, 직장으로도, 결혼생활로도 돌아가지 않겠다고. 그는 다른 사람과 사랑에 빠졌으며, 그녀와 함께 이 여름별장에서 겨울을 날 것이라고 말했다. 아니면 최소한 아기가 태어날 때까지만이라도.

지금까지 요약해서 들려준 이야기가 다소 차갑고 갑작스럽게 들렸다면, 페기에게는 어떻게 들렸을지 상상해보라.

잘 다듬어진 불만, 말하지 않은 적의, 의심, 비난을 겉으로 드러내는 것, 수치심과 분노, 변호사 고용과 재산분할, 가족과 친구에게 진행 상황을 한없이 설명하기. 이 밖에도 또한 결혼앨범 처리하기, 결혼 전 성姓을 운전면허증에 다시 기재하기 위해 줄을 서서 기다리기처럼 미처 예상치 못했던 냉혹하고 현실적인 일들. 이혼에는 고통스러운 측면이 너무 많아서 여기서 일일이 열거할 수 없다. 어차피 여러분도 그중 대부분을 알고 있을 것이다. 직접적인 경험으로든 간접적인 경험으로든. 따라서 그 감정적인 결과 전체를 하나의 표현으로 정제하려 애쓰는 것이 조금 도움이 될지도 모르겠다. 만약 페기를 위해 그런 표현을 생각해낸다면, 이렇게 될 것이다. '그녀는 배신감을 느꼈다.'

그래, 페기는 정말로 배신감을 느꼈다.

남편의 부정만이 문제가 아니었다. 그녀는 젊은 시절의 암묵적인 약속에 대해서도 배신감을 느꼈다. 스미스 칼리지, 감독파 교회, 제인 오스틴 등에도 배신감을 느꼈다. 그들 각자가 결혼의 신성함을 찬양했으니까. 해리 편을 들거나 외교적인 표현으로 중립적인 태도를 취한 옛 친구들에게도 배신감을 느꼈다. 그녀가 사교적으로 어울리던 사람들이 이제 식탁에서 짝이 맞지 않는다는 이유로 예전에 비해 그녀를 저녁 식사에 초대하는 빈도가 줄어든 것에도 배신감을 느꼈다. 궁극적으로는 인생에 배신감을 느꼈다. 그 추문, 고독, 결혼 생활이 무너지는 굴욕을 감내해야 한다고 그녀에게 강요했으니까.

그녀보다 자격이 없는 주변 여자들조차 흠 없는 결혼생활이 보장해주는 도덕적 우월감을 발산했다.

이렇게 전면적인 배신감 때문에 페기는 분하고 화가 났다. 넬과 수지가 상황을 어느 정도 받아들인 뒤에도, 뉴욕 사교계가 해리 포스터의 사정을 궁금해하거나 신경을 쓰지 않게 된 뒤에도, 그 뒤로도 한참 동안 분하고 화가 났다. 사실 페기는 아주 오랫동안 분하고 화가 났다. 넬과 수지는 엄마가 평생 동안 그렇게 분하고 화가 난 상태로 살아갈 거라는 생각이 들기 시작했다.

그때 존 웰스가 나타났다.

10년 전 암으로 아내를 잃은 예순네 살의 존은 해리가 관심이나 의욕을 보인 적이 없는 모든 특징을 갖고 있었다. 근면하고, 신뢰할 수 있고, 존경받는 사람. 기업에서 성공한 수많은 중역들의 개인 변호사로 활동할 뿐만 아니라 그들의 재산과 자녀들의 상속재산관리인으로 지명될 정도였다. 존은 자신이 다닌 아이비리그 대학교, 자신이 속한 배타적인 클럽, 자신이 자문해주는 저명인사를 단 한 번도 언급하지 않았다. 비밀을 누설한 적도, 말을 바꾼 적도, 뒷담화를 한 적도 없었다. 멀리건을 받은 적도 없었다.

넬이 작게 웃음소리를 낸 이유가 이거였다. 존이 토요일 오후에 가끔 시간을 한두 시간 내서 인근의 어느 호텔 방으로 가 그 정원위원회의 위원장과 만난다는 상상을 하니 누가 이성이라는 발바닥을 간질이는 것 같았다.

하지만 비록 페기가 아무것도 아닌 일을 부풀리는 경향이 있기는 해도 부엌에서 울음을 터뜨리는 모습을 보니, 넬은 엄마가 유니언 클럽의 그 달력을 본 뒤로 또 삶이 뒤집어지는 경험을 할지도 모른다는 두려움 속에 살아왔음을 이해했다.

"알았어요." 넬이 말했다. "존을 미행할게요."

그날 부엌에서 처음에는 엄마의 걱정을 가볍게 취급했던 넬이지만, 집으로 돌아오는 택시 안에서는 생각이 점차 바뀌었다.

자신이 3년 전부터 플랜드 페어런트후드 전국본부의 변호사로 활동했음을 그녀는 되새겼다. 좁은 의미에서 그녀가 맡은 일은 여성의 낙태 권리를 옹호하는 것이지만, 더 넓게 보면 그녀는 여성의 옹호자였다. 여성의 건강, 품위, 자유를 옹호하는 것이 그녀의 일이었다. 로스앤젤레스 스페인어권 지역의 히스패닉 여성들, 인종차별법이 폐지된 남부의 흑인 여성들, 중서부의 복음주의 가정에서 자라는 10대 소녀들을 옹호하는 것도 그녀의 일이었다. 그런 세월을 보냈으니, 이제는 엄마의 옹호자가 될 때가 된 것 같기도 했다.

집에 도착해서 문을 열고 들어올 무렵, 넬은 그 일에 마음을 완전히 쏟고 있었다.

"우리가 자메이카에서 썼던 카메라 어디 있어?"

"카메라?" 나는 읽던 서류를 내리며 물었다.

"그 작은 디지털카메라."

"캐논 것?"

넬은 충전기와 배터리와 각종 도구를 넣어두는 부엌 서랍들을 차례로 열어보기 시작했다.

"우리 여행 가?" 내가 물었다.

넬은 짜증스러운 표정으로 시선을 들었다.

"괜한 소리 하지 말고 나랑 같이 카메라나 찾아."

나는 카메라를 넣어두는 책상 서랍으로 갔다.

"여기 있어." 내가 말했다. "이제 무슨 일인지 말해줄래?"

넬은 사정을 말해주었다. 부엌에서 차를 마신 이야기, 스쿼시를 치러 간 줄 알았는데 스쿼시가 아니었다는 이야기, 장모님의 의심, 그리고 그보다 더 중요한 장모님의 두려움. 심지어 장모님이 굳이 가져가라고 했다는 그 사진 속 세 여자를 내게 보여주기까지 했다.

"당신 계부를 염탐하겠다고?" 내가 물었다.

"염탐하는 게 아니야." 넬은 카메라의 전원 버튼을 찾으려고 이리저리 살피면서 말했다. "그냥 다음 주에 엄마 아파트 앞에서 기다리다가, 존이 스쿼시 라켓을 들고 나오면 어디로 가는지만 알아볼 거야."

나는 조금 불안하게 웃었다.

넬이 눈을 가늘게 뜨고 나를 보았다. "왜?"

"자기야, 그거 별로 좋은 생각이 아닌 것 같아······."

"이유는?"

"이유는······ 당신이 일을 끝까지 잘 생각하지 않은 것 같거든. 만약 당신이 존을 미행해서 정말로 어디 다른 데서 스쿼시를 치는 게 아니라는 사실을 알아낸다면? 정말로 그 가든클럽 여자와 만나는 거라면? 그러면 당신은 어떻게 할 거야?"

"엄마한테 말해야지."

나는 넬의 말에 반대한다기보다는 어이가 없어서 고개를 절레절레 저었다.

"왜?" 넬이 또 다그치듯 물었다.

나는 곧 깊이를 알 수 없는 물속으로 걸어들어갈 사람처럼 숨을 들이쉬었다.

"당신이랑 처형은 둘 다 존이 없었으면 인생이 얼마나 엉망이 됐을지 모른다고 자주 이야기하잖아. 장모님이 존을 만난 게 얼마나 다행인지, 고비마다 존이 얼마나 신사답게 굴었는지 모른다며. 그러니까 존이 토요일 오후에 뭘 하는지는 그냥…… 모르는 채로 놔두는 편이 낫지 않을까."

"당신 말은 그러니까, 남자가 신중하게 굴기만 한다면 자신이 원하는 일을 할 수 있게 내버려둬야 한다는 거야?"

"꼭 그런 건 아니야. 하지만 유럽에서는 그런 일이 항상 있어."

"아! 유럽 얘기를 하시겠다! 프랑수아 미테랑이 그랬으니까 남편이 아내를 속이고 바람을 피워도 괜찮다!"

"자기야……."

"또다시 나를 자기라고 부르면, 당신 코를 때려줄 거야."

"당신도 날 자기라고 부르잖아."

"그건 맞지만, 때와 장소가 따로 있어. 지금은 아니야."

우리는 잠시 말이 없었다.

넬은 곧 달라진 어조로 입을 열었다. 목소리가 조금 낮아지고, 스스로 느끼는 불확실성이 좀 더 드러나는 어조였다.

"있잖아, 당신 말이 무슨 뜻인지는 알아, 제레미. 하지만 토요일 오후에 남편이 어디로 가는지 알고 싶어 할 권리가 엄마한테 있다고 생각해. 아버지랑 그런 일을 겪었는데도 또 이러느냐고 할 게 아니라, 그 일 때문에 엄마가 이런다고 봐야지. 게다가 내 평생 엄마가 나한테 도와달라고 한 게 몇 번인 것 같아? 한 번? 두 번?"

넬이 대화의 분위기를 바꾸려고 노력했음을 인정한 나는 그녀의 노력에 부응하기로 했다.

"그럼 그날 뭘 입을 거야? 존을 미행할 거라면, 아마 당신 외모를 좀 바꿔야 할 텐데."

"당신의 야구 모자를 빌려 쓸까 했는데."

"좋아." 내가 말했다. "그것뿐만 아니라 내 재킷을 빌려 입어도 돼. 하지만 메츠 모자는 가져가지 마. 존이 메츠 팬이거든. 메츠 팬은 다른 메츠 팬을 발견하면 반드시 다가와서 동정한단 말이야."

◆ ◆ ◆

그다음 토요일에 넬은 준비가 된 상태였다. 그 주 내내 그녀는 토요일의 미행을 계획하고 준비했다. 2시까지는 장모님의 아파트 앞에 자리를 잡을 수 있게 1시에 우리 아파트에서 출발할 작정이었다. 그녀는 내 검푸른색 보머재킷과 내가 형제에게서 생일 선물로 받은 검푸른색 '제퍼디!' 야구 모자를 빌렸다. 재킷을 입고, 모자를 쓰고, 자신이 원래 갖고 있던 레이밴 선글라스를 쓰니, 타블로이드 신문에 자주 실리는, 스타벅스에 가는 영화배우 같은 모습이 되었다. 넬은 내게 캐논 카메라 작동법을 다시 알려달라고 말했다. 그다음에는 남을 미행하는 법을 물어보았다.

"그걸 내가 어떻게 알아?"

"당신 탐정소설 팬이잖아!"

넬은 실망한 표정으로 나를 보았다. 그녀의 생각에 일리가 있었다. 나는 문학적인 포부를 갖고 있으면서도, 마르셀 프루스트나 토마스 만의 작품을 읽을 시간을 지금껏 내지 못했다. 하지만 어찌 된 영문인지 미스터리소설을 읽을 시간은 있었다. 그래서 아주 많이 읽었다. 레이먼드 챈들러와 대실 해밋이 발표한 작품 전체를 두 번 읽었고, 렉스 스타우트와 로스 맥도날드와 조르주 심농의 작품도 읽었다. 게다가 누아르 영화는 평생 볼 것을 이미 다 보았다.

"알았어." 나는 내면의 샘 스페이드*를 끌어내면서 말했다. "누굴 미행할 때는 그쪽을 계속 지켜보면서도 그쪽한테 들키지 말아야 해. 반 블록 뒤에서 따라가는 게 이상적이지. 도로 건너편에서."

넬은 고개를 끄덕였다.

"행인들이 자연스럽게 당신을 가려줄 거야. 하지만 당신의 시야를 가릴 수도 있어. 존의 키가 188센티미터나 되고, 머리가 은발이라서 다행이지. 상당한 거리에서도 존을 찾아낼 수 있을걸. 분주한 길에서도."

"맞아." 넬이 점점 빠져들었다.

"두 사람이 만나기로 했다면 따로 나타날 거야." 나는 머리에 생각이 떠오르는 대로 계속 말을 이었다. "하지만 자리를 뜰 때는 함께일 가능성이 높아. 존을 따라서 간 곳이 식당이나 호텔이라면 한 시간 넘게 밖에서 기다려야 만날 상대가 누구인지 알게 될 수도 있어. 그러니까 요기할 것을 좀 가져가."

"물 한 병도."

"그건 안 돼." 내가 주의를 주었다. "감시하다 말고 화장실에 갈 수는 없잖아."

"이것 봐." 넬이 빙긋 웃으며 말했다. "당신이 이렇게 도움이 될 줄 알았다니까."

✦ 대실 해밋이 창조한 사설탐정.

전술적인 준비를 갖춘 넬은 정신적인 준비를 위해 엄마의 옹호자라는 자신의 역할을 완전히 받아들였다. 엄마의 품위와 알 권리를 위해서 집요하게 진실을 추적하는 사람이 될 예정이었다. 하지만 넬이 막 내 재킷을 입는 순간 울린 전화벨 소리에 일이 몹시 힘들어졌다.

"장모님이야." 내가 송화구를 손으로 가리고 말했다.

"내가 나중에 전화한다고 해."

"급한 일이신 것 같은데."

넬은 눈동자를 굴리며 전화기로 다가왔다.

"무슨 일이에요, 엄마? 나 지금 나가야 돼요."

"너랑 통화가 돼서 다행이다!" 페기가 속삭이는 소리로 말했다. 아마 존이 옆방에 있는 모양이었다. "너 나가지 마."

"무슨 일 있었어요?"

"아무 일 없었어. 그냥 내가 내키지 않아."

"엄마." 넬이 조금 화난 목소리로 말했다. "일주일 전에는 엄마가 고집을 피웠잖아요."

"뭐, 그 뒤로 좀 생각을 해봤는데, 아마 존이 어디 다른 데서 스쿼시를 칠 것 같다는 생각이 들었어."

"바로 그거예요. 그러니까 더욱더 내가 가봐야죠. 엄마가 의심을 완전히 놓을 수 있게."

"난 이제 의심 없어."

"리디아 스펜서는 어쩌고요?"

"그 얘기를 너한테 하지 말걸."

"엄마, 진실을 알고 싶어 하는 건 잘못이 아니에요."

"넬리. 네가 가지 않았으면 좋겠다고 내가 지금 말하잖아. 내 말 알아들었어?"

…….

"알아들었어요."

"그럼 약속해."

"무슨 약속요?"

"안 나간다고."

넬은 잠시 눈을 감았다 떴다. "약속할게요."

페기는 작별 인사도 없이 전화를 끊었다.

넬은 고개를 절레절레 저으며 수화기를 제자리에 내려놓았다.

나는 어깨를 으쓱했다.

그런데 넬이 카메라와 시리얼바를 내 재킷 주머니에 쑤셔 넣었다.

"어디 가려고?" 내가 물었다.

"업타운에."

아마 놀라서 내 입이 벌어졌던 것 같다. 나는 전화기를 가리켰다.

"말하지 마, 제레미."

"무슨 말? 넬! 존을 미행하지 않겠다고 방금 장모님한테 약속했잖아."

"엄마는 지난주에 진실을 알고 싶다고 분명히 말했어."

"그 뒤로 생각을 바꾸셨어."

"또 바꿀지도 몰라."

"안 바꾸시면?"

"그럼 오늘 내가 알게 된 사실을 말하지 않으면 되지. 어쨌든 나는 존이 그동안 어디에 다녔는지 알아낼 거야."

"넬." 나는 고개를 저었다. "존이 어디에 다니든 당신이 상관할 일이 아니야."

"존은 내 계부야. 그러니까 내 일일 수도 있고 아닐 수도 있는데, 확실히 당신이 상관할 일은 아니야."

그녀는 문밖으로 걸어나갔다. 객관적으로 말해서, 문을 쾅 닫았다고 표현할 수밖에 없을 것 같다.

열띤 대화를 한번 하고 나면, 형편없는 아이디어들이 빛의 속도로 떠오른다. 그 쾅 소리를 들은 뒤 몇 초 동안 내가 한 생각들을 몇 가지 꼽아보면 다음과 같다. 1) 장모님에게 전화해서 넬이 업타운으로 가고 있다고 알려야 한다. 2) 존에게 전화해서 스쿼시를 치러 가지 말라고 말해야 한다. 3) 넬의 뒤를 따라가서 이성을 찾으라고 말해보아야 한다. 장모님의 아파트 바로 맞은편에서. 이미 말했듯이, 형편없는 아이디어였다.

나는 위의 아이디어들을 행동으로 옮기지 않고, 대신 우리가 브런치를 먹은 식탁을 치웠다.

'넬은 돌아올 거야.' 접시를 씻어 물기를 닦으면서 나는 이런 생각을 했다.

'아냐, 안 올 거야.' 접시를 정리해 넣으면서는 이런 생각을 했다.

넬은 지금 액션 모드였다. 그러니 끝까지 갈 것이다.

아주 솔직히 말하자면, 그때쯤에는 나도 조금 궁금해졌다. 존이 어디로 가는지. 그가 바람을 피우고 있는지. 상황이 어떻게 풀릴지 보고 싶었다.

하지만 그런 궁금함을 느끼면서도 집에 가만히 앉아 넬이 돌아오기만 기다릴 수는 없었다. 친구 데이브에게 전화를 걸어 영화나 같이 보러 가자고 말해야지. 아예 동시 상영을 보는 것도 좋고. 넬의 오늘 외출에 대해 우리가 두 번 다시 입에 올리지 않게 될 것 같다는 느낌이 벌써 들기 시작했기 때문이었다. 아직 일이 제대로 시작되지도 않았는데.

 그날 오후 날씨는 화창하고 따뜻했다. 늦봄이라기보다 초여름에 가까운 날씨였다. 1시 40분에 넬은 엄마가 사는 83번가 아파트 입구에서 자동차 열 대쯤 떨어져 있는 느릅나무 뒤에 서 있었다. 존이 2시 정각에 건물 밖으로 나왔다. 페기가 예언한 그대로였다. 존은 황갈색 바지, 하얀 옥스퍼드셔츠, 파란색 재킷 차림으로, 유니언 클럽의 성문成文 드레스코드와 불문不文 드레스코드에 잘 맞는 옷차림이었다. 손에 든 스포츠 가방에서는 스쿼시 라켓의 손잡이가 눈에 띄게 삐죽 나와 있었다. 건물을 나선 뒤 그는 파크 애비뉴로 가서 남쪽으로 방향을 잡았다. 넬은 몇 초 뒤에 나무 뒤에서 나와 열심히 그를 미행하기 시작했다. 내가 아주 예리하게 충고해주었듯이, 길 건너편에서 반 블록쯤 뒤처진 상태로 그를 따라갈 작정이었다. 그러나 모퉁이를 돌자마자 그녀는 나를 저주했다. 파크 애비뉴의 도로가 6차선이고 중앙분리대까지 있었던 것이다! 건너편에서 미행하는 것이 가능한가? 게다가 토요일이었으므로, 넬을 가려줄 행인이 전혀 없었다.

 넬은 계부를 미행하면서, 계부보다는 자신이야말로 수상하게 행동하고 있음을 인정할 수밖에 없었다. 야구 모자의 챙을 코끝까지 내려 쓰고 가끔 가로등 뒤에 잠시 멈춰서곤 했으니 말이다. 반면 존은 여느 때처럼 앞을 똑바로 보면서 편안하게 성큼성큼 걷고 있었다. 79번가 모퉁이에서는 심지어 잠시 걸음을 멈추고 지인의 개를 쓰다듬어준 다음, 다시 가볍게 걸어갔다. 만약 휘파람을 부는 버릇이 있었다면, 휘파람도 불었을 것이다.

그는 유니언 클럽으로 가는 것이 아니었다. 넬은 그렇게 확신했다. 하지만 파크 애비뉴를 따라 50몇 번가까지 가면 래킷 클럽이 있었다. 게다가 예일 클럽에도 스쿼시 코트가 있지 않나? 존은 학사학위와 법학 학위를 모두 하버드에서 받았지만, 예일에 다닌 친구와 지인이 적지 않았다. 예일 클럽이 40블록이나 떨어져 있고, 대부분의 60대 남자는 보통 그렇게까지 많이 걷지 않는 편이긴 했다. 그러나 존이라면 걸을 것 같았다. 특히 날씨가 이렇게 좋다면.

"이건 웃기는 짓이야." 넬은 혼자 중얼거렸다. 이 일을 아예 그만두기 직전이었다. 그런데 그때 존이 갑자기 파크 애비뉴를 건너서 78번가에서 서쪽으로 향했다. 5번 애비뉴에는 스쿼시 코트가 없잖아. 넬은 속으로 생각했다. 하지만 호텔은 아주 많았다. 셰리 네덜란드. 플라자. 페닌슐라. 세인트레지스. 넬은 감정의 충돌을 느꼈다. 흥분과 불안감. 정의감과 두려움. 그러나 존이 걷는 속도가 빨랐으므로, 감정을 세세히 살필 여유가 없었다. 신호등의 불빛이 바뀌기 직전에 넬은 폴짝 뛰어서 파크 애비뉴의 6차선을 빠르게 건넜다. 그 바람에 택시 두 대가 시끄럽게 경적을 울려댔다. 넬은 종종걸음으로 매디슨을 지나쳐 모퉁이를 돌아서 5번 애비뉴로 들어섰다. 바로 그때 존이 센트럴파크 안으로 사라지는 것이 보였다.

파크 애비뉴는 비교적 조용했지만, 센트럴파크는 정반대였다. 사람이 가득했다. 조깅하는 사람, 자전거 타는 사람, 개를 산책시키는 사람, 관광객, 유아차를 미는 아기 엄마, 리틀야구 유니폼을 입은 아들을 데리고 나온 아빠, 비둘기한테 먹이 주는 사람, 신문 읽는 사람이 모두 계절에 맞지 않게 따뜻한 날씨와 마지막 남은 벚꽃, 그리고 이제 피어나기 시작한 진달래를 즐겼다.

내 충고 중에 옳은 것이 적어도 하나는 있었다. 존의 키와 은발 덕분에 군중 속에서도 그를 쉽게 찾아낼 수 있다는 것.

넬은 20미터쯤 뒤에서 존을 따라가면서, 조금 전까지 느끼던 분노와 두려움을 잊어버렸다. 그 자리에 대신 들어선 것은 전체적인 당혹감이었다. 공원에 들어온 것이 너무나 당혹스러워서 어린 시절의 기념물들 옆을 지나가면서도 알아차리지 못했다. 우리가 어쩌다 근처에 가게 되면 그녀가 꼭 한마디씩 하던 '이상한 나라의 앨리스' 동상. 그녀는 어렸을 때 그 동상에 기어올라간 적이 있다고 했다. 보트 연못에서는 짜증스러운 사촌 케일럽이 직접 만들어 완벽하게 장비를 갖춘 요트를 띄우곤 했다. 베데스다 분수는 그녀가 벳시 매디슨과 함께 7학년 때 담배를 피우고 10학년 때 마리화나를 피운 장소였다.

맨해튼의 거리들이 격자 모양으로 배치된 것은 유명한 사실이다. 그러나 센트럴파크를 공중에서 내려다본다면, 심혈관계 지도와 비슷하게 보일 것이다. 폭이 제각각인 통행로와 오솔길이 갖가지 모양으로 휘어지거나 서로 교차하기 때문이다. 따라서 공원 안에서는 방향감각을 잃어버리기가 너무나 쉽다. 뉴욕을 잘 아는 뉴요커라도 어쩔 수 없이 걸음을 멈추고 머뭇거리거나 가끔 온 길을 되돌아갈 수밖에 없다. 그러나 존은 주저없이 걸음을 옮기며 두 번 생각해 보지도 않고 오른쪽, 왼쪽으로 방향을 꺾었다. 이 길을 이미 수천 번 다녀본 사람 같았다. 그는 베데스다 분수를 조금 지나서 남쪽에 있는 자그마한 화장실 건물에 들어간 뒤에야 걸음을 멈췄다.

넬은 어느 떡갈나무 뒤에 자리를 잡았다. 그 바람에 다람쥐 두 마리가 서로 반대 방향으로 허둥지둥 달려가버렸다. 조금 앞쪽에 상당히 많이 모여 있던 사람들이 갑자기 환성을 질렀다. 그쪽을 흘깃 보니, 그들이 무슨 일로 그렇게 '흥분'했는지 알 수 있었다. 사람들은 길거리 공연자를 중심으로 둥글게 늘어서 있었는데, 공연자의 보조적인 재주는 허리를 굽힌 자세로 줄지어 늘어선 사람들 위를 뛰어넘는 것이었다. 넬이 보조적인 재주라고 생각한 것은, 그들의 첫 번째 재주가 신체적인 묘기와는 전혀 상관없기 때문이었다. 그들은 이야기꾼이었다. 일단 사람들이 줄지어 엎드린 뒤, 공연자가 뛰어올라서 착지할 때까지 걸린 시간은 모두 3초였다. 인상적인 재주였지만, 그것만으로 군중을 적당히 모아서 괜찮은 수입을 올릴 수 있을 만큼 기대감을 고조시키기에는 시간적으로 부족했다.

그래서 공연자들은 모두 분위기를 띄우는 솜씨가 뛰어났다. 자신이 이제부터 선보일 재주를 화려하게 상세히 묘사하고, 그것이 자신의 목숨과 팔다리의 안녕에 얼마나 위험한지 설명했다. 줄지어 엎드릴 사람들을 천천히 선택해서 그들의 고향, 외모, 머뭇거리는 태도에 대해 사람 좋은 농담을 던지는 솜씨도 뛰어났다. 공연자는 자원자 네 명의 위치를 바꿔 극적인 분위기를 강화하더니, 마지막 순간에 한 명을 더 불러냈다. 도중에 가끔 군중에게 크게 환성을 질러 응원해달라고 말하기도 했다. 그렇게 해서 나중에 자신이 모자를 돌릴 구경꾼을 더 많이 모았다.

존이 화장실로 들어간 뒤, 공연자는 마지막으로 한 번만 더 응원의 함성을 질러달라면서 분위기 띄우기를 슬슬 마무리했다. 이렇게 시선을 끄는 일이 있는데도 넬은 전문가다운 자제력으로 화장실 문에서 눈을 떼지 않았다. 그러니까, 공연자의 끈질긴 요구로 군중이 10에서부터 카운트다운을 시작할 때까지는 그랬다. 그때부터는 정말 참기가 힘들어서 넬은 고개를 돌려 공연을 지켜보았다. 군중이 셋을 셀 때 시작 지점에서 단거리 육상선수 같은 자세를 취한 공연자가 '하나'를 세는 소리에 앞으로 달려나와 공중으로 뛰어올라서 어중이떠중이 자원자들의 등 위로 솟아올랐다가 반대편에 무사히 착지했다.

저 사람 돈을 상당히 잘 벌겠는걸. 넬은 이런 생각을 하면서 다시 화장실로 시선을 돌려 존이 나오기를 기다렸다.

계속 기다렸다.

계속 기다렸다.

10분 뒤 중년 관광객 한 명이 화장실로 들어갔다가 나오자 넬이 그에게 다가갔다.

"실례합니다. 지금 저희 아버지를 찾고 있는데요, 혹시 안에 누가 계시던가요?"

"아무도 없던데요."

"정말로요?"

"확실해요. 화장실에서 필요 이상 시간을 보낼 사람이 누가 있겠어요."

그가 사라진 뒤 넬은 잠시 화장실 문을 빤히 보다가 안으로 들어갔다. 관광객의 말처럼 화장실은 사람이 오래 있을 곳이 아니었고 비어 있었다.

넬은 밖으로 나오면서 자신을 욕했다. 저 웃기는 재주를 왜 구경했을까? NYU 시절 저런 재주를 적어도 열 번은 봤는데!

제자리에서 뱅글뱅글 돌며 살펴봤지만 존은 어디서도 보이지 않았다. 하지만 공원에 들어온 뒤 그는 확실히 남쪽으로 향하고 있었다. 그래서 넬은 그쪽으로 뛰어갔다. '시인의 길'을 향해서. 가로수가 늘어선 그 보행로에 도착하자 50미터 앞을 훤히 볼 수 있었지만, 존은 여전히 보이지 않았다. 넬은 고개를 저으며 돌아서서 온 길을 되돌아갔다. 72번가에서 밖으로 나가 지하철역으로 가야 할 것 같았다. 그러나 30미터를 채 걷기도 전에, 비지스의 〈스테잉 얼라이브〉 앞부분이 갑자기 왼쪽에 있는 붐박스에서 흘러나왔다. 그때 그녀는 존을 발견했다.

그의 은발이 아니었다면 넬은 전혀 알아차리지 못하고 지나쳤을 것이다. 그녀의 시야를 벗어나 있던 그 몇 분 동안 존이 모종의 변신을 했기 때문이었다. 황갈색 바지, 흰색 옥스퍼드셔츠, 파란색 재킷은 사라지고 대신 존이 걸친 것은 비단처럼 부드러운 빨간색 조깅 반바지, 미스터 멧[*]의 형상이 새겨진 파란색 티셔츠, 1975년경의 비에른 보리를 흉내 낸 흰색 머리띠였다. 발에는 롤러스케이트를 신었다. 롤러블레이드가 아니라 롤러스케이트였다. 발목까지 올라오고 긴 흰색 끈으로 묶게 되어 있는 흰색 가죽 롤러스케이트.

존은 대충 한데 모인 스케이터들과 함께 있었는데, 그들 모두 음악에 맞춰 원을 그리며 돌고 있었다. 빙글빙글 돌면서 존은 사람들 사이로 매끈하게 요리조리 움직였다. 좁은 원에서 기대할 수 없는

---

[*] 뉴욕 메츠의 공식 마스코트.

속도였다.

"저게 뭐야." 넬은 놀라서 웃는 얼굴로 속삭였다.

현재 스케이터는 열 명쯤 되고, 구경꾼의 수도 그 정도였다. 대부분의 스케이터는 밝은색 옷을 입고 있었다. 반짝이가 달린 옷을 입은 여자도 한 명 있었다. 존은 지금까지 모인 스케이터 중 가장 나이가 많았지만, 누구도 신경 쓰지 않는 것 같았다. 사실 핫팬츠와 탱크톱 차림의 호리호리하고 강인한 흑인 청년이 가끔 존과 나란히 스케이트를 타면서 리듬에 맞춰 함께 고개를 끄덕이고 같은 동작을 했다.

넬은 잠시 지켜보다가 주머니에서 카메라를 꺼냈다. 자신의 이야기를 아무도 믿지 않을 것 같았다! 심지어 그녀는 들킬 위험을 무릅쓰고 좀 더 가까이 다가가기까지 했다. 구경꾼 중에 관광객 두 명도 사진을 찍고 있다는 사실이 그녀에게 자신감을 주었다.

노래가 끝나자 호리호리한 흑인 청년이 벤치로 가서 털썩 주저앉더니, 벤치 기둥 한 곳에 놓여 있던 마리화나에 불을 붙였다. 넬은 그쪽으로 가서 자연스럽게 그 옆에 앉았다.

그가 그녀를 곁눈질로 보았다.

"날 잡으러 왔어요?"

"네?" 넬은 깜짝 놀라서 물었다.

그가 마리화나로 그녀의 옷차림을 가리켰다.

"〈로앤드오더〉에 나오는 엑스트라 같아요."

"아, 미안해요."

넬은 계면쩍은 미소를 지으며 선글라스를 벗었다.

그가 마리화나를 내밀자 그녀는 사양했다.

"마음대로 하세요."

그는 다른 스케이터들을 지켜보면서 마리화나를 한 번 더 빨았다.

"내가 뭘 좀 물어봐도 돼요?" 넬이 잠시 뒤 물었다.

"묻는 거야 공짜죠. 하느님이 그렇게 만드셨으니까. 하지만 대답은……."

넬이 놀란 표정을 짓자 그가 빙긋 웃었다.

"그냥 장난친 거예요. 물어볼 게 뭐예요?"

"저기 나이 좀 있는 분의 솜씨에 감탄하고 있었거든요. 저분이 여기 자주 오세요?"

"누구요? 글로리아 말이에요? 그럼요. 토요일에는 대부분 와요."

글로리아……?

넬은 아까 마리화나를 받을 걸 그랬다는 생각이 갑자기 들었다.

하지만 존을 다시 바라보면서 속으로 생각했다. '그렇지! 내가 진짜 멍청했어.' 밝은 회색 양복을 입고 안개 속에서 나와 중년의 이혼녀와 결혼한 세련된 신사. 19세기 그림과 20세기 중반의 골동품을 사랑하는 남자. 스쿼시를 치러 간다면서 집에서 빠져나와 공중화장실에서 글로리아로 변신하는 남자.

넬의 옆 사람도 존을 지켜보고 있었다. 이제 존은 〈백 스태버스〉의 곡조에 맞춰 크로스오버 스타일로 뒤를 향해 스케이트를 타고 있었다.

"글로리아가 댁의 시선을 끈 건 놀랄 일이 아니죠." 청년이 웃는 얼굴로 말했다. "여기 오래 다닌 사람으로서 자신 있게 말하는데, 글로리아는 센트럴파크를 통틀어서 최고의 올드스타일 스케이터예요. 아마 뉴욕을 통틀어도 마찬가지일걸요."

그는 마리화나를 한 모금 더 피우고 벤치에 등을 기댔다.

"저분에게…… 친구가 있나요?" 넬이 물었다.

"친구요?"

"음, 남자친구요."

청년은 고개를 돌려 잠시 넬을 유심히 보았다. "저 사람이 게이라고 누가 그래요?"

"나는 그냥……."

"그냥 그렇게 생각했다?" 그가 고개를 저으며 말했다. "밝은 빨간색 반바지를 입고 디스코음악에 맞춰 롤러스케이트를 타며 춤추고 있으니 틀림없이 여왕인 줄 알았다?"

넬은 얼굴이 달아올랐다.

"이름이 글로리아라고 했잖아요." 그녀가 변명하듯이 말했다.

"내가 만약 저 아저씨 이름이 루크라고 했으면, 아저씨한테 포스가 있다고 생각했겠네요?"

그는 손끝으로 불을 꼼꼼하게 꺼서 남은 마리화나를 다시 원래 자리에 놓은 뒤 일어서서 몸을 돌렸다. 다시 원 안으로 들어가 스케이트를 타려는 것 같았다. 그러나 그는 한숨 비슷한 것을 한 번 내쉰 다음 다시 돌아섰다. 그리고 자신이 굳이 하지 않아도 되는 설명을 해주려는 사람처럼 넬에게 말했다.

"우리가 저 아저씨를 글로리아라고 부르는 건, 저 아저씨 곡이 〈나는 살아남으리라〉이기 때문이에요. 글로리아 게이너가 부른 노래 말이에요. 우린 모두 자기 노래를 갖고 있어요. 스케이트를 탈 때 제일 좋아하는 노래. 서로에게 자기 재주를 보여주는 노래. 다른 사람들의 노래가 뭔지도 다 알아요. 그래서 누군가의 노래가 나오면 다른 사람들은 모두 원 가장자리로 물러나요. 그 사람에게 공간을 마련해주고, 그의 마법을 구경하려고."

그는 환히 웃으며 엄지손가락으로 자신의 가슴을 가리켰다.

"나는 사람들이 카 워시라고 불러요."

넬은 멍한 표정으로 그를 보았다.

"알죠? 〈카 워시〉, 그 영화 테마송. 로즈 로이스가 부르는 거." 그가 손뼉을 치며 들려주는 리듬이 넬의 귀에 언뜻 친숙한 것 같기도 했다. "세상에." 그가 고개를 절레절레 저었다. "우리 엄마 말씀이 맞네요. 텔레비전에 채널이 늘어날수록 사람들이 아는 건 적어진다고."

카 워시가 갑자기 허공으로 손가락 하나를 들어올렸다. 붐박스에서 피아노로 코드를 연주하는 소리가 들려오더니, 건반을 위아래로 훑는 소리가 이어졌다.

"글로리아의 스케이팅에 감탄했다고요? 자, 이제부터 정말로 기억할 만한 것을 보게 될 겁니다."

한 시간 뒤 넬은 열렬히 흥분한 상태로 엄마의 집 부엌 탁자에 앉아 있었다. 반면 엄마는 느닷없이 찾아온 딸을 경계심 어린 표정으로 집에 들이고는 차도 권하지 않았다.

"그 모자는 왜 쓴 거니?"

넬은 빙긋 웃었다.

"이걸 쓴 걸 잊어버렸어요!"

넬은 모자를 벗어 탁자에 놓았다. 페기가 미간을 찌푸리자 넬은 모자를 들어 빈 의자에 놓았다.

"그래." 페기가 허리를 똑바로 세우며 말했다. "여긴 어쩐 일이야?"

넬은 좀 더 진지한 표정을 지으며 고개를 끄덕였다.

"그렇죠. 내가 여기 온 이유. 음, 나한테 화를 내기 전에……."

페기의 얼굴이 돌처럼 무표정해졌다.

"너 저질렀구나. 그 사람을 미행했어. 내가 분명히 하지 말라고 했는데도."

"그건 알지만……."

"넌 나한테 약속까지 했어! 네 약속의 가치가 고작 이 정도야?"

"엄마. 제발요. 그냥 잠깐만 얘기를 들어주면 안 돼요?"

페기는 45도 각도로 시선을 틀어 넬과 냉장고 사이 어딘가를 바라보았다. 넬은 엄마와 다시 눈을 마주치기 위해 몸을 왼쪽으로 기울였다.

"날 좀 봐줄래요?"

페기가 다시 시선을 돌렸지만, 불만의 표시로 손은 무릎에 내려놓았다.

넬이 한숨을 내쉬었다.

"내가 존을 미행한 거 맞아요. 엄마가 하지 말라고 했는데도. 하지만 아마 엄마도 내가 잘했다고 생각하게 될 거예요. 의심의 기운은 결혼생활에 도움이 되지 않아요. 의심을 남겨두느니 깨끗이 해소하는 편이 거의 항상 더 나아요. 게다가 의심에 근거가 없다면 더욱 그렇죠."

페기는 의자에서 살짝 몸을 들썩였다. 딸이 제멋대로 저지른 일을 용서할 마음은 아직 없었지만, 딸이 무엇을 알아냈는지 흥미는 생긴 모양이었다.

엄마의 호기심을 알아차린 넬은 작게 승리의 미소를 지었다.

"존은 스쿼시를 치지 않아요. 하지만 리디아 스펜서랑 만나는 것도 아니에요. 만나는 사람은 전혀 없어요!"

"그럼 도대체 뭘 한다니?"

넬은 극적인 효과를 위해 잠시 뜸을 들였다.

"롤러스케이트를 타요."

"뭐?"

페기가 어찌나 혼란스러워했는지, 마치 롤러스케이트라는 단어를 이해하지 못한 것 같았다.

"롤러스케이트요." 넬이 다시 말했다. "1950년대에 유행하던 그것. 그렇지, 봐요!"

넬은 탁자에 앉은 채 몸을 움직여 엄마 옆으로 가서 카메라를 꺼냈다.

"토요일에 존은 스쿼시를 치러 가는 게 아니라 센트럴파크로 가서 롤러스케이트를 타요. 디스코음악에 맞춰서!"

넬은 카메라를 켜서 첫 번째 사진을 보여주었다. 엄마의 표정을 보니 여전히 혼란스러운 기색이 역력했다. 딸이 왜 이상한 옷을 입고 공원 어딘가에 모인 젊은 사람들의 사진을 자신에게 보여주는지 의아한 모양이었다.

"여기." 넬이 중앙에서 왼쪽에 있는 남자를 가리켰다. "머리띠를 한 사람."

"무슨 소리인지, 원." 페기가 말했다.

"여기요."

넬은 자신이 찍은 사진들을 계속 넘기다가 동영상이 나오자 재생을 눌렀다.

영상이 펼쳐지는 동안 페기는 그 작은 화면을 열심히 들여다보았다. 그 내용을 이해하고, 음악과 동작을 보았다. 밝은색의 옷을 입은 스케이터들, 구경꾼들의 환호, 원의 중앙에서 갑자기 회전을 시작한, 은발의 키 큰 남자.

"믿기 힘들죠?" 넬이 웃음을 터뜨리며 말했다.

그때 존이 방으로 들어왔다. 유니언 클럽 제복으로 다시 갈아입고, 손에 스포츠 가방을 든 모습이었다.

보통 누군가가 집에 돌아와 부엌으로 들어올 때는 산책하는 속도로 움직인다. 서두를 필요가 없을 때의 자연스러운 속도다. 그러나 부엌으로 들어오는 존의 속도는 그 속도의 몇 분의 1밖에 되지 않았다. 문 바로 앞에서 걸음을 멈추고 희미하게 들려오는 친숙한 노래와 의붓딸의 웃음소리와 아내의 침묵에 귀를 기울이다가 마침내 안으로 들어가기로 결심한 사람의 속도였다. 그에게는 달리 갈 곳이 없었다.

존이 조용히 들어오는 소리에 시선을 든 넬은 그가 그동안 밖에 서 있었음을 깨닫고 분노나 실망한 표정을 예상했다. 그러나 그녀의 눈에 들어온 것은 당황한 표정이었다. 어쩌면 수치심도 있는 것 같았다. 당연히 넬을 향한 표정이 아니기 때문이었다. 그가 결혼한 여자, 그동안 그가 줄곧 거짓말을 하고 있던 여자를 향한 표정이었다. 그 여자는 탁자에서 일어나 두 걸음 다가오더니 그의 뺨을 때렸다.

그 뒤 몇 주 동안 페기와 존 사이에는 조용한 거리감이 자리를 잡았다. 두 사람이 갑자기 전과는 다른 규칙에 따라 체스판의 말처럼 움직이게 된 것 같았다. 한 사람은 항상 대각선으로 움직이고, 다른 한 사람은 앞뒤 또는 좌우로만 움직이는 것 같았다. 존은 일이 많아졌다면서 평소보다 일찍 출근하기 시작했다. 워낙 출근이 일러서 그와 페기가 아침에 각각 다른 시간에 부엌에서 커피를 마실 정도였다. 그들이 참여하고 있는 여러 이사회와 자선단체가 봄을 맞아 연례행사를 열기 시작하자, 그들 부부는 각자 다른 행사에 참여할 때가 많아졌다. 그리고 배우자가 오지 못한 것에 대해 평범하게 사과했다. 현충일에 페기는 보스턴으로 가서 대학 시절 룸메이트의 예순 번째 생일을 축하했고, 존은 캘리포니아로 가서 새로 태어난 손주를 만났다. 자연스러운 일이었다. 그리고 6월에 페기는 사우샘프턴에 있는 별장으로 갔다. 평소와 똑같이. 두 사람이 동시에 같은 장소에 있을 때가 드물어진 것이 너무나 합리적이고, 예측 가능하고, 게임의 규칙에 잘 맞는 것 같아서 굳이 주목할 필요가 없었다. 뭐라고 한마디 할 필요는 더더욱 없었다.

7월 4일 이전의 금요일까지는 그랬다. 그날 넬과 나는 페기, 존과 긴 주말을 함께 보내려고 햄프턴스까지 차를 몰고 갔다. 출발이 조금 늦었고 도로에 차가 아주 많았기 때문에, 우리가 도착했을 때 페기는 이미 부엌의 아일랜드 식탁 앞에 서서 저녁 식사 준비의 끝마무리를 하고 있었다.

"오는 길은 어땠니?" 페기가 물었다.

"예상한 대로 힘들었어요." 넬이 말했다.

페기가 내게 시선을 돌렸다.

"자네가 좋아하는 진을 준비해뒀어, 제레미. 라임은 도마에, 토닉은 냉장고에 있네."

"고맙습니다, 장모님. 맛있는 냄새가 나네요."

"치킨 카차토레야. 거의 다 됐네."

"존한테 오시라고 할까요?" 넬이 내게서 술잔을 받으며 말했다.

"그럴 필요 없다." 페기가 대답했다.

넬은 당혹스러운 표정으로 나를 보았다. 나는 고갯짓으로 식탁을 가리켰다. 식탁에는 세 사람의 자리만 준비되어 있었다. 넬이 잔을 내려놓았다.

"존이 여기 오시긴 했어요, 엄마?"

"오늘은 우리 셋뿐이야." 페기가 샐러드를 섞으며 말했다.

"그럼 내일 오시나요?"

"이번 주말에는 안 올 거야."

"지금 어디 계시는데요?"

"그건 잘 모르겠구나." 페기는 넬에게 등을 돌리고, 오븐에서 구이용 팬을 꺼냈다. 그러고는 그것을 식탁으로 가져가 받침대 위에 놓았다. "자. 술은 뭐로 할래? 백포도주? 아니면 적포도주?"

"엄마! 존이 어디 있는지 모른다는 게 무슨 말이에요?"

"존은 성인이야, 넬리. 자기가 어디서 뭘 하는지 보고할 필요가 없지. 자, 음식이 식기 전에 어서 먹자. 제레미, 자네가 상석에 앉겠나?"

나는 머뭇거렸다. 상석에 앉아도 될지 알 수 없었다.

"앉아, 앉아." 페기가 고집스럽게 말했다.

우리는 자리에 앉았다. 페기가 커다란 서빙스푼으로 닭고기를 우리 접시에 놓아주었다.

엄마와 정면으로 마주 보는 자리에 앉은 넬은 조금 전 아일랜드 식탁에 잔을 내려놓은 뒤 한 번도 엄마에게서 눈을 떼지 않고 있었다.

"엄마, 이게 무슨 꼬라지예요?"

"식탁에서 그런 말은 쓰지 마, 넬."

"그건 냅둬요. 간단한 질문에 대답이나……."

페기가 들고 있던 서빙스푼을 쾅 내려놓았다. 그 바람에 토마토 소스와 케이퍼가 식탁 중앙을 장식한 펠트 러너 위로 작게 폭발하듯 튀었다.

"그만해!" 페기가 소리쳤다.

우리 셋 다 입을 다물었다.

페기는 자세를 고쳐 앉은 뒤 자신 몫의 닭고기를 자르기 시작했다. 그러다 동작을 멈추고는, 식기를 조용히 내려놓고 일어서서 밖으로 나가버렸다.

우리 둘 다 그녀의 모습을 지켜보았다.

넬이 꾹꾹 누르고 있던 감정을 터뜨릴 것처럼 의자를 뒤로 미는 것을 보고 나는 손을 뻗어 그녀의 손을 덮었다.

하지만 그러자마자 내가 실수를 저질렀음을 깨달았다. 넬이 손을 획 빼내면서, 결혼한 사이에서 가능한 비난을 내게 쏟아낼 것 같았다. 하지만 다급하게 서두르는 기색이 그녀에게서 빠져나갔다. 넬은 엄마의 명령이 합리적이고 최종적이라는 사실을 받아들이는 것 같았다. 그동안 무슨 일이 있었는지, 무슨 말이 오갔는지는 몰라도, 더이상 견딜 수 없는 상황이라는 건 거의 확실했다.

7월 내내 페기와 존은 계속 데면데면하게 굴었고, 페기는 침묵을 지켰다. 두 사람 사이가 어떻게 되어가고 있든, 페기는 그 상황에 대해 이야기할 생각이 없다는 것을 분명히 알 수 있었다. 입을 꾹 닫은 채 짓는 미소, 무뚝뚝한 태도, 심상찮은 일이 전혀 없는 것처럼 구는 고집스러운 태도가 알려준 사실이었다.

페기는 아무 일도 없는 것처럼 굴기 위해 화요일 오후의 브리지 게임에 계속 나갔다. 꽃밭의 잡초 제거와 가지치기를 면밀하게 감독하는 일도 계속했다. 가문 고유의 토마토를 약 450그램에 8달러라는 가격으로 파는 비싼 곳이 아니라 IGA 상점에서 장을 보는 것도 여전했다. 금요일 밤에 우리가 차를 몰고 가면, 페기는 예전처럼 앞치마 차림으로 우리를 맞아주었다. 라임은 도마에, 토닉은 냉장고에 있고, 우리 셋이 저녁 식사에 곁들일 술은 백포도주와 적포도주 중에서 고를 수 있었다.

엄마의 침묵에 대해 넬이 느끼는 혼란을 더욱 부채질한 것은 존의 침묵이었다. 넬이 83번가의 그 아파트에 전화한 적이 몇 번 되지 않는데도, 매번 대답하는 것은 자동응답기였다. 그녀가 결국 안부를 묻는 이메일을 보내자, 존은 아주 간결하고 정중한 답장을 보냈다. 다시 연락할 필요 없다는 뜻이 명백했다.

넬은 내게 존의 이메일을 보여주면서 당혹스러운 표정으로 고개를 저었다. 그녀가 당혹스러워하는 대상은 엄마였다. "엄마는 도대체 무슨 생각이지? 또 배신당한 사람처럼 굴고 있어!" 넬은 한 번 더 고개를 흔들고는 컴퓨터 화면에서 내게 시선을 돌렸다. "우리가 어떻게 하면 좋을까?"

성인 두 사람이 사생활에서 위기를 겪고 있을 때 다른 사람이 할 수 있는 일?

"행운을 빌어드리자."

넬과 내가 동거를 시작하고 넬이 플랜드 페어런트후드에 출근하기 전 8월에 넬은 그 틈을 이용해서 여자 친구들과 서부로 도보 여행을 갔다. 페기는 여름을 항상 사우샘프턴에서 보내고 존은 그곳을 오갔기 때문에, 홀로 남은 남자들끼리 저녁 식사를 같이 하자고 존이 제안했다. 당시 나는 존과 서로 잘 아는 사이가 아니었지만 그 제안을 받아들였다. 내가 감당할 수 없는 식당의 계산을 존이 감당할 것이고, 나는 집에 일찍 돌아와 영화를 한 편 볼 수 있을 것이라고 생각했기 때문이었다. 하지만 우리는 그날 아주 거한 밤을 보냈다. 마티니를 마시면서 시푸드 타워를 두 개나 해치웠다. 그날 그 자리가 워낙 대단했기 때문에, 일종의 전통처럼 되어버렸다. 매년 8월 둘째 수요일에 우리 둘이서만 발타자르에서 흥청망청한 시간을 보내게 된 것이다.

하지만 페기가 서빙스푼을 쾅 하고 내려놓은 지 몇 주 안 돼서 존이 평소처럼 만나면 좋겠다는 뜻을 이메일로 전해왔을 때 나는 조금 놀랐다.

그의 초대로 몇 가지 의문이 생겼다. 예를 들자면 이렇다. 만약 페기가 한동안 존과 대화를 나누지 않는 상태라면, 나도 넬을 생각해서 존과 거리를 유지해야 하나? 아니면 지금은 존과 나만의 관계가 따로 있는 것 아닌가? 우리만의 우정 같은 것을 유지할 권리가 우리에게도 있지 않나? 게다가 내가 존과의 소통 창구를 유지하는 것이 잠재적으로 모두에게 이로운 것 아닌가? 긴장이 고조될 때의 외교관처럼 데탕트를 확보할 수 있지 않을까? 그러나 무엇보다 중요한 의문은 따로 있었다. 존의 제안을 받아들인다면, 넬에게 알려야 할까?

나는 잠시 망설이다가 존의 제안을 받아들인다는 뜻을 이메일로 보냈다. 어쨌든 일종의 전통이 되었으니까. 또한 공교롭게도 넬은 그 주 내내 여행 중일 테니, 내가 재량을 발휘할 수 있는 상황이 저절로 만들어진 것 같았다.

약속한 날이 되자 나는 청바지를 착실하게 걸어놓고, 두 벌밖에 없는 재킷 중 하나를 입은 뒤 발타자르로 향했다. 자리를 잡고 앉은 우리는 평소처럼 마티니를 주문했다. 존은 평소처럼 내게 일은 잘되느냐고 묻고, 평소처럼 친구의 격려로 위장한 조언을 조금 해주었다. 그러나 술 한 잔을 다 마시고 웨이터가 음식을 주문하시겠느냐며 다가왔을 때, 존은 잠시 고민하다가 내게 술을 한 잔 더 마시는 게 어떻겠느냐고 물었다.

저녁 식사 주문 전에 술을 두 잔째 마시는 것은 확실히 평소와 달랐다. 하지만 존은 우리가 조개 요리에 정신이 팔리기 전에 하고 싶은 이야기가 있는 기색이었다.

"안 될 것 없죠." 내가 말했다.

아니나 다를까, 두 번째 잔을 챙 부딪히고 술을 한 모금 마신 뒤 존이 화제를 바꿨다. 그는 초여름에 넬이 자동응답기에 메시지를 남겨두었을 때 자신이 그녀에게 전화를 걸어주지 못했다고 말했다. 넬이 이메일로 연락했을 때는 다소 차가운 답장을 보냈다.

나는 그 말이 맞다고 고개를 끄덕였다.

존은 그 일에 대해 사과하고 싶어 했다. 아니, 정확히 말하자면 나더러 자신을 대신해서 넬에게 사과를 전해달라고 했다. 아니, 사과 비슷한 거라도.

존은 평소와 달리 말을 분명히 맺지 못했다. 마티니를 한 잔 더

시킨 탓이 아니었다. 그는 숨을 들이쉬었다.

"그건 내가 원한 일이 아니었어. 페기를 위해서였지." 존이 말했다.

"장모님을 위해서요?"

"햄프턴스로 떠나기 전에 나더러 넬과 연락하지 말라고 했거든."

"진짜로요?"

"진짜로." 존이 진지한 표정으로 말했다. "하지만 그걸로 자네 장모를 너무 나쁘게 보면 안 돼, 제레미. 우리가 지금 힘든 시기를 지나고 있다면, 페기는 자기 자식에게 누가 언제 무슨 말을 할지 결정할 권리가 있으니까. 지금까지 일을 하면서 나는 남편이나 아내가 상대를 교묘히 피해서 친구나 가족에게 자기주장을 전달하는 것을 가끔 보았지만 그것이 좋게 작용한 적은 한 번도 없네. 궁극적으로 결혼생활의 문제는 소송 당사자들끼리 결정해야 해. 이런 용어를 써서 미안하네만. 그러니까 내가 전화에 답하지 않은 것과 이메일에 그런 답장을 보낸 것을 후회하고 있다고 자네가 넬에게 전해주었으면 하네. 특히 내가 넬을 사랑하고, 넬에게 감탄하고 있다는 걸 꼭 전해줘야 해. 다만 페기의 발언에 대해서는 말하지 않는 것이 유일한 조건일세."

"알겠습니다."

"약간 거리를 유지하기로 결정한 사람이 나라고 말해도 될 것 같군."

"제가 방법을 찾아볼게요, 존."

존이 고맙다고 말하는 순간, 방금 옆 테이블 손님들에게 음식을 가져다준 웨이터가 기회를 놓치지 않고 우리와 시선을 마주쳤다. 이제 주문할 준비가 됐는지 확인하기 위해서였다. 하지만 존은 웨이터에게 고개를 끄덕이지 않고, 자신의 잔을 내려다보았다. 그가 하고 싶은 말이 더 있다는 뜻이었다. 다시 고개를 든 그의 얼굴을 보고 나는 이것이 말하기에 더 힘든 주제임을 알 수 있었다.

"자네가 보기에 나는 바보 같겠지." 잠시 뒤 그가 말했다.

"바보요?"

"성인 남자가 토요일 오후에 롤러스케이트나 타고 있으니……."

"저도 성인 남자지만 잠옷 차림으로 비디오게임을 합니다! 정말이에요. 제가 장인어른을 바보로 생각할 리가요."

존이 미소를 지으며 말했다. "고맙네." 내 예의 바른 말을 인정하기는 하겠지만, 믿지는 않는다는 얼굴이었다. 어쨌든 존이 하고 싶은 말은 아직 끝나지 않았다. 이제 시작일 뿐이었다.

"난 미네소타주 세인트폴에서 자랐네." 그가 입을 열었다. "거기 가본 적 있나?"

"없습니다."

"아름다운 도시야. 여러 면에서 소박한 도시이기도 하고. 미시시피 강변에 수십만 명이 살고 있지. 남쪽에는 농경지가 수백 킬로미터 펼쳐져 있고, 서쪽에는 미니애폴리스의 불빛이 있고, 북쪽에는 만 개의 호수가……."

존은 약간 감상적인 표정으로 말꼬리를 흐렸다.

"어쨌든, 거기는 아이스하키의 도시일세. 나한테는 형제가 셋인데, 날 포함해서 모두 스케이트를 탔지. 사실 기온이 영하로 내려가자마자, 추수감사절 전에도 그렇게 추워질 때가 있는 곳인데, 그렇게 되면 아버지가 뒷마당에 임시 아이스링크를 만드시곤 했어. 겨울에는 실외 수도꼭지에 물이 공급되지 않으니까, 우리는 부엌에서 호스를 길게 연결해 링크를 채웠지. 물 깊이가 15센티미터밖에 안 되는데도 완전히 어는 데 때로는 며칠이 걸렸어. 우리 네 명은 크리스마스를 기다리는 기분이었네. 마침내 얼음이 꽁꽁 얼면 우리는 아침을 먹자마자 뛰어나가 스케이트를 신었지. 그러고는 봄이 올 때까지 두 번 다시 벗지 않았던 것 같네."

그 장면을 생각하며 우리 둘 다 빙긋 웃었다.

"가끔 이웃들이 우리랑 같이 탈 때도 있었어. 그러면 정말로 아이스하키 게임을 했지. 4대4, 아니면 6대6으로 심지어 8대8로 대결할 때도 있었네. 하지만 그냥 우리 넷이서 한 번에 몇 시간씩 스케이트를 타곤 했어. 링크를 빙빙 돌면서 경주도 하고. 속도뿐만 아니라 정지 능력과 방향전환 능력을 시험하려고 골문에서 골문까지 전력 질주도 하고. 우리는 헬멧이나 무릎 패드 없이 하는 점프와 스핀도 고안했네. 물론 우리 넷 다 고등학교 때 하키 팀에서 뛰었지. 나는 하버드에서도 뛰었고."

"하버드에서 아이스하키를 하셨다고요!"

존이 빙긋 웃었다.

"40년도 더 지난 이야기야, 제레미. 1950년대에 하버드의 아이스하키는 지금과 상당히 달랐네. 하지만 내가 뛴 건 맞아. 처음에는 정말 좋았네. 팀원들과의 우정도 좋았고, 훌륭한 솜씨로 정밀하게 어시스트를 하는 것도 좋았지. 게임 분위기가 갑자기 바뀔 때의 짜릿함도 좋았어. 하지만 3학년 때 팀에서 뛰는 것이 조금 하기 싫은데 억지로 하는 일처럼 느껴지기 시작했네. 연습을 위해 새벽에 일찍 일어나고, 다른 학교까지 한참 버스를 타고 가는 일 같은 게 말이야.

어느 날 오후에 팀원들과 같이 경기 전 워밍업을 위해 얼음판으로 나가다가 나는 하키선수로서 가장 행복한 순간이 바로 지금이라는 사실을 퍼뜩 깨달았네. 퍽 없이 링크를 빙글빙글 도는 이 순간. 내가 사랑하는 건 스케이팅이었으니까. 경기가 아니라. 그날 밤 늦게 나는 팀을 그만뒀네.

내 결정을 듣고 모두가 나한테 실망한 것 같았어. 우리 코치, 팀원들, 형제들. 아버지는 말할 것도 없고. 내가 전화해서 사정을 말했더니, 아버지는 딱 한마디만 하셨네. '네가 그렇게 쉽게 그만두는 놈인 줄은 몰랐다.'"

존은 다시 잔을 내려다보았다. 이렇게 많은 세월이 흘렀는데도 그 질책이 여전히 아프다는 듯이.

그 뒤 수십 년의 세월이 흐르는 동안 존은 하버드를 마치고 하버드 로스쿨에 진학했다. 그 뒤에는 뉴욕으로 이사해서 결혼하고 자식을 낳아 길렀으며, 회사에서 파트너의 위치에 올랐고, 아내를 암으로 잃은 뒤 홀아비 생활을 막 받아들일 무렵 페기를 만났다. 그동안 내내 존은 스케이트를 단 한 번도 타지 않았다.

"그런데 몇 년 전 여름 어느 날 밤에, 오늘이랑 비슷한 밤이었는데, 어퍼웨스트사이드에서 고객과 늦은 회의를 마친 뒤에 공원을 걸어서 가로지르기로 했네. 원래 그런 일이 잘 없는데. 그때 이 세상의 것 같지 않은 공원의 아름다움에 감탄했던 기억이 나. 맨해튼 한복판에 나무와 꽃이 있는 전원 풍경이라니. 그러다 갑자기 서클이 나타났네. 스케이트 타는 곳을 그렇게 불러. **우리가** 그렇게 부른다네. 나는 나도 모르게 홀린 듯이 구경했지. 이상한 그룹이었네. 지금과 비슷하게 전부 쇼를 위한 옷차림이었거든. 음악도 내 취향이 아니었어. 하지만 그들은 스케이트를 타고 있었네, 제레미. 정말로 스케이트를 타고 있었어.

그다음 주에 나는 롤러스케이트 한 켤레를 사서 공원으로 갔네. 그때 내 나이가 예순을 조금 넘겼을 거야. 내가 아주 화려하게 넘어져서 망신을 당하는 게 아닌지 걱정스러웠지. 그게 아니라 고관절이 부러져서 여름 내내 페기와 회사 파트너들한테 변명을 해야 하는 일이 벌어지면 더 큰일이다 싶었고. 하지만 스케이트를 신자마자 걱정할 게 전혀 없다는 확신이 들었네. 형제들과 같이 뒷마당의 그 작은 아이스링크에 곧바로 올라가도 될 것 같았어.

내가 끈을 매는 동안 다른 사람들은 순간적으로 이런 생각을 했을 걸세. '카키색 바지에 남방을 입은 저 미친 노인은 누구지?' 하지만 내가 서클을 몇 바퀴 돌고 나니까 나를 자기들 무리에 받아들여주었네. 내 옷차림이 별로 실용적이지 못하다는 걸 나는 금방 깨달았지. 그때 다른 사람들한테서 조금 힌트를 얻었던 것 같아. 내가 평소 입던 것보다 더 밝은색 옷을 샀으니까. 심지어 음악도 좋아졌네. 디스코음악 말이야. 시대에 뒤떨어졌을 뿐만 아니라 조금 끈적거리는 음악인 건 알지만, 그 분위기가 아주…… 금기를 없애버리는 면이 있어."

◆ ◆ ◆

우리는 조개와 굴과 게를 먹으면서 결국 백포도주 한 병을 다 비웠다. 그래서 계단을 올라갈 때 나는 조금 취한 상태였다. 우리 아파트는 침실 하나에 부엌과 거실이 있는 구조였는데, 상당히 작은 편이라서 어떨 때는 아주 깨끗해 보이고 어떨 때는 완전히 엉망으로 보였다. 지금은 넬이 없으니 엉망인 쪽에 더 가까웠다. 나는 플레이스테이션 콘솔을 옆으로 차버리고, 텔레비전 쪽으로 돌려놓은 가죽 의자에 무너지듯 앉았다.

몇 분 동안 그렇게 앉아 존을 생각하다가 일어나서 우리 책상으로 갔다. 지난봄 넬의 감시활동 여파가 너무나 신속하고 심각해서, 나는 넬이 공원에서 찍은 사진을 하나도 보지 못했다. 그날 오후 집으로 돌아온 그녀가 내게 사진을 보여주지도 않았고, 나도 감히 사진을 보여달라고 말하지 못했다. 나는 서랍을 열어 메모지와 가위와 펜 사이를 마구 뒤졌다. 마침내 카메라 배터리 충전기와 카메라를 컴퓨터에 연결할 수 있는 케이블을 찾아냈지만 카메라가 없었다.

나는 서랍을 닫으면서 그날 넬이 부엌에서 카메라를 찾던 것을 퍼뜩 떠올렸다. 엄마가 계부의 뺨을 때리는 모습을 보고 약간 충격을 받은 상태로 돌아온 넬이 그곳에 카메라를 던져놓았을 가능성이 있었다. 하지만 거기에도 카메라는 없었다.

나는 우리 침실로 갔다. 내 옷장 맨 위 서랍에는 양말과 사각팬티 외에 오래된 손목시계, 지갑, 커프스단추 같은 남성용 액세서리가 들어 있었다. 넬도 자신의 옷장 맨 위 서랍에 비슷한 물건을 넣어두었을지 모른다. 하지만 그곳에는 팬티와 브래지어뿐이었다. 질서 있게 정리된 모습이 인상적이기는 했지만.

나는 실망을 안고 거실로 이어진 좁은 복도를 걷다가 갑자기 우뚝 멈춰 섰다. 우리가 벽의 끝에서 끝까지 설치해둔 셰이커 나무못꽂이 세 개에 우리 재킷과 외투가 여러 벌 걸려 있었다. 거기에 걸린 레인코트 아래에 내 보머재킷이 있었다. 그 옷을 나무못에서 빼내자마자 느껴지는 무게에 나는 찾던 물건이 아직도 주머니에 있음을 알아차렸다.

의자에 자리를 잡고 앉아서 카메라를 켰다. 작은 스크린이 켜지면서 마지막으로 보았던 사진이 자동으로 나타났다. 사진이 아니라 넬과 페기가 함께 본 동영상이었다. 나는 재생을 뜻하는 작은 삼각형을 눌렀다.

처음에는 길바닥과 사람들 다리만 어지럽고 흐릿하게 보였다. 넬이 녹화 버튼을 더듬더듬 누른 뒤 벤치에서 일어나 사진을 찍기에 더 좋은 장소로 이동하는 중이었다. 스케이터들이 화면에 담기자, 넬은 망원 기능을 이용해 빨간 반바지와 파란색 티셔츠 차림의 스케이터를 크게 당겼다. 이미 노래 앞부분이 조금 지나갔지만, 놓친 부분이 많지는 않았다. 게이너가 반쯤 말하듯이 '전에 나는 무서웠어'라고 노래하는 도입부가 막 끝나고, 드럼과 기타가 노래의 중심부를 향해 가고 있었다.

처음에는 열 명쯤 되는 사람들이 둥글게 돌고 있었다. 그러나 노래가 힘을 얻기 시작하자 대다수의 스케이터가 주변으로 물러나 빙글 돌며 멈춰 서서, 존에게 공간을 마련해주었다. 사람들의 시선도 그에게 쏠렸다. 그는 노래의 템포에 맞춰서 뒤로 스케이트를 타고 있었다. 양다리를 교차하고, 양팔을 쭉 벌리고, 시선을 살짝 옆으로 돌렸다. 뒤를 돌아볼 필요는 없었다. 자신이 얼마나 급격하게 호선을 그리며 돌아야 하는지 경험으로 알기 때문이었다.

영상과 소리는 현실의 아주 작은 축소판이었다. 키가 188센티미터인 존의 몸이 2.5센티미터로 줄어들었고, 카메라의 작디작은 스피커에서 흘러나오는 디스코음악은 필라멘트처럼 가늘었다. 그러나 이런 단점도 그 광경의 의미를 전혀 가리지 못했다.

지난 두 달 동안 넬과 넬의 언니, 그리고 나는 페기의 가혹한 반응 때문에 모두 조금 눈이 가려진 것 같은 느낌이었다. 넬은 우리가 느끼는 당혹감을 이렇게 표현했다. "엄마는 또다시 배신당한 사람처럼 굴고 있어!"

하지만 존을 지켜보면서, 자신에게 감탄하는 친구 몇 명에 둘러싸인 그 점잖은 노신사가 가슴 앞에서 양손을 교차하고 머리를 뒤로 젖힌 채 모습이 거의 흐릿해질 정도로 빠르게 원을 그리며 스케이트를 타는 모습을 보면서, 나는 페기가 배신감을 느끼는 게 당연하다는 것을 깨달았다. 넬의 작은 카메라 화면 속에서 남편의 비밀스러운 외출을 보았을 때, 그녀의 눈에 들어온 것은 순수한 기쁨의 이미지였을 것이다. 그녀가 없는 곳에 존재하는 기쁨, 게다가 그녀가 없어야만 가능할 것 같은 기쁨.

이듬해 봄에 남부의 세 개 주가 세 가지 새로운 방식으로 낙태 접근권을 제한하는 법을 통과시켰다. 이것은 보수적인 주들에 향후 20년에 걸쳐 차례로 번져간 생물학적 재생산권 반대 움직임의 첫 번째 일제사격이었다. 그러나 당시에는 논리가 빈약한 차선책, 소수의 필사적인 조치처럼 보였다. 이런 조치는 도중에 저지하는 편이 최선인 것 같았다. 여성의 생물학적 재생산권 또는 일반적인 의미의 시민권을 위해 투쟁하는 소수의 단체들이 이런 움직임을 저지하기 위해 힘을 합쳐 법정으로 싸움을 가져갔다. 이 동맹에 앞장 선 곳이 플랜드 페어런트후드이고, 플랜드 페어런트후드의 공격 선봉에 선 사람은 넬을 포함한 소수의 단체 내부 변호사들이었다. 넬은 결코 무정한 사람이 아니라서 이런 식의 표현을 쓰지 못했지만, 싸움이 벌어진 시기가 더할 나위 없이 좋았다.

그전 몇 달 동안 넬은 엄마와 존의 문제에 온 정신을 빼앗기고 있었다. 7월 4일의 주말이 지난 뒤 넬은 엄마와 존이 스스로 위기를 헤쳐나갈 길을 찾을 것이며 엄마가 생각하는 존의 잘못이 무엇이든 결국은 용서할 것이라고 자신을 타일렀다. 그러나 화해의 기미가 보이지 않았다. 용서도 없었다. 엄마의 태도는 더욱 굳어지기만 했다. 추수감사절 무렵에는 우리가 지난봄에 대체로 무시하고 지나갔던 어색함이 결혼생활 해소의 첫 단계였음이 분명해졌다. 존은 신사답게 아내의 분노를 최소화하기 위해 무엇이든 양보할 준비가 된 것 같았다. 내 생각에 페기는 결국 결혼생활이 끝날 거라면 적어도 이번에는 자신의 손으로 끝내게 될 것이라는 사실에서 내심 위안을 얻었던 것 같다.

두 사람이 너무 쉽게 이혼을 향해 나아가는 모습에 넬은 신경이 곤두섰다. 참지 못하고 그 주제를 계속 입에 담았다. 내게도, 언니에게도, 절친한 친구들에게도. 지금 벌어지는 일을 어떻게든 이해해보려고 그녀는 엄마가 고집스럽다고 말하기도 하고, 존이 너무 쉽게 동의했다고 말하기도 하고, 부모님 세대는 전부 상담을 믿지 않는다고 말하기도 했다. 부부 사이는 아무도 모른다는, 널리 검증된 의견을 언급할 때도 있었다. 상대가 누구든 자주 다양한 방식으로 그 주제를 꺼냈지만, 넬의 의도는 항상 똑같았다. 가까운 사람들에게 자세한 부분을 자꾸 들려주면서 그 일이 자신의 잘못이 아니라는 확인을 받고 싶다는 것. 우리는 그녀를 가장 사랑하는 사람으로서 거짓말을 했다. 한 사람도 빼지 않고 모두.

밀조업자

 우리가 자리에 앉은 지 2분도 지나지 않았는데 토미가 안달하기 시작했다. 미간을 찌푸린 채 어깨 너머로 콘서트장 입구를 자꾸 힐끔거렸다.
 "그 사람이 안 오려나." 토미가 말했다.
 "안 올지도 모르지." 내가 맞장구를 쳤다. 사실 거의 8시가 되어서 안내 직원이 느릿느릿 움직이는 사람들에게 빨리 좌석으로 가라고 재촉하고 있었다.
 토미는 고개를 끄덕이고는 다시 손에 쥔 프로그램으로 주의를 돌렸다. "스티븐 이설리스가 바흐의 감바 소나타를 연주한다." 그가 프로그램을 읽었다. 그러고는 그날 저녁 처음으로 진짜 미소를 지으며 나를 보았다. "이설리스 씨가 1745년에 제작된 과다니니 첼로를 연주할 거래!"
 나도 마주 미소 지었다.

야구선수의 평균 타율, 자동차 마력, 주식시장의 최신 동향. 가끔 보면 남자들에게는 숫자보다 더 짜릿한 것이 세상에 없는 것 같다. 아마 소년 같은 면이 아직 남아 있기 때문일 것이다.

관객들의 대화 소리가 갑자기 잦아들면서, 숨죽인 대화가 속삭임으로 바뀌었다. 몇 사람의 기침 소리 때문에 더 도드라지는 침묵의 순간이 지난 뒤, 이설리스 씨가 갈채 속에서 반주자와 함께 무대로 올라왔다.

토미는 프로그램을 내려놓고 박수에 진심으로 동참했다. 하지만 나는 그가 무대 위의 연주자보다 왼편의 빈자리에 더 갈채를 보낸 건 아닌지 의심스럽다.

이설리스 씨는 따스한 환영에 고개 숙인 인사로 답한 뒤 무대 중앙의 의자에 앉아 자세를 잡고 첼로 현에 활을 대며 눈을 감았다. 그렇게 그가 막 첫 번째 소나타의 첫 번째 음을 연주하려는 순간, 우리 오른쪽에서 "실례합니다"라는 말이 들려왔다.

토미와 나는 함께 그쪽으로 고개를 돌렸다.

그러면 그렇지, 그 노신사가 레인코트 차림으로 서 있었다.

"실례합니다." 그가 조심조심 객석 안으로 들어오며 다시 말했다. "실례합니다."

토미와 나는 그가 지나갈 수 있게 일어섰다.

노신사가 자리에 앉자 토미가 화난 표정으로 나를 보더니 다시 무대로 시선을 돌렸다. 턱에 눈에 띄게 힘이 들어가 있었다. 그 순간 설사 바흐가 직접 천국에서 내려와 첼리스트와 함께 연주했다 해도, 토미에게는 아무런 영향을 미치지 못했을 것이다. 적어도 그의 생각에는 이 밤의 좋은 시간이 이미 망가진 뒤였다.

진짜 우리끼리만 하는 얘긴데, 나는 원래 카네기홀에서 저녁 시간을 보내는 것을 즐거운 일로 생각하는 사람이 아니었다. 1996년에 '저녁 외출' 캠페인의 일환으로 이 아이디어를 띄운 사람은 토미였다.

첫 아이가 태어났을 때 토미와 나는 대개 집 근처를 벗어나지 못했다. 둘째 아이가 태어났을 때는 더했다. 세 살짜리 아이와 갓난아기가 있는 집에서는 깨어 있는 동안 끊임없이 젖을 먹이거나 등을 두드려주거나 기저귀를 갈거나 벌써 만 번은 본 것 같은 그림책을 읽어주어야 했다. 네 살이 안 된 아이 둘을 키우는 사람이라면, 우연히 빈 시간이 생겼을 때 행복한 마음으로 욕조에 몸을 담그거나 텔레비전을 멍하니 바라볼 것이다. 도시의 밤 문화 같은 건 알 게 뭔가.

그러나 지금은 토머스 2세와 이지가 모두 스스로 화장실에 가고 밤새 깨지 않고 잘 수 있는 나이가 되었으니, 토미와 나는 새해를 맞아 적어도 일주일에 한 번은 데이트를 하기로 결심했다. 투자은행 골드만삭스에서 일하는 토미는 이 약속 덕분에 자신이 좋아하는 활동, 즉 리스트 만들기를 할 수 있었다. (그의 말을 인용하자면) 무엇이든 가치가 있는 일이라면 체계적으로 하는 편이 좋기 때문이었다. 새해 결심을 세우고 몇 초도 안 돼서 토미는 종이를 꺼내 우리가 가보고 싶은 식당, 전시회, 만나고 싶은 친구를 적어나갔다.

토미가 이 목록을 냉장고 문에 테이프로 붙이고서 며칠이 지났을 때, 우리가 이름을 들어본 적은 없지만 세계적으로 유명하다는 러시아 피아니스트 예브게니 키신이 미국에서 두 번째 공연을 할 예정이라는 소식이 《뉴욕타임스》에 실렸다. 토미는 러시안 티룸에서 일찍 저녁을 먹고 이 공연을 보러 가는 것이 어떻겠냐고 말했다.

러시안 티룸은 마침 카네기홀 바로 옆에 있는 식당이었다!

(느낌표는 토미의 것이다. 내 것이 아니다.)

"내가 표를 사고 식당도 예약할게. 어때?"

토미와 나는 처음 만나기 시작했을 때, 뉴욕의 다른 20대 중반 젊은이들과 마찬가지로 돈은 많이 들지 않지만 화려한 곳을 대부분 섭렵했다. 커피숍, 블루스 바, 피자 가게, 그들 모두에게 행운을 빈다. 당시 나는 엘리베이터가 없는 건물에서 살았는데 거기서 몇 블록 떨어진 길모퉁이에 자그마한 쿠바 식당이 있었다. 예약을 받지 않고, 포마이카 상판의 작은 테이블에 비좁게 앉아야 하고, 모든 요리 위에 밥과 콩이 수북이 쌓여 나오는 곳이었다. 그러나 11시가 지나면 그들은 곧바로 테이블을 옆으로 밀었다. 그러고 나서 살사밴드가 바 근처에 자리를 잡으면 모든 손님이 일어나 춤을 추었다. 살사 춤을 알든 모르든 상관없었다. 그 정도는 되어야 밤 외출이지!

그래도 토미를 조금 두둔하자면, 이제는 우리 나이가 그때보다 조금 많았다. 카네기홀에서 저녁 시간을 보낼 만도 했다. 하지만 가장 내 마음에 든 것은 적극적으로 나선 토미의 태도였다. 그래서 나는 그래, 안 될 것도 없지, 라고 대답했다. 그렇게 해서 세계적으로 유명한 그 피아니스트가 우리 목록에 추가되었다.

◆ ◆ ◆

하지만 세상에 보기만큼 간단한 일은 없는 법이다. 적어도 교육 수준이 지나치게 높고, 돈도 많이 벌고, 뉴욕에 사는 사람에게는 그렇다.

토미가 카네기홀 매표 담당자에게 전화를 걸었더니, 그 피아니스트의 공연 표 판매는 한 달 뒤에야 시작된다는 답이 돌아왔다. 하지만 카네기홀에 세금이 공제되는 기부금으로 2천 달러를 낸다면, '후원자' 자격으로 다음 월요일부터 시작되는 다음 시즌의 표를 미리 구매할 수 있다고 했다. 심지어 전용 전화회선도 따로 있었다.

토미의 마음을 사로잡은 것은 십중팔구 '세금 공제'라는 말이었을 테지만, 그가 완전히 마음을 굳히게 만든 것은 미리 표를 구매할 수 있다는 약속과 전용 전화회선이었다. 그래서 수표를 써서 기부금을 보낸 토미는 그다음 월요일 아침에 후원자 데스크가 문을 여는 오전 10시에 맞춰 전화를 걸었다.

하지만 전화를 받은 친절한 청년은 안타깝게도 약간 오해가 있었던 것 같다고 말했다. 아직 시기가 너무 일러서, 카네기홀의 다양한 '시리즈'를 신청한 후원자들만 미리 표를 살 수 있다는 것이었다. 지금 당장 예브게니 키신의 표를 사고 싶다면, 그가 속한 시리즈, 즉 '피아노 협주곡' 또는 '거장 연주자' 중 하나를 구매해야 했다.

"거장 연주자?" 토미는 역시나 흥미를 보였다.

"네. 각 분야의 정상에 있는 음악가 네 분, 즉 피아니스트, 바이올리니스트, 오보이스트, 첼리스트가 4월의 토요일 저녁에 각각 혼자 연주하거나 반주자와 함께 연주하는 시리즈입니다."

유명한 음악가 네 명이 각자의 악기를 연주하는 공연이 4주 동안 열리고, 아직 일반 사람들은 그 표를 살 수도 없다고? 이런 소리를 듣고 누가 거절할 수 있을까? 토미는 선견지명을 발휘해서 그 시즌의 판매가 시작되는 바로 그 순간에 전용회선으로 전화를 걸었기 때문에 어느 객석이든 마음대로 고를 수 있을 터였다. 그렇죠?

그렇죠?

음, 꼭 그렇지는 않습니다만…….

청년은 이렇게 설명했다. 카네기홀의 시리즈를 구매한 사람이 특정한 좌석을 선택하면, 그 시즌의 4회 공연뿐만 아니라 앞으로도 계속 그 시리즈를 구매하는 동안 같은 좌석을 확보할 수 있습니다. 그런데 손님이 원하시는 이 시리즈는 인기가 아주 높아서, 콘서트를 즐기는 분들 중 일부가 10년 넘게 확보한 좌석에 앉으실 겁니다.

"좋습니다." 토미가 말했다. "그럼 어떤 좌석이 남아 있죠?"

"잠시만요."

청년의 손가락이 자판을 두드리는 소리가 들렸다. 그가 컴퓨터 화면을 훑어보는 동안 토미는 침묵을 듣고 있었다. 마침내 청년이 탄성을 질렀다. "아!"

토미는 전화기를 다른 쪽 귀로 옮겼다.

"뭡니까? 어떻게 됐어요?"

"E열 107번과 108번 좌석이 비어 있는 것 같은데요…….

"좋은 좌석입니까?"

"교향곡 공연 때는 첫 번째 발코니의 맨 앞줄을 선호하는 분이 많습니다. 오케스트라의 소리를 온전히 감상할 수 있는 곳이거든요. 하지만 솔로 연주회 때는 많은 팬들이 무대와 가까운 쪽을 선호하십니다. 연주자의 손 움직임과 표정을 자세히 볼 수 있으니까요. E열 107번과 108번은 다섯 번째 줄 중앙에 있으니까 '거장 연주자' 시리즈를 볼 때는 최고의 객석이라고 보셔도 될 것 같습니다."

음, 이 전화 통화가 어떻게 끝났는지 상상이 갈 것이다.

가벼운 마음으로 카네기홀에도 한번 가볼까 하고 생각했던 것이 갑자기 4월의 토요일 밤 네 번으로 늘어났다. 게다가 이것이 전부도 아니었다.

    토미가 지금 하는 일에 타고난 재능을 발휘할 수 있게 해준 세 가지 요소는 승부욕, 예리함, 소유함으로써 얻게 되는 이득에 대한 감각이었다. 이 세 가지 요소는 그의 삶에서 다른 면에도 거의 모두 영향을 미쳤다. 예를 들어 바하마로 신혼여행을 갔을 때 토미는 동이 트자마자 일어나기 시작했다. 호텔 직원들이 아직 해초를 갈퀴로 긁어 청소하고 있을 때였는데, 토미가 이렇게 일찍 일어난 것은 해변에서 최고의 긴 의자에 잡지 여러 권과 선탠로션을 가져다 놓고 자리를 찜하기 위해서였다. 목적을 이룬 뒤 그는 곧바로 아침 식사를 하는 테라스로 가서 햇빛이 가장 잘 드는 테이블과 다섯 부밖에 안 들어오는 《인터내셔널 헤럴드 트리뷴》 한 부를 확보했다. 이번에 카네기홀에서 아주 인기 있는 시리즈 공연의 다섯 번째 줄 중앙 좌석을 두 개 확보했으니, 우리가 앞으로 평생 동안 4월의 토요일 밤마다 카네기홀에 앉아 있게 될 가능성이 높았다.

    첫 번째 거장 연주자의 공연이 있던 날, 러시안 티룸에서 일찌감치 먹은 저녁 식사는 즐거웠다. 사모바르*가 전시된 곳 옆의 자리에 앉았는데, 맞은편 벽에는 밝은색의 19세기 그림들이 걸려 있었다. 나는 쇠고기 스트로가노프, 토미는 키예프풍 닭튀김을 먹었다. 그리고 마침 이런 곳에 왔으니 보드카도 한 잔씩 마셨다. 다시 말해서 시작이 아주 좋았다는 뜻이다.

    공연 30분 전에 카네기홀에 도착한 우리는 후원자 라운지에 들

✦ 러시아식 찻주전자.

러 무료로 제공되는 샴페인을 마신 뒤 E열 중앙에 확보한 우리 자리로 갔다. 그리고 이번 시리즈의 첫 번째 연주자에 관한 정보를 열심히 읽었다.

그날의 연주자는 스위스 출신의 오보이스트로, 이름은 한스Hans였다. 아니, Hanz였는지도 모르겠다(어느 쪽이든 발음은 같다). 나는 오보에 솔로 연주자라는 존재가 있는 줄도 몰랐다. 투바에는 마칭밴드가 필요하듯이 오보에에는 오케스트라가 필요하다고 그때까지 줄곧 생각하고 있었다. 그래서 나는 기분 좋은 호기심을 느끼고 있었다.

공연이 시작되기 약 5분 전, 레인코트 차림의 자그마한 노신사가 예의 바르고 조심스럽게 우리 앞을 지나가 토미 옆자리에 앉았다. 그는 우리와 짧고 상냥하게 인사를 교환한 뒤 팔걸이에 양팔을 올린 채 조용히 앉아 있었다. 하지만 오보이스트가 무대에 나타나자 토미가 팔꿈치로 내 갈비뼈를 찌르더니 고갯짓으로 노인의 오른팔을 가리켰다. 나는 노인의 팔이 토미의 팔걸이를 침범했다는 뜻인 줄 알고 안됐다는 표정을 지어준 뒤 다시 무대로 시선을 돌렸다. 하지만 토미가 좀 더 다급하게 나를 또 팔꿈치로 찔렀다.

"메리!" 그가 속삭였다.

"왜!" 나도 속삭이는 소리로 말했다.

"저 손목을 봐."

몸을 앞으로 기울이자, 노인의 레인코트 소매에서 검은 막대 두 개가 Y자 모양으로 나와 있는 것이 보였다. 곤충의 더듬이 같았다.

"저게 뭐야?"

"마이크!"

'세상에.' 나는 빙긋 웃으며 생각했다. 이 도시가 소음과 교통체증에 시달리는 사람들을 위로하듯 가끔 제공해주는 다채로운 괴짜 행동 중 하나로 이 순간을 분류하기로 했다. 어퍼이스트사이드에 갔다가, 모피 코트를 입고 고양이에 목줄을 매어 산책시키는 여자를 우연히 발견하는 순간과 비슷했다. 아니면 평일 한낮에 자신이 사는 동네 한복판에서 메카 방향으로 기도하려고 마분지를 깔고 무릎을 꿇은 택시 기사와 부딪혀 하마터면 넘어질 뻔하는 순간도 있었다. 반드시 나침반을 가지고 다녀야 지킬 수 있는 신앙을 어떻게 존중하지 않겠는가?

하지만 토미는 노인의 행동을 다채롭거나 괴짜 같다고 보지 않았다. 콘서트 내내 한결같이 믿을 수 없다는 표정으로 그 작은 마이크를 적어도 쉰 번은 내려다보았을 것이다.

일주일 뒤 또 러시안 티룸에서 일찍 저녁을 먹고 보드카를 두 잔 더 마신 우리는 바이올리니스트 크리스티안 테츨라프의 공연을 보려고 카네기홀로 갔다. 테츨라프 씨가 진정한 크레셴도의 거장이라는 설명을 토미가 내게 읽어주고 있는데, 노인이 또 레인코트 차림으로 나타났다. 검은색의 작은 더듬이도 지난번과 같았다. 토미는 이번에도 콘서트 내내 마이크를 바라보았지만, 한결같이 못마땅한 표정을 지었다는 점이 달랐다.

'나중에 이 얘기를 또 하겠구나.' 나는 속으로 이런 생각을 하면서, 집에 돌아가 베이비시터를 돌려보낸 뒤 부엌 조리대에서 토미가 불만을 토로하는 모습을 상상했다. 포도주도 한잔 곁들인다면 더 좋을 것이다. 하지만 토미는 택시에 올라 문을 닫자마자 불만을 토로하기 시작했다.

"믿을 수가 없네."

"뭐를, 여보?"

"너무 뻔뻔하잖아! 카네기홀에서 콘서트를 녹음하다니."

나는 어깨를 으쓱했다.

토미는 충격받은 얼굴로 몸을 돌려 나를 바라보았다. (토미는 충격을 아주 잘 받는다.)

"그냥 어깨를 으쓱한 거야?"

이번에는 한숨이 나왔다.

"그냥 외로운 노인일 거야, 토미. 피아노와 오보에와 바이올린을 사랑하는. 그분이 무슨 피해를 입힌 것도 아니잖아."

내가 보기에는 이것만으로도 이 일을 그냥 넘길 충분한 이유가 되는 것 같았다. 그 노인, 토미, 테슬라프 씨와 내가 모두 이 평화와 번영의 황금시대에 각자 자기 일을 하며 살아가면 되는 것이다.

하지만 그렇지 않다는 것을 알았어야 하는 건데.

여기서 더 나아가기 전에, 내가 토미를 사랑한다는 점을 밝혀야겠다. 나는 처음 데이트를 한 날에도 그를 사랑했고, 그가 잠옷 차림으로 한쪽 무릎을 꿇고 청혼했을 때도 그를 사랑했고, 병원에서 몇 블록 떨어진 간이식당에서 밀크셰이크를 사느라 하마터면 우리 딸이 태어나는 순간을 놓칠 뻔했을 때도 그를 사랑했고, 지금 이 순간에도 그를 사랑한다. 하지만 의견을 내놓는 일을 하며 월급을 받고 그 일로 어느 정도 성공을 거둔 사람이라면, 어쩔 수 없이 조금 짜증나는 상대가 되어버린다.

엑세터 토론팀의 일원이자, 예일대학 철학과 출신이자, 골드만삭스 역사상 가장 젊은 상무이사 중 한 명인 토미는 우연히 어떤 견해를 떠올릴 때가 별로 없고, 그 견해를 불쑥 말하는 법도 없다. 곤란한 이슈를 포착하면 토미는 며칠 동안 조용히 그 주제를 곰곰이 생각하면서 상상할 수 있는 모든 시각에서 살펴본다. 따라서 토미가 자신의 의견을 말할 때쯤이면 이미 조심스레 말을 골라서 복잡한 문장과 설득력 있는 비유를 완성한 뒤다. 토미는 심지어 상대가 내놓을 반박까지 고려해서 재반박을 미리 생각해둔다. 그가 일단 어떤 의견을 입 밖에 낼 때는 그 의견이 어찌나 상세하고 명확한지, 그것을 반박하기에 자신이 조금 무력하다는 기분이 든다. 애당초 말이 안 되는 의견을 그가 펼칠 때도 마찬가지다.

토미는 택시 뒷좌석에서 나를 향해 돌아앉으며 시작한 말을 집에 돌아가 화장실에서 이를 닦을 때도 칫솔을 흔들어대며 계속했다. 그리고 이불을 덮고 누웠을 때 비로소 결론을 내렸다. 내가 책을 읽으려고 손에 펼쳐 들고 있었는데도.

토미의 말을 설명하자면 다음과 같다.

일반적인 의견과 달리 저작권 침해는 피해자가 없는 범죄가 **아니다**. 콘서트를 불법으로 녹음하는 것은 작곡가, 연주자, 공연장의 저작권을 몰래 훔치는 행위다. 그들이 그 공연을 녹음해서 가격을 매겨 배포할 기회를 망가뜨리기 때문이다. 저작권법이 만들어진 것은 예술가들이 자신의 노고에 대해 공정한 보상을 받지 못하는 세상에서는 예술이 만들어질 가능성이 줄어들기 때문이다!

콘서트를 녹음하는 것이 분명히 위법이기는 해도, 노인을 무작정 의심부터 하지 말고 그가 그 행위의 도덕적 의미를 알지 못한다고 생각해줄 수는 없어? 절대 안 되지. 노인의 은밀함이 바로 명백한 부정의 증거야. 스파이들이 쓰는 것 같은 그 도구를 레인코트 소매 속에 숨겼다는 사실만으로도 그가 자신의 죄를 인식하고 있음을 확인할 수 있어.

"저작권 침해니, 위법이니, 부정이니 하는 말을 일단 옆으로 제쳐둔다 해도, 노인의 행동은 최소한 보편적으로 인정되는 콘서트홀의 예의에 어긋나." (토미는 정말로 '보편적으로 인정되는 콘서트홀의 예의'라는 말을 썼다. 십중팔구 헬스장에서 트레드밀을 뛰다가 이 표현을 생각해냈을 것이다.) "우리를 포함한 청중들은 각자 다양한 일을 하다가 그 자리에 모였고, 힘들게 번 돈을 일부 지불했어. 공연의 즐거움을 함께 누리기 위해서. 그런데 그러기 위해서……" 여기서 토미는 언성을 높이며 동시에 손가락을 하나 올렸다. 그도 나름대로 크레셴도의 거장임을 증명하는 순간이었다. "우리가 암묵적으로 이해하는 게 있어. 공연 중에 수다를 떨거나 감자칩을 먹으면 안 된다, 일어나서 화장실에 가면 안 된다, 다른 사람들이 공연을 온전히 즐길 수 있는 기회를 방해하면 안 된다, 등등. 그런데 그 노인이 마이크를 가져온 건, 노인이 아무리 열심히 숨기려 해도, 콘서트홀의 예의를 어기는 짓이야. 공연 내내 휴대폰으로 통화를 하는 것과 같다고!"

이미 말했듯이, 짜증스러웠다.

그래도 4월의 세 번째 토요일 공연에서 나는 즐거운 시간을 보냈다. 나이든 록스타처럼 곱슬머리를 길게 기른 이설리스 씨는 더할 나위 없이 즐거운 사람이었다. 연주할 때 그는 의자에 앉은 채 앞뒤로 몸을 흔들면서 때로는 미소를 짓고, 때로는 미간을 찌푸리고, 때로는 곧 눈물을 흘릴 것처럼 보였다. 그 음악이 품은 모든 감정을 생전 처음으로 발견하고 있는 것 같았다.

클래식 음악에 대해 누가 뭐라고 하든, 생각을 자유로이 풀어준다는 점은 장점이다. 록밴드, 블루스밴드, 그리고 살사밴드까지, 이들은 모두 관객이 완전히 집중하게 만드는 데 온 힘을 쏟는다. 드럼과 앰프의 목적이 바로 그것이다. 그러나 클래식 음악가들은 관객이 좀 더 편안히 앉아서 각자 자신의 생각을 정처 없이 따라갈 수 있는 분위기를 기꺼이 만들어주는 것 같다.

어린이용 이야기책에 나오는 그 옷장과 조금 비슷하다. 용감한 소녀가 외투 사이를 지나 완전히 새로운 세상에 도착하는 이야기 말이다. 조금 전까지 나는 카네기홀에서 소나타를 듣고 있었는데, 정신을 차리고 보면 눈이 내리기 시작한 숲속을 방황하고 있다. 그러다 소나무에 에워싸인 작은 공터에 다다르면, 가로등과 우연히 마주치게 된다.

이제 여러분은 이렇게 생각할 것이다. '눈 내리는 숲 한복판에 가로등이 왜 있어?' 하지만 다시 생각해보면, 가로등이 그곳에 있는 것이야말로 가장 자연스러운 일처럼 보인다. 가로등에는 왠지 아주 정답고 매력적인 분위기가 있어서, 장소가 어디든 가로등이 나타나면 반갑다.

프랭크 시나트라의 앨범 재킷이 그렇다. 거기서 시나트라는 가로등에 몸을 기대고, 지나가는 낯선 사람들에게 사랑 노래를 불러줄 준비를 하고 있다.

영화 〈사랑은 비를 타고〉는 또 어떤가. 거기서 진 켈리는 데비 레이놀즈의 집 앞 계단에서 그녀에게 키스한 뒤 갑자기 폭우를 맞으며 가로등에 뛰어올라 자신이 구름을 향해 웃고 있으며 사랑을 할 준비가 되었다는, 대충 그런 내용의 노래를 부른다.

영화 〈하비〉도 있다. 지미 스튜어트가 여기서 연기한 엘우드 P. 다우드는 소원을 들어주는 180센티미터짜리 토끼 하비와 절친한 성인 남자다. 엘우드가 요양원의 젊은 의사에게 설명한 말에 따르면, 그와 하비가 처음 만난 것은 몇 년 전의 어느 날 초저녁이었다. 그냥 자기가 할 일을 생각하면서 거리를 걷고 있었는데, 갑자기 묵직하고 풍성한 목소리가 들렸다. "좋은 저녁입니다, 다우드 씨." 목소리가 들린 곳에 하비가 있었다. 가로등에 몸을 기댄 채로.

상상이 가는가? 마법을 부리는 토끼가 어딘가의 가로등에 몸을 기대고 당신이 지나가기를 기다려 자기소개를 하는 모습이 상상이 가는가? 이설리스 씨가 소나타를 연주할 때 나는 이런 생각을 하고 있었다.

그 소나타가 G단조(비바체)와 D장조(알레그로) 중 무엇이었느냐고? 나는 모른다. 내가 아는 것은 토미가 연주를 전혀 즐기지 않았다는 사실이다. 토미의 생각은 정처 없이 떠돌지 않았다. 이설리스 씨가 연주를 시작하자마자, 토미는 노인의 소매에서 나와 있는 그 검은색 더듬이에 온 신경을 집중했다.

도덕적 분노에 휩쓸린 토미는 처음에 인상을 쓰고 그 장치를 내려다보는 행동으로 노인을 창피하게 만들려고 시도했다. 하지만 노인은 연주자에게만 시선을 고정한 채 토미의 행동을 알아차리지 못하는 것 같았다. 그래서 토미는 화난 사람처럼 소리를 내는 것으로, 남자답게 '쯧쯧'거리는 것으로 자신의 뜻을 표현하려고 했다. 하지만 노인은 그것도 알아차리지 못했다. 토미는 이를 갈면서 의자에서 자세를 바꿔 보란 듯이 연주자를 열심히 지켜보았다. 법을 우습게 아는 도덕 불량자 하나 때문에 연주를 놓칠 수는 없다는 뜻을 주위의 모든 사람에게 알리기 위해서였다. 이 전략이 효과를 발휘하는 것 같았다. 적어도 1~2분 동안은. 곧 토미가 내게 귓속말을 하기 시작했다.

"믿을 수가 없네."

나는 머릿속에 가장 먼저 떠오른 대답을 버리고, 침묵을 택했다.

토미는 더 크게 속삭이는 편을 택했다.

"어이가 없어!"

그러자 우리 뒤에 앉은 여자가 쉿 소리를 냈다.

토미는 충격으로 입을 다물지 못하고, 뒷자리의 여자와 나를 차례로 보았다. 미국의 법률, 카네기홀의 예의, 모든 예술가의 지식재산권을 수호하려 애쓰는 자신이 저런 소리를 듣다니! 아무래도 참을 수가 없는지, 토미가 의자에서 일어나려고 했다.

"뭘 하려고?"

"안내직원을 불러올 거야."

"지금 공연 중인데?!"

뒷자리의 여자가 또 쉿 소리를 냈다. 이번에는 짜증이 난 것 같았다.

토미는 어깨를 움츠리며 일어나 통로로 나아가기 시작했다. 주위 좌석의 음악 애호가들이 저마다 분노와 충격을 드러내는 가운데, 그가 "실례합니다, 실례합니다, 실례합니다"를 반복했다.

통로에 다다르자 토미는 몸을 쭉 펴고 당당하게 계단을 걸어 올라갔다. 계단 꼭대기의 닫힌 문 앞에 안내직원(40대의 흑인 여성)이 서 있었다. 그녀도 공연 중에 다가온 토미를 전혀 반가워하지 않는 것 같았다. 토미는 그녀의 못마땅한 표정을 무시하고 밖에서 할 이야기가 있다는 표시를 했다. 그래서 두 사람은 조용히 로비로 나갔다. 그리고 안내직원은 이마에 주름을 잡고 토미를 바라보았다.

· 그 뒤에 일어난 일을 내 남편의 직접 증언과 결혼생활 9년 동안 수집한 추가 정보를 바탕으로 설명하면 다음과 같다.

"밀조업자를 신고하려고 합니다." 남편이 말했다.

"밀조업자요?" 안내직원이 놀란 얼굴로 물었다. "밀주를 만드는 사람 말인가요?"

"아뇨! **음반** 밀조업자요." 토미는 문을 가리켰다. "내 옆에 앉은 남자가 콘서트를 녹음하고 있습니다. 내가 그걸 본 게 처음도 아니에요. 아마 **상습범**일 겁니다."

안내직원은 눈동자를 굴렸다.

"지금 나한테 눈동자를 굴린 겁니까?" 토미는 충격을 받았다. "청중이 공연을 녹음하는 건 카네기홀의 방침에 어긋나는 일인 줄 알았는데요."

"당연히 어긋나죠."

"그렇겠죠."

"지금은 한창 공연 중입니다, 손님. 중간휴식 시간까지 기다려서 불만을 제기해도 됐을 텐데요."

"불만? 이건 불만이 아닙니다!"

"아니에요?"

"무슨 일이에요, 라토야?"

다소 열띤 대화를 나누던 토미와 안내직원이 시선을 들어보니, 밝은 회색 정장을 입은 쉰 살 남자가 옆에 와 있었다. 안내직원이 정중한 자세로 그에게 시선을 돌렸다.

"죄송합니다, 미스터 코넬. 이 손님 생각에, 옆자리 남자가 콘서트를 녹음하고 있다고 하십니다."

"생각이 아닙니다." 토미가 끼어들었다. "확실해요. 청중의 한 사람으로서, 후원자로서, 카네기홀이 반드시 조치를 취할 것을 요구합니다."

"손님." 미스터 코넬이 말했다. "언성을 높이지 않으셔도 됩니다. 요구하지 않으셔도 되고요. 콘서트 녹음은 카네기홀에서 엄격히 금지되어 있습니다."

"바로 그거죠." 토미가 말했다. 그는 '바로 이거야'라고 말하듯이 라토야를 흘긋 보고 싶은 유혹에 저항하지 못했다. 라토야도 미스터 코넬도 그 시선을 알아차리고 별로 좋지 않은 표정을 지었다.

미스터 코넬이 다시 말을 시작하려는 것처럼 헛기침을 했다.

"저는 라이오넬 코넬입니다. 이곳의 매니저로 일하고 있습니다. 손님은……?"

"토머스 하크니스입니다."

"좌석이 정확히 어디죠, 하크니스 씨?"

"E열, 107번입니다. 보면 금방 아실 거예요. 레인코트를 입은 80세 노인이니까요."

"80세 노인……." 미스터 코넬이 말했다.

라토야는 또 눈동자를 굴렸다.

"대충 그렇습니다." 토미가 말했다. "하지만 그 사람이 여든 살이든 열여덟 살이든 무슨 상관입니까? 해적판을 밀조하는 사람의 나이가 몇 살이든, 밀조는 밀조인데요."

"당연하죠." 미스터 코넬은 이렇게 말했지만, 동의하지 않는 기색이 역력했다. "라토야." 그가 부하직원에게 시선을 돌렸다. "중간휴식 때 그 신사분께 로비로 나와주십사 부탁드려요."

"알겠습니다, 미스터 코넬."

라토야는 돌아서서 콘서트장 안으로 다시 슬쩍 들어갔다. 토미도 그 뒤를 따라가려고 하자, 미스터 코넬이 다시 한 번 헛기침을 했다.

"죄송합니다만, 하크니스 씨, 관객이 공연 중에 콘서트장에서 나오시면, 중간휴식 때까지 재입장을 허락하지 않는 것이 저희 방침이라서요……."

미스터 코넬이 자신의 뜻을 분명히 밝히고 나자, 경비원이 나타나 토미를 의심스럽게 바라보았다.

"무슨 일입니까, 미스터 코넬?"

"아무것도 아니에요, 마일스. 관객 중에 콘서트를 녹음하는 분이 있는 것 같아요."

마일스는 미스터 코넬에게서 토미에게, 다시 미스터 코넬에게 시선을 옮겼다.

"이 사람인가요?"

"아뇨. 다른 사람입니다. 이분은 그 문제를 우리에게 알린 분이에요."

토미는 경비원의 태도에 모욕을 느껴 그에게 험악한 표정을 좀 보여주려고 했다. 그러나 경비원은 그와 시선이 마주치자 양손 엄지를 들어 보인 뒤 자기 자리로 돌아갔다.

토미와 미스터 코넬은 라토야가 다시 나올 때까지 기다리는 동안 닫힌 문 너머의 음악을 전혀 들을 수 없었다. 그러나 몇 분 뒤 열렬한 박수 소리가 들리는 것을 보니 공연의 전반부가 끝난 모양이었다…….

관객들이 로비로 나가는 동안 라토야는 다섯 번째 줄로 갔다. 레인코트를 입은 그 노인은 그때 나와 대화를 하고 있었다.
"죄송합니다, 손님." 그녀가 말했다. "잠시 로비로 나와주시겠습니까?"
노인은 안내직원의 요청에 조금 놀란 표정을 지었지만 반발하지는 않았다. 대화를 중간에 그만두게 되어 미안하다는 듯이 내게 미소를 지어준 그는 자리에서 일어나 라토야를 따라서 통로를 올라갔다. 고관절 수술이 필요한 사람처럼 다리를 가볍게 절고 있었다. 로비로 나온 뒤 라토야는 미스터 코넬이 토미와 함께 참을성 있게 기다리는 곳으로 그를 안내했다.
기분이 어떻든 아내로서 남편 옆에 서서 정신적으로 응원해줘야 하는 때가 간혹 있다. 하지만 그날은 그런 때가 아니었다. 나는 5미터쯤 떨어진 곳에 자리를 잡았다. 만약 내가 프로그램을 가져왔더라면, 그것으로 얼굴을 가리고 눈만 내밀었을 것이다.
미스터 코넬은 흠잡을 데 없는 태도로 노인을 맞이했다.
"제 이름은 라이오넬 코넬이고, 저는 여기 카네기홀의 매니저로 일하고 있습니다. 성함을 여쭤봐도 되겠습니까?"
"파인입니다. 아서 파인."
"감사합니다, 파인 씨. 불편을 드려 죄송합니다만, 선생님이 콘서트를 녹음하는 것 같다는 말을 들어서요."

매니저가 말하는 동안 파인 씨는 당혹스러운 표정으로 살짝 몸을 앞으로 기울였다.

"콘서트를 녹음해요?" 그가 잠시 뒤 말했다. "무슨 말인지……."

매니저가 자세히 설명하기도 전에 마일스가 다시 나타났다. 다만 이번에는 뉴욕시의 경찰관 한 명과 함께였다. 경찰관을 보고 모두 조금 기겁한 얼굴을 했다. 미스터 코넬도 마찬가지였다. 양손 엄지 손가락을 허리띠에 걸친 마일스만 제외하고 모두가. 마일스는 누가 시키기도 전에 미리 조치를 취한 자신을 벌써 칭찬하는 듯한 표정이었다.

"무슨 일입니까?" 경찰관이 물었다.

미스터 코넬은 조금 내키지 않는 기색으로 내 남편을 가리켰다.

"여기 하크니스 씨 말씀이, 파인 씨가 콘서트를 녹음하시는 것 같다고 합니다."

경찰관은 토미를 한번 슥 훑어보았다. 이런 주장을 내놓는 월스트리트 인간들에 대해 완벽히 안다는 뜻을 전달하려는 것 같았다. 그러나 파인 씨에게 시선을 돌렸을 때는 그의 표정이 조금 부드러워졌다.

"사실입니까, 파인 씨? 콘서트를 녹음하고 계셨어요?"

"절대로 아닙니다." 파인 씨가 화가 났다기보다는 당혹스러운 어조로 말했다.

"절대로 맞습니다." 토미가 불쑥 끼어들었다.

경찰관이 그에게 시선을 돌렸다.

"방금 아니라고 말씀하셨습니다."

토미는 기가 막혀서 지지를 바라며 미스터 코넬과 안내직원을 차례로 바라보았다. 심지어 파인 씨도 바라보았다. 이 세 사람 중에 토미를 지지해줄 생각이 있는 사람은 파인 씨뿐인 것 같았다. 남편은 다시 경찰관을 보았다.

"이걸로 끝입니까?"

"그럼 제가 어떻게 할까요?"

"저 사람을 수색해요!"

그렇지 않아도 맞춤 양복 차림으로 화를 내는 서른여섯 살의 금융사 직원보다 레인코트 차림으로 당혹스러워하는 여든 살 노인에게 사람들의 감정이 기울어져 있었는데, 토미의 말은 그 감정을 완전히 노인 쪽으로 밀어버렸다. 민간인이 뉴욕시 경찰국의 직원에게 누군가를 수색해라, 하지 마라 명령할 자격이 없다고 경찰관이 생각한 것은 누구나 이해할 수 있는 일이었다. 미스터 코넬 입장에서는 로비에서 몸수색을 벌이는 것이 자신만의 콘서트홀 예의에 어긋나는 짓이었다. 그럼 라토야는? 토미 같은 직업을 지닌 사람은 애당초 '수색'이라는 단어와 상관없다고 생각하는 것이 분명히 드러났다.

솔직히 나도 같은 생각이었다.

토미가 경찰관에게 계속 말했다. "저분은 공연 중에 트렌치코트를 절대 벗지 않습니다. 그걸 물어봐요!"

토미가 '레인코트' 대신 '트렌치코트'를 사용하기 시작했음을 나는 알아차릴 수밖에 없었다. 지금 상황의 어두운 분위기를 더 잘 표현하기 위해서인 것 같았다.

경찰관은 말 조련사가 말을 진정시킬 때처럼 양손을 들어올렸다. "좋습니다." 그가 말했다. "우리 모두 잠시 진정하는 게 어떻겠습니까? 사실 모두 좌석으로 돌아가 쇼를 끝까지 즐기는 게 나을 것 같은데요."

미스터 코넬은 콘서트를 '쇼'라고 지칭한 것에 눈에 띄게 움찔거렸지만, 경찰관의 뜻에는 동의하는 기색이었다. 마침 로비의 불빛들이 깜박거리며 중간휴식 시간이 끝났음을 알리고 있었으니 더욱더.

그 자리에 모여 있던 사람들은 잠시 불편한 침묵을 지키다가 흩어지기 시작했다. 라토야와 마일스가 가장 먼저 몸을 돌렸다. 심지어 토미도 자기 자리로 돌아가려는 것 같았다. 하지만 공연장 문을 향해 몸을 돌렸던 그가 갑자기 휙 돌아서더니 파인 씨에게 달려들어 그의 소매를 잡았다.

경찰관도 달려들었다. 내 남편의 옷깃을 잡으려고. 어쩌면 토미가 그 자리에서 체포되었을지도 모른다. 파인 씨의 재킷에서 소니 워크맨이 튀어나와 시끄러운 소리를 내며 바닥에 떨어지지 않았더라면.

아무도 움직이지 않았다. 그러다가 경찰관이 아주 천천히 주저앉아 워크맨을 주워 들었다. 라토야는 풀이 죽은 것 같았다. 미스터 코넬은 소스라치게 놀랐다. 토미는 너무 의기양양하게 보이지 않으려고 애쓰는 듯했지만, 성과는 없었다. 파인 씨는 한없이 수치스러운 표정이었다.

"저분의 말이 옳습니다." 그가 잠시 뒤 말했다. "내가 공연을 녹음하고 있었어요." 파인 씨는 자신이 이런 말을 하는 것을 믿을 수 없다는 듯이 고개를 절레절레 저었다. 그러고는 체념한 목소리로 말을 이었다. "지난 13년 동안 나는 아내와 함께 이 시리즈의 공연을 봤습니다. 그동안 공연을 녹음하려는 생각은 한 번도 한 적이 없어요. 하지만 아내가 큰 병이 들어 올 수 없게 되었을 때 공연을 녹음하기 시작했습니다. 아내가 편안히 침대에 누워서 음악을 들을 수 있게."

여기서 그는 미스터 코넬에게 시선을 돌렸다.

"그건 잘못된 일이었습니다, 미스터 코넬. 나도 알고 있었어요. 달리 내가 무슨 말을 하겠습니까?"

이제는 모두가 황망한 표정이었다. 노인은 수치심 때문에, 미스터 코넬과 라토야와 경찰관은 연민 때문에, 남편은 이 모든 일의 원인이 자신이라는 사실 때문에.

경찰관이 미스터 코넬을 보았다.

"고발하실 생각입니까?"

"그러지는 않을 것 같습니다."

경찰관은 그의 본능적인 반응에 찬성한다는 듯 고개를 끄덕였다. 그러고는 워크맨을 열어 카세트테이프를 꺼내서 자신의 주머니에 넣었다. 그는 워크맨을 미스터 코넬에게 넘기고 밖으로 나갔다. 하지만 나가기 전에 남편을 한 번 더 슥 훑어보며 고개를 절레절레 젓는 것을 잊지 않았다.

"파인 씨." 미스터 코넬이 말했다. "저를 따라오시겠습니까?"

그는 파인 씨를 데리고 어디론가 갔다. 마일스는 1미터쯤 뒤에서 두 사람을 따라갔다. 라토야는 공연장 안으로 들어갔다. 관객들은 무대에 다시 올라온 이설리스 씨를 환영하며 박수를 치고 있었다. 혼자 남은 토미는 이제 무엇을 해야 할지 모르는 사람처럼 로비를 둘러보았다.

이런 상황에서는 적절한 말을 찾기가 힘들다. 자칫하면 오히려 더

안 좋은 상황이 되기 때문에. 나는 이런 상황에서 적절한 말을 하는 재주가 정말 없는 사람이라서 내 딴에는 가장 온정적인 말을 했다.
"집에 가자, 여보."

잠시 뒤 토미가 고개를 끄덕이고 나를 따라 출구 쪽으로 움직였다. 그러나 내가 문고리를 향해 손을 뻗는 순간 토미가 걸음을 멈추고 뒤를 돌아보았다. 미스터 코넬이 파인 씨를 데리고 간 방향이었다. 나는 눈을 감았다.

"여기서 기다려야 할 것 같아." 토미가 말했다.

"누구를?"

"파인 씨."

나는 작게 웃었다. "진짜?"

"사과하고 싶어." 토미가 다시 뒤를 돌아보며 말했다. "녹음장치가 때로 얼마나 방해가 되는지 설명을……."

"잠깐만." 나는 조금 언성을 높였다. "사과야 설명이야?"

그는 나를 보았다.

"둘 다."

"여보, 설명 겸 사과를 하려고 여기서 기다리겠다면 마음대로 해. 난 집에 갈 거야."

나는 2초 동안 그의 대답을 기다리다가 밖으로 나갔다.

내가 조금 떨고 있었던 것도 같다. 집으로 향하지 않고 생판 모르는 사람에게 담배 한 개비를 청한 것을 보면. 그런 일은 몇 년 만에 처음이었다. 그 여자가 내 담배에 불을 붙여준 뒤 나는 57번가의 인도에 서서 담배를 피웠다. 비가 내리기 시작했다. 내 왼쪽으로 6미터쯤 떨어진 곳에 실내등을 켠 경찰 순찰차가 서 있었다. 운전석에서 아까 그 경찰관이 내 남편의 불만 제기로 인해 생겨난 서류작업을 성실하게 하고 있는 것이 보였다. 오른쪽으로 6미터쯤 떨어진 곳에는 배불리 식사를 마친 일행이 러시안 티룸의 차양 아래에서 이제 어디로 갈지 의논하고 있었다. 내 앞에서는 토요일 밤의 도로를 메운 자동차들이 양방향으로 달렸다. 그러나 어디를 봐도 뛰어 올라갈 만한 가로등은 보이지 않았다.

지하철을 탈까 택시를 탈까 고민하고 있는데, 누군가가 다가와 조용히 기다리는 기척이 느껴졌다. 피우다 만 담배를 길바닥으로 튕겨 보내고 나는 어느 정도 연민을 보여줄 준비를 하며 돌아섰다. 하지만 거기 서 있는 사람은 토미가 아니라 경찰관이었다.

"하크니스 부인?" 그가 물었다.

"네, 맞아요."

경찰관은 내 기분에 공감한다는 듯이 고개를 한 번 끄덕이고는 한 손을 내밀며 말했다. "여기 남편 분을 위한 작은 기념물입니다."

토미의 부모님이 이혼한 이듬해에 그 두 분을 만났다면, 그 두 사람이 애당초 결혼한 적이 있다는 사실을 이해할 수 없었을 것이다. 상상 속의 중용을 찾아 서로를 밀고 당기며 20년을 보낸 뒤 이혼한 두 분은 그동안 내내 원하던 방향, 즉 서로 반대되는 방향으로 쌩하니 날아갔다.

두 분의 가장 큰 차이점 중 하나를 꼽자면, 토미의 아버지가 동료들의 시선에 몹시 신경을 쓰는 사람이었다는 점이 있다. 무심코 남의 기분을 상하게 하거나 순간적인 갈등의 원인이 되었을 때 그는 며칠 동안, 때로는 몇 주 동안 그 일을 마음에 품고 있었다. 그럼 토미의 어머니는? 다른 사람들의 의견에 조금도 신경 쓰지 않았다. 화요일 저녁에 식사를 하면서 대전투를 벌인 상대를 다음 날 아침 식사에 아무 거리낌 없이 직접 초대할 수 있는 사람이었다. 토미의 누이는 어머니의 이런 점을 닮았다. 그럼 토미의 아버지를 닮은 사람이 누구인지 짐작이 갈 것이다.

많은 재능과 성취에도 불구하고 토미는 낯선 사람까지 포함해서 다른 사람의 시선 때문에 안달하는 버릇을 떨쳐버리지 못했다. 지금 생각해보면, 특히 낯선 사람의 시선에 민감했던 것 같다. 식당 여주인과의 가벼운 말다툼, 신호등 앞에서 주고받은 거친 말, 이런 것들이 발톱이 되어 토미의 평안을 방해했다. 토미가 상대와의 만남을 머릿속으로 되짚어볼 때면 표정만 봐도 알 수 있었다. 지금 당장 차를 돌려 16킬로미터를 되돌아가서 자신의 뜻을 '설명'하고 싶어 하는 기색이 갑자기 온몸에 드러났다. 왜 그러는 거지? 누가 알겠는가. 어쨌든 아무리 사소하고 짧게 오간 대화라도, 토미는 나쁜 감정이 남지 않았다는 확인을 상대에게서 받아내야 직성이 풀렸다.

그래서 그가 그날 마침내 카네기홀에서 집으로 돌아와 처량한 표정으로 침실에 들어섰을 때, 나는 일이 계획대로 되지 않았음을 알 수 있었다.

"어서 와, 여보." 나는 독서용 안경 너머로 그를 보며 말했다. 토미는 집까지 걸어온 사람 같은 몰골로 오토만에 털썩 주저앉았다.

"내가 30분을 기다렸어." 토미는 한쪽 신발을 벗어 옆으로 던지며 말했다. "그래도 그 노인이 안 나와서 매니저를 찾으러 갔지. 그랬더니 파인 씨가 직원 출구로 나갔다는 거야."

파인 씨가 그렇게 할 만도 하다는 생각이 든다.

토미는 남은 신발 한 짝을 벗어 반대편으로 던졌다. 그러고는 잠시 뒤 이렇게 말했다. "이름 철자가 F-I-N-E 같아, 아니면 F-E-I-N 같아?"

나는 다시 책에서 시선을 들었다.

"이름 철자로 달라지는 게 있어?"

"글쎄. 하지만 F-E-I-N이라면 유대인 이름인가……."

토미는 한층 더 죄책감을 느끼는 기색이었다. 나는 아무 말도 하지 않았다.

토미는 양복을 옷걸이에 걸고, 이를 닦고, 침대로 올라왔다. 그러고는 1분쯤 책을 읽는 시늉을 하다가 불을 끄고 눈을 감았다. 하지만 곧 다시 일어나 신발을 정리했다. 토미가 다시 베개를 베고 누운 뒤 나는 몸을 기울여 그의 이마에 입을 맞췄다. 때로는 우리에게 그런 것이 필요하다. 아무리 암담한 상황이라 해도 다 괜찮아질 것이라고 달래듯이 누군가가 머리에 쪽 입을 맞춰주는 것. 내가 최소한 그 정도는 해줘야 할 것 같았다. 10분 뒤면 나는 곤히 잠들겠지만, 토미에게는 아주, 아주 긴 밤이 될 테니까.

그다음 일주일 동안 토미는 매일 똑같이 처량한 표정으로 집에 돌아왔다. 집까지 걸어온 것 같은 분위기도 똑같았다. 저녁 식탁에서는 음식을 깨작거리고, 침대에 누운 뒤에는 이제 책을 읽는 시늉도 하지 않았다.

다시 토요일이 되었을 때 우리는 러시안 티룸에서도 술을 마시지 않고, 후원자 라운지에서도 샴페인을 마시지 않았다. 객석에 앉은 뒤 토미는 콘서트장 입구를 뒤돌아보았다. 파인 씨가 통로를 내려와서 실례한다며 우리 좌석 앞을 지나가 옆자리에 앉기를 바라는 마음이었다. 하지만 그 노인은 끝내 나타나지 않았다.

'거장 연주자' 시리즈의 마지막 공연인 그날 무대에 오른 사람은 예브게니 키신이었다. 애당초 우리가 카네기홀에 오는 계기가 된 그 사람. 프로그램의 설명에 따르면, 그는 쇼팽의 전주곡 스물네 곡을 연주할 계획이었다. 내가 듣기에는 전주곡 여덟 곡을 세 가지 방식으로 연주하는 것 같았지만, 어쩌면 그것이 바로 요점일 수도 있었다. 어쨌든 나는 패먼키 걸스카우트 캠프의 식당에 있던, 조율 안 된 낡은 피아노를 떠올리며 즐거운 시간을 보냈다. 그러고 보니 5번 오두막 사람들의 이름을 내가 모두 기억하고 있는지 궁금해졌다. 모두 기억이 났다! (머리를 땋아 늘이고, 항상 프루트 스트라이프 껌을 씹던 그 아이만 예외였다. 아무리 생각해봐도, 그 아이의 이름이 유스터스인지, 유니스인지, 유지니아인지 기억나지 않았다.)

한편 키신의 연주는 확실히 세계적인 명성에 걸맞은 것이었음이 분명하다. 그가 마지막 음을 연주했을 때, 청중이 천둥 같은 갈채를 보내며 '브라보!'를 외쳐댔기 때문이다. 두 번째 앙코르 뒤에는 심지어 발을 구르는 사람도 있었다. 카네기홀과는 분명히 어울리지 않는 듯한, 감동의 표현이었다.

그렇다. 어느 모로 보나 예브게니 키신이 미국으로 돌아와서 연연주회는 대성공이었다. 하지만 토미만 본 사람은 그 사실을 알아차리지 못했을 것이다. 토미는 아마 음을 하나도 제대로 듣지 못한 것 같았다.

그런데 사흘 뒤 밤에 토미가 완전히 평소 같은 모습으로 집에 돌아왔다. 부엌에서 내가 스테이크를 굽는 동안 토미는 샐러드를 섞으면서 끊임없이 가벼운 이야기를 늘어놓았다. 토미가 식탁에 접시를 놓는 동안, 나는 그가 그때 일을 이제 잊어버리기로 한 모양이라고 생각하며 안도의 한숨을 내쉬었다. 하지만 토미는 잔에 포도주를 따른 뒤에…….

"카네기홀의 그 노인 기억하지?" 마치 카네기홀의 그 노인이 일주일 넘게 우리 머릿속 한복판을 차지한 일이 없었던 것처럼 이렇게 물었다.

"음음." 나는 포도주를 한 모금 마시면서 애매하게 대답했다.

"내가 그 노인을 찾아낼 수 있을 것 같아."

토미는 웃는 얼굴로 스테이크를 씹기 시작했다. 나는 식탁에 잔을 내려놓았다.

"무슨 말이야? '찾아내다'니?"

토미는 다시 미소를 지었다. 자신이 스프레드시트 같은 걸 만들고 있었어야 하는 낮 시간에 공들여 완성한 사고 과정을 빨리 내게 들려주고 싶다는 표정이었다.

"그날 밤에 내가 파인 씨를 만나러 매니저의 사무실로 갔는데, 파인 씨가 직원 출구로 나갔다는 말을 들었다고 했잖아."

"기억나."

"오늘 집에 오는 길에 내가 카네기홀에 들렀더니 그때 그 경비원이 바로 그 문 근처에 서 있더라고. 경비원도 그 노인을 기억하고 있었어. 그 일 때문에. 자기가 7번 애비뉴로 나가는 문을 열었을 때 비가 내렸다는 것도 기억하고. 그래서 노인한테 택시를 잡아주겠다고 했다는 거야. 하지만 노인은 택시가 필요없다고 했대……. 근처에 사니까!"

 카네기홀이 '우리집에 오는 길'과는 가깝지도 않다는 사실을 일단 제쳐두자. 토미의 말을 들으면서 나는 대략적인 놀라움을 표현하기 위해 고개를 끄덕였다. 그의 끈질긴 성격, 남자의 자존심이 죽음에 저항하며 보이는 곡예, 아내로서 이제는 놀라지 말아야 할 일에 여전히 놀라고 있는 나의 능력에 대한 놀라움이었다.

 "그래서……." 토미는 스테이크를 한 조각 더 먹은 뒤 말을 이었다. "그 정보를 손에 넣은 상태에서 가장 핵심적인 질문이 뭔지 알아?"

 "빨리 알고 싶네."

 "노련한 뉴요커에게, 아마 파인 씨가 노련한 뉴요커라고 생각해도 될 것 같은데, 그런 사람에게 근처 동네의 크기가 얼마나 되겠어?" 토미는 눈썹을 치뜨며 빙긋 웃었다. 내 생각에 나름대로 무대에서 인사를 하는 공연자의 기분인 것 같았다. "노인의 나이는 여든 살쯤일 거야. 게다가 비가 오고 있었지. 그렇지? 이 두 가지 요소를 고려하면, 파인 씨가 카네기홀 바로 옆 동네에 산다고 가정해도 될 거야. 자, 남북으로 뻗은 블록 하나를 걷는 데 약 1분, 동서로 뻗은 블록을 걷는 데는 3분이 걸린다고 가정하면, 대략 5번 애비뉴에서 10번 애비뉴까지, 그리고 49번가에서 65번가까지 선을 그어볼 수 있어."

 더욱더 놀라웠다. 노골적으로 놀라웠다.

 "당신이 무슨 생각을 하는지 알아." 내 남편이 말을 이었다. "조사할 면적이 넓은 것처럼 보이겠지."

 나는 전혀 그런 생각을 하지 않았다. 그런 생각은 내가 생각한 것의 '근처'에도 없었다. 하지만 토미의 말에 점점 속도가 붙고 있었다. 나는 그를 진정시키고 싶지 않았다.

"그런데 중요한 건 이거야. 카네기홀 남동쪽의 사분면에는 사무용 건물이 많고, 북동쪽 사분면의 대부분은 센트럴파크가 차지하고 있어. 그러니까 사분면 네 개 중에 두 개만 조사하면 되는 거야. 그 정도 수색은 일주일 안에 마칠 수 있어. 매일 30분씩 그 동네를 걸어다니기만 하면."

"퇴근해서 집에 오는 길에." 내가 말했다.

"그렇지."

파인 씨가 통로를 올라가는 걸음이 불편한 것을 봤기 때문에, 남편이 걸어다니며 조사할 지역을 내가 줄여줄 수도 있었을 것이다. 하지만 지금 상황에서는 토미가 파인 씨를 찾아내는 데 걸리는 시간이 길면 길수록 좋을 것 같았다.

토미는 스테이크를 유난히 크게 잘라 입에 넣고 아주 맛있게 씹었다. 그의 사고방식이 아무리 이상해도, 식욕을 되찾은 모습이 보기 좋았다.

"오늘 내가 그쪽에 가서……." 토미가 말을 이었다. "그 경비원이랑 이야기한 뒤에 카네기홀 바로 옆의 아파트에 들렀어. 일종의 연습으로. 그러기를 잘했지! 그 건물에 파인 씨라는 분이 사느냐고 도어맨한테 물어봤더니, 국가안보국 직원처럼 입을 꾹 다물어버리는 거야. '주민들의 이름을 알려드릴 수 없습니다' 이러면서. 그래서 그 옆 건물에 들어갈 때는 마닐라 봉투를 손에 들고 있었어. '파인 씨에게 전달할 물건입니다'라고 말하면서. 그랬더니 도어맨이 지체 없이 말해주더군. 그 건물에 파인 씨는 없다고."

토미는 다시 눈썹을 올렸다.

나는 내 잔을 들어올렸다.
그러고는 쭉 비웠다.

그날 밤 늦게 현관문을 잠그고 불을 끄다가 토미의 서류 가방이 여느 때처럼 현관 앞 탁자에 놓여 있는 것을 보았다.

우리는 결혼 전에 이미 함께 살면서 같은 계좌를 사용하고 있었다. 그리고 결혼식 때 돈이 많을 때나 적을 때나, 아플 때나 건강할 때나, 죽음이 우리를 갈라놓을 때까지 함께하기로 약속했다. 그 뒤에 나는 토미의 아이 둘을 낳았다. 하반신 마취도 없이. 그럼 탁자에 놓인 서류 가방을 보고 열어볼지 말지 내가 망설였을까? 1초도 망설이지 않았다.

가방 안에는 두툼한 조사자료가 들어 있었다. 그 가방이 현관홀을 넘어 집 안까지 들어오는 일이 몹시 드물다는 점을 감안할 때 놀라운 일이었다. 내가 찾던 것은 바로 그 서류 더미의 맨 위에 있었다. 공들여 그린, 카네기홀 인근 지도. 심지어 오른쪽 귀퉁이에 지도상의 1인치가 8분의 1마일에 해당한다는 축척까지 표시되어 있었다. 그리고 토미가 이미 들러본 두 건물 옆에는 빨간색 체크 표시가 있었다. 이 지도를 보니 토미가 초등학교 2학년 때 그리니치 컨트리 데이 학교 과학축제에서 우승한 이유를 알 것 같았다.

지도 밑에 마닐라 봉투가 있었다. 토미는 그럴 듯하게 보이려고 그 안에 빈 종이 여러 장을 넣어 법적인 서류가 들어 있는 것처럼 두툼하게 만들어놓았다. 봉투 겉면에 토미가 써놓은 것은 그 노인의 이름뿐이었다. 이름 철자가 'Fine'으로 되어 있는 것이 토미의 소망을 표현한 것 같아 조금 귀여웠다.

토미가 노인이 사는 건물을 찾아내는 데에는 사흘이 걸렸다. 브로드웨이와 암스테르담 애비뉴 사이 62번가에 있는 12층짜리 공동주택이었다. 그 건물을 찾아낼 때까지 토미는 일흔다섯 개의 건물에 들어가 일흔다섯 명의 도어맨에게서 파인 씨라는 분은 해당 건물에 살지 않는다는 말을 들었다. 따라서 일흔여섯 번째 도어맨이 손을 내밀며 "제가 서류를 전달해드리죠"라고 말했을 때 토미는 전혀 마음의 준비가 되어 있지 않았다. 너무 놀라서 말을 못했기 때문에 도어맨이 같은 말을 반복해야 했다.

하지만 내 남편은 절대 서투른 사람이 아니다.

"사실 파인 씨의 서명을 받아야 하거든요." 토미가 말했다. "파인 씨가 언제쯤 돌아오실까요?"

"근처 약국에 가셨습니다."

"그럼 여기서 기다리겠습니다."

"좋으실 대로."

토미는 고개를 끄덕이고 로비의 긴 의자에 앉았다. 도어맨은 접수대 뒤편의 자기 자리로 돌아갔다.

"좋은 건물이네요." 토미가 말했다. "전쟁 전 건물인가요?"

"맞습니다."

도어맨이 서류작업을 하는 동안 토미는 발로 바닥을 가볍게 두드리며 기다렸다.

"파인 씨는 언제부터 여기 사셨어요?"

"저야 모르죠. 여기서 일한 지 겨우 6개월인데요."

토미는 발로 바닥을 몇 번 더 두드렸다.

"부인 때문에 약국에 가시는 건가요?"

도어맨이 서류에서 시선을 들었다.

"무슨 말씀이시죠?"

"파인 씨가 부인의 약을 받으러 약국에 가셨나 해서요."

"아뇨. 혼자 사세요."

토미는 벌떡 일어섰다.

"혼자 사신다고요?!"

도어맨은 토미가 벌떡 일어나서 갑자기 다른 어조로 말하는 바람에 조금 놀란 표정이었다. "이봐요, 무슨 일로 온 거예요?" 도어맨이 막 이렇게 말하려고 했을 때, 파인 씨가 CVS 약국 이름이 새겨진 작은 봉지를 들고 안으로 들어왔다. 파인 씨는 먼저 도어맨에게 웃어주고, 내 남편에게도 웃어주었다. 같은 건물에 사는 사람이라고 생각한 모양이었다. 그러고는 파인 씨가 토미의 얼굴을 한 번 더 보았다.

"하크니스 씨……?"

지난 사흘 동안 토미는 이 건물 저 건물을 걸어서 돌아다니며 이 순간을 아주 세세히 상상했다. 자신이 후회와 뉘우침을 표현하기 위해 정확히 어떤 말을 할지도 머릿속으로 점검했다. 그 원고에는 심지어, "아뇨, 일단 제 말을 들어주세요"까지 포함되어 있었다. 하지만 막상 그 순간이 왔을 때 토미는 그 노인에게 손가락질을 하며 틀림없는 분노를 드러내고 있었다. "당신 혼자 산다며!"

"잠깐, 진정해요." 도어맨이 접수대를 돌아 밖으로 나오며 말했다. 토미를 쫓아내야겠다는 생각이 얼굴에 분명히 드러나 있었다.

하지만 파인 씨가 나섰다. "괜찮아, 마틴." 그는 이렇게 말하고 나서 혼란스러운 표정으로 토미를 보았다. "하지만 하크니스 씨의 말은 이해가 안 가네요."

"부인을 위해 녹음하는 거라고 말했잖아요." 토미가 대꾸했다. "부인이 너무 아파서 나올 수 없다고. 그런데 당신이 혼자 산다고 여기 도어맨이 말해줬어요!"

"혼자 사는 건 맞아요." 파인 씨가 말했다. "아내가 죽은 뒤로 혼자 살아요."

그 뒤 10분 동안 토미는 파인 씨에게 적어도 다섯 번쯤 사과했다. 먼저 로비에서 재빨리 두 번 "죄송합니다"라고 말했고, 파인 씨가 자기 집으로 올라가 커피라도 한잔하고 가라고 강력히 권고했을 때에도 그 기회를 놓치지 않고 엘리베이터 안에서 더 공들인 말로 사과했다. 마침내 파인 씨의 작은 부엌에 들어선 다음에도, 자신의 뜻을 확실히 전달하기 위해 한 번 더 사과의 말을 했다.

"괜찮아요." 파인 씨가 식탁에 머그 두 잔을 놓고 토미 맞은편에 앉으며 말했다. "이제 더 사과하지 않아도 됩니다."

"그러죠. 하지만 정말 저를 얼마나 끔찍한 인간으로 생각하실지."

"전혀 아니에요! 왜 화를 내는지 잘 알아요. 사랑하는 여자와 카네기홀 공연에 가는 건 정말로 훌륭한 저녁 외출이지. 그런데 내 행동이, 변명의 여지가 없는 그 행동이 하크니스 씨의 시간을 망쳤어요. 나라도 똑같이 행동했을 겁니다."

두 사람 모두 잠시 말이 없다가, 파인 씨가 미소를 지으며 말했다. "하크니스 씨의 나이 때 나는 클래식 음악에 딱히 관심이 없었어요. 그보다 프랭크 시나트라와 토니 베넷에 더 관심이 많았지. 말러와 모차르트를 사랑한 사람은 내 아내 바바라였어요. 어렸을 때

이스트빌리지에 있는 3번가 음악학교 세틀먼트에 다녔거든. 그 학교를 아시오?"

"아뇨."

"아, 좋은 학교예요. 19세기에 이민 가정 자녀들에게 음악을 가르치려고 만들어진 곳인데, 나중에는 일반 초등학교가 됐지. 그 옛날 동네에 지금도 있어요. 지금은 아마 7번가로 옮긴 것 같지만. 어쨌든 어렸을 때 바바라는 클래식 연주를 배웠습니다. 바사 대학에서도 음악을 공부했고, 나랑 결혼한 뒤 몇 년 동안 피아노를 가르친 적도 있어요. 그러니 아이들을 다 키운 뒤 카네기홀에 가고 싶어 한 사람이 우리 둘 중에 누군지는 상상이 갈 거요."

"'거장 연주자' 시리즈를 들으러 간 겁니까?" 토미가 물었다.

"뭐든지 다! 오케스트라의 교향곡 연주도, 실내악 연주도 다 들으러 갔지요. 5중주, 4중주, 3중주." 파인 씨는 자신이 갔던 모든 연주회를 떠올리며 고개를 절레절레 저었다. "물론 나는 단 한 번도 바바라처럼 음악을 이해하지 못했어요. 기술적인 의미에서는. 하지만 세월이 흐르면서 바바라만큼 음악을 감상할 수는 있게 된 것 같아요. 음악을 기대하게 되기도 했고. 음악이 우리 삶의 일부가 된 거예요. 사실 우리가 이 건물에 사는 이유 중 하나가 바로 그거예요. 내가 은퇴한 뒤에 걸어서 카네기홀에 갈 수 있는 여기로 이사했거든."

파인 씨가 상자 하나를 내밀었다.

"쿠키?"

"아뇨, 괜찮습니다."

"난 충치가 있어요." 파인 씨는 쿠키를 꺼내 먹으며 고백했다. 그러고는 하던 이야기를 이어갔다.

"바바라가 병에 걸려 콘서트에 갈 수 없게 되었을 때, 나는 이제 우리 둘 다 카네기홀에는 영영 못 가겠구나 했어요. 하지만 바바라는 그렇게 물러나려 하질 않았지. 나더러 간호사처럼 집에만 있지 말라고 했어요. 그 고집 때문에 내가 혼자 콘서트에 다니기 시작한 거예요. 콘서트가 끝나고 집에 돌아오면, 바바라가 기다리고 있다가 내게 꼬치꼬치 물어봤어요. 정말로 '꼬치꼬치.' 펄먼이 벨만큼 잘해? 베토벤 연주만큼 바흐 연주도 좋았어? 첫 번째 파르티타를 펄먼은 어떻게 해석했어? 내가 어떻게 대답해야 좋을지 눈곱만큼도 알 수 없는 질문이 절반이었어요. 그래서……."

파인 씨가 양손을 벌렸다.

"콘서트를 녹음하기 시작했지요. 내가 집에 돌아오자마자 바바라는 테이프를 플레이어에 넣으라고 시켰어요. 그러고는 둘이서 연주를 처음부터 끝까지 듣는 거지."

파인 씨의 이야기에 토미는 깊이 감동했다. 하지만 강한 수치심도 동시에 느꼈다. 자신이 콘서트홀에서 지켜야 할 예의와 창작하는 예술자의 권리에 대해 그렇게 호들갑을 떨었어도 결국은 사기꾼에 지나지 않았음을 알기 때문이었다. 토미가 4월에 토요일 저녁마다 카네기홀의 5열 좌석에 앉아 있었던 것은, 아이비리그 대학을 나와 10만 달러 이상의 연봉을 받는 30대 중반의 맨해튼 주민이라면 반드시 그렇게 해야 한다고 생각했기 때문이었다. 고급 양복점에서 양복을 맞추고, 좋은 식당에서 프랑스 와인을 마셔야 한다고 생각한 것과 똑같았다. 하지만 운명은 음악에 헌신적이고 열정적인 사람을 그의 앞으로 데려와 그를 겸손하게 만들었다.

"아름다운 이야기예요, 파인 씨."

이 말을 하면서 토미가 내심 느끼고 있던 수치심을 조금 드러냈음이 분명하다. 파인 씨가 연민의 표정으로 미소를 지으며 손을 뻗어 토미의 손등을 두드려주었기 때문이다. 내가 토미의 이마에 입을 맞춰주는 것과 조금 비슷한 동작이었다.

"나를 그냥 아서라고 불러요." 파인 씨가 말했다.

"저는 토머스입니다."

"만나서 반갑소, 토머스. 하지만 궁금한데, 오늘 왜 여길 찾아온 거요?"

"제가 터무니없는 짓을 저지른 것 같아서요. 토요일 저녁에 이런 말씀을 드리고 싶었지만, 아서가 나오시지 않았기 때문에……."

"아." 파인 씨가 말했다.

"저를 다시 보고 싶지 않아서 피하시는 거라면, 저도 이해합니다."

"아이고, 이런, 그런 게 아니에요." 파인 씨가 빙긋 웃으며 말했다. "코넬 씨가 그렇게 해달라고 말했소."

"연주회에 오지 말라고 했다고요?"

"카네기홀에 다시 오지 말라고 했지."

토미는 당황해서 얼굴이 빨개졌다.

"정말 죄송합니다!"

"아이고, 또 이러네." 파인 씨가 웃음을 터뜨리며 말했다. "사과는 그만하기로 했잖소."

두 사람 모두 잠시 가만히 있었다. 그러다 파인 씨가 뭔가를 문득 떠올렸다.

"그러고 보니, 당신한테 보여주고 싶은 것이 있소."

파인 씨는 토미를 데리고 부엌을 나가 작은 응접실로 들어갔다.

벽에 책꽂이가 있고, 색을 맞춘 소파와 의자가 있고, 바퀴 달린 받침대 위에는 사용한 지 20년이나 된 텔레비전이 놓여 있는 곳이었다. 파인 씨는 응접실 한복판에서 걸음을 멈췄다.

"내가 혼자 산다는 걸 알고 당신이 화를 낸 건 당연한 일이었소. 내가 코넬 씨 앞에서 아내의 병을 구실로 내세울 때 전부 솔직하게 말한 건 아니었거든. 1년 전 아내가 떠났을 때 내가 콘서트 녹음을 그만뒀어야 하는 건데. 그럴 수가 없었소. 계속 겉옷 안에 녹음기를 숨겨 들어가서 해적 같은 짓을 저질렀지. 하지만 그건 바바라를 위한 일이 아니라 나를 위한 거였소. 집에 돌아와 콘서트를 처음부터 끝까지 들을 수 있으니까. 마치 아내가 아직도 여기 살아 있는 것처럼."

"아, 아서……."

"아니, 끝까지 들어요."

파인 씨는 자신의 이야기를 들려주면서 점점 흥분했다. 결국은 토미의 소매를 붙잡고 책꽂이가 있는 벽으로 데려갔는데, 책꽂이 한 칸에 검은색 플라스틱으로 된 카세트테이프꽂이 여섯 개가 한 줄로 놓여 있었다. 모두 텅 빈 채였다.

"우리가 로비에서 조금 소란을 벌이고 코넬 씨가 나를 돌려보낸 그날, 나는 여기 이 방으로 와서 몇 년 동안 내가 녹음해서 정성들여 라벨을 붙이고 알파벳순으로 정리한 테이프를 전부 모아 내다버렸어!"

몹시 만족한 기색으로 선언하듯 이 말을 한 파인 씨는 토미가 완전히 풀이 죽은 것을 깨달았다.

"토머스!" 그가 소리쳤다. "자네가 자책하게 만들려고 보여준 게 아니야."

토미가 대답할 말을 생각해내기도 전에 문이 닫히는 소리가 나더니 여자의 목소리가 들려왔다.

"아빠?"

"아!" 파인 씨가 뜻밖의 일이지만 기쁘다는 듯이 말했다. "내 딸 메레디스야!"

파인 씨와 토미가 빈 카세트테이프꽂이에서 돌아서는 순간, 40대 중반의 여자가 식료품점 봉투를 들고 응접실로 들어왔다.

"메레디스!"

"근처에 왔다가 아빠한테 뭘 좀 사다드릴까 하고요."

"그러지 않아도 되는데." 파인 씨는 이렇게 말했지만, 기뻐하는 기색이 역력했다.

아버지의 집에서 낯선 사람을 보는 일이 많지 않은지, 메레디스는 호기심 어린 표정으로 토미를 보았다.

"이쪽은 토머스야." 파인 씨가 웃는 얼굴로 말했다. "이 친구랑 부인이 나처럼 카네기홀 연주회에 다녀."

"어머." 메레디스가 조금 놀란 얼굴로 말했다. "콘서트에서 만나셨어요?"

"네." 토미가 말했다. "사실 서로 바로 옆자리입니다."

메레디스는 잠시 토미를 빤히 바라보았다. 그러고는 식료품 봉투를 한 팔에서 다른 팔로 옮겨 들고 자기 아버지를 보았다.

"이 사람이에요? 이 사람이 그 사람이에요?"

파인 씨는 대답하지 않았다. 하지만 표정 변화가 대답을 대신했다. 메레디스는 다시 토미에게 시선을 돌렸다.

"이 피도 눈물도 없는 자식!"

"메레디스, 제발." 파인 씨가 말했다.

메레디스는 식료품 봉투를 든 팔을 다시 바꿨다.

"우리 어머니랑 아버지는 13년 동안 카네기홀에 함께 다니셨어. 13년 동안. 비가 오나 눈이 오나. 그런데 단 한 번 중간휴식 때 벌어진 일 때문에 아버지는 영원히 쫓겨나셨지. 이유가 뭐냐고? 노인이 아내를 추억하면서 음악을 좀 듣고 싶어 한 것, 이게 어느 섬세한 분의 감수성을 건드렸거든……. 자기가 남보다 뛰어난 정의감을 지녔다고 생각하는…… 주식중개인?!"

"저는 투자은행가입니다." 토미가 한발 물러나며 말했다.

"그게 나한테 무슨 의미가 있어?" 메레디스가 한발 앞으로 나서면서 말했다.

"저는 그럴 의도가……."

"그럴 의도가…… 그럴 의도가……." 메레디스가 노래하듯 말했다. "당신 같은 자들은 항상 그럴 의도가 아니라고 하지!"

"메레디스, 제발." 파인 씨가 다시 말했다. "그만해."

"아뇨." 메레디스가 말했다. "아직 멀었어요!" 그녀도 이 순간을 그동안 세세히 상상했기 때문이었다. 그녀도 자신이 하고 싶은 말을 한마디, 한마디 몇 번이나 생각했기 때문이었다. "당신 같은 자들! 뭐가 됐든 자기가 하는 일에만 완전히 정신이 팔려 있지. 그 일을 하면서 돈도 많이 벌고. 그래서 자기 자신이 아닌 다른 것에는 더 이상 주의를 기울이지 않아. 이를테면 자기 행동이 낳을 결과 같은 것. 노인이 카네기홀에서 녹음하고 있다고 비난하면서, 그 일이 어떤 결과를 낳을 거라고 생각했어? 그 노인이 박수갈채라도 받을 줄 알았어?"

메레디스의 목소리에는 분노가 가득했지만, 얼굴에는 눈물이 줄줄 흘러내렸다.
　"그동안, 그동안 당신이 앉았던 그 자리는 바로 우리 어머니 자리였어!" 그녀가 말을 맺었다.
　토미는 상대가 펼칠 주장을 모든 각도에서 예상할 수 있는 자신의 능력을 자랑스러워했는지도 모른다. 하지만 이런 말을 듣게 될 줄은 상상도 하지 못했다. 누가 그의 명치를 주먹으로 때린 것 같았다. 이제는 몸속에 산소가 부족해서 사과조차 할 수 없었다.
　메레디스가 그의 표정을 보았다면 조금이나마 기쁨을 느꼈을지 모르겠지만, 그녀는 손으로 눈을 가리고 있었다.
　"메리…… 메리." 파인 씨가 딸을 향해 다가서면서 말했다. "자, 자, 우리 딸. 내가 그 봉투를 받아주마." 그는 딸의 손에서 봉투를 가져와 작은 탁자에 놓았다. 그러고는 딸을 안아주었다. "자, 자."
　메레디스가 아버지의 어깨에 눈물을 흘리면서 말했다. "봉투 안에 아이스크림이 있어요. 아빠가 좋아하시는 거예요. 로키 로드."
　"괜찮아. 아이스크림은 조금 뒤도 돼." 파인 씨는 딸을 품에서 놓아주고 한 걸음 물러났다. "이제 앉자, 메리. 자네도, 토머스. 내가 하고 싶은 말이 있어서 그래. 두 사람 모두에게."
　파인 씨는 딸을 소파로 데려갔다. 그러고는 토미에게 딸 옆에 앉으라고 손짓했다. 파인 씨는 텔레비전을 향해 놓여 있던 안락의자의 방향을 두 사람 쪽으로 조금 힘들게 돌렸다. 그렇게 자리에 앉은 뒤, 딸을 향해 살짝 몸을 기울였다.
　"내가 막 토머스한테 뭘 좀 설명하려던 참이었어, 메리. 하지만 너도 들어주면 좋겠구나. 네 엄마가 떠난 뒤로 내가 계속 콘서트에 다닌 이유는 하나였다. 음악이 내 슬픔에 도움이 된다는 것. 음악을 들으면서 분노가 차오를 때도 있고, 슬픔이 차오를 때도 있었지. 어느 쪽이든 음악은 내 슬픔에 말을 걸고 있었다. 그런데 몇 달 전에 내 슬픔의 시간이 이미 지나가고 용서의 시간이 시작됐다는 걸 깨달았어. 네 엄마를 내게서 데려간 하느님을 용서할 시간, 아내보다 오래 살고 있는 나를 용서할 시간. 그런데 용서할 힘이 내게 없었다. 그래서 매주 카네기홀의 내 자리를 찾아가서 앉아 있다가, 카세트테이프를 가지고 집까지 걸어온 거야. 이 의자에 앉아서 슬픔에 잠겨 음악을 들으려고. 토머스가 나타날 때까지는 그랬지. 그날 밤 로비에서 나는 얼마나 부끄러웠는지 모른다. 내가 실망시킨 건 카네기홀이 아니었어, 메리. 네 엄마였지. 네 엄마는 우울하거나 분노에 찬 사람이 아니었다. 삶을 사랑하니까 음악을 사랑한 사람이었지. 그러니까 이제는 내가 다시 삶을 사랑할 때가 된 거였어. 네 엄마가 항상 그랬던 것처럼."

파인 씨는 토미에게 시선을 돌렸다.

"알겠나, 토머스. 내가 자네의 사과를 결코 원하지 않은 이유가 이거야. 내가 자네한테 느끼는 감정은 분노가 아니라, 커다란 고마움이니까."

토미와 메레디스는 같은 엘리베이터를 타고 로비로 내려왔다. 메레디스는 다른 건 몰라도 토미와 함께 내려가는 걸 피하고 싶어서 나중에 내려가겠다고 주장했지만, 파인 씨가 같이 가라고 고집을 피웠다. 조금 전 소파에 나란히 앉으라고 강하게 말할 때와 같았다.

예상대로 두 사람은 침묵 속에서 10층을 내려왔다.

엘리베이터의 벽 한 곳에 거울이 있었기 때문에, 토미는 메레디스를 직접 보지 않고도 그녀를 살펴볼 수 있었다. 메레디스는 탈진한 기색이었다. 토미는 메레디스에게 자녀가 있는지 궁금했다. 나이를 생각하면, 자녀의 나이가 아마 10대일 것이다. 한참 키우기 힘든 나이. 그런데도 메레디스는 퇴근해서 집으로 돌아가는 길에 아버지를 위해 식료품점에 갔다가 아버지가 잘 계시는지 확인하려고 아버지의 집에 들렀다. 자신도 어머니를 잃은 슬픔을 내내 어깨에 짊어진 상태인데도.

로비가 가까워졌을 때, 토미는 자신이 엘리베이터 문을 열린 채로 잡아주어야 하는지, 아니면 자신의 그런 행동에 메레디스가 화를 낼지 고민이 되었다. 결국 마지막 순간에 토미는 한 팔을 뻗어 엘리베이터 문을 잡았고, 메레디스는 고맙다고 인사했다.

두 사람이 밖으로 나온 때는 이미 7시가 넘은 시각이었다. 5월 첫째 주라서 한 시간 뒤에나 날이 완전히 어두워지겠지만, 공기는 서늘했다. 메레디스는 토미보다 한발 앞에서 걸으면서 왼쪽이나 오른쪽으로 방향을 꺾지도 않고, 도로에 내려서서 택시를 잡으려 하지도 않았다. 잠시 걸음을 멈추고 겉옷의 단추를 잠그기만 했다.

토미는 여기서 용기를 얻어 그녀의 옆에서 걸음을 멈추고 일부러 눈에 띄게 자기 옷의 단추를 잠갔다. 그러다 눈이 마주치자 어색한 미소를 지었다. 메레디스도 비슷한 미소를 지어주었다.

"아이스크림 일은 유감이에요." 토미가 말했다.

메레디스는 놀란 표정으로 그를 보았다. 토미는 혹시 말을 잘못했나 싶어서 걱정스러웠다. 그러나 그녀가 좀 더 진심 어린 미소를 지어 보였다.

"어쩐지." 그녀가 말했다. "로키 로드는 항상 녹아요."

토미도 좀 더 진심 어린 미소를 지으며 한 손을 내밀었다.

"지금 상황이 별로 좋지 않은 건 알지만, 그래도 이렇게 만나게 돼서 반갑습니다."

메레디스가 그 손을 잡고 악수했다. 그러고는 그 손을 놓지 않았다.

"이름이 뭐라고 했죠? 풀 네임 말이에요."

"토머스 하크니스입니다."

"맞아요. 토머스 하크니스."

그녀는 고개를 끄덕이면서도 여전히 손을 놓아주지 않았다.

"당신이 안내직원에게 불만을 말한 그날, 무슨 공연이었는지 기억해요?"

토미는 이 대화의 방향을 알 수 없어서 머뭇거렸다.

"틀림없이 기억할 텐데요." 메레디스가 재촉했다.

"첼리스트 스티븐 이설리스의 공연이었습니다. 바흐를 연주했고요."

"아." 메레디스가 빙긋 웃으며 말했다. "잘 들어요, 토머스 하크니스. 우리 아버지는 이번 일을 그럭저럭 평화롭게 받아들였어요. 원래 인정 많은 분이고, 쓸데없는 일은 안 하시는 성격이니까요. 하지만 아버지가 기꺼이 당신을 용서한다고 해서 나도 그렇다는 뜻은 아니에요. 사실 나는 그날 밤 당신의 행동을 평생 용서하지 않을 거예요. 절대…… 절대…… 절대."

토머스는 반사적으로 손을 물리려 했지만, 메레디스가 그의 손을 더욱 꽉 쥐었다.

"당신이 평생 카네기홀에 다니면 좋겠어요, 토머스 하크니스. 그리고 우리 어머니의 자리에 앉을 때마다, 바흐의 음악을 들을 때마다, 첼로 연주를 들을 때마다, 내가 여기 62번가에 서서 당신에게 독선적이고 무신경한 개자식이라고 말한 일을 기억하면 좋겠어요."

나는 메레디스를 직접 만난 적이 없다. 그녀의 집이 맨해튼 북쪽인지 남쪽인지도 모른다. 독신인지, 결혼했는지, 이혼했는지도 모른다. 행복한지 슬픈지도. 하지만 혹시라도 메레디스가 이 글을 읽게 된다면, 그녀의 소망이 실현되었음을 알아주기 바란다.

그 뒤로 오랜 세월 동안, 택시를 타고 어퍼웨스트사이드로 가다가, 우리가 차를 몰고 카네기홀 앞을 지날 때처럼 택시 기사가 57번가에서 왼쪽으로 방향을 꺾을 때면, 그 짧은 순간에 고통스러운 표정이 남편의 얼굴을 스치는 것을 나는 볼 수 있었다. 고등학교 연주회에서 학생이 첼로를 들고 무대에 오를 때도, 결혼식에서 바흐의 음악의 첫 소절이 들려올 때도 같은 표정이 보였다.

어떤 사람들은 얄궂다고 생각할지도 모른다. 하지만 저주는 딱히 얄궂은 것이 아니다. 오히려 얄궂은 것과는 정반대다. 저주에 담긴 내용이 그대로 실현되기를 바라기 때문이다. 우리가 상상할 수 있는 모든 면에서 한마디, 한마디가 그대로 실현되기를.

얄궂은 점이 있기는 했다.

4월의 세 번째 토요일, 토미가 공연 중간에 실례합니다, 실례합니다, 실례합니다를 연발하며 움직였을 때 나는 경악했다. 너무나 놀란 나머지, 내 민망함을 감추고 주변 사람의 호의를 잃지 않기 위해 생각해낸 방법이 평소와는 달리 공연에 100퍼센트 집중하는 것뿐이었다. 가로등 옆의 눈 내리는 밤도, 진 켈리나 지미 스튜어트도, 머리를 땋아 늘이고 프루트 스트라이프 껌을 씹는 소녀도 떠올리지 않았다. 오로지 첼로, 첼리스트, 그리고 나만 생각했다.

토미가 밖으로 나갈 때, 이설리스 씨의 연주가 끝났다. 그는 주머니에서 시계를 꺼내 보더니, 반주자가 오늘 유난히 기분이 좋은 모양이라고 농담을 던졌다. 프로그램 전반부가 예정보다 2분 30초 일찍 끝났다는 것이었다. 청중의 웃음소리가 잦아들자, 이설리스 씨는 청중이 속았다는 느낌이 들지 않게 프로그램에 없는 곡을 하나 연주하겠다고 말했다. 바흐의 첼로 모음곡 1번(G장조) 전주곡이었다.

연주를 시작하기 전에 그는 이 모음곡의 역사를 간략하게 들려주었다. 이 작품들이 수백 년 동안 거의 잊혔다가 19세기 말 파블로 카살스라는 열세 살의 신동에 의해 재발견되었다는 내용이었다. 카살스가 바르셀로나 항구 근처의 오래된 악보 가게에 우연히 들어갔다가 악보 더미 아래에 묻혀 있는 모음곡 악보를 발견한 모양이었다. 세월의 흐름 속에 변색되고 구겨진 악보였다. 나중에 세계적으로 유명한 첼리스트가 된 카살스가 기회가 있을 때마다 이 모음곡을 홍보한 덕분에, 이 작품들은 마땅히 받아야 할 관심을 받게 되었다. 이설리스가 내린 결론이 그러했다.

청중들 사이에서 속삭이듯 주고받는 말소리가 들리더니, 곧 기침소리 몇 번과 함께 장내가 조용해졌다. 이설리스 씨는 다시 첼로에 활을 대고, 눈을 감고, 연주를 시작했다.

그걸 어떻게 묘사해야 할까?

나는 음악을 공부한 적도, 악기를 연주한 적도 없다. 교회에서 찬송가를 따라 부른 적도 별로 없다. 그래서 적절한 용어를 모르지만,

이설리스가 연주를 시작하고 몇 초 만에 우리가 뭔가 완벽한 것을 접하고 있다는 깨달음이 왔다. 음악 자체가 경쾌했을 뿐만 아니라, 악절이 아주 자연스럽게 계속 이어지는 것 같았다. 그런 흐름이 아주 필연적으로 보여서, 우리 안에 깊이 잠들어 있던 영혼이 갑자기 깨어나 이렇게 말하고 있었다. '그렇지, 그렇지, 그렇지······.'

음악이 청중 사이로 퍼지는 동안 이설리스는 연주를 통해 그것이 얼마나 비현실적인 일인지를 전달했다. 확실히 모든 것이 비현실적이었다. 먼저 낡고 구겨진 악보가 찢어지거나 버려지거나 불에 탈 기회가 아마 수천 번은 있었을 텐데, 어떻게든 살아남아서 오래된 악보 가게에서 한 소년의 눈에 띄었다. 그것도 하필이면 바르셀로나의 항구에서. 이설리스가 그날 연주한 첼로는 그 정수를 품은 몸이 몹시 연약한데도 2세기 반이 넘는 세월을 살아남았다. 그러나 그중에서도 가장 비현실적인 일, 거의 불가능한 일은 1700몇 년에 독일 어딘가에서 바흐가 아름다움에 대한 자신의 심오하고 개인적인 감상을 너무나 훌륭하게 음악으로 표현한 덕분에 수백 년이 흐른 지금 수천 킬로미터나 떨어진 여기 뉴욕에서 이 첼리스트의 신비로운 솜씨를 통해 우리 모두가 아름다움에 대한 바흐의 감상을 느낄 수 있게 되었다는 점이었다.

연주가 시작되고 1분 30초쯤 지났을 때, 거의 우울하게 들리는 낮은 음이 연달아 이어진 뒤에, 잠깐 음악이 멈췄다. 마치 정지된 것 같았다. 첫인상을 전달한 바흐가 정말로 하고 싶은 말을 전하려고 시도하기 전에 숨을 고르는 것 같았다. 그러고는 음악이 낮은 곳에서부터 점점 올라가기 시작했다.

아니, '올라간다'는 단어는 적절하지 않다. 불안한 시선으로 가끔 땅을 흘깃거리며 양손을 차례로 뻗어 몸을 끌어올리는 문제가 아니었기 때문이다. 올라간다기보다 그것은…… 그것은…… 폭포의 반대였다. 물이 아주 자연스럽게 위로 흐르는 것 같았다. 승천이었다.

그래, 음악이 승천하고 우리도 덩달아 승천하고 있었다. 처음에는 천천히, 거의 끈기 있게. 그러다 점점 다급하게 속도가 빨라졌다. 우리가 평탄한 곳에 도달했나 싶은 순간, 음악이 우리를 더욱 높은 곳으로 데려갔다. 올라가는 행위가 가능한 영역 너머로, 사람이 바닥을 내려다볼 수 있는 영역 너머로, 희망과 포부를 넘어 모든 가능성이 우리 앞에 열려 있는 기쁨의 영역으로.

그러고는 음악이 끝났다.

아, 우리가 얼마나 박수를 쳤는지. 처음에는 의자에 앉은 채, 그다음에는 일어서서. 우리는 이 거장 연주자나 이 작품이나 바흐에게만 박수를 보내는 것이 아니었다. 서로에게도 박수를 보냈다. 우리가 공유한 기쁨, 공유를 통해 더욱 풍부해진 그 기쁨에도 박수를 보냈다.

모든 자리의 모든 사람이 박수를 치면서 좌우를 보았다. 그러다 보니 나와 노인도 웃는 얼굴로 서로에게 고개를 끄덕이며, 우리가 방금 무엇을 목격했는지, 우리가 어떤 일에 참여했는지 안다는 뜻을 전달했다.

✦ ✦ ✦

그 순간을 토미에게 설명해줄 수 있었다면. 그 비현실적인 감각, 승천의 감각, 토미 덕분에 운 좋게 참여할 수 있었던 그 기쁨을 설명해줄 수 있었다면. 하지만 토미에게는 그날 연주회에 관한 어떤 설명도 또다시 칼에 베이는 듯한 아픔이 되었을 것이다.

그래서 우리는 그날의 이야기를 입에 담지 않았다.

그 뒤로 세월이 흐르는 동안 토미가 출장으로 집을 비우고 아이들이 곤히 잠들고 도시가 방금 내린 눈처럼 뜻하지 않게 조용히 숨을 죽일 때에만, 나는 경찰관이 준 카세트테이프를 서랍 안쪽에서 꺼내 파인 씨가 녹음한 음악을 들었다.

디도메니코 조각

라메종에서 점심 식사

나이를 먹어서 유일하게 좋은 점은 욕구가 없어진다는 것이다. 예순다섯 살이 넘으면 여행하고 싶은 생각, 먹고 싶은 생각, 소유욕이 줄어든다. 그쯤 되면 오래된 스카치위스키를 몇 모금 마시며 오래된 소설을 몇 페이지 읽고, 방해꾼 없이 킹사이즈 침대에 눕는 것이 하루를 마감하는 최고의 방법이 된다.

이렇게 모든 욕구가 점점 줄어드는 이유 중 하나는 확실히 필연적인 육체의 쇠퇴다. 나이를 먹으면 감각도 점점 무뎌진다. 우리는 감각을 통해 욕구를 충족시키기 때문에 눈, 귀, 손가락이 둔해질 때 욕망의 강도도 감소하는 것이 당연하다. 그다음에는 경험에서 생겨난 친숙함이 있다. 머리가 반백으로 변할 때쯤이면 인생의 즐거움을 대부분 조금씩 맛본 다음이다. 다양한 장소에서 다양한 때에. 하지만 최종적으로 생각해보면, 욕구의 감소는 대체로 성숙의 문제인 듯하다. 밤늦게까지 아름답고 젊은 사람의 뒤를 따라 정처 없이 걷는 것, 한창 뜨는 동네를 차례로 돌아다니며 잘 숙성된 보르도 와인을 자기 돈으로 사주면서 재치 있는 말을 생각해내려고 필사적으로 애쓰는 것……. 아이고. 이 나이에 누가 굳이?

◆ ◆ ◆

욕구의 감소가 대부분의 나이든 사람에게 모종의 안도감을 안겨준다면, 40대의 삶을 감당할 여유가 없는 60대의 사람에게는 특히 반가운 일이다.

맨해튼섬의 인구 중 이런 사람의 비율은 예상보다 더 높다. 사람이 좋아서 경제적인 계획을 너무 오래 미룬 남편이 세상을 떠나면 아내는 돈이 부족해서 운신이 어려워지기 일쑤다. 젊었을 때 상업적인 능력을 입증한 사람이 은퇴한 뒤 부주의해지거나 심지어 어리석은 짓을 해서 꼭 필요한 자금을 부동산투기, 애인, 자선에 허투루 써버리기도 한다. 하지만 (나처럼) 현명한 사람도 있다. 은퇴 이후의 삶에 필요한 자금을 세밀하게 계산해서 매년 신중하게 저축하고, 강세를 보이는 주식시장의 거품을 못 본 척하고, 점잖을 빼며 직장을 떠났는데, 6개월 뒤 무너져버리는 사람. 이유가 무엇이든, 어퍼이스트사이드에서 노후를 맞은 사람 중에는 갑자기 예전보다 생활수준을 낮출 수밖에 없는 사람이 많다. 그러니 경제적으로 감당할 수 없는 일을 더 이상 원하지 않게 된 것이 다행이다.

"식사 끝나셨나요, 스키너 씨?"

"그래. 고마워요, 루이스."

"더 필요하신 것이 있나요?"

"계산서만 줘요."

루이스는 내가 먹은 '살라드 니수아즈' 그릇을 들고 대부분 비어 있는 테이블들 사이 미로를 지나 라메종의 주방으로 향한다.

라메종에서 식사하는 것만으로 맨해튼의 권력 흐름을 추적할 수 있을 때가 있었다. 63번가와 매디슨 애비뉴가 만나는 지점에 위치한 라메종은 유럽 대륙풍 요리를 괜찮은 솜씨로 제공하며, 부동산 개발업자, 광고사 중역, 금융가 등이 드나드는 곳이었다. 이곳에서 점심 식사를 하는 숙녀들도 있었다. 지난 세월 동안 실내장식은 조금 진부해지고 음식도 조금 유행에 뒤떨어져서, '시류에 밝은' 사람들은 더 밝은 음식을 내놓는 더 밝은 식당으로 옮겨갔다. 그러나 라메종이 이제 이 도시에서 가장 인기 있는 곳이 아니라 해도, 아직 완전히 몰락하지는 않았다. 습관 때문인지 아니면 상상력이 부족한 탓인지 균일가격의 점심을 먹으려고 자주 들르는 상계와 사교계의 베테랑들이 아직 조금 남아 있다.

예를 들어 구석 자리에 앉은 사람은 로런스 라이트먼이다. 188센티미터의 키에 당당한 체격인 로런스는 출판 일을 그만둔 지 10년이 넘었지만 여전히 넥타이를 매고 재킷을 입는다. 출판계에서 나름대로 명성을 얻었기 때문에, 그 분야에서 포부를 품은 사람들이 지금도 가끔 순례하듯 그의 자리를 찾아온다.

바와 가까운 자리에 앉은 사람은 보비 대니얼스다. 과거 모건 스탠리의 파트너였던 보비는 한때 기업인수와 투자회수 분야의 귀재로 여겨졌다. 사실 그는 이런 재능을 워낙 타고난 사람이라서, 아내도 네 번이나 인수했다가 투자를 회수했다. 지금은 마호가니로 장식된 신탁회사에 사무실을 갖고 있으며, 고객들이 볼 수 있는 곳에 그의 모자를 걸어놓는 것이 가장 중요한 업무다.

문 옆의 테이블에 앉은 사람은 매들린 데이비스다. 나이가 틀림없이 일흔 살은 되었을 매들린은 대통령 선거를 적어도 네 번 치르는 동안 과부로 지냈는데, 그 흔적이 드러나 있다. 지금 입고 있는 옷은 1962년에 처음 산 뒤로 유행했다가 뒤처지기를 두 번 반복했으며, 화장은 엉뚱한 곳을 잘못 강조한 무대화장 같다. 그녀는 또한 파크 애비뉴 빈민의 특히 신묘한 사례이기도 하다.

매들린은 20여 년 동안 자선에 10센트라도 쓴 적이 없고, 예술작품을 구매하거나 책을 읽은 적도 없지만, 남편이 살아 있을 때에는 데이비스라는 이름이 이 도시의 박물관, 화랑, 출판사 우편물 수신자 명단에 붙박이로 새겨져 있었다. 그런데 이것이 나중에 그녀에게 뜻밖의 기회가 되었다. 수입이 쪼그라든 뒤 매들린이 적어도 일주일에 두 번은 전시회 개회식이나 리셉션에서 차가운 카나페와 따뜻한 백포도주로 식사할 수 있었기 때문이다. 사실 1990년대 말 어느 시점부터는 이런 행사가 점점 더 화려해져서 매들린은 가방 안에 지퍼백을 가지고 다니기 시작했다. 아무도 보지 않을 때 뷔페 테이블에서 일주일치 음식을 훔치기 위해서였다.

이 유쾌한 습관은 한동안 계속되었다. 그런데 어느 날 자연사박물관에서 열린 자선 행사에 갔다가 스웨덴식 미트볼 피라미드와 마주하게 되었다. 그 요리가 매들린의 약점이었는지, 그녀는 전채요리인 생채소와 모둠 치즈를 건너뛰고 지퍼백 세 개를 모두 그 동그랗고 맛있는 미트볼로 가득 채우기로 했다. 그레이비소스를 착실하게 숟가락으로 떠 넣기까지 했다.

파티가 끝난 뒤 매들린은 가방을 가슴에 꼭 끌어안고 다른 사람들과 함께 박물관을 나섰다. 그러나 그녀가 계단을 내려가던 바로 그때, 돈을 받고 이웃의 개를 산책시켜주던 진취적인 소년 버클리가 다양한 종류의 개들과 함께 지나가고 있었다. 개들의 목줄이 서로 꼬인 채였다. 글쎄, 어쩌면 매들린이 가방을 너무 꼭 쥐는 바람에 지퍼백 한 개가 터져버리기라도 했는지, 개 여덟 마리가 모두 갑자기 줄을 잡아당기기 시작했다. 그중 네 마리는 마구 짖어대기도 했다. 개들의 다급한 움직임은 버클리 소년이 감당할 수 없을 정도라서, 곧 자유로워진 개들이 매들린을 향해 계단을 뛰어 올라왔다. 틀림없이 죽음이 다가왔다고 생각한 매들린은 분별 있는 여자라면 누구나 할 만한 행동을 했다. 가방 안에서 미트볼을 꺼내 개들에게 던지기 시작한 것이다. 주위의 맨해튼 주민들은 모두 경악해서 그 광경을 지켜보았다. 검소함이 미덕인지는 몰라도, 모든 미덕에는 한계가 있음을 보여주는 사례다.

"여기 있습니다, 스키너 씨."

"고마워요, 루이스."

나는 계산서를 검토한 뒤 현금으로 음식값을 치르고, 루이스에게 꼭 주어야 하는 15퍼센트의 팁을 테이블 위에 두고, 겉옷을 입고, 로런스에게 정중히 인사하고, 보비에게 손을 흔들었다. 그러고는 거의 문밖으로 나가려던 참이었다.

"퍼시벌!"

"아, 매들린. 거기 있는 걸 못 봤어요."

현명한 사람이라면 주머니에 양손을 넣고 다가갔을 것이다. 내가 실수를 알아차리기도 전에, 매들린은 관절염을 앓는 손으로 내 왼손을 꽉 쥐었다.

"정말 오랜만이에요." 매들린이 말했다.

"나도 비슷한 생각을 하고 있었습니다."

"언제 식사라도 같이해야 하는데요."

"그거 좋죠." 나는 이렇게 대답하고 문으로 향했다. 물론 나는 매들린과 식사하느니 차라리 목을 매달 것이다.

조사

내가 아직도 라메종에서 식사하는 이유 하나를 꼽는다면, 그곳이 내 아파트에서 겨우 몇 블록 거리라는 점이 있다. 나는 전쟁 전에 지어진 파크 애비뉴의 20층짜리 건물에 살고 있는데, 한때는 상당한 크기의 발코니와 방 여섯 개가 있는 18층에 살았다. 그러나 은퇴를 준비하면서 내 나이의 절반쯤 되는 헤지펀드 매니저에게 그 집을 팔고, 침실이 두 개인 4층의 아파트를 샀다. 이 건물에서 다른 곳으로 이사했다면 조금 더 넓은 공간과 조금 더 밝은 햇빛을 누릴 수 있었을지도 모르지만, 이제 나는 낯선 도어맨들의 이름을 새로 외우기에 너무 늙었다.

"안녕하세요, 맥스."

"돌아오셨군요, 스키너 씨. 점심 식사 잘 하셨어요?"

"그냥 똑같죠, 뭐."

"똑같다니요?"

"이 나이에는 그것만으로도 기쁜 일이에요."

맥스는 빙긋 웃었다. 그러나 내가 안으로 들어가려고 하자 그가 고개를 한쪽으로 살짝 기울이며 목소리를 낮췄다.

"어느 신사분이 기다리고 계세요."

"나를?"

"로비에 계십니다. 12시 30분쯤에 오셨어요. 선생님이 금방 오시지 않을 것 같다고 말씀드렸는데, 그래도 기다리겠다고 하시더라고요."

그러고 보니, 로마의 유적을 묘사한 판화 아래 벤치에 중고로 산 레인코트를 입은 자그마한 남자가 앉아 있었다. 그는 나를 보고 거의 펄쩍 뛰듯이 일어섰다.

"스키너 씨?"

"그래요."

"퍼시벌 스키너?"

"맞아요."

남자는 안도한 표정을 지었다.

"제 이름은 사키스입니다."

"그 참치 통조림 상표?"

"네? 아, 알겠습니다." 그가 살짝 웃음을 터뜨렸다. "스타키스트가 아니라 사키스입니다. 그리스 이름이에요."

"아, 그래요."

"네. 음, 혹시 잠시 말씀을 나눌 수 있을까요?"

"무슨 일로?"

"선생님이 흥미를 보이실 것 같은 일입니다. 어쩌면 이윤이 있을지도……."

"말해보시오."

사키스 씨는 눈으로 로비를 흘깃 둘러보았다.

"둘이서만 긴밀히 이야기할 곳이 없습니까?"

그의 레인코트가 구세군에서 산 것이라면, 그 밑에 입은 양복은 분명히 고급 맞춤 정장이었다. 그리고 그의 빈틈없는 얼굴은 판매자라기보다 구매자의 분위기를 풍겼다.

"올라갑시다." 내가 말했다.

그래서 우리는 올라갔다.

"마실 것이라도 좀 드릴까?" 나는 남자의 레인코트를 문 옆의 벽장에 걸면서 물었다. "위스키 한잔? 아니면 차?"

"차가 좋겠습니다. 제가 귀찮게 해드리는 것이 아니라면요."

"귀찮을 게 뭐 있나." 나는 사키스 씨를 거실로 데려갔다. "물을 올리고 올 테니 여기 앉아 있어요."

그는 소파를 선택해서 가장자리에 걸터앉아 무릎에 팔꿈치를 괴었다.

부엌에서 나는 주전자의 전원을 켜고, 찬장에서 찻잔을 꺼내고, 양철통에 든 차도 꺼냈다. 그러고는 물이 데워지는 동안 거실을 살짝 들여다보았다. 사키스 씨는 소파에서 일어나 구석 수납장에 잘 보이게 넣어둔 도자기를 살펴보고 있었다. 잠시 뒤에는 광둥식 그릇을 들어 이리저리 조심스레 돌려가며 살펴보았다. 비록 크기는 작아도 그 그릇은 거실 안에서 가장 값비싼 물건이었다. 저 자그마한 그리스인은 확실히 자기 분야를 잘 아는 사람 같았다. 나는 일부러 시끄럽게 소리를 내며 쟁반에 찻잔 세트를 담아 거실로 돌아갔다. 사키스 씨는 다시 소파 가장자리에 걸터앉아 무릎에 팔꿈치를 괴고 있었다.

나는 차를 따르면서 사키스 씨에게 무슨 일로 오셨느냐고 물었다.

"저는 파리에서 골동품을 취급하는 작은 화랑을 운영하고 있습니다." 그가 입을 열었다. "하지만 또한 르네상스 예술품을 사랑하는 어느 수집가의 대리인이기도 하죠."

그는 르네상스를 '리네이상스'로 발음했다.

"르네상스 예술품은 내 전문 분야 중 하나였지." 내가 말했다.

"선생님의 명성을 익히 들었습니다. 사실 그래서 제가 오늘 이렇게 찾아뵌 겁니다."

"댁의 고객이 감정을 원하는 물건이 있는 거요?"

"그런 건 아닙니다. 제가 찾아뵌 건, 선생님께서 주세페 디도메니코의 작품을 갖고 계시지 않나 해서요. 작품이라기보다 조각이지만……."

나는 찻잔을 내려놓았다.

"조금 잘못 알고 오신 것 같소, 사키스 씨. 내가 옛날에 디도메니코 작품의 조각을 하나 갖고 있었던 건 맞는데, 몇 년 전에 팔았어요."

"아." 그는 실망한 표정이었다. "그걸 어느 분께 파셨는지 말씀해 주실 수 있습니까?"

"텍사스인이었소."

사키스가 몸을 조금 앞으로 기울였다.

"석유사업가인가요?"

"아니. 군수업체 관계자였을 거요."

"휴스턴에서 오신?"

"댈러스."

사키스 씨는 생각에 잠긴 표정으로 고개를 끄덕였다.

"그것 참 좋은 정보군요."

그것이 진심인지 아닌지는 알 수 없었지만, 이 만남이 갑자기 끝난 것 같은 느낌이 들었다. 나는 의자에서 일어섰다. "도움이 되지 못했다면 유감이오."

사키스 씨도 자리에서 일어섰다. "한 걸음 물러날 때마다 그 수집가 분은 목표에 한 걸음 가까워지시는 겁니다." 그가 현자처럼 말했다.

나는 그를 문으로 안내하고, 벽장에서 레인코트를 꺼내주고, 엘리베이터 버튼을 눌렀다. 그리고 행운을 빈다며 손을 내밀었다. 하지만 그는 내 손을 잡고 악수하는 대신, 새로운 생각을 하고 있는 것 같았다.

"소더비에서 오랫동안 재직하신 것으로 알고 있습니다." 그가 잠시 뒤에 말했다.

"맞소."

"20년이 넘는 세월이었다고요."

"거의 30년이지."

"그럼 혹시 디도메니코를 소유하신 다른 분을 알고 계실까요?"

"다른 사람이라……."

사키스 씨는 이어진 침묵을 더 말해보라는 신호로 받아들인 모양이었다.

"제 고객은 아주 훌륭한 감각을 갖고 계십니다. 하지만 또한 실용적인 분이기도 하죠. 따라서 디도메니코 작품을 구입할 수 있게 중간에서 애써주신 전문가에게 기꺼이 보상하실 겁니다."

"어느 정도나?"

"그 전문가께서 어느 정도까지 애써야 하느냐고요?"

"보상이 어느 정도나 되느냐는 뜻이오."

"아, 네. 음, 당연히 작품의 크기와 질에 따라 다르겠지요. 하지만 그 전문가가 누군가를 소개해서 그것이 구매로 이어진다면, 아마 중개료가…… 15퍼센트쯤?"

엘리베이터가 도착했다.

"생각해보겠소." 내가 말했다.

"천천히 생각해보세요. 저는 새해 첫날까지 이 도시에 있을 겁니다. 칼라일 호텔 401호로 연락하시면 됩니다."

그는 엘리베이터에 탔다. 나는 아파트 문을 닫고, 찻잔 세트를 다시 부엌으로 가져가서 싱크대 앞에 서서 생각했다. '이런, 이런, 이런.'

일곱 가지 기쁨 중 첫 번째

집안 내력은 시작점을 알 수 없는 멀고 먼 과거로부터 세대에서 세대로 전해진다. 그러나 가문의 재산에는 반드시 어딘가에 시작점이 있다. 우리 집안의 재산은 1855년 매사추세츠주 밀턴에 살던 에제키엘 홀링스워스 스키너 때부터 모이기 시작했다. 그해에 서른다섯 살이던 에제키엘은 작은 공장을 열어, 인근 소책자 제작자들에게 필요한 종이를 생산했다. 남북전쟁 중에 펄프가 희귀해졌을 때는 폐지를 종이로 만드는 기법을 갈고닦았다. 그 솜씨가 워낙 뛰어나서 전쟁이 끝난 뒤 그는 특허를 손에 쥐고, 하나뿐이던 제지공장은 열 개로, 만 달러 수준이던 매출은 백만 달러 수준으로 늘렸다.

이렇게 부지런히 일했는데도, 아니 어쩌면 바로 그 때문인지, 에제키엘 부부는 30년의 결혼생활 동안 자녀를 딱 한 명만 낳았다. 밸런타인이라고 이름 지은 아들이었다. 아버지의 첫 번째 제지공장에서 200미터도 채 떨어지지 않은 집에서 자란 밸런타인은 하버드를 다니다가 가업에 합류했고, 에제키엘이 1880년에 인플루엔자로 사망한 뒤에는 아버지의 자리를 물려받았다. 당시 풍습에 맞춰 밸런타인은 부의 원천과 조금 거리를 두었다. 아내와 네 아들을 데리고 밀턴의 공장을 떠나 맨해튼의 브라운스톤 저택으로 이사한 것이다. 아버지와 거의 맞먹을 만큼 직업윤리가 강하지만 정신적인 강인함이 훨씬 덜한 밸런타인은 맨해튼에 살면서 회사를 두 배로 키워 경쟁업체에 팔아넘긴 뒤 시, 오페라, 예술로 눈을 돌렸다.

어려서부터 뉴잉글랜드 개신교 신자이던 밸런타인은 유행에는 무심한 건전한 태도를 보였다. 따라서 함께 어울리는 사람들 중에서 가장 마지막으로 실크해트를 쓰고, 콧수염에 광택을 냈다. 집에는 로마의 조각상, 중세 가구, 르네상스 그림을 들여놓았다. 그러나 그가 가장 아낀 작품은 의심의 여지 없이 피렌체의 주세페 디도메니코가 그린 〈성聖수태고지〉였다.

디도메니코는 토스카나의 초기 르네상스와 후기 르네상스를 이어주는 다리 같은 인물이었다. 프라 안젤리코 밑에서 수학한 디도메니코는 1460년에 아틀리에를 열었다. 그리고 그 뒤 수십 년 동안 두 세대에 걸친 피렌체 화가들에게 영향을 미쳤다. (바사리에 따르면, 라파엘이 콘트라포스토✦를 완전히 익힌 것도 디도메니코 슬하에서 보낸 시간 덕분이었다.) 그러나 디도메니코가 의뢰받은 작품의 완성보다 예술가들의 교육에 더 많은 힘을 쏟았기 때문에 지금까지 살아남은 그의 작품은 소수에 불과했다. 그리고 그중에서 가장 중요한 작품이 바로 그가 1475년에 로렌초 데 메디치를 위해 그린 〈성수태고지〉였다. 내 증조부는 1888년 유럽 대륙 순회여행✦✦을 하던 중에 파리의 어느 미술품 거래상에게서 그 그림을 구입했다. 그리고 그것을 뉴욕의 집으로 가져와 가장 상석에 걸어놓았다. 그가 식당에서 앉는 자리 뒤편의 벽 높은 곳. 그는 그 그림을 볼 수 없는 위치지만, 다른 사람들 눈에는 그의 이미지에 그 그림이 융합되는 위치였다.

건국의 아버지들과 같은 생각을 지닌 증조부는 교황과 왕을 의심하는 것만큼 장자상속권도 의심했다. 모든 재산을 맏이의 손에 넘겨주는 것은 그가 보기에 그리스도교의 가르침, 상식, 미국의 방식과 어긋나는 짓이었다. 따라서 하버드와 메트로폴리탄오페라하우스에 이미 유산의 큰 부분을 떼어준 그는 마지막 유언장에서 집과 그 안에 있는 모든 물건을 팔아서 생긴 돈과 자신의 남은 재산을 합한 뒤 네 아들에게 나눠주라고 지시했다. 그러나 그리스도교에 대한 그의 헌신, 예술을 사랑하는 마음, 식탁에서 그가 앉던 상석을 모두 상징하게 된 작품, 즉 〈성수태고지〉는 차마 팔아버릴 수도 남에게 줘버릴 수도 없었다. 그래서 그 그림을 똑같은 크기의 네 조각

✦ 후기 르네상스 시대의 인체 표현법.
✦✦ grand tour, 과거 영국과 미국의 부유층 젊은이들이 교육의 일환으로 유럽 주요 도시들을 둘러보던 여행.

으로 자르게 했다. 그리고 유언장을 공개하는 자리에서 네 아들에게 한 조각씩 주었다. 모두 당장 벽에 걸 수 있게 액자에 넣어진 상태였다.

여기서 점잖은 독자인 여러분에게 그림은 그저 그림일 뿐이라는 사실을 확인해주는 것만큼 기쁜 일이 없을 것 같다. 따라서 앞으로 〈성수태고지〉가 언급될 때마다 여러분은 미술관이나 교회에 갔을 때 보고 어렴풋이 기억에 남은 웅장한 그림을 아무거나 그 자리에 끼워 넣으면 된다. 그래도 〈성수태고지〉의 주제와 양식이 이 이야기 속 사건들과 직접적인 관련이 있을 것 같다. 어쩌면 이야기의 테마와도 관련될 수 있다. 따라서 박식하고 신실한 분들에게 양해를 구하면서, 여기서 잠깐 〈성수태고지〉라는 그림의 역사를 이야기하고자 한다.

잠시만 양해해주기 바란다. 이번에는 정말로 짧게 이야기할 것이다.

학생이라면 누구나 알고 있듯이, 중세부터 르네상스까지 유럽의 예술을 지배한 것은 그리스도교의 이미지였다. 당시 예술계는 사실상 로마가톨릭교회의 한 '부서'였으며, 유럽 대륙에는 구약과 신약의 여러 장면, 성자와 사도의 초상화, 예수그리스도의 인생 중 다양한 시기를 그린 작품이 여기저기 흩어져 있었다. 거의 페티시즘을 연상시키는 이 신성한 주제의 방대한 작품 중 '성모의 일곱 가지 기쁨'을 다룬 그림들이 인기를 끌었다. 마리아의 생애에서 가장 기뻤던 일곱 순간을 다룬 그림을 말하는데, 일반적으로는 성수태고지, 예수 탄생, 동방박사의 경배, 부활, 승천, 오순절, 성모승천이 그 일곱 순간에 해당한다. 일곱 가지 기쁨의 정확한 이름을 잘 모르는 사람이라도 이미 이런 그림들을 분명히 보았을 것이다. 성당의 제단 위에서, 교과서에서, 메모지에서, 멕시코 사람들이 켜놓고 기도한다는 밝은색 양초에서.

일곱 가지 기쁨 중에 르네상스 시대 이탈리아 화가들이 가장 관심을 보인 것은 성수태고지였다. 대천사 가브리엘이 동정녀 마리아에게 그녀가 기적적으로 임신했다는 사실을 **알리는** 순간이다. 이 시기의 모든 거장들은 이 주제를 다뤘으며, 그 솜씨가 빼어났다. 프라 안젤리코(1440년경), 필리포 리피(1455년경), 피에로 델라 프란체스카(1455년경), 레오나르도 다빈치(1473년경), 보티첼리(1489년), 라파엘(1503년) 등등.

그러나 성수태고지에 거장들이 보인 관심과 관련해서 가장 흥미로운 사실이자 어쩌면 가장 의미심장한 사실은 그들이 모두 같은 구도를 선택했다는 점이다. 이론적으로는 이 장면을 상상할 수 있는 방법이 수천 가지나 있는데도, 이탈리아 거장들의 그림에서 마리아는 항상 그림의 오른쪽에, 대천사는 항상 왼쪽에 배치되었다. 마리아는 손에 책을 한 권 들고 앉아 있을 때가 많고, 날개가 달린 가브리엘은 백합 한 송이를 들고 무릎을 꿇은 자세다. 또한 마리아는 항상 실내와 비슷한 곳(예를 들어 주랑현관 아래나 정원을 향해 열려 있는 방 안)에 있는 반면, 가브리엘은 그 공간의 밖에 있거나 창문 앞에 있었다. 그래서 그의 어깨 너머로 멀리 시골 풍경이 보였다.

아브라함이 이삭을 제물로 바치려 하는 장면이나 가나의 결혼식이나 산상수훈을 묘사한 그림을 보면, 르네상스 시대 화가들의 상상이 훨씬 다양했다는 것을 알 수 있다. 그렇다면 성수태고지 그림에서는 왜 그토록 엄격하게 똑같은 양식을 고수했을까? 나는 르네상스 시대 거장들에게 성수태고지의 위치가 엘리자베스 여왕 시대 시인들에게 소네트의 위치와 같았다고 주장하고 싶다(실제로도 그렇게 주장했다.《계간 르네상스》, XX권, 3호 참조). 엄격한 규칙이 장인의 독창성을 시험하여 그가 자신의 재능을 동료들에게 두드러지게 보여줄 수 있게 해주는 예술적 도구라는 뜻이다. 성수태고지는 원경의 풍경, 근경의 건축학적인 공간, 실내와 실외의 빛, 인간과 신성한 존재, 다양한 질감을 지닌 천, 깃털, 꽃을 동시에 묘사해야 한다는 점에서 예술적 솜씨를 보여주기에 완벽한 주제였다. 다시 말해서, 성수태고지를 그릴 수 있는 사람이라면 무엇이든 그릴 수 있었다.

디도메니코도 성수태고지를 그릴 때 당연히 정해진 양식을 따랐다. 따라서 증조부가 그림을 네 조각으로 잘랐을 때, 한 아들은 (대략) 이탈리아의 풍경을, 또 다른 아들은 실내를 상세하게 묘사한 부분을, 또 다른 아들은 무릎을 꿇은 대천사를, 또 다른 아들은 편안한 자세를 취한 성모를 각각 받게 되었다.

밸런타인의 아들들 중에는 알고 보니 아버지만큼 돈 문제에 신중한 사람도, 예술에 헌신적인 사람도 전혀 없었다. 그러나 그들은 아버지를 깊이 사랑했다. 그래서 세상을 떠날 때 모두 아버지의 본을 따라 자신의 디도메니코 조각을 자식의 수만큼 또 잘랐다. 이 전통은 그다음 세대에도 이어져서, 내 아버지가 1982년에 세상을 떠났을 때 나는 한 변의 길이가 7.5센티미터인 정사각형 한 조각을 받았다. 한때 가장의 식당 상석 위에 자랑스레 걸려 있던 그림이 이제는 거실 탁자 위에서 옥으로 만든 거북이와 코담뱃갑 사이에 놓인 신기한 물건이 되어버린 것이다.

세월이 흐르는 동안 내 형제자매 모두와 대부분의 친척들은 자신이 받은 그림 조각을 처분했다. 슈일러는 자신의 조각을 사우드왕가 사람에게 팔았다. 그 사람은 사막에 유럽 예술품을 전시한 미술관을 짓겠다는 꿈을 갖고 있었다. 조얼은 자신의 조각을 워즈워스 아테니엄 미술관에 기증했고, 그 조각은 미술관 지하로 들어갔다. 내 조각은 2001년에 앞에서 말한 텍사스 사람의 것이 되었다. 하지만 친척 빌리는 자신의 조각을 결코 처분하지 않았을 것이 거의 확실하다. 몇 년 전 코네티컷주 리치필드에 있는 그의 주말 별장 손님방 화장실에서 내가 그 조각을 직접 봤기 때문이다. 그 조각은 변기 위에 걸려 있었다.

❖ ❖ ❖

다음 날 4시에 나는 아파트를 나섰다. 파크 애비뉴를 걸어가다가 메트라이프 건물을 가로지른 다음, 웅장한 그림이 그려진 그랜드센트럴역의 천장 아래를 지나 밴더빌트 애비뉴로 나왔다. 거기에 예일 클럽이 있다.

이제는 자산가가 아닌 60대 남자에게 맨해튼의 대학 동문 클럽은 오아시스 같은 곳이다. 유니언이나 니커보커처럼 뉴욕의 더 고급스러운 클럽들은 회원 자격에 대해 다소 까다로운 편이다. 이런 클럽의 도어맨은 최고급 아파트의 도어맨처럼 대부분 수십 년 동안 같은 자리에서 근무하며, 자신이 드나드는 사람의 이름을 모두 안다는 사실에 자부심을 갖는다. "좋은 저녁입니다, 스튜어트 씨. 부인께서는 팜비치에서 언제 돌아오십니까?" 이런 대화를 건네는 식이다. 그러나 대학 동문 클럽의 도어맨들은 회원의 이름을 일일이 알 수 없다. 회원이 비교적 많은 편이고, 전국의 동문이 회원 명단에 포함되어 있기 때문이다. 따라서 옛 학교의 넥타이를 매고 재킷을 입은 사람이 만일의 경우를 대비해서 일반적인 핑곗거리를 하나 준비해서 찾아간다면, 회비를 내지 않은 회원이라도 대학 동문 클럽에 무사히 입장할 수 있다. 일단 안으로 들어가면 도서실에서 신문을 읽어도 되고, 바에서 무료로 제공되는 크래커를 먹어도 되고, 마음이 내키면 심지어 사우나를 해도 된다. 때가 잘 맞으면, 옛 지인과 우연히 마주쳐, 당연한 듯 술을 한잔 사겠다는 제안을 받게 될 수도 있다. 솔직히 말해서 나는 기분 좋은 오후를 예일 클럽에서 보낼 때가 무척 많았다. 그래서 수요일 오후 4시 이후에는 바 근처의 백개먼* 테이블에 빌리가 앉아 있을 때가 아주 많다는 사실도 알고 있었다.

친척 빌리

날 때부터 젠체하는 사람은 없다. 그런 성격이 되려면 계획과 노력이 어느 정도 필요하다. 아마 다양한 수단이 있을 테지만, 가장 확실한 방법은 오랜 전통을 지녔으나 전성기가 살짝 지난 사립학교에 다니는 것이다. 그 학교에 다니는 동안, 앞으로 두 번 다시 할 이유가 없는 야외 스포츠에서 어느 정도 실력을 보여주어야 한다. 도서관 문 위에 이름이 새겨진 집안의 친구와 룸메이트가 되고, 여행

---

* 주사위 놀이의 일종.

과 특별한 복장이 필요한 오락(오리 사냥이나 스키 활강 종목 같은 것)과도 친숙해진다. 이렇게 간단한 단계를 차근차근 밟으면, 포도주, 정치, 자신보다 운이 나쁜 사람들의 삶에 대해 권위자처럼 자세히 말할 수 있는 자신감을 확실히 얻는다. 다른 모든 주제에 대해서도 보통 한없이 이야기를 늘어놓을 수 있다. 여기에 딱 맞는 사례가 바로 빌리 스키너였다.

아버지의 모교 두 곳을 다닌 빌리는 맨해튼에서 보수가 좋고 적절한 직장을 다녔다. 비록 어느 한 직장을 콕 집어 말하기가 좀 힘들기는 하지만. 그는 거대 금융사를 계속 옮겨다녔으나 한 번도 해고당하거나 스카우트를 당한 적은 없었다. 또한 '부회장'이라는 직함이 계속 입에 오르내리기는 해도 비서를 제외하면 누구에게도 권위를 내세우지 못하는 것 같았다. 그의 할아버지가 우리 할아버지보다 더 큰 성공을 거뒀는지 아니면 단순히 돈을 아끼는 사람이었는지는 모르겠다. 어쨌든 빌리 쪽 사람들은 우리 쪽 사람들보다 전반적으로 잘사는 편이었다. 빌리가 결혼을 잘한 것도 도움이 되기는 했을 것이다. 사회적으로 충분하다 싶은 기간 동안 월스트리트에서 여기저기를 옮겨다니던 빌리는 쉰다섯 살 때 은퇴하고 바삐 서두르지 않아도 되는 아침과 한가한 오후에 금방 적응했다.

"어이, 빌리."

"스키니!"

(백인 앵글로색슨 개신교도의 특징에 대해 이미 어느 정도 설명을 늘어놓았으므로, 별명을 즐겨 사용하는 그들의 끔찍한 버릇에 대한 설명은 다른 날로 미루겠다.)

"술 한잔하려고 들렀나?" 그가 물었다.

"아니, 지금 나가는 길이야."

"아이고, 저런. 자네랑 백개먼이나 좀 같이할까 했더니만."

나는 손목시계를 흘깃 보았다.

"음, 게임을 한두 판 할 시간은 될지도……."

"좋았어." 그가 말했다. 주여.

게임을 준비하면서 빌리는 돈을 거는 것이 어떻겠느냐고 제안했다. 그러면 게임이 더 재미있어진다면서.

"안 될 것 없지."

빌리는 약간 허세를 곁들여 1점에 5달러를 제안했다. 20달러 지폐 몇 장을 내놓아야 할 위기를 맞으면 이 게임이 용맹함을 다투는 수준으로 격상하기라도 하는 것 같았다. 나는 제안을 받아들였다.

젠체하는 사람과 대화할 때 좋은 점 하나는 우월감이 워낙 강한 그들이 말을 조심하지 않는다는 것이다. 분위기를 조성하고 슬쩍 등을 밀어주기만 하면, 그들은 당연한 듯 거드름을 피운다. 나는 첫 번째 게임에서 빌리에게 져준 뒤, 빌리가 술을 주문하는 동안 내가 게임을 준비하겠다고 제안했다. 그렇게 두 번째 게임이 시작된 후 나는 주사위를 굴렸으나 원하는 자리로 들어가지 못했을 때, 디도메니코에 대해 짧을 글을 하나 쓰고 있다고 말했다.

"그래?" 빌리는 주사위를 굴리며 무심하게 말했다.

"네 조각은 아직 갖고 있어?" 나는 지나가는 말처럼 물었다.

"뭐라고?"

그가 게임판에서 시선을 들었다.

"밸런타인 할아버지에게서 내려온 그림 조각 말이야. 시골집에 아직 갖고 있어?"

"아, 없지. 몇 년 전에 세인트조지 학교에 기증했어. 아마 교장의 집에 걸려 있을걸."

빌리는 자신의 체커를 움직인 뒤, 앞으로 조금 몸을 기울여 비밀을 말하듯이 입을 열었다. "내가 안 좋아하는 작품을 전부 거기에 줘. 훌륭한 작전이야. 그런 작품의 가치를 정하는 데에는 재량을 발휘할 여지가 많거든. 개발업자들을 한두 해쯤 물리치면서 다락방을 치우고 상당한 세금 공제를 받을 수 있어!"

이 말을 끝맺으면서 그가 내게 윙크까지 했던 것 같다.

설상가상으로 나는 주사위를 다시 굴렸는데도 원하는 위치에 들어가지 못했다. 빌리가 고작 3점밖에 올리지 못했는데도. 그가 주사위를 다시 굴렸을 때 5와 3이 나와서 4점이 되었고, 나는 같은 위치에서 한 턴을 그냥 보냈다. 결론을 말하자면, 나는 이 게임에서 40달러를 잃었다. 게임을 계속하는 수밖에 없었다. 한 시간이 걸렸지만, 40달러를 되찾는 데에서 그치지 않고 빌리의 돈을 60달러 더 가져올 수 있었다. 그가 돈을 세서 내주는 동안 나는 그가 이렇게 돈을 잃어도 싸다는 생각을 떨칠 수 없었다.

결국은 이것이 용맹을 다투는 게임이었던 것 같다.

우리가 6시에 건물을 나서고 보니 기온이 섭씨 10도 대로 뚝 떨어져 있었다. 그래서 잠시 걸음을 멈추고 겉옷 단추를 잠갔다.

"네가 디도메니코에 대해 물어보다니 묘하네." 빌리가 말했다.

"그래? 뭐가?"

"이번 주에 그 얘기를 두 번째로 듣는 거거든."

"그것 묘하네. 누가 또 얘기했어?"

"자그마한 지중해 쪽 남자가 그 조각을 사겠다고 날 찾아왔어. 이유야 모르지. 어쨌든, 또 봄세, 스키니." 빌리는 그랜드센트럴역 방향으로 걸어갔다.

그러니까 그 빈틈없는 사키스 씨가 나보다 한발 앞서 있다는 얘기였다. 그가 슈일러와 조얼도 이미 찾아가서 빈손으로 나왔다 해도 놀랄 일이 아니었다. 하지만 아마도 그가 찾아내지 못했을 친척이 한 명 있었다. 피터 스키너 2세가 이름을 바꿔버렸으니······.

결혼 전 성은 스키너

피터의 아버지와 할아버지는 비교적 늦은 나이에 결혼했다. 따라서 나와 마찬가지로 밸런타인 할아버지의 증손자인 그의 나이는 내 절반밖에 되지 않았다.

사람의 성격은 확실히 태어난 뒤 10년 동안 형성되지만, 그 10년의 분위기는 그 사람이 태어나기 전 10년 동안 결정된다. 따라서 1940년에 태어난 나는 성장과정에서 대공황의 영향을 크게 받았다. 반면 1971년에 태어난 피터의 성장과정에 큰 영향을 미친 것은 사랑의 여름[*], 우드스톡페스티벌, 달 착륙이었다. 즉, 동화의 시대가 그에게 영향을 미쳤다는 뜻이다. 그 결과 피터는 사람들에게서 대체로 가장 좋은 점을 보는 따뜻한 청년이 되었다. 그리고 초등학교 교사로서 열심히 노력해서 세상을 더 좋은 곳으로 만들고 싶다는 희망도 품고 있었다.

✦ 1967년 샌프란시스코에 무려 10만 명이나 되는 젊은이들이 모여 히피문화, 영적인 각성, 반전 감정 등을 퍼뜨린 사회현상.

피터는 스물다섯 살 때 미들베리 칼리지에서 열린 여성학 세미나에서 만난 샤론 멘델슨과 결혼했다. 당연히 버몬트주의 풀밭에서 열린 세속 결혼식이었다. 두 사람은 결혼 서약을 직접 썼을 뿐만 아니라, 서로 팔짱을 끼고 식장에 입장해 퍼걸러 아래에서 자신의 손을 상대에게 넘겨주었다. 결혼행진곡은 수염을 기른 친구가 만돌린으로 연주했다. 샤론은 외동딸이었으므로 1년 뒤 그녀가 임신하자 피터가 그녀의 성을 따랐다. 멘델슨의 대를 잇기 위해서였다. (1990년대 초에 인문대학에 다닌 훌륭한 젊은이의 기사도란 그런 것이었다.)

몇 년 뒤 피터의 아버지가 심장발작으로 세상을 떠나면서, 피터에게 브루클린의 브라운스톤 저택을 살 수 있는 돈을 남겨주었다. 그러나 1층의 세입자를 내보내기에는 돈이 모자랐다. 시간을 절약하기 위해, 나는 그냥 피터에게 전화를 걸어 그의 그림을 사겠다는 사람이 나타났다고 말해버리고 싶었다. 그러나 모름지기 중요한 일이라면, 특히 가문의 전통에 뿌리를 둔 일이라면, 섬세하게 접근해야 하는 법이다. 그래서 나는 내 주소록을 확인해본 뒤, 평생 처음으로 지역번호 718로 시작되는 전화번호를 눌렀다.

"피터, 퍼시 아저씨야. 그래, 그래, 너무 오랜만이지. 나도 그런 생각을 했어. 식구들이랑 같이 언제 차나 한잔하러 오면 어때……."

다음 토요일로 날짜가 정해졌다. 샤론이 루카스를 음악 레슨에 데려다줘야 했기 때문에, 피터는 세 살 난 둘째 아이 엠마와 함께 나를 만나러 왔다. 아이의 이름은 엠마 골드먼*에게서 따온 것이다.

✦ 1869~1940, 러시아 태생의 미국 무정부주의자.

농담이 아니다. 머리는 헝클어지고, 콧물이 줄줄 흐르고, 남의 재산을 전혀 존중하지 않는 엠마를 엠마 골드먼이 봤다면 자랑스러웠을 것이다.

나이 차이가 많이 나기 때문에 나는 항상 피터에게 삼촌처럼 굴었다. 그래서 크리넥스 상자를 들고 엠마를 쫓아 거실 안을 계속 돌아다니면서도 피터와 나는 옛날 집안 어른들처럼 그럴싸하게 그간의 얘기를 하며 즐거운 시간을 보냈다. 피터와 엠마는 5시가 되기 전에 떠났다.

비닐로 가구를 덮어두어야 한다는 생각을 미리 하지 못한 죄로 나는 30분 동안 소파 쿠션을 닦아야 했다. 하지만 그건 가치 있는 희생이었다. 다음 날 오후에 피터가 전화를 걸어서 감사인사와 함께 일요일 저녁 식사를 함께하자며 나를 브루클린으로 초대했기 때문이다.

브루클린 어딘가

일요일에 초인종을 울린 뒤 나는 집을 잘못 찾아온 줄 알았다. T. S. 엘리엇처럼 옷을 입은 열 살 사내아이가 문을 열어주었기 때문이다.

"루카스? 루카스니?"

"안녕하세요, 퍼시벌 아저씨."

내가 손을 내밀자 아이는 작고 섬세한 손으로 그 손을 잡고 악수했다.

"엄마는 엠마랑 2층에 계시고요, 아빠는 부엌에 계세요. 겉옷을 걸어드릴까요?"

"어, 그래, 고맙구나."

아이는 내 겉옷을 손에 들고 이렇게 말했다. "아저씨 조끼가 좋아요."

"난 네 것이 좋은데!"

"이건 해리스 트위드예요."

"그렇구나."

"응접실에 편하게 계세요. 제가 아빠한테 말씀드리고 올게요."

루카스는 내 겉옷이 바닥에 끌리지 않게 양팔을 머리 위로 높이 든 자세로 움직였다. 나는 응접실을 스스로 찾아 들어갔다.

19세기에 이탈리아식으로 지어진 브라운스톤 주택이 으레 그렇듯이, 건물 앞쪽 응접실은 천장이 높고 몰딩은 정교하게 꾸민 석고였다. 대리석에 복잡한 조각을 새긴 벽난로도 있었다. 가구는 다소 평범했다(물려받은 가구와 일반 가구 브랜드의 제품이 섞여 있었다). 밝은색 플라스틱 장난감들이 여기저기 흩어져 있었지만, 벽난로 위에 바로 피터가 갖고 있는 디도메니코 조각이 있었다. 그 조각을 본 것이 아주 오랜만이라 내가 크게 들릴 만큼 헉 하고 놀란 소리를 냈던 것 같다.

이미 말했듯이, 피터와 나는 밸런타인 할아버지의 증손자로 같은 항렬에 속했다. 하지만 내 아버지의 형제자매와 내 형제자매가 각각 네 명인 반면, 피터의 경우는 각각 두 명이었다. 따라서 그의 조각이 내 것보다 네 배나 컸다. 그보다 더 중요한 것은, 연달아 그림을 양분하는 과정에서 큰 행운이 작용해, 피터의 조각에 성모의 얼굴이 고스란히 포함되었다는 점이다. 마치 처음부터 이 그림이 성모의 초상화였던 것 같았다.

성수태고지 그림에는 전통에 따라 미리 결정된 부분이 아주 많지만, 디도메니코와 그의 동료들은 작품의 방향을 심대하게 바꿀 수 있는 한 가지 결정을 내려야 했다. 대천사가 마리아에게 잉태를 알리기 직전을 그릴 것인가, 아니면 직후를 그릴 것인가? 대부분의 사람은 후자를 택했다. 그런 그림에서는 마리아가 고요한 감정을 드러내는 것이 마땅했다. 그녀가 아들을 낳을 텐데 그 아이가 나중에 가장 높은 분의 아들로 불릴 것이며, 다윗의 옥좌에 앉아 야곱의 가문을 영원히 다스리리라는 말을 방금 들었기 때문이다.

그러나 디도메니코는 대천사가 행복한 소식을 전하기 직전을 선택했다. 그가 그린 마리아는 선택된 사람의 자신감과 행복보다는 아이 같은 경외와 놀라운 광경 앞의 용기가 합쳐진 감정을 드러낸다. 그녀가 보여주는 용기는 마음이 순수한 사람에게만 가능한 것이다. 몹시 훌륭하고 인간적인 묘사였다. 우리의 찬사 못지않게 하느님의 은총 또한 받을 자격이 충분해 보이는 여자의 모습이 잘 그려져 있었다.

"정말 대단하죠?"

루카스가 내 옆에 와 있었다.

"그래, 정말로." 나는 감탄을 감추지 않고 아이의 말에 동의했다. 내가 이곳에 온 목적도 잠시나마 잊어버렸다.

"전에는 저 그림이 더 컸어요."

"훨씬 더 컸지."

"전체 그림을 보신 적 있어요?"

"아니." 나는 웃음을 터뜨렸다. "그건 내가 태어나기 훨씬 전에 있던 거야, 루카스. 하지만 메트 미술관에 가면 훌륭한 성수태고지 그림이 여러 점 있지."

루카스는 당황해서 조금 얼굴을 붉혔다.

"저는 메트로폴리탄 미술관에 간 적이 없어요."

"메트로폴리탄 미술관에 간 적이 없다니!"

"학교에서 브루클린 박물관에 간 적은 있어요." 아이가 설명을 덧붙였다. "엄마랑 현대미술관에도 갔고요. 하지만 메트는 아직 못 갔어요."

"음, 얘야, 그럼 우리가 손을 좀 써야겠구나."

"퍼시 아저씨!"

루카스와 내가 함께 뒤를 돌아보니 피터가 부엌에서 씩씩하게 응접실로 들어오고 있었다. 오븐 장갑을 낀 양손을 길게 뻗은 모습이었다.

"아빠……." 루카스가 말했다.

"응? 아!" 피터는 웃음을 터뜨리며 오븐 장갑을 벗었다. 나를 포옹하기 위해서였다. "방금 오븐에서 요리를 꺼냈거든요."

"로스트비프를 엠마가 제일 좋아해요." 루카스가 설명했다.

"그건 잠시 놔두고, 맥주를 한잔하려고 했어요. 한잔 드릴까요, 퍼시 아저씨?"

"아니면 혹시 셰리주 한잔……?" 루카스가 말했다.

"셰리주가 좋겠구나. 고맙다."

"제가 아빠 맥주도 가져올게요."

"고맙다, 루키!"

루카스가 나갈 때, 우리 발밑에서 로큰롤 특유의 쿵쿵거리는 소리가 조금 들렸다.

"세입자가 아직 있는 모양이구나."

피터는 조금 계면쩍은 표정으로 고개를 끄덕였다. 하지만 그가 무엇 때문에 계면쩍은지는 정확히 알 수 없었다. "우리 네 식구는 사실 굳이 한 층을 더 쓸 필요가 없어요." 그러고는 아마 화제를 바꾸고 싶었는지 피터가 그림을 가리켰다. "아이랑 같이 저 디도메니코에 감탄하고 계시던 것 같은데요."

"그랬지."

피터는 그림을 보며 빙긋 웃었다. "솔직히 샤론과 제 취향에는 조금 옛날 물건 같지만 루카스가 저 그림을 많이 좋아해요. 영어 수업에서 저 그림에 대해 아주 훌륭한 글을 쓰기도 했으니까요. '집에서 가장 좋아하는 물건을 설명해보세요' 같은 글 말이에요."

루카스가 내 셰리주와 피터의 맥주를 들고 돌아왔다.

"네 글에 대해 아저씨한테 말씀드리는 중이었어." 피터가 말했다.

루카스가 또 얼굴을 붉혔다. 이번에는 겸손 때문이었다. 아이 아빠가 전에도 다른 사람 앞에서 그 글 이야기를 꺼낸 적이 있는 것 같았다.

"글 주제가 뭐였니, 루카스?" 내가 물었다. "저 그림의 이미지? 예술적 솜씨?"

"아뇨. 집안에 내려오는 물건이 우리를 과거와 이어줄 수 있다는 내용을 썼어요."

"아, 그래." 나는 겉으로는 웃었지만 속으로는 미간을 찌푸렸다.

오늘 이 집에 오는 것을 미리 생각해보면서, 내 열 살짜리 조카가 내 계획의 걸림돌이 될 것이라고는 상상도 하지 못했다. 하지만 아이는 확실히 저 그림에 감성적인 애정을 느끼고 있었다. 설상가상으로 피터와 샤론은 수천 년 동안 이어진 인간의 행동에서 벗어나 자식의 의견에 관심을 보이는 세대에 속했다. 내가 공연히 브루클린까지 온 건가 하는 생각이 점점 들었다. 그때 샤론이 응접실로 들어왔다……

"경의를 표하는 중?" 샤론이 건조한 말투로 말했다.

피터가 다소 불편한 웃음을 터뜨리더니, 반쯤 비밀을 말하는 것처럼 털어놓았다. "아내가 별로 좋아하지 않아요."

샤론은 굳이 설명을 덧붙이지 않았다. 그녀의 표정만 봐도 저 그림이 없어지면 좋아할 것 같다는 느낌이 들었다.

하기야 당연히 좋아하겠지!

샤론이 유대인이라는 사실은 생각할 필요도 없었다. 마르크스주의에 조금 기울어진 여성학 전공자로서 샤론은 저 그림에 틀림없이 여러 가지 이유로 짜증을 내고 있었을 것이다. 다른 건 몰라도, 저 그림은 서구문화의 헤게모니, 세습재산이라는 특권, 여성의 대상화를 상징하는 존재였다. 그녀의 남편이 갖고 있는 디도메니코 조각은 그녀가 지금껏 반대했던 모든 것을 상징했다.

"그래도 아름다운 얼굴이잖아요, 안 그래요, 엄마?" 루카스가 물었다.

"그래, 아름답지." 샤론은 사랑스럽다는 듯이 아들의 머리에 한 손을 얹으며 한발 물러났다. "하지만 누구는 안 그랬겠니." 마치 그것이 바로 문제라는 듯한 말투였다.

피터와 샤론은 응접실과 부엌 사이에 격식을 갖춘 식당을 갖고 있었다. 비록 구석에 자전거가 한 대 놓여 있기는 했지만.

아마도 피터가 아버지에게서 물려받았을 훌륭한 식민지 양식 식탁에서 우리는 풀을 먹여 키운 쇠고기 구이, 순종 당근, 유기농 방울다다기양배추를 먹었다. 다시 말해서 쇠고기는 질기고, 당근은 자주색이고, 방울다다기양배추는 가격만 제외하면 모든 면에서 다른 방울다다기양배추와 정확히 똑같았다는 뜻이다. 나 때는 방울다다기양배추가 모든 어린이의 삶에서 재난 같은 존재였지만, 루카스는 제 몫의 방울다다기양배추뿐만 아니라 제 여동생 몫까지 전부 먹어치웠다. (하지만 여동생이 식탁 위로 방울다다기양배추를 굴리지 못하게 하려고 루카스가 먹어버렸을 가능성도 있다.)

우리는 루카스가 환경과학 수업에서 곧 진행할 예정인 대서양 관련 프로젝트를 살펴본 뒤 윈드워드로 자연스럽게 화제를 바꿨다. 윈드워드는 스키너 집안 사람들이 몇 세대 전부터 매년 여름에 모이던 메인주 해안가의 집이다. 그 집은 1995년에 평범한 이유로 남에게 팔렸다. 웰플리트에 있는 외갓집에서 여름을 보내는 루카스는 윈드워드가 어떤 곳인지 궁금해했다.

피터가 아들에게 설명해주었다. "윈드워드에 대해 가장 먼저 알아야 할 것은, 메인주의 바닷물이 케이프의 물보다 훨씬 더 차갑다는 거야."

"멕시코만류가 지나가니까요." 루카스가 아빠에게 설명했다.

"그렇지! 어쨌든 매일 아침 7시 30분에 포성이 울렸어. 깃발을 올린다는 신호야. 그다음에는 8시에 또 포성이 울리는데, 사람들은 대부분 이 두 번째 포성이 울리기 전에 다들 물에 들어가 있어야 한다는 뜻으로 받아들였어."

"즐거운 전통이지." 나는 과거를 추억했다.

피터가 웃음을 터뜨렸다.

루카스는 잠시 생각에 잠겼다. "그러니까 두 번째 대포가 울리기 전에 모두가 헤엄치러 가야 한다고요?"

"손님들까지 전부." 아이 아빠가 대답했다.

"손님이 수영하기 싫어서 그냥 침대에 누워 있으면요?"

"그럼 다시 초대받지 못했어." 샤론이 끼어들었다.

루카스의 눈이 휘둥그레졌다. 아이는 이 말이 맞는지 확인하려는 듯이 나를 바라보았다.

"전부 사실이야." 내가 말했다. "8시까지 기꺼이 물에 들어가지 않는 사람이라면 우리랑 안 맞는다는 게 스키너의 의견이었거든."

"엄마도 윈드워드에 간 적 있어요?"

"많이 갔지."

"엄마도 수영했어요?"

"그러니까 내가 여기 있겠지?"

루카스는 감탄한 표정을 지었다.

피터가 루카스를 향해 살짝 몸을 기울였다.

"내가 지금 너보다 몇 살 더 많았을 때, 윈드워드에서 퍼시벌 아저씨가 깃대 꼭대기에 쓰레기통을 올려놓는 법을 나한테 가르쳐주셨어."

내가 그날 두 번째로 헉 하고 놀란 소리를 냈던 것 같다. 깃대 위에 올린 쓰레기통! 20년 동안 까맣게 잊고 있었다.

"실라의 결혼식 전날 만찬 때였어. 장소는 요트 클럽이었고. 기억나세요, 퍼시 아저씨?"

"이제 기억난다."

루카스가 불량소년 재목은 아닌지 몰라도, 엔지니어처럼 지칠 줄 모르는 호기심은 갖고 있었다.

"깃대 꼭대기에 쓰레기통이라니…… 어떻게요?"

피터는 빙긋 웃으면서 손짓으로 내게 순서를 양보했다.

"빗자루 손잡이로." 내가 말했다.

루카스는 당연히 어리둥절한 표정이었다.

"종이 한 장 가져와라, 아이야."

나는 종이에 크레용으로 그림을 그렸다. "이건 깃대고, 이건 깃발을 올리거나 내릴 때 사용하는 마룻줄이야. 이 마룻줄을 빗자루 두 군데에 감아서 묶는 거다. 맨 아래에 한 번, 중간에 한 번. 이렇게." 그 그림 옆에 나는 빗자루를 그려 매듭의 위치를 표시했다. "빗자루를 마룻줄로 올리면 그 끝이 깃대 꼭대기 위로 1미터쯤 더 올라가. 그러니까 여기 빗자루 꼭대기에 쓰레기통을 뒤집어서 걸고 깃대 위로 올려서 깃대 꼭대기에 자리를 잡은 다음, 쓰레기통만 남기고 빗자루를 아래로 내리는 거지."

나는 루카스에게 그림을 밀어주었다.

"퍼시 아저씨가 그때도 나랑 내 사촌 네이트를 위해서 냅킨 뒷면에 이것과 정확히 똑같은 그림을 그려줬어." 피터가 말했다. "만찬이 막 끝날 무렵이었지. 우리는 집으로 가지 않고 빗자루와 쓰레기통을 찾아와서 깃대로 향했다. 새벽 2시에야 성공하긴 했어도, 어쨌든 해내긴 했어."

"그럼 쓰레기통을 어떻게 다시 아래로 내렸어요?"

나는 손가락으로 루카스를 가리키며 말했다. "좋은 질문이다."

"소방서에 전화하는 수밖에 없었어." 피터가 말했다. "사다리차가 교회 한복판에 와서 서고, 나랑 네이트는 일주일 동안 외출 금지."

"퍼시벌 아저씨는요? 아저씨도 혼나셨어요?"

"아니, 루카스." 내가 말했다. "네 아빠가 끝까지 날 고자질하지 않았거든."

우리는 식기세척기에 그릇을 넣고 전원을 켰다. 피터와 루카스는 엠마에게 책을 읽어주려고 2층으로 올라갔고, 샤론은 엠마를 재우기 전에 물릴 우유병을 전자레인지에 돌렸다. 하지만 전자레인지의 숫자가 1:00에서 0:55로 바뀐 뒤 화면이 꺼졌다. 식기세척기도 조용해지고, 부엌의 불도 나갔다. 샤론은 분노에 찬 한숨을 내쉬었다.

"퓨즈가 나갔어요." 그녀는 서랍에서 손전등을 꺼냈다. "저를 좀 도와주실래요? 누가 손전등을 들어주면 좀 쉽거든요."

"물론이지."

부엌 맞은편에 좁은 팬트리가 있었다. 그곳 선반에는 시리얼 상자, 수프 깡통, 화장지 등이 쌓여 있고, 바닥에는 신문 더미와 빈 병을 모아둔 봉지가 있었다. 생존주의자와 생태운동가가 하나로 합쳐진 방이었다. 우리는 바닥에 흩어진 물건들 사이를 지나 뒤편 벽으로 갔다. 제2차 세계대전 이전에 만들어졌음이 분명한 퓨즈 상자가 거기 있었다.

"이건 무슨 암호기인가?" 나는 손전등을 들어주면서 물었다.

"우리가 모두 불에 타 죽는다면, 그 이유를 아시겠죠?"

샤론은 타서 끊어진 퓨즈의 나사를 풀고, 새것을 그 자리에 끼웠다. 불이 다시 켜졌다. 복도 맞은편에서 식기세척기가 윙 하고 돌아가는 소리가 들렸다.

"조금 수리를 할 때가 됐는지도……." 내가 말을 꺼냈다.

"그게 되겠어요?"

자신감이 높아지는 것을 느끼며 나는 샤론을 따라 부엌으로 돌아갔다. 샤론이 그 그림을 싫어하는 것은 이념적인 이유 때문인지 몰라도, 그것을 팔아서 생길 돈에 대해서는 전적으로 실용적인 태도를 보일 것 같았다.

샤론과 나는 나이, 성별, 종교, 전체적인 세계관이 모두 달랐다. 그러나 가장 동맹이 될 수 없을 것 같던 자들이 최고의 동맹이 될 때가 많다는 것을 역사가 보여준다.

그날 밤 집으로 돌아온 뒤 스카치를 손가락 굵기만큼 잔에 따라서 독서용 의자에 앉아 무릎에 책을 놓았다. 그러나 내 생각을 차지한 사람은 네디 아저씨였다. 얼마나 기세 좋은 분이었는지. 마흔 살까지 독신이던 네디 아저씨는 유능한 어부였으며, 골프 핸디캡이 0이었다. 담배도 많이 피우고, 술도 많이 마시고, 아이들 앞에서 욕도 했다. 내가 열 살 때에는 아저씨가 주말마다 윈드워드에 나타나는 것 같았는데, 매번 함께 오는 여자가 달라졌다. 모두 다양한 유럽 국가의 말씨를 쓰는 여자들이었다. 아저씨는 결국 그들 중 최고의 여자와 결혼해서 쾌활한 아이 둘을 낳은 뒤 쉰두 살에 폐암으로 세상을 떠났다. 깃대 꼭대기에 쓰레기통을 올려놓는 방법을 내게 가르쳐 준 사람이 바로 네디 아저씨였다. 아저씨도 먼 과거의 어느 여름 밤에 열린 어느 결혼식 전날의 만찬에서 냅킨 뒷면에 그 방법을 그림으로 그려서 알려주었다. 내가 피터와 그의 친척 네이트와 어울렸듯이, 네디 아저씨도 내 친척이자 짝패, 범죄의 공모자인 빌리 스키너 및 나와 어울렸다.

오래전 여름마다 빌리와 벌인 갖가지 허튼 짓을 갑자기 떠올리고 나니, 그에게서 60달러를 괜히 땄나 싶었다.

아니, 그냥 그렇게 생각할 뻔했다.

다음 날 아침에 나는 칼라일 호텔로 전화해서 401호를 연결해달라고 말했다.

"사키스입니다."

"스키너요. 당신에게 도움이 될 수 있을 것 같아요."

"그것 정말 반가운 소식이군요, 스키너 씨! 어떤 작품인지 말씀해주시겠습니까?"

"작품의 조각이지. 하지만 그 크기, 상태, 주제를 보면 당신이 아주 좋아할 거요."

"정말 흥미로운 말씀이군요. 제가 이걸 여쭤봐도 되는지 모르겠습니다만, 주제가 뭡니까?"

"주님의 어머니."

사키스 씨가 만족스럽게 숨을 내쉬는 소리가 들렸다.

"잘하셨습니다, 스키너 씨."

"하지만 문제가 하나 있어요."

이번에는 그의 숨이 멈췄다. 세상에 밝은 그의 머릿속에서 톱니바퀴가 돌아가고 있었다.

"문제라면 어떤……?"

"그 주인이 조각을 내놓기로 결정하긴 했지만, 경매에 내놓는 쪽으로 마음이 기울었어요."

"그렇군요."

"그러지 말고 직접 판매하는 쪽으로 가자고 내가 설득할 수 있을 것 같긴 한데, 조금 애를 써야 할 것 같기도 하고."

"네, 물론 그렇겠죠."

"그리고 진품 감정 문제도 있지. 나도 나름 이름이 있는 전문가이다 보니, 그림의 출처와 진품 여부를 직접 확인하지 않은 채 판매를 돕는 일은 절대 할 수 없어요. 거기에도 노력이 좀 들어갈 거요."

"그 말씀은……?"

"그 말은, 작품의 질과 내가 써야 하는 시간을 감안할 때, 중개수수료를 조금 높게 받는 편이 적절할 것 같다는 얘기요."

"얼마나 생각하고 계신가요?"

"대략 25퍼센트 정도."

"25퍼센트요? 물론 제가 선생님의 제안을 제 고객에게 전달해드리겠습니다."

"그래야지."

"하지만 말씀입니다, 스키너 씨, 제 고객이 그 금액에 동의하신다 해도, 일주일 뒤 선생님이 노력의 가치를 다시 평가하지 않을 거라고 확신할 수 있을까요?"

"못하지. 미안하지만 그건 확답할 수 없소, 사키스 씨."

한 시간도 안 돼서 사키스 씨는 자신의 고객이 새로운 조건으로 기꺼이 일을 진행할 의사가 있다고 확인해주었다. 올해가 끝나기 전에 내가 판매를 중개해주는 것이 조건이었다.

나는 전화를 끊고 즉시 피터에게 전화를 걸었다. 나의 2단계 계획 중 1단계에 시동을 걸기 위해서였다.

"피터? 퍼시다. 혹시 루카스가 나랑 같이 메트로폴리탄 미술관에 갈 생각이 있는지 물어보려고 전화했어."

"그것 정말 좋은 생각인데요, 퍼시 아저씨. 언제 가실 건데요?"

"루카스한테 언제가 좋을까?"

"잠시만요." 전화기 속에서 피터가 아들과 의논하는 소리가 들리더니, 그가 내게 말했다. "빠를수록 좋대요."

"내 생각이랑 똑같네."

1단계

오랜 꿈이 실현되기 직전에는 사람이 어느 정도 초조해지기 마련이다. 실현된 꿈이 찬란했던 상상에 미치지 못하지나 않을까 걱정이 될 수밖에 없다. 정확히 말하자면, 루카스와 함께 지하철역에서 나와 메트까지 걸어가는 길에 아이의 말수가 점점 줄어드는 것을 내가 눈치챘다는 뜻이다. 파크 애비뉴를 건널 때에는 아이의 발걸음이 거의 조심스러워졌고, 매디슨 애비뉴에서는 아이가 내 손을 잡았다. 하지만 5번 애비뉴에 도착해서 미술관이 실제로 우리 앞에 나타나자 아이는 작게 한숨 소리를 냈다. 건물의 규모, 신고전주의 건축양식, 방문객을 환영하는 널찍한 계단, 심지어 모네 전시회를 광고하는 밝은색 배너까지도 아이에게는 미술관이 제 기대에 부응할 것 같다는 인상을 주었다.

"준비됐니?" 내가 물었다.

"네."

우리는 함께 계단을 올라가 문을 통과해서 로비로 들어갔다. 천장이 둥글고, 탑처럼 높은 꽃이 장식되어 있었다. 나는 루카스가 이 공간의 웅장함을 제대로 감상하게 잠시 기다렸다가 매표소로 향했다.

메트로폴리탄 미술관의 반박할 수 없는 매력 중 하나는 입장료 20달러가 '권고사항'이라는 점이다. 이런 발상 자체가 정말이지 완벽하게 귀족적이다. 못된 벼락부자들이 우리를 대신해서 갖은 고생을 하며 약탈해 온 세계 문화의 풍부한 유산을 보러 들어가는 데에 정확한 값을 정해 놓았다면 완전히 볼품없게 보였을 것이다.

"두 명이오." 나는 샤넬 재킷과 진주 목걸이 차림의 중년 자원봉사자에게 말했다. 그러나 카운터에 1달러 지폐 한 장을 놓으려다가 내 옆에 언제나 주의 깊은 이상주의자가 있는 것을 떠올리고, 마지못해 권고대로 요금을 지불했다. 빌리에게서 따온 돈이 여기에 쓰였다는 사실이 조금 위안이 되었다.

입장권 역할을 하는 배지를 챙기고 나니, 루카스는 벌써 미술관의 상세 지도에 코를 박고 있었다.

"미라부터 보러 갈까요?" 루카스가 놀라울 정도로 정확하게 북관을 가리키며 제안했다.

"아니. 나한테 다른 계획이 있단다."

루카스는 실망감을 감추지 못했다.

우리 뒤에 줄 서 있던 젊은 남자(데님을 무척 좋아하는 것을 보니 몬태나에서 온 카우보이로 짐작되었다)가 틀림없이 아이에게 공감하는 기색으로 자기 지도에서 시선을 들었다. '당연히 미라부터 봐야지.' 그의 표정이 이렇게 말하는 것 같았다.

'내가 더 잘 알아.' 내 표정은 이렇게 대꾸하는 듯했다.

"메트로폴리탄미술관에 대해 가장 먼저 알아두어야 할 것은 여기가 사실 미술관 한 곳이 아니라는 점이야." 나는 조카에게 설명했다. "스무 개의 미술관이 모여 있는 곳이지. 너도 이미 알다시피 세계에서 가장 훌륭한 이집트 유물 컬렉션이 여기 있지만 그뿐만 아니라 그리스와 로마의 조각상, 초기 미국 가구, 18세기와 19세기 양식으로 꾸며진 방, 악기, 아시아 예술, 이슬람 예술도 있어. 그러니까 메트에 올 때는 구석구석 다 봐야겠다고 생각하면 안 된다. 그보다는 가장 훌륭한 곳을 선택해서 제대로 감상해야 해."

루카스는 내 주장에 주의 깊게 귀를 기울이더니, 진지하고 열정적인 얼굴로 물었다. "그 스무 개의 미술관 중에 오늘은 어디에 갈 거예요, 퍼시벌 아저씨?"

단호한 녀석.

"오늘은 이미 오래전에 갔어야 하는 곳으로 갈 거야. 르네상스 전시실……"

메트가 소장하고 있는 중세부터 르네상스까지 유럽 회화 컬렉션은 세계 최고 수준이라서, 마흔 개의 방에 걸작들이 어지러울 정도로 전시되어 있다. 루카스처럼 승부에 진심인 아이라 해도 이곳에 처음 온 어린 사내아이를 데리고 그 미로 속으로 들어가면 기가 질릴 것이 거의 확실했다. 그래서 나는 아이를 1층 뒤편의 로버트 리먼 컬렉션으로 데려갔다.

19세기 말에 태어난 로버트 리먼은 월스트리트에서 자기 이름을 딴 투자은행을 이끌며 거액을 벌었다. 나이를 먹으면서는 훌륭한 옛 전통에 따라 아내들, 명마, 예술품에 재산을 쏟았다. 특히 예술품에 정성을 쏟아서, 이탈리아 르네상스 작품을 중심으로 거의 3천 점을 수집했다. 그 규모와 작품의 질이 워낙 뛰어났기 때문에, 그가 소장품을 메트에 기증하자 메트는 여섯 개의 방으로 이루어진 작은 별관을 지어 순전히 그의 컬렉션만 전시하기로 했다.

루카스에게 리먼 컬렉션을 보여주는 데에는 여러 가지 좋은 점이 있었다. 첫째, 이 전시실이 1층 뒤편에 박혀 있기 때문에 다른 곳만큼 사람이 많지 않았다. 둘째, 이 컬렉션의 중심이 이탈리아 르네상스 작품인 만큼, 중세부터 르네상스 시대까지 예술의 발전상을 한 시간 만에 훑어볼 수 있었다. 사실 보티첼리의 작고 신성한 성수태고지 그림이 로렌조 모나코의 예수 탄생 그림 바로 위에 걸려 있는 식이었다. 이 두 작품이 그려진 시기는 딱 80년밖에 차이가 나지 않지만, 주의 깊게 살펴보면 원근법의 발명, 명암의 효과, 서구에서 문명의 재탄생을 불러온 인간 육체에 대한 찬양을 목격할 수 있다. 그러나 세 번째 좋은 점은 리먼 컬렉션이 문화유산의 보존에서 진지한 수집가의 필수적인 역할을 루카스에게 알리기에 완벽한 맥락을 제공한다는 것이었다.

"정말 굉장하지." 내가 말했다(보티첼리의 그림 앞에서 이 전시실의 관람을 마무리하는 중이었다). "우리가 감탄하며 보고 있는 저 작은 그림이 500년 전 것이라니. 저 그림의 역사를 잠시만 생각해 봐라. 수백 년 동안 여러 성, 교회, 개인 저택 등에 걸려서 지나치게 밝은 빛이나 지나치게 많은 습기, 벽난로의 재와 양초의 기름진 연기에 일상적으로 노출되었을 거야. 때로는 지하실이나 다락에서 해충, 곰팡이, 먼지와 함께 세월을 보내기도 했고."

(여기서 예술적으로 말을 잠시 멈추고, 손을 옆으로 움직여 전체를 훑는 동작을 했다.)

"우리가 이렇게 보티첼리를 보며 감탄할 수 있게 된 것, 아니 따지고 보면 이 미술관에 있는 모든 걸작들을 볼 수 있게 된 것은 필연적으로 로버트 리먼이라는 사람 덕분이다. 진지한 수집가는 아름다운 작품을 구하는 데 평생을 바쳐. 잊힌 작품이나 버려진 작품이라면 더욱 그렇지. 그런 작품을 발견했을 때 진지한 수집가는 돈을 아끼지 않고 노련한 복원가를 불러와 세월의 흔적을 꼼꼼히 벗겨내게 한단다. 이렇게 공을 들인 작품을 수집가가 자기 무덤으로 가져갈까? 그런 일은 별로 없어. 남에게 줄 때가 더 많지. 미술관에 기증해서, 조심스레 조절되는 환경 속에 전시하게 하는 거야. 앞으로 여러 세대에 걸쳐 예술을 사랑하는 사람들이 감상할 수 있게!"

이 짧은 연설을 끝마치자 근처에 서 있던 일본인 중년 부부가 박수를 쳤다. 딱히 놀라운 일은 아니었다. 매표소에서 만났던 데님 차림의 회의적인 카우보이가 나를 따라 이 구석진 곳까지 와서 수집가의 선행을 인정하고 존경한다는 듯이 빙긋 웃고 있는 것도 보기 좋았다. 하지만 내 조카는 평소와 달리 눈빛이 흐리멍덩했다.

"퍼시벌 아저씨……."

"그래, 루카스?"

"이제 점심 먹어도 돼요?"

우리는 유럽 조각상 전시실 바로 뒤에 있는 양지바른 카페에서 점심을 먹었다. 벽을 온통 차지한 창문이 센트럴파크를 향하고 있어서, 1880년대에 그 공원에 설치된 고대이집트의 오벨리스크, 즉

클레오파트라의 바늘이 아주 잘 보였다. 나는 아이가 그걸 보고 아직 보지 못한 미라를 다시 떠올릴까 봐 창문을 등지고 앉는 자리로 루카스를 이끌었다.

마침내 주문을 받으러 온 종업원에게 나는 치킨 파이야르를 주문했다. 망치기 힘든 요리라는 걸 알기 때문이었다. 이제 조금 기운을 되찾은 루카스도 같은 것을 주문했다. 더 필요한 것은 없느냐는 종업원의 질문에 없다고 대답하려다가 루카스가 의자에서 몸을 꼼지락거리는 것을 발견했다.

"더 필요한 것 있니, 루카스?"

"아저씨는 점심때 포도주를 같이 마시지 않아요?" 아이가 물었다.

오전 관람이 계획대로 풀리지 않았기 때문에 나는 "안 될 것도 없지"라고 대답하고는, 샤블리 한 잔을 주문했다. 그리고 적절한 행동이 아니라는 사실을 타고난 감각으로 알면서도, 음식이 나오기도 전에 포도주를 쭉 다 마셔버렸다.

이 미술관 어디에서 모네 전시회가 열리고 있는지는 알 수 없지만, 틀림없이 카페에서 멀지 않은 곳인 듯했다. 모든 테이블 옆에 메트로폴리탄의 상표가 새겨진 종이봉투가 하나씩 있고, 그 봉투 안에서 달력, 앞치마, 우산 등으로 재탄생한 모네 그림이 삐죽 나와 있었다. 그래서 식사를 시작하면서(샤블리도 한 잔 더 주문했다) 나는 갑자기 떠오른 경매장 근무 시절의 매력적인 이야기로 조카를 즐겁게 해줘야 했다.

나는 1980년대에 인상파와 인상파 후기 작품에 대한 관심이 폭발해서 거의 대중적인 광기에 가까웠다고 설명했다. 그 결과 그 유파에 속한 뛰어난 화가들의 그림값이 모두 천정부지로 치솟았는데, 귀가 하나밖에 없던 반고흐라는 놀라운 화가의 작품은 특히 독보적이었다. 경매가 열릴 때마다 그의 작품이 새로운 기록을 세우는 것 같았다. 이 현상은 1987년 정점에 이르러, 다소 수상쩍은 오스트레일리아의 거물 앨런 본드가 이 네덜란드 화가의 그림 〈붓꽃〉을 5천400만 달러라는, 눈이 튀어나올 듯한 가격으로 구매했다.

그다음 날 이 그림, 구매자, 가격표의 사진이 전 세계의 모든 주요 신문과 방송뉴스에 등장했다. 그러나 이렇게 화려한 팡파르 속에서 자가 저당이라는 작은 문제는 대체로 보도되지 않았다. 이 그림이 앨런 본드에게 판매되기 몇 년 전부터 가격이 점점 오르자, 오랜 역사를 자랑하는 기업인 소더비와 크리스티는 새로운 프로그램을 도입했다. 간단히 말하자면, 입찰자가 이제부터 구매하려는 그림을 경매소가 담보로 잡고 그림을 사는 데 필요한 돈을 빌려주는 프로그램이었다. 그림의 가격은 기본적으로 마지막 입찰자가 부르는 가격으로 설정되기 때문에, 입찰자는 마음대로 가격을 부를 수 있었다. 그리고 그 행위 자체가 담보의 내재적인 가치를 높여 입찰자가 빌릴 수 있는 돈의 액수도 커졌다. 과학적인 용어를 빌려오자면, 이것은 가연성가스로 체펠린비행선에 바람을 채우는 것과 비슷한 혁신이었다.

본드가 기록적인 가격으로 반고흐의 작품을 사들인 것도 이렇게 마련한 돈 덕분이었다고 말하는 것으로 충분할 것이다. 그는 당장 이자를 낼 돈도 손에 없었지만, 자기 나라 사람들에게 자신의 수집품을 보여주는 순회전시회를 기획해 돈을 모을 계획이었다. 물론 그 수집품의 중심에는 이제 세계적으로 유명해진 〈붓꽃〉이 있었다.

유일한 문제는 미국에서 돈을 빌려준 쪽의 고문변호사들이 만약 본드 씨가 파산이라도 하는 경우 오스트레일리아의 법으로 그림의 소유권을 가져올 수 있을지 확신하지 못했다는 점이었다. 그러나 본드의 변호사들은 만약 그가 그림을 오스트레일리아로 가져가지 못한다면 확실히 파산할 것이라고 주장했다. 양측은 이럴 수도 저럴 수도 없는 처지였다. 그런데 소더비의 윗사람들이 또 다른 혁신을 들고 나왔다. 그들이 비용을 대서 〈붓꽃〉의 복제품을 만들겠다는 것이었다. 그렇게 하면 작품 원본은 채권자들의 손이 닿을 수 있는 뉴욕의 저장고에 보관해두고, 퍼스에서부터 그레이트배리어리프에 이르기까지 돌아다니는 순회전시에는 복제품을 내보내 돈을 벌어 올 수 있었다.

"식사 끝나셨나요?" 종업원이 그렇다는 대답을 바라는 듯한 표정으로 물었다.

"그래요, 잘 먹었어요. 계산서 부탁해요."

그녀가 털썩 내려놓은 계산서를 보고 나는 루카스를 미술관에 데려오자는 잘못된 계획을 짜는 바람에 모두 합해 100달러에 가까운 돈을 써버렸음을 알게 되었다. 설상가상으로 나를 지켜보는 루카스의 시선 때문에 필수 요소인 15퍼센트의 팁도 지불할 수밖에 없었다. 서비스가 흐리멍덩했는데도.

계산을 마친 뒤 우리는 재킷을 입고 테이블 사이를 지나갔다. 루카스가 앞에서 길을 이끌었다. 그러나 우리가 막 조각 전시실에 들어서려는 순간 뒤에서 다소 위세 좋은 목소리가 들렸다.

"잠시만요. 잠시만요!"

테이블에 뭘 두고 왔는가 보다 싶어서 고개를 돌려 보니, 나이가 지긋한 부인이 독선적인 태도로 나를 향해 돌진하고 있었다. 표정은 엄격하고, 옷차림은 재키 케네디를 연상시켰다. 만약 재키 케네디가 45킬로그램쯤 살이 찌고 구제불능으로 시대에 뒤떨어진 사람이었다면 그런 옷을 입었을 것이다.

"제게 하시는 말씀입니까?" 내가 조금 놀라서 물었다.

부인은 대답도 없이 루카스에게 손가락질을 했다. 아이는 카르포의 우골리노 조각상 앞에 서 있었다.

"당신 손자예요?" 부인이 물었다. 이런 걸 물을 자격이 있다는 듯 당당한 태도였다.

"조카입니다."

이제 부인은 우리가 앉았던 자리를 손가락으로 가리켰다. 확실히 손가락질 솜씨가 좋은 사람이었다.

"나도 손주가 있는 사람으로서, 당신이 점심을 먹으면서 해준 이야기가 저 또래 아이한테는 절대로 적절하지 않았다는 말을 꼭 해줘야 할 것 같아서 왔어요."

"적절하지 않다고요?"

"인간의 본성을 더할 나위 없이 추악하게 냉소적으로 묘사했잖아요."

나는 놀라서 주위를 둘러볼 수밖에 없었다. 루카스가 보고 있는 우골리노 조각상은 단테의 「지옥편」에 묘사된 한 순간을 표현한 것이었다. 피사의 반역자인 그가 자녀들과 함께 감방에서 굶주리며 자녀들을 먹을까 말까 고민하는 순간. 우골리노 조각상 옆에는 로댕의 〈칼레의 시민들〉이 서 있었다. 정치가 여섯 명이 포위당한 도시를 구하기 위해 사슬에 묶여 처형장으로 끌려가는 모습을 묘사한 작품이다. 거기서 15미터 떨어진 곳에는 페르세우스가 메두사의 잘린 머리를 자랑스럽게 들고 있었다. 그런데 이 부인은 꽃 그림을 복제했다는 이야기가 아이의 감수성에 상처를 입힐까 봐 걱정한다고?

이런 광기 앞에서 무슨 말을 해야 할까?

"부인, 죄송하지만 여기는 캔자스가 아님을 알려드립니다." 내가 대답했다.

미술관 출구로 이어진 중앙 통로에는 사람들이 빽빽했다. 미술관을 포위하고 공격하던 관광객들이 마침내 문으로 돌격해 들어온 것 같았다. 나는 미라를 보지 못한 루카스를 위로하고 이 군중도 피하기 위해, 길을 우회해서 중세 갑옷 전시실을 통과하면 어떻겠느냐고 제안했다.

루카스는 몹시 반기는 기색이었다. 열 살짜리 사내아이가 으레 그렇듯이, 루카스도 용감한 사람들이 묵직한 걸음으로 전투에 나갈 때 사용했던 정교한 도구들을 보며 즐거워했다. 그러나 출구로 향하는 길에 뜻밖의 일이 벌어졌다. 유럽 장식예술 전시실을 통과하던 도중 루카스가 벽에 걸린 어느 표지판을 가리킨 것이다.

"스투디올로가 뭐예요?"

"스투디올로?" 나는 이 작은 전시실의 입구 맞은편에서 걸음을 멈췄다. "네가 그걸 묻다니 재미있구나, 루카스. 네가 직접 가서 보지 그러니?"

여러분도 아마 아시겠지만, 15세기 말에 프란체스코 디 지오르지오 마르티니가 디자인한 스투디올로는 다소 이례적인 설치품이다. 메트의 기준으로도 그렇다. 르네상스 시대에 이탈리아에서는 어느 정도 지위가 있는 신사가 혼자 조용한 시간을 보낼 수 있는 방을 집에 마련하는 것이 유행했다. 창의적인 명상을 위해 이런 방에는 보통 예술과 과학을 드높이는 장식이 걸렸다. 원래 구비오의 공작 저택을 위해 설계된 이 스투디올로는 샤론의 팬트리보다 조금 더 큰 정도였다. 그러나 이 방의 벽에는 수프 깡통이나 시리얼 상자가 놓인 선반 대신 상감 무늬가 들어간 나무가 복잡하게 장식되어 있었다. 수납장에 과학 도구, 악기, 책이 가득 들어 있을 것 같은 분위기였다. 디자인을 맡은 예술가는 이렇게 기분 좋은 착각을 일으키기 위해, 르네상스 시대 화가들이 원근법을 이용해 부린 술수와 스무 종이 넘는 나무를 사용했다.

루카스는 이 방을 둘러보는 동안 한마디도 하지 않았다. 말을 할 필요도 없었다. 아이의 감정을 내가 정확히 알고 있었으니까. 500년 전 6400킬로미터나 떨어진 곳에 만들어졌던 이 자그마한 방이 마치 이 세상에 존재하는 자신의 방처럼 느껴질 것이다.

방을 두 번이나 둘러본 루카스는 밖에 게시된 큐레이터의 설명을 읽으려고 나갔다. 그리고는 다시 들어와 더욱더 유심히 방을 샅샅이 살펴보았다. 아주 작은 부분 하나라도 놓치지 않으려는 듯이.

"이건 르네상스 시대에 이탈리아에 있던 방이에요." 마침내 아이가 말했다.

"맞다, 루카스."

"500년 전에."

"대략 그쯤이지."

"그런데 누가 이 작은 나무 조각들을 모두 가져와 여기에서 다시 조립했어요. 우리가 볼 수 있게."

"그래, 루카스. 정확히 그렇게 했지."

이렇게 해서 보존주의자가 태어났다.

2단계

우리는 비할 데 없이 좋은 순간에 브루클린으로 돌아왔다. 샤론이 졸린 엠마를 유아차에 태워 누군가의 생일파티에서 막 돌아오는 순간이었다. 생일파티 장소는 유아들을 위한 체육센터였지만, 샤론은 직접 운동을 하고 온 것 같은 얼굴이었다.
"자. 내가 도와주마." 내가 말했다.
나는 유아차 아랫부분을 붙잡고 샤론과 함께 집 앞 계단을 올라갔다.
"나갔다 올 때마다 이걸 들고 이렇게 올라가야 돼?"
"비가 오나 눈이 오나 그렇죠."
집 안에 들어온 뒤 샤론은 길게 숨을 내쉬었다. 그리고 루카스에게 엠마를 2층으로 데려가 목욕 준비를 해달라고 부탁했다. 내게는 차를 한잔하겠느냐고 물었다.
"그것 좋지." 내가 말했다.
나는 샤론을 따라 부엌에 들어가 작은 포마이카 테이블에 앉았다. 샤론은 주전자에 물을 채웠다. 전자레인지를 흘깃 보니 시간이 겨우 5시였다. 하지만 11월이라서 해가 지기 직전이었다.
"금방 올게요." 샤론은 주전자를 불에 올려놓은 뒤 이렇게 말하고는 복도 저편으로 사라졌다. 욕실 문이 닫히는 소리가 들리자마자 나는 총알처럼 의자에서 일어서서 전자레인지와 식기세척기의 전원을 켜고 다시 의자에 앉았다. 식기세척기가 윙 하는 소리를 내며 돌아가기 시작하고, 전자레인지의 설정 시간이 점점 줄어들었다.

1:00.

0:59.

0:58.

0:57.

0:56.

0:55.

0:54.

0:53.

"빨리." 나는 실제로 전자레인지를 향해 말을 걸고 있었다. "빨리."

핑. 전자레인지가 꺼지고, 식기세척기도 조용해졌다. 부엌도 어두워졌다.

복도 저편의 문 뒤에서 샤론이 욕하는 소리가 들렸다. 천 스치는 소리, 변기 물 내리는 소리, 그리고 짜증을 내며 다가오는 소리. 샤론은 문 앞에서 잠시 걸음을 멈췄다. 주전자 밑에서 너울거리는 파란 불꽃만이 희미하게 주위를 밝혀주었다.

"퓨즈야?" 나는 연민의 표정을 지었다.

샤론은 대답 없이 서랍에서 손전등을 꺼내 팬트리로 향했다. 나도 일어나 그녀를 따라서 부엌을 나서려다가 마지막 순간에 식기세척기를 기억해내고 전원을 껐다.

"자." 팬트리 안에 도착한 뒤 내가 말했다. "내가 들어주마."

나는 손전등을 받아 샤론이 퓨즈를 교체할 수 있게 퓨즈 상자를 비춰주었다. 전기가 다시 들어왔다. 샤론은 돌아섰지만, 문을 향해 움직이지 않고 팬트리 안을 둘러보며 콩 통조림, 병을 담아둔 봉지,

벽에 서 있는 대걸레를 눈에 담았다. 전기가 나간 뒤로 샤론이 한 말은 처음의 욕설뿐이었다.

나는 손전등을 끄고 샤론에게 건넸다. 그리고 그 기회를 이용해서 샤론을 유심히 살폈다. 쓸데없이 힘든 환경에서 최선을 다해 애쓰고 있는 성실한 젊은 여성이 거기 있었다. 그러니 모든 것이 훨씬 더 쉬워졌다.

"얘야, 샤론, 내가 간섭하고 싶지는 않지만……."

내가 이렇게 서두를 꺼내면 보통 상대는 짜증스러운 표정을 짓는다. 그럴 만한 이유도 있다. 하지만 샤론은 힘든 하루를 보내고 지친 데다가 퓨즈 때문에 화가 난 상태로 내 목소리에서 연민의 기색을 들었기 때문에 아무런 저항 없이 시선을 들었다.

"이 집의 전기 시설을 정말 손봐야 돼." 내가 말했다. "이 집 1층 입구도 너희가 쓸 수 있어야 하고."

샤론은 지친 표정으로 고개를 저었지만 나는 계속 밀어붙였다.

"피터는 너희 가족이 네 명뿐이니까 공간을 더 쓸 필요가 없다고 생각하는 것 같던데. 물론 세입자를 내보내는 데 돈이 많이 들 수도 있겠지만, 그렇게 따지면 신경쇠약도 마찬가지야."

샤론이 우울하게 웃었다. "거기에도 돈이 들어요?"

"엄청 비싸지. 이러면 어떻겠니? 얼마 전에 내가 옛 고객을 우연히 만났는데, 이탈리아 예술품을 열정적으로 수집하는 사람이야. 우리가 서로 근황을 이야기하다가, 그 사람이 요즘 찾고 있는 그림이 있다고 말하더구나. 자신의 컬렉션을 완성하기 위해 디도메니코의 작품을 구하고 있대. 너와 피터가 너희 집 그림을 내놓을 생각이 있다면, 내가 그 고객한테 연락해서……."

샤론이 내 눈을 바라보다가 시선을 피했다. 순간적으로 내가 엉뚱한 곳을 건드렸나 싶었다. 하지만 샤론이 내 뒤를 바라보며 사람이 있는지 확인하고 있음을 나는 곧 깨달았다.

샤론이 다시 나와 시선을 맞췄다. "값이 얼마나 나갈 것 같아요?"

"글쎄. 10만 정도? 12만? 최대 15만까지 될 수도 있고."

샤론은 고개를 끄덕였다. 자신도 비슷한 계산을 해본 적이 있는 모양이었다. 그녀가 거의 혼잣말처럼 말했다. "세금도 내야 하고……"

"그렇지. 내 고객이 기꺼이 현금으로 돈을 치를 수도 있는데, 그렇다면……"

나는 세상은 예측할 수 없는 곳이라는 몸짓을 했다.

샤론은 손전등을 계속 껐다 켰다 하면서 자신이 어떤 선택을 해야 할지 고민했다. 다양한 길이 해방 또는 저주로 이어져 있었다.

"네 입장이 힘든 건 나도 알아." 나는 말을 이었다. "저 그림은 피터의 집안에서 대대로 내려온 물건이니까. 저걸 팔자는 말을 꺼내는 것조차 네가 할 수 있는 일이 아닌 것 같겠지. 그럼 내가 할게. 언제 피터를 시켜서 나를 한 번 더 가족 식사에 초대하게 해. 내가 때를 봐서 내 옛 고객의 이야기를 꺼내마. 내가 옆에서 조금 부추기고 너도 지지한다는 뜻을 표현하면, 피터도 과거보다 현재를 더 중시할 때가 왔다는 생각을 하게 될지도 몰라."

부엌에서 찻주전자가 휘파람 소리를 내기 시작했다.

"잠시만요." 샤론이 내 옆으로 빠져나갔다. 나는 그 뒤를 따라가서 테이블에 앉았다. 샤론은 불 앞에 잠시 서 있다가 돌아서서 내 맞은편에 앉았다.

"좋아요, 퍼시 아저씨. 그림에 돈을 얼마나 낼 수 있는지 그 고객을 한번 떠보시는 게 어때요? 저는 아저씨를 저녁 식사에 초대하자고 피터에게 말해볼게요."

나는 굳이 차를 마시겠다고 미적거리지 않았다.

집 앞 계단을 내려오면서 미소를 참을 수 없었다. 추수감사절까지 2주 반이 남은 11월 12일이었으니까. 추수감사절은 가족이 모이기에 딱 좋은 때였다.

마침 빈 택시가 보여서 나는 그것을 잡아탔다. 기사에게 내 주소를 말해준 뒤 편안한 자세로 앉아, 곧 들어올 횡재를 기대하며 오랫동안 다시 가고 싶었던 레보드프로방스를 생각했다. 그곳의 바위에서 반고흐가 한때 올리브나무를 그림으로 그렸고, 현대의 여행자는 예스러운 분위기, 숨 막히게 멋들어진 풍경, 프랑스 최고의 식당 한 곳을 만날 수 있다.

추수감사절

추수감사절 음식의 질을 생각하면, 추수감사절이 음식을 먹는 국가적 명절로 수백 년에 걸쳐 발전해왔다는 사실이 다소 얄궂다. 9킬로그램짜리 칠면조의 속을 채워 굽는 요리 방식이 사냥으로 잡을 수 있는 새를 즐기는 최악의 방법이라는 데에는 의심의 여지가 없다. 이런 새의 고기를 먹는 것은 순전히 가축화된 닭에게서는 맛볼 수 없는 섬세한 맛을 음미하기 위해서다. 뇌조, 꿩, 메추라기는 모두 감각을 즐겁게 해주는 다양한 방식으로 요리할 수 있다. 그러나 옥수수를 먹여 열 명 이상이 나눠 먹을 수 있을 만큼 몸집을 키운 칠면조로는 멋진 요리 솜씨를 발휘하기가 사실상 불가능하다. 칠면조의 다른 부위가 다 익을 때쯤이면, 가슴살은 필연적으로 톱밥처럼 건조해진다. 속을 채워 넣는 것도 안쪽 고기까지 열기가 닿는 것을 막아 문제를 더 악화시킬 뿐이다. 고기가 망가지는 시간이 더 길게 늘어나기 때문이다. 칠면조 구이의 이런 선천적인 문제 때문에 온갖 종류의 혐오스러운 요리법이 생겨났다. 칠면조를 거꾸로 뒤집어서 익히는 방식을 사용하면 껍질이 창백하게 변하고 엉망으로 구워진다. 칠면조의 내장을 빼고 이단자를 처벌하듯이 사지를 자르는 요리법도 있다. 그리고 바싹 굽는 방법! (하늘이여 우릴 도우소서.) 언제든 속을 채우지 않은 2킬로그램짜리 닭을 내게 준다면, 얇게 저민 레몬 한 조각, 로즈마리 가지 하나, 마늘 하나를 속에 던져 넣고 218도에서 60분 동안 구울 것이다. 고기가 황금빛이 도는 갈색으로 변할 때까지. 그러면 완벽한 만찬을 맛볼 수 있다.

9킬로그램짜리 칠면조를 추수감사절 식탁의 중심 요리로 선택한 것에도 문제가 많은데, 온 가족이 요리를 하나씩 가져와야 하는, 알 수 없는 전통도 문제를 더욱 복잡하게 만들 뿐이다. 애당초 부엌에 절대 발을 들여놓게 하면 안 되는 친척들이 무슨 채소 캐서롤 같은 것을 들고 갑자기 문 앞에 나타난다. 그 요리에 들어간 '비밀 양념'은 마요네즈다. 친척 벳시가 그런 재난 덩어리를 들고 나타나면, 앞으로 펼쳐질 일을 생각하며 도무지 마음을 놓을 수 없게 된다. 한 사람이라도 예의 바르게 그 요리를 칭찬하기라도 하면 그것이 추수감사절 식탁에 반드시 올라야 하는 신성불가침의 요리가 되기 때문이다. 그러면 설사 벳시가 세상을 떠나더라도 우리는 그 요리에서 벗어날 수 없다. 벳시가 무덤에 묻히자마자 벳시의 딸이 자랑스레 배턴을 이어받을 것이다.

엄청나게 많은 사람이 준비해서 이상한 시각에 먹어야 하는 추수감사절 요리 중 절반은 너무 많이 익고, 나머지 절반은 설익은 상태로 나온다. 또한 모든 음식이 차갑다. 그러니 음식에 대한 안목이 있는 사람에게 추수감사절 요리는 식사가 아니다. 나는 1988년에 상당히 기쁜 마음으로 평계를 대서 이 전통에서 벗어난 뒤 줄곧 렉싱턴 애비뉴의 중국 음식점에서 청교도 이주민들의 첫 겨울을 축하하는 날을 보냈다.

그러나 미술 분야에서는 반드시 희생을 각오해야 한다. 그림과 헤어지는 것의 이점을 피터가 알아차릴 수 있게 돕기 위해서 마시멜로가 잔뜩 들어간 고구마 요리를 먹어야 한다면 그래야지. 나는 낙관적인 기분으로 피터의 전화를 기다렸다.

하지만 일주일이 지나도 전화가 오지 않았다. 며칠만 더 지나면 추수감사절까지 일주일도 채 남지 않게 될 것이다. 즉, 가정교육을 잘 받은 사람이라면 상대를 깜박 잊고 있다가 뒤늦게 생각난 것처럼 보이기라도 할까 봐 선뜻 누군가를 추수감사절 식탁에 초대하기 힘들어지는 시기라는 뜻이었다.

혹시 샤론이 용기를 잃은 건지도 모른다.

어느 날 오전 11시에 나는 피터의 집으로 전화를 걸었다. 피터가 집에 없는 사이 샤론과 통화를 하고 싶어서였는데, 자동응답기가 전화를 받았다. 다음 날에는 저녁 식사 시간에 전화를 걸었더니 피터가 전화를 받았다.

"피터! 잘 지내니! 그래, 그래. 저기, 루카스가 추수감사절 무렵에

며칠 학교를 쉴 것 같은데, 내가 메트에 다시 같이 가기로 약속을 했거든……."

루카스가 정말 좋아할 거라고 피터가 쾌활하게 말했다. 하지만 애석하게도 그들은 플로리다주 올랜도에서 대학 시절 친구들과 추수감사절을 보낼 예정이었다. 연휴 전 학교 수업이 끝나는 대로 수요일에 떠나서 일요일 오후에나 돌아올 것이라고 했다.

"저희가 돌아온 뒤에 전화드리면 안 될까요?" 피터가 말했다.

"좋지." 내가 말했다.

하지만 전화를 끊으면서 나는 기온이 26도쯤 되는 곳에서 대학 친구들과 함께 즐거운 시간을 보내는 것이 추수감사절 정신과는 거리가 멀다는 생각을 떨칠 수 없었다.

대단원

샤론과 내가 포마이카 테이블에서 같은 의견에 도달했던 날로부터 한 달이 넘게 지난 12월 14일이었다. 나는 샤론이 전화를 받을까 싶어서 그동안 평일을 골라 두 번 그 집에 전화를 걸었다. 세 번째 전화를 걸었을 때는 루카스와 함께 메트에 갈 날짜를 정해야 하지 않겠느냐는 말을 자동응답기에 남겨놓았다. 하지만 반응이 없었다.

샤론이 용기를 잃었나 하고 걱정했지만, 어쩌면 상황이 그보다 더 나쁜 것 같기도 했다. 샤론이 용기를 낸 것이 아닐까. 또 퓨즈가 나가는 바람에 그녀가 피터에게 그림을 팔자고 강력하게 고집을 피웠다가, 피터가 그런 건 생각도 하지 말라고 고결하게 선언해버린 것이 아닐까. 상황이 어떻든, 이제는 자연스럽게 일을 꾸밀 시간이 없었다. 사키스는 내가 요구한 조건을 받아들이면서, 올해 연말까지 중개가 이루어져야 한다는 조항을 넣었다. 그러니 내가 먼저 피터의 집에 가봐야 할 것 같았다. 하지만 무슨 핑계를 댄다지?

근처에 왔다가 우연히 들른 것처럼 굴 수는 없었다. 정신이 제대로 박힌 사람이라면 그런 핑계를 믿지 않을 것이다! 내가 내 물건을 정리하다가 피터의 아버지가 옛날에 찍은 사진을 '발굴'했다며 가져다줄 생각도 해보았지만, 내 아파트를 전부 뒤집어놨어도 사진이라고는 단 한 장도 나오지 않았다. 이건 분명히 가족애가 부족한 사람에게 우주가 내린 벌이었다. 결국 어쩔 도리가 없어서 나는 못된 인간들이 최후에 사용하는 핑계, 즉 연말 기분을 이용하기로 했다. 눈이 내린 것을 구실로 갑자기 그 집에 들러 연말의 좋은 분위기를 전달할 것이다. 화요일 오후 5시에 나는 63번가와 3번 애비뉴가 교차하는 곳에 있는 한국 델리에 가서 크리스마스 화환을 샀다. 하지만 반 블록쯤 가다가 되돌아와 그보다 더 큰 화환을 샀다. 카운터의 여자는 겨우 몇 분 전에 나한테 작은 화환을 팔았으면서도, 내가 그것을 큰 화환으로 바꿔달라고 요구하자 의심스러운 기색을 노골적으로 드러냈다. 그녀는 내 속셈을 알아차릴 방법이 없으니, 결국 마지못해 차액을 더 받고 자동차 타이어만 한 화환을 내주었다. 심지어 빨간 리본까지 달려 있는 화환이었다.

이 화환의 크기는 인상적이었지만, 운반하기가 영 고역이었다. 특히 송진이 내 캐시미어 외투에 묻지 않게 조심하는 것이 힘들었다. 그래서 지하철 계단을 내려가 회전식 개찰구를 통과하는 내내 투덜거렸다. 지하철 의자에 앉아 그 망할 놈의 물건을 무릎에 올려놓은 다음에는, 사람들이 죄다 나를 바라보며 웃음을 짓는 모습에 조금 당황했다. 덩치가 큰 한 아프리카계 미국인은 크리스마스 노래를 휘파람으로 불기까지 했다. 〈세 동방박사〉라는 제목의 그 캐럴은 선물을 들고 돌아다니는 사람들을 위한 노래였다. 나는 좋은 징조로 받아들였다.

하지만 피터의 집이 있는 거리를 걸어갈 때, 그 집 앞에 값비싼 SUV 한 대가 서 있는 것이 보였다. 나는 본능적으로 걸음을 늦추면서, 10년 된 혼다와 스바루 자동차들 사이에 저 차가 왜 있는지 생각해보았다. 그러다 피터의 집 앞 계단을 막 올라가려던 순간 완전히 혼란에 빠지고 말았다. SUV의 조수석 문에 기대 서 있는 청년이 바로 메트에서 만난 카우보이임을 알아차렸기 때문이다. 그는 여전히 위아래 모두 데님을 입고 있었다. 나는 계단을 다 올라간 뒤 한 번 더 뒤를 돌아보았다. 청년이 내게 손을 흔들었다. 그러고는 집의 문이 열리면서 샤론이 나타났다.

"퍼시 아저씨!" 샤론이 빛이 난다고 표현할 수밖에 없는 안색을 하고 진정한 애정을 담아 소리쳤다.

나는 대답 대신 선물을 들어 올렸다. 그리고 그 순간 내가 유대인 여성에게 거대한 크리스마스 화환을 선물하려 한다는 사실을 깨닫고 기겁했다!

하지만 샤론은 화환을 보고 미소를 지었다.

"정말 친절하세요. 루카스가 아주 좋아할 거예요. 걔는 우리가 크리스마스 분위기를 충분히 내지 않는다고 생각하거든요." 샤론은 내 선물을 받아 들고 돌아서서 복도 안쪽을 향해 소리쳤다. "퍼시 아저씨가 화환을 가져오셨어!"

내가 모종의 대안 우주에 들어온 것 같은 감각이 더 커진 것은 엠마가 상당히 예쁜 드레스를 입고 머리에 핀을 꽂은 모습으로 갑자기 나타났을 때였다.

"어서 들어오세요." 샤론이 말했다. "모두 부엌에 있어요." 샤론이 복도를 걸어가는 동안 나는 머뭇거렸지만, 어린 엠마가 내 손을 잡고 앞장섰다.

부엌에 들어가자 피터가 식탁에 낯선 사람과 마주 앉아 있었다. 나이와 키가 피터와 비슷한 그 사람을 어디선가 본 것 같았다. 두 사람 모두 플란넬 셔츠를 입었고, 앞에는 반쯤 찬 샴페인 잔이 있었다.

"퍼시 아저씨!" 피터가 말했다.

"외투는 제게 주시겠어요?" 루카스가 물었다.

"고맙다, 루카스."

루카스가 내 외투를 머리 위로 높이 들고 복도 저편으로 사라지는 동안, 피터가 나를 손님에게 소개했다. 그가 예의 바르게 의자에서 일어났다. 그의 이름은 마이클 리즈였다.

'그렇지.' 나는 그와 악수하며 생각했다. 《뉴욕타임스》에서 그를 본 기억이 났다. 그는 샌프란시스코에서 기술회사를 창업한 인물이었다. 야구 모자를 쓴 신종 억만장자 중 한 사람이라는 뜻이었다.

"만나서 반갑습니다." 그가 말했다.

"나도 반가워요."

피터, 리즈, 나는 식탁에 앉고, 샤론은 남편의 옆에서 남편에게 몸을 기댔다.

뒤쪽에서 차가운 바람 한 줄기가 느껴져서 샤론이 현관문을 닫는 걸 깜박 잊어버렸나 싶었지만 굳이 물어보지는 않았다. 내 앞에서 활짝 웃고 있는 얼굴들을 보니, 내가 느낀 찬바람이 브루클린 거리에서 들어온 것이 아니라 레보드프로방스에서 왔음을 알아차렸기 때문이다. 폐허 위를 횡횡 날아다니고 올리브나무의 빈 가지를 흔들어대던 겨울바람이 나를 찾아온 것이다.

"그래서, 뭘 축하하는 거냐?" 내가 물었다.

"두 가지예요!" 피터가 말했다. "하지만 첫 번째 이유부터 믿지 못하실 거예요, 퍼시 아저씨."

"빨리 듣고 싶은걸."

피터가 들려준 그간의 일을 간단히 정리하면 다음과 같다. 몇 주 전 피터와 샤론이 평소처럼 인근의 가장 좋아하는 식당에서 '밤 데이트'를 즐기고 있을 때, 브루클린 미술관을 구경하러 왔던 리즈가 우연히 그 식당으로 들어와 우연히 옆 테이블에 앉았다. 세 사람은 주문을 마친 뒤 대화를 나누게 되었는데, 알고 보니 피터와 샤론이 미들베리에 다니던 시기에 리즈는 예일의 학생이었고 공통의 지인이 한두 명쯤 있었다. 그렇게 이런저런 이야기를 하다 보니, 리즈가 예일에서 예술사를 전공했고 르네상스 시대의 별로 유명하지 않은 화가인 디도메니코를 주제로 4학년 때 논문을 썼다는 이야기가 나왔다.

"대단하지 않아요, 퍼시 아저씨?"

"정말 놀랍구나."

피터가 리즈에게 시선을 돌렸다.

"퍼시 아저씨도 르네상스 예술 전문가예요!"

"그렇군요!" 리즈가 말했다.

이 다음에 피터의 이야기가 어디로 흘러갔는지는 아마 여러분도 짐작할 수 있을 것이다…….

그날 식당에서 피터는 자신과 샤론이 디도메니코의 그림 한 조각을 **소유**하고 있다고 외쳤다!

"설마 성수태고지 그림인가요?" 리즈가 충격받은 얼굴로 말했다.

네, 그 그림이에요.

리즈는 너무나 놀랍다는 듯 고개를 절레절레 저었다. 그러고는 몇 년 전 자신이 디도메니코의 성수태고지 조각들을 수집하기 시작했는데, 무려 멀고 먼 텍사스와 사우디아라비아까지 조각들이 퍼져 있더라고 설명했다. 그는 약간의 행운과 노력 덕분에 올여름까지 원본 그림의 조각들을 하나만 빼고, 즉 성모가 그려진 23×23센티미터 크기의 조각만 빼고 다 모을 수 있었다.

"기적이네." 내가 말했다.

"그렇죠?" 피터가 말했다.

가장 근본적인 거래 법칙에 따르면, 리즈가 피터의 조각을 원하는 경우 자신이 하나만 빼고 모든 조각을 갖고 있다고 밝히는 것이야말로 최악의 수였다. 그러면 오랫동안 살던 집을 떠나기 싫어서 고층건물 부지로 정해진 땅을 일부 사버린 노부인과 비슷한 위치를 피터가 차지하게 되기 때문이었다. 그런데도 리즈는 모든 사실을 밝히고, 자신이 벌써 일류 복원가들을 찾아두었다는 말까지 덧붙였다. 그림의 조각들을 다시 꿰어 맞춰서 원본의 찬란한 모습을 복원할 수 있는 사람들이었다. 따라서 피터가 자신의 조각을 내놓을 생각이 있다면 기본적으로 값을 마음대로 부를 수 있었다.

그들의 대화 중 이 부분은 그 식당이 아니라 피터와 샤론의 응접실에서 이루어졌다. 그들이 그림 조각을 직접 보여주려고 새로 사권 이 친구를 집으로 초대했기 때문이었다. 리즈가 맥주를 몇 병 마시면서 자신의 상황을 이야기하고 그림을 사겠다는 제안을 한 뒤 피터와 샤론이 어떻게 했느냐고? 루카스를 불러서 의견을 물었다. (교활한 리즈 씨가 얼마나 당황했을까!)

루카스는 부모의 간략한 설명에 귀를 기울이며 커다란 관심을 보이더니, 딱 한 가지만 물어보았다.

"그 질문이 뭐였는지 아세요?" 피터가 물었다.

"짐작도 안 가는구나."

"마이크에게 그림을 복원한 뒤 뭘 할 거냐고 물었어요. 혼자 갖고 있을 것인가? 남들과 나눌 것인가?"

이때 리즈가 웃는 얼굴로 끼어들었다.

"루카스의 입에서 그 말이 나오는 걸 듣고 나는 정말 계속 웃었습니다. 정말 **완벽한** 질문이잖아요. 그 그림으로 뭘 할 거냐고 묻다니. 사실 저는 내심 학생 시절에 많은 시간을 보낸 예일 미술관에 그 그림을 보낼까 하는 생각을 옛날부터 하고 있었어요. 하지만 적극적으로 실천에 옮기지 않는다면, '내심' 선의를 간직하는 게 다 무슨 소용이겠어요? 그래서 우리는 거래에 조건을 걸었습니다. 디도메니코 그림의 복원이 끝나면 곧장 미술관에 보내기로요."

리즈가 갑자기 내 어깨 너머를 보며 말했다. "저기 아이가 오네요!"

루카스가 크리스털 포도주 잔을 손에 들고 부엌으로 돌아오고 있었다.

"샴페인 잔이 없었어요, 퍼시 아저씨. 이걸로 괜찮을까요?"

"물론이지."

루카스는 내 앞에 잔을 놓고 샴페인을 따랐다.

"병은 이제 내려놔도 된다, 애야."

나는 피터, 샤론, 리즈, 그리고 예일의 훌륭한 사람들이 서로 행운을 만나게 된 것을 축하하며 잔을 들어올렸다. "그럼 축하의 두 번째 이유는 뭐니?" 모두가 잔을 내려놓은 뒤 내가 물었다.

피터가 샤론의 허리를 한 팔로 감싸면서 말했다. "우리 임신했어요."

이런 문장에서 1인칭 복수를 사용하는 방식을 내가 언젠가 받아들이게 될 것 같지는 않지만, 당시 상황에서는 왠지 완벽한 문장 같았다. 알다시피 이야기를 듣는 동안 내내 나는 피터가 그 그림과 그토록 쉽게 헤어질 결심을 했다는 사실이 조금 놀라웠다. 그러나 리즈가 운명적으로 나타나기 전에 샤론이 이미 그림을 팔 때가 되었다고 피터를 설득하는 데 성공했다. 피터는 단 네 식구가 사는 데 추가 공간이 필요하지 않다고 생각할 것이라는 내 말이 샤론에게 사실상 설득의 도구를 제공해주었다…….

"그것 참 굉장한 일이로구나." 내가 말했다.

"하지만 가장 좋은 일은 따로 있어요." 피터가 말했다.

가장 좋은 일? '우리 임신했어요'와 '가격은 마음대로 부르세요'보다 더 좋은 일이라고?

"루카스의 제안이에요!"

리즈가 빙긋 웃으면서 나를 위해 설명해주었다. "제가 성수태고지 그림을 복원한 뒤, 화가들을 시켜 복제품을 두 점 만들게 하면 어떻겠느냐고 루카스가 제안했거든요. 원본은 예일에 걸려 있겠지만, 복제품 하나는 제 집에 걸고 다른 하나는 여기에 거는 거죠."

피터와 샤론은 자랑스러운 얼굴로 아들을 향해 미소를 지었다. 그럴 만했다. 하지만 루카스는 진심에서 우러난 겸손으로 얼굴을 붉히면서 사실을 분명히 밝혔다. "사실 저한테 그 아이디어를 주신 분은 퍼시 아저씨예요."

그러자 방 안의 모든 사람이 나를 향해 잔을 들어올렸다.

전쟁은 그런 것

(두 가지 조건이 붙은) 디도메니코 조각의 거래가 금방 이루어지고, 그림은 복원을 위해 샌프란시스코의 연구소로 보내졌다.

4월에는 1층 세입자에게 집을 비워달라는 통보가 전달되고, 가족들이 웰플리트에 가 있던 여름 동안 집의 전기 시설이 업그레이드되었다. 1층에는 가족들이 놀 수 있는 방과 일하는 방이 새로 만들어지고, 2층의 아기방에는 새로 페인트를 칠했다. 가족들은 9월에 몸무게가 3.2킬로그램인 사내아이 에제키엘을 데리고 브루클린으로 돌아와 그 아기방을 사용했다.

매력적인 기업가 리즈 씨는 마지막 조각의 주인을 알아내기 위해 그 미스터 데님을 시켜 나를 따라다녔음이 분명하다. 그러고는 피터와 샤론이 좋아하는 식당에 '우연히' 나타난 것이다. 그렇게 해서 리즈 씨는 내가 중개료를 받을 수 없게 사기를 친 셈이지만, 그 이유로 그를 크게 비난할 수는 없었다. 사실 나도 피터와 샤론에게 모든 것을 솔직히 털어놓지 않았고, 거래조건을 다시 바꾸려 했으니까. 사람들이 흔히 하는 말처럼, '전쟁은 그런 것'이었다. 그래서 그날 밤 피터와 샤론의 집 앞 인도에서 헤어질 때 리즈와 나는 신사답게 악수를 나누며, 피터 가족의 이상주의와 우리 자신의 평판을 지키기 위해 서로 신중함을 발휘하기로 무언의 약속을 했다.

내게 그해는 다른 해와 비슷했다. 맨해튼섬에서 하루를 보내며 라메종에서 점심을 먹고, 잠자리에 들기 전 손가락 굵기만큼 스카치를 따라 마시는 생활. 예전보다 좀 더 자주 예일 클럽에 들러 빌리와 백개먼을 하기는 했다. 추수감사절 때는 렉싱턴 애비뉴의 중국 음식점이 아니라 피터와 샤론의 집으로 가서 식탁 상석에 앉았다. 엠마가 내 왼편에, 루카스가 오른편에 앉았고, 내 등 뒤의 벽에는 밸런타인 스키너의 성수태고지 그림이 온전한 모습으로 찬란하게 걸려 있었다.

로스앤젤레스
LOS ANGELES

"캐서린인가?"

"……이브의 아버님이세요?"

"이렇게 늦은 시간에 귀찮게 해서 미안하군, 캐서린. 그냥 뭣 좀 물어보려고. 혹시……"

수화기 저편에 침묵이 흘렀다. 로스 씨가 수백 킬로미터 떨어진 인디애나에서 딸을 키웠던 지난 20년을 생각하며 감정을 억누르려고 애쓰는 소리가 들리는 듯했다.

"아버님?"

"미안하구나. 설명이 필요할 것 같은데, 이브와 그 팅커라는 친구의 관계가 끝난 모양이야."

"네, 며칠 전에 이브를 만나서 얘기를 들었어요."

"아. 그럼, 나는…… 그러니까 새라랑 내가…… 이브한테서 집으로 오겠다는 전보를 받았는데, 기차역에 마중하러 나갔지만 이브가 오질 않았어. 처음에는 플랫폼에서 이브를 미처 못 보고 지나쳤나 보다 했지만, 식당이나 대합실을 찾아봐도 이브가 보이질 않더구나. 그래서 역장한테 가서 승객 명단에 이브의 이름이 있는지 물어봤지. 그런데 역장이 방침에 어긋난다는 둥 하면서 알려주질 않는 거야. 그래도 결국은 이브가 뉴욕에서 기차에 탔다는 걸 확인해주긴 했지만. 그러니까 이브가 기차에 안 탄 건 아니었던 거야. 그저 내리질 않았던 거지. 우리는 며칠이나 걸려서 간신히 기차 차장과 통화를 했다. 그 친구는 덴버에서 다시 동쪽으로 향하고 있더군. 어쨌든 그 친구가 이브를 기억하고 있었어……. 그 흉터 때문에. 그러면서 하는 말이 기차가 시카고에 가까워졌을 때 이브가 돈을 내고 목적지를 바꿨다는 거야. 로스앤젤레스까지."

—《우아한 연인》, 17장

할리우드의 이브

1부

찰리

 식당칸에서 그는 흉터가 있지만 예쁘고 젊은 여자와 다시 마주 앉게 되었다. 그녀는 새로운 탐정소설을 읽는 중이었다. 책 표지에는 목 졸려 죽은 갈색 머리 여자가 그려져 있었다. 사람들은 책장이 술술 넘어가는 책이라고 말했지만, 그녀가 책장을 넘기는 속도를 보면 꼭 그렇지도 않은 것 같았다. 십중팔구 누가 친절하게 말을 거는 걸 막으려고 역에서 아무렇게나 집어 온 책일 것이다. 그도 이해가 갔다. 사람은 가끔 혼자 있고 싶을 때가 있는 법이다. 4800킬로미터를 달리는 동안 내내 그런 기분일 수도 있고.

 그는 그녀의 맞은편 의자에 앉으면서 고개를 끄덕했다. 그러고는 냅킨을 무릎에 펼치고 창밖을 내다보았다. 리오그란데 계곡이 성경 속 풍경 같은 높고 고독한 사막에 점점 자리를 내주고 있었다.

 하루만 더 지나면 그는 로스앤젤레스의 집에 도착할 것이다.

그곳에서 자신을 기다리는 상황에 대해 그는 여행 중반까지 생각하지 않으려 했다. 신문을 읽고 다른 승객들을 속으로 가늠해보며 시간을 보냈다. 캔자스시티에서 열차는 테네시주 멤피스에서 온 풀먼 침대차 두 칸과 연결되었다. 그는 웰스파고 은행에 다닌다는 사람과 역에서 맥주를 한잔하다가 하마터면 기차를 놓칠 뻔했다.

그러나 열차가 뉴멕시코에 들어선 뒤에는 더 이상 생각을 미룰 수 없었다. 필요한 곳에 필요한 주의를 기울여야 했다. 앞으로 며칠 동안 집을 팔고, 공과금을 내고, 저축계좌와 대출계좌를 닫을 것이다. 할 일 목록을 머릿속으로 생각할 때마다 목록이 점점 길어졌다. 자동차 팔기. 가방 싸기. 집에 크리스마스트리를 장식하지 않게 된 1934년 이후로 그가 한 번도 열어본 적이 없는 복도 창고 치우기. 목록 안에도 또 목록이 생겼다. 베티의 물건을 드디어 정리할 것. 그녀의 여름 원피스와 앞치마. 머리빗과 브로치. 일요일 예배에 나갈 때 쓰던 모자. 그녀가 무엇보다 소중히 여기던 쿠키 틀과 밀방망이와 파이 접시. 밀방망이를 누구에게 줘야 하나? 성인 여자라면 누구나 이미 밀방망이를 하나씩 갖고 있는데.

착한 아들인 톰이 멀리 테너플라이에서 와서 돕겠다고 했다. 그는 아들의 제안을 거의 받아들일 뻔했다. 그만큼 눈앞의 일이 어마어마하게 보였다. 하지만 이건 그가 직접 해야 하는 일이었다. 은퇴하고 홀아비가 되어 아들이 사는 동부로 곧 이주할 그가 직접 뭔가를 하는 것은 이번이 마지막이지 싶었다.

창밖에는 쩍쩍 갈라진 나바호 땅이 지평선까지 넓게 펼쳐져 있었다. 무자비하고 빨간 땅이었다. 이번에 동부로 갈 때 그는 뷰트[*]를 보면서 감탄했다. 하늘을 배경으로 고정되어 있는 그들이 세월과 사람들의 의지를 이겨낸 최후의 생존자인 것 같았다. 인간이 아는 그 무엇에도 뒤지지 않을 만큼 고독하고 장엄했다. 그는 이 땅을 다시 지나는 순간을 고대하고 있었다. 뷰트를 다시 세세하게 살펴보고 싶어서. 그러나 기차가 달리는 동안 뷰트의 모양이 흐릿해졌음을 깨달았다. 미처 의식하지 못하는 사이 뷰트가 그의 시야에서 밀려난 탓이었다. 대신 그는 창문에 비친 그 젊은 여자의 얼굴을 보았다.

그녀를 처음 본 곳은 뉴욕의 역 플랫폼이었다. 그녀는 발치에 작은 빨간색 여행 가방을 두고 담배를 피우고 있었다. 나이는 20대 중반쯤, 섬세한 이목구비, 모래 빛깔 머리카락, 우아하고 침착한 모습의 그녀는 군중 속에 있어도 눈에 띌 사람이었다. 아니, 특히 군중 속에서 눈에 띌 것 같기도 했다. 그는 그녀를 더 잘 볼 수 있게 오른쪽으로 한 걸음 움직이기까지 했지만, 기차 문이 열리면서 그녀가 기차에 오르는 다른 승객들 사이로 사라져버렸다.

그는 기차에서 자신의 자리를 찾아 가방을 잘 놓아두고, 디모인에서 온 신발용 가죽 영업사원과 예의 바른 대화를 나누느라 그 빨간 가방을 든 젊은 여자를 완전히 잊어버렸다. 그런데 다음 날 아침, 기차가 시카고에 가까워질 때 아침 식사를 하러 간 식당칸에서 그녀와 마주 앉게 되었다.

그녀는 창밖을 응시하며 새 담뱃갑으로 테이블을 톡톡 두드리고 있었다. 누가 자기 테이블에 앉는지 고개를 돌려 확인해보지도 않았다. 그러다 웨이터가 와서 잔을 다시 채워주겠다고 하자, 그녀는

✦ 미국 서부 평원의 고립된 언덕.

잠깐 고개를 돌려 예의 바르게 거절했다. 그녀의 미모가 일부 손상되었음을 그가 알아차린 것이 그때였다.

자신이 전에 그것을 알아보지 못했다는 사실이 놀라웠다. 길이가 거의 7.5센티미터쯤 되는 흉터가 광대뼈 꼭대기에서부터 턱 바로 위쪽까지 이어져 있었다. 물론 그는 그런 흉터를 이미 수백 번이나 보았다. 둔기로 이마를 맞아 생긴 별 모양 흉터. 칼에 맞아 생긴 초승달 모양 흉터. 차고 뒤편에 임시변통으로 만든 수술실에서 둔한 솜씨로 상처를 꿰매서 생긴 하얀색의 널찍한 흉터. 하지만 그런 흉터의 주인은 모두 남자였고, 그런 흉터가 생길 만한 짓을 한 사람들이었다. 누군가에게 죽어라 쫓기는 사람들. 그는 속으로 고개를 절레절레 저으며 메뉴판으로 시선을 돌려, 그 젊은 여자를 너무 유심히 바라보지 않으려고 애썼다. 어차피 그녀가 테이블에서 일어나면 확실하게 볼 수 있을 터였다.

그러나 차장이 통로를 지나가면서 기차가 유니언역에 곧 도착한다고 알렸을 때 흥미로운 일이 일어났다. 그녀가 창문에서 시선을 돌려 이미 지나간 차장을 부르더니, 시카고에서 로스앤젤레스까지 여정을 연장하려면 얼마를 내야 하느냐고 물은 것이다. 그녀는 필요한 요금을 지불한 뒤, 웨이터에게 잔을 다시 채워달라는 신호를 보냈다. 이 기차의 종점까지 가는 표를 방금 샀으니 이제 커피를 한 잔 더 음미할 수 있다는 듯이.

그는 이때 일을 한참 동안 생각했다. 밤에 기차 안 침상에 누워 앞으로 자신이 해야 하는 일에 대한 생각을 회피하려고 떠올린 여러 생각 중 하나였다. 가방 하나만 달랑 들고 뉴욕에서 혼자 기차에 오른 젊은 여자가 왜 갑자기 시카고에서 로스앤젤레스까지 표를 연장했을까? 그녀에게 긴급한 연락이 온 것 같지는 않았다. 차장이 다음 정거장을 알렸을 때 그녀가 특별히 초조해 보이지도 않았다. 하지만 한 가지는 확실했다. 결정을 내리고 나서 그녀가 흡족해했다는 것. 잔에 커피가 다시 채워진 뒤 그녀는 눈을 반짝이며 의자에 등을 기댔다. 브렌트우드에 사는 금발 여자라면 누구나 그 반짝이는 눈을 부러워했을 것이다.

✦ ✦ ✦

오늘 아침에 그가 흉터가 있는 그 젊은 여자 맞은편에 앉아 햄과 달걀을 자르고 있을 때, 30대 여자 두 명이 그 테이블의 빈자리에 앉았다. 두 사람 모두 검은색 베일이 달리고 테가 없는 모자를 쓰고 있었는데, 베일이 너무 작아서 무엇도 가려주지는 못했다. 옷은 만듦새가 훌륭했으나, 50대 여자에게 어울리는 모양이었다. 파란색 모자를 쓴 여자는 그의 맞은편 옆자리에 장로교 신자 같은 자세로 테이블에 앉았고, 빨간색 모자를 쓴 여자는 그의 옆자리에 앉아 무릎 위에서 가방을 꽉 쥐고 있었다. 그는 두 사람이 미시시피강 동쪽 어딘가에서 온 것 같다고 짐작했다. 하지만 동쪽으로 지나치게 먼 곳은 아닐 것이다. 아마도 클리블랜드쯤.

"안녕하세요." 두 여자가 말했다.

"안녕하세요." 그가 대답했다.

흉터가 있는 젊은 여자는 계속 책을 읽었다.

"안녕하세요." 파란 모자를 쓴 여자가 정중하지만 고집스럽게 인사를 되풀이했다. 그 말씨를 보니 세인트루이스에 좀 더 가까운 쪽인 것 같았다.

"구텐 타크." 젊은 여자가 책에서 시선을 들지 않은 채 대꾸했다.
파란 모자를 쓴 여자는 자신의 일행에게 보라는 듯이 눈썹을 치떴다.
웨이터가 주문을 받고 간 뒤, 파란 모자의 여자가 작은 다이어리를 꺼내 여정을 살펴보기 시작했다. 어디서 머무를지, 무엇을 구경할지. 믿을 만한 친구의 말에 따르면, 호텔 근처에 깨끗하고 가격도 합리적인 식당이 있다고 했다. 가지 말아야 할 곳과 하지 말아야 할 행동에 대해 말해준 사람들도 있었다. 그가 보기에는 두 사람이 전에도 이런 대화를 한 적이 있는 것 같았다. 집에 돌아갈 때까지 매일 이런 대화를 할 것 같다는 생각도 들었다.
음식이 나오자 파란 모자의 여자가 다시 일행을 향해 눈썹을 치떴다. 이번에는 웨이터가 접시를 다소 거칠게 갖고 와서 놓은 것 같다는 뜻이었다.
식사를 하다가 파란 모자의 여자는 최근에 들은 어떤 이야기를 떠올렸다. 두 사람은 이웃들의 일에 대해 이야기하기 시작했다. 빨간 모자의 여자는 전에 다 들은 이야기지만 한마디도 놓치기 싫은 사람 같은 표정으로 귀를 기울였다. "그런 고지, 모." 그녀는 자신이 예상한 최악의 상황이 이야기 속에 펼쳐질 때마다 이렇게 말했다. 예를 들면, 애딜슨 일가의 자동차를 관리하던 유색인종 소년이 어느 날 밤 그 집의 캐딜락을 타고 시내로 나갔다는 이야기가 나왔을 때. 또는 젊은 홀리스터 양이 말이 빠른 교사를 따라 시카고까지 갔다가 아이만 안고 돌아왔다는 이야기가 나왔을 때. 그럼 리오노라 커닝햄은……? 그 여자가 클레이튼에서 그 커다란 집을 산 뒤 누구든 자기 이야기를 들어주는 사람에게 이런저런 커튼에 대해, 이런 저런 소파에 대해 이야기했잖아. 그런데 그 뒤에 은행 조사관들이 그 여자 남편 사무실을 찾아가서 7년치 장부를 마분지 상자에 담아서 들고 나왔대!

그래, 그런 고지, 모.

그는 접시 위에 나이프와 포크를 십자 모양으로 엇갈리게 놓고 창문으로 시선을 돌렸다. 마음이 좀 아팠다. 베티에 대한 기억이 떠오르기 조금 전에 가끔 그렇게 마음이 아플 때가 있었다. 하지만 이번에는 아내의 기억이 전혀 떠오르지 않았다. 대신 그는 자신이 캐럴라인에 대해 생각하고 있음을 깨달았다.

아들이 처음 캐럴라인과 사귈 때, 그와 베티는 당연히 자랑스러웠다. 캐럴라인이 대학생이고 뉴욕의 법률가 딸이라서가 아니었다. 아니, 그것만이 이유는 아니었다고 해야겠다. 캐럴라인의 눈이 선명한 파란색이고, 그녀가 아주 똑똑한 사람이라는 것도 이유였다. 캐럴라인은 그의 집 포치에 앉아서 여행과 음악과 책과 모든 종류의 열린 결말에 대해 숨 쉴 틈도 없이 이야기를 늘어놓았다. 하지만 고작 6년 뒤 그녀는 짜증을 숨기지 못하는 사람이 되었다. 이를테면 톰이 회사에서 자신의 자리를 아주 즐기는 것처럼 말할 때. 또는 톰이 집의 아주 작은 부분에 대해 만족감을 드러낼 때. 캐럴라인은 그리니치에 사는 옛 친구를 만나러 갔던 일을 이야기하면서, 톰에게 그 집 뒷마당의 나무가 얼마나 굉장한지 상상도 못할 거라고 두 번이나 말했다. 마치 테너플라이의 나무를 심은 신神보다 그리니치의 그 나무를 심은 신이 더 훌륭하다고 말하는 것 같았다.

그도 캐럴라인에게서 비슷한 대우를 받았다. 아들의 집에 간 첫날 저녁 그가 옛날에 일할 때의 이야기를 조금 했더니 그녀가 그의 말을 잘라버렸다. 저녁 식사 자리에 맞는 이야기가 아니라면서. 아이 앞에서 하기에 알맞은 이야기도 아니라고 했다. 그다음 날 그가 옛날에 입던 회색 정장 차림으로 아침을 먹으러 내려왔을 때는 캐럴라인이 그 낡은 회색 정장도 자리에 맞지 않는다고 말하는 듯한 시선으로 그를 흘깃 보았다.

캐럴라인에게도 자기만의 여정과 하면 안 되는 일이 있는 모양이라고 그는 혼자 생각했다. 조금 슬펐다. 하지만 모자를 쓴 두 여자와 달리, 캐럴라인의 여정은 캘리포니아를 향하지 않았다. 그녀의 여정은 그녀의 인생이었다.

하지만 이런 생각이 점점 형태를 갖춰가는 순간에도 그는 이런 생각을 하는 자신을 꾸짖었다. 베티가 있었다면 똑같이 그를 꾸짖었을 것이다.

어쨌든 캐럴라인에게는 자신의 인생을 계획할 권리가 있지 않은가? 상상할 권리도 있지 않은가? 그와 베티도 젊은 시절에 똑같이 인생을 계획하지 않았던가? 펀리 애비뉴의 그 작은 집에서 에임즈버리 로드에 살게 될 날을 상상하며 달콤한 저녁을 보내지 않았던가? 인생 최고의 해에 아들의 미래를 상상한 적도 있지 않았던가? 그때 아들은 아직 자신의 미래를 상상할 수 있는 나이가 아니었는데도.

그런 것이 미국식이었다.

어쩌면 세상 모두의 방식일 수도 있었다.

창에 비친 자신의 모습을 보며, 그는 자신을 가늠해보려고 했다. 그가 그 낡은 회색 정장을 입고 아침 식탁에 앉았을 때 캐럴라인이 그랬던 것처럼 자신을 가늠해보려고 했다. 사실 베티가 세상을 떠난 뒤 그의 몸무게가 틀림없이 9킬로그램은 줄었을 것이다. 가슴과 팔에서 살이 모두 빠져버렸다. 그래서 이제는 그 낡은 회색 양복이 그의 몸에 헐렁하게 걸쳐져 있었다. 마치 중고 양복을 사서 입은 것 같았다. 사실 그가 그 양복을 계속 입을 이유가 어디에 있을까? 그 옷을 입고 어디에 가려고?

이 나라, 이 삶에서는 사람들이 스스로를 만들어간다는 것을 그는 알고 있었다. 우리는 자신의 자리와 동료를 고르고, 생계를 해결할 방법도 고른다. 그렇게 자신을 만들어간다. 장소와 사람과 방법을 고르는 방식으로. 그렇다면 그런 요소들을 하나씩 잃을 때마다 체에 걸려 사라지는 것이 생기게 마련이다. 배우자를 땅에 묻는 일, 일을 그만두고 은퇴하는 것, 22년 동안 살던 집에서 이사가는 것, 이렇게 그동안 있었던 일들이 없던 일로 돌아간다. 이 과정을 통해 시간과 의지가 고독한 영혼을 다시 차지하고 저만의 웅대한 계획을 펼치려 한다.

항상 겸손해야 한다고 일깨워주려는 듯, 창밖의 전신주에서 뻗어나온 전선이 결혼식과 전쟁의 소식을 싣고 사막을 가로질렀다.

동부로 간 첫날 밤, 캐럴라인이 그의 옛이야기를 중간에서 잘라버린 그날, 그는 자부심에 상처를 입었으면서도 그녀가 절대적으로 옳다고 생각했다. 그의 말을 잘라버린 것은 옳은 일이었다. 그의 이야기가 저녁 식탁이나 아이에게 알맞지 않아서가 아니었다. 그것이 노인의 이야기이기 때문이었다. 딱하고 피로하고 이미 너무나 많이 되풀이된 이야기였다.

헛되고 또 헛되도다.

'이전 세대들이 기억됨이 없으니 장래 세대도 그 후 세대들과 함께 기억됨이 없으리라.'✦

✦ ✦ ✦

"재미있어요?"

세인트루이스에서 온 두 여자가 웨이터에게 음식값을 지불하는 동안 흉터가 있는 젊은 여자도 책에서 시선을 들어 계산서를 요구했다. 파란 모자의 여자는 그 틈을 놓치지 않았다.

"읽고 있는 책 말이에요. 재미있어요?"

책이 재미있을 것이라는 기대가 전혀 없는 말투였다.

젊은 여자는 잠시 그녀를 유심히 보더니, 담뱃불을 끄고, 남부의 어여쁜 아가씨처럼 미소를 지으며, 그 얼굴에 어울리는 남부 사투리로 대답했다.

"어머, 괜찮은 편인 것 같아요······. 온갖 종류의 명사랑 동사가 나오거든요. 형용사도 있어요! 하지만 인생의 참모습이 없네요. 그 왜, 22장에서 주인공이 미키를 먹고 딱 60초 만에 넘어지잖아요. 그런데 14장에서는 배에 총을 맞은 주인공이 걸어서 시내를 절반이나 가로질러요. 그리고 s.e.x에 대해서는 거의 한마디도 없다는 말로 충분하겠네요."

그녀는 당신이 듣기에도 어이없지 않느냐는 표정으로 고개를 절레절레 저었다.

"저는 시적인 허용을 적극 찬성하는 사람이에요. 하지만 지금 이

✦ 전도서 1장 11절.

시대에 뺨에 쪽 하고 뽀뽀만 하는 건 이성을 시험하는 짓이죠."

"어머!" 모자를 쓴 두 여자가 말했다.

그 두 사람이 화를 내며 통로를 걸어가는 동안, 흉터가 있는 젊은 여자는 손가락에 침을 묻혀 책장을 넘겼다.

몇 분 동안 그녀는 한가로이 책을 읽었다. 하지만 책에서 어떤 내용을 보고 멈칫하는 기색이었다. 그녀는 창밖을 내다보다가 작은 손가방 안을 뒤지더니 그에게 펜이나 연필을 빌려주실 수 있느냐고 물었다. 그는 재킷 주머니에서 연필을 꺼내 그녀에게 건넸다. 그녀는 책장을 맨 뒤까지 휘리릭 넘겨서 잠깐 메모를 했다. 그러고는 자신의 노력에 만족한 표정으로 연필을 돌려주었다.

이제 식당칸에는 사람이 거의 없었다. 몇 테이블 떨어진 자리에서 어떤 엄마가 주근깨 소년을 나무라고 있었다. 아이가 소금과 후추 통으로 병정놀이를 한 것이 문제였다. 구석의 테이블에서는 학문을 좋아하는 청년이 책 더미 속에 앉아 있었다. 밖에서는 전선이 한없이 계속 이어졌다.

그는 자기도 모르게 입을 열었다.

"미키에 대한 당신의 말이 옳아요. 평균 체중의 남자라면 별 다섯 개짜리 미키핀*이 효과를 발휘하는 데 10분은 걸릴 거예요."

젊은 여자는 책을 아래로 내려 그 너머로 그를 바라보았다.

"하지만 총알은, 그건 완전히 다른 문제죠." 그가 말했다.

그녀가 책을 테이블에 내려놓았다.

"1924년에 벤투라에서 나랑 같이 일하던 남자가 눈에 총을 맞았

✦ 상대방이 모르게 약물이나 술을 섞어서 주는 음료.

어요. 총알이 두개골을 스치고 귀로 나왔죠. 그 친구는 24킬로미터 떨어진 카운티 병원까지 스스로 차를 운전해 가서 살았어요. 하지만 에디 오도넬은 어땠게요? 당신하고 나이 차이가 별로 안 나는 젊은 여자가 쏜 22구경 피스톨에 맞았죠."

그는 손가락 두 개를 벌려 그 총이 얼마나 작았는지를 표현했다.

"그 여자가 그때 누굴 숨겨주고 있었어요. 그게 누구였는지는 기억이 안 나지만. 우리는 그냥 몇 가지만 물어볼 작정이었는데, 그 여자가 갑자기 총을 꺼내들고 있더라고요. 이파리처럼 와들와들 떨면서. 우리는 후회할 일은 하지 말라고 말했어요. 그런데 그 여자가 그냥 눈을 꾹 감고 방아쇠를 당겨버린 거예요. 에디의 다리에 총알이 박혔어요. 에디는 믿을 수가 없다는 표정이었죠. '이것 좀 봐.' 이렇게 말하더라고요. 그런데 총알에 넓적다리동맥이 찢어진 거예요. 에디는 그 자리에서 바로 출혈 과다로 죽었어요."

그는 잠시 창밖을 바라보았다. 에디 오도넬에 대한 생각이 그를 압도했다. 그를 압도하다니. 이렇게나 세월이 흘렀는데도.

"총에 맞은 사람이 어떻게 될지는 알 길이 없어요."

그가 이렇게 말하고서 그녀를 돌아보니, 그녀가 그를 찬찬히 살피고 있었다. 그러면서 그의 옛 파트너를 안타깝게 여긴다는 듯이 몇 번 고개를 끄덕였다. 그러고 나서 테이블 위로 손을 뻗었다.

"저는 이블린 로스예요."

그녀는 손힘이 좋았다.

"찰리 그레인저예요."

그녀는 새 담배를 꺼내 불을 붙였다.

"계속 얘기해주세요, 찰리."

그녀가 담뱃갑을 그에게 밀었다.

여자가 그에게 담배를 권한 것은 15년여 만에 처음이었다.

계속 얘기해주세요. 그녀가 이렇게 말했으니, 찰리는 그녀에게 얘기해주었다.

자신과 베티가 1905년에 갓 태어난 아들을 안고 로스앤젤레스에 온 이야기. 다른 곳으로 이주할 용의가 있는 노련한 경찰관을 구한다는 광고를 시카고 신문에서 보고 결정한 일이었다. 그들이 기차에서 내렸을 때 로스앤젤레스는 도시 전체가 조랑말 속달우편의 변방 지점 같은 모습이었다.

그녀가 이미 알고 있는 이야기들도 들려주었다. 영화사와 마티네+ 아이돌, 저택과 웅장한 호텔이 세를 얻어 떠오른 것. 하지만 그는 그녀에게 다른 로스앤젤레스에 대해서도 말해주었다. 매혹적인 로스앤젤레스 바로 옆의 먼지 속에서 등장해 밝은 로스앤젤레스보다 빠르지는 않을망정 최소한 비슷한 속도로 성장한 로스앤젤레스. 조직폭력배와 사기꾼과 밤의 아가씨가 사는 곳. 도시 안의 이 도시에는 그곳만의 식당과 케이블카, 예배당과 은행이 있었다. 이곳에만 나타나는 실패와 어리석음, 우아함과 성실함도 있었다.

문득 자신의 이야기가 너무 길었음을 깨달은 그는 미안하다고 사과했지만, 그녀는 다시 담배를 테이블 위에서 그에게 밀어줄 뿐이었다. 그러고는 그에게 경찰로 일할 때의 이야기를 해달라고 말했다. 그가 시시한 악당들의 이야기를 들려줄 때도, 신문 1면에 실린

+ 연극 등의 낮 공연.

악당의 이야기를 들려줄 때도 그녀는 똑같이 귀를 기울였다. 그러다 도히니 익사사건의 이야기가 나오자 그녀는 밝게 웃음을 터뜨렸다.

젊은 숙녀들이 부엌과 성에서, 할리우드와 테너플라이에서, 그 밖의 세상 모든 곳에서 그녀처럼 웃어야 마땅한데.

식당칸이 마침내 다 비었을 때(공부를 좋아하는 그 청년은 자신의 짐을 끌고 자리로 돌아갔고, 주근깨 소년은 엄마가 웨이터 몫으로 남겨둔 잔돈을 능숙한 솜씨로 재킷 주머니에 쓸어 담았다) 이블린은 찰리에게 사과할 것이 있다고 말했다.

"아까 여기 앉으셨을 때, 같은 길을 너무나 많이 다닌 영업사원처럼 보이셨어요. 그래서 저는 아저씨를 완전히 무시할 작정이었거든요. 그런데 이야기를 듣다 보니까, 멀리 팀북투까지 가더라도 계속 귀 기울여 들을 수 있을 것 같았어요."

그녀는 테이블을 한 번 가볍게 두드리고 일어섰다.

"아마 그런 고겠죠, 모."

그러나 그녀가 발걸음을 뗐을 때 그가 손을 뻗어 그녀의 팔을 잡았다. 그녀가 뒤를 돌아보며 무슨 일이냐는 듯 고개를 갸우뚱했다.

"내가 개인적인 질문을 해도 되겠소, 로스 양?"

"물론이죠."

"왜 시카고에서 로스앤젤레스까지 표를 연장한 거요?"

그녀는 살짝 놀란 기색이더니 이내 빙긋 웃었다.

"저도 잘 모르겠어요. 그냥 풍경을 좀 바꿔볼 때가 되었다 싶었던 것 같아요."

그 순간 그것이 다시 보였다. 결정을 내린 사람의 반짝임. 이유도, 충동도, 더 웅대한 계획과 연결된 사슬도 없기 때문에 더 훌륭한 결정. 그 순간 찰리는 자신이 아들의 집으로 돌아갈 생각이 없음을 확신했다.

그녀는 곧장 발걸음을 떼지 않고 잠시 그 자리에 남아, 자기만의 고민에 빠졌다. 그동안 동부가 점점 멀어졌다.

"저도 개인적인 질문을 드려도 될까요, 그레인저 씨?" 마침내 그녀가 말했다.

"물론이오."

"별 다섯 개짜리 미키핀을 어떻게 만들어요?"

프렌티스

 9월 16일, 베벌리힐스 호텔의 수영장 테라스 북동쪽 귀퉁이에서 프렌티스 사이먼스는 긴 의자 두 개 사이에서 걸음을 멈추고 숨을 골랐다. 보로디노 벌판에서 쿠투조프 장군이 걸음을 멈춘 것처럼. 워싱턴이 영국군을 지휘하던 호 장군의 손에서 빠져나와 허드슨강 서쪽 강변에서 걸음을 멈춘 것처럼. 여기 수영장 테라스에서 프렌티스가 지팡이에 몸을 기대는 순간 태양도 하늘길에서 잠시 움직임을 멈추고 캐노피가 찰칵 하고 고정되는 소리도 잦아들었다.
 맑은 물속에서 새로운 스타가 된 신인 여배우가 혼자 헤엄치고 있었다. 적갈색 머리카락을 하늘색 수영모로 깔끔하게 정리한 그녀의 섬세한 팔이 얼룩덜룩 그림자가 진 수면을 조용히 갈랐다. 그녀는 이 아름다운 도시에 가장 최근에 나타난 나이팅게일이었다. 수영장 네 귀퉁이에 서서 손님의 시중을 드는 호텔의 남자 직원들은 그녀가 쉰 번째 왕복을 마쳤을 때 자신과 가까운 쪽으로 올라와 자신이 그녀에게 수건을 건네는 영광을 누릴 수 있기를 저마다 바라고 있었다. 5년 전이었다면 이 아가씨(아니, 그녀의 전임자)가 운동을 마친 뒤 프렌티스 쪽으로 헤엄쳐 나왔을 것이다. 짐짓 수줍은 척 말을 던지면서 수영장 가장자리에서 그에게 물을 튀기는 장난을 친 뒤, 유명해지는 길로 헤엄쳐 들어갔을 것이다.

그러나 안타깝게도 하늘의 시스템에서 사람의 위치를 바꿀 길은 없다. 바다에서 작은 배의 위치를 바꾸기 힘든 것과 같다. 안타깝게도, 안타깝게도. 하지만 또한 앞으로 나아간다!

"오후입니다, 사이먼스 선생님." 북북서쪽에 서 있는 직원이 말했다. 꾀바른 녀석 제임스였다. 그는 수식어 없이 '오후입니다'라고만 말하면서 살짝 미소를 지었다. 업계에서 프렌티스의 위상을 자신도 인정한다며 윙크를 하는 듯한 느낌이었다. 그것은 그 청년이 연예기획사에서 필연적으로 성공할 사람이라는 징조이거나, 아니면 중대한 범죄자가 될 것이라는 징조였다.

"**좋은 오후야.**" 프렌티스는 그 앞을 지나가며 말을 바로잡아주었다.

테라스 가장자리에는 중앙 홀로 이어진 계단 스물여섯 개가 기다리고 있었다. 채 30미터도 떨어지지 않은 곳에 얼마 전 설치된 엘리베이터가 있다는 사실을 프렌티스도 그 계단도 잘 알았다. 하지만 그는 그 엘리베이터를 이용함으로써 계단에게 만족감을 안겨줄 생각이 전혀 없었다. 그는 지팡이를 한 번 휘두르고 나서, 계단을 올라가기 시작했다. 다섯 개, 열 개, 열다섯 개, 스무 개. 좋은 오후야. 그는 계단 꼭대기에 올라서면서 속으로 말했다. 매일 하는 운동을 마쳤고, 건방진 직원도 적당히 피했고, 스물여섯 개의 계단에게 승리를 거뒀는데, 시각은 3시 30분에 불과했다.

호텔 안으로 들어온 그는 로비 방향을 알려주는 우아한 표지 앞을 지나며 빙긋 웃었다. 그 공간을 '로비'라고 부르는 것은 범죄였다. 그런 곳에서 쿠블라 칸은 신하들과 회의를 열었다. 한 시간 안에 세상이 오락가락할 수 있는 지리적인 지점이었다. 뭐가 뭔지 모른 채 옷만 갈아입고 맨해튼에서 막 도착한 금융가들이 곧 숙박부에 이름을 적을 것이다. 배달부들이 찬사 또는 유감을 표현하기 위해 마련된 정교한 꽃다발을 들고 나타날 것이다. 제멋대로 구는 이 도시의 젊은이들이 술집으로 가는 길에 늦은 점심을 먹는 거물들 앞을 지나갈 것이다. 그들은 언젠가 그 거물의 자리를 차지할 꿈을 꾸고 있다.

그러나 프렌티스가 모퉁이를 돌아 야자 화분 사이를 지나갈 때, 운명의 여신이 또다시 자신의 우월함, 인간에 대한 지배력을 과시했다. 그곳 천장 아래에 섬세한 미인이 경솔하게 그의 의자를 차지하고 앉아 있었기 때문이다. 그녀는 가장 최근의 변화들만 다루는 가장 최신 간행물인 《갠더》의 책장을 무심히 넘기고 있었다. 그녀가 그 의자를 선택한 것을 탓하기는 힘들었다. 화려하고 위치도 좋아서 사람의 마음을 끄는 의자였으니까. 게다가 그녀가 의자에 관한 다른 사실을 알 리도 없었다.

그는 남몰래 주위를 한번 눈으로 둘러보며 프런트 매니저나 안내원을 찾아보았지만, 두 사람 모두 다른 일에 붙들려 있었다. 그래서 그는 눈썹을 늘어뜨리고 지팡이에 조금 지나치다 싶게 몸을 기댄 채 그녀에게 다가갔다.

"에헴."

멀리서 볼 때는 무척 섬세한 미인처럼 보였는데, 잡지에서 시선을 드는 얼굴에 흉터가 있었다. 조로의 적에게 있을 법한 흉터였다! 그녀의 눈썹이 침착하게 위로 올라가 궁금증을 표현했다. 그 순간 그는 동정심에 호소해봤자 소용없을 것을 깨닫고, 허리를 똑바로 세웠다.

"방해해서 미안하오. 하지만 크게 불편하지 않다면 이쪽 의자로 자리를 옮겨주겠소?"

그는 그녀 왼쪽으로 1미터 남짓 거리에 있는 빈 의자를 지팡이로 가볍게 가리켰다.

"보다시피 내 몸집 때문에 특별한 자리가 필요하거든."

그녀가 고개를 한쪽으로 기울이고 빙긋 웃었다.

"하지만 둘 다 크기가 같은데요……."

그는 헛기침을 했다.

"그래요. 그렇지, 그렇지. 그러니 내가 이 빈 의자에도 아마 앉을 수 있을 거요. 하지만 말이오, 미안하지만…… 뭐라고 할까……? 이건 **내** 의자가 아니야."

그녀는 잡지를 무릎에 내려놓고 의자에 깊숙이 앉았다. 그의 말에 주의를 온전히 집중할 수 있다고 말하는 듯했다. 그녀에게 축복이 있기를!

그는 키케로 같은 태도를 취했다.

"젊은 아가씨, 비록 내가 이 호텔에 계속 머무른 지 천 일이 넘었지만 그것만으로 로비에서 특별한 특권을 주장할 권리가 생기는 것은 아니지. 호텔에서 단 하루를 묵는 손님이라도, 이곳 설비를 모두 이용할 권리가 있어요. 그러니 아가씨에게 원칙을 따지지는 않겠소. 대신 **관용**에 호소해야 할 것 같군. 난 정말이지 늙고 뚱뚱한 왕년의 사람이라서, 이제는 이 도시의 유명한 도락을 마음껏 즐길 수 없소. 다만 오후 4시에 세상이 돌아가는 것을 지켜볼 뿐. 여기 나의 엘바에서…… 내 기둥에서…… 내 자리에서."

여자는 유쾌한 미소를 지으며 옆 의자로 옮겨갔다.

"정말 예의를 아는 여성이오." 프렌티스는 이렇게 말하면서 고개를 살짝 숙였다.

"아니에요. 왕년의 사람들에게 마음이 약해서 그래요."

훌륭한 가정교육의 좋은 표본처럼 그녀는 클로티드 크림과 잼을 곁들인 건포도 스콘과 차를 함께 먹자는 프렌티스의 제안을 받아들였다.

"베벌리힐스에는 무슨 일로 오셨소?" 프렌티스가 그녀의 잔을 채워주며 물었다.

"조금 모험을 하고 싶었던 것 같아요."

"음, 그럼 제대로 찾아왔군. 테디 루스벨트와 어니스트 헤밍웨이는 멀리 아프리카까지 가서 야생동물도 보고, 사냥에 합류해서 목숨이 위태로운 위험도 겪었지. 내가 분명히 말하지만, 그 사람들도 여기 로비에 오는 걸로 충분했을 거요."

여자가 웃음을 터뜨렸다.

최고의 웃음이었다.

"목숨이 위태로운 위험……?" 그녀가 물었다.

"나는 과장하는 사람이 아니오. 앞으로 몇 분 뒤에, 스라소니의 털만큼 두툼한 모피 코트를 입은 포식자들을 보게 될 거요. 샘 주위에 높이 자란 풀밭에서 못된 일을 꾸미는 개들이 젊고 무방비한 가젤이 다가오기를 기다리는 걸 보게 될 거요. 그리고 매일 5시에 대질주가 벌어지지."

여자는 다시 웃음을 터뜨렸다. 그는 그 소리에 미소를 지었다.

그녀의 웃음에는 피곤하거나 추한 느낌이 전혀 없었다. 오히려 타인의 약점을 잘 알면서도 신경을 곤두세우지 않는 웃음이었다. 인간 희극에 바쳐진 웃음, 그가 정말 오랜만에 듣는 웃음이었다. 어쩌면 그동안 영겁의 세월이 흐른 것 같기도 했다. 이런 웃음은 절대 방해하지 말아야 했다! (그는 차에 곁들일 샌드위치를 가져오는 웨이터를 손짓으로 조심스레 물렸다.)

그녀의 질문에 드러나는 호기심은 또 얼마나 세련됐는지. 젊은 시절의 갈릴레이나 아이작 뉴턴도 아마 그런 호기심을 품었을 것이다. 지난날의 변덕스러운 확신에 노예처럼 매달리지 않고(사실 오히려 그런 확신을 본능적으로 의심하는 기색이었다), 그녀는 **세상**에 관심을 보였다. 눈에 보이지는 않지만 세상의 축을 중심으로 돌아가며 우리가 우주공간으로 튕겨나가지 않게 붙잡아주는 불변의 법칙에도 관심을 보였다.

그래서 그는 스페인 선교사들의 이야기와 서터스밀에서 시작된 골드러시로 대이주가 일어난 역사는 교수들에게 맡겨두기로 하고, 베벌리힐스가 어떻게 만들어졌는지 그녀에게 이야기해주었다. 사막 속의 사막인 베벌리힐스는 천년 동안 황무지로 놓고 있었는데, 어느 날 파이어니어 오일이 나타나 석유를 찾으려고 땅에 깊숙이 구멍을 뚫었다. 그러나 그들이 발견한 것은…… 물이었다. 맛도 없고, 형체도 없고, 색도 없는 물질. 그것이 없으면 아무것도 없다.

(프렌티스는 주위를 손으로 대충 가리켰다. 로비 밖에 지천으로

널려 있는 오렌지꽃과 재스민을 보라는 뜻이었다.)

그리고 나서 그는 1912년에 앤더슨 집안이 꿈을 품고 백만 달러로 이곳의 땅 10에이커를 확보했다고 설명했다. 정원과 나무 그늘 사이에 사람들이 잠시 머물 수 있는 빼어난 집을 짓는 것이 그들의 꿈이었다. 그들의 꿈은 계속 발전해서, 왕의 함대와 사략선이 카리브해에서 벌인 전투, 클레오파트라 후손들의 냉혹한 희롱, 중산모를 쓴 방랑자의 선행을 상상한 작품들이 호텔 안에 설치되었다.

"여기서 채 30미터도 떨어지지 않은 곳에서 채플린, 페어뱅크스, 픽퍼드, 그리피스가 예술의 독립이라는 기치를 들고, 유나이티드 아티스트를 만들었으니까!"

등등.

여자는 뜻밖에도 할리우드에 관한 몹시 환상적인 이야기로 그의 이야깃값을 치렀다. 그가 한 번도 들어본 적이 없는 이야기였는데, 그녀는 골든스테이트리미티드의 열차 식당칸에서 무려 강력반 형사가 해준 이야기라고 말했다. 그녀가 자리를 뜨려고 일어서자 그도 일어섰다. 그녀의 손을 잡고, 즐거운 오후를 보내게 해줘서 고맙다고 인사하려고 지팡이는 짚지 않았다.

원래 그날 프렌티스는 차를 마시고 나서 한 시간 동안 찰스와 메리 램의 『셰익스피어 이야기』를 읽을 계획이었다. 그러나 그날의 운동을 마치고, 샌드위치를 손짓으로 물리고, 아름다운 여성과 한참 동안 이야기를 나눈 뒤 마침내 자리에서 일어섰을 때 그는 일종의 열정을 느꼈다.

방으로 서둘러 돌아갈 이유가 뭔가? 그는 속으로 생각했다. 램 남매는 인간이 아는 어느 말벗 못지않게 공감 능력이 뛰어나고 품위가 있었다. 그가 늦어진 이유를 그들은 누구보다 먼저 이해해줄 터였다. 그래서 그는 로비의 문을 나서, 향기로운 공기 속으로 향했다.

호텔 급사장인 에드가가 손님 한 명을 택시 뒷좌석에 태워드린 뒤 자동차 지붕을 툭툭 두드리고 있었다. 그러고 나서 고개를 돌린 그는 프렌티스가 앞에 서 있는 것을 보고 곧바로 차렷 자세를 취했다.

"사이먼스 선생님!"

"안녕한가, 에드가? 잘 지내고 있어?"

"오늘은 아름다운 저녁이 될 것 같습니다."

"내 생각에도 그래. 사실 메종 로베르에서 이른 저녁을 먹기에 완벽한 저녁인 것 같은걸. 윌리엄이 지금 한가한지 좀 봐주겠나?"

"네, 선생님." 에드가는 기운차게 이렇게 말하고 나서, 아래쪽으로 뛰어 내려갔다.

메종 로베르라……. 프렌티스는 기대에 차서 빙긋 웃었다(그러면서 진입로를 가로질러, 치자나무 덤불이 꽃을 피운 커다란 토스카나 화분으로 향했다). 그를 보면 얼마나 반가워할까. 그동안 지난 세월은 입에 담지 않고, 예약 기록부에도 눈길 한 번 주지 않고서 로베르 자신이 프렌티스를 옛날에 앉던 자리로 안내할 것이다. 차가운 아스파라거스 수프를 먹고 나면, 큼직한 비프스테이크, 포테이토 도피누아즈✦, 수플레가 나오겠지. 아니, 그보다 더 좋은 건……. 웨이터가 주문을 받으러 왔을 때 프렌티스는 이렇게 말할 것이다. "베르나르에게 알아서 하라고 해!" 그렇게 음식을 남김 없이 다 먹

✦ 감자그라탱 요리의 일종.

은 뒤 그는 이번에도 역시 주방의 스윙도어 안으로 들어가 그 순간에 알맞은 유일한 단어를 외칠 것이다. "마니피크[+]."

그러나 그가 꽃향기를 맡으려고 허리를 숙일 때, 자동차에 시동을 거는 소리가 들렸다. 뒤를 돌아보니, 진입로 끝에 주차되어 있던 검은색 세단이 천천히 앞으로 굴러오기 시작했다. 운전석의 실루엣이 친숙했다.

그의 맥박이 빨라졌다.

로비 문은 30미터 떨어진 곳에 있고, 주위에는 아무도 없었다. 세단이 불길한 속도로 계속 다가왔다. 그런데 엔진속도가 올라가기 시작한 바로 그 순간에, 반대편에서 남녀 한 쌍이 나타났다. 걸어오고 있는 두 사람은 결혼 5주년을 축하하려고 휴스턴에서 온, 훌륭하고 젊은 샌더슨 부부였다. 시립공원에서 장미들 사이를 산책하다가 저녁 만찬을 위해 옷을 갈아입으려고 막 호텔로 돌아오는 모양이었다.

두 사람은 점점 가까워지는 프렌티스를 향해 텍사스식으로 따스한 인사를 건넸다. 그리고 세단의 엔진은 공회전했다. 그것의 냉혹한 의도가 지금은 좌절된 셈이었다.

"잠깐!" 프렌티스가 샌더슨 부부에게 소리쳤다. 나도 안으로 들어가려던 참이야. 나랑 같이 가세.

◆ ◆ ◆

다음 날 오후 프렌티스가 차를 마시려고 로비에 왔을 때, 훙터가

[+] Magnifique, '훌륭하다' '멋지다'라는 뜻의 프랑스어.

있는 그 젊은 여성이 그를 기다리고 있었다. 반가운 일이었다. 여성은 최근 맨해튼에서 온 이블린 로스라고 했다. 그가 자신을 정식으로 소개하자 그녀는 자신을 나무라는 기색으로 의자에 등을 기대더니 간단히 말했다.

"그랬군요."

인생의 거의 절반을 할리우드에서 보낸 프렌티스 사이먼스는 자신을 알아본 척하는 사람들의 기색을 금방 눈치챌 수 있었다. 그런 것 때문에 모욕감을 느끼거나 그런 일을 너무 깊이 마음에 담아두지는 않았다. 오히려 상대방의 장단에 맞춰 미소를 지으며 고개를 끄덕였다. 이미 빛 바랜 유명인이 곧 정치나 날씨 이야기로 대화가 넘어갈 것을 확신했을 때처럼 얼빠진 표정으로.

그러나 로스 양은 그가 출연한 영화를 여섯 편이나 기억 속에서 불러내기 시작했다. 그녀는 스스로 인정했듯이, 열세 살 때부터 영화관에 몰래 드나든 사람이었다! 아첨할 기회를 잡았다는 듯이 굴지 않고, 기억력을 시험하는 게임을 하듯이 군 것도 그녀의 훌륭한 점이었다. 그녀는 가끔 손가락으로 입술을 두드리면서, 그가 영화 속에서 자기 것으로 만들어버린 장면들을 재구축했다. 어처구니없는 플롯의 반전을 고쳐 쓰고, 한 번도 꺼진 적이 없는 로맨스에 다시 불을 붙였다. 그녀의 기억이 워낙 완전해서, 그녀의 말이 끝난 뒤 두 사람은 침묵에 빠졌다.

그때가 그리우세요? 그녀가 마지막으로 물었다. 은막이 그리우세요?

"아이고." 그가 한 손을 흔들며 말했다.

그가 그리워하는 것은 **무대**였다!

"관객한테는 말이야, 이블린, 관객이 여성 판매원이든 상원의원이든, 불량배든, 로스차일드 가문 사람이든 상관없이, 영화가 궁극의 오락이야. 로맨스와 위험이 흘러넘치는 샘이라고. 하지만 연기자의 입장에서 보면, 로맨스와 위험이 있는 곳은 무대지. 클로즈업 장면을 찍을 때 카메라는 반드시 배우를 온전히 차지해야 해. 그러니까 영화에서 가장 감정이 충만한 장면을 연기할 때, 배우는 대개 혼자 대사를 읊어. '레이디, 저 축복의 달에 걸고 맹세컨대……' 카메라의 차갑고 검은 눈을 향해 이렇게 외치다가 이제 분장실로 돌아가도 좋다는 말을 듣는 거지. 그렇게 내가 자리를 비운 뒤에는 줄리엣이 애원하는 장면을 시작하는 거야. '달에게 맹세하지 마세요. 달은 한결같지 않으니……' 정말로, 로미오, 그대는 어디 계세요, 라고 외쳐야 하는 상황인 거야!"

프렌티스는 잠시 말을 멈추고, 차가 너무 우러나기 전에 잔에 따랐다.

"하지만 무대에서는, 무대에서는 그 자리에 실존하는 배우들 사이의 틈에서 불꽃이 피어나. 서로를 탐색하듯 바라보는 둘의 시선 사이에서, 닿을락 말락 하는 두 손가락 사이에서……. 그럼 위험은? 배우에게 위험한 곳은 바로 극장이야. 거기 악어나 검이 있어서가 아냐. 무대 가장자리가 벼랑이기 때문이지! 극장에서는 장면을 다시 찍을 수 없어, 이블린. 또 한 번의 기회가 없다고. 한 번 잘못 움직이면, 배우는 자기 비난이라는 바위투성이 바닥으로 곤두박질치는 거야."

그의 말에 거의 본능적으로 공감한 이블린의 뺨이 장밋빛으로 달아올랐다.

"그럼 왜, 왜 연기를 그만두신 거예요?" 그녀가 거의 숨을 몰아쉬며 말했다.

"다정한 아가씨로군."

하지만 어리둥절한 와중에도 그녀는 진심인 것 같았다. 진심!

"내 비만한 몸." 그가 설명했다.

그러고는 그녀의 얼굴에 충격이 떠오르기 전에(동정의 표정이라도 떠오르면 안 되지), 그는 한 손을 들어올렸다.

"그런 걸로 날 동정하지 말게. 내가 스타의 자리를 그리워하는 것 같은가? 뭐, 기숙학교 시절의 일들은 그립지만. 커다란 재앙으로 끝난 로맨스에도 그리운 부분이 있고. 그러니까 그리움은 핵심이 아니라고 우리 서로 동의하는 걸로 하세."

새벽 1시 베벌리힐스 호텔 로비는 거의 한 시간 전부터 텅 비어 있었다. 체크인하는 손님도 없고, 화려한 일들이 일어나지도 않았다. 호텔 바의 문을 통해 뚱땅거리는 피아노 소리가 어렴풋이 들려왔다. 늦게까지 남아 있던 사람이 마침내 잠이 들면서 머리로 G 메이저 7 코드를 연주한 모양이었다. 야간 프런트데스크에는 마이클이 혼자 서 있었다.

이런 상황에서 그가 가볍게 이야기를 나눌 기회를 반긴 것은 무척 자연스러운 일이었다.

프렌티스와 마이클은 그 시즌의 호황에 감탄하고 최근 새로 나타난 소수의 사람들에 대해 한마디씩 이야기한 뒤, 로스 양이 유쾌한 젊은 여성이라고 의견 일치를 보았다. 하지만 그녀는 어디서, 언제, 어떻게 왔을까? 음, 빨간 여행 가방 하나만 들고 기차역에서 택시로 온 것 같기는 했다. 옛 친구를 만나러 왔을까? 답하기 어려운 문제였다. 그녀가 어딘가에 전화를 한 적도, 손님이 그녀를 만나러 온 적도 없기 때문이었다. 여기에 온 첫날 저녁에 그녀는 보석장신구 두 점을 호텔 금고에 맡겼다. 상당한 크기의 약혼반지와, 다이아몬드 귀걸이 한 짝이었다. 하지만 (마이클이 방백처럼 지적했듯이) 바로 다음 날 아침에 그녀는 금고에서 귀걸이를 가지고 나가 오후 늦게 공들여 고른 옷 여러 벌과 신발 두 켤레를 들고 돌아왔다.

젊은 여자가 돈을 훌륭하게 잘 썼다고 두 남자는 고개를 끄덕였다.

프렌티스는 그녀가 그래머시 파크에 사는 친구의 친구인 바로 그 로스 양인지 궁금하다고 소리 내어 말했다.

아닙니다. 마이클이 프렌티스가 읽을 수 있게 숙박부를 돌려서 보여주며 말했다.

"아. 그렇군." 프렌티스가 말했다. 좋은 밤 보내게. 자네는 훌륭한 청년이야.

그러고 나서 그는 미소 띤 표정으로 느릿느릿 복도를 걸어갔다. 최근 맨해튼에서 온 이블린 로스 양은 주소를 이스트 42번가 87번지로 적어놓았다. 그 주소의 좀 더 널리 알려진 이름을 대자면, 바로 그랜드센트럴역이었다.

108호에 도착한 프렌티스는 문에 열쇠를 꽂았다. 빨리 신발을 벗어던지고, 초콜릿 한 조각을 들고 편안히 앉아 램 남매의 벗이 되고 싶었다. 그러나 등 뒤에서 문이 닫히는 순간 그의 심장이 철렁 내려앉았다. 거실 저편의 열린 테라스 문 앞에서 커튼이 펄럭였다. 그는 점점 빨라지는 맥박에 붙들려, 1분 동안 꼼짝도 못하고 서 있었다. 다시 복도로 나가서 구내전화로 경비를 부를까 생각해보았다. 하지만 오늘 근무자인 데블린을 프렌티스가 이미 2주 전에 부른 적이 있었다. 그때 그가 벽장을 하나씩 전부 열어보며 텅 빈 것을 확인하는 동안 프렌티스는 창피스러웠다.

그는 필요한 일을 하기 위해 애써 마음을 다잡았다.

"거기 누구요?" 그가 외쳤다.

등을 타고 땀방울이 또르르 흘러내리는 가운데, 침실을 살짝 들여다본 뒤 지팡이로 욕실 문을 조심스레 열었다. 그렇게 한 바퀴를 돌며 문제가 없다는 것을 확인한 그는 테라스 문을 잠그고 안도하며 침대에 걸터앉았다. 그때 그것이 보였다. 베개와 끝을 접어둔 침대 시트 사이에 낯선 서표가 꽂힌 램 남매의 책이 놓여 있었다. 떨리는 손으로 그 페이지를 펼쳤더니 구역질이 올라왔다.

그가 이 방에서 추억의 물건들을 치워버린 것이 1년 전이었다. 먼 곳을 바라보는 얼굴과 위풍당당한 글자가 찍힌 번지르르한 포스터들. 극장 안내 프로그램. 과장되게 연출된 스틸사진. 심지어 일부러 포즈를 취하지 않은 자연스러운 사진까지도. 그와 가르보가 안토니오스에서 혼란스러운 표정을 한 사진도 거기 포함되었다. 그 모든 것이 쓰레기통에 던져져 호텔 지하실로 운반되었다.

그런데 지금, 「햄릿」의 첫 페이지에, 그가 1917년 올드빅 극장에서 그 덴마크 왕자를 연기해 찬사를 받았던 공연의 첫날 표가 끼워져 있었다.

프렌티스 사이먼스는 침대에서 바닥으로 미끄러져 울었다.

◆ ◆ ◆

프렌티스는 그다음 날 대부분의 시간을 방에서 보냈다. 잠에서 깬 뒤 샤워도 면도도 하지 않았다. 평소처럼 아침 식사가 날라져 왔지만, 그는 달걀의 잔해 옆에 감자를 절반이나 남겼다. 음식을 치워달라고 호텔 직원을 부르지도 않았다. 그가 로브 차림으로 소파에 앉아 있는 동안, 먹다 만 아침 식사 냄새가 방을 가득 채웠다. 몇 분이 몇 시간이 되었다. 이른 오후에 메이드 한 명이 침대보가 가득 실린 수레를 밀며 복도를 걸어 방마다 노크하는 소리가 들렸다. 그녀가 그의 방을 노크했을 때, 그는 그녀를 그냥 보내버릴 생각이었다. 하지만 그녀가 버디임을 깨닫고 습관에 굴복해 그녀를 안으로 들였다.

직업에 충실하고 나이가 젊은 아일랜드 여성이며 여섯 아이의 엄마인 버디는 프렌티스가 아직도 로브 차림인 것을 보고 아무 내색도 하지 않았다. 아침 식사 접시를 복도로 내가고, 커튼을 열고, 환기를 위해 테라스 문을 살짝 열어놓는 일이 순식간에 끝났다. 그녀가 침실로 들어간 뒤, 그는 열린 문을 통해 그녀를 지켜보았다. 그녀는 그의 신발과 재킷을 벽장에 정리했다. 능숙하면서도 정성스럽게 침대를 정리하며 새 시트를 척 펴서 매트리스 아래에 단단히 끼워 넣었다. 새로 정리한 침대 위에 새 수건 한 장을 놓고, 면도기와 면도브러시를 그 수건 위에 놓았다. 이렇게 그녀의 일이 끝난 뒤 그는 소파에서 일어나 고맙다고 인사했다. 우연히 만난 사도에게 시의적절한 우화를 들려줘서 고맙다고 인사하는 사람 같았다. 그녀가 전적으로 옳기 때문이었다. 자부심을 조금이라도 지키려면, 반드시 커튼을 열어야 하고, 반드시 아침 식사를 치워야 하고, 반드시 수염을 깨끗이 밀어야 했다.

프렌티스가 목욕을 끝내고 보니 4시가 가까운 시각이라 몹시 배가 고팠다. 스리피스 정장을 입고 태엽을 잔뜩 감은 시계를 조끼 주머니에 넣은 그는 차를 마시러 나갔다. 이블린은 나타나지 않았지만, 그를 만나지 못해 아쉽다며 곧 다시 만나자고 약속하는 메모를 그의 의자에 상냥하게 놓아두었다. 꼭 하지 않아도 되는 이런 행동(그리고 여기에 곁들어진, 드물게 맛볼 수 있는 크랜베리 스콘) 덕분에 그의 정신은 완전히 되살아났다. 그가 멍청한 짓을 하게 된 것은 틀림없이 그 때문일 것이다.

찻잔이 치워진 뒤, 프렌티스는 프런트데스크 앞에 지금 가장 유명한 배우가 어른거리고 있음을 우연히 알아차렸다. 지금보다 젊었을 때 프렌티스의 영화에서 조연 역할을 맡은 적이 있는 배우였다. 프렌티스는 자리에 가만히 있지 않고, 지팡이를 짚으며 천천히 로비를 가로질러 그 배우의 이름을 불렀다.

배우는 놀란 기색을 드러내며 프렌티스를 만나서 무척 반갑다고 말했다. 그러고는 잘 지내시느냐고 예의 바르게 물었다(이런 질문에는 너그럽게 그렇다고 대답한 뒤 '아듀'라고 말하는 것이 최선이다). 그러나 기분이 들뜬 상태였던 프렌티스는 지팡이에 몸을 기대고 옛날이야기를 시작했다. 그러자 그 유명한 배우는 약속이 있다는 사실을 갑자기 기억해낸 연기를 했다. 프렌티스는 로비에서 그렇게 과거에 발목이 붙잡히고 말았다.

프런트데스크에서 시몬과 크리스토퍼가 열심히 서류를 뒤적이는 모습을 보니, 이 당혹스러운 대화를 한마디도 남김없이 들었음이 분명했다. 엘리베이터 옆에 개와 함께 서 있던 젊은 사교계 여성도 마찬가지였다.

프렌티스의 얼굴이 점점 달아올랐다.

"전보를 기다리는 중이야." 시몬에게 이렇게 외치는 자신의 목소리가 들렸다. 화급한 전보를 기다리는 사람 같은 태도였다. "전보가 오거든 수영장으로 보내게!"

프렌티스는 수영장 방향을 가리키는 우아한 표지 앞을 지나면서 신랄한 말을 쏟아냈다. 과거 조연 역할을 했던 그 배우가 아니라 자신을 향한 독설이었다. 뭘 기대했던가? 그 배우가 그를 안아주며 저녁 식사를 같이 하자고 청할 줄 알았나? 그렇게 옛날이야기나 하자고 할 줄 알았어? 이젠 둘의 위치가 바뀌었는데? 최고의 명성을 누리던 시절 프렌티스도 로비에서 빛 바랜 지인들과 마주쳐 곤란해진 적이 있지 않던가. 그리고 그도 나름대로 무대에서 퇴장하는 연기를 하지 않았던가.

수영장까지 스물여섯 개의 계단을 너무 빠른 속도로 내려온 탓에 숨을 고를 필요가 있어서 그는 수영장 옆의 의자로 향했다. 테라스가 비어 있어서 다행이었다. 오후 날씨가 이상하게 서늘한 탓에 신출내기 스타들과 호텔 직원들은 저마다 어딘가로 들어가 있었다.

그러나 프렌티스가 점찍어둔 휴식 장소에 막 다다른 순간 누군가가 탈의장 뒤편으로 슬쩍 들어가는 것이 시야 가장자리에 잡혔다. 순간 심장박동이 확 빨라지는 것을 느끼면서 그는 앉으려던 의자를 그냥 지나쳐 뒷문 쪽으로 향했다. 그림자 같은 그 존재는 테라스를 능숙하게 가로질러 근처 탈의장 뒤편으로 몸을 수그린 채 들어갔다. 프렌티스는 당황해서 다른 손님이나 직원을 찾으려고 주위를 둘러보다가 바로 앞에 있는 티 테이블을 보지 못하고 발이 걸려 넘어졌다. 무릎을 바닥에 찧는 충격으로 바지가 찢어졌다. 프렌티스는 무엇보다도 먼저 일어서야 한다는 사실을 알기 때문에 끙끙 힘을 쓰기 시작했다. 그렇게 순간적으로 온 신경을 집중해서 똑바로 일어섰지만, 테라스가 빙빙 도는 것 같았다. 자신의 이름을 속삭이는 소리가 산들바람에 실려 들려오자 프렌티스 사이먼스는 도저히 인정할 수 없는 사실을 인정했다. 이제 때가 되었다는 것.

오늘 이 테라스에서, 이 트라팔가르에서 그가 운명을 만날 것이다. 말 한마디 없이, 손 하나가 허공으로 뻗어나와 프렌티스를 베벌리힐스 호텔의 수영장 물속으로 넘어뜨릴 것이다. 거기서 그는 영원의 한 조각만큼 무력하게 허우적거리다가 마침내 깊은 곳으로 가라앉을 것이다.

아, 운명의 날이여.

아, 굴욕적인……

"프렌티스 선생님?"

부드러운 손이 그의 팔꿈치를 잡았다.

"이블린." 그는 숨을 몰아쉬었다.

"세상에, 선생님. 얼굴이 백지장이에요. 괜찮으세요?"

"아아아." 영혼의 밑바닥에서 올라온 신음이었다. 그는 곧 흑흑 울기 시작했다.

그녀가 그를 선베드로 데려가서 그와 나란히 앉아, 떨리는 두 손을 자신의 손으로 잡고 진정시켰다.

"무슨 일이에요, 선생님? 어떻게 된 거예요?"

"이블린. 놈한테 거의 잡힐 뻔했어."

"누구한테 거의 잡힐 뻔한 건데요?"

"악마의 앞잡이처럼 놈은 줄곧 나를 따라다녔지. 날 사냥했어. 내게 종말을 가져다줄 완벽한 순간을 기다리면서."

"누군데요, 선생님?"

"그림자."

"무슨 그림자요?"

두 사람 주위에 침묵이 내려앉았다. 시간처럼 무한한 침묵이었다. 모든 것, 선한 것과 악한 것 모두의 원천인 침묵. 프렌티스는 몹시 힘들게 시선을 들어 그녀의 눈을 바라보았다.

"과거의 나의 그림자."

그것은 처량한 현실 인정이었다. 우스운 말이기도 했다. 프렌티스의 개인사에서 너털웃음을 이끌어내는 한 페이지. 하지만 젊은 이블린은, 아름다운 웃음을 아주 쉽사리 터뜨리는 이블린은 계속 침착한 표정이었다. 연민의 표정이었다. 단호했다.

프렌티스는 고백했다.

"1936년에 북적거리는 대로에서 놈이 나를 전차 앞으로 밀었어. 지난해 마지막 날에는 내 방 발코니에서 포석이 깔린 바닥으로 나를 내던지는 데 거의 성공할 뻔했지. 그래서 내가 1층으로 방을 옮긴 거야!"

"이유가 뭔데요, 선생님? 무슨 말씀을 하시는 거예요?"

프렌티스가 시선을 다시 아래로 내리니 그녀가 여전히 자신의 손을 잡고 있는 것이 보였다. 그녀의 내면 깊숙한 곳의 체온이 그의 피부를 통해 전달되어 그의 혈관을 타고 돌아다니며 강력한 술 한잔처럼 중심부에 온기를 가져다주는 것이 느껴졌다. 이렇게 도취한 상태가 되고 보니, 말이 저절로 쏟아져 나왔다. 어린 시절 할머니 집에 갔을 때 이 모든 일이 시작되었다는 것. 쇼트브레드에 밝은 노란색 커드를 올린 레몬스퀘어, 너무나 두툼하고 맛있고 신묘하던 베이컨 샌드위치, 감자그라탱을 곁들인 비프부르기뇽, 그리고 독창적인 프로피트롤+!

아, 얼마나 창피했는지.

그는 자신이 배우로서 점점 사다리를 밟아 올라가는 동안 식욕을 억제하는 법을 배웠다고 말했다. 처음에는 대사 한 줄 없는 영주, 장교, 군인, 시종 역할을 하다가 그다음에는 무대 옆에서 대기하는 임시 대역이 되어 무대 위 배우의 독백을 하나도 빼놓지 않고 입으로 따라 했다. 그러다 마침내 왼손에는 레이피어를, 오른손에는 피스톨을 든 용감한 주인공이 되었다. 성공을 향해 한걸음 다가갈 때마다 그는 어두운 유머에도 똑같이 가까워졌다. 그래서 퉁명스러운 사람이 되었다. 참을성이 없어졌다.

"내가 스타로서 최정상에 있을 때 어땠는지 알아, 이블린? 상상도 못할걸. 굶주리고 있었어! 그 세월 동안 나는 값진 방어벽을 쌓았다고, 내 약점을 막아주는 요새를 만들었다고 확신했지. 하지만 1935년 봄에 아직 기자들이 도착하지 않은 호화로운 홀에 혼자 남겨졌을 때 내 인내심이 무너졌어. 그날 나는 게걸스레 먹어댔네. 꿀을 발라 구운 햄과 린처 토르테++와 크림을 묻힌 딸기를 게걸스레 먹었어. 그날 루비콘강을 건넌 거야, 이블린. 그 뒤로 나는 현기증이 날 만큼 어지러운 내 욕망의 길을 굴러 내려왔네. 데굴데굴. 그래서 뾰족뾰족한 산에서 솟아난 나무들 앞을 지나면서도 나는 단 한 번도 가지를 향해 손을 뻗지 않았어."

+ 작은 슈크림에 초콜릿을 얹은 디저트.
++ 오스트리아 린츠에서 유래한 과일 타르트.

그가 한마디를 할 때마다 이블린의 눈이 점점 더 밝아졌다. 혐오스러워하거나 충격을 받은 것 같지 않았다. 반항적으로 보였다!

"제 말을 잘 들어보세요, 선생님." 그녀가 자기만의 용을 죽인 적이 있는 사람다운 말투로 말했다. "아주 잘 들으셔야 해요. 듣고 계세요?"

"그래, 이블린. 듣고 있어."

"그날 이후, 햄과 토르테를 드신 그날 이후로도 퉁명스럽고 참을성이 없었어요?"

프렌티스는 고개를 들었다.

"단 한 번도 없어."

그녀가 그의 손등을 가볍게 두드렸다.

"바로 그거예요."

그녀의 표정이 풀어졌다. 두 사람은 손을 잡고 앉아 있었다. 하늘이 점점 짙은 남색으로 변하고 호텔 위로 연한 달이 떠오르자, 사막의 오아시스라는 이곳의 진면목이 분위기에 드러났다.

"이블린……."

"네, 선생님."

"내가 고백할 것이 하나 더 있어."

그는 의자에서 자세를 바꿔 그녀를 마주 보았다.

"내가 자네한테 거짓말을 했거든."

그녀는 화를 내거나 놀라지 않았다.

"어떤 식으로요?"

"로비에 대해서."

그녀는 당황스러운 미소를 지었다.

"아냐, 진짜야. 완전히 진심이야. 그때 내가 로비에서 여기를 세상이라고 부르면서 자네한테 여기를 거처로 삼으라고 부추겼잖아. 그런데 여긴 세상이 아니야. 그냥 대륙, 아니면 한 나라, 아니면 한 도시도 안 돼. 심지어 방 하나도 안 돼! 여긴 감방이야. 내 바스티유라고."

몇 년 만에 처음으로 프렌티스는 자신의 말을 단단히 확신했다.

"신의 섭리가 자네를 여기 로스앤젤레스로 데려오셨지, 이블린. 그러니까 반드시 그것을 봐야 해. 여기 호텔의 운전기사 중에 윌리엄이라는 청년이 내 일을 봐주는데, 그 녀석을 자네에게 붙여주겠네. 오렌지꽃 향기 속으로, 할리우드의 온화한 밤 풍경 속으로 나가야 해. 할리우드에서 가장 쉽게 눈에 띄지 않는 우아함과 아름다움이 뻔히 보이는 곳에 숨겨져 있다네. 오늘 밤에 나가봐. 먼저 선셋 대로에 있는 안토니오스에서 밀라노식 리소토와 오소부코✦부터 먹어봐."

"그럼 같이 가요."

(이블린이 이렇게 제안했다. 다정한 이블린.)

"아니." 프렌티스는 의자에서 일어섰다. "나 없이 혼자 가야 해, 모나미✦✦. 오늘밤 단 위에서, 수탉이 울기 전에, 나는 환영幻影과 약속이 있으니까."

✦ 밀라노의 전통 요리.
✦✦ mon amie, '내 친구'라는 뜻의 프랑스어.

올리비아

 육상종목에 대한 질문이 거의 다 떨어지자 올리비아는 정중히 양해를 구하고 2인용 테이블에서 일어섰다.
 자신이 선택할 수 있는 상황이라면, 평소 거의 이용하지 않는 작은 테라스형 침실로 갔을 것이다. 하얀 치장벽토로 장식되고, 담쟁이덩굴이 벽을 타고 오르고, 가장자리에 삼색제비꽃이 자라는 그곳은 뭔가를 기다리다 지친 사람들에게 완벽한 방인 것 같았다. 그러나 그녀는 옆 테이블을 지나면서 코미디언의 찬사를 듣고 찬사로 답하느라 잠깐 걸음을 멈췄다. 거기서 몇 걸음 떨어진 칸막이 좌석에서는 슬라브어 말씨를 쓰는 감독에게 그와 함께 일할 기회가 생긴다면 정말 좋겠다고 말했다. 그러고는 곱슬머리를 귀 뒤로 넘기고, 섬세한 미소를 지어 보인 뒤 파우더룸을 향해 계속 걸어갔다. 그 방이 비어 있다면 좋을 텐데.
 하지만 당연히 비어 있지 않았다.

파우더룸은 비어 있는 법이 거의 없었다.

세면대 옆 벽에 기대어 있는 사람은 다소 거칠게 보이는 금발 여자였다. 올리비아는 그녀가 조금 전 바에서 혼자 식사하는 모습을 본 기억이 있었다. 그녀는 담배를 피우며 직원의 이야기에 귀를 기울이고 있었다. 직원은 카운터 상판을 무의미하게 계속 닦으면서 이 도시의 밤에 대해 이야기했다. 미구엘이 삼촌의 차를 빌리고 스리피스 정장을 차려입었어요. 그러고는 나를 데리고 셰퍼드 애비뉴에 있는 클럽으로 춤추러 갔죠. 로스앤젤레스에서 제일 좋은 밴드가 나오는 클럽이에요……. 엔 칼리포르니아[+]…… 엔 토도 엘[++]…….

여자는 거울에 비친 올리비아의 얼굴을 보고 말을 멈췄다. 그러고는 사과하듯 고개를 숙이며, 방 뒤편으로 물러나 핸드타올을 다시 접기 시작했다. 올리비아는 세면대로 다가가 수도꼭지를 틀었다. 금발 여자는 움직이지 않았다. 조금 전 이야기를 들려준 여자의 추억 속 룸바 음악이 들리기라도 하는 듯이, 눈을 감고 머리를 벽에 기댔다.

식당 저편에 앉아서 이 금발 여자를 봤을 때, 올리비아는 그녀가 할리우드의 식당과 호텔에 있는 바에서 오후 5시부터 일을 시작하는 무정한 여자들의 무리 중 한 명인 것 같다고 상상했다. 하지만 가까이에서 보니, 자신의 생각이 얼마나 엉터리였는지 알 수 있었다. 거울에 비친 금발 여자의 옆모습은 흠잡을 데가 없어서 거의 귀족적인 미인처럼 보였다. 더러운 직업의 흔적은 전혀 없었다. 또한

[+] en California, 스페인어로 '캘리포니아에서'.
[++] en todo el……, 스페인어로 '온 세상에서'라고 말하려 한 듯하다.

특권을 누리며 자란 사람 특유의 분위기도 자연스럽게 흘러나왔다. 한 팔을 옆구리에 우아하게 늘어뜨린 그녀의 가느다란 손가락에는 아무런 장신구가 없었다. 그녀는 그 손가락으로 위를 향해 담배를 잡고 있었다. 담배 연기가 부러울 정도로 한가하게 나선형을 그리며 천장으로 올라가도록.

"한 대 피울래요?"

올리비아는 시선을 들었다. 자신이 그녀를 빤히 보다가 들켰음을 알 수 있었다.

"네, 그럼요. 고마워요." 그녀는 담배를 피우지 않은 지 1년이 넘었지만 일단 이렇게 대답했다.

금발 여자가 담뱃갑을 화장대 위로 밀어주었다.

올리비아는 담배 한 개비를 꺼내 불을 붙였다. 그러고는 벽에 몸을 기대며 금발 여자를 마주 보았다. 그녀가 대화를 시작하려나 싶었는데, 짐작이 빗나갔다.

담배 연기를 들이마시자, 연기 냄새에 옛 기억이 떠올랐다. 훔친 담배와 계피 껌 한 통을 들고 정원 헛간에 자매와 함께 숨어 들어간 기억. 그건 다른 세계의 기억이었다. 두 자매가 옷과 비밀과 익살스러운 말을 공유하던 세계.

"그래, 저 남자가 생긴 것만큼 지루해요?"

"뭐라고요?" 올리비아가 물었다.

"당신 데이트 상대요. 엄청 정의로운 사람 아니에요?"

올리비아는 웃음을 터뜨렸다.

"윌못은 딱히 데이트 상대는 아니에요. 업무상 저녁 식사에 더 가깝죠. 하지만, 맞아요, 엄청 정의로운 사람."

"음, 저 사람이 지평선을 향해 눈을 가늘게 뜰 때마다 난 잠이 와요."

올리비아는 다시 웃음을 터뜨렸다.

"사람들은 그걸 강하고 과묵한 타입이라고 하는 것 같은데요."

"사람들이 뭐라든 그건 그 사람들 마음이죠. 하지만 내가 앉은 자리에서 보면, 계속 말을 하고 또 하고 또 하는 사람 같아요. 당신이 말참견을 하기는 해요?"

올리비아가 일부러 과장되게 한 팔을 내밀었다.

"모두에게 그대의 귀를, 하지만 목소리는 소수에게만……."

금발 여자가 무슨 뜻이냐는 듯이 한쪽 눈썹을 들어올렸다.

"셰익스피어예요. 우리 어머니 덕분이죠." 올리비아가 고백했다.

"어머니가 또 뭘 가르쳐주셨어요?"

올리비아는 잠시 생각해보았다.

"숙녀는 담배든, 술잔이든, 식사든 남김없이 끝내지 않는다."

금발 여자는 자기도 잘 안다는 듯이 고개를 끄덕였다.

"우리 어머니는 흥미로운 사람이 되기보다 흥미를 보이는 것이 더 중요하다고 말했어요."

"그 조언을 받아들였나요?"

"다른 방법이 없을 때만."

올리비아와 금발 여자는 모두 입을 다물고, 어머니의 조언과 다른 굳건한 관념들에 대해 잠시 생각했다. 그러다가 올리비아가 담배를 들어 반만 피웠음을 보여준 뒤, 체념의 미소를 지으며 얌전히 비벼 껐다.

웨이터가 다 끝내지 못한 올리비아의 앙트레 접시를 치우는 동안 월못은 50야드 질주에 비해 마라톤이 얼마나 하찮은지 설명했다.

"마라톤은 사실 지구력시험이에요. 운동능력을 겨루는 게 아니라. 최고의 단거리 선수는 다양한 스포츠에서 뛰어난 실력을 발휘할 때가 많지만, 위대한 마라토너가 잘하는 운동은 딱 하나뿐입니다. 그런데 마라톤에서는 몇 킬로미터를 뛰어도 승리와 상관이 없어요. 반면에 50야드 질주에서는 발걸음 하나하나가 다 중요하다고 말할 수 있어요."

월못은 말하는 동안 계속 손바닥으로 테이블보를 쓸었다. 마치 테이블보를 매끈하게 펴야 하는 것처럼. 올리비아는 그도 원해서 이 자리에 있는 것이 아님을 깨달았다. 그도 일종의 의무를 수행하는 중이었다. 마리안 아가씨[+]와 와이어트 어프[++]를 짝지으려 하는 이 연극에서 맡은 역할을 하는 의무.

하지만 그는 계산서를 금방 요구할 생각이 없는 것 같았다. 웨이터가 다시 와서 디저트를 어떻게 하시겠느냐고 물으면, 와이어트는 (정의로운 모습을 단단히 유지한 채로) 안토니오스가 베이크드 알래스카로 무척 유명하다고 지적할 것이다. 그러면 마리안은 예의 바른 미소를 지으면서, 베이크드 알래스카라니 맛있을 것 같다고 말한다. 그렇게 두 사람은 포환던지기와 높이뛰기, 그리고 또 여러 가지 이야기를 나누며 한 시간을 더 보낸 뒤에야 각자의 길로 헤어질 것이다.

파우더룸에서 만난 금발 여자라면 디저트를 먹겠다고 남아 있지 않겠지. 올리비아는 자기도 모르게 이런 생각을 했다. 하기야 따지

[+] 로빈 후드의 애인.
[++] 미국 서부개척시대의 명보안관.

고 보면 그 금발 여자는 애당초 이런 자리에 나오지도 않았을 것이다. 바에서 혼자 식사를 했으니, 그녀는 이제 음식값을 계산하고 집으로 돌아가 담쟁이덩굴이 자라는 자기만의 테라스로 나갈 수 있을 것이다. 아니, 로스앤젤레스 최고의 밴드를 찾아 나설 가능성이 더 높았다. 엔 칼리포르니아. 엔 토도 엘 문도.

"내 사촌 리비! 너 맞아?"

와이어트와 마리안은 깜짝 놀라서 시선을 들었다.

아까 그 금발 여자였는데, 활기찬 표정으로 눈을 반짝이고 있었다. 게다가 남부 사투리를…….

"나야, 이비!" 그녀가 자기 가슴을 손가락으로 가리키며 말했다. "저 멀리 배턴루지에서 왔어!"

올리비아는 웃음이 터지려는 것을 참았다.

"이비……. 네가 여기 와 있는 줄 몰랐어."

"이디스 아주머니랑 같이 왔어. 지금 호텔에서 기다리고 계셔서 내가 빨리 가야 돼. 하지만 우리가 이야기도 제대로 안 했다고 하면, 나는 엉덩이를 맞으면서 집으로 돌아가야 할 거야."

"저희랑 함께하시죠." 윌못이 말했다.

그는 자리에서 일어나 옆 테이블의 의자 하나를 가져와서 자신과 올리비아의 자리 사이에 놓았다.

"어머, 안 돼요." 이비가 나무라듯 말했다. "남녀 사이, 남녀 사이."

그녀는 윌못의 칵테일을 양손으로 들어 빈 의자 앞에 부드럽게 내려놓았다. 그러고는 윌못이 앉았던 자리에 앉았다. 마침 웨이터가 그녀의 마티니를 가져왔다.

"쭉 마셔요." 이비가 이렇게 말하면서 자신의 잔을 비웠다.

"쭉 마셔요." 윌못은 조금 자신 없는 말투로 이비의 말을 따라 하고는 자신의 잔을 비웠다.

"그럼…… 요즘 배턴루지는 어때?" 올리비아가 말했다.

"넌 내 말을 듣고도 못 믿을걸. 에셀 아줌마 집에서 일하던 유색인종 청년 기억해? 글쎄 그 애가 지난 9월에 에셀 아줌마의 캐딜락을 몰고 달아났어. 에셀 아줌마를 태운 채로! 경찰이 캔자스시티에서 마침내 그 차를 붙잡아 세웠는데, 그 유색인종 청년은 조수석에 있고, 에셀 아줌마가 운전대를 잡았더래."

"그랄 줄 알았으." 올리비아가 말했다.

이비는 비밀 이야기를 하려는 것처럼 윌못을 보았다.

"에셀 아줌마는 항상 늙은 유부남이랑 젊은 남자를 좋아했슈……."

윌못은 또 테이블보를 매끈하게 펴면서 화제를 바꾸려고 시도했다.

"로스앤젤레스에 오신 지는 오래됐습니까, 이비?"

"그냥 눈 한번 깜짝할 시간이었어요." 이비가 한숨을 내쉬었다. "하지만 얼마나 멋졌는지. 찰리 채플린의 집도 보고, 론 채니*의 차고도 봤거든요. 라브레아의 타르 구덩이도 가봤고, 아메리칸 리전의 싸움은……."

윌못은 이야기를 다 따라가기 힘든지 계속 눈만 깜박거렸다.

"디저트 드시겠습니까?" 웨이터가 메모지와 펜을 들고 테이블을 향해 살짝 몸을 기울이며 물었다.

윌못은 질문을 이해하지 못한 사람처럼 웨이터를 올려다보았다.

"내가 아는 게 하나 있지." 이비가 말했다. "우리 디저트는 산타모

✦ 미국 영화배우.

니카에서 먹자. 캘리포니아를 통틀어 최고의 추로스가 부두에 있다고 잘 아는 사람한테 들었어. 물에 발을 담그고 카지노 배들이 바다로 떠가는 걸 구경하자!"

"추로스가 뭐야?" 올리비아가 물었다.

"나도 잘 몰라." 이비가 자신의 무지를 인정했다. "멕시코에서 온 도넛인 것 같아."

"어디서 온 것이든 도넛을 먹어본 지 꽤 됐어." 올리비아가 말했다.

"그럼 그걸로 정하는 거다!"

두 여자는 윌못에게 시선을 돌렸다.

"내가 사실 몸이 좀 안 좋아서요." 그는 냅킨으로 이마를 훔치며 고백했다.

"안색이 좀 안 좋은 것 같긴 해요." 이비가 말했다. "기운을 북돋아주는 술이라도 주문할까요?"

"아뇨, 아뇨. 괜찮아질 거예요. 그냥 여기 1분만 더 앉아 있을게요. 두 분은 먼저 가보시는 게 어떨까요."

이비와 올리비아가 냅킨을 테이블에 올려놓자, 윌못은 거의 안도한 것처럼 보였다.

"만나서 정말 즐거웠어요." 이비가 말했다.

그러고는 올리비아의 손을 잡아 이끌면서, 각본가, 주연배우, 호텔 지배인 옆을 지나갔다. 평소 같으면 이 사람들 중 누구라도 그녀를 불러 세웠을 것이다.

밖에서는 야자수 이파리들이 머리 위에서 시끄럽게 펄럭거리고, 인도에서 흙먼지가 피어올랐다.

"윌못이 괜찮아져야 할 텐데." 올리비아가 말했다.

"아유, 괜찮아질 거야. 그냥 아까 마신 게 안 맞았던 거겠지."

이비는 식당 직원 앞을 지나쳐 거리를 살펴보았다. 이 블록의 중간쯤에서 운전기사 제복을 입은 젊은 남자가 손을 흔들었다. 그는 짙은 황록색 패커드 자동차 앞에 서 있었다.

"당신 일행이에요?" 올리비아가 물었다.

"친구의 친구예요. 가요!"

두 사촌은 자동차를 향해 50야드 질주를 했다.

◆ ◆ ◆

패커드의 뒷좌석에 타고 선셋 대로를 달리는 동안, 금발 여자가 한 손을 내밀면서 정식으로 자신을 소개했다. 그러고는 운전기사에게 산타모니카 부두로 가라고 지시했다.

"진심이었어요?" 올리비아가 물었다.

"완전히. 추로스가 목록의 일곱 번째예요. 맞죠, 빌리?"

"네, 아가씨!"

"그럼 아까 말한 장소에 정말로 가본 거예요?"

"론 채니의 차고는 아니에요. 하지만 타르 구덩이랑 아메리칸 리전의 싸움은 봤어요. 포리스트론 묘지의 소원의자에도 갔고, 산타클로스 레인의 퍼레이드도 봤어요. 목록을 만드는 걸 빌리가 도와줬죠. 그렇죠, 빌리?"

"그 목록이라는 게 뭐예요?"

빌리는 한 손으로 운전대를 잡고, 한쪽 눈으로 전방을 주시하면서 오른쪽으로 몸을 기울여 글러브박스에서 뭔가를 꺼내 뒷좌석으로 건넸다. 베벌리힐스 호텔의 메모지였다. 첫 번째 페이지 맨 위에는

'후다닥 떠나기 전에 할 일'이라고 적혀 있고, 그 아래에 나열된 스무 개 장소 중 아홉 개는 암녹색 잉크로 체크 표시가 되어 있었다. 마치 이 차에 펜이 세트로 갖춰져 있었던 것처럼.

이브는 올리비아의 어깨 너머로 몸을 기울여, 7번 항목을 가리켰다. '산타모니카 부두에서 추로스.'

"로스앤젤레스에 온 지 얼마나 됐어요?" 올리비아가 믿기 힘들다는 표정으로 물었다.

"두 달쯤."

"나는 여기 온 지 4년 됐는데, 이 중에 절반도 못 해봤어요."

"그동안 바빴나 보네요."

올리비아는 목록을 한 번 더 보았다.

"스케이팅?!"

"팬퍼시픽 링크는 백만 개 중에 하나 있을까 말까 한 곳이에요." 빌리가 앞좌석에서 열띤 목소리로 말했다. "진짜 최고예요. 세상에서 가장 큰 스케이트장일 뿐만 아니라, 토요일마다 오케스트라가 폴카를 연주하고 일요일에는 핫토디*가 나와요!"

이브는 올리비아에게 한쪽 눈을 찡긋했다.

"핫토디 말이 나왔으니 말인데요, 빌리, 글러브박스에 뭐가 있죠?"

빌리는 다시 오른쪽으로 몸을 기울여 수통을 하나 뒤로 건넸다.

이브는 수통을 입에 대고 길게 마셨다.

"진이네요." 그녀는 뜻밖의 발견을 기뻐하는 것 같았다.

✦ 위스키에 레몬, 설탕, 더운물을 섞은 음료.

하지만 수통을 내밀었을 때, 그녀는 올리비아의 얼굴에서 머뭇거리는 표정을 보았다.

"교회 종도 소리를 내려면 몸을 흔들어야 해요."

올리비아는 웃음을 터뜨리며 수통을 받았다. 다른 것을 섞어 묽게 만든 진을 마시는 데에도 익숙하지 않은데, 하물며 스트레이트로 마시는 건 말할 필요도 없었다. 처음 한 모금을 마셨을 때는 목구멍 안쪽이 타는 듯했다. 하지만 한 번 더 마셨더니 술이 더 부드럽게 넘어갔다. 몇 분도 안 돼서 술기운에 손끝, 발끝이 찌릿거렸다.

이브가 창문을 내리자 올리비아도 덩달아 창문을 내리고, 밝은 조명이 켜진 영화관 간판을 바라보았다.

이브의 말이 맞았다. 올리비아는 그동안 바빠 움직였다. 할리우드에 온 뒤 그녀가 연기한 역할이 몇 개였더라? 열네 개? 열다섯 개? 이젠 몇 개인지도 잊어버렸다. 처음 맡은 역은 돌리 스티븐스, 그다음은 순진한 루실과 순수한 허미아. 아라벨라, 앤젤라, 엘사, 캐스, 마리아, 저메인, 서리나. 모두 한결같이 순결한 여자들이었다.

"로스앤젤레스에 남자도 많은데 왜 하필 그 정의의 용사와 식사한 거예요?"

올리비아는 창문에서 시선을 돌렸다. 이브가 수통을 내밀고 있었다. 올리비아는 술을 한 번 더 마셨다.

"주선된 만남이에요."

"주선된 만남! 당신 정체가 뭐예요? 아미시[+]?"

올리비아는 웃음을 터뜨렸다.

[+] 미국에서 현대문명과 떨어져 전통을 유지하며 살아가는 개신교 종파.

"영화사에서 주선한 거예요."

"그 사람들이 식사 상대를 정해주는 게 보통이에요?"

"그럼요, 내가 식사할 상대를 정해주죠. 식당도 앉을 자리도 골라주고요. 사실상 내가 먹을 앙트레까지 골라줘요."

이브는 놀란 표정이었다.

"계약 때문이에요. 계약을 맺은 배우한테 영화사가 정해주는 건 역할뿐만이 아니에요. 배우의 이미지에 무엇이 영향을 미칠지도 가늠하죠. 배우가 입는 옷, 주말을 보내는 방식, 함께 주말을 보내는 사람……."

이브는 휘파람을 불더니 고개를 절레절레 저었다.

"세상을 꼭두각시처럼 부려도 모자랄 판에."

"현실은 정반대인 것 같네요."

완벽한 사례 하나가 문득 떠올라서, 올리비아는 시시콜콜 떠들어 댈 뻔했다. 하지만 오늘 여기까지 와버린 것을 이미 후회하는 중이었다. 할리우드 스타의 삶에 대해 불평을 늘어놓다니, 이런 프리마 돈나가 어디 있을까. 그래서 그녀는 고개를 저으며 아무 말도 하지 않았다.

하지만 이브가 줄곧 그녀를 지켜보고 있었다.

"지금 말해요. 아니면 영원히 침묵을 지키든지."

올리비아는 그녀와 잠시 시선을 마주쳤다.

"그래요. 『바람과 함께 사라지다』 읽어봤어요?"

"책을 별로 안 읽는 편이에요."

"2년 전 베스트셀러였어요. 조지 큐커가 셀즈닉 영화사에서 그걸 영화로 만들고 있는데, 아마 올해의 가장 대형 영화 중 하나가 될 거예요. 어쩌면 10년 만의 대형 영화가 될 수도 있고요. 큐커는 거기 주요인물 중 하나에 내가 딱 맞는다고 생각해요. 다정하고 강직할 뿐만 아니라, 유연하고 단호한 여자예요."

"훌륭한데요."

"맞아요. 하지만 나는 워너브라더스와의 계약 때문에, 그 역할에 대해 큐커와 **이야기**하는 것조차 불가능해요. 그래서 큐커는 나더러 몰래 대본 리딩을 한번 해보자는 제안까지 했어요. 일요일 오후에 스카프와 색안경을 쓰고 자기 집 뒤쪽 진입로로 오라는 거예요. 도둑이나 스파이처럼."

"더욱더 훌륭하네요." 이브가 말했다.

올리비아는 웃음을 터뜨렸지만 고개를 저었다.

"잭 워너는 내가 그 영화에 출연하는 걸 절대 허락하지 않을 거예요. 벌써 그런 얘기를 했어요. 그 영화를 만드는 사람이 자기가 아니라는 사실에 노발대발한 것 같아요. 하지만 나는 불평할 처지가 못 돼요. 나한테 일거리가 없는 게 아니거든요. 올봄에 벌써 다른 두 영화에서 내 배역을 가져다줬어요."

올리비아는 말을 이어가면서 이브가 실망한 것을 알아차렸다. 그녀는 실망감을 감추려는지 수통의 술을 한 번 마시고 창문으로 시선을 돌렸다. 영화관 간판이 사라지고, 브렌트우드 막다른 길의 사이프러스 나무들이 보였다. 이브가 다시 그녀에게 시선을 돌렸다.

"당신이 스스로 최악의 적이 되지 마세요, 리비."

올리비아는 이브와 시선을 마주치다가 자신의 차창을 내다보았다.

"누가 날 리비라고 부른 게 아주 오랜만이네요." 그녀가 말했다.

바다를 향해 100미터쯤 뻗어 있는 산타모니카 부두에는 온갖 종류의 오락거리가 우글거렸다. 모형 사격장에서는 제복을 빳빳하게 다려 입은 신병들이 사격 솜씨를 시험하고, 무지개색 회전판 주위에서는 아주머니들이 모여 서서 회전판이 한 번 돌 때마다 성호를 그었다. 이브와 올리비아는 신발을 신은 채로 모래를 푹푹 밟으면서 축제 분위기 속으로 들어갔다. 여리꾼들과 우르릉거리며 달리는 롤러코스터와 잘 시간을 한참 넘긴 아이들의 고함이 그들을 불렀다.

그 유명한 추로스 상인을 찾는 데에는 시간이 얼마 걸리지 않았다. 커다란 체격에 하얀 콧수염을 기른 남자가 빨간색과 하얀색 줄무늬가 있는 차양 아래에 자랑스럽게 서 있었다. 이브가 돈을 치른 뒤 올리비아는 남자가 프라이팬에서 막대기처럼 생긴 도넛 두 개를 꺼내 시나몬 설탕 그릇에 던져 넣는 것을 지켜보았다. 그러다가 자신이 몹시 배가 고프다는 사실에 깜짝 놀랐다. 평생 식사와 음료와 담배를 절반씩 남긴 탓에 생겨난 허기였다. 이브가 추로스 하나를 내밀자, 올리비아는 사실상 낚아채다시피 가져와서 늑대처럼 베어 물었다.

이브가 웃음을 터뜨리며 말했다.

"오늘밤 처음으로 당신이 진짜로 웃는 걸 보네요!"

두 사람이 계속 부두를 걷는 동안 바람이 점점 강해지는 것 같았다. 올리비아는 이브의 팔꿈치를 잡고, 어느 흑인 여자의 머리에서 바람에 날아가는 멋진 노란색 모자를 가리켰다. 그녀의 남자친구가 신사답게 추적에 나섰으나, 모자가 바다로 날아가버리자 자신의 모자를 벗어 어둠 속에서 원반처럼 빙빙 돌렸다.

"바람이 참." 이브가 감탄하듯이 말했다.

"산타아나예요. 가을마다 불어와요." 올리비아가 말했다.
"어디서요?"
"온갖 수다에서."
이브는 웃음을 터뜨렸다.
"뒷담화 말이에요?"
"오디션이랑 디렉션이랑 협상도……."
 진심을 다한 약속에서도, 그리고 진심 어린 핑계에서도 불어오지. 올리비아는 속으로 생각했다. 버뱅크와 베벌리힐스의 모든 목소리가 썰물처럼 부풀어오르다가 제방을 휩쓸고 바다로 범람하며, 모든 야자수와 페르소나를 찢어버리겠다고 위협해.
 이번에는 이브가 올리비아의 팔꿈치를 향해 손을 뻗었다.
 몇 걸음 떨어진 곳에 소방차와 증기 오르간을 섞고, 거기에 기관차 피스톤, 용광로 다이얼, 축음기 나팔을 장착한 것처럼 생긴 기계가 있었다.
 그 앞에는 수염을 뾰족하게 기르고 코안경을 쓴 자그마한 남자가 서 있었다.
 이브는 마지막 남은 추로스 조각을 입안에 던져 넣고 손에 묻은 설탕을 닦았다.
"이게 다 뭐예요?"
"이거요?" 남자가 말했다. "그 아스트롤로지콘이에요."
 세 사람은 함께 그 기계를 살펴보았다.
 남자가 말을 이었다.
"내가 '그' 아스트롤로지콘이라고 한 걸 알아차렸어요? 세상에 이런 것이 이것 하나뿐이거든요."

다소 슬픈 듯한 말투였다. 마치 어느 이국적인 생물의 살아 있는 마지막 개체에 대해 말하는 것 같았다.

"뭘 하는 기계인데요?"

"아……. 뭘 하느냐고요."

남자는 엄지손가락을 포함한 세 손가락으로 수염 끝을 더 뾰족하게 다듬었다.

"사람의 가장 본질적인 특징 몇 가지를 손에 넣으면, 이 아스트롤로지콘이 화학 법칙과 별들의 배열을 참조해서 그 사람에게 난공불락의 논리를 갖추고 있어서 뿌리칠 수 없는 지침을 내려줍니다. 1달러만 받고."

"우리 해봐요." 이브가 말했다.

기계 주인은 이브의 돈을 받아 자그마한 양철 상자에 격식 있는 동작으로 집어넣었다. 그러고는 그녀의 본질적인 특징 몇 가지를 수집한 뒤 기계를 조정했다. 글자들이 제자리를 벗어난 타자기 자판 패널에 이브의 이름 철자를 입력하고, 나란히 놓인 다이얼 세 개를 조정해 그녀의 생년월일을 맞추고, 다른 두 다이얼로는 그녀의 키와 몸무게를 표시했다. 그다음에는 색상표 위의 화살표를 돌려 그녀의 눈 색깔에 정확히 맞췄다. 마침내 그가 이브에게 청진기를 건넸다. 청진기 선이 기계 내부로 연결되어 있었다.

"죄송합니다만……." 그가 수줍은 얼굴로 그녀의 명치를 가리키며 말했다.

이브는 청진기를 옷의 목선 안쪽으로 넣었다. 갑자기 축음기 나팔에서 그녀의 심장박동 소리가 크게 울려 퍼졌다.

주인은 만족스럽게 고개를 끄덕였다. 청진기를 되돌려 받은 그가 시계가 있는 주머니에서 황동 토큰을 하나 꺼냈다.

"이 아스트롤로지콘을 가볍게 생각하시면 안 됩니다, 젊은 아가씨. 당신 삶의 행로가 당신 앞에 선명히 보이는 것 같네요. 십중팔구 인기 많고, 편리하고, 이윤도 많은 행로일 겁니다. 그러나 아스트롤로지콘은 인기, 편리함, 이윤에 전혀 관심이 없습니다. 그보다는 델포이 신탁처럼, 남들의 의견, 현실적 어려움, 비용과 상관없이 꼭 해야 하는 일을 하라고 당신에게 조언할 겁니다."

그는 토큰을 이브에게 건네고, 기계의 슬롯 하나를 가리켰다. 화살표 네 개가 모두 그곳을 가리키고 있었다. 그는 양손을 한데 모으고 고개 숙여 인사했다.

이브는 잠시도 망설이지 않고 슬롯에 토큰을 넣었다.

처음에는 징징거리더니 곧 윙윙거리는 소리가 났다. 온도 계기판의 바늘이 올라가기 시작하고 한 번 증기가 뿜어져 나온 뒤, 엔진의 기어들이 피스톤과 핀 톱니바퀴를 움직였다. 주인은 이브와 올리비아를 데리고 기계의 측면을 따라 움직이며, 기계의 각 부분을 지적해서 보여주었다. 보간기, 원심분리기, 인식기. 그러다 보니 사무원의 책상에 놓인 종이 울리는 것 같은 소리와 함께 봉투 하나가 순은 토스트 통 속으로 떨어졌다. '이블린 로스—1938년 11월 16일'이라고 적힌 봉투였다.

이브는 주인에게 감사인사를 한 뒤, 올리비아를 데리고 사람이 별로 없는 가로등 아래로 가서 봉투를 그녀의 손에 올려놓았다.

"이 안에 적힌 말이 무엇이든, 리비, 문자 그대로 따라 해요."

올리비아는 이 말을 듣고도 웃지 않았다. 고개를 끄덕이며 손가락을 구부려 봉투를 쥘 뿐이었다.

두 사람은 롤러코스터를 지나 부두 끝까지 계속 걸어갔다. 바다로 향하는 카지노 배들이 도시 경계선 밖에서 출렁이는 모습이 보였다. 올리비아가 보기에는 대륙이 점점 기울어져 캘리포니아 전체가 바다로 미끄러질 것 같았다. 어디서 봤는지, 신화였는지 성경이었는지는 기억나지 않지만, 그녀는 무슨 일이 일어나도 결코 뒤돌아보면 안 된다는 것을 본능적으로 깨달았다.

리츠키

 엘레이즈의 댄스플로어에는 그가 좋아하는 모든 피부색의 여자들이 있었다. 피부가 테킬라색인 리오그란데 출신의 여자들은 손가락과 고개를 흔들어대며 수줍게 거절의 뜻을 표현했다. 앨라배마와 뉴올리언스에서 온 여자들의 피부색은 버번과 같고, 성격은 버번보다 두 배나 달콤했다. 섬에서 온 여자들은 폐廢당밀을 담은 유리잔처럼 피부가 검었다. 황토색, 황갈색, 청동색, 비버색, 적갈색, 피스톨색, 역청색. 이 모든 색깔이 리츠키의 취향이었다. 그러니 자신이 셰퍼드 애비뉴에서 유일한 가난뱅이라 해도 무슨 상관일까. 자신이 로스앤젤레스를 통틀어 유일한 가난뱅이라 해도 무슨 상관일까.

 셰퍼드 애비뉴가 성령의 전성기를 누리던 시절에는 벨에어에서 온 리무진들이 금요일 밤부터 일요일 아침 예배시간까지 길가에 한 가로이 서 있었다. 유색인종이 사는 동네인 건 맞지만, 주택의 포치와 이발소 기둥에는 페인트칠이 되어 있었다. 1927년 버니 더 와이젠하이머(스스로 큰돈을 벌 능력이 없는 사람들을 이용해서 큰돈을 벌 수 있는 일을 잘 알아차렸다)가 아무것도 없는 동네의 너절한 여관을 하나 사서 럼텀클럽이라고 명명했다. 밴드 청년들에게는 턱시도를 입히고, 4인용 테이블은 빨간 가죽 칸막이로 둘렀다. 그러고는 댄스플로어 가운데를 밧줄로 갈라, 교양 있는 말투를 쓰는 사람과 그렇지 않은 사람의 공간을 분리했다.

그러나 대공황 이후 버니도 이 동네와 함께 파산했다. 포치에서는 페인트칠이 벗겨지고, 이발소 기둥은 더 이상 돌아가지 않았다. 허풍쟁이들은 더욱더 허풍을 떨었다. 1936년 여름, 아바나를 거쳐 온 할렘 사람이 이곳을 다시 단장해 엘레이즈라는 클럽을 열었을 때에는 밧줄로 댄스플로어를 가를 필요가 없었지만, 그래도 그는 그 밧줄을 그대로 내버려두었다. 밴드는 클럽 주인만큼이나 근본 없는 재즈를 연주하고, 여자들은 옷에 땀이 밴 채로 그 밧줄 주위에서 마음껏 시미춤*을 췄다.

그래서 리츠키는 2월의 첫 번째 토요일 밤 11시에 클럽의 문이 열리고 올리비아 드 하빌런드 양이 끈 달린 빨간 원피스 차림으로 나타났을 때 자신의 눈을 믿을 수 없었다. 그녀는 리츠키가 전에 들어본 적이 있는, 그 흉터 있는 금발 여자, 어느 날 갑자기 나타난 그 여자와 팔짱을 끼고 있었다. 만약 그의 눈이 그를 속이는 것이 아니라면, 두 여자 모두 브래지어를 입지 않았다. 금발 여자는 올리비아를 이끌어 밴드 근처의 테이블에 앉은 뒤 그녀와 함께 마치 티후아

✦ 재즈에 맞춰 몸을 떨며 추는 춤.

나에서 자란 사람들처럼 라임이 들어간 테킬라를 주문했다.

그전 해에 리츠키는 다른 사람들과 마찬가지로 드하비의 뒤를 따라다녔다. 하지만 그런 발품 낭비가 없었다. 영화사 사람들이 그녀를 아주 엄하게 통제한다는 사실이 확연히 드러났다. 6시에는 탄산수를 마시고, 7시에는 저녁을 먹고, 그 뒤에는 집에 돌아와 우유 한 잔을 마신 뒤 이불을 꼭꼭 덮고 자는 것이 그녀의 생활이었다. 하기야 영화사의 이런 조치를 탓할 수도 없었다. 자신들이 깔고 앉아 있는 것이 무엇인지 그들은 정확히 알고 있었다. 주기율표의 일흔아홉 번째 원소, 즉 황금과 같은 존재라는 것을.

매주 토요일 밤 영화를 보러 가는 엄마들과 아빠들은 힘들게 번 돈을 쓰는 만큼, 바로 옆집에 살 것 같은 여자가 나오는 멋진 해피엔딩 이야기를 보고 싶어 했다. 드하비가 바로 그렇게 관객을 끄는 사람이었다. 화면에서 볼 때와 똑같이 실제 생활에서도 흠잡을 데 없는 사람.

자신이 쓴 돈의 가치를 뽑아내는 방법에 대해 모르는 것이 없는 잭 워너는 드하비를 말처럼 부리며, 서너 달에 한 편씩 영화를 찍게 했다. 그러니까 적어도 그가 〈바람과 함께 사라지다〉의 어떤 배역을 위해 그녀를 셀즈닉 인터내셔널에 빌려주기 전까지는 그랬다. 자기 영화사의 스타를 다른 영화사 작품에 빌려주는 일은 잭의 모든 것과 어긋나는 일이었다. 그러나 거리에 떠도는 이야기에 따르면, 드하비가 브라운 더비에서 워너 부인과 차 한잔을 마시며 환심을 산 뒤, 워너 부인이 잭의 팔을 비틀어 항복을 받아냈다고 했다.

그러니 느닷없이 나타난 저 금발 여자 때문에 영화사 남자들이 머리를 쥐어뜯고 있을 터였다. 조금 떨어진 곳에서 봐도, 그녀는 자유로운 사람이었다. 킬러처럼 눈을 가늘게 뜨고 주위를 정찰하듯 둘러본 그녀가 만족스러운 표정을 지었다. 밴드도, 음악의 템포도, 테킬라도, 하여튼 이곳의 모든 것이 마음에 드는 모양이었다. 만약 드하비가 저런 여자들과 어울린다면, 오래지 않아 수상쩍은 시간에 가면 안 되는 곳에 나타나 눈물을 뿌릴 것이다.

다양성이 인생의 양념인지는 몰라도, 엘레이즈의 밴드에게 그런 말을 해준 사람은 없었는지 트럼펫 소리가 두드러지는 똑같은 음악이 세 번째로 시작되었다. 밴드는 란체라*와 룸바가 혼합된 것 같은 이 노래를 스무 소절쯤 연주하다가 갑자기 연주를 한 박자 멈추고 "라 카사!"라고 소리친 다음 다시 연주를 이어갔다. 그들이 이 노래를 두 번째로 연주할 때 리츠키는 눈동자를 굴리며 생각했다. '아마추어로군.' 하지만 그들이 또 그 노래를 연주하기 시작하자, 사람들이 고개를 절레절레 저으며 씩 웃었다. 가우초**들이 조금 더 술에 취했거나, 아니면 곡이 두 번째 연주될 때 연습한 스텝을 자랑하고 싶어 안달이 난 모양이었다. 정신을 차리고 보니 그들은 어느새 데이트 상대를 플로어로 끌고 나가 엉덩이를 움켜쥐고 있었다.

드하비라면 얼굴을 붉혔을 것이다. 놀라서 저렇게 정신없이 눈을 깜박거리지만 않았다면. 몸무게 46킬로그램으로 어깨뼈가 살갗을 뚫고 튀어나올 지경인 그녀는 1937년보다 보기 좋은 모습이었지만, 그래도 여자처럼 보이려면 1년 내내 음식을 한 그릇씩 더 먹어야

✦ 라틴풍의 컨트리웨스턴 음악.
✦✦ 남미의 카우보이.

할 것 같았다.

"어이, 사진쟁이."

리츠키는 댄스플로어에서 시선을 떼어 뒤를 돌아보았다. 바를 지키는 게으른 남자가 더러운 행주로 손을 닦으며 바리톤 목소리로 그에게 한 말이었다.

"술 한잔할 거야? 아니면 그냥 밤새 앉아 있기만 할 거야?"

"뭐가 그렇게 급해?"

"그 자리는 목마른 사람 자리야."

"네, 네······."

리츠키는 주머니에서 지폐를 꺼내 바 위로 던졌다.

"라이 위스키 한 잔. 얼음 타서. 이번에는 단지 말고 병에서 따라줘."

올드맨 리버가 멀어졌다가 술잔과 거스름돈을 들고 돌아왔다. 리츠키는 별 다섯 개짜리 서비스에 진심으로 감사한다는 뜻을 표현하기 위해 카운터에 5센트 동전을 하나 남겨두었다. 그러고는 방향을 돌려 바에 등을 기대고, 손가락으로 얼음을 휘저었다.

밴드 옆 테이블에서 금발 여자가 "그래, 이렇게 해야지"라고 말하는 것 같은 미소를 지으며 클라베스* 박자에 맞춰 고개를 까딱거리고 있었다. 그러다가 담배를 한 모금 빨아들여 천장을 향해 연기기둥을 내뿜었다.

《픽처 플레이》의 멍청이 맥널티는 그녀가 시카고에서 도망친 조폭 애인이라고 그럴싸하게 주장했다. 하지만 도망친 조폭 애인들은

✦ 타악기의 일종.

할리우드에서 숨어 지내지 않을 뿐만 아니라, 그런 사진 설명은 무방비한 순간을 포착한 그녀의 사진에 어울리지 않았다. 이 여자에게는 분명히 상류계급 분위기가 있었다. 싸구려 통신원인 베커는 그녀가 총통을 피해 도망친 베를린 사람이라고 주장했지만, 그것 역시 아닌 것 같았다. 이 금발 여자에게는 라인란트와 어울리지 않는 삶의 즐거움이 있었다.

이제 그녀가 몸을 앞으로 기울여 드하비에게 뭐라고 말하면서, 안목을 보여주는 담배로 타악기 연주자를 가리켰다. 드하비는 귀를 기울이며, 새로운 후견인의 말에 홀린 듯이 고개를 끄덕였다.

저 여자는 도대체 누구야? 리츠키가 자기도 모르게 이런 생각을 하는 것은 드문 일이었다.

그대로 계속 이 수수께끼를 고민했을지도 모르겠다. 바 저편에서 라틴 남자 두 명이 소란을 피우지 않았다면. 둘 중 한 명이 상대의 사내다움에 대해 뭐라고 말하고 있었다. 그러자 상대방이 벌떡 일어서는 서슬에 그의 의자가 쓰러졌다. 올드맨 리버는 주먹을 바 위에 올려놓고, 두 사람에게 밖에 나가서 싸우라고 말했다. 먼저 말하던 남자가 바닥에 침을 뱉고는, 자기 패거리를 끌고 문으로 향했다. 그의 상대는 다섯까지 센 뒤 친구 세 명에게 신호를 보냈다. 근처 테이블에서 이를 쑤시고 있던 세 친구가 모두 서늘한 얼굴로 추적에 나섰다.

"하여튼 치카노들은 싸울 상대가 없으면 자기들끼리 싸워." 리츠키가 고개를 절레절레 흔들며 말했다.

드하비에게 시선을 돌려 보니, 그녀는 테킬라를 여학생처럼 홀짝거리고 있었다. 리츠키는 으스대며 문밖으로 나간 세 친구 쪽으로 다시 눈을 돌렸다. 그러고는 바에서 5센트 동전을 집어들고 화장실 근처 전화기로 가서 LA 경찰국의 가장 가까운 경찰서로 전화를 걸었다.

"칼싸움을 신고하고 싶은데요." 그가 수화기를 향해 말했다. "네, 맞습니다, 칼싸움. 엘레이즈의 주차장이에요. 센트럴 근처 셰퍼드 애비뉴. 언제냐고요? 지금 당장이라도."

리츠키는 전화를 끊었다.

이거 재미있어지겠는데. 그는 철학자처럼 속으로 생각했다. 하지만 자리로 돌아와 보니, 드하비와 금발 여자가 보이지 않았다.

리츠키는 두 사람의 테이블에서 여자 화장실까지의 경로를 유심히 살펴보았지만, 두 사람은 어디에도 없었다. 그래서 클럽 안을 샅샅이 뒤졌더니, 아, 그들이 있었다. 댄스플로어에 팔꿈치가 서로 닿을 정도로 가깝게 서 있었다.

밴드는 멕시칼리풍의 〈비긴 춤을 시작하자〉를 연주하고 있었다. 밴드장의 지시인지 아니면 모종의 집단적인 본능 때문인지 남자들과 여자들이 모두 밧줄을 사이에 두고 양편에 따로 모여 있었다. 이 노래를 연주하는 밴드의 솜씨는 고등수학 같았고, 이 동네 여자들이 이 노래를 가장 훌륭하게 활용했다. 그들은 엉덩이로 긴 나눗셈을 하며, 13제곱으로 흔들어댔다. 드하비와 금발 여자는 그들을 따라가지 못했다. 그들의 몸도 살아온 환경도 그런 동작에 맞지 않았다. 그래도 그들이 분위기에 잘 섞여 들어간 것은 분명했다.

드하비를 엘레이즈로 데려온 금발 여자의 공을 결국 인정해줘야 할 것 같았다. 댄스플로어에 그녀의 정체를 아는 사람이 있는지는 몰라도, 그런 내색을 하는 사람은 보이지 않았다. 이 동네 사람들이 엘레이즈를 찾을 때쯤이면, 그날 하루에 보여줄 예의(네, 손님. 아닙니다, 손님. 감사합니다, 손님)를 모두 소진해버린 뒤였다. 그래서 그들은 눈을 반쯤 감고 홀린 듯이 조용하게 몸을 흔들었다.

적어도 리츠키의 생각은 그러했으나, 밴드가 〈미 카사〉를 네 번째로 연주하기 시작하자마자 모두가 자리에서 일어났다. 금발 여자와 드하비는 밧줄을 사이에 두고 서서 상대의 모든 스텝을 똑같이 따라 하고 있었다. 머리를 동시에 흔들어대며, 스무 번째 소절이 나오기를 기다렸다. 그때가 되면 발끝으로 서서 다른 사람들과 함께 "미 카사!"라고 외칠 수 있으니까.

음악 소리가 더 커졌는데도, 리츠키는 틀림없는 사이렌 소리, 그 달콤한 소리가 멀리서 울리는 것을 들을 수 있었다. 클럽 입구 쪽으로 시선을 돌리자, 마침 운전기사 제복을 입은 애송이가 급히 안으로 들어서고 있었다. 교회에 들어올 때처럼 모자를 벗은 그는 금발 여자를 보고 눈을 빛내면서 댄스플로어를 향해 직선으로 나아갔다.

리츠키는 의자에서 일어섰다.

애송이가 금발 여자를 플로어 가장자리로 불러내 귓속말을 했다. 리츠키는 멀리 떨어진 곳에서도 그녀의 눈이 가늘어지는 것을 볼 수 있었다. 그녀는 곧 훈련 조교처럼 지시를 다다다 쏟아냈다. 애송이가 자동차로 돌아가는 동안 그녀는 드하비의 손을 잡고 사람들 사이를 통과해 밴드석 뒤로 들어가서 주방 문으로 향했다.

리츠키는 의자 아래에 있던 가방을 낚아채듯 들었다. 그리고 바를 타 넘었다. 그 와중에 맥주병 하나가 쓰러졌다.

"이봐!" 올드맨 리버가 소리쳤다.

리츠키는 뒷문으로 허둥지둥 나갔다. 망사문으로 주방 불빛이 새어 나오고, 어두운 초록색 패커드 한 대가 반대 방향에서 막 나타나는 것이 보였다. 주방 문이 벌컥 열리면서 금발 여자가 드하비를 끌고 나왔을 때 리츠키는 거의 준비가 되어 있지 않았지만, 흥분을 가라앉히면서 휘파람을 불었다. 두 사람이 모두 시선을 들었을 때 그가 방아쇠를 당겼다. 커다랗게 펑 하는 소리를 내면서 플래시가 터졌다. 불꽃이 바닥으로 떨어지면서 유황 냄새가 사방에 가득 퍼졌다. 금발 여자는 드하비를 안전하게 차에 태울 때까지 손을 놓지 않았다. 그 뒤에야 이를 드러내며 리츠키를 보았지만, 그는 이미 그 자리에 없었다.

그는 크게 우회해서 덤불 속을 지나 센트럴 애비뉴로 향하고 있었다. 그곳에 차를 세워둔 것이 현명한 판단이었다. 그는 운전석에 올라타 기어를 넣고 셰퍼드 애비뉴로 들어섰다. 엘레이즈의 주차장에서 경찰관들이 싸움을 벌이던 라틴계 남자들과 빽빽하게 둘러서서 이야기를 나누고 있었다. 그는 그 옆을 지나가며 그들 모두에게 경례를 해주고는, 라디오를 켰다.

장사꾼 빙 크로스비의 가슴 따뜻한 노래가 나왔다.

리츠키는 빙 크로스비가 싫었다.

그래도 다이얼을 바꾸지 않고, 자기도 모르게 낙천적인 기분이 되어 노래를 따라 불렀다. 플래시가 터지는 순간, 두 여자가 놀라서 시선을 드는 순간, 분명히 보았기 때문이었다. 드하비가 서둘러 문 밖으로 나오던 중 옷이 어딘가에 걸린 것 같은 모습을. 그녀의 어깨끈 한쪽이 끊어져 비단처럼 부드러운 천이 아래로 흘러내린 탓에, 아주 멋들어진 노출 장면이 그의 눈앞에 있었다. 짤랑짤랑 돈이 들어오는 장면이었다.

리츠키는 자동차로 선셋 대로를 달리면서 차창에서 슬금슬금 사라지는 건물들을 지켜보았다.『옥스퍼드에서 펴낸 훌륭한 연기의 역사』를 보는 것 같은 기분이었다. 페어팩스 애비뉴 귀퉁이에 있는 호텔은 클라크 게이블이 침대보를 이용해서 3층 창문에서 아래로 내려오려고 시도한 곳이었다. 라시에네가 대로 뒤편 블록에 있는 카페 트로카데로는 글로리아 스완슨이 블루 앤젤의 눈을 거의 뽑아 놓다시피 한 곳이었다. 거기서 몇 집 떨어진 곳에는 안토니오스가 있는데, 루이스 메이어가 누군가와 약속할 때 등 뒤에서 통통한 새끼손가락 두 개를 교차시킬 수 없게 되었기 때문에 양상추로 식사하기 시작한 곳이 그 식당이었다.

풀와이더 건물 6층의 전망 좋은 사무실은 불이 꺼져 있었다. 당연한 일이었다. 험프티덤프티는 사무실 책상에서 채우지 못한 잠을 마저 자려고 비척비척 집으로 돌아갔을 것이다.

리츠키는 코리 거리로 들어가서 오말리즈 앞에 차를 세웠다. 여느 때처럼 그곳에는 사람이 없었다. 주인인 오말리는 등받이 없는 의자 위에 올라서서, 바 위에 걸려 있는 색색의 전등을 아래로 내리는 중이었다.

"어이, 샌티 클로스."

오말리가 찡그린 얼굴로 뒤를 돌아보더니, 고리에서 흔들거리는 전등을 그대로 둔 채 의자에서 내려왔다.

"모든 손님에게 내가 술 한잔 살게." 리츠키가 말했다.

"하하하." 오말리가 말했다.

그러고는 곧 목 졸라 죽일 오리의 목을 잡듯이 어떤 병의 목을 잡았다. 그렇게 위스키를 따른 뒤에야 비로소 리츠키의 표정을 보왔다.

"광산의 카나리아 같은 얼굴이네."

카나리아를 잡은 고양이 같다고 해야지, 인간아. 그래도 제대로 짚었어."

"고양이든, 광산이든, 다를 게 뭐야?" 오말리가 어깨를 으쓱하며 말했다.

리츠키는 빈 잔을 흔들다가 바에 내려놓았다.

"그냥 계속 술이나 줘. 그러면 내가 이 도시에 대해 한두 가지 알려줄지도 모르잖아?"

오말리는 병을 향해 손을 뻗고, 리츠키는 뒤편의 전화 부스로 향했다. 안으로 들어가 문을 닫은 뒤 그는 모자를 벗어 안쪽에 둘러진 띠 안에서 종이쪽지 하나를 꺼냈다. 때가 묻고 낡은 그 종이에는 결코 쉽게 알아낼 수 없는 전화번호 다섯 개가 적혀 있었다. 리츠키는 다섯 번째 번호로 다이얼을 돌렸다. 데이비드 O. 셀즈닉의 개인 변호사인 마커스 벤튼의 집 전화번호였다. 졸린 목소리로 느릿느릿 "여보세요"라고 말하는데도, 벤튼은 교양 있는 분위기를 풍겼다. 신중한 사람이었다. 푼돈을 아끼는 것과 잔돈을 아끼다 큰돈을 잃는 것의 차이를 아는 사람.

"제레미야 리츠키입니다." 리츠키가 수화기를 향해 말했다. "맞아요, 그 리츠키. ······네, 지금이 몇 시인지는 압니다. ······내가 당신 번호를 어떻게 알았는지는 신경 쓰지 마세요. 오히려 다행이라고 생각하게 될 테니까. ······그게 말입니다, 변호사님, 당신이 손에 넣고 싶어 할 만한 것을 내가 확보했거든요. ······얼마나 크냐고요? 그걸 내려다보려면 사다리를 가져와야 할걸요. ······리틀 산타모니카의 커피숍 아십니까? ……언제 한번 거기서 저와 만나시죠. 내일 8시라든가. 지갑도 가져오시고요."

리츠키는 전화를 끊었다.

요점을 말하자면 이러했다. 평범한 어머니와 아버지가 은막에서 옆집에 살 것 같은 아가씨를 보고 싶어 하는 것은 맞다. 하지만 그들이 유일하게 그보다 더 좋아하는 것은 그 아가씨가 바닥으로 굴러떨어지는 모습이었다. 그들이 나쁜 사람이라는 뜻은 아니었다. 그들에게 비열한 기질은 없었다. 그저 그들도 어쩔 수 없는 것뿐이었다. 독일인들은 그런 것을 샤덴프로이데*라고 불렀다. 리츠키는 인간의 본성이라고 생각했다. 사실 '인간의 본성'이라는 말도 신이 주신 결점을 부르는 화려한 용어다. 그리고 우리는 그 결점을 신에게 되돌려줄 생각이 전혀 없다.

리츠키는 종이쪽지를 다시 모자 안에 넣고, 모자를 썼다. 그러고는 전화기에 5센트 동전을 또 넣었다. 이번에는 번호를 찾아볼 필요가 없었다. 그 빈약한 숫자를 모두 외우고 있었으니까. 열여섯 번 벨이 울린 뒤에야 험프티덤프티가 전화를 받았다.

"나야, 리츠키. ……그래, 지금 몇 시인지는 알아. 지금 몇 시인지는 누구나 알지. ……무슨 중요한 일이냐고? 나 그만둔다는 말을 하려고. ……잠깐. 좀 천천히 말해볼래? 내가 받아적을 수 있게. 이런 건 역사책에 실려야 돼. ……그래. 똑같은 말을 되돌려줄게."

리츠키는 전화를 끊고 전화 부스에서 나왔다. 자신의 자리로 돌아가니, 술잔이 그를 기다리고 있었다.

✦ 남의 불행을 고소하게 여기는 것.

흉터가 있는 금발 여자도 있었다.

그녀는 바의 반대편 끝에 혼자 앉아 있었다.

믿을 수가 없었다. 그가 차를 몰고 클럽 앞을 지나가는 것을 보고 그 애송이에게 미행을 지시했음이 분명했다. 그녀는 우연히 술집에 들어온 다른 시민에게 하듯, 그에게 고개를 끄덕여 인사했다.

그녀가 스카치와 소다를 주문하자, 리츠키는 오말리에게 그것을 자신의 계산서에 올리라고 말했다. 그녀는 이웃을 대하듯이 감사의 미소를 지어 보이더니, 그에게 걸어왔다.

"안녕하세요. 이블린 로스예요." 그녀가 말했다.

"제레미야 리츠키예요."

그녀는 술집 한가운데의 2인용 테이블을 가리켰다.

"저랑 합석하실래요, 리츠키 씨?"

"그러죠." 리츠키 씨가 말했다.

그가 가방을 챙기는 동안 그녀가 그의 잔을 대신 들고 테이블로 갔다. 두 사람이 모두 자리에 앉은 뒤에야 그는 그녀가 과거에 얼마나 미인이었을지 제대로 볼 수 있었다. 완전한 금발과 파란 눈, 게다가 모래시계 몸매의 씩씩한 여자. 리츠키의 타입은 아니었지만, 흉터와 절룩거리는 걸음걸이만 아니라면 리츠키를 제외한 모두의 타입이 되었을 것이다.

만만치 않겠는데. 그는 어쩌면 연민으로 착각할 수도 있을 것 같은 떨림을 느끼면서 속으로 생각했다.

그녀가 잔을 들어올렸고, 두 사람은 서로에게서 시선을 떼지 않은 채 술을 마셨다.

어쩌면 그의 생각이 완전히 틀렸는지도…….

이 도시에서는 흉터가 바로 일종의 증표인 것 같기도 했다. 할리우드에서는 잘생긴 사람이 버스에서 내리면 약 30킬로미터 이내의 모든 여자들이 손톱을 날카롭게 다듬는다. 그리고 할리우드 업계의 남자들은 예쁜 여자를 만나면 경계해야 마땅하다. 뭔가 일이 진행된 뒤에야 비로소 그 여자가 무엇을 좇는지 알게 되기 때문이다. 하지만 흉터를 지닌 이블린 로스 같은 여자들이 스크린테스트를 받는 일은 없을 것이다.

그래서 궁금해졌다. 애당초 이 여자가 여기에는 왜 왔는지.

리츠키가 이런 생각을 하는 동안 그녀는 다리를 꼬고 앉아서 술을 홀짝거리며, 구두에서 발꿈치를 가볍게 빼냈다. 그렇게 발가락에 구두를 걸친 채로 한 박자쯤 있다가 다시 제대로 신었다.

"무슨 일을 하는 분이세요, 리츠키 씨?"

그는 손가락으로 얼음을 휘저었다.

"제4계급의 일원입니다."

"기자예요?" 그녀가 담배를 꺼내며 물었다. "이런 도시에서 그런 일을 하면 정말 환상적이겠어요. 이야기를 들려주세요."

그녀는 불을 붙이지 않은 담배를 손가락 사이에 끼운 채 앉아서 리츠키가 성냥불을 붙여주기를 기다렸다. 하지만 그는 그냥 술을 한 모금 마셨다.

"달콤한 말은 안 하셔도 됩니다, 블론디. 당신이 누군지 정확히 알아요."

"제가 누군데요? 말해주세요."

"로비로 들어와서 주방 문으로 나가는 사람이죠."

리츠키는 자신의 시적인 표현이 마음에 들어서 1년 만에 처음으로 미소를 지었다.

"오오. 치아가 정말 크시네요, 할머니[+]." 그녀가 대꾸했다.

리츠키는 그녀의 말을 긍정하듯이 잔을 들어, 그녀에게 경의를 표하며 쭉 비웠다.

"이 도시가 어떤 곳인지 알고 싶어요?" 그가 말했다. "내가 말해주죠. 여긴 대합실과 비슷합니다. 세상에서 가장 큰 대합실이에요. 우리는 모두 나무 벤치에 앉아 어제 신문을 읽고, 어제 점심을 먹고 있죠. 하지만 가끔 플랫폼으로 통하는 문이 열리고 차장이 한 명을 들여보내 페이데이 고속열차를 탈 수 있게 해줍니다. 우편실에서 일하면서 쓴 작품이 어찌어찌 커다란 떡갈나무 책상까지 도달하게 된 삼류 작가가 그 열차에 탈 때도 있고, 우아한 아가씨가, 그러니까 당신 친구 같은 사람이 농장에서 뽑혀 오기도 하죠. 하지만 나처럼 평범한 인간에게 그 기회가 올 때도 있습니다."

그는 테이블 위에 놓인 가방을 툭툭 두드렸다.

"그 문이 열리면……." 그가 말했다.

"그 문 안으로 들어가야겠죠. 다시는 열리지 않을지도 모르니까."

"빙고, 블론디."

그녀는 손으로 턱을 받치고 아주 몽롱한 표정으로 그를 바라보았다.

"콧수염이 아주 멋지네요, 리츠키 씨. 어떻게 하신 거예요? 어떻게 그렇게 아주 조금만 남길 수 있죠?"

"내 손이 민첩하거든요."

"틀림없이 그러실 것 같아요. 음, 제가 당신에게 들려줄 이야기가

[+] 동화 「빨간 모자」에서 주인공이 할머니로 변장한 늑대에게 떨면서 하는 말.

하나 있어요." 그녀는 이렇게 말하고 나서 마침내 스스로 담배에 불을 붙인 뒤, 성냥을 흔들어 불을 끄고 어깨 너머로 던졌다.

그녀의 이야기는 우연히 부자가 된 자그맣고 뚱뚱한 이탈리아인에 관한 것이었다. 그는 밀라노와 뉴욕에서 오페라극장의 무대배경을 디자인하다가 서부로 향했다. 거기서 할리우드 무대세트에 한번 손가락을 담가본 그는 고향의 친구들, 시스티나 성당 세트를 짓던 목수, 화가, 석공을 모두 불러왔다. 이제 막 할리우드에 도착한 그들은 일당 5센트만 받아도 열심히 일할 만큼 의욕이 있었다. 곧 모든 영화사가 이 이탈리아 남자에게 일을 맡기고 싶어 했다. 그는 도지시티, 성, 베르사이유의 방 등을 세트로 만들어 1년에 50만 달러를 벌었다. 따라서 자연히 도히니에 있는 자신의 오두막을 허물고, 고향에서 데려온 친구들을 시켜 모든 것을 갖춘 저택을 지었다. 그가 새집에 입주한 것은 1935년 8월 1일. 그다음 날 아침 그는 저택 수영장에 둥둥 떠 있는 상태로 발견되었다.

리츠키는 1935년의 혹서를 생생히 기억했다. 사실 지금 오말리즈에서 금발 여자가 풀어내는 이야기에 귀를 기울이면서 그때의 무더위가 정말로 다시 느껴지는 듯했다. 경찰차들이 저택 진입로로 들어올 때 수영장 가장자리에서 물이 찰랑거리던 소리도 들리는 듯했다.

경찰들은 이것이 평범한 사고가 아니라는 사실을 순식간에 알아차렸다. 시체의 머리에는 상처가 없고, 혈액에서 술기운이 검출되지도 않았다. 그래서 그들은 생각했다. 고향에서부터 여기까지 복수극이 이어진 건가? 그의 동포 중에 일당 5센트를 받는 생활에 지친 사람이 마침내 생긴 건가? 아니면 경쟁자가 초조해진 건가?

금발 여자는 의자에 등을 기대며 담배 연기를 천장으로 쏘아 보냈다.

"결국 그의 목숨을 앗아간 것이 무엇이었는지 아세요, 리츠키 씨?"

"아뇨." 리츠키는 이마에서 땀을 닦으며 말했다. "뭐였습니까?"

"미터법."

리츠키는 고개를 절레절레 저었다.

"미터법이라고요……?"

"그러니까, 이 이탈리아인 사업가는 수영을 할 줄 몰랐어요. 그래서 수영장을 건설할 때 석공에게 수영장 깊이를 1야드 반으로 만들라고 말했죠. 그러면 자기가 뛰어들어도 머리가 물 밖으로 나올 테니까요. 하지만 미국에 온 지 얼마 되지 않은 석공은 야드가 뭔지 몰랐어요. 그래서 같은 나라 사람에게 물어봤더니 미터랑 같다고 했죠. 리츠키 씨도 아시겠지만, 1미터는 1야드보다 조금 더 길어요. 그러니까 그 사업가가 페이데이 고속열차 티켓으로 산 게 바로 그거였어요. 5인치 더 깊은 수영장."

리츠키는 가려고 일어섰다. 하지만 주위 풍경이 왼쪽으로 조금 움직였다.

"대단한 이야기네요, 블론디."

그는 가방을 향해 손을 뻗었다. 그 안에 중요한 것이 있었다. 아마도 그의 미래가. 아니, 과거였나. 기억이 나지 않았다. 어느 쪽이든, 가방이 미치게 무거웠다.

"자요. 제가 도와드릴게요." 누군가가 엄마처럼 말했다.

손이 가벼워진 리츠키의 몸이 바닥에서 1.5미터 위로 떠올라 1초 동안 머무르다가 다시 의자에 내려앉았다.

바 뒤의 선반에서 오케스트라가 트럼펫 소리가 두드러지는 그 음악을 열다섯 번째로 연주하고 있었다. 리츠키는 손으로 테이블을 짚고 일어서려고 했지만 꼼짝도 할 수 없었다. 머리를 흔들었더니, 어디선가 느닷없이 나타난 금발 여자의 이목구비가 똑똑히 보였다. 그녀는 아까 밴드를 유심히 볼 때처럼 그를 유심히 바라보고 있었다. 눈을 가늘게 뜨고, "그래, 이렇게 해야지"라는 듯 미소를 띤 표정.

그녀가 그를 향해 아주 가까이 몸을 기울였다. 그녀의 향수 냄새를 그가 맡을 수 있을 정도였다.

"당신 어디서 왔어요?" 그는 자기도 모르게 이렇게 물었다.

"허리케인에서요."

그녀의 아름다움이 만들어낸 따스한 원이 점차 뒤로 물러나서 흩어지더니 결국 사라져버렸다.

리츠키의 의식의 변방에서, 리츠키와 아주 비슷한 누군가가 의자를 쓰러뜨렸다. 그 시끄러운 소리가 할리우드의 신성한 복도를 따라 퍼지다가 머리 위의 양철 지붕에 부딪혀 메아리쳤다. 어디선가 문이 닫히고, 오케스트라가 스무 번째 소절의 탐색을 포기하고, 줄에 매달려 부드럽게 흔들리던 크리스마스 장식 전구들이 하나씩 꺼졌다. 리츠키를 영원永遠의 새까만 품속에 남겨둔 채로.

마커스

 3월 15일 수요일에 마커스 벤튼은 창문 블라인드 틈새를 두 손가락으로 벌리고 주차장을 내다보며, 이 날씨에 아직 적응이 되지 않는다는 생각을 했다. 황량한 겨울이 아닌 2월은 2월 같지 않았고, 7월도 7월 같지 않았다. 남부 캘리포니아에서는 봄을 언뜻 맛보는 것 같은 날씨가 매주, 매달, 매년 되풀이되는 것 같았다.
 누가 그의 생각에 귀를 기울이고 있었는지, 팔랑거리는 밀짚모자를 쓴 맨발의 젊은 남자가 임시변통으로 만든 낚싯대를 어깨에 메고 3번 건물 뒤편에서 나타났다.
 어렸을 때 마커스는 눈을 감고도 저것보다 더 좋은 낚싯대를 만들 수 있었다. 묘목을 깨끗하게 다듬고, 바늘에 실을 꿰어, 이중 고리 매듭을 묶었을 것이다. 그러고는 학교 뒤편으로 슬쩍 빠져나가 씨앗 가게를 피하기 위해 시청 옆을 둘러 간 뒤, 크게 원을 그리며 키퍼스 할로로 향했을 것이다. 그곳에서는 휘파람쟁이 보비 맥과이어가 벌써 낚싯대를 드리우고 있었을 것이다. 하지만 여기 컬버시티에서 팔랑거리는 모자를 쓴 청년은 밝은 파란색 블라우스를 입은 젊은 금발 여자의 부름에 걸음을 멈췄다. 여자가 그에게 뭔가를 묻자, 그는 마커스의 사무실 쪽을 가리켰다.

마커스는 블라인드에서 손을 내렸다.

그리고 다시 책상에 앉아, 자그마한 초록색 서류철을 들었다. 그 안에 있는 사진을 흘깃 보기만 해도, 파란 옷을 입은 저 금발 여자가 지금 자신이 기다리는 사람임을 확인할 수 있었다. 마커스는 서류를 다시 훑어보며, 그녀에 대해 알고 있는 빈약한 정보를 다시 확인했다. 그녀가 뉴욕에서 자랐고, 유럽에서 예비신부 학교에 다녔으며, 어느 문학 출판사에서 1년 동안 일했고, 명문가 출신인 은행가와의 약혼이 갑자기 취소된 뒤 맨해튼의 뒷소문을 피해 6개월 전 도망쳤다는 것.

물론 정보가 더 많으면 좋을 것이다(누구나 항상 바라는 일이다). 하지만 지금 손에 들고 있는 서류만으로도 충분할 듯했다. 사실 오늘 일은 아주 간단했으니까. 저 젊은 여자에게 커다란 일의 일부가 된 듯한 기분을 안겨주면 되는 일이었다.

마커스는 아칸소에서 처음 소송 관련 일을 할 때 이 점을 배웠다. 풀라스키 카운티 법원의 배심원석(따지고 보면 미국의 어느 배심원석이든 상관없다)에는 갖가지 인간의 표본이 앉아 있다. 지식과 경험, 각자의 성격과 편견이 어우러진 조각보와 같다. 이렇게 제각각인 사람들에게 자신의 주장을 납득시키기 위해 법률가는 논리나 과학뿐만 아니라 심지어 정의에도 의존할 수 없다. 사실 소크라테스도 자신이 무고하다고 아테네의 장로들을 설득하지 못했고, 갈릴레이도 교황을 설득하지 못했으며, 예수그리스도도 예루살렘 사람들을 설득하지 못했다. 배심원을 설득하려면, 그들을 반드시 사건의 흐름 속으로 끌어들여야 한다.

그들이 단순히 시민의 의무를 수행하기 위해 법원으로 불려온 것이 아님을 보여주어야 한다. 그들은 참여하기 위해 소환되었다. 배심원 각자는 재판에서 맡은 역할을 반드시 수행해야 하는 당사자다. 사람들이 가족 모임이나, 친구와의 저녁 식사 자리나 교회 신도석에서 각자 맡은 역할을 하는 것과 같다. 우리는 그런 자리에 함께 앉은 이웃들의 약점과 강점이 우리 자신의 것과 불가분의 관계임을 의식적으로든 무의식적으로든 알고 있다.

마커스가 과거 아칸소의 소송에서 데이비드를 구해준 방법이 그거였다. 신문들 덕분에, 리틀록의 선량한 사람들은 재판이 열리기 몇 주 전에 이미 데이비드 셀즈닉이 할리우드 거물이라는 사실을 알고 있었다. 그가 백만장자라는 것, 닳고 닳은 도시 사람이라는 것, 유대인이라는 것도 알았다. 상대편 변호사가 주장을 펼칠 때 굳이 말로 하지는 않았지만 핵심적인 자리를 차지한 알맹이도 바로 그거였다. 셀즈닉이 어떤 인물인지를 감안하면, 어느 정도 벌을 받아 마땅하다는 것. 그래서 마커스(조금 구김이 간 양복을 입고, 머리도 살짝 헝클어진 모습이었다)는 그 모든 것이 사실임을 인정하면서, 배심원들을 맨 처음의 시작점으로 데려갔다. 데이비드를 증인석으로 불러내, 피츠버그의 블루칼라 동네에서 보낸 어린 시절에 대해, 스물한 살 때 아버지가 곤경에 처하자 가족의 생계를 도운 일에 대해 물은 것이다. 사건과 관계없는 질문이라는 상대편의 이의제기 속에서 마커스는 데이비드에게 열세 살 때 버스터 키튼의 영화를 보면서 영화와 사랑에 빠지게 된 이야기도 물어보았다.

6개월 뒤 마커스는 로스앤젤레스 카운티 법원에서 또 비슷한 흐름의 질문을 하고 있었다.

처음 데이비드가 전화로 도움을 요청했을 때 마커스는 거절했다. 그러나 데이비드는 원래 설득력이 뛰어난 사람이었다. 그는 겨우 몇 주면 될 거라고 말했다. 마커스가 그만큼 시간을 낸 것을 헛수고로 만들지 않겠다고, 온 나라를 통틀어 자신이 믿고 일을 맡길 사람이 달리 없다고 말했다. 그리고 그를 한층 더 유혹하기 위해 비행기를 보냈다. 객실에 마커스(좋아하는 버번 한 잔을 손에 들고 있었다) 한 사람만 태운 비행기는 리틀록에서 출발해 더스트보울과 그랜드캐니언과 데스밸리를 지나 산타모니카의 활주로에 도착했다. 데이비드가 자신의 롤스로이스를 세워두고 그를 기다리고 있었다. 셀즈닉 인터내셔널에 도착해 2번 건물에 들어선 뒤, 데이비드가 아주 정교하고 화려한 동작으로 떡갈나무 문을 열자…… 리틀록에 있던 마커스의 사무실이 나타났다.

셀즈닉 인터내셔널의 세트디자이너들이 소품부의 도움을 조금 받아서 사무실을 똑같이 복사해놓은 것이다. 블라인드, 아칸소 동부의 낡은 지도, 책꽂이의 로마 흉상(대리석 키케로 흉상 대신 종이공예로 만든 카이사르 흉상이었지만)까지 똑같았다.

그것이 4년 전이었다.

마커스는 책상 위를 살펴보았다. 가장자리에 서류 더미 일곱 개가 깔끔하게 정리되어 있는데, 그중 하나는 높이가 25센티미터였다. 이것은 소품부에서 만든 것이 아니라, 의뢰인의 부지런함을 보여주는 본질적인 요소였다. 그의 의뢰인은 어떤 모욕도 가볍게 넘기지 않고, 어떤 약속도 지나가는 말로 치지 않고, 단 한 푼이라도 지키기 위해 싸우는 사람이었다. 셀즈닉 대 어느 영화사. 셀즈닉 대 어느 스타. 셀즈닉 대 기온, 시간, 조수간만.

기계에서 목소리가 들렸다.

"벤튼 씨, 이블린 로스 양이라는 분이 오셨습니다."

마커스는 서류를 서랍에 넣고, 인터콤 단추를 눌렀다.

"안으로 안내해주세요."

습관대로 마커스는 손님에게 인사하고 편안한 분위기를 조성하기 위해 책상 옆으로 돌아 나왔다. 그러나 문이 열리고, 파란 옷의 금발 여자가 머리에 팔랑거리는 밀짚모자를 쓰고 어깨에 맨발 청년의 낚싯대를 멘 모습으로 들어오자 그는 당황했다.

그녀는 그에게 자기소개를 할 기회도 제대로 주지 않았다.

"여기서 몇백 야드만 가면 미시시피강이 있는 거 알았어요? 거기 낡아빠진 선착장이랑 배가 있을 뿐만 아니라, 물고기도 바글거린대요!"

마커스는 웃음을 터뜨렸다.

"우리가 아주 사실적인 묘사를 위해 힘을 쓰는 건 사실입니다, 로스 양."

"기억해둘게요."

그녀는 낚싯대로 책꽂이를 가리켰다.

"제가 이걸 좀……?"

"물론입니다."

그녀는 낚싯대를 똑바로 세워 벽에 기대놓고, 모자를 카이사르의 머리 옆 선반에 놓았다. 그러고는 의자에 앉아 다리를 꼬고, 한쪽 발을 가볍게 달랑거렸다.

마커스는 속으로 빙긋 웃었다. 영화사 조사관들이 이블린 로스에 대해 3주 동안 알아낸 것보다 더 많은 사실을 60초 만에 알게 되었기 때문이다. 지금 앞에 앉아 있는 이 젊은 여성은 뉴욕 토박이가 아니었다. 편안한 태도, 무장을 해제시키는 미소, 반짝이는 눈빛은 모두 중서부 미인의 특징이었다. 농장에서 자라는 그 미인들은 150년 동안 치열한 흥정, 카드 게임, 구애에서 우세한 위치를 잃은 사람들을 조금 위로해주는 역할을 발전시켰다.

뉴욕에서 약혼이 깨어졌다는데, 먼저 나서서 그것을 깬 사람이 이블린 로스일 것이라고 마커스는 속으로 생각했다.

그녀가 일곱 개의 서류 더미를 가리켰다.

"이런 건 무게로 달아서 사나요?"

"농담을 잘하시네요, 로스 양. 아버지가 아칸소에서 씨앗 가게를 하셨습니다. 여름이면 거기서 일하면서 온갖 물건을 무게로 달아 팔았죠. 파운드는 물론이고, 부셸과 펙 단위로도."

"그럼 상당히 튼튼해지셨겠어요."

"무게를 가늠하는 솜씨가 좋아졌죠."

"그렇군요. 그럼 제 무게는 얼마일까요?" 그녀는 장난스러운 표정으로 눈을 가늘게 떴다.

"그건 신사가 대답하면 안 되는 질문인데요."

"저는 그런 걸로 화내는 사람이 아니에요."

그는 고개를 살짝 옆으로 기울였다.

"110파운드……?"

"나쁘지 않은데요! 2파운드만 어긋났어요."

"무거운 쪽인가요? 가벼운 쪽?"

"에고, 그건 너무 나갔네요."

오, 마커스는 만약 맨해튼의 젊은 은행가가 그녀에게 서둘러 청혼했다면, 그 이유가 무엇인지 알 것 같았다. 약혼이 지속되지 못한 이유도 알 것 같았다. 심지어 그 불쌍한 친구가 조금 가엾기까지 했다. 하지만 이런 생각을 하다 보니 궁금해졌다. 만약 그 남자가 차인 쪽이라면, 로스 양은 왜 뉴욕을 떠난 거지?

그녀는 한쪽 발을 위아래로 흔들면서 그의 말을 기다리고 있었다.

"이렇게 금방 여기까지 와주셔서 감사합니다. 많이 불편하지는 않으셨나요?" 그가 입을 열었다.

"전혀요."

"다행입니다. 저희가 여기에 들러주십사 한 이유는 아주 간단합니다. 요점만 말하자면, 감사의 인사를 드리고 싶습니다. 로스 양과 드 하빌런드 양이 좋은 친구가 되신 것을 알고 있습니다만, 지난달 로스 양이 모종의 곤경에서 드 하빌런드 양을 구해주신 것을 저희가 알게 되어……."

"친구 좋다는 게 뭐겠어요."

"맞습니다, 로스 양. 친구가 좋지요. 드 하빌런드 양은 앞날이 밝고 훌륭한 여성입니다. 하지만 직접 보셨듯이, 아주 작은 실수만 하나 해도 이용하려는 자들이 있어요. 그래서 로스 양이 계속 주의를 기울여주신다면 저희는 정말 감사하겠습니다."

"계속 '저희'라고 말씀하시는데, 그게 누군가요, 벤튼 씨? 여기 이 서류 더미 뒤에 누가 숨어 있나요?"

"아뇨." 마커스는 미소를 지으며 말했다. "저는 보통 영화사를 말할 때 '저희'라는 말을 씁니다. 하지만 좀 더 구체적으로 말하자면, 저희 대장인 셀즈닉 씨를 가리키는 말이에요. 워너브라더스의 잭 워너도 가리키는 말이고요. 드 하빌런드 양이 아직 그쪽과 계약관계죠. 두 분 모두 드 하빌런드 양의 안녕에 아주 관심이 많으시답니다."

"그러시겠죠. 하지만 그분들은 어떤 종류의 실수를 상상하시는 걸까요? 설마 또 어깨끈이 끊어질까 봐 걱정하시는 건 아니죠?"

"물론이죠." 마커스는 가볍게 웃음을 터뜨리며 말했다(그러고는 잠시 생각에 잠겼다). "드 하빌런드 양과 같은 위치의 젊은 여성은 아무런 잘못이 없어도 다양한 위험에 노출되어 있습니다. 시간이 흐르다 보면 반드시⋯⋯ 불운한 만남⋯⋯ 어색하게 얽힌 일⋯⋯ 경솔한 인간관계를 겪게 되죠⋯⋯."

로스 양은 조금 놀란 표정을 지었다.

"만남, 얽힌 일, 인간관계! 벤튼 씨, 그런 일을 주의하며 살피는 건 단순히 고마워할 일이 아닌 것 같은데요. 본격적인 직업 같아요."

풀라스키 카운티의 배심원석에 앉아 있던 제각각의 사람들이 오후의 더위 속에서 멍하니 다른 생각을 하다가 동시에 시선을 들었다. 공장에서 일하는 사람이든, 쟁기질을 하는 사람이든, 하루 일한 만큼 일당을 받는다는 원칙을 아주 잘 알고 있기 때문이었다.

마커스는 입을 열었.

로스 양이 눈썹을 치떴다.

그러나 침묵을 깬 것은 대기실에서 들려온 성급한 목소리였다.

두 사람은 아칸소의 사무실 문을 본떠서 만들어진 문을 뒤돌아보았다. 문이 벌컥 열리면서, 30대 후반의 남자가 나타났다. 머리를 깔끔하게 뒤로 넘기고, 소매를 걷고, 철테 안경을 쓴 사람이었다.

"이 아가씨요?"

"데이비드……."

그가 시선을 돌려 로스 양을 보았다.

"아가씨가 뭐랍니까?"

"이제 막 이야기를 끝낸 참입니다. 이야기가 끝나자마자 세트장으로 제가 가겠습니다."

데이비드는 마커스의 말을 무시한 채, 서류 더미들을 뒤로 밀고 책상 가장자리에 걸터앉았다.

"로스 양이죠? 난 데이비드 O. 셀즈닉이오. 이 영화사 사장."

데이비드는 자신이 방금 한 말을 상대가 완전히 이해하도록 잠시 말을 멈췄다. 로스 양이 분위기에 맞게 감탄한 듯 행동하자, 그는 말을 이었다.

"현재 우리는 모든 시대를 통틀어 최고의 영화가 될 수도 있는 작품을 한창 만드는 중이오. 그런데 내가 그 촬영장에서 여기까지 온 이유는 하나. 할리우드에서 가장 공들여 지켜지는 비밀을 말해주기 위해서지."

로스 양은 마커스를 한 번 훑깃 본 다음, 열성적인 학자 같은 표정으로 허리를 세웠다. 한편 데이비드는 혼자 마구 앞서 나갔다. 그의 독특한 특징인 다급한 말투로 세세한 부분을 빠뜨리지 않았으나, 자신의 말이 목적에 도움이 되는지 일을 오히려 뒤죽박죽으로 만드는지에 대해서는 조금도 신경 쓰지 않았다.

"의심의 여지가 없이, 거인 같은 인물들이 할리우드의 조종간을 쥐고 있지요. 신문 독자들의 눈에는 은막에 걸리는 작품에 대한 찬사나 비난이 오로지 우리만의 몫처럼 보일 거요. 하지만 영화를 만드는 건 **불확실한** 예술이오, 로스 양. 그래요, 뛰어난 제작자가 비전을 갖고 직접 필요한 요소들을 한자리에 모으지. 제작자는 오랜 탐색과 조사 끝에 모나리자를 자신의 모델로 선택하고, 그녀의 어깨에 딱 알맞게 걸쳐질 드레스도 골라요. 머리 모양도 다듬고, 배경이 될 완벽한 풍경도 찾아내고, 모델이 어색해하지 않고 편안히 있을 수 있는 환경도 만들고, 그다음에는 참을성 있게 기다려요. 모델이 자신의 내면 가장 깊은 곳의 인간적인 모습을 미소로 표현하는 순간을. 자신이 그 순간을 포착해서 캔버스에 옮길 수 있게. 그런데 바로 그 순간 스튜디오 문이 열리면서 배우와 엑스트라, 스턴트맨과 카메라맨, 음향감독, 의상 담당, 조명감독, 조명감독의 조수가 마구 쏟아져 들어오는 거요. 저마다 붓을 휘둘러대면서."

데이비드는 자신의 직원들을 이야기하면서 살짝 인상을 찌푸렸다. 그들의 등장이 문명의 2차 암흑시대 추락을 알리는 징조라는 듯이.

"내 말이 무슨 뜻이냐면, 로스 양, 내가 내 영화를 만들려고 데려온 사람들 이백 명 중 누구라도 영화를 **망칠** 수 있다는 거요."

그는 잠재적인 위험을 하나씩 꼽았다.

"형편없는 대사. 불편한 연기. 번쩍거리는 옷. 배우를 도와주지 않는 조명. 감상적인 음악. 이런 문제가 하나라도 발생하면, 공들여 자아낸 로맨스가 허튼소리로, 가슴을 쥐어짜는 비극이 가벼운 희가극으로 변해버릴 수 있어요. 이런 위험 목록에 나는 내 배우들의 대중적인 평판도 넣습니다."

데이비드는 일어서서 소매를 더 단단하게 말아 올렸다. 이야기를 마무리하기 전에 그가 항상 하는 행동이었다.

"영화는 공상이 아니오, 로스 양. 엔터테인먼트도 한여름 밤의 꿈도 아니야. 그보다 더 미약하고, 본질적이고, 희귀한 것이오. 그리고 영화가 전혀 손상되지 않은 상태로 관객에게 도달하게 만드는 것이 내 일이고."

그가 손을 불쑥 내밀자 로스 양은 그 손을 잡았다.

"당신과 함께 일하게 돼서 다행이오." 그가 말했다.

그러고 나서 그는 성큼성큼 밖으로 나가 문을 홱 잡아당겨 닫았다. 옷걸이에 걸린 마커스의 양복저고리가 흔들릴 정도였다.

로스 양은 의자에서 일어섰다. 데이비드처럼 이제부터 이야기를 마무리하려고 일어선 것이 아니었다. 마커스의 서류 더미를 제자리로 돌려놓기 위해서였다. 그녀는 손바닥을 움직여 서류 더미의 가장자리를 가지런히 맞추는 데 시간을 들였다.

어쩌다 이렇게 됐지? 마커스는 자기도 모르게 이렇게 자문했다. 젊은 시절 그는 법원에서 보내는 시간과 사무실에서 보내는 시간이 같았다. 시즌마다 그가 의자에서 일어나 배심원석으로 다가가서 판단을 내리기 위해 불려 온 열두 명의 배심원들을 마주 볼 때면 객석에서는 사람들이 부채를 부치거나 재채기를 참았다. 배심원들은 모두 주님의 형상을 따서 만들어진 인간인데도, 똑같은 사람이 없었다. 그가 변호사가 된 것은 바로 그런 순간 때문이었다. 앙갚음과 자비 사이에서 온전한 판단을 내리기 위해 각오를 다진 시민들의 귀가 아직 열려 있는 이 순간 때문에.

하지만 지난 3년여 동안 마커스는 법원에 발을 들인 적이 없었다.

사실 책상에 쌓여 있는 서류 중 절반은 법원에 나가는 일을 **피하기** 위해 만들어진 것이었다. 약식판결 요청서, 합의 조건 등. 지금

로스 양이 가지런히 정리하고 있는 서류 더미 맨 위에는 소송 각하 요청서가 있었다. 아마 저 서류의 시작은 나무였을 것이다. 고독하고 위풍당당한 그 나무는 아메리카의 어느 작은 땅에 그늘을 만들어 주었다. 아마도 어느 예배당 마당, 또는 목초지, 또는 휘파람쟁이 보비 맥과이어가 이미 낚싯대를 드리운 그 강의 강굽이에서. 그렇게 반세기 동안 햇빛을 피할 공간을 믿음직하게 제공하던 이 나무는 느닷없이 베였다. 그렇게 해서 아내도 자식도 없는 중년 남자가 1600킬로미터 떨어진 사무실에 앉아, 공들여 준비한 주장을 정리할 수 있게 되었다.

단어와 절, 문단과 페이지를 통해.

그것이 계속 늘어나 상자를 채울 정도가 되었다.

고작 3년 만에 마커스 때문에 처녀림이 만 에이커쯤 사라졌을 것이다. 혼자서 오자크 같은 곳을 벌거숭이로 만든 것이다. 조선소라면 아마 5세대는 걸렸을 일이었다.

아버지가 이것을 보았다면 얼마나 혼란스러워했을지. 아버지는 40년이 넘는 세월 동안 일주일에 6일씩 일하면서, 400가구에 온갖 종류의 씨앗과 원료를 무게 단위로 판매하신 분이었다. 아버지는 돌아가시면서 잠기지 않은 철제 상자 하나를 남겼는데, 그 안에는 결혼 허가증, 출생 확인서 두 장, 담보대출 취소 서류, 손으로 쓴 유언장이 들어 있었다. 모두 합해 종이 다섯 장.

햇빛 한 줄기가 서류가 가득한 책상에 은총을 내렸다. 마커스는 대각선으로 뻗은 햇빛을 눈으로 거슬러 올라가 블라인드를 통과해서 밖으로 나가 탁 트인 부지 끝까지 갔다. 거기서 데스밸리와 그랜드캐니언을 건너 아칸소 동부의 전원 풍경에 이르렀더니, 미시시피 강의 지류들이 별로 힘들이지 않고 아무런 방해도 없이 계속 흐르고 있었다.
 로스 양이 예의 바르게 헛기침을 했다.
 그녀는 다시 의자에 앉아 미소를 짓고 있었다. 잘난 척하는 미소도, 잔인한 미소도 아니었다. 거의 공감이 느껴지는 미소였다.
 "음, 아까 어디까지 이야기했죠……?" 마커스가 조금 건성으로 물었다.
 "부탁과 직업의 차이에 대해 말했던 것 같은데요."
 "아, 그랬죠, 로스 양. 그랬어요. 정확히 어떤 걸 생각하셨습니까?"
 "저는 생각한 것이 없어요. 사실 로스앤젤레스에는 앞으로 몇 주만 머무를 거라서요."
 마커스는 실망스럽다는 듯이 고개를 끄덕였다.
 "이런 걸 물어도 되는지 모르겠습니다만, 로스 양, 로스앤젤레스를 왜 떠나려는 겁니까?"
 "세상이 아주 넓잖아요, 벤튼 씨."
 "여기 세상도 넓습니다."
 "그래요?"
 마커스는 자기도 모르게 빙긋 웃었다. 로스 양에게 조금 감탄할 수밖에 없었다. 조금 부럽기도 했다. 그러나 데이비드 O. 셀즈닉의 직원이라면 상대가 거절하더라도 그냥 물러나지 말아야 했다.
 마커스는 의자에서 살짝 자세를 바꿨다.
 "제가 제 카드를 꺼내야겠네요, 로스 양."
 그녀가 다시 눈썹을 위로 올렸다.
 "이쪽으로 오시라고 한 것은 사실 부탁을 빙자해서 영화사 일을 맡기기 위해서였습니다. 그런데 제가 요청하는 일이 사실상 직업에 가깝다는 적절한 지적을 받았으니, 저의 다음 목표는 최대한 적은 보수로 당신을 고용하는 것이 되었겠죠. 하지만 데이비드가 남들은 흉내 낼 수 없는 자기만의 방식으로, 자신이 당신의 일을 몹시 귀하게 여긴다는 점을 분명히 했습니다."

마커스는 법정에 섰을 때처럼 잠시 말을 멈췄다.

"세상을 보는 것이 목표라고 하셨지요, 로스 양. 몹시 귀한 일을 1년 동안 하고 나면 얼마나 더 넓은 세상을 볼 수 있을지 생각해보세요. 여기는 백만 달러 단위로 이윤을 헤아리는 회사입니다."

하지만 마커스는 이 마지막 말을 하는 순간에 벌써 후회했다. **여기는 백만 달러 단위로 이윤을 헤아리는 회사입니다.** 불쾌한 단어들이 연속적으로 이어진 문장이었다. 로스 양의 표정이 변한 것을 보니, 그녀도 같은 것을 느끼고 있는 듯했다.

그녀에게서 거절의 말이 나올 것을 감지한 마커스가 양손을 들어 올렸다.

"부디, 지금은 대답하지 마세요, 로스 양. 하루나 이틀쯤 생각해보는 호의를 베풀어주시지요."

그녀는 두 번 고개를 끄덕이고 일어서서 한 손을 내밀었다.

"만나서 반가웠어요." 마커스가 보기에는 놀라울 정도로 진실한 태도였다.

그녀는 책꽂이로 걸어가서 자신의 물건을 챙겼다. 하지만 모자를 향해 손을 뻗다가 멈추고, 종이공예로 만든 카이사르의 머리를 유심히 보았다. 그러다 그것을 들고 한 손으로 가볍게 이리저리 돌려보았다. 그리고 나서 아까와 똑같이 공감 어린 미소를 지으며 마커스를 돌아보았다. 말은 전혀 하지 않았다. 그럴 필요가 없었다. 그녀의 암묵적인 질문은 이거였다. **이거** 무게가 얼마나 돼요, 벤튼 씨?

그녀는 필요 이상 정성스러운 동작으로 그것을 제자리에 돌려놓고, 낚싯대와 모자를 들었다.

"셀즈닉 사장님 전화입니다." 기계 속에서 목소리가 말했다.

로스 양은 마커스 옆으로 와서 인터콤을 바라보았다. 문으로 향하지 않고 그에게 다시 돌아온 것이다. 그녀는 낚싯대를 그의 책상에 기대놓고, 모자를 소송 각하 요청서 위에 놓았다.

"저보다는 변호사님께 더 필요한 것 같아요." 그녀가 말했다.

이브

어느 모로 보나 3월 15일은 완벽한 하루가 될 것 같았다. 9시에 이브가 거실 옆 작은 발코니에서 아침 식사를 할 때 기온은 21도. 날은 화창하고 재스민꽃도 활짝 피었다. 10시, 프렌티스가 전화해서 애프터눈티에 초대했다. 11시, 리비가 전화해서 좋은 소식이 있다며 축하하려고 체이슨스에 2인용 테이블을 예약했다고 말했다. 리비와 통화를 마친 직후에는 셀즈닉 인터내셔널 픽처스에 근무하는 마커스 벤튼이라는 사람이 전화해서, 공통의 관심사에 대해 의논하고 싶은데 2시쯤 올 수 있겠느냐고 물었다. 그 일을 그는 그렇게 말했다. 공통의 관심사라고. 그런 전화를 받았을 때 대부분의 사람은 그 말이 정확히 무슨 뜻이냐고 벤튼 씨에게 물었을 것이다. 그러나 이브는 프렌티스에게 차를 마시면서 하고 싶은 이야기가 뭐냐고 묻지 않았다. 리비에게 체이슨스에서 축하하고 싶은 일이 무엇이냐고도 묻지 않았다. 따라서 벤튼 씨에게 셀즈닉 인터내셔널에서 의논하고 싶은 일이 무엇이냐고 물을 이유가 없었다. 깜짝 놀랄 기회를 왜 망치겠는가. 게다가 무엇보다도 이브가 호텔의 패커드 자동차 뒷좌석에 앉아서 빌리에게 누구를 만나러 가는지 이야기했을 때, 그는 도중에 체스터스가 있다고 지적했다.

"그 커피숍 말이에요?" 이브가 물었다.

"그 유일한 커피숍요."

"나한테 그 목록 줘봐요."

빌리는 호텔 출구에 차를 댄 뒤 오른쪽으로 몸을 기울여서 글러브박스에서 메모지를 꺼내 이브에게 건넸다.

과연 있었다. 목록의 장소들 중 아직 체크 표시가 되지 않은 유일한 곳, 20번에.

"시간이 있을까요?" 이브가 물었다.

"패커드의 엔진은 V8이에요, 로스 양. 우리가 시간을 만들면 되죠!"

"그럼 만들어요, 빌리."

이브는 자신이 언제부터 목록을 싫어하게 됐는지 콕 집어서 말할 수 없었지만, 틀림없이 열두 살 무렵인 것 같았다. 장소는 세인트메리 성당의 지하실이었다. 그녀를 포함한 6학년 학생들은 그곳에서 십계명을 외웠다. **이것을 하지 말라, 저것을 하지 말라, 그리고 다른 저것도 하지 말라.** 그다음은 컨트리클럽 수영장에서 아이들에게 주의를 주려고 만든 목록이었다. **달리기 금지, 다이빙 금지, 물장난 금지.** 하지만 가장 중요한 것은 젊은 숙녀가 하지 말아야 할 일을 알려주는 엄마의 목록이었다. 점점 늘어나기만 하는 그 목록에는 이런 것이 있었다. 식탁에 팔꿈치를 올리면 안 된다, 입에 음식을 가득 넣고 말하면 안 된다, 설사 동생이 잘못했어도 동생을 때리면 안 된다.

그렇다. 인디애나에서 자라는 어린 소녀에게는 갖가지 목록이 폭정의 보병 역할을 한다고 의심할 훌륭한 이유가 있었다. 제멋대로 구는 아이에게 재갈을 물리려는 목적만으로 만들어진 목록일 것이라고. 갖가지 항목을 조목조목 정리해서 인간의 정신을 억누르고, 짓밟고, 윽박지르려 하는 것이라고.

목록을 싫어하게 된 것이 언제인지는 확실히 모른다 해도, 그 생각이 언제 바뀌었는지는 정확히 기억하고 있었다. 골든스테이트리미티드 열차의 식당칸에 앉아 탐정소설을 읽을 때였다.

소설 제목은 『진홍색 드레스』였다.

표지가 안겨주는 기대에 걸맞게, 이야기는 이제 막 스타가 된 신인 여배우가 목 졸려 죽는 장면으로 밝게 시작되었다. 그 뒤에 이어진 내용에서 피살자가 명성을 얻게 된 추악한 내막이 서서히 밝혀진다. 고독한 탐정은 지저분한 퍼즐 조각들을 하나씩 맞춰나간다. 그러나 19장에 이르러서야 비로소 그는 1장에서 여배우의 목을 조른 그 손의 주인이 자신이 5장에서 반해버린 동양인 여가수임을 알아차린다.

22장에서 탐정이 마침내 그 여가수의 아파트를 찾아가자, 그녀는 이미 예상되었던 그 옷을 입고 문을 열어준다. 그녀는 고개 숙여 인사한 뒤 그에게 의자를 권하고 위스키를 따라준다. 탐정은 그것을 단번에 꿀꺽 마셔버린다. 그러고는 어둡고 단호한 태도로 그녀에게 불리한 정황들을 열거한다. 소박한 범행 방식, 공들여 만들어낸 살인 기회, 복잡하게 뒤얽힌 범행 동기. **이제 시내로 갈 시간입니다.** 그가 의자에서 일어서면서 불길하게 말을 맺는다. 하지만 네 시간 뒤 아파트 바닥에서 정신을 차리고 보니, 아파트는 이미 텅 비어 있다.

그럼 그 여가수는? 이미 자금성으로 향하는 화물선에 타고 있다.

자금성이라…… 이브는 속으로 생각했다. 한번 가볼 만한 곳 같다는 생각이 들었다.

"실례합니다. 혹시 펜이나 연필을 갖고 계세요?" 그녀는 테이블 맞은편에 앉은 선량한 인상의 낯선 사람에게 말했다.

그 신사가 연필을 건네자 이브는 준비 없이 수업에 들어와 뒷자리에 앉은 아이처럼 책 뒤편에 항상 숨어 있는 백지를 펼쳤다. 그리고 맨 위에 커다란 대문자로 **가야 할 곳**이라고 쓰고 목록을 적기 시작했다.

1) 자금성
2) 타지마할

타지마할까지 쓴 다음에 연필이 멈췄다. 그녀는 세 번째 장소가 생각나지 않아서 연필 지우개를 썹었다.

'세 번째 장소가 생각나지 않는다고?!' 이렇게 자신을 책망했다. 세상은 넓어. 고작 빵 상자 크기가 아냐!

이브는 눈을 감고, 9학년 때 교실에 걸려 있던 세계지도를 떠올리려고 시도했다(옛날에 그 지도를 자주 빤히 본 것은 사실이었다). 그러자 스페인 남부에서 어떤 장소가 저절로 떠올랐다. 그다음에는 러시아 중심부의 장소. 그다음에는 나일 강변의 어떤 곳. 사실 장소들이 너무나 빠르게 머리에 떠올라서 선량한 낯선 사람의 연필이 그 속도를 거의 따라가지 못할 정도였다.

3) 알람브라 궁전
4) 예르미타시 미술관
5) 피라미드!

목록이 그렇게 나쁘지는 않은걸. 이브는 깨달음을 얻었다. 목록이 반드시 숙녀가 되기 위해 참아야 하는 것들의 카탈로그일 필요는 없었다. 얼마든지 계획과 포부의 증거가 될 수 있었다. 아직 실현되지 않은 즐거운 일. '하지 말라'가 아니라 '하라'는 일들의 목록! 목록을 좌우하는 것은 생각이었다.

로스앤젤레스에 도착할 때까지 이브는 자신이 앞으로 가볼 전 세계의 장소 여덟 곳을 목록에 적었다. 그녀가 보기에는 일찍 출발할수록 좋았다. 하지만 베벌리힐스 호텔에 도착한 직후, 동료 숙박객인 프렌티스 사이먼스가 이브에게 로스앤젤레스에 있는 동안 꼭 봐야 할 것들을 몇 가지 상세하게 설명해주었다. 이브는 호텔 직원에게서 메모지를 빌려 얌전히 받아 적었다. 제목은 '**후다닥 떠나기 전에 할 일**'로 정했다. 원래 열두 개였던 이 목록의 항목들이 빌리의 도움으로 스무 개까지 늘어났고, 그중 맨 마지막으로 남은 것이 체스터스에서 커피 한잔하기였다.

프리웨이 근처 길모퉁이의 포장된 공터에 턱 하니 자리 잡은 체스터스는 커다란 커피주전자 모양의 커피숍이었다. 주전자 주둥이에서 길게 김이 피어오르는 모습까지 24시간 내내 연출되었다. 길가에 볼트로 고정된 벤치 하나를 빼면 앉을 곳이 전혀 없고, 메뉴는 크림을 얹은 커피 340그램 한 잔뿐이었다. 현금등록기 옆의 안내문에 분명히 적혀 있듯이, 체스터스의 커피는 세 가지 맛 중에 하나를 고를 수 있었다. 달콤한 것, 달콤하지 않은 것, 아니면 다른 집으로.

빌리는 체스터가 1880년대에 금을 채굴하려고 캘리포니아에 왔다는 이야기를 어느 늙은 스턴트맨에게서 들었다. 물론 허황된 이야기였지만, 이브는 그래도 그 이야기에 일말의 진실이 있다고 믿고 싶었다. 심술쟁이 영감이 개울가에 모닥불을 피워놓고 앉아서 어설프게 커피콩을 볶는 모습이 머릿속에 그려졌다. 완벽한 커피가 만들어질 때까지 원두를 갈고, 끓이는 속도를 조절했을 것이다. 그러다 마침내 노다지를 발견하자 그는 고급 욕조에 편안히 몸을 기대는 대신 이 귀퉁이 땅을 사서 커피주전자 모양의 가게를 짓고 주님께서 자신에게 예비하신 유일한 일을 하기 시작했다. 주님이 다른 사람들에게 무슨 일을 예비하셨는지는 그가 신경 쓸 문제가 아니었다.

언뜻 보기에 체스터스의 영업 방식이 조금 미친 것처럼 보이는 건 사실이다. 이브도 그 점은 인정했다. 하지만 자동판매기 식당에서 커피에 몇 달러를 쓰고 나면, 체스터가 뭔가를 제대로 찾아냈음을 알 수 있었다. 원래 값싼 식당의 웨이터가 레몬머랭파이와 치킨샐러드 샌드위치의 섬세한 맛에 통달할 수는 없는 법이다. 하지만 프리웨이 옆의 이 귀퉁이 가게에서는? 여기서는 엉터리 느낌이 전혀 나지 않았다. 체스터스의 종이컵에서는 전혀. 캐러멜 색깔과 짙은 향기를 품은 이 커피는 누구도 이의를 제기할 수 없을 만큼 훌륭했다. 논란의 여지가 없었다. 누구도 공격할 수 없고, 부정할 수 없고, 무시할 수 없을 만큼 훌륭했다.

생각해보면, 라시에네가의 도넛 모양 가게에서 파는 도넛에 대해서도 비슷한 주장을 할 수 있었다. 이 나라 최고의 멕시코 음식 또한 멕시코식 중절모 모양의 가게에서 파는 타말레라고 빌리가 말한 적이 있지 않았나? 로스앤젤레스 시장에게 조금이라도 감각이 있다면, 이 도시의 모든 식음료 상인은 반드시 한 가지 품목만 판매해야 하며, 가게는 그 품목의 모양을 하고 있어야 한다는 새로운 조례를 즉시 제정할 것이다. 거대한 오렌지 모양 가게에서 오렌지를 팔고, 풍차만큼 높은 위스키 병 모양 가게에서 위스키를 파는 식으로. 이 단 한 가지 개혁이 시행된다면, 전국에서 체스터 같은 사람 수천 명이 그 부름에 응해 수레에 짐을 싣고 살던 곳을 떠나 서부의 이 도시로 향할 것이다. 이 도시는 그들의 괴상하고 편협한 예술적 감각을 단순히 받아들이는 데서 그치지 않고 박수갈채를 보내는 곳이니까.

"한 잔 주세요." 이브가 창구의 여점원에게 말했다. "달콤하지 않은 걸로."

"5센트입니다."

"거스름돈은 됐어요."

이브는 커피를 손에 들고 공터를 가로질러, 길가의 외로운 벤치에 자리를 잡았다.

처음 언뜻 이 벤치를 봤을 때 이브는 인디애나의 고속도로에서 먼지를 뒤집어쓴 채 그레이하운드 버스의 꿈을 꾸는 벤치를 떠올렸다. 하지만 이 벤치에 앉는 순간, 그 이례적인 매력을 이해했다. 이곳은 다양한 것이 뒤섞인 이 나라의 화려함을 목격할 수 있는 특별한 자리였다. 체스터스의 메뉴는 편협하지만, 손님은 아주 다양했다.

바로 지금만 해도, 석유 굴착을 하다가 온 듯한 민소매 차림의 오클라호마 사람 두 명이 줄무늬 정장을 입은 은행가와 나란히 앉아 커피를 마시고 있었다. 한창 마티네 아이돌의 길을 가고 있는 사람은 창구의 여점원과 수다를 떨고, 상점이 있던 자리에 들어선 교회의 목사는 욥처럼 참을성 있게 기다렸다. 주민과 뜨내기. 멋진 사람과 몰락한 사람. 이렇게 다양한 사람들이 5센트짜리 커피에 대한 애정 때문에 한자리에 모인 광경을 보기만 해도 그냥 기분이 좋아졌다.

이브가 이런 생각을 하는 동안에도, 먼지 낀 검은색 포드 한 대가 지붕에 여행 가방을 얹은 채 3미터 떨어진 주차장으로 들어왔다. 이브는 그 자동차의 문이 활짝 열리고, 토실토실한 노부부가 내리는 모습을 흥미롭게 지켜보았다. 남편은 미처 등을 펴기도 전에 양손을 엉덩이에 얹고 거대한 커피주전자를 널찍한 파란색 아랫부분부터 위로 뻗어 올라간 김에 이르기까지 눈에 담았다.

"내가 별걸 다 보네." 그 노인이 말했다.

이브는 커피를 한 모금 마시고 나서, 갑자기 폴리 종조모가 생각나 빙긋 웃었다. 머리부터 발끝까지 검은 옷을 입고, 바늘을 멀리 떼어놓는 법이 없는 폴리 종조모는 인디애나주 블루밍턴 출신으로, 저 노인처럼 별걸 다 본다는 말을 하면서 즐거워했다.

이 말의 어떤 점 때문에, 전혀 상관없어 보이는 사람들 사이에서 인기를 끄는 걸까?

◆ ◆ ◆

폴리 종조모와 잭 종조부는 매년 8월 중순에 한 번씩 다니러 왔다. 두 분이 와서 머무르는 동안에는 아무리 더위가 지독한 날이라도 응접실에 어김없이 애프터눈티 세트가 차려졌다. 폴리 종조모는 예수님을 사랑하는 만큼이나 애프터눈티를 사랑했다. 그리고 이 둘에게 자신의 충성을 증명하기 위해 항상 한결같이 행동했다. 그래서 이브의 어머니는 폴리 종조모가 도착하기 하루 전에 팬트리에서 고급 도자기 세트를 꺼내 메이지에게 컵 안의 죽은 파리들을 쓸어내라고 시켰다. 그렇게 해서 매일 오후 3시가 되면, 부인들은 이브 자매를 밖으로 내보내고 찻주전자 주위에 모였다.

적어도 1928년, 그러니까 이브가 열다섯 살이 되던 해까지는 그랬다.

그해의 운명적인 여름에 폴리 종조모는 이제부터는 차를 마시는 특권을 이블린에게 주겠다고 선언했다. 이 특권을 누리려면 당연히 꽃무늬 원피스를 입고, 머리핀을 꽂고, 숙녀다운 예의를 보여야 했다. 앨리스는 고작 열두 살이었기 때문에 머리를 땋아 늘이고, 위아래가 붙은 옷을 입고, 문밖으로 나가며 혀를 쏙 내밀어도 괜찮았다. 반면 이블린은 양손을 무릎에 포개고, 오래된 괘종시계를 빤히 바라보아야 했다.

폴리 종조모는 모든 면에서 신의 무오류성을 찾아냈다. 하나만 예외였다. 하느님이 여름낮을 너무 길게 만드셨다는 것. 그녀는 하느님이 예비하신 것의 완벽함을 더욱 완성하기 위해, 여름낮의 영향을 물리치려고 열심이었다.

여름낮의 영향을 어떻게 하면 물리칠 수 있을까? 먼저 오후 3시에 애프터눈티를 차린다. 그다음에는 주님의 관대함에 감사하는 기도를 드린 뒤 비스킷을 나눠주면서 오래전에 죽은 친척들 이야기를 한다. 전에도 이미 끌어냈던 이야기를 또 끌어낸다. 대화가 시들해지면, 오후 날씨가 봄 같다며 시들하게 경탄하기보다는 잡지를 한 권 집어든다.

폴리 종조모는 이미 전에 읽은 적이 있는《새터데이 이브닝 포스트》를 선호했다. 페이지를 넘기다가 가끔 멈추고 사진을, 예를 들어 짧은 머리의 아멜리아 이어하트가 대서양 단독비행을 준비하는 사진을 보며 분노, 지혜, 단호함이 섞인 말을 한마디 하곤 했다.

"내가 별걸 다 보는구나."

✦ ✦ ✦

제이크 종조부는 과거 작물보험 중개인으로 활동한 선량한 사람으로, 허버트 후버와 악수한 적이 한 번 있었다. 고개를 절레절레 흔들 일이 생겼을 때 그가 한 말은 "내가 동전만 모았어도"였다. 그러니까, "신문들이 비가 내려야 한다고 말할 때마다 내가 동전만 모았어도 부자가 됐을 텐데"라는 식으로 말할 때의 그 구절.

제이크 종조부는 이 구절을 너무나 좋아해서, 가족들과 식사를 할 때도 당연히 이 말만 했다. 이 혼잣말이 영원히 미완성으로 남을 것이라는 점을 생각하면 더욱더 인상적이었다.

제이크 종조부는 사실 이렇게 동전을 모을 기회가 거듭 생겨서 동전이 소나비처럼 쏟아질 수준이 되더라도, 그 뜻밖의 행운을 어떻게 쓸지 마음을 정하지 못하는 것 같았다. 새 멜빵을 사는 데 투자할까? 시내에서 하룻밤을 보낼까? 비행기를 몰고 대서양을 건널까? 아니면 지구가 허락하는 한 폴리 종조모에게서 가장 먼 곳으로 갈까? 누가 대답할 수 있을까?

허버트 후버라면 몰라도, 제이크 종조부는 아니었다.

어느 일요일에 특히 지루하던 애프터눈티를 마치고 저녁 식사를 할 때 제이크 종조부가 우연히 이런 말을 했다. "라디오에서 루지벨트의 목소리를 들을 때마다 내가 동전만 모았어도." 이브는 정말이지 더 이상 참을 수가 없었다. 감내할 수가 없었다. 선량한 그리스도인의 양심으로는.

"뭐라고요, 제이크 종조부?" 그녀는 (나이프와 포크를 접시에 떨어뜨리듯이 내려놓고 나서) 애원하듯 말했다. "그놈의 동전을 다 모으면 정확히 뭘 하실 건데요?"

앨리스의 눈이 휘둥그레졌다.

이블린의 어머니는 얼굴이 햄처럼 시뻘개졌다.

그럼 이블린의 아버지는? 그냥 희망을 다 버린 얼굴이었다.

그래서 이블린은 딸을 질책해야 하는 불편한 짐을 아버지에게서 덜어드리기 위해, 의자를 밀치며 일어나 자기 방으로 가버렸다. 하지만 계단을 올라가던 중 폴리 종조모가 외치는 소리를 듣고 빙긋 웃었다.

"아이고, 맙소사!"

이블린은 생각했다. 이건 폴리 종조모가 마땅히 사용할 수 있는 표현인걸.

❖ ❖ ❖

이블린이 패커드에 오른 뒤 영화사로 차를 몰던 빌리가 백미러를 흘깃 보았다.

"어땠어요?" 그가 물었다.

"체스터스 말이에요? 물론 최고였죠, 빌리. 진짜였어요."

빌리는 자신이 한 말을 이브가 고스란히 되풀이하는 것을 듣고 미소를 지었다.

"펜 하나 빌려줄래요?" 이브가 말했다.

빌리는 길에서 눈을 떼지 않은 채 펜을 뒤로 건넸다. 이브는 그것으로 체스터스라는 이름 옆에 체크 표시를 했다.

"음, 이제 다 된 것 같네요." 이브가 말했다.

그녀가 메모지와 펜을 옆에 내려놓는데, 빌리가 다시 백미러를 흘깃 보았다.

"목록을 끝냈으니 뉴욕으로 돌아갈 겁니까, 로스 양?"

"아, 난 돌아갈 생각이 별로 없어요, 빌리."

"그럼 어디로?"

"극동으로 갈까 생각하고 있었어요."

빌리가 휘파람을 불었다.

"빌리는 어때요? 텍사스로 돌아갈 계획이 있어요?" 이브가 물었다.

"나도 돌아갈 생각은 별로 없는 것 같아요, 로스 양."

"그럼 커랠은 어때요?"

빌리는 운전석에서 허리를 똑바로 폈다.

"아주 잘 돌아가고 있습니다. 내 입으로 말하기는 좀 그렇지만. 내가 전에 말했던 나만의 특기 있죠?"

"기억해요."

"찾은 것 같아요."

팬핸들에 있는 삼촌의 목장에서 자란 빌리는 열여섯 살 때 시시한 로데오 공연을 하러 로스앤젤레스에 왔다가 어찌어찌 영화판에 들어오게 되었다. 말에서 떨어질 수 있는 남배우의 수요가 증가하던 시기였다. 그가 직접 들려준 이야기에 따르면, 이 일을 막 시작했을 때 기병대, 무장경찰대, 소도둑 무리와 함께 말을 타는 장면을 찍다가 소총에 두 번, 화살에 한 번 부상을 당하기도 했다.

포부가 큰 스턴트맨이 대부분 그렇듯이, 빌리도 한가한 시간을 커랠이라는 곳에서 보냈다. 스킬리 스킬먼이라는 고참이 빌리의 후견인을 자처했고, 특기가 필요하다는 조언도 해주었다. 그를 돋보이게 해주고, 카메라의 중심에 서게 해줄 것이 필요하다는 뜻이었다. 스킬먼은 살롱 창문을 통해 화면에 클로즈업되는 기회를 얻었다. 물론 계단을 굴러떨어지는 연기나 다른 사람들과 마찬가지로 머리를 맞고 쓰러지는 연기도 할 수 있었다. 하지만 창문으로 내던져지는 연기라면, 그를 따를 사람이 없었다. 누구나 그가 그 연기의 왕이라고 인정했다.

이브는 빌리가 무엇을 특기로 삼을지 빨리 듣고 싶어서 안달이 났다.

"나는 힐훅을 특기로 삼을 겁니다."

"힐훅?"

빌리는 택시를 피해 핸들을 꺾으면서 열성적으로 고개를 끄덕였다.

"전속력으로 말을 달리다가 가슴에 화살을 맞았을 때, 말에서 완전히 떨어지는 게 아니라 신발 뒤축이 등자에 걸린 채 흙바닥 위를 끌려가는 연기예요……."

빌리는 자동차 유리창 앞에서 한 손을 천천히 움직였다. 사막에서 자신의 몸이 석양을 향해 질질 끌려가는 모습이 눈앞에 보이는 듯했다.

헉. 이브도 거의 보이는 듯했다.

"특기를 찾은 사람은 무적이죠." 이브가 말했다.

"맞아요. 그럴 거예요." 빌리는 맞장구를 치면서 영화사 안으로 들어갔다.

차를 주차한 뒤, 빌리가 서둘러 걸어와서 이브를 위해 자동차 문을 열어주었다.

"시간이 얼마나 걸릴 것 같아요, 로스 양?"

"나도 모르겠어요, 빌리. 기다려줄 수 있어요?"

"당연하죠."

이브는 간부 주차구역에서 공터까지 난 길을 따라갔다. 공터에서는 1층짜리 건물들이 작은 무리를 이뤄 풀을 뜯어먹고 있었다. 표지판도 없고 모든 건물이 똑같아 보였기 때문에, 이브는 아무 문이나 하나 골라 노크를 해야 하는 건가 싶었다. 하지만 그녀가 막 '어느 문으로 할까요'를 외고 있을 때, 어느 건물 뒤에서 팔랑거리는 밀짚모자를 쓰고 낚싯대를 어깨에 멘 맨발 청년이 나타났다.

"실례합니다." 이브가 말했다.

✦ ✦ ✦

그래, 어느 모로 보나 3월 15일은 완벽한 하루가 될 것 같았다. 화창한 날씨에 발코니에서 아침 식사. 프렌티스와는 차를 마시고, 리비와는 저녁 식사를 할 계획. 그리고 상대를 안심시키는 벤튼 씨와 나눈 뜻밖의 대담.

데이비드 O. 셀즈닉과 영화제작에 대한 그의 신선한 설명도 재미있었다. 적어도 처음에는…….

그러나 호텔로 돌아오는 길에 셀즈닉의 발언을 생각하면 할수록 점점 짜증이 났다. 거창한 표현과 화려한 비유가 가득한 것은 사실이지만, 그 저변의 메시지를 파악하기는 어렵지 않았다. 자신이 고용한 사람들이 근본적으로 실수를 잘 저지르기 때문에, 누구도 대신할 수 없는 자신의 천재성이 항상 위협받고 있다는 것. 삼각모 대신 이각모를 쓴 현대의 나폴레옹, 자기중심적인 인간. 리비가 잭 워너 같은 사람 때문에 힘들어할 때 그녀를 도와주어야 하는 사람이 이런 인간이라고? 그와 만난 기억을 떠올리면서 이브의 기분이 조금 나빠졌다. 그러나 그날의 악의가 완전히 모습을 드러낸 것은 그녀가 호텔로 돌아간 뒤였다.

그녀가 로비로 걸어 들어갔을 때 프렌티스는 항상 앉는 의자에 앉아 있었지만, 평소처럼 미소를 지으며 손을 흔들어 보이지 않고 로비 저편 끝을 가리켰다. 리비가 확연히 괴로운 기색으로 거기서 서성거리고 있었다.

이브는 프렌티스를 건너뛰고 곧바로 리비에게 다가갔다.

"리비……?"

"왔구나!" 리비가 붉게 상기된 얼굴로 소리쳤다.

이브는 무슨 일이냐고 물어보려 했지만, 프런트에서 두 남자가 체크인 중임을 알아차리고 리비의 팔꿈치를 잡았다.

"이리 와."

그녀는 리비를 데리고 옆문으로 나가서 양편에 꽃이 심어진 길을 따라 8번 방갈로로 갔다. 리비가 12월부터 살고 있는 곳이었다. 리비가 열쇠를 꺼냈을 때, 이브는 그녀의 손이 떨리는 것을 보았다.

"내가 할게." 그녀가 말했다.

이브는 리비의 열쇠를 받아 문을 열고 들어갔다. 그녀가 문을 닫자마자 리비가 눈물을 흘렸다.
"세상에, 리비. 무슨 일이야?"
리비는 대답 대신, 마닐라 봉투가 놓인 커피 테이블을 가리켰다.
이브는 탁자로 다가가 봉투를 들었다. 그 내용물을 꺼내는 동안 리비가 방 저편에 떨어져 있는데도 고개를 돌리는 것이 느껴졌다. 봉투 안에는 사진 두 장과 손으로 쓴 메모 한 장이 있었다. 사진은 벌거벗은 올리비아를 찍어 광택지로 인화한 흑백사진이었다. 두 사진에서 모두 올리비아는 카메라를 똑바로 응시했다. 그녀 뒤편에는 정글 벽화가 있는데, 거기 그려진 표범 때문에 왠지 사진에 외설스러운 분위기가 덧붙여진 것 같았다. 하지만 리비의 표정에는 외설스러운 구석이 전혀 없었다. 도발적인 기색도, 수줍은 기색도 없었다. 오히려 그녀가 혼자 생각에 잠긴 순간을 포착한 사진처럼 보였다.

메모(전화로만 접촉하겠다고 약속하며 돈을 요구하는 내용)를 읽으면서 이브는 자신의 얼굴도 점점 붉게 상기되고, 손도 떨리는 것을 느꼈다. 하지만 눈물은 나지 않았다. 몸 안의 눈물이 모두 말라붙은 것 같았다. 오래되고 무자비한 분노가 눈물을 다 말려버렸다. 과거의 그 수많은 목사들과 교사들과 멋진 왕자님들, 그러니까 꼭두각시처럼 그녀를 조종하려던 모든 사람이 불을 지핀 분노였다. 지금까지 살아오면서 하나씩 단계를 거칠 때마다 이브는 그런 사람을 만났다. 하지만 할리우드에서만큼 그런 사람을 많이 만난 적은 없었다. 모든 대리인과 매니저, 모든 영화감독, 제작자, 영화사 사장이 팔과 손가락을 뻗어 여자를 줄로 조종하려고 했다.

이브는 사진을 다시 봉투에 넣고, 봉투를 탁자에 놓은 뒤 친구를 보았다. 리비는 여전히 방 저편에서 벽을 보고 있었다. 양손으로 얼굴을 가린 채로. 이브와 올리비아는 모두 몸집이 작은 편이었다. 하지만 방 저편에 떨어져 있는 올리비아가 갑자기 평소보다도 더 작아 보였다. 봉투의 내용물이 그녀를 그렇게 만들었다.

이브는 지금 필요한 것은 위로라는 사실을 알고 있었다. 리비가 있는 곳으로 가서 그녀를 품에 안고 토닥이면서 울게 해줘야 할 터였다. 하지만 내면의 분노가 기꺼이 위로하고 싶은 마음을 압도했다.

이브는 방을 가로질러 가서 올리비아의 어깨를 잡고 돌려세워, 얼굴을 가린 그녀의 손을 떼어냈다.

"리비." 그녀가 최대한 차분한 목소리로 말했다. "누가 찍었어? 누가 저 사진을 찍은 거야?"

올리비아는 계속 눈물을 흘리면서 고개를 저었다.

"나도 몰라."

"언제 찍은 건데?"

"몰라!"

"정말 몰라?"

리비가 드디어 이브와 시선을 마주쳤다.

"정말이냐고? 나는 그런…… 그런 일은…… 절대 안 해!"

계속 리비의 손목을 잡고 있던 이브가 손에 힘을 주었다.

"당연히 넌 그럴 사람이 아니지."

이브는 리비를 데리고 테라스로 나갔다. 그곳에 앉아 있으면 봉투가 보이지 않았다. 마음을 추스른 리비가 이브를 보며 거의 신음 같은 소리를 냈다.

"이제 어쩌지?"

"아무것도 하지 마." 이브가 말했다.

그러고는 대충 손을 흔들어 커피 테이블 쪽을 가리켰다.

"내가 알아서 할게, 리비. 전부. 너는 그냥 잊어버리고 있어. 다 잊어."

마지막에 한 말이 이브의 입에 시큼한 맛을 남겼다. 친구에게 이런 일을 잊어버리라고 말하는 게 마치 친구를 배신하는 짓 같았다. 하지만 동시에 그것이 옳은 일이라는 확신이 들었다. 이런 것이 여자들의 삶이었다. 여자들은 남에게 침범당하는 것을 견디며 살아가는 법을 배워야 했다. 물론 리비는 오늘의 일을 결코 완전히 잊지 못할 터였다. 항상 머릿속에 있을 터였다. 그러나 한동안 이 일을 묻어두면, 앞으로 나아갈 수 있을지도 몰랐다. 평소의 모습을 조금이나마 되찾아 나아갈 수 있을지도.

이브는 리비가 눈물을 그치고 숨을 편안히 쉬게 될 때까지 기다렸다.

"이 사진 얘기를 다른 사람한테 한 적 있어?" 이브가 물었다.

"아니."

"그럼 계속 말하지 마. 하지만 이걸 보여주고 싶은 사람이 한 명 있어."

리비는 그 사진을 누가 본다는 생각에 불안해져서 고개를 젓기 시작했다.

"싫어."

이브가 다시 그녀의 손목을 잡았다. 거의 강압적인 태도였다.

"날 믿어, 리비?"

올리비아는 고개를 멈추고 이브의 눈을 바라보았다.

"지금껏 너만큼 믿은 사람은 없어."

"됐어, 그럼."

이브는 올리비아의 손목을 한 번 더 꼭 쥐어주고 손을 놓았다. 두 사람 모두 이제는 떨지 않았다.

"오늘 아침에는 축하할 계획이었는데." 이브가 말했다.

리비가 고개를 끄덕였다.

"내가 올가을에 에롤과 새 영화를 찍게 될 거라는 걸 오늘 아침에 알았어."

"굉장하다." 이브가 말했다. "우리 이렇게 하자. 계획대로 체이슨스에 가는 거야. 거기서 술을 한잔하면서, 네가 그 새 영화 이야기를 나한테 해주는 거야. 좋지?"

"좋아."

"5시가 다 됐네. 좀 씻고 옷을 갈아입을래?"

"넌 안 갈 거지?" 리비가 물었다.

"여기 있을 거야. 네가 준비를 끝내면, 나랑 같이 가서 내가 옷 갈아입는 걸 기다리면 돼."

이브는 올리비아가 욕실로 들어가는 모습을 지켜보았다. 욕조의 수도꼭지에서 물이 나오는 소리가 들리자, 리비가 다시는 봉투를 볼 일이 없게 책상 서랍에 넣었다. 그러고는 전화기를 들어 교환원에게 번호를 말한 뒤, 전화가 연결되기를 기다렸다.

"벤튼 씨? 이블린 로스예요. ……네, 알아들었어요. 하지만 하루 더 생각할 필요가 없을 것 같아요. 아까 말했던 그 일, 제가 맡을게요."

2부

찰리

3월의 어느 목요일 아침에 이블린 로스에게서 전화가 걸려왔을 때 찰리는 깜짝 놀랐다. 전화벨 소리를 듣고도 놀랐고, 전화를 건 사람이 그녀라는 사실을 알고도 놀랐고, 그녀가 그의 이름을 기억하고 있다는 사실에도 놀랐다. 모든 것이 놀라웠다. 기분 좋은 놀라움이었다.

"무슨 일이에요, 로스 양?"

"베벌리힐스 호텔로 저를 만나러 오실 수 있을까 해서요. 의논하고 싶은 일이 있거든요. 직접 만나서."

"무슨 일이 있는 건 아니죠?"

그녀는 아무 일도 없다고 말했다. 자신에게는. 찰리는 안심했다.

"하지만 친구한테 조금 곤란한 일이 생겼어요. 그래서 그레인저 씨가 도와주실 수 있을까 하고요."

로스 양의 어조를 보니, 친구의 사정이 심각한 모양이었다. 예전이라면 그가 도움이 될 수 있었을 것이다. 아무리 긴박한 상황에서도 그가 도움이 될 수 있었다. 하지만 그런 시절은 가버렸다. 지금 그는 예순여섯 살이고, 은퇴한 지 거의 4년이 되었다. 로스 양의 친구에게 생긴 문제가 무엇이든, 아직 한창 현역으로 뛰는 젊은 친구가 로스 양에게 더 도움이 될 터였다.

"한 시간이면 갈 수 있어요." 그가 말했다.

◆ ◆ ◆

찰리는 6개월 전 유니언역 플랫폼에서 로스 양과 헤어진 뒤로 그녀를 만난 적이 없었다. 당시 로스 양은 로스앤젤레스에 그리 오래 있지 않을 것 같다고 말했지만, 호텔에서 방문을 열어준 그녀를 보니 이 도시가 그녀와 잘 맞는 모양이었다. 얼굴은 황갈색으로 그을리고 살도 2킬로그램쯤 쪘는데, 이 모든 것이 좋은 효과를 냈다. 황갈색 바지와 하얀 블라우스 차림의 로스 양은 스위트룸의 거실로 찰리를 안내했다. 소파 하나와 의자 두 개가 커피 테이블 주위에 놓여 있었다. 어느 모로 보나 베벌리힐스 호텔에서 가장 좋은 스위트룸은 아니었지만, 그래도 숙박비가 상당할 터였다. 돈이 어디서 나는 거지? 이런 생각이 들었지만, 아주 잠깐에 불과했다. 그런 의문을 품는 건 꼴사나운 일이었다.

로스 양이 소파에 앉아 찰리에게 의자를 권했다. 찰리는 모자를 손에 쥔 채 앉았다.

"좋아 보이네요." 그가 말했다.

"실제로도 좋아요."

"반가운 소리예요."

찰리는 현역으로 뛸 때 이런 응접실에서 이렇게 모자를 손에 들고 누군가와 소파에 마주 앉은 적이 많았다. 그러나 살인사건 수사관으로서 거실에서 누군가와 마주 앉는 것은 대개 최악의 일이 이미 발생했기 때문이었다. 지금처럼 일의 진행 방향을 바꿀 기회가 아직 있을 때 똑같은 종류의 의자에 앉아 똑같은 종류의 질문을 준비하는 기분이 묘하면서도 만족스러웠다.

"그래, 문제가 뭔가요, 로스 양?"

"이제는 친숙하게 이름을 불러도 될 것 같은데요. 그렇죠, 찰리 아저씨?"

찰리는 빙긋 웃었다.

"좋아. 그래, 어떤 문제야, 이블린?"

"제 친구는 배우예요. 좀 더 정확히 말하면, 스타죠. 그런데 어제 오후에 이런 게 왔어요."

이블린은 마닐라 봉투를 들고 사진 두 장을 꺼내 탁자 위로 밀었다.

찰리는 영화를 자주 보는 편이 아니지만, 사진 속 인물이 올리비아 드 하빌런드임을 알아보았다. 무릎까지 찍혀 있는 그녀는 열대의 무성한 이파리 그림으로 장식된 벽 앞에 알몸으로 서 있었다. 한 사진에서는 가슴에 한 손을 올린 모습이 마치 자신의 몸을 가볍게 만지는 듯한 인상을 주었다. 그리고 다른 한 사진에서는 그 손이 배로 옮겨가 있었다. 두 사진에서 모두 그녀는 도발적이라기보다는 수줍은 듯한 태도로 카메라를 정면으로 바라보았다. 한 사진의 꼭대기에는 손으로 쓴 메모가 클립으로 고정되어 있었다. '일요일 정오에 전화하겠다. 나머지 사진을 모두 원한다면, 10달러 지폐로 5천 달러가 담긴 가방을 준비하라.'

찰리가 살인사건 수사관으로 일하면서 자세히 살펴본 피해자들의 사진은 수백 장이나 되었다. 총에 맞거나, 구타당하거나, 칼에 찔린 사람들의 사진. 그 시신들의 상태는 그들이 생의 마지막 순간에 어떤 폭력을 겪었는지 보여주는 증거였다. 그런 사진을 볼 때 그는 항상 분노를 느꼈다. 살인사건 수사관이라는 직업에 반드시 필요한 분노였다. 수사를 하다 보면 낮에는 내내 집집마다 문을 두드리며 돌아다니고, 밤에는 차 안에 앉아서 앞 유리창 밖의 풍경을 빤히 바라보아야 하는 힘든 날이 있었다. 그럴 때 도덕적인 집념과 집중력을 제공해주는 것이 바로 그런 분노였다. 그리고 그런 집념과 집중력은 사냥감을 끈질기고 무자비하게 추적하는 데 도움이 되었다.

하지만 지금처럼 분노한 것은 아주 오랜만에 처음이었다.

은퇴한 뒤로 악당들의 나쁜 짓이 조금 낯설어진 것인지도 모른다. 행동하는 삶에서 추억하는 삶으로 옮겨가면, 사람이 감상적으로 변해서 감정의 영향을 더 많이 받는 건지도 모른다. 아니면 사진 속 젊은 여성이 너무나 연약해 보이기 때문일 수도 있었다. 아무리 유명하다 해도, 그녀의 나이는 많아야 스무 살이고 몸무게는 45킬로그램을 넘지 않을 것 같았다.

시선을 든 찰리는 이블린도 자신처럼 분노하고 있음을 깨달았다. 그에게 전화할 때는 냉정하고 침착했다. 문을 열어 그를 맞아들였을 때도, 사진을 탁자 위에서 밀어줄 때도 냉정하고 침착했다. 하지만 지금 그를 보는 그녀의 안색은 분노 때문에 평소보다 어두워져서 하얀 선 모양의 흉터가 선명하게 도드라졌다.

전화벨이 울렸다.

"꼭 받아야 하는 전화인가?" 찰리가 물었다.

이블린은 고개를 저었다.

전화벨은 다섯 번 더 울린 뒤 조용해졌다.

찰리가 봉투를 가리켰다.

"처음부터 저기에 들어 있었어?"

"네."

이블린이 봉투를 찰리에게 넘겨주었다.

봉투 끝부분은 편지 칼이나 가위로 자른 듯 깔끔했다. 봉투 앞면에 "미스 올리비아 드 하빌런드, 베벌리힐스 호텔 내"라고 쓴 필체는 메모의 필체와 같았다. 거리 이름, 우편번호, 우표는 없었다.

"인편으로 온 거야?"

"그런 모양이에요. 멕시코인 인부가 프런트데스크로 가져왔대요."

"멕시코인 인부?"

"여기 분위기랑 너무 안 어울려서, 데스크 담당자가 호텔 경비대장을 불렀대요. 션 피니건이라는 사람인데, 그 사람이 올리비아한테 봉투를 가져다줬어요."

찰리는 현직에 있을 때 동료였던 피니건을 기억했다. 피니건과 그의 파트너 잭 도허티는 유능한 경찰관으로 알려져 있었다. 수사방식이 조금 거친 것으로도 유명했지만, 강력반 수사관이 그렇게 구는 것은 드문 일이 아니었다. 찰리가 은퇴하기 직전, 피니건은 경찰 배지를 반납하고 민간기업에 취직했다. 그런 그가 결국 여기 호텔에서 일하고 있다는 사실은 미처 알지 못했지만, 우연히 그를 만나게 된 것이 반가웠다. 일을 좀 더 매끄럽게 처리할 수 있을 것 같았다.

찰리는 봉투를 탁자 위의 사진과 나란히 놓았다.

"드 하빌런드 양이 친구라고 했지?"

"맞아요."

"드 하빌런드 양은 뭐라고 해? 이 사진에 대해서 말이야."

"사진을 찍은 기억이 없대요."

"기억이 없어?" 찰리는 의심스러운 기색을 숨기지 못했다.

"맞아요."

그가 사진을 가리켰다.

"이건 강제로 찍은 사진처럼 보이지 않아. 젊은 여배우와 모델은 스스로 사진을 허락할 때가 많지. 사랑 때문일 수도 있고…… 돈 때문일 수도 있고……."

이블린의 안색이 또 어두워졌다.

"리비는 사진을 찍은 기억이 없어요."

찰리는 양손을 들어올렸다.

"오케이."

"약물에 당했을까요?" 잠시 뒤 이블린이 물었다.

찰리는 고개를 저었다.

"표정을 봐서는 그런 것 같지 않아. 약에 취하거나 몽롱한 얼굴이 아니야."

이블린도 이미 같은 결론을 내렸는지 고개를 끄덕였다.

"돈을 주겠다고 해?" 찰리가 물었다.

"네."

"일요일까지 그 돈을 구할 수 있어?"

"노력 중이에요."

찰리는 잠시 생각해보다가 고개를 저었다.

"경찰에 신고하는 게 맞을 것 같아, 이블린."

"저도 그러고 싶어요, 찰리 아저씨. 그런데 그러면 경찰에서 사진을 보여달라고 할 것 아니에요. 그리고 십중팔구 적어도 한 장은 증거로 가져가겠다고 고집을 부리겠죠. 이런 사진이 경찰서 내부를 한 바퀴 놀지 않을 거라고 정말로 생각하세요? 이런 사진이 있다는 소문만 돌아도 리비의 평판이 망가져요. 게다가 사진이 돌아다니는 와중에 누군가가 사진을 복사하는 일이 절대 없을 거라고 장담할 수도 없잖아요."

찰리는 충성스러운 사람이었다. 과거 자신이 일하던 경찰국에 충성했고, 경찰관이 되면서 했던 서약에도 충실했다. 혼인서약과 아내에게도 충실했다. 하지만 지금은 이블린의 말에 반박할 수 없었다. 경찰이 나선다면, 이 사진에 접근할 수 있는 사람이 너무나 많아지기 때문에 경찰국은 절대 그런 곳이 아니라고 장담할 수가 없었다. 이런 문제에서는 사진에 대해 아는 사람이 적을수록 좋았다.

"우리를 도와주실 거예요?" 이블린이 물었다.

찰리가 미처 대답하기 전에 뒤에서 문이 열리는 소리가 나더니 떠들썩한 목소리가 들렸다.

"아, 여기 있네!"

고개를 돌려 보니, 토실토실 살찐 몸으로 지팡이를 짚은 남자가 방금 문의 잠금장치를 열어준 호텔 메이드에게 말하고 있었다.

"아무 문제도 없는 것 같아, 버디. 언제나 그렇듯이, 이렇게 도와줘서 고마워."

그 남자가 묵직한 걸음으로 다가오자 찰리는 사진을 봉투에 넣고 봉투를 뒤집어서 탁자에 놓았다.

남자는 한숨을 내쉬며 빈 의자에 무너지듯 털썩 주저앉았다.

"천만다행이야." 그가 회의에 늦은 사람 같은 표정으로 찰리와 이블린을 차례로 바라보았다.

"프렌티스 선생님……?" 이블린이 뒷말을 재촉했다.

그가 왜 그러냐는 듯이 눈썹을 올려 뜨자, 이블린도 눈썹을 올렸다.

"아, 그렇지." 그가 말했다. "음, 자네가 차를 마시러 오지 않아서 나는 당연히 걱정이 됐지. 전화를 해도 받지 않으니까 더욱더 걱정이 됐단 말이야. 그래서 버디한테 상황을 설명했더니, 버디가 이 방문을 열어줘서 이렇게 짠 하고 내가 나타난 거야."

프렌티스가 두 사람을 향해 미소를 지었다. 찰리는 이블린도 마주 미소 짓는 것을 보고 조금 놀랐다.

"찰리 그레인저, 프렌티스 사이먼스 씨를 소개할게요. 프렌티스 선생님, 찰리 아저씨예요."

프렌티스는 두 손으로 지팡이를 짚은 채 고개를 살짝 숙였다.

"뭐든 돕겠습니다."

"만나서 반갑습니다."

"자, 그래서 무슨 일이지?" 프렌티스가 두 사람을 차례로 보면서 말했다.

"아무 일도 없어요." 이블린이 말했다.

"아, 이런, 이런. 그게 배달됐을 때 내가 로비에 있었어." 그가 봉투를 가리키며 말했다. "그리고 30분도 안 돼서 올리비아가 분만실 앞의 예비 아빠처럼 서성거리면서 이블린 자네를 기다렸다고. 그런데 자네가 이렇게 전문가처럼 생긴 신사를 불렀네? 이쯤 되면 당연히 무슨 일이 있는 거지. 그건 의심의 여지가 없어요."

찰리는 이블린과 눈을 마주치며 고개를 저었다. 그녀 자신이 아까 넌지시 말했듯이, 사진에 대해 아는 사람이 적을수록 좋았다. 하지만 이블린은 탁자 위로 손을 뻗어 봉투에서 사진을 꺼내더니 프렌티스에게 건넸다. 메모지만 빼고.

사진을 받은 프렌티스는 의자에 등을 기댔다. 사진을 보는 그의 얼굴에는 찰리와 이블린이 느꼈던 분노가 전혀 드러나지 않았다. 두 사진을 각각 유심히 살피며 조용히 "흠" 하는 소리를 낼 뿐이었다.

그가 사진을 탁자 위로 가볍게 던지며 말했다.

"음, 협박인 것 같군."

"맞아요." 이블린이 살짝 미소를 지으며 말했다.

"언제 찍은 사진이야?"

"그게 문제예요. 올리비아는 기억이 없대요. 여기 찰리 아저씨는 전직 살인사건 수사관이에요. 선생님이 오시기 전에, 우리는 사진을 찍은 사람이 연인인지, 아니면 올리비아가 약물에 당한 건지 논의 중이었어요."

"둘 다 아냐." 프렌티스가 두 사람의 주장을 물리치듯이 손짓을 하며 말했다. "이 사진이 찍혔을 때 올리비아가 정확히 뭘 하고 있었는지 내가 말해줄 수 있어."

찰리와 이블린은 서로 눈을 마주쳤다가 프렌티스를 보았다. 프렌티스는 지팡이로 탁자 위의 사진을 가리켰다.

"저건 말이야, 친구들, 아무도 없는 방에서 자신을 바라보는 여배우의 사진이야. 올리비아는 거울 앞에 있는 거라고."

찰리와 이블린은 각각 사진을 한 장씩 집어들었다.

"양면 거울이군." 찰리가 어떻게 된 건지 알겠다는 표정으로 말했다.

"양면 뭐라고요?" 이블린이 물었다.

"경찰서에서 쓰는 거야. 유리에 코팅을 한 거지. 유리 한쪽 면의 방에는 불을 밝게 켜고 뒷면 방은 어둡게 만들면, 불을 밝힌 방에서는 유리가 거울 역할을 하지만 어두운 방에서는 창문 역할을 해."

"그런 걸 어디서……?" 이브가 말했다.

"여기 호텔인가?" 찰리가 물었다.

"터무니없는 소리." 프렌티스가 말했다. 마치 개인적으로 불쾌한 말을 들은 사람 같았다. "아니, 잠깐만. 사진 한 장만 다시 보여줘봐."

이블린이 프렌티스에게 사진을 건넸다. 그는 눈으로 사진을 이리저리 훑어보다가 손가락으로 두 번 톡톡 두드렸다.

"내가 가본 적이 있는 곳이야." 그는 금방이라도 기억이 떠오를 것 같은 얼굴이었다. "맞아, 확실해. 하지만 사자였는데, 표범이 아니라."

찰리와 이블린 모두 의자에 앉은 채 앞으로 슥 다가앉았다.

"어디예요, 프렌티스 선생님?"

그는 눈을 감고 잠시 있다가 빙긋 웃으며 혼자 고개를 끄덕였다.

"프레디 페어뷰의 집. 거기야. 그 집 수영장 옆에 남녀 탈의실이 딸린 목욕장이 있어. 각각 사우나와 증기욕조, 커다란 거울이 있는 화장대가 있고, 벽에는 정글의 모습이 정교하게 그려져 있지. 남자 탈의실에는 무성한 이파리 사이에서 사냥하는 사자가 있었어. 여자 탈의실에는 표범이 있는 모양이네. 거기에 아마 갖가지 값비싼 로션과 크림도 있을 거야. 말하자면, 젊은 여자들이 거울 앞에서 떠나지 못하게 유혹하는 거지."

"프레디 페어뷰가 누구예요?" 찰리와 이블린이 동시에 물었다.

"프레디 페어뷰?" 프렌티스는 조금 놀란 표정이었다. "프레디를 보고 스포츠맨이라고 하는 사람도 있고, 사교계 인사라고 하는 사람도 있는데, 내가 보기에는 상스러운 놈이야. 돈을 노리고 두 번이나 결혼했거든. 한 번은 과부랑 결혼했는데 그 여자가 일찍 죽었고, 또 한 번은 젊은 상속녀랑 결혼했는데 그 여자가 놈한테 속아 넘어갔지. 지금은 가끔 경주용 말을 후원하고, 가끔 영화를 제작하기도 하면서 살아. 하지만 놈이 가장 많이 하는 일은 파티를 여는 거야. 특히 할리우드힐스에 있는 자기 집에서 일요일에 내놓는 브런치가 유명하지. 놈은 자기 집을 아시엔다*라고 부르면서 우쭐거리고 말이야."

"올리비아한테 사진을 보낸 게 그 사람일까요?" 이블린이 물었다.

"아니." 프렌티스가 말했다. "프레디가 흔히 볼 수 없는 파렴치한 놈이긴 해. 이 도시에서 그런 말을 들을 정도면 진짜 굉장한 거지. 그래도 놈이 협박에 손을 대는 건 상상이 안 가. 그런 돈이 필요한 놈이 아니거든. 그러다 잡히면 잃을 것이 너무 많기도 하고. 그러니까 이런 사진은 자기가 **개인적으로** 갖고 있으려고 찍은 거야. 프레디 같은 놈이라면, 아무도 몰래 이런 사진을 갖고 있다는 사실에서 아주 큰 만족감을 느낄걸. 이런 사진을 남한테 보여주지는 않았을 거야."

"누군가한테 보여줬으니 이런 일이 생겼죠." 찰리가 말했다.

프렌티스는 인정한다는 듯이 고개를 숙였다.

"그런 것 같소."

프렌티스는 손에 쥔 사진을 한 번 더 살펴본 다음 탁자 위로 가볍게 던졌다.

✦ 라틴아메리카 농장주나 목장주의 저택.

"사실 상당히 잘 찍은 사진이야." 그가 말했다.

이블린이 인상을 구기자, 그는 계면쩍은 얼굴로 말을 덧붙였다.

"당연히 미학적인 의미에서……."

세 사람은 잠시 말이 없었다.

그러다 찰리가 이블린을 보며 말했다.

"좋아. 만약 프렌티스 씨의 말이 옳다면, 우리는 두 가지 문제를 해결해야 돼. 드 하빌런드 양의 사진을 협박범뿐만 아니라 페어뷰 씨한테서도 가져와야 하니까."

"우리가 해낼 수 있을까요?" 이블린이 물었다.

"협박범을 상대할 때는 한 가지 이점이 있어. 협박범은 어둠 속에서 대부분의 시간을 보낸다는 것. 빈집에서 서류를 훔치거나, 밤에 창문으로 사진을 찍는 놈들이니까. 그렇게 일단 협박거리를 손에 넣으면, 놈들은 마음이 내키는 대로 언제까지나 그걸 깔고 앉아 있을 수 있지. 그러다 협박할 준비가 갖춰졌을 때, 자신을 드러내지 않고 다양한 방법을 사용해. 하지만 어느 시점에 이르면 밝은 곳으로 나올 수밖에 없는데, 돈을 가지러 오는 게 바로 그때야."

"좋아요. 그럼 페어뷰는요?" 이블린이 말했다.

찰리는 잠시 입을 다물고, 이블린의 질문을 혼자 되풀이했다. 페어뷰는요…….

"에헴." 프렌티스가 소리를 냈다.

찰리와 이블린이 그를 향해 시선을 돌리자, 그 토실토실한 배우는 숨을 한 번 들이쉰 뒤 입을 열었다.

"찰스 당신이 아주 정확히 지적했듯이, 모든 범죄자에게는 범행 장소가 있어요. 밀주업자한테는 주류 밀매점, 은행강도한테는 은행,

협박범에게는 어둠 속이 그런 곳이지. 그런 범죄자를 잡는 일을 하는 당신 같은 사람들은 범죄자 못지않게 그런 장소를 잘 알 거요. 스패니시메인*에서 해적을 사냥하던 선장들이 모든 산호초와 여울목의 위치, 해류를 잘 알아야 했던 것처럼. 어쨌든, 프레디 페어뷰에게 그런 장소는 주류 밀매점이나 은행이 아니오. 스패니시메인도 아니고. 놈의 장소는 할리우드야. 그런데 거기에도 해류와 산호초와 여울목이 있어서, 그곳을 잘 모르는 사람에게 골칫거리를 안겨주지."

"무슨 말씀이세요, 프렌티스 선생님?" 이블린이 물었다.

"내 말은, 두 사람이 협박범을 상대할 생각이라면, 페어뷰 씨는 나한테 맡겨도 된다는 거야."

찰리는 이블린의 스위트룸에서 나와 아래층의 로비로 내려갔다. 프런트데스크로 다가가니 데스크 캡틴이 정중하고 친절한 자세를 잡았다. 찰리의 외모를 보고 이 호텔에 돈을 쓰러 온 손님이 아니라는 사실을 이미 파악한 기색이었다.

"어떻게 도와드릴까요?" 캡틴이 물었다.

"션 피니건의 사무실을 찾고 있는데요."

"복도를 따라가시면 됩니다. 오른쪽 두 번째 문이에요."

찰리는 복도를 걸어가, 아무 표시도 없는 문을 두드렸다. 안에서 들어오라는 소리를 듣고 들어가니, 30대 중반의 잘생긴 남자가 발을 책상 위에 올린 자세로 책을 손에 들고 있었다.

"잘 있었나, 션."

✦ 과거 아메리카 대륙에서 스페인이 점령한 땅 중 카리브해와 멕시코만에 면한 곳을 일컫는 말.

션은 잠시 어리둥절한 표정을 보란 듯이 지어 보이더니 환한 미소를 지었다.

"아니, 세상에나. 찰리 그레인저 선배님이잖아요. 어서 들어와서 편히 앉으세요."

션이 책상에서 발을 내리고 책을 서랍에 넣는 동안 찰리는 의자에 앉았다.

"여기는 어쩐 일이세요, 선배님?"

"이블린 로스 양이 내 친구거든."

"221호의 금발 손님요?"

"맞아. 나더러 뭘 좀 들여다봐달라고 해서."

"그렇다면야. 이 호텔과 상관없는 일이라면 괜찮아요."

"사실, 어제 올리비아 드 하빌런드에게 배달된 봉투 때문이야. 혹시 자네가 그 배달부와 이야기를 해보지 않았나 해서."

피니건은 잠시 찰리를 유심히 살펴보았다.

"은퇴되신 줄 알았는데요."

"자네보다 3개월쯤 늦게 나도 경찰을 떠났지."

"그럼 개업하신 거예요?"

"아니, 그냥 친구의 부탁을 들어주는 중이야."

피니건은 잠시 생각해보다가 어깨를 으쓱했다.

"솔직히 이게 선을 좀 벗어난 행동이기는 해요, 선배님. 손님 한 사람의 부탁을 들어주는 민간인 신분으로 다른 손님에 대해 묻는 거잖아요. 하지만 로스 양과 드 하빌런드 양이 서로 친한 사이라는 걸 제가 알고, 선배님과도 오래된 사이니까, 선이니 뭐니 하는 건 잠시 잊어버려도 되겠죠, 뭐. 그래서 뭘 알고 싶으신 거예요?"

"자네는 어쩌다 그 배달부랑 이야기를 하게 된 거야?"

"평소 같으면 제가 그럴 일이 없었겠죠. 하지만 어제 오후에 나이 많은 멕시코인이 배우 알선업체에서 막 튀어나온 사람처럼 샌들에 멕시코식 중절모까지 쓰고 프런트데스크에 나타났어요. 딱히 말이 유창한 편은 아니더라고요. 적어도 영어로 말할 때는. 그래도 드 하빌런드 양 앞으로 된 소포가 있는데 자기가 직접 전해줘야 한다는 뜻을 전달하기는 했어요. 하지만 그런 건 절대로 허용할 수 없는 일이죠. 프런트데스크 직원들도 그 점을 분명히 했고요. 그래도 그 노인이 계속 고집을 부리니까, 직원들이 저를 호출한 거예요."

"상상이 가네. 오늘 내가 오는 것을 보았을 때도 직원들이 경비를 부를 뻔했거든."

피니건이 빙긋 웃었다.

"고급 호텔의 프런트데스크는 언제나 속물들이 지키고 있어요."

"기억해두겠네. 그래서 어떻게 됐어?"

"제가 나타나니까 그 노인이 막 불안해하더라고요. 하지만 제가 스페인어를 좀 아니까 노인을 살살 달래서 이리로 데려왔죠. 결국 자기가 윌셔와 샌비센트가 만나는 길모퉁이, 아시죠, 일용직 인부들이 일거리를 기다리면서 서 있는 곳 말이에요, 하여튼 거기에 서 있었는데 어떤 남자가 파란색 컨버터블 자동차를 세우더니 5달러를 주면서 소포를 하나 배달해달라고 했다고 털어놓았어요. 그 남자는 노인을 차에 태워 우리 호텔 입구에 내려줬답니다. 소포를 반드시 직접 전달해야 한다고 설명하면서."

"그 노인이 솔직히 말한 것 같아?"

피니건은 다시 어깨를 으쓱했다.

"그걸 누가 알겠어요? 어쨌든 저는 드 하빌런드 양한테 봉투를 가져갈 때 만일을 대비해서 부하 한 명한테 노인의 뒤를 밟게 했어요. 아니나 다를까, 노인은 윌셔까지 걸어가서 버스에 타고 샌비센트까지 갔다고 하더라고요."

"그 운전자는?"

"운전자요?"

"그 노인한테 인상착의를 물어봤어?"

션은 고개를 저었다.

"물어볼 생각을 못했죠."

"그래. 고맙네, 션. 고마워."

찰리가 일어서자 피니건이 의자에 등을 기댔다.

"봉투 안에 뭐가 있는지 말 안 해주실 거예요?"

"말 못 해."

"못 하는 거예요, 안 하는 거예요?"

"그게 무슨 차이가 있나?"

션은 빙긋 웃었다.

"없겠죠. 그래도 분명히 해둘게요. 이 호텔을 지키는 게 제 일이에요. 그다음에는 호텔의 평판, 그다음에는 손님들의 평안을 지켜야 하죠. 선배님이 부탁받은 일 때문에 다른 곳에서 문제에 휘말린다면, 그건 좋아요. 하지만 선배님이 그 문제를 여기 로비로 끌고 들어오는 일이 생기면, 저한테 미리 정보를 공유할 걸 그랬다 싶을 거예요."

"마음에 새겨두겠네."

찰리는 로비로 돌아가면서, 늙은 멕시코인에 대해 방금 들은 이야기가 아니라 피니건의 말을 자기도 모르게 생각하고 있었다. '은퇴되신 줄 알았는데요.' 찰리는 문법 전문가가 아니었지만, 초등학교 교사와 30년 넘게 결혼생활을 한 덕분에 올바른 영어 어법에 대해 본의 아니게 제법 알고 있었다. 그래서 괜한 트집 같지만, 피니건이 수동태를 사용한 것이 거슬렸다. 마치 경찰국이 찰리를 은퇴시킨 것 같은 말투였다.

"경찰국이 날 은퇴시킨 게 아니야." 찰리는 자신의 차에 오르면서 혼잣말을 했다. "내가 은퇴한 거지."

그 둘 사이에는 큰 차이가 있었다.

그렇지 않은가?

◆ ◆ ◆

그 토요일 밤에 찰리는 잠자리에 들면서 푹 잠들기를 바랐지만, 새벽 5시에 눈이 떠졌을 때 다시 잠들지 못할 것을 깨달았다. 그는 아이처럼 들뜨고, 청소년처럼 불안하고, 젊은이처럼 자만심이 넘치고, 어른처럼 두려워하는 상태였다. 이 네 가지 감정을 모두 한꺼번에 느끼고 있었지만, 그중에서도 가장 강렬한 것은 들뜬 아이 같은 감정이었다.

6시 15분 전에 찰리는 로브를 입고 부엌으로 가서 주전자를 불에 올렸다. 그러고는 창밖의 어둠을 물끄러미 바라보며 주전자에서 휘파람 소리가 나기를 기다렸다. 기다리던 소리가 나자 티백에 물을 부어 자그마한 식탁에 앉았다.

베티는 30년이 넘는 세월 동안 그에게 차를 권했다. 추운 겨울 아침이나 비 내리는 오후에 베티 자신이 마실 차를 끓이면서 그에게도 권하곤 했다. 차가 몸에 어떻게 좋은지 그에게 일깨워주면서. 하지만 찰리는 커피파라서 항상 아내의 권유를 거절했다. 아내가 세상을 떠난 해에, 찰리는 아내가 마시던 차를 차마 쓰레기통에 버리지 못하고 자신이 끓여 마셨다가 아내가 차를 권하며 항상 하던 말이 절대적으로 옳았음을 깨달았다. "가끔은 딱 이거다 싶다니까."

사람의 성격이 항상 뭘 배우는 데 가장 큰 걸림돌이야. 찰리는 속으로 생각했다. 사람들은 자존심이 너무 강하거나, 고집이 너무 세거나, 수줍음이 너무 많아서 새로운 교훈을 쉽사리 받아들이지 못한다. 살다 보면 시련이나 고난을 통해 교훈을 얻을 때가 많은데, 그런 교훈을 얻기 위해 치르는 대가를 가볍게 보면 안 된다. 하지만 사람이 살면서 끝내 배우지 못하는 교훈 중 적어도 절반은 마음만 달리 먹으면 쉽사리 배울 수 있을 것이다. 이런 통찰력은 나이를 먹으면 자연히 생긴다. 그때는 새로운 교훈의 본질을 이해할 수 있지만, 그 찬란함을 받아들일 시간도 기운도 없다. 따라서 우리는 대부분 스스로 만들어낸 무지 속에서 생을 마감할 운명이다.

식탁에 앉아 차를 마시는 동안 찰리는 전날 있었던 일과 자신이 지닌 한계를 생각했다. 만약 그에게 시간과 수단이 있었다면 많은 일을 다른 방식으로 처리했을 것이다. 윌셔와 샌비센트가 만나는 길모퉁이로 직접 가서 그 늙은 멕시코인을 찾아내 직접 이야기를 나누면서 자동차를 운전한 사람의 인상착의를 알아냈을 것이고, 그다음에는 그 자동차를 추적해서 찾아내려 했을 것이다. 로스앤젤레스에 파란색 컨버터블이 그리 많지는 않을 테니 어쩌면 페어뷰의 지인이나 직원 명의로 등록된 파란색 컨버터블을 찾아내는 행운을 만났을지도 모른다. 아직 현직에 있었다면, 찰리는 페어뷰를 연행해서 밤새 심문하며 또 누가 그 사진에 접근할 수 있는지 생각해보라고 몰아붙일 수도 있었다. 하지만 찰리에게는 시간과 수단이 없고, 그가 현직에 있지도 않았다. 협박꾼 수중에서 사진을 회수해 오려면, 협박꾼을 미행하는 수밖에 없었다. 로스 양과 함께 꾸민 계획이 그거였다.

로스 양이 아니라 이블린.

마침내 날이 밝자 밖에서 우유 배달부 소리가 들렸다. 집 앞에서 트럭이 멈추더니 계단에 우유병이 놓였다. 찰리는 로브 차림을 보여주기가 좀 쑥스러워서 우유 배달부가 트럭을 몰고 떠날 때까지 기다렸다가 문을 열고 우유병을 가져왔다.

배는 고프지 않았지만, 일이 많은 하루가 될 가능성이 높았다. 언제 또 식사할 짬이 생길지도 알 수 없었다. 그래서 옛날에 베티가 하던 것처럼 달걀 세 개에 우유를 조금 부어 스크램블드에그를 만들어서 토스트 두 조각과 함께 먹었다. 프라이팬, 접시, 식기를 설거지한 뒤에는 샤워를 하고 수염을 깎았다. 옷을 갈아입을 때는 협탁에 놓아둔 베티의 사진과 눈을 마주치지 않으려고 애썼다. 그가 이제부터 하려는 일을 베티가 알았다면 마뜩잖은 반응을 보였을 것이다. 생각을 소리 내서 말하지는 않고 고개만 저었겠지만, 그래도 자신의 생각을 찰리가 알아줄 것이라고 믿었을 것이다. "당신 나이가 예순여섯 살이야, 찰리 그레인저. 뭘 증명하고 싶어서 이래? 누구한테 증명하려고?"

찰리는 사진을 등지고 옷장으로 가서 어깨에 총집을 고정했다. 피스톨은 전날 밤에 이미 청소하고 기름칠하고 장전까지 해두었다. 방금 달걀을 먹은 식탁에서 그렇게 했다. 그리고 그 피스톨을 지금 총집에 넣고 있었다. 은퇴한 뒤로 총을 차는 것이 처음인데, 옆구리에 닿는 총의 형태와 무게가 기분 좋았다. 자신감이 훌쩍 커진 것이 반가웠다. 총으로 얻은 자신감은 경계의 대상이라는 것을 아는데도.

먹고, 씻고, 옷까지 갈아입었는데도 아직 10시가 안 된 것이 실망스러웠다. 이런 날에는 남는 시간이 가장 반갑지 않다. 남는 시간에 걱정을 하거나 이미 내린 결정을 다시 생각하게 되니까. 심지어 다급한 마음이 사라질 수도 있었다. 찰리는 거실 소파에 몇 분 동안 앉아 있다가 일어서서 집 안을 걸어다녔다.

골든스테이트리미티드 열차 안에서 뉴저지로 이사하지 않겠다는 결정을 내린 찰리가 집으로 돌아와 모든 것을 원래 모습 그대로 놔둘 수도 있었을 것이다. 하지만 그러면 안 될 것 같았다. 베티가 없는 집은 예전 같지 않았다. 그의 삶도 예전 같지 않았다. 이제 어떤 식으로든 그 사실을 인정할 때였다. 그래서 이 집에서 계속 살겠다고 결심을 굳혔으면서도, 두 달 동안 집을 치웠다. 먼저 불필요한 가구를 밖에 내놨더니, 이틀도 안 돼서 누군가가 가져갔다. 그다음에는 다락을 치우고, 베티의 옷장도 치우고, 부엌도 치웠다. 각종 식기와 유리잔 중 절반, 그리고 그가 사용할 것 같지 않은(솔직히 말하자면 정확한 사용법을 모르는) 주방 도구를 상자에 담아 차에 싣고 스페인어 지역의 교회에 가져다주었다. 그곳 교인들에게 그 물건들이 더 쓸모 있을 터였다. 톰은 옛날 앨범을 갖고 싶다고 말했다. 자신이 태어나기 전의 앨범까지도 갖고 싶다는데, 그 이유는 하느님만 아실 것이다. 어쨌든 찰리는 앨범을 포장해두었다가 부치기 직전에 베티가 손으로 직접 쓴 요리법 수첩을 상자 안에 함께 넣었다. 캐럴라인이 그걸 받고 고마워할지도 모를 일이었다. 캐럴라인과 톰에게 딸이 생긴다면 그 아이가 그 수첩을 원할지도 모르고. 그러면 좋겠는데. 찰리는 상자를 봉하면서 이런 생각을 했다.

이렇게 청소를 끝낸 집 분위기가 찰리에게 잘 맞았다. 어느 날 집에 들른 오랜 친구는 찰리가 20년 넘게 산 집이라기보다는 작은 기차역처럼 보인다고 말했다. 정확한 표현이었다. 누군가가 어딘가로 향하는 길에 잠시 멈춰 서는 곳. 사람은 무거운 몸으로 말년을 맞을 수도 있고 가벼운 발걸음으로 맞을 수도 있는데, 찰리는 반드시 후자를 택하고 싶었다.

마침내 집을 나설 시간이 되자 찰리는 침실 거울 앞으로 가서 넥타이를 똑바로 정돈했다. 거울의 테에는 손자가 준 메모가 끼워져 있었다. 아이가 커다란 카드에 크레용으로 쓴 말은 이거였다. '할아버지 보고 싶어요오오!' 할아버지가 뉴저지로 오시지 않을 것이라는 말을 아빠에게서 들은 아이가 심히 실망한 모양이었다. 찰리는 가슴이 뭉클했다. 그러나 실망한 사람은 아마 그 아이 하나뿐일 것이다. 찰리는 잘 알고 있었다. 로스앤젤레스에 남겠다는 찰리의 결정에 캐럴라인은 확실히 실망하지 않았다. 톰도 어느 정도 안도감을 느꼈다. 찰리도 그러했다.

이런 게 삶의 웃기는 측면이지. 찰리는 속으로 생각했다. 성인들이 사실은 아무도 원하지 않는 일을 꼭 해야 한다고 스스로를 설득할 수 있다는 게. 처음에 사람들은 어떤 생각을 입 밖으로 꺼내 실체를 부여한다. 그렇게 그 생각이 형태와 입체감을 갖추기 시작하면 사람들은 머뭇거리는 마음을 말로 물리치고, 그 자리에 그 생각을 실천했을 때 생길 것이라고 짐작되는 좋은 점들을 하나씩 차례로 가져다 놓는다. 본능과 혹시나 하는 마음과 상식도 말로 물리친다. 그러다 보면 그들 중 누구도 매력을 느끼지 못하는 공통의 목표를 향해 꼼짝없이 움직이게 된다.

찰리는 손자의 쪽지를 다시 거울에 끼웠다. 그러고는 몸을 돌리다가 결국 베티의 사진과 눈을 마주쳤다.

"난 괜찮을 거야." 그가 말했다.

베티가 자신을 안심시키는 그 말을 고맙게 받아들이는 것 같았다.

올리비아

일요일 오전에 호텔 말고 다른 곳에 가 있으면 어떻겠느냐고 이브가 제안했을 때, 올리비아는 자신이 정확히 어디에 가 있으면 될지 깨달았다. 아니, 정확히 깨달았다고 하기는 어려울 것 같다. 로스앤젤레스에 온 뒤로 예배에 나간 적이 없었으니까. 호텔 문지기인 피터에게 가장 가까운 감독과 교회가 어디 있느냐고 물어봐야 할 듯했다.

피터의 자리로 다가가면서 그녀는 조금 어색했다. 문지기라는 직책상 피터는 식당, 나이트클럽, 상점 등을 손님에게 추천하는 데 익숙했다. 그런데 이 도시에 온 지 4년이나 된 젊은 여자가 갑자기 교회에 가고 싶어졌다고 하면 그가 어떻게 생각할까?

하지만 당연히 그것은 불필요한 걱정이었다.

"산타모니카와 캠든 거리가 만나는 지점에 올세인츠 교회가 있습니다. 호텔에서 차로 금방이에요." 피터는 놀란 기색이나 궁금한 기색을 조금도 드러내지 않고 대답해주었다.

"고마워요, 피터."

그가 잠시 뒤 말을 이었다.

"혹시 시간 여유가 있다면, 패서디나의 올세인츠 교회까지 가는 것도 괜찮을 거예요, 드 하빌런드 양. 거리가 좀 있기는 한데, 훨씬…… 인상적이거든요."

"인상적이라고요?" 올리비아가 웃는 얼굴로 물었다.

"건축적인 면에서요."

"그럼 패서디나로 가야겠네요."

◆ ◆ ◆

일요일 오전이 되었다. 택시가 웨스트할리우드를 통과해서 패서디나로 향하는 동안 올리비아는 어렸을 때 식구들과 함께 참석했던 예배를 떠올렸다.

그녀의 자매가 예배를 얼마나 싫어했는지! 일요일에만 입는 좋은 옷으로 차려입고 조용히 앉아 있는 것을 좋아하지 않았다. 성찬식도 좋아하지 않았다. 목사의 설교도 싫어하면서, 교회가 권위 있는 척 행세하는 것에 화를 냈다. 신도석 의자가 불편하고, 휘트머 목사의 설교가 한없이 길었던 것은 말할 필요도 없었다. 그래서 자매 조운은 투덜거렸다. 애원도 했다. 머리가 아프고 열이 나는 척하기도 했다. 교회에 가지 않으려고 무슨 짓이든 했다.

올리비아는 정반대였다. 자신도 이유를 완전히 알 수는 없었지만, 처음부터 교회가 좋았다. 천장이 하늘을 향해 높이 솟아 있고, 창문은 스테인드글라스로 장식된 교회 건물이 좋았다. 기도할 때 모두가 조용해지는 것도 좋았다. 긴 자주색 제의를 걸친 휘트머 목사 앞에서 복사가 커다란 황금색 십자가를 들고 걸어오는 화려한 모습도 좋았다. 그리고 음악, 아, 그 음악! 처음에는 오르간, 그다음에는 성가대와 신도들의 목소리가 하나가 되어 점점 높아지는 순간. 거기서 그녀는 평온함을 느꼈다. 집과 학교, 아니 교회를 제외한 거의 모든 곳에서는 그런 평온함을 쉽게 찾을 수 없었다.

가르침도 올리비아의 마음을 끌었다. 친절과 인내와 겸손의 메시지에 끌리고, 그 안에서 힘의 원천을 발견했다. 그런 미덕을 실천하려고 애쓰면서 올리비아는 계부의 사소하지만 못된 행동을 더 잘 참을 수 있게 되었다. 딸들이 조금만 독립적인 행동을 하면 계부는 올리비아 자매에게 자기 구두를 반짝반짝 닦으라거나 바닥을 청소하라고 명령하곤 했다. 올리비아는 예절과 자세와 말씨를 한없이 가르쳐 올리비아와 조운을 세련된 숙녀로 다듬어야 한다는 어머니의 강박도 더 잘 견딜 수 있게 되었다.

10대 때 연기를 시작한 올리비아는 그런 미덕들이 이번에도 자신에게 큰 도움이 된다는 것을 깨달았다. 자신 대신 자신이 맡은 인물의 욕구와 포부를 생각하면서 더 효과적으로 역할에 빠져들 수 있었다. 동료 배우들을 대할 때도, 그보다 더 중요한 감독들을 대할 때도, 그 미덕들 덕분에 올바른 태도를 취할 수 있었다. 만약 친절과 인내와 겸손을 드러내지 않았다면, 맥스 라인하트가 할리우드보울에서 〈한 여름밤의 꿈〉을 연출하려고 캘리포니아에 왔을 때 올리비아를 대역의 대역으로 캐스팅했을지 의심스러웠다. 주역을 맡은 두 여배우가 모두 첫 공연을 겨우 몇 주 앞두고 어쩔 수 없이 하차했을 때 허미아 역이 올리비아에게 돌아오는 일도 없었을 것이다. 잭 워너가 7년짜리 계약을 제안했을 때에도, 올리비아는 자신이 무대에서 보여준 연기 못지않게 그의 사무실에서 보여준 예의 바른 태도가 영향을 미쳤음을 깨달았다.

　그녀가 어렸을 때 받아들인 친절, 인내, 겸손이라는 미덕은 정말로 몇 번이나 그녀를 도와주었다. 하지만 그 미덕들이 도움이 되지 않는 날이 왔다.

　올리비아는 올세인츠 교회로 걸어 들어가면서, 피터에게 꼭 감사 인사를 해야겠다고 기억해두었다. 교회 건물이 정말 그가 말한 그대로였기 때문이다. 로스앤젤레스에서는 보기 드문 교회였다. 고딕 양식의 외양과 사각형 종탑을 보면, 마치 17세기에 잉글랜드에 지어진 교회를 세심하게 일일이 해체해서 캘리포니아에 옮겨놓은 것 같았다. 게다가 신도석이 절반도 차지 않았다는 점이 올리비아의 지금 마음 상태와 잘 맞았다.

　60대 초반의 안내인이 올리비아를 데리고 통로를 걸어가다가, 그녀가 교회 뒤쪽 신도석에 앉고 싶다는 뜻을 표하자 조금 머뭇거렸다. 그녀를 앞쪽으로 데려가 다른 신도들과 함께 앉게 해야 한다는 것이 그의 본능적인 판단인 듯했으나, 올리비아는 반대로 근처에 아무도 앉아 있지 않은 자리를 골랐다.

　안내인은 가볍게 고개를 숙여 그녀의 뜻을 받아들이며, 자그마한 출입문을 열어 그녀를 들여보내주었다.

　이브는 올리비아에게 문제의 봉투나 그 안의 내용물 생각을 절대 하지 말고 그 문제를 자신에게 맡겨달라고 신신당부했다. 그러나 교회 뒤편의 의자에 혼자 앉아서 조용한 오르간 독주를 듣고 있으려니, 봉투 속 사진이 한가한 머릿속에 가장 먼저 떠올랐다.

하지만 아마도 이브가 예상했을 이유 때문에 떠오른 것은 아니었다. 그 사진들이 그녀의 가장 내밀한 사생활을 침해했으므로 마음에 거슬린 것은 사실이었다. 그 사진이 언제 어디서 찍혔는지 기억이 나지 않는다는 점도 거슬렸다. 올리비아가 그리스도교인의 삶을 위해 진심으로 노력하고 있는데도 그 사진에는 지저분한 느낌이 있는 것 역시 거슬렸다. 이 모든 것이 사실이었다. 하지만 그 사진과 관련해서 지금 그녀가 떠올린 거슬리는 점은 사진 속 자신의 **모습**이었다.

지난여름은 올리비아의 삶에서 가장 힘든 시기 중 하나였다. 한 영화의 촬영을 끝낸 뒤 쉬지도 못하고 다음 영화 촬영을 시작하는 바람에 매일 오랜 시간을 일하면서 확실히 신체적으로 몹시 힘들었다. 살도 빠지고 잠도 자지 못했다. 그러나 그보다 더 힘든 것은 정신적인 부분이었다. 〈로빈 후드〉로 그녀와 에롤이 모두 스타가 되었을 때, 그녀는 배우로서 자신의 삶이 곧 변화를 겪을 줄 알았다. 복잡한 인간관계와 심리를 탐구하는 복잡한 역할을 영화에서 맡게 될 줄 알았다. 베티 데이비스나 엘리자베스 테일러나 캐서린 헵번이 맡는 역할 같은 것. 그런 역할에서 여자는 여성적인 동시에 열정적이고 고집이 센 모습으로 그려진다. 하지만 올리비아에게는 마리안 아가씨 같은 역할만 계속 들어왔다. 배경과 의상은 달라도, 근본적으로 똑같은 역할이었다. 탑 안에 갇힌 채, 다른 누군가의 기사도 덕분에 구출되기를 참을성 있게 기다리는 아가씨 역할.

특히 더 기운이 빠진 것은, 만약 올리비아가 탑에 갇혀 있다면 그 탑을 만든 사람이 바로 자신이라는 사실을 서서히 깨닫게 된 때문이었다. 그것은 그녀가 교회에서 배운 그 세 가지 미덕으로 지은 탑이었다. 협박꾼의 사진에서 그녀가 본 것도 너무나 오랫동안 순종하며 살아온 탓에 어쩌면 두 번 다시 열정이나 고집을 가질 수 없을 것 같은 여자의 모습이었다.

그때 이브가 나타났다.

식당 화장실에서 말을 몇 마디 나눠본 것이 전부인 이브가 정의로운 남자에게서 올리비아를 구해주려고 갑자기 의자를 끌며 다가와 앉았다. 그녀는 빌린 리무진에 올리비아를 태워 산타모니카로 휙 날아갔다. 그리고 툴루즈 로트레크처럼 생긴 자그맣고 우스꽝스러운 남자에게서 황동 토큰을 하나 사주었다. 그 남자의 환상적인 기계가 무시할 수 없는 조언을 이브에게 내놓자, 그녀는 올리비아를 부두 끝까지 데려가서 그 봉투를 그녀의 손에 불쑥 쥐여주었다.

올리비아는 그날 당장 이브 앞에서, 또는 많은 사람 앞에서, 또는 다른 누구 앞에서 봉투를 열어보면 안 된다는 것을 이해했다. 그래서 그것을 어머니와 함께 사는(아니, 어머니가 그녀와 함께 살고 있는) 집으로 가져갔다. 조용히 집 안으로 들어간 그녀는 자기 방으로 가서 문을 닫고 침대에 앉은 뒤 가방에서 봉투를 꺼내 두어 번 이리저리 돌려본 다음에야 열어보았다. 부두의 그 기계가 워낙 정교하고 기계 주인은 워낙 말이 많았기 때문에 올리비아는 봉투 안에도 길고 시적인 조언이 들어 있을 줄 알았다. 하지만 아주 짧았다. '유혹에 저항하라.'

그날 밤 올리비아가 혼자 부두에 갔다면, 솔직히 혼자라면 안 갔겠지만, 어쨌든 혼자 부두에 갔다가 기계 주인에게 자신의 생일, 키, 몸무게, 눈동자 색깔을 알려줬다면, 그렇게 해서 오로지 자신만을 위해 준비된 이 짧은 조언을 받았다면, 십중팔구 에롤의 유혹에 저항하라는 경고로 해석했을 것이다. 에롤은 여러 면에서 그녀를 짜릿하게 만드는 남자였지만, 어리석고 변덕스러운 유부남이었다. 아니, 어쩌면 자매를 제치고 싶다는 유혹에 저항하라는 충고로 해석했을지도 모른다. 어렸을 때부터 그녀와 경쟁하던 자매가 할리우드에서 나름대로 성공을 거두기 시작했기 때문이었다.

하지만 그날 올리비아는 혼자 부두에 가지 않았고, 그 조언은 그녀를 위한 것이 아니었다. 이브를 위한 것이었다. 딱히 참을성이 많거나 겸손하지도 않은 여자, 어쩌면 친절하지도 않은 것 같은 여자. 그래서 올리비아는 방에서 혼자 그 조언을 읽는 순간 자신이 저항해야 할 유혹이란 곧 다른 사람들이 기대하는 모습으로 계속 살아가는 것을 뜻한다고 해석했다.

그 뒤 몇 주 만에 올리비아는 어머니가 살고 있는 집에서 독립해 나왔다. 신년 첫날에는 스카프와 선글라스로 얼굴을 가리고 큐커의 집 뒤편 진입로까지 몰래 찾아가서 멜라니 역할의 대본 리딩을 했다. 큐커에게서 그 역할을 맡기고 싶다는 말을 들은 뒤에는 잭 워너를 찾아가 자신의 주장을 펼쳤다. 잭 워너가 안 된다고 하자 올리비아는 그의 아내 앤을 브라운 더비에서 만나 차를 마시면서 자신의 마음을 숨김 없이 털어놓았다. 결국 다음 날 잭 워너가 마지못해 물러섰다. 처음으로.

올리비아가 자신의 능력을 영화사에, 온 세상에, 자신에게 보여줄 수 있는 기회가 드디어 생긴 것이다.

프렌티스

일요일 아침에 프렌티스는 일찍 일어나 목욕과 면도를 했다. 아침 식사는 건너뛰었다. 무대에 오르기 전 발걸음을 가볍게 하려고 자주 끼니를 건너뛸 때처럼. 계절에 맞지 않게 따뜻한 날씨를 감안해서 하얀 린넨 정장을 선택해 공들여 차려입었다. 파나마모자를 쓸까 하는 생각이 잠시 들었지만, 모자라다 싶은 때가 가장 좋다는 격언을 오래전부터 믿었기 때문에 충동을 참았다.

10시에 문을 열고 밖으로 나가려는데, 방을 오랫동안 잘 살펴보라는 목소리가 머리에서 들렸다. 그가 이 방을 보는 것이 오늘로 마지막일 수 있다면서. '터무니없는 소리!' 그는 그 목소리를 향해 이렇게 말하면서 복도로 나가 문을 쾅 닫았다.

로비에서 이블린이 늘 앉던 의자에 앉아 기다리고 있는 광경은 전혀 놀랍지 않았다. 그녀가 일어서서 그에게 인사했다.

"정말로 하시려고요, 프렌티스 선생님?"

물론 그녀가 정말로 하고 싶은 말은 할 수 있겠느냐는 것이었다.
그는 그녀의 손을 잡으며 말했다.
"이블린, 목요일에 내가 우연히 자네에게 차를 권했지. 그날 자네는 약속 시간에 나타나지 않았는데, 내가 복도에서 마스터키를 가진 버디를 우연히 만났어. 자네와 찰스가 함께 본 그 사진, 그게 또 오직 나만 알아볼 수 있는 장소에서 찍혔네? 그러니 고비마다 운명의 여신이 개입해서 나를 이 일에 점점 더 깊이 밀어 넣었다고 말해도 될 거야. 이 일을 정말로 할 거냐고? 지금까지 내가 해냈던 모든 일만큼 확실히 할 거야."

이렇게 자신의 확신을 표현하는 말에서 포괄적인 견해를 예술적이고 극적으로 표현하는 오랜 습관이 은연중에 드러났다. 그는 자신을 이 위험한 일에 끼어들지 않게 말리려는 이블린의 시도를 가로막기 위해 운명의 여신을 조금 끌어들였다. 그러나 이번 일을 운명으로 표현한 것은 정말로 운명이기 때문이었다. 이것은 운명의 문제였다. 그의 운명.

프렌티스는 이블린의 손을 두 번 토닥거린 뒤 밖으로 나가 초록색 패커드와 윌리엄이 기다리는 곳으로 향했다.

프렌티스가 다가오는 것을 보고 윌리엄은 몸을 똑바로 펴며 자동차 뒷좌석 문을 열어주었다.

차 안에 편안히 자리 잡은 프렌티스는 이블린이 윌리엄에게 다가와 짧게 이야기를 나누는 모습을 지켜보았다. 윌리엄은 두 번 고개를 끄덕인 다음 운전석에 앉았다.

"아시엔다로 갑니까, 사이먼스 선생님?"

"아시엔다로, 친구."

패커드가 2년여 만에 처음으로 프렌티스를 싣고 베벌리힐스 호텔의 잘 다듬어진 경내를 벗어나기 위해 진입로로 나갔다. 프렌티스는 손바닥이 따끔거려서 내려다보았더니, 지팡이 손잡이를 너무 꽉 잡은 것이 문제였다. 그는 지팡이를 옆에 내려놓고, 눈을 감은 채 호흡에 집중하며 심장박동을 다스리려고 했다. 패커드는 길을 돌아 할리우드힐스로 접어들었다. 이제 돌이킬 수 없었다.

"운명이야." 그는 자신에게 다시 말했다.

이 말을 들은 윌리엄이 조금 걱정스러운 표정으로 백미러를 흘깃 보았다. 조금 전 이블린이 그와 이야기하면서, 프렌티스를 잘 지켜보라고 말했음이 분명했다. 이럴 때는 밝고 긍정적인 면을 앞세우는 것이 항상 최선이었다.

"돌아다니기에 정말 좋은 날씨야." 그가 말했다.

"맞는 말씀이에요!" 윌리엄이 안도한 표정으로 맞장구를 쳤다.

프렌티스는 쾌활한 연기를 완성하기 위해, 평소와 달리 창문을 내렸다. 그리고 따뜻한 공기 속에서 의자에 편안히 등을 기대며, 자신의 목적지를 생각하기 시작했다.

"아시엔다를 아세요?" 찰스는 그날 이렇게 물었다.

"아냐고? 내 손바닥만큼 잘 알지." 프렌티스는 이렇게 대답했다.

윌리엄 랜돌프 허스트가 애인 매리언 데이비스를 위해 1922년에 지은 아시엔다는 하얀 치장벽토, 빨간 타일 지붕, 철제 발코니, 오렌지 숲이 있는 미션 스타일*의 작은 저택이었다. 프렌티스는 1924년 (아니, 1925년이었나?)에 허스트가 애인을 위해 화려한 생일 파티를

✦ 소박하고 무게 있는 양식.

열었을 때 그곳에 간 적이 있었다. 어스름이 내리기 직전, 허스트는 손님들을 모두 위층 테라스로 불러 모았다. 선물 포장이 된 거대한 상자가 거기에 진열되어 있었다. 데이비스가 아침에 지저귀는 새소리를 얼마나 좋아하는지 설명하면서 허스트가 상자의 포장을 뜯자 제비가 가득 들어 있는 황금색 새장이 나타났다. 그는 레버를 당겨 새장 지붕을 열었다. 제비들은 날갯짓을 하며 새장 밖으로 나와 오렌지 숲 위에서 두 번 선회하더니 남쪽으로 사라졌다. 아마도 카피스트라노+를 찾아가는 모양이었다.

우리 모두에게 교훈이 된 일이었지, 틀림없이.

지친 허스트 부인은 결국 두 손을 들고 1926년에 혼자 뉴욕으로 돌아갔다. 그 뒤 허스트는 샌시미언의 성으로 데이비스를 불러 함께 살면서 아시엔다를 매물로 내놓았다. 이 집은 세 명의 주인을 거친 뒤 1933년에 프레디의 것이 되었다.

프렌티스가 생각하기에 아시엔다의 가장 좋은 점은 서쪽을 바라보는 언덕 중턱에 지어졌다는 사실이었다. 그래서 저녁마다 해가 지기 시작하면…….

"도착했습니다." 윌리엄이 말했다.

"아, 그래, 도착했군."

프렌티스는 정문(여기서는 손님 명단을 든 하인과 마주쳐 귀찮은 일이 생길 수 있었다) 대신 집 뒤편으로 둥글게 이어진 인동덩굴 길을 택했다. 집 안에서는 벌써 파티가 시작된 뒤였다. 테라스에 다

+ 캘리포니아의 도시 이름.

다른 프렌티스는 잠시 멈춰 서서 주위를 살펴보았다.

예상대로 페어뷰의 손님 대다수는 업계 최고의 인물들이었다. 다수의 제작자와 감독, 남녀 배우, 시나리오 작가, 그리고 촬영감독 한두 명. 그 외에 기획사 관계자 세 명, 금융 관계자 두 명, 가십 칼럼니스트 한 명도 보였다. 그들은 각각 탐욕스러운 눈으로 사람들을 바라보고 있었다. 그리고 저기, 수영장과 파티장을, 사람들이 모여 있는 곳 전체를 내려다볼 수 있는 테라스 끝에 프레디가 있었다. 노란색 바지에 분홍색 셔츠 차림으로, 오, 신이시여. 프렌티스는 심호흡을 하면서 결의를 단단히 다지고, 프레디를 향해 사람들 사이를 뚫고 나아가기 시작했다.

그렇게 움직이다 보니 마음이 겸손해졌다. 온갖 종류의 모욕이 쏟아지는 시련이었다. 가장 먼저 가벼운 로맨스를 찍는 감독이 프렌티스와 마주칠 가능성을 피하려고 몸을 살짝 돌렸다. 그다음에는 유성영화가 나온 뒤로 일한 적이 없는 여배우가 프렌티스에게 열성적으로 손을 흔들었다. 그다음에는 익살스러운 코미디를 쓰는 작가가 동료 작가의 옆구리를 찌르더니 뭔가 심술궂은 말을 했고, 두 사람은 와자하게 웃음을 터뜨렸다. 이제 막 명성을 얻기 시작한 신인 여배우들은 여기저기에 흩어져 있었지만 프렌티스에게 거의 눈길을 주지 않았다. 다른 사람들이 그를 대하는 태도를 보고 그가 중요한 인물이 아님을 본능적으로 알아차린 모양이었다.

뭐, 그럴 테면 그러라지. 이렇게 자만심이 꺾이고 나면, 자신의 명예를 모욕하는 것과 맞설 각오를 다질 수 있는 법이다!

"실례합니다. 그래요, 그래요. 미안합니다. 엑스퀴제 무아*." 프렌티스는 계속 이렇게 말했다.

운명의 손길이 다시 느껴졌다. 그가 테라스 끝에 거의 다다랐을 때, 프레디가 마침 어떤 손님과 대화를 마치고 고개를 돌리다가 그와 딱 마주친 것이다.

"언제나 그렇듯이 아름다운 모임이야, 프레디." 프렌티스가 살짝 고개를 숙이며 말했다.

프레디는 잠시 프렌티스를 빤히 보다가, 지나치게 검게 태운 얼굴로 비뚤어진 미소를 지었다.

"이런, 프렌티스 사이먼스, 맞아요?"

"맞아."

"실물이 직접 오셨네."

"그렇지."

자신의 재치 있는 말에 빙긋 웃은 프레디는 곧 진심으로 흥미롭다는 표정을 지었다.

"여행에서 돌아오신 줄 몰랐는데요. 여행 얘기를 자세히 해주세요."

"여행?"

"네, 여행. 지난 몇 년 동안 외국에 나가 있지 않았어요? 기구나 뭐 그런 걸 타고 세계 일주를 하면서?"

프레디가 손을 흔들었다. 온 세상을 가리킨 것 같기도 하고, 날아다니는 기구를 표현한 것 같기도 했다.

"아냐, 아냐, 난 여기 있었어." 프렌티스가 말했다.

"아." 프레디가 과장되게 놀란 표정을 지었다. "캘리포니아에요?"

"베벌리힐스에."

✦ Excusez-moi, 프랑스어로 '실례합니다'.

"와, 바깥출입을 완전히 안 하셨나 보네요. 틀림없이 무슨 비밀스러운 일에 흠뻑 빠져 계셨겠죠. 회고록 같은 거라도 썼어요?"

"대충 비슷해."

"그러면 역사를 사랑하는 우리 같은 사람들이 잔뜩 기대를 해봐야겠어요. 집처럼 편안히 계세요, 프렌티스. 먹을 게 아주 많아요."

프레디가 돌아서자 프렌티스도 그에게 등을 돌렸다. 그러다가 카나페 쟁반을 든 젊은 웨이트리스와 하마터면 충돌할 뻔했다.

"아냐, 괜찮아." 프렌티스는 필요 이상 큰 목소리로 이렇게 말했다.

그러고 나서 다시 시련의 길을 통과하고, 유리문을 지나 웅장한 스페인식 거실로 들어갔다. 가구들의 분위기가 압도적이었다. 거실에서는 토요일 밤 파티의 피난민 여러 명이 숙취를 달래는 중이었다.

프렌티스의 기억이 옳다면, 거실 북쪽의 문 뒤에 서재 비슷한 곳이 있었다. 하지만 거기에는 분명히 사진이 없을 터였다. 프레디가 하루 일과를 마친 뒤 문을 잠가두고 금화를 세는 수전노처럼 사진을 찬찬히 살펴볼 수 있는 침실에 있을 것이다. 그런 모습을 상상만 해도 화가 나서 프렌티스는 현관홀로 씩씩하게 걸어갔다. 둥글게 휘어진 계단이 2층으로 뻗어 있었다. 언뜻 보기에도 계단의 수가 적어도 열다섯 개는 되었다.

"도와드릴까요?"

뒤를 돌아보니, 미모사 칵테일 쟁반을 들고 테라스로 가던 웨이터가 서 있었다.

"내가…… 화장실에 가려고."

웨이터는 자신이 온 방향의 복도를 고갯짓으로 가리켰다.

"오른쪽 두 번째 문이에요."

"고맙네."

프렌티스는 그쪽으로 가는 척하면서, 웨이터가 거실로 들어가기를 기다렸다가 되돌아와 계단을 오르기 시작했다. 오르는 동안 숨죽인 소리로 계단의 개수를 셌다.

"……셋 ……넷 ……다섯 ……여섯 ……일곱 ……여덟 ……아홉 …… 열……."

열한 번째 계단에서 프렌티스는 아까 그 웨이터가 빈 쟁반을 들고 저 아래 로비로 돌아오고 있음을 깨달았다. 미모사 칵테일을 거실의 난민들에게 가져다준 모양이었다. 프렌티스는 제자리에 얼어붙은 채, 웨이터가 복도로 사라지기를 기다렸다가 조금 전보다 빠른 속도로 다시 계단을 올라갔다.

열둘…… 열셋…… 열넷…… 열다섯…… 열여섯!

층계참에서 걸음을 멈춘 프렌티스는 손수건으로 이마를 닦았지만, 손수건을 떼자마자 땀방울이 다시 맺혔다. 좌우를 재빨리 살펴본 다음 복도를 가로질러 마스터 스위트룸으로 들어가서 마호가니 문을 닫았다.

발코니 문 두 개로 햇빛이 쏟아져 들어오는 커다란 방이었다. 오른편에는 마리 앙투아네트에게 걸맞을 것 같은 캐노피 침대가 있었다. 왼쪽의 책꽂이에는 가죽으로 제본한 디킨스, 새커리, 발자크의 작품들이 있었는데, 그걸로 뭔가를 풍자할 의도는 없는 듯했다. 세 권으로 구성된 셰익스피어의 희곡집 세트도 루이 16세식 책상 위 북엔드 사이에 서 있었다. 마치 프레디가 셰익스피어를 읽는 데 너무 익숙한 나머지 그 책을 꼭 가까이에 둘 필요가 있다고 말하는 듯했다.

루이 16세식 의자에 털썩 앉은 프렌티스는 프레디의 책상 서랍을 모두 뒤졌지만 아무것도 찾지 못했다.

협탁 서랍에서도 아무 소득이 없었다.

방 안을 둘러보니, 다소 아마추어의 솜씨처럼 보이는 르누아르의 그림 복제화 두 점이 보였다. 옷을 벗은 여자들의 다양한 모습을 묘사한 그림인데, 한 여자는 강가에서 일광욕을 하는 중이고 다른 여자는 욕조에서 일어서는 중이었다. 저기에 금고가 있을까? 금박을 입힌 액자 두 개의 뒤를 살펴보았지만, 보이는 것은 벽뿐이었다.

바로 옆의 드레스룸에는 벽장 세 개, 선반 두 줄, 빌트인 화장대가 있었다. 프렌티스는 최대한 빨리 모두 뒤지면서, 셔츠, 양말, 여행 가방 등 모든 물건에 프레디의 이니셜이 박혀 있는 것을 보고 어이가 없었다. 욕실에 가보니 브러시, 수건, 깔개에도 이니셜이 새겨져 있었다. 하지만 사진은 어디서도 보이지 않았다.

"젠장." 프렌티스는 그답지 않게 거친 말을 내뱉었다.

욕조를 나서면서 프레디의 거울을 우연히 본 그는 린넨 재킷 겨드랑이에 땀이 커다란 반원형으로 배어나온 것을 보고 살짝 당혹스러워졌다. 얼룩이 보기 흉할 뿐만 아니라, 다 쓸데없는 짓이라고, 그가 지금 실패하기 직전이라고 넌지시 말하는 것 같았다.

얼굴에 체념의 기색을 조금씩 드러내면서 그는 거울을 향해 돌아섰다. 자신이 어떤 사람인지, 어떤 사람이 되어버렸는지 인정해야 할 것 같았다. 그러나 거울에 비친 자신의 얼굴을 보면서 올리비아를 떠올렸다. 이곳이 아닌 다른 곳의 거울 앞에 서서, 누군가의 속임수에 당했음을 전혀 모른 채 자신의 모습을 수줍게 바라보던 올리비아를 떠올렸다.

그렇게 새로이 결의를 다진 뒤 프레디의 침실로 돌아갔다. 베개도 뒤집어보고, 등받이가 높은 의자의 쿠션도 옆으로 밀어보았다. 심지어 침대 밑을 들여다보려고 무릎으로 앉기까지 했다. 이건 그가 거의 하지 않는 행동이었다.

"틀림없이 여기 있을 텐데." 그는 다시 힘들게 일어섰다. "틀림없이 여기 침실에 있을 거야. 프레디라면 손 닿는 데에 두었을 테니까."

'손 닿는 데.' 프렌티스는 속으로 중얼거렸다.

그러고는 책상을 보았다.

책상에서 셰익스피어의 희곡집 중 희극을 모아놓은 책을 들어 머뭇거리다가 책장을 넘겼다. 거기, 영어로 쓰인 최고의 문장들 맨 위에 쉰 명이 넘는 여자들의 사진이 붙어 있었다. 금발, 갈색 머리, 빨간 머리. 풍만한 여자, 날씬한 여자. 대담한 여자, 새침한 여자. 하지만 모두 속임수에 당한 사람들. 희극집 전체와 역사극집 중간까지 이 도둑 사진들이 흩어져 있었다. 아직 더럽혀지지 않은 것은 비극집뿐이었다. 지금은.

사진이 들어 있는 책 두 권을 들어보니, 무거워서 운반하기 힘들었다. 이걸 어떻게 밖으로 가지고 나간다지? 주위를 둘러본 그는 드레스룸으로 가서 프레디의 작은 여행 가방 하나를 가져와 책을 그 안에 넣고 문으로 향했다.

계단을 내려가는 동안 살짝 현기증이 느껴지자, 프렌티스는 아침을 건너뛴 자신을 탓했다. 하지만 지금은 비틀거릴 때가 아니었다. 핑계가 무엇이든! 그는 가방을 든 손으로 지팡이를 바꿔 쥐고, 벽을 따라 둥글게 휘어진 철제 난간을 손으로 잡은 채 계단의 숫자를 거꾸로 헤아렸다.

마지막 계단에서 내려선 그의 시야 가장자리에 주방에서 나오는 누군가가 잡혔다. 아까 그 웨이터인가 했지만, 곧 캐번디시임을 알아차렸다. 프레디의 점잔 빼는 집사장. 프렌티스가 2층에서 뭘 하다 왔는지 캐번디시는 분명히 궁금해할 터였다. 어쩌면 프레디의 가방을 알아볼 수도 있었다. 프렌티스는 재빨리 현관문을 향해 걷기 시작했지만, 캐번디시도 속도를 높였다. 그가 프렌티스보다 날씬하고 젊으니 그의 퇴로를 막아 일을 전부 망쳐버리기에 딱 좋았다. 그런데 갑자기 현관문이 벌컥 열리더니 운전기사 모자를 머리에 쓴 윌리엄이 들어왔다.

"늦어서 죄송합니다, 사이먼스 선생님! 윌셔 거리에서 차가 막혀서요. 그래도 비행기 시간까지 아직 한 시간이 남았습니다. 제가 가방을 들어드리겠습니다."

뭐가 어떻게 된 건지 누가 알아차리기도 전에 윌리엄은 이니셜이 새겨진 가방을 획 가져가서 패커드에 실었다. 차는 시동이 걸린 채 문 앞에 세워져 있었다.

"이런, TWA 항공은 누구도 기다려주지 않아서 말이야." 프렌티스는 집사장에게 이렇게 말했다. "내가 진심으로 고마워하더라고 프레디에게 꼭 전해주게."

프렌티스는 패커드 뒷좌석에 앉아 문을 닫은 뒤에야 비로소 안도의 한숨을 내쉬었다.

"집으로 돌아갈까요, 사이먼스 선생님?"

"그래야지." 프렌티스는 윌리엄이 사용한 단어에 미소를 지으며 말했다. "집으로 돌아가세!"

그러나 자동차가 움직이는 순간 프렌티스는 적갈색 머리카락의 젊은 여자가 검은 선글라스를 쓰고 택시 뒷좌석에서 내리는 것을 보았다. 아름다운 여자였다. 친숙한 얼굴이기도 했다. 프렌티스는 그녀가 지난가을 호텔에 머물렀던 신인 스타임을 곧 알아차렸다. 오후에 수영을 하던 여자였다. 오늘은 짧은 봄 원피스를 입고, 어깨에 가방을 메고 있었다. 그 안에 수영복이 있음이 분명했다.

"차 세워봐." 프렌티스가 말했다.

윌리엄이 놀란 표정으로 백미러를 보았다.

그럴 만도 했다. 목적하던 물건을 프렌티스가 손에 넣었으니까. 그 과정에서 그는 손님들의 시련을 이겨내고, 프레디의 무시를 묵묵히 넘기고, 열여섯 개 계단에 승리를 거두고, 아슬아슬하게 집사장에게서 도망쳤다. 지금 이 순간 집사장은 십중팔구 프레디에게 수상한 일이 있었다고 알리고 있을 터였다. 그러니 지금은 여기서 사라지는 것이 가장 현명한 행동이었다.

"몇 분만 기다리게." 프렌티스가 말했다.

윌리엄의 눈빛에 걱정스러운 기색이 스며들었다.

"제가 도울 일은 없습니까, 사이먼스 선생님?"

"없어, 윌리엄. 이건 내가 직접 해야 하는 일일세."

프렌티스는 차에서 내려 다시 프레디의 집으로 향했다. 파티가 열리는 곳, 시끄러운 일이 일어나고 있는 곳으로. 그러면서 스스로 용기를 북돋우기 위해 이런 생각을 했다. 지난 몇 년 동안 무게와 덩치가 늘어나면서, 사람들의 눈에 비치는 자신의 존재감은 줄어들었다고. 몸무게가 1킬로그램씩 늘어날 때마다 그는 조금 덜 눈에 띄게 되었다. 그러다 결국은 친구에게나 낯선 사람에게나 모두 무시당하는 것이 거의 일상이 되었다.

프렌티스가 처음에는 이런 변화에 눈물을 조금 흘린 것이 사실이다. 한때는 관객의 갈채를 받고, 동료들이 우러러보고, 길에서 낯선 사람에게 이름이 불리는 생활을 했으니, 이렇게 명성이 이지러지는 것을 겪으며 어떻게 상실감을 느끼지 않을 수 있겠는가. 하지만 오늘, 1939년 3월 19일, 베벌리힐스의 중심부에 있는 아시엔다에서 그는 하찮은 존재가 된 자신의 처지를 **받아들일** 것이다. 이 악당의 집에 다시 들어가, 화려한 사람들 사이를 뚫고 한 번 더 나아갈 것이다. 다만 이번에는 허깨비처럼 행동한다는 점이 다를 뿐.

"넌 전혀 중요한 인물이 아니야." 아시엔다 정문에 도착한 그는 빙긋 웃으며 이렇게 혼잣말을 했다. "아무것도 아니야. 아무도 아니야!"

이 말을 새로운 주문처럼 되뇌며 안으로 들어간 프렌티스는 사람들이 미모사를 마시고 있는 곳을 지나갔다. 누구의 눈에도 띄지 않고. 북적거리는 테라스를 걸어갈 때도 누구도 그를 보지 않았다. 그는 계단을 내려가 수영장으로 향했다. 수영장 주위를 빙 둘러 걷는 동안, 선베드에 누워 있던 젊은 여자 세 명은 그가 있는 쪽으로 단 한 번도 시선을 돌리지 않고 자기들끼리 이야기를 계속했다.

거울 뒤에 방이 있을 거야. 눈에 잘 띄지 않는 별도의 입구가 있는 방.

수영장 끝에서 프렌티스는 다이빙대 뒤로 걸어가 여성용 목욕장 입구를 지나 그 건물 뒤편으로 완전히 돌아갔다. 건물이 필요 이상으로 널찍해 보였다. 외벽과 거대한 식물 사이로 들어간 프렌티스는, 식물의 특정 부분만 가지치기가 되어 있고 바닥에 발자국이 있는 것을 보고 기운이 났다. 세 걸음 더 걸으니 아무런 특징이 없는 문이 나타났다.

"여기로군." 프렌티스는 소리 내어 말했다.

그런데 문고리를 잡고 돌려보니 문이 잠겨 있었다.

당연히 잠겨 있겠지.

프렌티스는 한 걸음 물러나 한 팔을 들어올려 지팡이 손잡이로 문고리를 부술 준비를 했다. 하지만 지팡이 손잡이가 상아로 되어 있기 때문에 이런 일에는 전혀 적합하지 않았다. 팔을 내리고 주위를 둘러보자, 식물의 가지 아래에 필요한 물건이 있었다. 그는 지팡이를 흙에 꽂고, 그날 두 번째로 무릎으로 앉았다. 그러고는 손톱으로 흙을 파내 자몽 크기만 한 돌멩이를 꺼냈다. 그것을 무겁게 들고 문으로 돌아와 문고리를 내리쳤다. 한 번도 아니고, 두 번도 아니고, 세 번이나. 마침내 문고리가 부서졌다.

프렌티스는 돌을 옆으로 던져버리고 안으로 들어갔다.

어둠에 눈이 적응하고 난 뒤 보인 것은 커다란 곤충처럼 생긴 물건이었다. 카메라를 얹어놓은 삼각대. 한 걸음 더 다가가니, 카메라가 커다란 직사각형 창문을 향하고 있는 것이 보였다. 그 창문 뒤에서 적갈색 머리의 여자가 가슴을 드러낸 채 명치에 일종의 오일 같은 것을 바르고 있었다. 그녀의 뒤편에서는 여전사처럼 생긴 여자가 방금 샤워를 하고 나와 긴 갈색 머리의 물기를 짜내는 중이었다. 그리고 그 두 사람 뒤편, 숲이 그려진 그림 속에서 유연하고 음탕한 표범이 머리를 빼꼼 내밀고 있었다.

프렌티스는 턱이 아플 정도로 이를 갈았다.

창문에서 돌아서서 주위를 둘러보다가 문으로 다시 가보니 전등 스위치가 있어서 불을 켰다. 그러고는 그 방에서 나와 식물 가지를 옆으로 치우면서 최대한 빨리 건물 뒤를 돌아갔다. 그렇게 여성용 탈의실로 가서 문을 열고, 안에 발을 들여놓지는 않은 채 전등 스위치를 껐다.

"이게 뭐지?" 틀림없이 브루클린 출신인 것 같은 여자가 말했다.

1초 뒤 좀 더 섬세한 목소리가 외쳤다. 저거 카메라야?!

목욕장의 목소리들이 점점 커지는 동안 프렌티스는 수영장 옆을 걸어갔다. 선베드에 누워서 일광욕을 하며 유쾌하게 수다를 떨던 세 여자도 일어서서 무슨 소란인가 하고 목욕장 쪽으로 걸어가기 시작했다.

어떤 기준으로 봐도 프렌티스의 몰골은 한심하게 보일 터였다. 정상보다 45킬로그램쯤 과체중이고, 린넨 재킷은 땀으로 흠뻑 젖었고, 바지 무릎과 손톱에는 흙이 잔뜩 묻어 있었으니까. 그런데도 그 세 여자는 옆을 지나가는 그를 알아차리지 못했다. 과거의 그림자를 몇 년 동안 두려워하던 프렌티스 자신이 이제는 과거의 그림자가 되어 버린 것이다. 도깨비불이나 유령 같은 존재. 정의의 이름으로 할리우드힐스를 돌아다니는 투명 인간!

테라스로 올라간(가십 칼럼니스트가 그와는 반대 방향으로 서둘러 달려갔다) 프렌티스는 잠시 걸음을 멈추고, 다른 데 정신이 팔려 있는 웨이트리스의 쟁반에서 카나페를 몇 개 챙겼다. 그러나 빙긋 웃으며 카나페 하나를 입에 넣으려던 그의 동작이 그대로 멈췄다. 지팡이! 지팡이를 가져오는 걸 잊었어!

이 사실을 깨닫고 그는 욕설을 내뱉으려 했다.

하지만 그가 한 말은 이거였다. 페르펙토[✦].

[✦] Perfecto. '완벽하다'는 뜻의 스페인어.

나중에 소동이 가라앉은 뒤, 이제 막 스타가 된 신인 여배우들이 모두 사라지고 가십 칼럼니스트도 서재에서 전화로 기사를 부르고 난 뒤, 프레디 페어뷰는 깊이 분통을 터뜨리며 재앙이 벌어진 장소에 다시 가볼 것이다. 그리고 거기서 부서진 문고리를 보고 돌아서서 상아 손잡이가 달린 지팡이를 발견할 것이다. 파수병처럼 흙 속에 서 있는 그 지팡이를 보고 그는 자신의 세상이 뒤집어진 것이 정확히 누구 덕분인지 알아차릴 것이다.

찰리

"그거 새 양복이에요?"

"맞아." 찰리는 조금 민망한 기색으로 대답했다.

"멋진데요. 들어오세요." 이블린이 웃으며 말했다.

이블린은 앞장서서 올리비아 드 하빌런드의 거실로 들어갔다. 올리비아는 숙박비가 비싸지만 한층 더 뛰어난 수준의 프라이버시를 보장해주는 호텔 내의 작은 방갈로에 머물고 있었다.

"드 하빌런드 양이 여기 있어?"

"아뇨. 달리 할 일을 찾아보라고 제가 말했어요."

찰리는 이블린의 본능적인 판단에 고개를 끄덕이며 동의를 표시했다. 드 하빌런드 양이 여기에 없는 편이 십중팔구 최선일 것이다.

방갈로 거실은 이블린의 스위트룸 거실과 비슷했다. 다만 그곳보다 더 크고, 독립된 작은 테라스와 그곳으로 통하는 유리문이 있다는 점이 다를 뿐이었다. 책상 위에 이블린이 전화기 한 대를 더 연결할 수 있게 준비해둔 것이 보였다. 빈 서류 가방 하나도 열린 채 책상에 놓여 있었다.

"돈을 다른 가방에 옮겼어?" 찰리가 물었다.

이블린이 커피 테이블을 가리켰다. 황금색 죔쇠가 있는 검은 가방이 반짝이고 있었다.

"핸드백?"

"안 될 것 없죠. 그쪽에서 구체적으로 말하지 않았잖아요."

찰리는 빙긋 웃었다.

"그런 것 같네. 프렌티스는 잘 출발했어?"

"이제 돌아오실 때가 다 됐어요."

"그 젊은 친구도 준비됐고?"

"빌리요? 안달이 났죠."

찰리는 고개를 끄덕였다.

두 사람은 잠시 말이 없었다.

"계획대로 될까요?" 이블린이 물었다.

"모르지. 다른 일과 마찬가지로, 협박이라는 분야에도 전문가와 아마추어가 섞여 있어. 지금 우리 상대는 노련하고 조심성 있는 기성 조직일 수도 있고, 협박을 한 번도 해본 적 없는 사람들일 수도 있어. 후자라면 절박한 상황에서 행동에 나선 거겠지. 어느 쪽이든 우리에게 가망이 있다고 생각하고 싶네. 하지만 아마추어 쪽이라면 확실히 승산이 더 높지."

"언제 확실히 알 수 있을까요?" 이블린이 조금 심술궂게 물었다.

"전화 통화가 끝나자마자."

이블린은 책상 뒤로 걸어가, 서류 가방을 닫아서 바닥에 내려놓고 의자에 앉아 찰리에게 맞은편 의자를 권했다. 목요일에 그녀가 드러냈던 분노는 흔적도 없었다. 그녀는 다시 냉정하고 차분한 모습이었다. 이것 역시 좋은 일이라고 찰리는 생각했다.

이블린과 마주 앉은 찰리는 그녀를 처음 만난 그날을 생각하지 않을 수 없었다. 기차 식당칸에서 그녀와 마주 앉았던 날. 이번에도 그는 그녀에게 개인적인 질문을 해도 되느냐고 물었다.

"그럼요." 그녀가 대답했다.

"전에는 무슨 일을 했어? 뉴욕에서 말이야."

"상당히 여유롭게 살았어요, 찰리. 센트럴파크를 굽어보는 커다란 아파트에서 잘생긴 남자랑 함께."

"어땠어?"

"대체로 별로였어요."

그녀는 그때의 기억에 고개를 저었다.

"아마 저는 정부였던 것 같아요. 하지만 그 사람도 정부였으니까, 적어도 우리가 동등하긴 했죠."

"그때가 그리워?"

"그 관계요?"

"아니, 그 도시."

"저한테 로키산맥은 별로 높은 장벽이 아니에요."

찰리는 빙긋 웃으며 고개를 끄덕였다. 이블린의 솔직함이 좋았다. 감탄스럽기도 했다. 찰리는 대체로 별로였다는 그 관계에 대해 물어볼까 말까 고민했지만, 그 도시 이야기를 꺼내는 바람에 그녀가 저절로 여러 가지 생각을 떠올리게 된 모양이었다.

"뉴욕은 별로 나쁘지 않았어요. 거기서 평생 처음으로 진정한 친구를 사귀었는데, 둘이서 정말 원없이 즐거운 시간을 보냈죠. 하지만 결국 나는 동화 같은 환상에 완전히 지쳐버렸어요."

"여기에도 그런 환상은 아주 많아." 찰리가 지적했다.

"당연히 그렇죠. 하지만 저기 동쪽의 동화는 천년 전의 것이에요. 세대에서 세대로 계속 내려온 거죠. 영원히 행복하게 살았습니다, 어쩌고 하는 헛소리들. 여기에도 동화는 있지만, 사람들이 모두 살아가면서 만들어내는 이야기처럼 보여요."

"그런 걸 망상이라고 하지, 아마."

"맞아요." 이블린이 웃으며 말했다.

"그럼 영원히 행복하게 사는 건 관심 없어?"

"전혀 없어요. 오해하지는 마세요. 가끔 행복해지는 건 좋아요. 다른 사람들이랑 똑같아요. 넌더리가 나는 건 '영원히'라는 말이에요."

이제 찰리는 이블린이 뉴욕에 두고 온 인생 최초의 진정한 친구에 대해 묻고 싶었지만, 그때 전화벨이 울렸다.

찰리와 이블린은 서로 눈을 마주친 채로, 벨이 네 번째 울렸을 때 두 수화기를 각각 하나씩 들었다. 찰리가 송화구를 손으로 막았다.

막상 전화를 받고 보니, 통화가 끝날 때까지 기다리지 않아도 상대가 어떤 사람인지 알 수 있었다. 놈들이 아마추어라는 사실을 찰리는 곧바로 알아차렸다. 상대 남자의 말투를 들어보니 분명했다. 말이 빠르고, 목소리가 너무 높았다. 찰리는 그가 애당초 잘 불안해하는 성격일 것이라고 추측했다. 어쨌든 그 남자는 불법적인 일을 처음으로, 그것도 마지못해 하는 사람의 특징을 모두 갖고 있었다. 찰리는 또한 그 남자가 대장이 아니라는 사실도 알 수 있었다. 이블린과 대화하면서 남자는 두 번 말을 바꿨다. 누군가가 지시한 대로 말하려고 기억을 떠올리는 것 같았다.

간단히 말해서, 남자는 이블린에게 돈이 든 가방을 컬버시티의 사우스벤틀리와 세풀베다 사이에 있는 해밀턴 대로의 간이식당으로 2시에 가져오라고 말했다. 식당 안에 들어가 왼쪽 창가의 맨 마지막 칸막이 자리에 앉아 가방을 의자 밑에 두고 나와야 했다. 남자는 그동안 내내 자기들이 그녀를 감시할 것이라고 말했다. 만약 그녀가 지시를 정확히 이행하면, 오늘이 가기 전에 남은 사진이 모두 호텔로 배달될 것이라고 했다.

이런 방식을 요구할 줄은 예상하고 있었다. 찰리가 미리 이블린에게 말한 것처럼, 아무리 아마추어 협박꾼이라도 문제의 자료를 피해자가 손에 넣을 수 있게 되는 즉시 자기들이 유리한 위치를 잃어버린다는 사실을 알고 있었다.

그래도 찰리는 메모지에 재빨리 질문 하나를 써서 이블린에게 보여주었다.

"당신이 돈을 받은 다음에 사진을 배달해줄 것이라고 어떻게 믿죠?" 그녀가 메모지의 질문을 읽었다.

남자는 잠시 말이 없었다.

그 침묵이 조금 전의 추측을 확인해주었으므로, 찰리는 빙긋 웃었다. 남자가 자기 파트너를 바라보는 모습이 눈에 보이는 듯했다. 그 파트너가 어떻게 대답해야 할지 결정하는 사람이었다. 수화기 속 남자가 송화구를 손으로 가리는 소리, 희미하게 들려오는 말소리, 그리고 약간 망설이는 듯한 소리가 찰리의 귀에 들렸다.

남자가 말했다.

"드 하빌런드 양만 사진을 찍힌 건 아닙니다. 우리는 드 하빌런드 양이 소비자로서 만족하기를 원해요. 다른 사람들한테 참고사례가 되어주십사 하고 부탁할 거라서요. 일단 돈을 내면, 약속대로 사진을 받을 수 있다고 다른 사람들에게 확인해주는 역할을 맡는 겁니다."

이것 역시 동화 같은 환상이었다. 당연히. 협박꾼들이 문제의 자료를 모두 돌려줄 거라고 믿다니. 하지만 찰리가 느끼기에 수화기 속 남자는 이 말을 믿는 것 같았다. 이 말을 믿고 싶으니까. 결정권자인 파트너가 사진을 모두 돌려주고 손을 털 거라고 약속했을 가능성이 높았다. 범죄 세계에 잠깐 발을 담갔다가 정직한 삶으로 돌아올 것이라고. 하지만 결정권자는 남자를 달래기 위해 이런 약속을 했어도, 결국 사진을 한두 장 수중에 남겨둘 터였다. 그리고 드 하빌런드 양이 참고사례 역할을 하고 나면, 다시 손을 뻗어 새로운 요구를 내놓을 것이다. 이번에 그 범인을 반드시 찾아야 한다는 점을 찰리는 이것으로 다시 확인했다.

웬델

웬델은 여기 있기 싫었다. 햇볕이 쨍쨍 내리쬐는 오후 2시에 공중전화 부스 안에 서 있어야 하다니. 얼마나 오랫동안 서 있어야 하는지도 모르는데. 지금 여기 말고 어디에 있는 게 더 좋은지는 모르겠지만, 하여튼 여기에는 있기 싫었다. 어쩌다 제리의 말에 넘어갔더라?

웬델은 안경을 벗어 손수건으로 안경알을 닦았다. 그다음에는 뒷주머니에 넣어둔 수통을 꺼내 한 모금 마셨다. 불안한 신경을 진정시키려고 딱 한 모금만.

제리에게 사진 얘기를 절대 하지 말았어야 하는 건데. 그것이 그의 실수였다. 두 사람은 늦은 시간에 술을 마시고 있었다. 이렇게 늦은 시간에 술을 마실 때는 어떻게 해야 한다고? 수다스러운 입을 다물어야 한다. 웬델이라면 누구보다 잘 아는 사실이었다. 하지만 그날 그는 새벽 1시에 오말리즈에서 등받이 없는 의자에 앉아 제리가 또 따라주는 위스키 잔을 받았다. 그러고는 정신을 차려보니 술기운에 제리에게 모든 얘기를 털어놓고 있었다.

웬델은 수통을 다시 뒷주머니에 넣으면서 고개를 절레절레 저었다. 방금 떠올린 전말이 사실이 아니기 때문에. 그건 술기운에 저지른 일이 아니었다. 웬델이 제리에게 사진 이야기를 한 것은, 제리에게 말하고 **싶었기** 때문이었다. 제리한테 말하고 싶었던 것은, 제리가 무슨 말을 할지 짐작했기 때문이었다. 제리는 모르는 것이 없으니까.

아니나 다를까, 웬델에게서 이야기를 들은 제리는 몇 분 만에 계획을 내놓았다. 자신들이 어떤 일을 어떤 방식으로 할 수 있는지. 웬델이 머뭇거리는 기색을 보이자, 제리는 그 일을 해야 하는 **이유**를 설명하면서 웬델에게 질문을 던지고, 또 자신이 직접 대답했다.

너 MGM에 얼마나 있었지? 7년.

거기서 널 얼마나 힘들게 굴렸어? 개처럼 굴렸지.

그래서 네가 얻은 건? 하나도 없어.

제리는 병에 마지막으로 남은 술을 모두 웬델의 잔에 따라주면서 말을 이었다.

"지금 너는 조금 휴식을 취할 자격이 있어, 웬디. 다른 사람들이 당하는 일은 다 그 사람들이 자초한 거지."

7년이야. 웬델은 속으로 생각했다. 무려 7년…….

프레즈노에서 예술학교를 마친 뒤(아니, 거의 마친 뒤), 웬델은 MGM의 스틸사진 부서에 조수로 취직했다. 그때가 1932년 가을이었다. 누구도 어디서든 일자리를 구할 수 없던 시절.

어떤 일에든 감수해야 하는 부분이 있는 법인데, 웬델은 자신의 몫을 모두 감수했다. 바닥 청소를 하고, 커피 심부름도 하고, 암실에서 머리가 빙빙 돌 때까지 약품도 섞었다. 곧 그는 고참 사진작가인 뮬러의 조수가 되었다. 조명을 설치하고 가구를 배치했다. 자신의 위치를 알고 시키는 대로 했다. 1935년에 그는 직접 촬영을 감독하게 되었다. 암실에서 머리가 핑핑 도는 일은 다른 애송이의 몫이었다.

우연히 낯선 사람을 만나 할리우드에서 일한다고 말하면, 상대는 곧바로 귀를 쫑긋 세우면서 할리우드 이야기를 듣고 싶어 한다. 하지만 스틸사진을 찍는다고 말하면, 마치 카페테리아에서 일하는 사람을 볼 때처럼 눈빛이 흐려진다. 할리우드 외부 사람들은 대부분 좋은 스틸사진을 찍는 것이 얼마나 힘든 일인지 알지 못한다. 할리우드 내부 사람들도 대부분 알지 못한다.

그들이 스틸사진이라는 이름을 지은 것만 봐도 이 일을 얼마나 모르는지가 드러난다. 좋은 스틸사진을 찍으려면 절대로 가만히 있으면 안 된다. 움직임이 있어야 한다. 표면 아래에서 액션이 은근히 끓고 있다는 느낌을 주어야 한다. 살롱에서 금방이라도 싸움이 벌어질 것 같은 분위기, 또는 가로등 아래에서 금방이라도 로맨스에 불이 붙을 것 같은 분위기 같은 것. 좋은 스틸사진은 분위기를 전달할 수 있어야 한다. 인물의 심리를 드러내서 보여주어야 한다. 사람들을 유혹해서 흥미를 갖게 만들어야 한다. 이 모든 일을 해내기 위해, 스틸사진 작가는 세트디자이너의 미학적 감수성, 촬영감독의 눈, 감독의 설득력 있는 말솜씨를 지녀야 한다.

웬델은 지금까지 백오십 편이 넘는 영화에서 10만 점이 넘는 스틸사진을 찍었다. 1937년 봄의 어느 주에는 〈경마장의 하루〉 스틸

사진 600장, 〈용감한 선장들〉의 스틸사진 400장을 찍었다. 폭풍이 이는 바다에서 가슴까지 물에 잠긴 스펜서 트레이시의 사진 20장도 이때 찍은 것이다. 〈파넬〉에서는 클라크 게이블을, 〈토퍼〉에서는 캐리 그랜트를, 〈나이트 머스트 폴〉에서는 로절린드 러셀을, 〈웨이 아웃 웨스트〉에서는 로렐과 하디를 찍었다. 모두 웬델의 작품이었다.

보수도 상당히 좋았다. 부자가 될 정도는 아닌지 몰라도, 브렌트우드 글렌에서 침실 두 개짜리 집에 살면서 할부금을 내고 컨버터블 자동차를 사고도 은행에 300달러를 예치해둘 수 있을 정도는 되었다. 그러다 가끔 그의 스틸사진이 어쩌다 전국 신문에 실리기라도 하면 칭찬과 격려를 받을 수도 있었다. 하지만 실수는 절대 저지르지 말아야 했다.

서투른 실수는 절대 저지르지 말아야 했다.

〈용감한 선장들〉의 스틸사진을 찍은 다음 주에 웬델은 〈새러토가〉에 출연한 클라크 게이블과 진 할로의 사진을 찍었다. 서로를 끌어안은 게이블과 할로, 마차에 탄 게이블과 할로, 서로에게 달콤하게 귓속말을 하는 게이블과 할로 등 50장의 사진을 찍은 뒤, 홍보부 직원들이 웬델에게 할로의 사진을 몇 장 찍어달라고 부탁했다. 당시 그는 촬영만 벌써 일곱 시간째 하던 중이었고, 촬영이 끝나면 암실로 가서 네거티브를 현상하고 견본 사진을 인화해야 했다. 할리우드에서 뭔가가 필요하다고 하면 최대한 빨리 해줘야 하기 때문이었다. 그래서 할로가 새 의상으로 갈아입는 동안 웬델이 수통에서 술을 좀 마셨던가? 그랬다. 누구라도 그랬을 것이다.

보통 스틸사진을 찍을 때는 진찰실의 의사가 된 기분이다. 혀를 내밀어보세요. 고개를 돌리고 기침해봐요. 하나를 보면 모두를 본 것과 마찬가지다. 하지만 그날 혼자 마차에 누워 있는 할로를 찍으면서 웬델은 무엇이 그녀를 스타로 만들어주었는지 불현듯 깨달았다. 그녀의 얼굴에서 빛이 뿜어져 나오는 것 같았다. 신성함을 언뜻 본 것 같다고 그는 속으로 생각했다. 그냥 거기서 멈췄어야 했다. 속에만 담아두었어야 했다.

그러나 촬영이 끝나 할로가 옷을 갈아입기 위해 분장실로 향한 뒤 웬델은 기다렸다. 홍보부 직원들이 술집으로 떠나고, 조명팀이 조명을 끌 때도 기다렸다. 어쩌면 그가 술을 한두 모금 더 마셨던 것 같기도 하다. 그냥 시간을 때우려고. 마침내 할로가 분장실에서 나오자 그는 그녀에게 이렇게 말했다. "할로 양, 당신은 제가 본 가장 아름다운 여성입니다."

그게 다였다. 그가 한 말은 이것뿐이었다. 그리고 할로도 그의 말을 찬사로 받아들이는 것 같았다.

하지만 웬델이 집에 도착했을 때 전화벨이 시끄럽게 울렸다. 소리가 너무 커서, 벌써 한 시간 전부터 전화벨이 울리고 있었음을 알아차릴 수 있을 정도였다. 전화를 받았을 때, 그는 탤버그 씨의 사무실 직원이 하는 말을 거의 알아듣지 못했다. 그가 마구 화를 내면서 너무 빠르게 말을 쏟아낸 탓이었다.

"도대체 무슨 생각으로 그런 짓을 한 거야?" 그 남자는 이렇게 소리치고는 전화를 끊었다.

웬델의 이야기를 들어보려는 시도는 전혀 없었다. 웬델은 뭐라 말할 수 있는 처지가 아니었다. 다음 날 오전 10시, 그는 퇴직금도 감사의 말도 없이 그냥 거리로 쫓겨났다. 제리가 말한 그대로였다. 7년을 일했는데 남은 것이 없었다.

하지만 그것으로 끝이 아니었다.

영화사 중역들은 세상 누구보다 인색하고 승부욕이 강하다. 배우들을 전화번호부만큼 두꺼운 계약서로 묶어놓고, 영화로 제작할지 말지 본인도 알 수 없는 시나리오와 대본을 잔뜩 쌓아둔다. 비밀스럽고 교활하며, 남을 잘 깎아내리는 그들은 자기 어머니와 크래커 한 조각도 나눠 먹지 않을 인간들이었다. 하지만 사람을 내보낼 때는 모든 영화사에 전화를 돌려 그 사람의 평판을 미리 알린다. 돈 한 푼 들이지 않고 그 사람을 공격하려고. 그동안 아무리 성실하게 일했어도, 아무리 헌신했어도, 아무리 재능이 뛰어나도 중요하지 않다. 그 사람은 갑자기 고용해서는 안 되는 인물이 된다.

어떻게 그런 일이 일어나느냐고? 업계의 정점에 있던 사람이 어떻게 고용해서는 안 되는 인물이 되느냐고? 웬델은 이 질문의 답을 알고 있었다. 할리우드 사람이라면 누구나 알았다. 그런 건 아주 순식간에 일어나는 일이라는 걸. 그것이 이 도시의 첫 번째 규칙이었다.

웬델은 그 뒤 12개월 동안 자신이 일자리를 얻기가 얼마나 힘들어졌는지를 점차 이해했다. 일자리를 얻는 것이 그에게는 이제 불가능했다. 워너브라더스, 파라마운트, 20세기폭스는 말할 것도 없고, 서부영화를 만드는 영세 영화사에서도 답신조차 받지 못했다.

"오하이에 일자리가 있긴 해요. 일당 2달러에 오렌지를 따는 일도 괜찮다면." 영화사 사람 한 명이 능글맞게 웃으면서 이런 말을 했다.

할리우드에서 빈털터리가 되면, 모두의 농담거리가 된다. 그것이 두 번째 규칙이었다.

웬델은 아직 MGM에서 일할 때 가끔 9시쯤 오말리즈에 들러 술을 한잔했다. 실직하고 몇 달이 지난 뒤에는 간혹 5시나 6시쯤 이곳에 들렀다. 어떤 때는 4시에 들어와서 아예 나가지 않기도 했다. 바의 맨 끝에 있는 의자에 앉아, 그나마 아직 자신에게 남은 것을 모두 술잔에 쏟아부었다. 조금씩, 조금씩. 그래서 프레디 페어뷰가 전화로 잠깐 올 수 있겠느냐고 말했을 때 그는 주저하지 않았다.

웬델은 프레디 페어뷰를 만난 적이 없었지만, 그가 누군지는 알고 있었다. 가십 칼럼을 가끔 한번씩 슬쩍 보기만 해도 페어뷰가 사교계의 플레이보이고, 할리우드힐스의 저택에 살며 스타들과 아주 친하게 지낸다는 사실을 알 수 있었다.

페어뷰는 오후 2시에 로브와 슬리퍼 차림으로 문을 열어주었다. 그건 부자의 특권이었다. 웬델의 집만큼 넓은 거실에서 페어뷰가 술을 한잔하겠느냐고 물었을 때, 웬델은 위스키를 청했으나 받은 것은 진이었다.

7년 동안 영화배우들의 사진을 찍었으니 웬델은 사람의 얼굴에 대해 나름대로 아는 것이 있었다. 앞에 앉은 페어뷰를 보니, 그의 전성기가 지났음을 알 수 있었다. 햇빛과 사치스러운 생활을 너무 많이 즐긴 얼굴이었다. 그래도 그의 눈빛은 아직 반짝였다. 그 눈빛이 남녀 모두에게 효과를 발휘하는 것 같았다. 저런 반짝임은 어디서 오는 거지? 웬델은 자기도 모르게 이런 생각을 하면서 살짝 부러워졌다.

페어뷰는 먼저 MGM에서 일하는 여러 스타의 친구로서 웬델의 작품을 보고 감탄했다고 말했다. 웬델이 최근 불운한 처지에 빠져서 모든 기회를 잃었다는 사실도 알게 되었다면서, 자기가 보기에는 불공정하다고 덧붙였다.

"내가 당신한테 일자리를 줄 수 있을 것 같아서요. 당신이 생각이 있다면."

"저는 일하고 싶습니다. 페어뷰 선생님."

"내 느낌에도 그런 것 같네요. 자, 보여줄 것이 있어요." 그가 눈을 반짝이며 말했다.

그는 웬델을 데리고 테라스를 통과해 계단을 내려가서 수영장을 지나 다이빙대 뒤편의 작은 건물로 향했다. 하지만 그 건물 안으로 들어가지 않고, 건물 뒤편으로 돌아갔다. 웬델에게 식물의 가지를 좀 붙잡고 있으라고 하더니, 페어뷰는 어느 문으로 가서 잠금장치를 열었다. 그리고 안으로 들어가 전등을 켰다. 벽이 검푸른색인 평범한 방이었다. 그 안에 있는 것은 의자 하나와 삼각대뿐이었다. 페어뷰는 혼란스러운 웬델의 표정을 보고 살짝 웃더니 전등을 껐다. 벽에 설치된 커다란 창문을 통해 갑자기 옆방이 보였다. 탈의실이었다.

웬델은 이 방의 목적을 깨닫고 충격과 분노를 동시에 느꼈다. 이 업계 주변에서 코를 킁킁거리며 돌아다니던 페어뷰가 할리우드의 모든 사진작가, 아니 로스앤젤레스 카운티의 모든 사진작가 중에서 이 더러운 일을 가장 기꺼이 해줄 사람으로 웬델을 점찍었다는 뜻이기 때문이었다. 미소 짓는 페어뷰의 얼굴에서 웬델은 그 반짝이는 눈빛을 또 보았다. 그리고 자신감과 뻔뻔함이 그 반짝임의 원천임을 차츰 깨달았다. 어쩌면 잔인함도 조금 포함되어 있는 것 같았다.

"급료는 200달러야. 여름 동안 오후에 여덟 번 와서 사진을 찍는

값으로······." 페어뷰가 말했다.

200달러라. 웬델은 손으로 입을 훔치면서 생각했다.

페어뷰가 말을 이었다.

"당신한테 친숙한 얼굴들일 거야. 전에 당신이 사진으로 찍은 적이 있는 여자들. 당신 덕분에 인기를 얻고, 당신 덕분에 불멸의 존재가 됐는데도 당신의 이름조차 모르는 여자들."

"400달러." 웬델이 말했다.

"다섯으로 맞춰보지." 페어뷰가 말했다.

두 사람은 물건이 거의 없고 어둑한 그 방에서 곧바로 악수를 나눴다.

1938년 여름에 웬델은 토요일 오후에 여덟 번 그 볼품없는 작은 방으로 가서 사진을 찍었다. 일요일 오전에는 네거티브를 현상하고, 일요일 오후에는 그 저택의 커다란 거실로 갔다. 그러면 페어뷰가 보석세공인처럼 루페를 끼고 견본 사진을 보면서 자신이 원하는 것을 선택했다(이제 그는 웬델에게 진도 내놓지 않았다). 여름이 끝날 때까지 웬델은 여든 명이 넘는 여배우의 사진을 인화했다. 대부분 서른 살 미만이었다.

일을 마친 뒤에는 사진과 네거티브를 모두 폐기해야 했다. 웬델은 실제로 그렇게 했다. 하지만 일부 사진은 따로 뽑아서 마닐라 봉투에 넣어 서랍 속에 숨겨두었다. 그 뒤 몇 달 동안 웬델은 그 사진들을 한 번도 꺼내보지 않았다. 단 한 번도. 그 사진들이 너무 혐오스러워서 집 안에 두는 것조차 견디기 힘들 정도였다. 그런데도 계속 갖고 있었다. 페어뷰가 젊은 여배우 두 명과 수영장 옆에 앉아 있는 사진도 함께. 그건 웬델이 목욕장 뒤편의 덤불에서 망원렌즈로 찍은 사진이었다. 웬델이 이렇게 사진들을 보관한 건, 페어뷰가 그의 뒤통수를 치려고 할 때를 위한 대비책이었다. 그가 정확히 어떻게 뒤통수를 칠지는 알 수 없었지만, 페어뷰 같은 사람이 마음만 먹으면 확실히 뒤통수를 칠 것이라는 확신이 있었다.

웬델은 페어뷰에게서 받은 500달러로 1938년 말까지 잘살 수 있었다. 어쩌면 1939년 말까지도 버틸 수 있었을지 모른다. 경마에 운을 걸어보라는 제리의 말에 넘어가지 않았더라면. 그래서 1월 말에 웬델은 다시 원점으로 돌아가 빈털터리가 되었다.

그런데 3월 어느 날 늦은 밤에, 다른 날도 아닌 그의 생일 밤 1시에 제리와 오말리즈의 바에 앉아 있게 되었다. 둘 다 술에 취하고, 돈 한 푼 없고, 직장도 없었다.

"저것 좀 봐." 제리가 바 뒤편의 거울에 비친 자신들의 모습을 가리키며 조롱하듯 말했다. "이렇게 완전히 망해버린 놈들을 평생에 한 번이라도 본 적이 있어, 웬디?"

제리의 말이 옳았다. 두 사람은 한심한 몰골이었다. 하지만 웬델에게는 제리의 말이 왠지 거슬렸다. 술에 취한 탓일 수도 있고, 제리가 웬델까지 하나로 묶어서 말하는 게 싫어서였을 수도 있고, 그날이 생일이라서 그랬을 수도 있다. 이유가 무엇이든, 웬델은 평소와 달리 반항적인 어조로 제리에게 대답했다.

"너나 그렇지."

제리가 놀란 표정으로 시선을 들었다.

"쳇, 제기랄. 너 제법 남자답다?"

"다른 사람한테 망했다고 이러쿵저러쿵하지 마. 내가 망하면 망했다고 당당히 너한테 말할 거야. 하지만 아직은 멀었어."

"전화번호부를 깔고 앉아야 키가 맞는 주제에."

"난 전화번호부를 깔고 앉지 않았어." 웬델이 얼굴을 새빨갛게 붉히며 말했다. "내가 얼마나 귀한 걸 깔고 앉아 있는데."

"아, 그러서."

"그래."

그렇게 간단히 제리에게 모든 이야기를 털어놓고 말았다. 프레디 페어뷰가 수영장에서 열던 파티와 방 안의 거울. 자신이 혹시 몰라서 보관하고 있는 사진들에 대해서. 제리의 표정을 보니 허를 찔린 기색이 역력했다. 웬델 때문에 그가 놀란 것이다. 심지어 감탄하는 것 같기도 했다.

"페어뷰라면 그 사진을 돌려받으려고 상당한 돈을 내놓을 거야." 웬델이 말을 마쳤다.

"페어뷰?"

갑자기 제리의 술기운이 확 사라진 것처럼 보였다. 그는 엿듣는 사람이 없는지 주위를 둘러보더니, 웬델에게 몸을 기울여 목소리를 낮췄다.

"페어뷰는 상관없어, 웬디. 그 사진값으로 상당한 돈을 내놓을 사람은 여배우들이야. 한 명도 빠짐없이 전부!"

"그럴지도 모르지." 웬델은 조금 마지못해 대답했다. "그런데 전에도 말했잖아. 웬디라고 부르지 마."

지금 그는 한낮의 더위 속에서 컬버시티 어딘가의 전화 부스 안에 서서 제리의 전화를 기다리고 있었다. 불안했다.

아까 전화를 받은 여자는 그들의 요구를 모두 받아들였다. 시간, 장소, 액수 모두.

"하지만 그 여자가 마음을 바꾸면 어쩌지?" 그녀가 전화를 끊은 뒤 웬델은 이런 걱정이 들었다. "그 여자가 경찰을 부르면? 간이식당에서 경찰이 나를 기다리고 있으면?"

"그래서 내가 너보다 먼저 가 있겠다는 거잖아." 제리는 이렇게 설명했다. "그 식당 맞은편 건물 3층에 내 친구의 사무실이 있어. 거기서 오가는 사람을 전부 볼 수 있다고. 만약 경찰이 어디 근처에라도 나타나면 우리는 일을 전부 접는 거야. 하지만 그 여자가 혼자 왔다는 확신이 들면, 절대적인 확신이 들면, 내가 공중전화 부스에 있는 너한테 전화해서 신호를 줄게. 그러면 네가 식당으로 들어가 가방을 들고 2분 뒤에 나오면 돼. 쉬워, 쉬워."

그래도……. 웬델은 공중전화 부스 안에 서서 전화를 기다리며 생각했다. 이건 별로 좋은 생각이 아닌 것 같은데. 은행이 지폐의 일련번호를 갖고 있지 않나? 그와 제리가 나중에 그 돈을 쓰려다가 잡힐지도 몰라. 제리가 이런 생각은 못 했을지도. 제리가 전화했을 때 혹시…….

전화벨이 울렸다.

그 소리에 웬델은 너무나 화들짝 놀란 나머지 더듬더듬 수화기를 잡았다.

"여보세요? 여보세요?" 수화기를 귀에 대고 그가 말했다.

"문제없어. 명심해. 왼쪽 마지막 칸막이 자리야." 제리가 말했다.

웬델이 일련번호 이야기를 꺼내기도 전에 제리는 전화를 끊었다.

그래서 웬델도 전화를 끊었다.

"아무 문제 없어." 웬델은 조용히 중얼거렸다. "들어갔다 나오면 된다. 쉬워, 쉬워."

전화 부스에서 나온 그는 자신의 차에 올라타서 시동을 걸었다. 술을 또 한 모금 마시고 싶었지만 참았다. 적어도 술의 유혹이 그를 압도해버릴 때까지는.

일요일이라서 식당 바로 앞의 주차 공간이 비어 있을 것이라고 제리는 장담했다. 손님도 고작해야 서너 명밖에 없을 것이라고. 웬델은 해밀턴 대로를 달리면서 자신과 타협했다. 식당 앞에 주차 공간이 없거나 손님이 네 명보다 많으면 포기하기로. 그냥 집으로 가서 제리를 기다릴 것이다. 그리고 제리가 오면, 식당 안이 충분히 안전하지 않았다고 말할 것이다. 그러면 그와 제리가 이 계획을 아예 포기해버릴 수도 있을 것이다.

그러나 식당 바로 앞에는 주차 공간 여러 곳이 비어 있었다. 제리가 말한 그대로였다. 식당 안도 제리가 말한 그대로 거의 비어 있었다. 남자 노인 한 명이 카운터에서 뭔가를 먹고 있고, 10대 여자아이 두 명이 창가의 칸막이 자리에서 수다를 떨고 있을 뿐이었다.

"들어갔다 나오면 돼." 웬델은 문을 열고 들어가 왼쪽 마지막 칸막이 자리로 걸어가면서 중얼거렸다. "쉬워, 쉬워."

하지만 오른쪽 다리를 의자 아래로 넣고 이리저리 움직여봐도 가방이 걸리지 않았다. 웬델은 몸을 숙여 의자 아래로 오른팔을 최대한 밀어 넣어봤지만, 역시 아무것도 잡히지 않았다.

"주문하시겠어요?"

시선을 들어보니, 웨이트리스가 주문지를 들고 서 있었다.

이제 어쩌지? 주문에 대해 제리는 아무 말도 하지 않았다. 하지만 지금 아무것도 주문하지 않으면, 웨이트리스가 나가라고 할까?

"샌드위치 주세요." 그가 말했다.

"어떤 샌드위치요?"

어떤 샌드위치라고 말한다지? 심지어 배도 안 고픈데.

웨이트리스가 빨리 말하라는 듯이 발로 바닥을 두드렸다.

"어떤 종류가 있는데요?"

"다른 데랑 같죠. BLT. 치킨샐러드. 참치샐러드."

"참치샐러드요." 웬델이 말했다.

"음료는요?"

"괜찮아요."

웨이트리스가 주방 쪽으로 물러났다. 그녀가 돌아올 때까지 고작 몇 분밖에 시간이 없을 것 같았다. 웬델은 상체를 식탁 아래에 끼워 넣고, 좌석 아래를 눈으로 살폈다. 거기에는 아무것도 없었다.

이 자리가 아닌가? 그럴 리가. 제리는 왼쪽 마지막 자리로 가라고 분명히 말했다. 그럼 그 여자가 마음을 바꿨나? 아니면 다른 사람이 그 가방을 발견했다든가! 실망감과 안도감을 동시에 느끼면서 웬델은 몸을 빼내다가 식탁 아래쪽에 머리를 찧고 말았다.

그때 그것이 보였다. 여자가 가방을 놓은 곳은 맞은편 좌석 아래였다.

하지만 가방이 아니라 핸드백이었다. 여자들이 들고 다니는 것.

그 가방을 잡으려면 식탁 아래로 아주 깊숙이 몸을 집어넣어야 했기 때문에 무릎이 거의 바닥에 닿았다. 핸드백을 손으로 잡자마자 뭔가가 안에 가득 들어 있는 것이 느껴졌다. 식탁에 또 머리를 찧지 않게 조심하면서 꿈틀꿈틀 몸을 빼냈더니, 웨이트리스가 벌써 돌아와 있었다.

"내가 뭘 좀 떨어뜨려서요." 그는 핸드백을 식탁 아래에 감춘 채 이렇게 말했다.

"그래요." 웨이트리스가 샌드위치를 내려놓았다.

그녀가 주방 문 안쪽으로 사라진 뒤, 웬델은 핸드백을 열었다. 확실히 돈이 들어 있었다. 핸드백을 닫고 주위를 둘러보았다. 카운터의 노인은 여전히 깨작거리며 음식을 먹었고, 10대 소녀 두 명도 여전히 자기네 자리에서 수다를 떨고 있었다. 그에게 관심을 보이는 사람은 전혀 없었다. 문까지 무사히 나갈 수 있었다.

하지만 칸막이 좌석에서 반쯤 몸을 빼내다가 샌드위치에 우연히 시선이 닿았다. 돈을 내는 걸 깜박했다. 웬델은 주머니에서 25센트 동전 두 개를 꺼내 식탁에 놓았다.

하지만 그가 돈은 냈는데 샌드위치에는 손도 안 댄 것을 보고 웨이트리스가 이상하게 생각하지 않을까? "한 입도 안 먹었어요, 경관님." 경찰관에게 이렇게 말할 터였다.

웬델은 다시 칸막이 안으로 들어가 얼굴을 찡그리며 샌드위치를 먹기 시작했다. 참치를 좋아하지도 않는데. 그가 이것을 주문한 건, 웨이트리스가 가장 마지막에 말한 메뉴였기 때문이다. 웬델은 샌드위치를 4분의 3쯤 억지로 먹으면서 내내 삼키기 쉽게 음료수도 주문할 걸 그랬다고 후회했다.

다시 칸막이 좌석을 빠져나오면서 웬델은 핸드백 때문에 조금 당황했다. 남자가 핸드백을 들고 다니면 사람들 눈에 띌 텐데. "여자 핸드백이었어요. 식당에 들어올 때는 그 남자한테 없던 거예요, 경관님." 사람들이 이렇게 말할 터였다.

웬델은 핸드백이 최대한 안 보이게 겨드랑이에 끼고 밖으로 나갔다. 하지만 핸드백을 조수석에 놓으려다가 머뭇거렸다. 무슨 이유로든 경관이 이 차를 세우면 어쩌나 싶었다. 핸드백이 식당에서도 눈에 띌 염려가 있었는데, 남자가 모는 컨버터블의 조수석에 핸드백이 떡하니 놓여 있다면 더할 것이다. 그래서 그는 핸드백을 트렁크에 넣었다.

운전석에 앉아 시동을 건 뒤, 웬델은 식당을 뒤돌아보았다. 제리가 말한 그대로, 따라 나온 사람이 없는지 확인하기 위해서였다. 차를 몰고 차도로 나갈 때는 백미러를 보면서 주차장에서 뒤따라 나오는 차가 있는지 확인했다. 지금 그가 무엇보다 원하는 것은 수통의 술 한 모금이었지만, 먼저 세풀베다 쪽으로 방향을 꺾어야 했다.

교차로가 가까워지자 속도를 늦추며 깜박이를 켜고 핸들을 돌린 뒤 다시 속도를 높이기 시작했다. 그때 자전거를 탄 젊은 남자가 갑자기 나타났다. 남자는 웬델의 차 바로 앞에서 교차로를 쏜살같이 가로질렀다. 웬델은 급히 브레이크를 밟았지만 너무 늦었다. 자동차 앞쪽 그릴이 자전거와 쾅 부딪히면서 젊은 남자의 몸이 웬델의 엔진덮개 위로 내동댕이쳐졌다. 커다랗게 쩍 하는 소리와 함께 자동차 유리창에 거미줄 같은 금이 생겼다. 남자의 머리가 유리창에 부딪힌 모양이었다. 남자가 엔진덮개에서 굴러떨어져 시야에서 사라진 뒤, 웬델은 자동차를 세웠다.

운전석에서 뛰어내려 자동차 앞쪽으로 갔다. 망가진 자전거 옆을 지나쳐 젊은 남자가 쓰러져 있는 곳으로 갔을 때, 다행히도 남자가 서서히 일어나 앉았다. 피가 나는 곳도 없는 것 같았다.

"잡아요." 웬델은 남자를 부축해서 일으켜 세웠다.

남자는 고개를 한 번 흔들고는 웬델을 보았다.

"무슨 생각이에요, 아저씨? 깜박이도 없이 방향을 틀다니!"

"깜박이 켰어요. 그쪽이 느닷없이 나타난 거지!" 웬델이 말했다.

"느닷없이 나타난 건 아니죠."

"교차로를 건널 때는 그러면…… 그러면 안……."

"내가 그러면 안 된다고요? 지금 이제 내 잘못이라는 거예요?"

"아뇨, 내 말은……."

"아무래도 경찰을 불러서 말을 들어봐야겠네요."

웬델은 자기도 모르게 어깨 너머를 힐끔거렸다. 마치 경찰이 이미 와 있기라도 한 것처럼.

"당신 말이 전적으로 옳아요." 웬델은 평소보다 빠른 말씨로 젊은 남자를 달랬다. "당신 잘못이 아니에요. 그렇다고 내 잘못도 아니고. 그냥 사고였어요. 다친 사람이 없으니 천만다행이네요."

"내 자전거 꼴을 봐요, 아저씨."

웬델은 주머니에서 지갑을 꺼냈다.

"그 비용은 내가 낼게요."

젊은 남자는 미심쩍은 눈으로 웬델을 보았다.

"저거 거의 새거였거든요. 25달러를 주고 샀어요." 그가 말했다.

웬델은 지갑을 열었으나, 3달러밖에 없었다. 얼굴이 점점 달아올랐다. 이제 어째야 할까? 즉석에서 차용증서를 써도 저 남자가 받아주지 않을 것 같았다.

"잠깐만요."

웬델은 자동차 트렁크로 가려다가 자동차 두 대가 깜박이를 켜고 다가오는 것을 보았다. 웬델 자신처럼 세풀베다로 들어가려는 것 같았다. 웬델은 자신의 차 옆으로 돌아서 가라고 그들에게 손짓한 뒤, 트렁크를 열어 핸드백에서 10달러 지폐 세 장을 꺼냈다. 트렁크 뚜껑 너머로 젊은 남자를 살펴보니, 그가 또 미심쩍은 눈으로 그를 보고 있었다. 아예 그를 의심하는 것 같기도 했다. 웬델은 핸드백에서 10달러를 더 꺼낸 다음 트렁크를 닫았다.

"여기 40달러예요. 자전거랑 당신이 입은 피해값."

남자는 1초 동안 머리를 문지르다가 돈을 받았다.

"좋아요, 아저씨. 다음부터는 운전 조심해요."

남자와의 만남은 순식간에 해결되었다. 그는 망가진 자전거를 들고 인도로 갔다. 웬델은 차에 올라 기어를 넣었다. 뒤에 차가 있는지 백미러로 확인한 다음, 속도를 내서 세풀베다를 달렸다. 속이 요동치고 손이 덜덜 떨렸다. 그가 규정보다 더 빠른 속도로 달리면서 주유소 앞을 지나친 뒤 검은 세단이 그 주유소에서 나왔으나, 그는 전혀 신경 쓰지 않았다.

찰리

　찰리는 해밀턴 대로와 이어진 교차로에서 약 6미터 떨어진 사우스벤틀리에 차를 세웠다. 그러고는 앞좌석에서 뒷좌석으로 넘어갔다. 눈에 덜 띄면서도 식당을 훤히 볼 수 있는 자리였다.
　배후에서 조종하는 놈이 누구인지 몰라도 아마추어라는 생각이 들었다. 하지만 빈틈없는 놈이기도 했다. 식당은 변호사, 회계사, 건축가 등의 사무실이 밀집한 사무용 건물 구역에 있었다. 일요일 오후라서 사무실들이 모두 비었으니, 식당에도 거리에도 사람이 없었다. 건물 옥상이나 사무실 창가에 서면, 경찰이 나타나는지 감시할 수 있을 터였다. 또한 무사히 가방을 챙긴 일당이 미행이 있는지 확인하며 빠져나가기도 쉬웠다.
　손목시계를 보니 2시가 되려면 아직 15분이 남아 있었다. 바깥 기온은 아마 21도쯤일 텐데, 차 안의 온도는 26도가 넘는 것 같았다. 땀이 흐르기 시작했다. 그렇다고 창문을 모두 내릴 수는 없으므로, 찰리는 양복저고리를 벗어 옆자리에 놓은 뒤 다시 쌍안경으로 감시를 시작했다. 일이 잘될 것 같았다. 협박꾼과의 전화 통화는 그가 바란 대로 진행되었다. 프렌티스도 맡은 일을 성공적으로 해냈고, 찰리는 정해진 위치에 일찌감치 도착했다. 이제 남은 건 기다리는 일뿐이었다.

찰리의 경험상 대부분의 젊은 수사관은 잠복근무를 싫어했다. 자동차 안이나 아파트 앞에서 날이면 날마다 몇 시간씩 자리를 지키는 일이 그들에게 지루한 건 당연했다. 그뿐만이 아니라, 그들은 잠복근무를 시간 낭비로 보았다. 왜 그 일대를 수색하거나, 이미 알려진 공범을 체포하거나, 용의자를 불러 한 번 더 심문하지 않느냐고 큰소리로 항의하며 적잖이 분통을 터뜨리곤 했다.

아무것도 안 하고 가만히 기다리는 것이 바로 중요한 점이라는 사실을 그들은 이해하지 못하는 듯했다. 수색, 공범 체포, 용의자 심문은 모두 사람을 직접 상대하는 방법이었다. 따라서 무고한 사람도 죄가 있는 사람도 모두 긴장해서 경계하게 만들었다. 때로는 그림자 속으로 한 걸음 물러나는 편이 더 좋았다. 거기서 가만히 기다리며 지켜보는 편이. 경찰이 보이지 않는 시간이 길어질수록, 용의자가 전에 하던 행동을 다시 시작할 가능성이 높아졌다. 공범에게 연락할 수도 있고, 실수를 저지를 수도 있었다. 범인을 잡는 데 잠복이 가장 좋은 방법일 때가 정말로 많았다. 때로는 잠복이 유일한 방법이기도 했다.

유난히 안절부절못하는 후배 형사와 한 조가 되면, 찰리는 원저 사건을 자주 이야기해주었다. 피터 원저와 캔디스 원저는 부유한 중년 부부로, 벨에어의 크고 아름다운 저택에서 살았다. 아들은 대학생이었다. 1926년 5월 윈저 부부는 절친한 친구인 버트 베이커, 폴리 베이커 부부와 함께 팜스프링스에서 골프를 치며 주말을 보내기로 했다. 베이커 부부도 잘생기고 부유한 벨에어 주민이었으나, 딸이 고등학생이라는 점이 달랐다. 그런데 출발 직전에 윈저 부인에게 편두통이 생겨서 윈저 씨와 베이커 부부만 팜스프링스로 떠났다. 그들은 토요일 내내 골프를 치고, 일요일 오전에는 수영장에서 시간을 보냈다. 그러고는 일요일 밤에 벨에어의 집으로 돌아와 보니 윈저 부인이 시체가 되어 거실 바닥에 쓰러져 있었다. 토요일 중에 그녀가 소지하고 있던 25구경 자동권총의 총알이 그녀의 가슴을 맞혔다. 총은 수영장 바닥에서 경찰이 발견했다.

찰리는 당시 파트너이던 잭 보콕과 함께 이 사건을 맡았다. 언뜻 보기에는 강도가 저지른 우발적 살인 같았다. 강제로 침입한 흔적은 없지만, 윈저 부부는 원래 뒷문을 잠그지 않는 습관이 있었다. 화장대 위의 보관함에서 도난당한 보석장신구의 가치는 4만 달러로 추정되었다. 화장대는 또한 윈저 부인이 총을 보관해둔 곳이기도 했다. 총은 속옷 서랍 속에 숨겨져 있었다. 도둑이 빈집인 줄 알고 뒷문으로 들어와 침실의 보석을 훔치다가 아래층에서 소리가 나자 총을 들고 내려왔는데, 거실에 윈저 부인이 갑자기 나타나자 총을 쏘고 말았다는 가설이 세워졌다.

간단했다.

하지만 찰리와 잭에게 거슬리는 점이 여럿 있었다. 먼저 가치가 5천 달러에 육박하는 루비 목걸이가 보관함에 그냥 남겨져 있었다. 윈저 씨는 집에서 보석장신구 외에는 사라진 물건이 없는 것 같다고 말했다. 보석을 노린 도둑이 범인일 것이라고 짐작하게 하는 말이었다. 하지만 보석 도둑이라면 아무리 다급하게 서두르는 와중이라 해도 가장 값비싼 물건을 그냥 두고 가지 않았을 것이다.

총도 문제였다. 보석이 있던 화장대에 총도 있었던 것은 맞았다. 하지만 도둑이 애당초 속옷 서랍을 왜 열어보았을까? 놈이 다른 서랍을 뒤진 흔적은 없었다. 게다가 총이 두 번 발사되었음이 밝혀지면서 혼란이 가중되었다. 경찰은 두 번째 총알을 한참 뒤에야 찾아낼 수 있었다. 윈저 부인이 있던 곳에서 뒤편으로 거의 15미터 떨어진 벽과 천장 사이 몰딩에 총알이 박혀 있었다. 처음에 세운 가설이 사실이라면, 범인은 집 안을 뒤져 총을 찾아낼 만큼 노련하면서도, 루비 목걸이를 보석함에 그냥 남겨둘 뿐만 아니라 놀라서 아무렇게나 총을 쏠 정도로 아마추어였다.

마지막으로 윈저 씨가 너무 침착했다. 경찰과 처음 이야기를 나눌 때 그는 충격과 슬픔을 드러내지 않았다. 모종의 이유로 동요한 기색은 역력했으나, 창백해져야 할 때에 얼굴이 붉게 상기되고, 붉게 상기되어야 할 때에 창백해졌다.

탐문수사를 시작한 찰리와 잭은 겨우 네 집을 들렀을 뿐인데 이웃들이 피터 윈저와 폴리 베이커의 불륜을 의심하고 있었음을 알게 되었다. 캔디스 윈저는 확실히 편두통에 아주 자주 시달리는 듯했고, 버트 베이커는 일 때문에 집을 비울 때가 많았다. 그리고 윈저 부부의 승용차가 베이커 부부의 집에서 나오는 모습이 여러 번 목격되었는데, 조수석에 앉은 여자는 윈저 부인보다 베이커 부인을 더 닮은 듯했다. 윈저에게는 확실히 살해 동기가 있었고, 아내가 총을 두는 곳도 알고 있었다. 문제는 딱 하나였다. 그의 알리바이.

찰리와 잭이 만나본 많은 사람들이 윈저가 토요일 오전 골프를 치기 시작한 뒤 밤 1시에 호텔 바가 문을 닫을 때까지 줄곧 팜스프링스에 있었다고 확인해주었다.

두 사람은 살인 청부의 가능성을 살펴보기 시작했다. 윈저의 은행계좌, 통화 기록, 지인 등을 조사했으나, 이미 범죄자로 알려진 인물들과 윈저 사이의 연관관계를 찾을 수 없었다. 수상한 금전거래 내역도 없었다. 심지어 이례적인 만남이나 통화 기록도 발견할 수 없었다.

그러던 어느 날, 살인사건으로부터 한 달이 지났을 때, 찰리와 잭이 외근을 마치고 경찰서로 돌아오니 윈저 부부의 가정부인 마리솔이 기다리고 있었다. 처음에 그녀는 집에서 보석장신구 외에는 사라진 것이 없다는 윈저의 말이 맞다고 진술했었다. 하지만 윈저 씨를 도와 윈저 부인의 물건을 정리하다가 사라진 것이 또 있음을 알게 되었다. 베벌리힐스의 어떤 부티크에서 구입한 화려한 분홍색 네글리제였다.

잭과 찰리에게서 이 작은 정보를 들은 반장은 고개를 저었다.

"그거네."

"뭐가 그거예요?" 잭이 물었다.

"범인이 그렇게 총을 발견한 거야. 속옷을 찾다가."

"속옷을 찾다가요?"

"두 사람은 이걸 남편 짓으로 돌리려고 4주를 보냈지? 그런데 소득이라고는 이웃들 사이의 소문밖에 없잖아. 자네들이 확실한 증거를 찾지 못한 건 스스로 세운 가설만 헛되이 좇은 탓일 수도 있어. 처음에 우리가 생각한 게 정확했을 수도 있다고. 강도를 하려다가 일이 잘못된 사건. 그러니까 범인은 십중팔구 여자 속옷을 좋아하는 보석 도둑이거나, 보석을 좋아하는 속옷 도둑일 거야. 어쨌든 이제 남편한테서는 관심을 끌 때야."

하지만 잭과 찰리는 그럴 수 없었다. 아무래도 윈저가 이상해서, 도대체 뭐가 이상한 건지 알아내고 싶었다. 그래서 그의 집을 감시하기로 했다. 근무시간에는 할 수 없었으므로, 저녁 8시부터 밤 1시까지만 잠복이 가능했다. 얼마 안 되는 시간이지만, 두 사람은 가장 가능성이 높은 시간이라고 봤다. 살인을 위해 윈저가 협력한 사람이 누구든 결국은 나타날 테고, 무엇보다 밤에 나타날 가능성이 높았다. 그들에게 필요한 것은 오직 행운뿐이었다.

잭과 찰리는 매일밤 번갈아가며 집을 감시했다. 찰리는 자기 차례가 되면 길 건너편에 차를 세워두었다. 차에는 베티가 보온병에 준비해준 커피와 쌍안경이 있었다. 가끔 차에서 내려 집을 한 바퀴 돌면서 윈저가 무슨 짓을 하는지 살펴보기도 했다. 윈저는 대개 거실에 혼자 앉아 술을 마시다가 잠들었다. 그런데 어느 날 밤 검은 자동차가 10시 30분에 진입로로 들어왔다. 찰리는 두근거리는 가슴을 안고 집을 한 바퀴 돌았지만, 그 늦은 밤의 방문객은 목사였다. 찰리는 두 사람이 카펫에 무릎을 꿇고 기도하는 모습을 지켜보았다. 두 사람의 위치는 윈저 부인이 총을 맞은 자리에서 채 5미터도 떨어지지 않은 곳이었다.

3주 동안 감시했는데도 결과가 없자, 잭과 찰리는 술을 한잔하러 갔다. 두 사람 모두 먼저 포기하자는 말을 꺼내기도 싫고, 자신이 틀린 것 같다고 인정하기도 싫었다. 그래서 다른 말 없이 이제 시간이 얼마 남지 않은 것 같다는 사실만 인정했다.

"일주일 더?" 잭이 물었다.

"일주일 더." 찰리가 동의했다.

그들에게 행운이 찾아온 것은 찰리가 잠복 수사의 종료를 앞두고 마지막에서 두 번째 잠복을 하던 날이었다. 그날 그는 하마터면 그 행운을 놓칠 뻔했다. 11시 직후, 찰리가 보온병에 마지막으로 남은 커피를 컵에 따르고 있는데, 금속이 번쩍이는 모습이 시야 가장자리에 잡혔다. 하지만 너무 지쳐서 그냥 모르는 척할까 하다가, 커피를 대시보드에 놓고 차에서 내렸다. 조용히 윈저의 집 진입로까지 걸어가서 보니, 자전거 한 대가 집에 기대어져 있었다. 조금 전 반짝인 것은, 은색 페달에 반사된 가로등 불빛이었다. 찰리는 집 뒤편으로 걸어갔다. 밝게 불이 켜진 거실 창문으로, 윈저가 애인과 열띤 대화를 나누다가 발작처럼 포옹하는 모습이 보였다. 다만 상대는 폴리 베이커가 아니었다. 그녀의 10대 딸 루시였다.

이제야 모든 것이 차츰 이해되었다. 윈저 부인보다 베이커 부인을 더 닮았다던 조수석의 여자가 루시였다. 베이커 부부가 팜스프링스로 갈 때 루시는 뒤에 남았으므로, 범행을 저지를 기회가 있었다. 첫 번째 총알이 윈저 부인의 머리 위로 60센티미터나 빗나간 것도 놀랄 일이 아니었다. 방아쇠를 당길 때 아이가 눈을 감았을 가능성이 높았다.

다음 날 두 사람은 수사 상황을 알려주겠다면서 윈저를 경찰서로 불렀다. 윈저는 사무실이 아니라 조사실에 자신을 앉혀두고 두 형사가 금방 나타나지 않자, 뭔가 잘못되었음을 알아차렸다. 두 형사에게는 좋은 일이었다. 뭔가 잘못되었음을 그가 알아차리기를 바랐으니까. 그들은 그가 30분 동안 식은땀을 흘리게 내버려두었다가 그의 앞에 나타났다.

이제 그들은 원저 부인이 살해당한 이유를 알고 있었지만, 살해 방식은 알지 못했다. 하지만 곧 알게 될 것이라고 자신했다. 원저에게 아이와 함께 있는 것을 보았다고 말한 뒤, 이제부터 어떻게 할 건지 설명할 작정이었기 때문이다. 아이를 만나보겠다. 아이의 부모를 만나보겠다. 하버드에 있는 원저의 아들을 만나보겠다. 사무실에서 함께 일하는 원저의 파트너와 컨트리클럽의 친구들을 만나보겠다. 그러면 며칠도 안 돼서 그가 절친한 친구의 10대 딸과 더러운 불륜을 저질렀다는 사실을 모두가 알게 될 것이다. 캘리포니아주에서는 그런 관계 자체가 범죄였다. 원저 같은 놈은 이런 생각만으로도 모든 걸 털어놓을 터였다.

그는 두 사람의 예상보다 훨씬 더 빨리 입을 열었다. 찰리가 창문으로 본 광경을 언급하자마자, 원저는 울음을 터뜨렸다. 그는 양손으로 얼굴을 가린 채 시인했다. 네, 루시가 전날 밤 집에 왔습니다. 네, 우리는 사귀던 사이입니다. 네, 그 애가 내 아내를 죽였습니다.

찰리와 잭은 서로를 향해 고개를 끄덕였다.

잭이 말했다.

"당신이 루시한테 총이 있는 곳을 알려줬군요. 그러고는 아내가 팜스프링스에 가지 않겠다고 하니까, 루시한테 전화해서 아내가 집에 혼자 있다고 알려줬고요."

"네?" 원저는 얼굴에서 손을 떼고, 황당한 표정으로 잭을 마주 보았다. "총에 대해 알려줘요? 전화로 말했다고요? 그 애가 무슨 생각을 했는지 난 전혀 몰랐어요!"

"열일곱 살 여자애가 혼자 그런 행동을 했다는 겁니까?"

"저기, 우리가 지난봄에 그런 관계였던 건 맞습니다. 하지만 내가 두 달 만에 끝냈어요. 그 애한테 더는 만나고 싶지 않다고 말했단 말입니다. 아내를 사랑하기 때문이라고. 하지만 그 애는 내 말을 안 믿었어요. 우리가 언젠가 함께 살게 되면 어떤 삶이 펼쳐질지 계속 얘기했습니다. 그 애가 캔디스를 쏠 수도 있다는 생각은 한 번도 안 해봤어요."

"솔직히 말해서, 당신이 전혀 몰랐다는 말을 받아들이기가 조금 힘듭니다, 윈저 씨. 우리랑 처음 이야기할 때부터 뭔가를 아는 사람처럼 굴었잖아요."

그는 고개를 끄덕였다.

"그랬을 겁니다, 형사님. 그때 정말로 알고 있었거든요. 아내의 시체를 발견하고 30분도 안 돼서, 루시가 아내를 죽였다는 걸 알았습니다."

"어떻게요?"

그는 숨을 들이쉬었다.

"몇 달 전 밤에 집에 돌아왔더니, 루시가 우리 침실에서 캔디스의 속옷을 입고 루비 목걸이를 걸치고 있었습니다. 캔디스는 그때 클럽에서 브리지 게임을 하고 있었어요. 나는 믿을 수가 없었습니다. 사실상 내 손으로 그 애한테 옷을 입혀서 질질 끌다시피 계단을 내려왔어요. 그 애는 밖으로 나가면서 어차피 그 루비는 갖고 싶지 않다고 말했습니다. 자기 눈이 파란색이라 목걸이랑 충돌한대요."

찰리와 잭은 의자에 등을 기대고, 미심쩍음을 드러내는 갈고 닦은 표정으로 윈저를 빤히 보았다.

"진짭니다, 형사님, 그 애는 미쳤어요! 내가 어떻게 해야 믿을 겁니까?"

그날 저녁 두 사람은 윈저를 집으로 데려가 루시에게 전화를 걸어 급히 할 말이 있다고 말하게 했다. 그러고는 거실 옆의 방으로 들어가 불을 끄고 문은 열어둔 채 기다렸다. 20분 뒤 루시가 뒷문으로 들어왔다. 윈저가 아이의 입을 여는 데에는 시간이 얼마 걸리지 않았다. 아이는 자신의 행동을 자랑스러워했다. 그를 위해서 자신이 적극적으로 행동한 것이 자랑스럽다고. 그것은 그와 그녀, 두 사람을 위한 행동이기도 했다. 하지만 무엇보다 가관인 것은, 찰리와 잭에게 체포당했을 때 루시가 겉옷 안에 윈저 부인의 분홍색 네글리제를 입고 있었다는 사실이었다.

찰리가 젊은 후배들에게 말했듯이, 때로는 4주 동안의 잠복 끝에 반짝이는 금속 하나를 본 것으로 사건 전체가 좌우되기도 한다.

❖ ❖ ❖

2시에 찰리는 이블린이 택시에서 내려 핸드백을 들고 식당으로 들어가는 모습을 지켜보았다. 그녀가 왼쪽 끝의 칸막이 자리에 앉아 커피 한 잔을 주문해서 마시는 모습이 창문으로 보였다. 찰리는 이블린이 커피값을 치르고 빈손으로 나와 미리 기다리라고 말해두었던 택시에 다시 오르는 것을 지켜보았다. 그 택시가 떠난 직후, 10대 소녀 두 명이 식당으로 들어갔다. 10분 뒤 파란색 뷰익 컨버터블 한 대가 들어오더니, 안경을 쓴 자그마한 남자가 내렸다.

"왔군." 찰리는 혼잣말을 했다.

파란색 컨버터블 이야기를 미리 듣지 못했다 해도, 찰리는 그 안경 쓴 남자가 감시대상임을 알아차렸을 것이다. 우선 그 남자는 고음의 목소리가 나올 것 같은 신체 조건을 갖추고 있었을 뿐만 아니라, 불안해 보였다. 그는 칸막이 자리에 앉은 뒤 핸드백을 쉽게 찾아내지 못했다. 도중에 식탁 아래로 완전히 사라지기도 했는데, 자그마한 몸집이 확실히 도움이 되는 듯했다. 핸드백을 찾은 뒤에는 샌드위치를 먹고 값을 치른 다음 자동차로 돌아갔다. 그동안 내내 불안한 사람처럼 굴었다. 칸막이 자리에 있을 때는 잠시도 가만히 있지 못했고, 식당에서 나올 때는 길 양편을 살펴보았으며, 차도로 들어가기 전에 백미러를 두 번이나 확인했다. 교차로에서 방향을 꺾을 때에도 어깨 너머를 한 번 더 확인하고 속도를 높였다. 그러고는 곧바로 빌리와 부딪혔다.

정말 멋들어진 사고였다. 한 블록 떨어진 곳에 있던 찰리도 자전거의 금속 부분과 뷰익의 금속 그릴이 부딪히는 소리를 들을 수 있었다. 빌리의 몸이 자동차 엔진덮개 위를 날아 유리창에 부딪히는 소리, 빌리가 길바닥으로 굴러 떨어지면서 끙 하고 신음하는 소리도 들렸다. 사실 사고가 너무 진짜 같아서 찰리는 하마터면 차에서 튀어나가 빌리가 괜찮은지 확인할 뻔했다. 그때 빌리가 살짝 시선을 들더니 망치 머리 부분을 차 아래로 던지는 모습이 보였다. 둥근 머리 망치를 손에 들고 있다가 엔진덮개 위를 구를 때 그걸로 유리창을 한번 깨보자는 아이디어는 빌리가 낸 것이었다.

자동차에 타고 있던 협박범이 달려올 때, 빌리는 딱 적당한 연기를 했다. 충격은 받았지만 심하게 다치지는 않은 연기. 두 사람이 이야기를 나누는 동안 찰리는 다시 재킷을 입고 앞좌석으로 옮겨가서 시동을 걸었다. 해밀턴에서 좌회전해서 아까 그 식당 앞을 지난 뒤 사고 현장이 가까워지자 속도를 줄였다. 협박범이 자기 차 옆으로 돌아서 가라고 손짓하는 것을 보고, 찰리는 그의 얼굴을 잘 봐두고 싶은 유혹을 느꼈지만 꾹 참았다. 틀림없이 곧 그를 다시 만날 테니까. 찰리는 세풀베다를 따라 두 블록을 더 가서 어느 주유소로 들어갔다. 공기펌프에 후진으로 차를 댄 뒤 차에서 내려 타이어에 공기를 넣는 척하면서 계속 도로를 지켜보았다.

마침내 뷰익이 도로를 지나가자 찰리는 다시 차에 올라 반 블록 거리를 유지하며 그를 따라갔다. 일요일이라 텅 빈 거리가 이번에는 그에게 유리하게 작용했다. 이런 식으로 뷰익을 미행하며 세풀베다를 8킬로미터 달렸다. 협박범은 거기서 놀랍게도 브렌트우드 글렌의 주택가로 들어갔다. 잘 손질된 주택들이 저마다 산울타리와 관목에 에워싸여 있는 동네였다.

협박범이 크래프츠맨 양식의 작은 주택 진입로로 들어가자 찰리는 그 앞을 지나쳐 그 블록을 한 바퀴 돈 뒤 차를 세웠다. 시동을 끄고, 그 집을 감시할 수 있게 백미러 각도를 조절했다. 여기서 10분쯤 기다리다가 협박범이 들어간 집으로 따라 들어갈 계획이었다.

이 협박범 일당의 결정권자가 저 안에 있을까? 어떤 의미에서는 그가 없는 편이 더 편할 것이다. 마지못해 그의 파트너가 된 남자에게 압박을 가하기가 더 쉬울 테니까. 하지만 찰리의 짐작으로는 그 결정권자가 저 안에 있을 것 같았다. 아마 유혹을 이기지 못했을 것이다. 공범에게서 가방을 받아 식탁에 돈을 쏟아보고 싶다는 유혹. 그리고 나서 특별한 술을 두 잔 따라서 함께 때 이른 축하를 할 것이다. 찰리는 그들이 현실을 깨닫는 장면을 상상하며 살짝 웃었다.

2시 45분. 찰리는 이만하면 시간을 충분히 줬다고 생각했다. 차에서 내려 그 집을 향해 걸어가기 시작했다. 어느 집 산울타리를 지날 때 갑자기 움직이는 그림자 하나가 어렴풋이 눈에 들어왔다. 마치 호기심을 느낀 사람처럼 그는 그쪽을 돌아보았다.

리츠키

이 도시에서 20년을 산 리츠키는 이제 거의 무엇이든 믿을 수 있었다. 얼간이가 부자가 되는 것도 보고, 천재가 빈털터리가 되는 것도 보았다. 예술 작품이 쓰레기더미 속에 던져지는 것도 보고, 싸구려 작품이 미국인들의 마음과 심장을 사로잡는 것도 보았다. 서로에게 마음이 있는 성인들이 상상을 초월하는 연애를 하는 것도 보았다. 그런 사람들의 관계를 어떻게든 이해해보려고 하다가는 정신병원행이 되기 십상이었다. 그러나 할리우드에서는 무슨 일이든 일어날 수 있다고 믿게 되었어도, 자신의 행운만은 믿을 수 없었다.

지난 2월, 리츠키가 모자를 손에 쥐고 자신이 조금 섣부르게, 충동적으로, 현명하지 못하게 사직서를 제출한 것 같다고 인정했을 때 험프티덤프티는 관심을 보이지 않았다. 리츠키의 면전에서 그 지저분하고 작은 사무실 문을 쾅 닫아버렸을 뿐이다. 하지만 최악은 그것이 아니었다. 리츠키가 올리비아 드 하빌런드의 엄청난 사진을 셀즈닉 영화사의 고위 간부에게 팔 예정이라서 회사를 그만뒀다는 소문을 험프티가 여기저기 퍼뜨린 것이 문제였다. 그 결과 그는 신뢰를 잃었다고 할 만한 상황이 되었다. 그가 신문 1면에 실릴 만한 스타들의 방심한 모습을 사진으로 찍을 때마다 돌아서서 영화사에 팔아버린다는 소문이 도는 마당에 이 반짝이는 도시의 어느 누가 리츠키를 고용하려 하겠는가.

"꺼져." 발행인들은 하나같이 이렇게 말했다.

리츠키는 전에도 힘든 시기를 겪은 적이 있지만, 이번에는 차원이 달랐다. 천장에서는 물이 뚝뚝 떨어지고, 발밑에서는 버섯이 자라는 수준이었다.

그런데 어느 날 밤 돈이라고는 대략 5센트 동전 하나밖에 없는 신세로 하필이면 오말리즈에 갔다가, 옆에 웬델 아무개가 앉아 있는 것을 알게 되었다. 웬디는 바에서 위스키를 한 모금 마신 뒤 집으로 돌아가 침실에서 페퍼민트 슈냅스를 꿀꺽꿀꺽 마시는 유형이었다. 한숨을 어찌나 많이 쉬는지, 5분마다 한 번씩 손수건을 꺼내 안경에 서린 김을 닦아내야 할 정도였다. 평소라면 리츠키가 시간을 내어줄 만한 상대가 아니었다.

아직 MGM에서 일하던 시절 웬디는 리츠키 옆으로 의자를 끌고 와서 마치 전우를 만난 것처럼 굴곤 했다. 얼마나 웃기던지. 스틸사진을 찍는 스튜디오에는 조명과 가구가 이미 설치되어 있다. 삼각대에 카메라를 고정하고 느긋하게 초점을 맞춘다. 그러고는 카메라 앞의 사람들에게 웃으라고 말하면 그들이 웃는다. 인상을 찌푸리라고 하면, 인상을 찌푸린다. 불행한 연인들처럼 서로의 눈을 바라보라고 말하면, 불행한 연인들처럼 서로의 눈을 바라본다. 이것은 산책로에서 인물사진을 찍어주는 일보다 한 끗 위의 작업이었다.
 정돈된 스튜디오에서 찍는 것은 진짜 사진이 아니다. 현장 사진이 진짜였다. 거리에서 3초 만에 각도를 잡고 셔터를 누르고 빠져나와야 하는 사진. 웬디 같은 사람은 할리우드 시내에서 어떻게 사진을 찍어야 하는지 잘 모를 것이다. 집고양이가 사바나에서 가젤을 사냥하는 법을 모르는 것과 같다. 그래도 이 한심한 개자식은, 이 좆같은 놈은 황금 거위가 무릎으로 털썩 떨어지는 경험을 했다. 여배우 스무 명을 하느님이 창조하신 모습 그대로 사진 찍었다니. 게다가 그 사진들이 어디에 있다고? 서랍 속에서 먼지를 뒤집어쓰고 있었다. 리츠키는 믿을 수가 없었다. 도저히 믿을 수 없어서 자기 눈으로 그 사진을 꼭 봐야겠다고 고집을 부렸다. 그러려면 웬디의 아파트로 직접 가야 하는데도.
 알고 보니 웬디의 집은 아파트가 아니었다. 브렌트우드 근처의 유복한 동네에 있는 침실 두 개짜리 주택이었다.
 웬디는 혼자 산다고 주장했지만, 꼴을 보아하니 어머니와 함께 사는 것 같았다. 리츠키는 웬디의 사진들이 먼지를 뒤집어쓰고 있을 것이라던 자신의 상상이 틀렸음을 알게 되었다. 사진과 아주 가까운 곳에, 자동차로 치면 주행거리가 1만6000킬로미터쯤 되는 진공청소기가 있었으니까. 게다가 웬디는 집 안으로 들어가면서 꼭 신발을 벗어야 한다고 요구했다.

 리츠키가 양말만 신은 채로 말했다.
 "그래, 그렇게 떠들어대던 그 사진은 어디 있어?"
 웬디는 복도를 걸어가 침실 안으로 사라졌다. 2분 뒤 서류철 하나를 들고 돌아온 그는 칵테일 테이블에 그것을 내려놓았다. 리츠키가 서류철을 열자, 루이즈 레이너가 그를 올려다보았다. 삼각형 모양의 은밀한 부위는 누가 봐도 미소를 지을 만했다. 그다음은 베티 데이비스였다. 그래, 바로 그 베티 데이비스. 실오라기 하나 걸치지 않은 모습. 머리가 빙빙 돌았다. 그녀가 나오는 영화를 열 편이나 본 사람이라도 그녀의 알몸을 상상한 적은 없을 것이다. 그래서 이 사진이 아름다웠다. 벌거벗은 데이비스의 사진은 사실상 상상도 할 수 없는 물건이기 때문에 그만큼 가치가 있었다. 사진을 부채꼴로 늘어놓은 리츠키는 고개를 절레절레 저으며 감탄했다. 하얀 피부만큼이나 순백의 명성을 자랑하는 여자들이 그의 눈앞에 있었다. 눈처럼 하얗고, 상아처럼 하얗고, 크림처럼 하얀 여자들. 금전등록기가 치렁치렁 울리며 새하얀 교향곡을 연주하는 소리가 들렸다.

게다가 그것이 전부가 아니었다. 리츠키가 마지막으로 손을 뻗은 사진 속에서는 그들 중에서도 가장 새하얀 올리비아 드 하빌런드 양이 그를 마주 보고 있었다.

입이 귀에 걸리게 웃음이 나올 것 같은 기분으로 시선을 든 리츠키는 당혹스러워하는 웬디를 보고 깜짝 놀랐다. 웬디의 표정을 보니 후회와 씨름하는 것이 분명했다. 자신이 이 독창적인 일에서 한몫을 한 것에 대해 자기혐오까지 느끼는 것 같기도 했다.

리츠키는 조금 당황했다. 이 사진을 훌륭하게 이용하기 전에, 웬디가 폐기해버리는 미친 짓을 저지를지도 모른다는 느낌 때문이었다. 그것도 도덕적인 이유로. 그래서 리츠키는 웃는 얼굴 대신 사진을 감상하는 듯한 표정을 최선을 다해 지었다.

"아, 사진 좋네. 진정한 예술 작품이야, 웬델."

웬디가 조금 놀란 표정으로 리츠키를 보았다.
"정말로?"
"정말로!"
리츠키는 베티 데이비스의 사진을 꺼내 맨 위에 놓았다.
"이 사진을 봐. 데이비스 양을 네가 진짜 잘 포착했어. 오만하고 똑똑해 보이는 모습. 건조한 재치. 내가 본 데이비스의 사진 중에 이만한 작품이 없었던 것 같은데. 내가 사진을 아주 많이 봤는데도 말이야. 소도구나 의상에 의존하지 않고도 네가 눈으로 포착한 것을 전달했잖아. 이건 베티 데이비스 그 자체야. 누가 봐도 그래. 데이비스가 오늘 저녁의 분위기를 한마디로 요약하는 소리가 금방이라도 들려올 것 같아."
"난 그렇게 생각해본 적은……."
"없겠지. 네가 워낙 겸손한 사람이니까. 게다가 구도를 봐. 데이비스를 중앙에서 조금 벗어나게 잡은 것. 그러니까 데이비스가 예술적인 숙고에 빠진 순간을 잡은 것 같은 느낌이 더 강해져."
"거기 여건상 융통성이 별로 없었어. 그냥 주어진 걸로 어떻게 해볼 수밖에는."
"잘 해냈어, 웬델. 진짜 잘 해냈어."
알고 보니 웬디가 사진을 폐기할까 봐 리츠키가 걱정할 필요는 처음부터 없었다. 그의 작품으로 돈을 좀 벌어보자고 설득하는 데 걸린 시간은 모두 5분이었다.
웬디는 아마 평생 누가 시키는 일만 하며 살아왔을 것이다. 어머니의 말씀만 들은 것이 아니었다. 교사와 상사, 버스 기사와 극장 안내양의 말도 잘 따랐다. 도로표지판, 제품 설명서, 누가 문 아래로 슬쩍 밀어 넣은 종교 전단지의 지시사항도 얌전히 따랐다. 조금이라도 권위를 지닌 사람이 웬디에게 뭔가를 시키면, 그는 잠시도 주저하지 않고 한마디 불평도 없이 그 일을 했다. 하지만 드디어 그도 그런 삶에 조금 싫증이 났는지 모른다. MGM에서 해고된 뒤 그는 누군가 나타나서 자신을 슬쩍 밀어주기를 바라며 미래의 가장자리에 서 있었다. 그래서 리츠키가 그를 밀어주었다.

계획은 간단했다. 사진 속 인물들과 한 명씩 접촉해서, 소액의 보수와 사진을 교환하자고 제안하는 것. 소액의 보수는 말하자면 분실물을 찾아준 사람에게 주는 보상금 같은 거였다. 그들은 가장 먼저 드하비에게 연락했다.

그날 밤 늦게 리츠키가 자신의 형편없는 방을 향해 형편없는 계단을 오르고 있을 때, 2층 문이 열리더니 집주인이 고개를 내밀었다. 그녀는 속속들이 폴란드 사람이었다. 설사 말씨로 그녀의 출신을 알아보지 못하는 사람도, 요리 냄새를 맡으면 알 수 있었다. 지난 20년의 세월 동안 이 건물 안의 모든 매트리스에 그 냄새가 배어 있었다. 이곳 세입자들은 전 세계에서 온 사람들이었지만, 잠들었을 때 꾸는 꿈에는 마늘을 넣은 폴란드의 소시지가 나왔다.

"기다려줘서 고마워요." 리츠키가 말했다.

집주인은 대답 대신 인상을 찌푸렸다.

"집세요, 리츠키 씨."

"알아요." 그는 집주인 앞을 지나쳤다.

"2주 밀렸어요."

"담보로 카메라를 맡겼잖아요. 이번에는 또 뭘 원해요? 내 모자?"

"모자는 필요 없어요. 카메라도 내가 원한 게 아니고. 여긴 전당포가 아니라 아파트예요. 선량한 사람들이 사는 곳."

"최고의 사람들이죠." 리츠키는 집주인의 시야를 벗어났다.

집주인의 옛 고향에서 그녀의 선조들이 스무 세대 동안 집세를 내며 사는 처지였으니, 그녀가 조금 연민을 보여주지 않을까 싶기도 할 것이다. 하지만 틀렸다. 집주인은 록펠러만큼이나 무정했다. 선조들이 낸 돈을 벌충하기 위해, 자기 건물로 밀려온 가난한 세입자들에게서 푼돈을 모조리 짜내려는 것 같았다.

리츠키는 방으로 들어가 주위를 찬찬히 둘러보았다. 금이 간 회벽, 망가진 침대 스프링, 물이 새는 수도꼭지. 여기서 살아주는 대가로 자신이 집주인에게서 돈을 받아야 할 지경이었다.

리츠키는 문 뒷면에 박아둔 못에 모자를 걸었다. 신발을 발로 차듯이 벗은 뒤 침대에 털썩 누워 양손으로 뒤통수를 받쳤다. 그러고는 마침내 빙그레 미소를 지었다.

스무 명의 여배우에게서 1인당 5천 달러씩. 그러면 그의 몫은 5만 달러였다. 일주일에 한 명씩 돈을 받으면, 추수감사절 때까지 모두 긁어모을 수 있을 것이다. 그러면 다가오는 크리스마스에는? 이 지저분한 도시를 영원히 등질 것이다. 새 차를 사서 곧바로 국경으로 가야지. 멕시코시티에서 1~2주를 보내면 어떨까. 침대보가 깨끗하고 룸서비스가 나오는 진짜 호텔에서. 하지만 그 뒤에는 더 남쪽의 푸에르토 바야르타나 아카풀코로 갈 것이다. 해안을 따라 더 내려가서 소도시로 들어가게 될 수도 있다. 외국인이 잘 안 오고 10달러로 한참을 버틸 수 있는 곳으로. 거기서 바닷가에 작은 집을 하나 사서 야자수 사이에 해먹을 걸 것이다. 아가씨 두 명을 고용해 번갈아가며 요리도 하고 자신의 발도 주무르라고 해야지. 낚시나 독서처럼 시시한 일을 하며 길고 나른한 오후를 보내게 될지도 모른다. 어쨌든 그는 남의 밑에서 하는 일은 전혀 하지 않을 것이다. 전혀 아무것도.

◆ ◆ ◆

마침내 일요일이 되었을 때, 오후 12시 15분 전에 리츠키는 웬디의 집 소파에 새로운 파트너와 함께 앉아 있었다. 솔직히 사진을 본 첫날 그 사진을 그냥 집어들고 가버릴까 하는 생각을 순간적으로 하기는 했다. 사실 웬디가 뭘 어쩌겠는가? 주먹을 들겠는가? 경찰에 신고하겠는가? 그럴 리가 없지. 그러면 모든 것이 리츠키의 것이 될 터였다.

'아니, 잠깐만.' 리츠키는 혼자 속으로 말했다. '웬디를 끼워주는 편이 더 나을지도. 훨씬 더 나을지도…….'

그래서 드하비에게 보낼 사진 봉투를 준비할 때 리츠키는 쪽지 쓰는 일을 웬디에게 시켰다. 그리고 봉투를 전달하러 갈 때 웬디의 차를 빌렸다. 이제 몇 분만 지나면, 웬디가 호텔에 전화할 것이다. 그리고 오후 2시에 웬디가 그 식당으로 가서 돈을 가져올 것이다. 그러면 만에 하나 일이 잘못되더라도, 모든 증거는 웬디만을 향할 것이다. 쪽지, 자동차, 전화, 모두. 만약 경찰이 리츠키를 찾아낸다면, 그는 도대체 무슨 소리인지 모르는 사람처럼 행세할 작정이었다.

리츠키의 파트너인 웬디는 조금 불안한 기색이었다. 그래서 아직 이른 시간인데도 리츠키가 그에게 위스키 한 잔을 따라주었다. 그리고 예의상 자기 몫의 잔에도 술을 따랐다.

"시간이 됐어." 함께 술잔을 비운 리츠키가 말했다.

웬디는 토라진 표정으로 전화기를 보았다.

"왜 내가 해야 돼?"

"내가 말했잖아. 드하비랑 한두 번 만난 적이 있다니까. 내가 전화하면 그쪽에서 내 목소리를 알아볼 거야."

웬디는 고개를 끄덕였지만, 그의 말을 절반만 믿는 눈치였다. 하지만 술을 한 잔 더 마신 뒤 전화번호를 돌려 드 하빌런드 양의 방으로 연결해달라고 말했다.

리츠키는 상대편의 말을 들으려고 웬디 쪽으로 몸을 기울였다. 벨이 네 번 울린 뒤 어떤 여자가 전화를 받았다. 여보세요 하고 말하는 그녀의 목소리를 듣는 순간 리츠키는 온몸에 전기가 통하는 기분이었다. 먼저 귀에서 시작해 척추를 타고 내려가 손끝으로 퍼지더니, 다시 그 길을 되짚어 올라왔다. 그 바람에 머리카락이 죄다 곤두서고 모든 말초신경이 따끔거렸다. 전화기 속 목소리가 드하비의 것이 아니었으니까. 그 금발 여자의 목소리였다! 로비로 들어와 주방 문으로 나간, 그 흉터 있는 여자. 이블린 로스 양.

지난 달 리츠키가 잠을 이루지 못하고 천장만 빤히 바라본 밤이 얼마나 많았는지. 그녀가 귓가에서 이렇게 속삭이는 것 같았다. '치아가 정말 크네요, 리츠키 씨. 콧수염이 멋진데요, 리츠키 씨. 자요, 내가 도와드릴게요, 리츠키 씨.' 드하비의 전화를 그녀가 받았다는 것은, 돈을 가져올 사람도 그녀라는 뜻이었다.

아, 정의가 실현되는구나. 신성한 정의가. 리츠키는 자기 생각에 너무 도취한 나머지 웬디의 질문을 듣지 못했다.

"뭐라고?"

"돈을 받은 다음에 우리가 사진을 돌려줄 거라는 보장이 어디 있느냐고. 뭐라고 말해?" 웬디가 수화기를 손으로 가리고 말했다.

리츠키는 번개처럼 답을 떠올렸다.

"우리가 드 하빌런드를 참고사례로 쓸 거라고 해."

너무나 완벽했다. 자신들이 약속을 지켰음을 다른 여배우들에게 일일이 확인해주는 증인 역할을 저 금발 여자에게 맡길 것이다. 그러면 그 금발 여자는 손을 조금씩 더럽히면서, 동시에 패배감을 몇 번이나 거듭 경험할 수밖에 없을 것이다.

웬디는 홀가분한 표정으로 전화를 끊었지만, 달리 걱정하는 문제가 있는 것 같았다.

또 뭐야. 리츠키는 속으로 생각했다.

"저 여자가 생각을 바꾸면 어쩌지? 경찰에 신고하면 어째? 식당에서 경찰이 나를 기다리고 있으면?"

"그건 걱정 마." 리츠키가 달래는 듯한 목소리로 말했다.

그러고는 자신이 길 건너편의 사무용 건물에 있을 것이며, 주변이 안전하다는 판단이 드는 즉시 식당에서 1.5킬로미터 떨어진 공중전화 부스로 전화를 걸어 알려주겠다고 설명했다. 웬디의 기운을 북돋우기 위해 그와 악수도 했다. 신발을 신으면서 걱정할 필요 없다는 말도 한 번 더 해주었다.

"내가 바로 길 건너편 건물에 있을 거야."

하지만 2시가 지난 직후 안전하다는 말을 하려고 공중전화 부스로 전화를 걸 때 리츠키는 길 건너편 건물에 있지 않았다. 웬디의 집 거실에 있었다.

그 금발 여자가 경찰에 신고할 거라는 생각은 단 한순간도 하지 않았다. 그런 위험을 무릅쓰지는 않을 것이다. 드하비의 처지를 생각한다면. 하지만 모종의 정신 나간 이유로 그녀가 위험을 무릅쓰고 신고해서 경찰들이 돈을 들고 나오는 웬디를 기다리고 있다면, 그들이 사진을 압수하려고 이 집으로 오는 것은 시간문제였다. 그것이 누구에게 득이 되겠는가?

그래서 그날 아침 일찍 웬디가 협박 전화를 걸 준비를 하고 있을 때, 리츠키는 기회를 봐서 테라스 문 잠금장치를 풀어두었다. 웬디가 차를 몰고 나갈 때는 관목 사이에 몸을 숨겼다. 그래서 공중전화 부스에서 웬디가 전화를 받았을 때 리츠키는 웬디의 집 소파에 앉아 있었다.

웬디에게 안전하다고 말한 즉시, 그는 복도를 통해 웬디의 침실로 갔다. 웬디가 돈을 찾아오는 동안 리츠키는 사진을 찾아 안전한 곳으로 가져갈 작정이었다. 어떤 의미에서는 웬디에게 좋은 일을 해주는 셈이었다. 만약 그가 경찰에 붙잡히더라도 사진이 발견되지 않는다면, 그에게 덜 불리할 테니까. 아주 조금. 또한 경찰이 오지 않는다면, 웬디 몰래 사진을 원래 자리로 돌려놓으면 될 일이었다.

웬디의 침실로 들어간 리츠키는 놀라서 고개를 절레절레 저었다. 이 집의 다른 곳과 마찬가지로 어머니의 손길이 느껴졌다. 창턱에는 먼지 한 톨 없고, 침대보에도 주름 하나 없고, 바닥에는 어제 입은 셔츠가 떨어져 있지도 않았다.

침대 머리판 뒤편 벽에는 스틸사진 서른 장이 예술적으로 배치되어 있었다. 웬디가 화려하게 활동하던 시절의 작품 중 가장 마음에 드는 것을 골라서 붙여놓았음이 분명했다. 할리우드에 봉헌된 성전이거나 웬디 자신에게 바쳐진 성전, 이 둘 중의 하나일 것이다. 리츠키는 어느 쪽이 더 나쁜지 쉽게 판단할 수 없었다.

서랍장으로 가서 서랍을 뒤졌다. 깔끔하게 접힌 옷들을 원래대로 깔끔하게 돌려놓는 작업이 원래 생각보다 힘들다. 서랍장을 다 뒤진 다음에는 협탁 차례였다. 그다음에는 옷장을 들여다보았다. 정장 여덟 벌과 기모노 두 벌이 걸려 있었다.

"에이, 진짜."

손목시계를 보니, 곧 2시 20분이었다. 웬디의 집에서 식당까지 거리는 대략 8킬로미터에 불과했다. 조심하지 않으면, 집 안에 있다가 웬디에게 들킬 우려가 있었다. 아니, 경찰에게 들키는 경우가 더 심각했다. 속도를 높일 필요가 있었다.

침실 창문 맞은편에 커다란 중국식 수납장이 있었다. 문을 열어 보니, 30~40개의 작은 서랍이 있었다. 리츠키는 조금 당혹감을 느끼며 그 모든 서랍을 하나씩 열어보다가 사진 크기가 이 서랍과 맞지 않는다는 사실을 깨달았다. 하지만 이 서랍들 위의 공간은? 의자를 찾으려고 두리번거리던 리츠키는 복도를 달려가 식탁 의자 하나를 가져왔다. 그리고 그 위에 올라가서 서랍들 위의 공간을 보았다. 거기에도 먼지 한 톨 없었다! 사진도 없었다.

젠장. 리츠키는 속으로 중얼거렸다. 전에 웬디는 1분 만에 사진을 가지고 나왔는데. 그러니 틀림없이 금방 손이 닿는 곳에 있을 터였다. 이제 남은 시간은 몇 분밖에 안 될 것 같았다. 리츠키는 매트리스를 들어올렸지만, 아무것도 발견하지 못했다. 그런데 매트리스를 내려놓다가 침대 위의 담요가 흐트러지고 말았다. 그것을 다시 매끈하게 펴려고 했지만, 한 곳의 주름을 펴면 다른 곳에 주름이 생겼다.

손목시계를 다시 확인하니 더 이상 시간이 없었다. 리츠키는 식탁 의자를 제자리에 돌려놓고 뒷문으로 살짝 빠져나와서 집 옆으로 돌아가 다시 덤불 속에 자리를 잡았다.

"괜찮을 거야." 그는 혼잣말을 했다.

금발 여자는 결코 경찰을 부르지 않을 것이다. 그녀는 그런 스타일이 아니었다. 웬디는 돈을 가지고 돌아올 것이다. 그러면 오는 크리스마스에 리츠키는 멕시코에 가 있을 것이다. 그러다 어느 나른한 오후에 달리 할 일이 없어서 차를 몰고 시내로 들어가 관광객을 상대하는 상점에서 엽서를 한 장 살 것이다. '햇빛 밝은 멕시코에서 부에나스 디아스[+]'라고 새겨져 있는 엽서 뒷면에 그는 이렇게 쓸 것이다. '가끔 문이 두 번 열릴 때가 있답니다.' 그리고 베벌리힐스 호텔의 이블린 로스 양에게 사랑과 애정을 담아 그 엽서를 보낼 것이다.

이번에는 그 여자도 한번 천장만 빤히 바라보라지.

리츠키가 이런 생각을 하며 좋아하고 있을 때, 웬디의 자동차가 시속 48킬로미터의 속도로 진입로에 들어섰다. 웬디는 끽 하고 차를 세운 뒤 거의 뛰쳐나오다시피 운전석에서 내려 현관문으로 뛰어갔다. 빈손이었다. 파란 옷을 입은 경찰이 웬디를 바짝 쫓아오는 줄 알고 리츠키는 덤불 속으로 더 깊숙이 들어갔지만, 경찰은 나타나지 않았다. 5분 뒤 그는 현관문으로 가서 노크했다. 다시 노크했다.

마침내 안에서 발소리가 점점 가까워지기는 했는데, 문이 열리지 않았다.

"나야." 리츠키가 소리쳤다.

문이 슬그머니 열리면서 드러난 웬디의 얼굴은 드하비보다도 더

[+] '좋은 아침'이라는 뜻의 '부에노스 디아스'를 잘못 쓴 것.

하얗게 질려 있었다. 그는 신발도 벗지 않은 상태였다. 리츠키는 그를 따라 거실로 들어갔다.

"어떻게 된 거야? 식당에 가긴 했어? 그 여자가 안 나타났어?"

웬디는 질문을 하나도 이해하지 못한 사람처럼 리츠키를 보았다.

"이를 닦아야겠어." 그는 이렇게 말하고 나서 복도 저편으로 사라졌다.

"이를 왜 닦아!" 리츠키가 소리쳤다.

하지만 그때 사이드테이블이 쓰러져 있고, 미닫이문도 열려 있는 것이 보였다. 테라스의 벽돌 바닥에는 토사물처럼 보이는 것이 퍼져 있었다.

복도에서 다시 나타난 웬디는 이를 닦으면서 다시 정신을 차린 것 같았다. 그래봤자 보잘것없었지만. 그가 쓰러지듯 소파에 앉았다.

리츠키는 아이를 상대하듯 애써 목소리를 낮췄다.

"무슨 일이 있었는지 말해줄래, 웬델?"

"식당에 갔어."

"그래?"

"가방도 찾았어."

"그래?"

"그게 다야."

리츠키는 방 안을 둘러보았다.

"그럼 가방은 어디 있어?"

웬디는 무기력하게 손을 흔들었다.

"트렁크에."

리츠키는 트렁크에서 핸드백을 가져와 웬디 바로 앞의 칵테일 테이블에 놓았다.

웬디가 여전히 신고 있는 신발, 바닥에 쓰러진 사이드테이블, 테라스의 토사물 등 모든 것이 정리정돈을 좋아하는 웬디의 성향과 확실히 어긋났다. 그러나 주변이 아무리 어지러워도 테이블 위의 핸드백이 그 모든 것을 상쇄하는 효과를 내는 것 같았다. 그것이 방을 정리해준다고까지 말할 수도 있을 것 같았다. 하긴, 돈은 이 망할 놈의 도시 전체를 정리해주었다.

"이 안에 돈이 있어?" 리츠키가 물었다.

웬디는 고개를 끄덕였다.

"네가 할래?"

웬디는 고개를 저었다.

"좋아, 그럼."

위스키 병과 잔을 옆으로 치운 뒤 리츠키는 잠시 머뭇거리다가 핸드백을 들고 뒤집어서 안에 든 것을 쏟았다. 대략 50장씩 묶인 지폐가 초록색과 하얀색 벽돌처럼 탁자 위로 떨어져 제멋대로 쌓였다. 한때 자신에게 거드름을 피운 사람들의 창문으로 이 벽돌을 던져주면 어떨까. 이 벽돌이 있으면, 아카풀코 남쪽의 소도시 해변가에 해먹이 있는 집을 한 채 짓고 하녀 둘을 고용할 수 있을 것이다.

"잘 봐, 웬디. 여기 우리 미래가 있어." 리츠키가 말했다.

"누군가의 미래겠지." 누군가가 말했다.

리츠키와 웬디는 미닫이문으로 시선을 돌렸다. 키가 크고 잘생긴 남자가 손에 권총을 들고 서서 능글맞게 웃고 있었다.

리츠키는 오말리즈에서 웬디의 이야기를 들을 때, 웬디의 집에 와서 사진을 직접 봤을 때, 실감이 나지 않았다. 자신에게 이런 행운이 찾아온 것을 믿을 수 없었다. 하지만 맨 마지막 사진, 즉 드하비의 사진을 보고 그는 어쩌면, 어쩌면 운명의 수레바퀴가 돌아가고 있는 건지도 모른다고 생각했다. 그리고 오늘 아침 금발 여자가 전화를 받았을 때 거의 확신이 들었다. 탁자에 쏟아진 돈을 보았을 때는 남이 복권에 당첨되는 것만 20년 동안 구경한 끝에 마침내 자신의 차례가 왔다고 확신했다.

그렇게 간단할 리가 없는데.

피니건

1934년 마지막 날 밤의 일이었다. 경찰에 들어온 지 5년째인 피니건은 여전히 부서의 신참이고, 하이칼라 오코너가 반장이었다. 자정 직전 퍼시픽 팰리세이즈에 있는 에인즐리 풀러의 카지노 맞은편 그림자 속에 강력반원이 모두 모였다. 하이칼라가 조금 전 카지노 뒤편으로 제복경관 열 명을 보낸 뒤였다. 반원들이 하이칼라의 신호를 기다리고 있을 때, 카지노 안에서 총성이 들렸다. 건물을 뒤흔드는 기관총 소리 다음에는 권총 소리가 이어졌다.
"출동! 출동! 출동!" 반장이 소리쳤다.
자갈이 깔린 진입로에 순찰대원들이 산개하듯 퍼지고, 피니건을 포함한 형사들은 총을 들고 정문으로 쏟아져 들어가 무작정 뛰었다.

반장은 이번 습격을 두 달 전부터 준비했다. 풀러는 금주법이 실시된 첫 해부터 카지노를 열었다 닫았다 하면서 매번 체포를 피했다. 하이칼라는 이번에 반드시 그를 잡을 작정이었다. 신년 전야는 1년 중 카지노의 가장 큰 대목이었으므로, 풀러가 직접 현장에 나와 영수증을 헤아리는 걸 즐긴다는 소문이 돌았다. 그래서 하이칼라는 순찰대를 풀어 건물을 포위했다. 시계가 자정을 치고 모두 〈올드 랭 사인〉을 부를 때, 형사들이 문으로 치고 들어갈 작정이었다. 하이칼라는 풀러에게 곧바로 다가가 새해 복 많이 받으라는 인사를 한 뒤 영장을 내밀 것이다.

하지만 공교롭게도 바로 같은 날 바로 같은 이유로 토미 토리노 역시 카지노를 털러 와 있었다. 내부자의 도움을 얻어 뒷문으로 들어온 토미의 부하들은 깜짝 놀란 풀러의 경비원 두 명에게 총을 겨누고 뒤쪽 계단을 이용해 지하로 내려갔다. 들어온 돈을 헤아리는 곳이었다. 토미가 경비원과 회계담당자를 붙잡고 있는 동안 그의 부하 두 명이 그들의 손발을 묶었다. 다른 부하 두 명은 우편 가방에 현금을 쑤셔 넣었다.

모든 일이 정확히 진행되었다. 작전 수행에 걸린 시간은 도합 25분밖에 되지 않았다. 하지만 그들이 돈을 들고 계단을 올라가던 중, 브루저 앨런이 샌드위치를 쟁반에 가득 담아 들고 계단 꼭대기에 갑자기 나타났다. 브루저는 토미의 머리를 향해 샌드위치를 내던지고 문을 쾅 닫았다. 계단 중간쯤에 있던 토미와 부하들은 브루저가 다른 직원들을 부르는 소리를 들었다. 문이 다시 열리면 그들은 모두 독 안의 쥐 신세가 될 터였다. 결국 오던 길을 되돌아가 지하에서 나갈 길을 찾아보는 수밖에 없었다. 지하에서 또 다른 계단을 발견한 그들은 전속력으로 달려 올라갔다. 신년맞이 카운트다운이 시작되기 직전인 카지노 업장으로 통하는 계단이었다.

순간적으로 모두가 얼어붙었다. 딜러, 딜러 보조, 웨이트리스는 물론 심지어 밴드까지도. 사람이 워낙 많아서 토미는 출구까지 가기가 만만치 않다는 것을 알고 기관총을 들어 천장에 난사했다. 샹들리에 하나가 바닥으로 추락하고 고객들이 몸을 피할 곳을 찾아 달려가는 가운데, 풀러의 부하들이 크랩스* 테이블을 쓰러뜨리고 무기를 꺼내 토미의 부하들과 총격전을 벌이기 시작했다. 형사들이 문을 박차고 들어온 것이 그때였다. 총격전으로 아수라장이 된 곳에 총을 든 사람들이 또 나타난 것이다.

마침내 총격전의 연기가 걷혔을 때, 토미의 부하들은 모두 이 세상 사람이 아니었다. 풀러의 부하 세 명, 제복경관 두 명도 마찬가지였다. 하이칼라는 베란다에 시체를 눕혀놓게 하고, 생존자들을 무도장에 모았다. 잡다한 사람들이 이백 명쯤 되었고, 대부분 파티용 정장이나 드레스 차림이었다. 형사들은 방마다 돌아다니며 사람들을 모두 한자리에 모았지만, 에인즐리 풀러만은 어디서도 발견되지 않았다.

도허티는 이런 말을 하곤 했다. "모든 이야기에는 교훈이 하나 있지만, 교훈이 두 개 이상 되는 이야기가 대부분이다." 팰리세이즈 기습 작전의 여파를 겪으면서 피니건은 세 개의 교훈을 얻었다.

첫째, 모두 죄가 있다. 젊은 경관이던 그에게 일종의 계시처럼 다가온 교훈이었다.

풀러의 카지노 종업원은 적어도 쉰 명이었다. 딜러, 딜러 보조, 계

✦ 주사위 게임의 일종.

산 담당뿐만 아니라 바텐더와 웨이트리스, 담배 아가씨와 악사까지 포함한 숫자였다. 그들 모두 불법적인 일인 줄 알면서 참여한 죄가 있었다. 그 자리에서 도박을 즐기던 백여 명도 마찬가지였다. 누군가는 룰렛을 하고 누군가는 크랩스를 했다. 돈을 딴 사람도 있고 잃은 사람도 있었다. 모두 법을 어기는 행동이었다.

하지만 그게 전부가 아니었다. 게임 테이블에서부터 불법적인 일들이 동심원을 그리며 퍼져 나왔기 때문이다. 돈을 따서 칩을 현금으로 바꾸는 신사가 보이면, 빨간 드레스를 입은 우아한 중년 여성이 위층의 개인 룸으로 그를 초대했다. 그 방에서는 그들의 축하 파티를 도와줄 아름답고 젊은 여성들이 기다리고 있었다. 여섯 시간 동안 계속 돈을 따다가 조금 시들해진 사람이 보이면, 두 남자가 기꺼이 나서서 새로운 활력을 불어넣어주었다. 돈을 잃은 사람에게는 항상 적어도 세 남자가 붙어서, 이자를 받고 기꺼이 돈을 빌려주었다. 월스트리트의 은행가들도 얼굴을 붉힐 만한 이자율이었다.

풀러의 카지노는 인간의 결점을 이용하는, 정교하고 복잡하고 기름칠이 잘된 기계였다. 모두 그 점을 알고 있었다. 그들은 죄에 탐닉하거나 죄를 이용해서 이윤을 얻으려고 카지노에 왔다. 그리고 모두 얼굴에 미소 비슷한 것을 띠고 있었다. 심지어 돈을 잃은 사람들까지도. 피니건이 이 광경을 눈에 담으면서 확신한 것 한 가지는 노인이든 젊은이든, 외모가 수수하든 뛰어나든, 그날 경찰이 무도장에 불러 모은 사람들에게는 모두 죄가 있다는 사실이었다. 한 명도 빠짐없이 죄가 있었다.

피니건이 그날 얻은 두 번째 교훈은 돈이 바람과 같다는 것이었다. 신문을 읽다 보면 돈이 화강암이나 강철 덩어리처럼 실체를 지닌 것 같은 인상을 받는다. 사실 공장, 고층 건물, 평판을 쌓아 올리는 데 사용되는 것이 바로 돈 아닌가. 돈이 있으면 과거를 지우고 미래를 확보할 수 있다. 사회의 한 부분을 단번에 몇 세기쯤 분리시키는 장벽을 세울 수도 있다.

그러나 피니건은 한심한 죄인 무리를 보면서, 더러는 소심하게 옹송그리고 더러는 성급하게 짜증을 내는 사람들을 보면서, 돈이 엄청난 속도로 원을 그리며 움직인다는 사실을 깨달았다. 이쪽의 저 사람, 횟가루로 범벅이 된 턱시도를 입은 그 남자는 아마 20달러 지폐를 한 손에 가득 쥐고 이곳에 왔을 것이다. 그러나 몇 분도 안 돼서 돈이 사방으로 흩어져버렸다. 두들겨맞은 암탉들이 흩어지듯이. 룰렛으로 돈을 잃은 사람도 있고, 바카라로 돈을 잃은 사람도 있을 것이다. 그들이 잃은 돈은 돈을 딴 승자들의 주머니로 들어갔고, 승자들은 그 돈을 바텐더, 마약 밀매꾼, 매춘부에게 주고 샴페인, 마약, 함께 보내는 시간을 구했다. 바텐더, 마약 밀매꾼, 매춘부는 그 돈의 일부를 고용주에게 바친 뒤, 식비와 월세를 제한 금액을 아마 나름대로 즐기는 데 썼을 것이다.

재무장관에 따르면, 정부는 돈을 순환시킨다. 사람이 한 말 중에 이보다 더 진실한 것은 없다. 돈은 계속 빙글빙글 돌면서 이 사람, 저 사람 손으로 옮겨 다니다가 나중에는 출발점으로 돌아온다. 물론 그때는 낡아서 돈과 비슷한 어떤 물건이 되어 있다. 돈은 소리 없이, 주저 없이 신속하게 움직인다. 그런 움직임이 낳을 결과에 대해서도 전혀 알지 못한다. 풍차를 돌리는 바람처럼 돈도 어디선가 느닷없이 나타나 기계를 돌리고는 흔적도 없이 사라진다.

그럼 세 번째 교훈은? 피니건은 이 교훈을 조금 천천히 깨달았다.

✦ ✦ ✦

 무도장에 모인 사람들이 점점 지쳐갈 때 하이칼라는 그들 앞을 서성거리며 정의로운 분노를 터뜨렸다. 두 달 동안이나 준비한 작전인데 풀러가 이렇게 스르르 빠져나간 것만으로도 화가 났다. 하지만 그보다 더 심각한 것은, 풀러가 미리 이 정보를 알아냈을 가능성이 있다는 점이었다. 풀러가 미리 정보를 알아냈다면, 하이칼라의 부하 중에 놈에게 정보를 준 놈이 있다는 뜻이었다.

 풀러는 중요한 인물이었다. 놈을 확보하지 못했으니, 하이칼라는 무도장에 모인 사람들이 산더미 같은 서류작업과 한 달치 두통거리로만 보였다. 옷을 잘 차려입은 사람들을 예로 들어보자. 베벌리힐스와 벨에어에서 온 그들은 모두 로터리클럽의 회원, 교회의 집사, 시장의 친구 등등일 것이다. 하이칼라가 그들을 경찰서로 끌고 가서 도박 혐의로 넘긴다면 10분 뒤부터 전화벨이 울리기 시작해서 부활절까지 그치지 않을 것이다. 풀러의 직원들은 대부분 피라미였다. 바텐더, 웨이트리스, 담배 아가씨가 불법적인 일에 자의로 참여한 것은 맞지만, 대부분의 배심원들이 보기에 그들은 그저 직장에 다니는 평범한 사람이었다. 한편 경찰서가 낯설지 않은 사람들, 그러니까 완력을 담당한 놈들과 위층의 아가씨들은 입건되어 조서를 작성한 뒤 평소처럼 다음 날 아침에 석방될 터였다. 그래서 하이칼라는 그들 모두를 그냥 보내주고 싶다는 유혹을 느꼈다.

 물론 토미는 예외였다. 그에게는 법적인 조치가 정말로 필요했다. 무장 강도 짓을 하다가 현장에서 붙잡혔고, 그 와중에 경찰관 두 명이 죽었다. 그러니 토미는 교수대에 매달려 흔들거리는 신세가 될 가능성이 높았다. 하이칼라는 이런 생각에서 조금 위안을 얻었으나, 속도 상했다. 토미를 처형대로 보내는 것은, 풀러 몫의 복수까지 어느 정도 대신 해주는 꼴이 아닌가. 하이칼라의 부하들이 마침 무장 강도 현장에 나타났다는 사실에 냉소적인 사람들과 그를 못마땅하게 생각하는 사람들은 그가 풀러의 밑에서 일하는 것 아니냐고 떠들어댈 터였다. 그리고 풀러는 그런 말이 사실이 아니라고 밝힐 이유가 없었다. 아니 오히려 은근히 그런 말을 부추길 것이다. 하이칼라를 자기가 부린다는 인상을 주는 것만으로도 강도와 경쟁자들이 멈칫하게 될 테니 그는 돈을 들이지도 않고 보호책을 얻을 수 있는 것 아닌가.

"놈을 데리고 나가." 하이칼라가 도허티에게 말했다.

도허티와 피니건이 각각 토미의 팔꿈치를 잡고 그의 부하들 시체가 놓여 있는 베란다를 가로질렀다.

"처자식은 잘 지내?" 계단을 내려가는 동안 토미가 도허티에게 말했다.

"시끄러." 도허티가 말했다.

자갈이 깔린 진입로에 주차를 도와주는 직원은 보이지 않았다. 대신 구급차 한 대, 영구차 두 대, 경찰차 여섯 대가 저마다 다양한 각도로 주차되어 있었다. 그 옆에서는 미핸 경관과 잭슨 경관이 엽총을 들고, 돈이 들어 있는 우편 가방 다섯 개를 지키는 중이었다.

도허티가 토미를 경찰차 뒷좌석에 집어넣을 때, 토미가 크게 히죽 웃었다.

"뭐가 웃겨?" 도허티가 다그치듯 물었다.

"아무것도." 토미가 말했다.

하지만 그는 계속 미소를 지우지 않았다. 피니건이 운전석에 앉자, 토미가 조금 앞으로 몸을 기울여 목소리를 낮췄다. 마치 피니건에게 비밀 이야기를 하려는 것처럼.

"가방은 여섯 개였어, 경찰 양반. 나랑 우리 애들이 지하에서 여섯 개를 가지고 나왔다고."

그러고는 뒤로 몸을 물렸다. 인간의 본성에 대한 자신의 예상이 이번에도 맞아떨어졌음을 확인한 사람의 미소를 띠고 있었다.

사방에서 총알이 날아다니고, 여자들은 비명을 지르고, 테이블이 쓰러지고, 샹들리에가 박살나는 혼란의 와중에 누군가가 돈가방 한 개를 챙긴 모양이었다. 어떤 바텐더나 악사, 아니면 경찰관이 가방을 나중에 찾아가려고 어딘가에 숨겨두었을 것이다.

이것이 첫 번째 교훈, 즉 모두 죄가 있다는 교훈의 또 다른 증거 아니냐는 생각이 들지도 모른다. 피니건도 정확히 그런 결론을 내렸다. 적어도 처음에는. 그러나 그 뒤 몇 주 동안 팰리세이즈 기습 작전이 생각날 때마다 뜻밖의 행운을 누군가의 손에 갑자기 안겨준 그 예상치 못한 사건들을 자기도 모르게 곰곰이 생각하게 되었다. 바텐더인지 악사인지 경찰관인지 알 수 없는 그 누군가는 그날 그 일이 있기 전 몇 년 동안 이렇다 할 불만 없이 직장에 출근해서 맡은 일을 했을 것이다. 각종 공과금을 제때에 내고, 과소비를 하지 않고, 다른 사람들에게 항상 친절하지는 않았을망정 공정한 태도를 보이기는 했을 것이다. 그런데 갑자기 이 우주가 보내준 요행 덕분에 그는 적극적으로 원한 적도 상상한 적도 없는 상황을 맞이했다. 무차별적인 폭력이 오가는 현장에서 돈이 가득 든 가방 옆에 서 있게 된 것이다.

피니건은 여기에 세 번째 교훈이 있다고 생각했다. 방심하지 않는 사람에게 횡재가 찾아온다는 교훈. 이것은 어디서나 적용될 수 있는 교훈이겠지만, 특히 로스앤젤레스에 잘 맞았다. 돈이 허리케인처럼 날아다니는 이 도시에서는 결국 정직한 사람에게 부자가 될 기회가 나타나게 되어 있었다. 그러니 때를 기다리는 것이 관건이었다. 성실하게 출근하고 세금신고를 하는 생활을 하면서, 미처 예측할 수 없는 사건들이 어느 날 하나로 합쳐져서 바로 옆에 돈가방이 놓이게 될 때를 내내 기다리는 것.

베벌리힐스 호텔에서 신임 보안과장을 구한다는 소식을 듣고 피니건은 그곳이야말로 행운이 찾아올 법한 장소라고 생각했다. 그래서 경찰을 그만두고 그곳에 취직했다. 호텔에서 그는 맡은 역할을 수행했다. 지배인에게 날품팔이 노동자 취급을 받으면서, 잃어버린 개를 찾는 부유한 상속녀를 도와주고, 호텔 바에서 주정뱅이를 살살 데리고 나와 머리를 쥐어박고 싶은 유혹에 저항하며 택시에 태워 보냈다. 그러면서 줄곧 기다렸다. 하지만 자신이 정확히 뭘 기다려야 하는지에 대해서는 별로 생각하지 않았다. 기다리던 것이 나타나면 바로 알아볼 것이라는 자신이 있기 때문이었다. 실제로도 그랬다.

문제의 그 수요일에 피니건이 자신의 사무실에 앉아 개인적인 볼일을 처리하고 있는데, 구내전화가 울렸다. 프런트데스크를 지키는 윌리엄스의 전화였다. 어느 늙은 멕시코인이 올리비아 드 하빌런드 앞으로 된 봉투를 들고 나타나 꼭 직접 전달해야 한다고 고집을 피운다고 했다. 피니건이 로비로 나가자 그 멕시코인은 고집을 조금 누그러뜨리고 아주 많이 불안한 표정을 지었다. 피니건은 그를 자신의 사무실로 데리고 들어와 문을 닫았다. 노인은 이미 그에게 무슨 말이든 전부 털어놓을 기세였다. 사실 별것 아닌 얘기였다. 가느다란 콧수염을 기른 호리호리한 남자가 파란색 컨버터블을 몰고 와서 그에게 몇 달러를 주며 그 봉투를 배달하라고 시켰다는 내용이었다.

피니건은 노인을 보낸 뒤, 사무실에 앉아 봉투를 손으로 들고 무게를 가늠해 보았다. 앞뒤로 구부려보기도 했다. 봉투 안에는 사진이 들어 있는 것이 거의 확실했다. 영화사에서 온 사진은 아닌 것 같았다. 피니건은 필요하다면 봉투에 김을 쏘여서 열어볼 사람이었지만, 이런 일을 저지른 멍청이들은 봉투를 아예 봉하지도 않았다. 그래서 그는 사진을 슬쩍 꺼내서 보고 휘파람을 불었다.

협박꾼이 요구를 적은 메모는 심지어 타자기로 작성한 것도 아니었다. 아주 자신감이 넘치는 놈이거나, 엉성하기 짝이 없는 놈인 모양이었다. 어느 쪽이든 피니건에게는 나쁠 것이 없었다.

그가 놀란 부분은 놈들이 요구한 금액이었다. 5천 달러보다 더 높은 금액을 부를 수 있었을 텐데. 아마도 앞으로 여러 번 이런 요구를 할 작정인 듯했다. 아니면 혹시, 만에 하나, 드 하빌런드의 이 사진이 더 커다란 범행 계획의 일부거나.

피니건은 드 하빌런드에게 서비스를 제공할지 고민했다. 그녀를 돕는 것은 어려운 일이 아니었다. 지금 당장 봉투를 배달하고 몇 시간 뒤 무슨 일 없느냐고 물어보면 될 일이었다. 만약 그녀가 별일 아닌 것처럼 굴면, 그는 자신이 경찰 출신임을 일깨워줄 것이다. 그러면 결국 그녀가 모든 사실을 털어놓을 터였다. 틀림없었다. 그때부터는 그가 내부자로서 일을 꾸밀 수 있었다.

하지만 이 방법은 딱 몇 분 동안 생각만 해보았다. 한번 내부자가 되면 다시 빠져나오기가 어려울 것 같아서였다. 최선의 방법은 밖에서 일을 꾸미는 것이었다. 그래야 자신이 이 일에 관련되었음을 드 하빌런드가 전혀 알아차리지 못할 것이다. 그녀가 경찰에 신고하거나 영화사에 사정을 이야기할 것 같지는 않았다. 일요일 정오에 직접 전화를 받아 기꺼이 돈을 넘겨주려 할 것이다. 피니건은 그때를 기다릴 작정이었다. 며칠 더 때를 기다려야 한다는 뜻이었지만, 그건 그가 잘하는 일이었다. 아주 잘하는 일.

피니건은 사진을 다시 봉투에 넣고 봉했다. 그러고는 8번 방갈로로 가서 봉투를 직접 전달했다.

몇 시간 뒤, 드 하빌런드가 무척 당황한 모습이 보였다. 양손을 쥐어짜며 로비를 서성이고 있었다. 이 비밀을 털어놓을 수 있는 누군가를 기다리고 있음이 분명했다. 알고 보니 그 누군가는 바로 이블린 로스였다.

당연히 그렇겠지.

로스 양은 처음부터 피니건의 관심을 끌었다. 호텔 손님들이 호텔 금고에 맡긴 모든 물건의 목록을 받아보는 것은 피니건의 업무에 속했다. 지난 9월에 그는 혼자 호텔에 나타난 그녀가 커다란 약혼반지와 다이아몬드 귀걸이 한 짝을 금고에 맡긴 것을 보고 의아했다. 다음 날 오후에 그녀는 귀걸이를 금고에서 가지고 나가더니 몇 시간 뒤에 쇼핑백 몇 개를 들고 돌아왔다. 피니건이 보기에 그녀는 남편 사냥꾼이었다. 그런 여자를 처음 보는 것도 아니었다. 혹시 좋은 상대를 만날 수 있을까 싶어서 마지막 남은 돈으로 고급 호텔에 묵는 여자들. 피니건은 그녀를 잘 지켜보기로 했다. 만약 호텔 바에서 그녀가 손님들에게 지나치게 들이대면 자신이 나서서 정중히 내보내야 했다.

그러나 그 뒤로 몇 주 동안 피니건은 그녀가 결혼 상대로 적당한 남자들의 접근을 거절하는 것을 몇 번이나 보았다. 개중에는 영화 제작자, 배우, 텍사스 출신의 석유 기업가도 있었다. 그녀는 그들이 사주는 술도 전혀 받지 않았다. 그녀가 여기서 뭘 구하려는 것인지는 몰라도, 남편을 원하는 것은 아니었다.

12월에 드 하빌런드가 호텔을 거처로 정했을 때, 피니건은 그녀의 결정 뒤에 로스가 있음을 알게 되었다. 그 뒤로 몇 주 동안 두 사람은 밤에 자주 함께 외출했다. 피니건은 그녀가 그쪽으로 방향을 바꾼 건가 싶었다. 하지만 나중에 보니 그것도 아니었다. 만약 두 여자 중 한쪽이 아침에 상대의 방에서 나오는 모습이 일상이 되었다면, 메이드들을 통해 그 사실이 피니건의 귀에 금방 들어왔을 터였다.

피니건이 접근할 수 있는 기록 중에 호텔 차량일지가 있는 것이 다행이었다. 이 일지는 주로 운전기사들이 속임수를 쓰지 못하게 하려고 작성하는 것이지만, 피니건에게는 호텔 손님들의 움직임을 가끔 언뜻언뜻 엿볼 수 있는 기회를 제공해주었다. 사진이 배달된 날 밤에 피니건은 로스가 어디서 시간을 보냈는지 확인하려고 일지를 꺼내보았다. 그녀가 주로 돌아다닌 곳은 인기 있는 식당, 나이트클럽, 관광지 등이었다. 그러나 문제의 바로 그날, 사실상 드 하빌런드가 봉투를 받던 바로 그 시각에 로스가 셀즈닉 영화사에서 마커스 벤튼을 만났다는 사실이 피니건의 관심을 끌었다. 셀즈닉의 법률자문이 로스에게 무슨 볼일이 있었을까? 로스의 볼일은 또 뭐고?

어쨌든 드 하빌런드가 도움을 청한 상대는 로스였다. 이제 문제는 로스가 협박꾼을 직접 상대할지 아니면 다른 사람에게 도움을 청할지였다. 답은 후자였다.

찰리 그레인저가 자신의 사무실로 들어왔을 때 피니건이 얼마나 웃었는지. 찰리가 어떤 사람인가. 나이는 예순다섯, 경찰을 떠난 지 4년. 낡고 후줄근한 양복 차림의 그는 상대에게 푼돈을 구걸하거나 방향을 물어보려는 사람처럼 보였다. 문제를 해결해줄 사람 같지는 않았다.

피니건은 아무것도 감추지 않았다. 자신이 멕시코인에게서 알아낸 것을 모두 찰리에게 말해주었다. 아니, 거의 모두라고 해야겠다. 찰리가 고맙다고 인사했을 때, 피니건은 잠시 여유를 두었다가 봉투 안에 무엇이 있었는지 말해줄 수 있느냐고 물었다. 대단하지 않은가! 찰리가 말해줄 수 없다며 가슴을 부풀리는 것이 보였다. 어려움에 처한 아가씨를 구하러 나선 갤러해드 경!

아니, 돈키호테에 더 가까웠다.

금요일에 또 다른 전령이 프런트데스크에 나타나 드 하빌런드 양을 직접 만나게 해달라고 요구했다. 이자는 곧바로 그녀의 방갈로 출입을 허락받았다. 서류 가방을 손에 든, 웰스파고 은행 간부였으니까.

토요일 밤에 피니건은 무소앤드프랭크스에 가서 스테이크와 마티니 두 잔을 즐겼다.

일요일 아침이 되자 그는 호텔에 일찍 나와서 로비를 감시했다. 예상대로 찰리가 11시 15분에 나타났다. 범인들에게서 전화가 걸려올 때 로스와 함께 있기 위해서였다. 정오 직전, 피니건은 자신의 차에 올라 호텔을 빠져나가서 차를 세운 뒤 기다렸다.

시간을 보내기 위해 라디오를 틀었다. 독일이 이렇다 할 반발 없이 또 어딘가의 땅을 차지했다는 보도가 나왔다. 이번에 차지한 땅은 체코슬로바키아의 영토였다. 이 소식을 듣다 보니 만약 우리 미국이 캐나다 땅을 크게 떼어서 차지한다면, 아니 아예 캐나다 전체를 먹는다면 무슨 일이 벌어질지 궁금해졌다. 누가 우리를 막겠어? 아니지, 따지고 보면 막을 이유도 없잖아.

1시 15분경, 마침내 찰리가 차를 몰고 호텔에서 나왔다. 혼자였다. 피니건은 라디오를 끄고, 자동차 두세 대쯤 뒤에서 그를 미행했다. 사실 그의 차에 바짝 붙을 수도 있었다. 찰리가 백미러를 전혀 보지 않았으니까. 찰리는 평범한 속도를 유지하면서 서쪽의 산타모니카로 가다가 오버랜드 애비뉴에서 좌회전, 그다음에는 해밀턴으로 우회전했다. 사우스벤틀리를 지날 때 조금 속도를 늦추더니, 어떤 간이식당을 지날 때는 훨씬 더 속도를 늦췄다. 그가 오른쪽으로 몸을 기울여 식당 안을 엿보는 모습이 피니건의 시야에 들어왔다. 찰리는 그 블록을 한 바퀴 돌아서 사우스벤틀리에 차를 세웠다. 간이식당을 대각선 방향에서 살펴볼 수 있는 교차로 근처였다. 피니건은 찰리의 차를 지나쳐 해밀턴에서 우회전한 뒤 유턴해서 찰리와 식당을 지켜볼 수 있는 자리에 차를 세웠다.

2시 직전 로스 양이 택시를 타고 나타나 핸드백을 들고 식당 안으로 들어갔다가 10분 뒤 빈손으로 나왔다. 그러고 또 10분 뒤 파란색 컨버터블이 나타났다. 하지만 그 차의 운전자는 가느다란 콧수염을 기른 호리호리한 남자가 아니었다. 수염을 깨끗이 깎고 안경을 쓴 모습이 손해사정인처럼 보였다. 그 남자는 로스가 앉았던 칸막이 자리로 가서 샌드위치를 주문하더니, 핸드백을 겨드랑이에 끼고 나왔다. 피니건은 그가 뷰익 자동차에 올라 도로로 나가는 모습을 지켜보았다. 그러고 나서 왼쪽을 보았는데, 의외로 찰리가 그 자리에 그대로 있었다. 피니건이 다시 뷰익 쪽으로 시선을 돌리자, 마침 그 차가 세풀베다로 우회전을 하는 중이었다. 그러고는 곧 자전거를 탄 애송이와 충돌했다.

저게 무슨? 피니건은 속으로 생각했다.

하지만 바닥에서 일어선 애송이를 보고 피니건은 빙긋 웃었다. 빌리였다. 호텔에서 가끔 차를 운전하는 스턴트맨 지망생.

"나쁘지 않아요, 찰리. 나쁘지 않아."

손해사정인과 빌리가 의견 차를 좁히는 동안 찰리가 해밀턴으로 들어서서 식당 앞을 지나갔다. 사고 현장을 천천히 돌아가는 운전 솜씨가 훌륭했다. 피니건도 훌륭한 운전 솜씨로 천천히 그의 뒤를 바짝 따라갔다. 찰리가 세풀베다에서 어느 주유소로 들어가자 피니건은 어느 빨래방 앞에 차를 세웠다. 찰리가 비행선에 바람을 넣듯이 타이어에 한없이 바람을 넣는 모습이 잘 보이는 위치였다. 뷰익이 마침내 그 앞을 지나가자 찰리는 도로로 나와 뷰익을 따라갔다. 피니건은 찰리 뒤에 붙었다. 행복한 대가족 같았다.

그 차량 행렬은 북쪽으로 6킬로미터 남짓 달린 뒤 주택가인 브렌트우드 글렌으로 들어갔다. 뷰익과 찰리가 좁은 주택가 도로로 우회전했을 때, 피니건은 그 길모퉁이에 서서 차를 공회전시켰다. 뷰익이 어느 집 진입로로 들어가는 모습, 찰리가 그 앞을 지나 계속 달려가는 모습이 보였다. 이번에도 찰리는 이 블록을 한 바퀴 돌 것이다. 피니건이 위치를 잡을 시간이 몇 분쯤 생긴다는 뜻이었다. 그는 차를 도로변에 세우고, 가죽 장갑을 끼고, 가죽 곤봉을 주머니에 넣은 뒤 그 길을 뛰어갔다. 뷰익이 세워진 진입로 맞은편까지.

주위를 둘러보니 놀랍지만 기분 좋은 광경이 펼쳐져 있었다. 벨에어 같은 부촌은 아닐지라도, 모든 주택의 대지가 0.5에이커쯤 되고, 도로를 가려주는 산울타리가 있었다. 피니건은 산울타리 틈새로 찰리를 지켜보았다. 그 집 앞을 그냥 지나간 찰리의 차가 30미터쯤 떨어진 곳에 서 있었다. 찰리가 즉시 차에서 내리지는 않았다. 잠시 가만히 앉아 있는 듯했다. 그 덕분에 피니건은 찰리의 차에 좀 더 가까이 다가갈 수 있었다.

가죽 곤봉을 손에 들고 기다리면서 피니건은 찰리를 얼마나 세게 때려야 할지 고민했다. 과거 두 사람이 모두 경찰에 있을 때, 피니건의 강력반과 찰리가 속한 살인전담반은 딱히 사이가 좋지 않았다. 하지만 피니건이 찰리 때문에 화가 난 적은 없었다. 게다가 찰리는 나이가 많았으므로, 어느 정도 자제할 줄도 알았다. 그래도 오늘 이런 처지가 된 것은 찰리가 자초한 일이었다. 무엇보다 중요한 것은 그가 성실한 사람이라는 점이었다. 지금 피니건의 곤봉에 맞아 기절한 그가 만약 15분 뒤 깨어난다면 절대 도망치지 않을 것이라는 뜻이었다. 그는 꾸준히 터벅터벅 전진하면서, 여느 때와 똑같이 그놈의 지겨운 의지를 발휘해 여느 때와 똑같은 목표를 추구할 것이다. 그래서 찰리가 걸어서 앞을 지나갔을 때, 피니건은 산울타리 뒤에서 나와 자신이 낼 수 있는 최대한에 거의 가까운 힘으로 그를 때렸다.

찰리는 추문이 터졌다는 소식을 듣고 기절하는 여자처럼 쓰러졌다. 피니건은 자기도 모르게 반사적으로 손을 뻗어 그를 붙잡았다.

그의 겨드랑이를 양팔로 받친 피니건은 그를 질질 끌며 그의 차로 가서 길바닥에 눕혔다. 그리고 찰리의 주머니에서 열쇠를 꺼내 트렁크를 열었다. 트렁크 바닥에 쇠지레가 있었다. 어쩌면 요긴하게 쓰일 것 같아서 피니건은 쇠지레를 꺼낸 다음, 찰리를 바닥에서 들어올려 트렁크에 집어넣었다.

트렁크 뚜껑을 닫기 전에 찰리의 몸을 툭툭 두드리며 수색했더니, 어깨 총집에 권총이 있었다. 찰리와 마찬가지로 골동품 같은 물건이었다. 피니건은 권총을 허리띠에 찔러 넣고 막 트렁크 뚜껑을 닫으려다가, 찰리의 발목에 보조무기가 있는지 확인해야겠다는 생각이 들었다. 하지만 당연히 보조무기는 없었다. 찰리라면 보조무기를 갖고 다니는 것이 정정당당하지 않다고 생각했을 것이다.

"좋은 꿈 꿔요, 돈키호테." 피니건이 말했다.

그러고 나서 트렁크 문을 닫고 잠근 뒤 열쇠를 그냥 꽂아두었다.

이런 동네의 좋은 점은 조용하다는 거였다. 사람들이 비싼 돈을 내고 이런 곳에 사는 이유가 그거였다. 자신들의 조용한 양심을 보완해줄 조용한 거리와 조용한 침실. 조용한 동네의 조용한 인도를 걸어 피니건은 뷰익이 세워진 조용한 진입로로 들어갔다. 쇠지레를 손에 들고 뒷문을 찾아 집 뒤편으로 돌아갔더니 미닫이 유리문이 있는 테라스가 나왔다. 유리문이 조금 열려 있었다. 피니건의 몸이 완전히 노출되어 있는데도, 집 안의 두 남자는 유리문을 등지고 있었다. 피니건은 마당의 탁자에 쇠지레를 부드럽게 내려놓고 자신의 총을 향해 손을 뻗다가, 생각을 바꿔 찰리의 총을 잡았다. 그러고는 조용히 안으로 들어갔다.

손해사정인과 공범은 피니건의 움직임을 알아차리지 못했다. 탁자에 쌓여 있는 돈에 온 정신이 쏠린 탓이었다.

"잘 봐. 여기 우리 미래가 있어." 공범이 손해사정인에게 말했다.

"누군가의 미래겠지." 피니건이 말했다.

두 사람이 그를 돌아봤을 때, 피니건은 하마터면 크게 웃음을 터뜨릴 뻔했다. 마치 코미디언 콤비인 홀쭉이와 뚱뚱이 같았다. 두 사람 모두 놀란 표정이긴 한데, 그 표정이 완전히 달랐다. 손해사정인은 놀라서 말문이 막힌 아이처럼 입을 헤벌리고 있었다. 눈앞의 광경을 이해할 수 없어서 그의 머릿속에 질문들이 연달아 지나갔다. 이 남자는 누구지? 어디서 나타난 거야? 총은 왜 들고 있어? 가느다란 콧수염을 기른 얼굴이 조금 친숙해 보이는 공범은 현자처럼 놀란 표정이었다. 다시 말해서, 3초 동안 믿을 수 없다는 표정을 지었다는 뜻이다. 그러고는 눈을 감았다. 믿을 수 없는 이 일이 필연적인 일이었음을 깨닫는 과정이었다. 두 사람의 놀란 표정이 이렇게 다르다 해도, 그들은 피니건이 지금껏 만나본 어느 누구 못지않게 죄지은 얼굴을 하고 있었다.

"리츠키!" 피니건이 그 남자의 이름을 기억해내고 환히 웃었다. "제레미야 리츠키."

손해사정인이 여전히 입을 헤벌린 채로 리츠키를 보았다.

"서로 아는 사이야?"

"닥쳐." 리츠키가 이렇게 말하면서 왼쪽으로 한 걸음 움직였다. 돈을 시야에서 가리려는 시도였다. "피니건 형사죠? 무슨 일로 오신 건가요, 형사님?"

"내가 아직도 경찰에 있었다면 좋을 텐데, 제리. 그러면 너랑 네 친구한테 훨씬 편안한 상황이 됐을 거야. 하지만 요즘 나는, 말하자면 독립사업자에 더 가까워."

리츠키는 다시 눈을 감았다. 또 깨달음이 온 것이다. 눈을 뜬 그는 오른쪽으로 다시 움직인 뒤 탁자를 가리켰다.

"돈 때문에 온 거라면 여기 있어요. 가져가요."

"마침 돈을 언급하다니 친절하네, 제리. 내가 가져가려고 해. 어차피 사실 너희 돈도 아니잖아. 그렇지?"

물론 이것은 그냥 묻는 말이었지만, 손해사정인은 정말로 돈이 자기들 것이 아니라고 확인해주려는 듯 고개를 끄덕였다. 리츠키가 그를 향해 인상을 찌푸렸다.

피니건은 총구로 방향을 지시하며, 두 남자를 소파에 앉혔다. 두 사람이 편안하게 자리 잡은 뒤, 피니건은 천천히 거실을 돌아다니기 시작했다.

이것은 도허티에게서 배운 기법이었다. 조사실에 들어갈 때 그는 평소보다 느릿느릿 움직였다. 천천히 재킷을 벗어서 천천히 등받이에 걸고, 천천히 시계를 벗어서 탁자에 놓은 다음, 천천히 소매를 걷었다. 그러면 거의 모든 사람이 긴장했다. 심지어 닳고 닳은 놈들도 그랬다. 앞으로 닥쳐올 일을 정확히 알기 때문이었다. 도허티가 천천히 움직일수록, 그들은 더욱 불안해졌다.

피니건은 두 죄인에게 계속 총을 겨눈 채 뒷걸음으로 미닫이문까지 물러나 천천히 문을 닫았다. 커튼도 천천히 닫은 뒤, 천천히 거실을 돌아다니며 불을 켰다. 자신의 행동이 두 사람에게 어떤 영향을 미치는지 눈에 보였다. 리츠키의 오른쪽 무릎이 피스톤처럼 오르락내리락하고, 손해사정인은 숨을 쉴 때마다 쌕쌕거리기 시작했다.

"자, 사진은 어디 있을까?" 피니건이 말했다.

"사진?" 리츠키가 물었다.

피니건은 총구를 살짝 움직여 책꽂이의 단지 하나를 쏘았다.

손해사정인이 신음했다.

"총을 든 사람을 속이려 하는 건 무례한 일이라고 어머니한테 안 배웠어?" 피니건이 말했다.

"정말로 사람을 쏠 생각은 없잖아요." 리츠키가 몹시 자신있게 말했다.

그래서 피니건은 그를 쏘았다.

리츠키가 발을 붙잡고 울부짖었다. 그러고는 울먹이기 시작했다.

"아, 제발." 피니건이 말했다.

무릎을 쏘지 않은 걸 고맙게 생각해야지!

손해사정인의 가슴이 크게 부풀었다. 숨을 쉬기가 너무 힘들어서, 말을 제대로 하지 못했다. 필사적으로 하고 싶은 말이 있는데도. 사진은 침실의 중국식 수납장에 있어요. 용이 그려진 비밀 서랍에. 그는 간신히 이 말을 했다.

"꼼짝 말고 있어."

피니건은 복도를 걸어 침실로 들어가서 수납장 문을 열었다. 주황색 용이 위쪽 서랍과 아래쪽 서랍을 나눈 두루마리 같은 것에 그려져 있었다. 그런데 알고 보니 그 두루마리가 서랍이었다. 피니건은 서랍을 열어 서류철을 꺼내서 펼쳤다.

"때를 기다리면 된다." 그는 혼잣말을 했다.

피니건이 거실로 돌아와 보니 아까와는 조금 다른 광경이 펼쳐져 있었다. 우선 손해사정인은 생기 없는 모습으로 소파에 등을 기대고 있었고, 리츠키는 현관문을 향해 기어가는 중이었다. 그러다 시선을 들어 피니건을 본 리츠키가 또 울먹이는 소리를 내더니 얼굴을 카펫에 묻었다.
 피니건은 리츠키에게 총을 겨눈 채 손해사정인에게 다가가 맥박을 확인했다. 이 코미디를 자연스러운 결말로 이끌 생각이었는지, 그는 심장발작으로 이미 숨이 끊어진 상태였다. 피니건은 소파 뒤로 돌아갔다.
 "지금 이 상황이 얄궂은 건, 내가 오늘 여기에 올 때 사람을 죽일 생각이 없었다는 거야, 제리. 그런데 여기 네 친구는 스스로 죽어버린 것 같네. 그런데 법은 옳든 그르든 내가 그의 죽음에 책임이 있다고 보겠지. 그래서 유감이지만 나한테 선택의 여지가 별로 안 남았어."
 리츠키가 반응하기도 전에 피니건은 그의 등에 세 발을 쏘았다. 그러고는 소파로 돌아가 손해사정인의 가슴에 한 발을 쏘아 확인사살을 했다. 그 뒤에 이어진 정적 속에서 그는 돈더미 옆의 빈 핸드백을 내려다보았다.
 저걸로는 안 돼.
 부엌 수납장을 뒤지니 식료품점의 종이봉투가 깔끔하게 접혀서 보관되어 있었다. 하나를 꺼내 거실로 돌아온 그는 그 봉투에 돈을 담았다.
 순간적으로 핸드백을 들고 가서 다른 데에 버려야 하지 않나 하는 생각이 들었지만, 곧 다른 생각이 떠올라서 빙긋 웃었다. 핸드백을 소파에 놓은 뒤 피니건은 바닥에 주저앉아서 손해사정인의 허리띠를 풀어 바지를 발목까지 끌어내렸다.
 "살인전담반 녀석들이 이걸 보면 어쩔 줄 모를 거야." 피니건은

씩 웃었다.

그러고는 뒷문으로 빠져나가 찰리의 자동차로 향했다.

◆ ◆ ◆

피니건은 자신의 차에 올라 곧장 호텔로 차를 몰았다. 그 뒤 한 시간 동안 호텔 경내를 여기저기 돌아다니며 사람들과 마주칠 때마다 말을 걸었다. 대략 오늘 하루 종일 당신을 찾아다녔어요, 등의 말이었다. 식당에 들어가서는 조금 전까지 차고에 있다가 오는 길이라고 말했고, 차고에 들어가서는 조금 전까지 수영장에 있다가 오는 길이라고 말했다. 브렌트우드 글렌에서 곧 발견될 그 지저분한 현장이 피니건에게까지 연결될 가능성은 별로 없었다. 하지만 자신이 그날 호텔 경내에서 계속 바쁘게 움직였다는 인상을 사람들에게 강하게 심어준다면, 그에게 손해가 되지는 않을 터였다. 마침내 6시가 되자 그는 사람들에게 저녁인사를 하고 집으로 향했다.

피니건은 경찰에 재직하던 마지막 해에 도허티와 함께 어느 젊은 건축가를 체포했다. 자신이 경영하던 건축회사가 망해가자, 다양한 마약을 팔아 자금을 마련하려던 사람이었다. 피니건과 도허티가 그 건축가를 체포하려고 들이닥쳤을 때, 그는 멀홀랜드 드라이브 근처의 언덕에서 직접 설계한 집에 살고 있었다. 전체적인 모양은 하얀 상자 같고, 안에는 작은 침실 하나와 커다란 공간 하나가 있었는데 그 공간에 간이부엌, 거실, 책상, 샌퍼낸도 계곡을 굽어보는 통유리창 등이 갖춰져 있었다. 그는 그곳을 가리켜 미래의 주택이라고 말했다.

"미래의 주택 같은 소리." 건축가에게 수갑을 채워 피니건과 함께 데리고 나오면서 도허티가 말했다.

그러나 피니건의 눈에는 정말로 미래의 주택처럼 보였다. 그것도 아주 좋은 미래 주택.

피니건의 경험상, 마약이나 현금을 찾기 위해 전형적인 주택을 철저히 수색하는 데 사람 여섯 명이 여섯 시간을 쏟아야 할 때가 있었다. 방이 일곱 개에 다락방과 지하까지 있는 집이라면 생각할 것도 없었다. 각각의 방에 벽장, 수납장, 서랍장이 있었다. 낡은 트렁크와 여행 가방을 보관한 방도 있고, 밀가루, 설탕, 커피, 차 등을 담아둔 용기도 뒤져야 했다. 구두 상자, 도구 상자, 속을 파냈을 가능성이 있는 책도 수색 대상이었다. 어디를 뒤져도 물건이 나왔다. 부모에게 물려받은 시계와 꽃병에서도. 어딘가에서 우승하고 받아온 트로피에서도. 가족사진에서도. 자질구레한 골동품과 기념품에서도. 이제는 시대에 뒤떨어진 포부와 추억이 담긴 수많은 물건에서도. 피니건은 대부분의 주택이 천천히 진행되는 자살시도와 같다고 믿게 되었다. 수색을 끝내고 나면 샤워를 하고 싶어졌다. 먼지뿐만이 아니라, 인간의 절망이 남긴 기름진 찌꺼기도 씻어내기 위해서.

그러나 그 건축가의 집을 수색할 때는 피니건과 도허티 둘이서 한 시간도 채 걸리지 않았다. 뭔가를 숨길 만한 곳이 거의 없었으니까! 침실에 벽장 하나, 부엌에 수납장 네 개, 책상의 서랍 세 개가 전부였다. 심지어 아래를 들춰볼 카펫도 없었다. 사진도, 자질구레한 골동품도, 기념품도 없었다. 그 건축가의 삶이 항상 방금 시작된 상태로 머물러 있는 것 같았다.

건축가가 감방에서 재판을 기다리는 동안 피니건은 가끔 차를 몰고 멀홀랜드로 올라와 그 집으로 들어가서 걸어다녔다. 소파에 앉아 저 아래 셔먼오크스에 하나둘씩 불이 켜지는 것을 지켜보기도 했다. 아예 거기서 잠을 잔 날도 몇 번 있었다.

부동산 쪽 일을 하는 친구를 통해 피니건은 이 건축가의 집 가격이 처음에 들어간 건축비를 밑돈다는 사실을 알게 되었다. 친구의 말에 따르면, 이곳은 아무도 차를 몰고 오고 싶어 하지 않는 동네의, 아무도 살고 싶어 하지 않는 집이었다. 건축가가 유죄판결을 받고 은행이 담보권을 행사했을 때 피니건은 기다렸다는 듯이 그 집을 사들였다. 그 집의 모든 집기까지 포함해서 헐값으로.

그는 물건을 많이 쌓아두는 성격이 아니었다. 건축가의 집으로 들어오면서는 그나마 갖고 있던 옛날 물건들도 전부 버렸다. 어차피 그는 과거로 돌아갈 생각이 없었다. 그의 관심은 미래를 향하고 있었다.

집을 향해 차를 몰고 베네딕트캐니언을 올라가는 동안 그는 자신이 생각하는 미래를 위해 다음 단계를 고민했다. 내일 드 하빌런드에게 새로운 요구를 담은 쪽지를 보낼까? 아니면 일주일 동안 시간을 끌면서 드 하빌런드가 마음을 졸이게 할까? 안 될 것도 없지. 그는 집의 진입로로 들어가면서 이런 생각을 했다.

차에서 내려 트렁크에서 식료품 봉투를 꺼낸 그는 집으로 들어갔다. 가장 먼저 술을 한잔 마실 생각이었다. 하지만 그는 채 세 걸음도 걷지 못하고 멈춰 섰다. 풍경을 내다볼 수 있는 소파에 이블린 로스 양이 앉아 있었기 때문에.

찰리

 찰리는 어둡고 더운 곳에서 의식을 되찾았다. 온몸이 아팠다. 그는 자신이 자동차 트렁크 안에 있다는 것을 조금 뒤에 알아차렸다. 자동차는 이동 중이 아니었다. 만약 운이 좋다면 그의 자동차일 것이고, 운이 없다면 다른 사람의 자동차일 것이다. 그는 재킷 안으로 손을 넣어 권총이 총집에 꽂혀 있는 것을 확인하고 안심했다. 여기가 자신의 자동차 트렁크일 가능성이 더 높아졌다.
 몸이 아픈 이유는 평범했다. 좁은 곳에 어색한 자세로 구겨져 있기 때문에. 엉덩이 아래에 뭔가가 깔려 있기 때문에. 아주 간단한 움직임만으로도 신음 소리가 나오는 나이이기 때문에. 하지만 머리의 통증은 평범하지 않았다. 누군가가 그에게 가죽 곤봉을 휘둘렀는데, 아마추어의 솜씨가 아니었다. 부드럽게 뒤통수를 더듬어본 찰리는 출혈 때문에 머리카락이 뭉친 곳이 없는 것을 알고 마음이 놓였다. 하지만 커다랗고 아픈 혹이 만져졌다. 앞으로 일주일 남짓 통증이 계속될 테니, 그가 얼마나 대범했는지, 얼마나 자만했는지, 얼마나 몸이 무뎌졌는지를 계속 떠올리게 될 것이다.

아까 차 안에서 기다리는 동안 그는 돈을 탁자 위에 쏟아놓고 너무 때 이르게 자축하며 잔을 들어올리는 범인들과 같은 행동을 했다.

현장을 떠나면 생기는 일이다. 매일 현장에서 단련된 습관이 사라지면, 자신을 전문가로 만들어준 본능도 점차 사라진다. 산울타리 뒤에서 어떤 그림자가 나오는 것을 감지했을 때 찰리는 자기방어를 위해 한 팔을 들어올리는 동작조차 하지 않았다. 그냥 뭐가 오나 보려고 시선을 돌렸을 뿐이다. 하지만 이제 와서 실수를 곱씹는 것 또한 그가 얼마나 무뎌졌는지를 알리는 행동일 뿐이었다.

찰리는 여기서 빠져나가는 문제를 생각하기로 했다. 만약 여기가 그의 자동차 트렁크 안이라면, 어딘가에 쇠지레와 손전등이 있을 터였다. 손전등은 금방 찾았다. 그의 엉덩이 밑에 깔려 그를 한층 더 불편하게 만들던 물건이 바로 손전등이었다. 그러나 쇠지레는 아무리 애를 써도 찾을 수 없었다. 주머니 안에는 주머니칼밖에 없었다. 찰리는 손전등을 켜서 어색한 자세로 트렁크 걸쇠를 비추며 열어보려고 했지만 실패했다. 걸쇠가 꼼짝도 하지 않는 것으로 보아, 트렁크가 잠겨 있음이 분명했다.

찰리는 다시 누웠다.

그가 이보다 더 굴욕적인 일을 겪은 적이 있던가? 매복하려고 왔다가 오히려 매복에 당해 자기 차의 트렁크에 갇히는 신세가 되다니. 정말로 누군가에게 구조 요청을 해야 하나? 그냥 이대로 누워서 오후의 열기 속에 구워지다가 스르르 의식을 잃고, 결국은 열사병이나 탈수로 죽는 편이 낫겠다는 생각이 들었다. 그러면 이 굴욕적인 상황의 자연스러운 결말, 즉 강아지를 산책시키러 나온 어떤 할머니의 손에 구출되는 결말을 겪지 않아도 될 것이다.

하지만 뉴저지의 손자는 어쩌고? 이블린에게 약속한 일은 또 어쩌고? 그리고 마지막으로, 복수는 어쩌고? 받은 걸 열 배로 돌려주겠다는 과거의 욕망마저 잃어버릴 만큼 그가 늙어버린 건가?

"여기요!" 그는 체념하고 도움을 구하기로 했으면서도, 끝내 살려 달라는 말은 하고 싶지 않아서 이렇게 소리쳤다. "여기요! 여기요!"

몸을 잘 움직일 수 없는 상황이라서, 소리를 지르는 일이 생각보다 더 힘들었다. 금방 지칠 것 같았다. 그래서 그는 감방의 파이프를 두드리는 죄수처럼 손전등 끝으로 트렁크 뚜껑 안쪽을 두드리기 시작했다. 그러나 10분쯤 쉬지 않고 두드리다 보니, 현기증과 메스꺼움이 한꺼번에 몰려왔다. 더위와 어둠과 부상이 합작해서 낳은 결과였다. 지금 정신을 잃을 수는 없었다. 그래서 찰리는 트렁크 뚜껑 두드리기를 그만두고 천천히 숨을 쉬었다. 그렇게 몸을 회복한 뒤 다시 두드리기 시작했지만, 조금 전과는 달리 간격을 두었다. 5분마다 열다섯 번씩 두드리는 식이었다.

중간중간 쉬는 시간에는 생각에 잠길 여유가 있었다. 처음부터 그가 마땅히 생각했어야 하는 의문을 이제야 생각할 수 있게 된 것이다. 그를 때린 사람이 누구인가? 마음속 깊은 곳 어딘가에서 그는 협박꾼 일당 중 결정권자가 자신을 때린 범인일 것이라고 생각하고 있었다. 그럼 그놈은 어디에 있다가 나타난 거지? 찰리는 백미러로 그 집을 줄곧 감시하고 있었다. 만약 누군가가 그 집에서 나와 길을 건넜다면 찰리가 분명히 봤을 것이다. 따라서 범인은 다른 놈일 수밖에 없었다.

찰리는 눈을 감았다. 자신이 지금 얼마나 지쳐 있는지를 조금 의식한 채로, 그의 머리는 이 생각 저 생각 사이를 떠돌아다녔다. 그 사이에 그는 자신이 뭔가를 잊고 있음을 깨달았다. 5분마다 한 번씩 해야 하는 일이 있었는데. 혹시 때를 놓쳤나 싶어서 그는 협탁의 시계를 보려고 고개를 돌렸다. 그러나 협탁에 있는 것은 시계가 아니라 손자에게 크리스마스 선물로 보낸 장난감이었다. 밝게 색칠한 양철로 링 안의 두 권투선수를 표현한 장난감. 태엽을 감으면, 두 선수는 발을 움직여 스텝을 밟으며 주먹을 날렸다. 이게 왜 여기 있지? 캐럴라인이 아이한테는 맞지 않는 물건이라고 생각해서 돌려보냈나? 찰리는 손을 뻗어 태엽을 감았다. 그러자 태엽의 톱니가 스프링과 맞물리며 가벼운 금속성 소리가 났다.

그때 트렁크 뚜껑이 열렸다.

"세상에! 괜찮으세요, 그레인저 아저씨?"

찰리는 그제야 혼란 속에서 빠져나와 손으로 눈에 차양을 만들었다.

"빌리." 그가 안도한 목소리로 말했다.

"자요. 절 잡으세요."

민망하다는 생각을 할 틈도 없이 찰리는 빌리의 팔을 잡고 그에게 의지했다. 빌리가 젊은 청년의 힘으로 찰리를 들어올려 트렁크 밖에 내려놓았다. 발이 바닥에 닿은 뒤 잠시 멈칫거리던 찰리는 조심스레 도로 턱에 앉았다.

"어떻게 된 거예요, 아저씨?"

찰리는 움찔했다. 하지만 너무 지쳐서, 자존심을 지키기 위해 이야기를 꾸며낼 기운이 없었다.

"여기까지 대상을 미행했어. 차에서 내렸다가 매복에 당했지."

"세상에!" 빌리가 걱정보다는 흥분이 더 크게 느껴지는 목소리로 외쳤다.

신선한 공기 덕분인지 찰리는 머릿속이 점점 맑아지는 것을 느꼈다.

"빌리, 날 도대체 어떻게 찾아낸 거야?"

빌리는 이 질문을 예상했다는 듯 고개를 끄덕였다.

"그놈의 엔진덮개에서 구른 뒤에 제 자전거값이 얼마인지 놈한테 말했거든요. 아저씨가 시키신 그대로. 놈이 돈을 가지러 트렁크로 간 사이에 제가 놈의 글러브박스에서 등록증을 꺼냈어요. 놈이 떠난 뒤에 잠시 기다리다가 스킬먼 씨의 트럭 뒷칸에 제 자전거를 싣고 여기로 향했죠. 혹시 아저씨한테 지원이 필요할까 싶어서요. 처음에는 아저씨 차가 서 있는 걸 보고 모든 일이 잘 풀린 줄 알았어요. 그런데 30분이 지나도 아무 일이 일어나지 않으니까 조금 걱정이 되더라고요. 그래서 슬금슬금 와봤는데 트렁크에 아저씨 열쇠가 꽂혀 있는 거예요. 제가 잘한 거죠, 아저씨?"

찰리는 빙긋 웃었다.

"그냥 잘한 정도가 아니야, 빌리. 지금도 등록증 갖고 있어?"

"물론이죠."

빌리는 찰리의 자동차 열쇠와 함께 등록증을 건네주었다. 등록증에는 뷰익의 소유주가 웬델 윈터라는 사람이라고 적혀 있었다.

"이제 어떻게 할까요?" 빌리가 물었다.

찰리는 거리를 살펴보았다. 그가 자신을 때린 자를 전혀 보지 못했다는 점, 가죽 곤봉을 휘두른 솜씨가 무척 전문적이었다는 점, 그리고 윈터의 자동차가 아직도 진입로에 있다는 점, 이 세 가지 사실을 합쳐 보니 느낌이 좋지 않았다.

"자네는 집으로 돌아가, 빌리."

빌리가 실망한 표정으로 찰리를 보았다.

"정말로요, 그레인저 아저씨?"

"정말로."

찰리는 자신의 말을 강조하기 위해 일어서서 한 손을 내밀었다.

"도와줘서 고맙네."

"언제든지요."

찰리는 빌리가 길을 걸어가 픽업트럭을 타고 떠나는 모습을 지켜보았다. 그러고는 자신의 자동차 트렁크로 가서, 평소 라디에이터에 문제가 생길 때를 대비해서 준비해두었던 물통을 꺼냈다. 뚜껑을 열어 손바닥에 물을 쏟아서 얼굴에 끼얹었다. 그다음에는 물을 꿀꺽꿀꺽 한참 동안 마셨다. 뜨겁게 달아오른 물에서 금속 냄새가 났지만, 그래도 갈증을 달래주었다. 찰리는 물통을 다시 트렁크에 넣고 트렁크를 닫은 뒤, 윈터의 집으로 향했다.

진입로 앞에서 총집의 권총을 꺼내 들고 집 뒤편으로 돌아갔다. 벽돌로 지은 작은 테라스에 의자 두 개와 주물 탁자가 놓여 있었다. 테라스 바닥에는 토사물처럼 보이는 것이 있고, 탁자 위에는 찰리의 쇠지레가 있었다. 집 안으로 통하는 미닫이문은 꼭 닫힌 채 커튼까지 쳐진 상태였다.

미닫이문의 손잡이를 향해 손을 뻗으면서 살펴보니 쇠지레로 비집어 연 흔적은 없었지만, 오랜 경험에서 나온 확신이 들었다. 돌이킬 수 없는 고약한 일이 벌써 벌어졌다는 확신이었다. 찰리는 권총을 똑바로 들고 문을 옆으로 밀어 연 다음, 커튼을 젖히며 안으로 발을 내디뎠다.

문 안쪽은 작지만 잘 정돈된 거실이었다. 추레하거나 함부로 사용한 흔적이 있는 가구가 전혀 보이지 않았다. 왼쪽 벽에는 동양화 프린트 세 점이 정확히 똑같은 높이에 걸려 있었다. 오른편에는 세라믹 장작 모형이 놓인 가스 벽난로가 있었다. 가스를 때는 벽난로인데도, 그 옆에는 미학적 완성도를 위해 놋쇠로 만든 벽난로용 도구 한 벌이 구비되어 있었다. 벽난로 양편의 선반에는 동양식 단지들이 놓여 있는데, 그중 한 개는 박살이 난 상태였다.

그 깨진 단지만 빼고, 거실 안의 모든 물건이 제자리에 있었다. 아니, 사이드테이블이 쓰러지고 남자 두 명이 죽어 있었다. 소파에 앉아 있는 윈터의 바지는 발목에 걸려 있고, 머리는 죽은 사람에게서 흔히 나타나는 부자연스러운 각도로 기울어져 있었다. 가슴에 총알구멍이 나 있기는 했지만, 출혈이 놀라울 정도로 적었다. 옷을 완전히 입고 있는 두 번째 시체는 현관문에서 고작 1.5미터 떨어진 곳에 기어가던 자세 그대로 엎어져 있었다. 이쪽은 출혈이 아주 많았다. 상체 주위에 피가 흥건하게 고여 있고, 핏자국이 소파까지 이어졌다.

찰리는 잠시 귀를 기울여보았지만, 실제로 무슨 소리가 들릴 거라고 기대하지는 않았다. 범인은 이미 이 자리를 떠났다는 확신이 들었으니까. 찰리가 트렁크 안에서 의식을 잃고 있는 동안 놈이 여기에 와서 일을 저지르고 갔을 것이다. 찰리는 두 번째 시체를 더 자세히 보기 위해 피 웅덩이 옆으로 갔다. 놈이 결정권자였다. 놈의 등에 총알 자국이 세 개 있었지만, 카펫에 난 핏자국은 놈의 발에

난 상처에서 생긴 것 같았다. 놈의 옆얼굴을 보니 어디선가 본 얼굴 같았다. 찰리는 쪼그리고 앉아서 죽은 남자의 얼굴을 더 자세히 살펴보았다. 그래, 찰리가 아는 사람이었다. 경찰관이라면 누구나 아는 사람이었다.

체념이 점점 깊어졌다. 찰리는 일어서서 복도를 걸어갔다. 찰리를 기습하고, 윈터와 리츠키를 죽인 범인이 노린 물건은 아마 그 사진이었을 것이다. 사진이 이 집 안 어딘가에 숨겨져 있었을 테지만, 거실이 흐트러지지 않은 것으로 보아 범인이 거실을 뒤질 필요는 없었던 듯 싶었다. 두 협박꾼 중 한 명이 사진을 숨긴 장소를 말해 줬다는 뜻이었다.

왼쪽 첫 번째 문으로 들어가니 손님방이었다. 이 방도 잘 정돈된 상태였다. 침대도 깔끔하고, 모든 물건이 제자리에 있었다. 워낙 깔끔해서 이 방이 한 번도 사용된 적이 없는 것 같다는 느낌이 들 정도였다. 그래서인지 사려 깊게 꾸며진 방 안 풍경이 조금 슬퍼 보였다.

손님방 맞은편에는 원래 손님용 욕실이었지만 지금은 임시 암실로 변한 공간이 있었다.

복도 끝에는 안방과 부속 공간이 있었다. 찰리는 침실을 통과해서 안방 욕실부터 먼저 살폈다. 누가 숨어 있지 않은지 확인하기 위해서였다. 사람이 없는 것을 확인한 그는 총을 총집에 꽂고 침실로 돌아왔다.

침대 위 벽에 스틸사진 액자들이 걸려 있었다. 할리우드 최고 스타 여러 명이 포함되어 있는 그 사진들은 윈터의 작품으로 짐작되었다. 찰리는 드 하빌런드의 사진이 미학적이라고 프렌티스가 감탄하다가 이블린에게 한 소리를 들은 것을 떠올리며 고개를 절레절레 저었다. 그때는 찰리도 프렌티스의 발언이 부적절하다고 생각했다. 하지만 그것 역시 그의 감각이 무뎌졌다는 징후였다. 만약 찰리가 프렌티스의 발언을 놓치지 않았다면, 아마 전문적인 사진작가, 특히 영화사 사진작가들 쪽으로 방향을 잡았을 것이다. 그랬다면 간이식당에 돈을 가져다두기 전에, 브렌트우드 글렌까지 미행하기 전에, 이런 일이 일어나기 전에 윈터를 찾아냈을지도 모르는 일이었다.

한쪽 벽에는 커다란 동양식 수납장이 있는데, 문이 열린 상태였다. 그 안의 작은 서랍 40여 개는 모두 손잡이가 따로 있고, 모두 닫혀 있었다. 서랍들 중앙에는 수납장의 상부와 하부를 구분해주는 예술적인 두루마리 같은 것이 있는데, 이것이 비밀 서랍이었다. 이미 열려 있는 이 서랍 안에는 아무것도 없었다.

찰리는 윈터의 벽장을 뒤질까 생각해보았지만, 무의미한 일이 될 것 같았다. 그래서 거실로 돌아갔다. 넘어지지 않은 사이드테이블에 전화기와 검은색 표지의 작은 수첩이 있었다. 찰리는 손수건을 사용해서 수첩을 들어 찢어진 페이지가 있는지 확인해보았다. 윈터를 죽인 범인이 누군지는 몰라도, 윈터와 아는 사이는 아니었음이 분명했다. 놈의 전문적인 솜씨를 감안할 때, 이 주소록 수첩에 자기 이름이 있었다면 제거했을 테니까. 그래서 줄곧 찰리의 머릿속에 불편하게 자리 잡고 있던 무서운 짐작이 사실일 가능성이 더욱 커졌다. 놈이 찰리를 따라 여기까지 왔을지도 모른다는 짐작. 찰리는 주소록 수첩을 내려놓았다.

거실 안을 다시 한번 둘러보던 찰리는 윈터 옆 소파 위에서 이블린의 핸드백을 발견했다. 안을 살펴보니 비어 있었다. 이 핸드백을 이대로 두고 가야 한다는 건 알지만, 이블린의 지문이 묻어 있을 것 같아서 그는 핸드백을 챙겼다. 찰리는 적어도 익명으로나마 경찰에 신고해야 한다는 것 역시 알면서도 아직은 엄두가 나지 않았다. 이제 살인까지 일어나버렸으니, 앞으로 어떻게 해야 할지 고민할 시간이 필요했다.

찰리는 들어온 문으로 다시 나가서, 손수건으로 문을 닫았다. 테이블 위의 쇠지레를 집어 들고 집 옆을 돌아나가 거리에 사람이 있는지 확인한 뒤 길을 건너 자신의 자동차로 향했다.

윌서 대로에서 찰리는 공중전화 부스가 있는 주유소로 들어갔다. 두렵지만 꼭 해야 하는 전화를 하기 위해서였다.

"나쁜 소식이야." 이블린이 전화를 받자 그가 말했다.

"무슨 일인데요?"

찰리는 자신이 돈을 가지러 온 남자를 미행한 이야기와 그의 집 앞에서 알 수 없는 제3자의 기습을 받은 이야기를 각색해서 들려주었다. 그 제3자가 사진과 돈을 가져갔다는 이야기도. 그 집의 위치, 이 이야기에 등장하는 두 남자의 이름이 윈터와 리츠키라는 사실, 그들이 살해되었다는 사실은 언급하지 않았다. 지금은 이블린이 아는 것이 적을수록 상황에서 멀어질 테니, 그가 자유로이 움직이기에 좋았다.

"제3자요?" 이블린이 물었다.

"누가 날 따라온 것 같아. 미안해, 이블린."

"미안해하실 필요 없어요, 찰리 아저씨. 머리는 어때요?"

"난 괜찮아."

"다행이네요. 호텔로 돌아와서 이제 어떻게 할 건지 다 함께 고민해보는 게 어때요?"

찰리는 손목시계를 확인했다. 5시에 가까운 시각이었다.
"6시에 갈게."

찰리가 한 시간 여유를 둔 것은 집에 들를 필요가 있기 때문이었다. 집에 가야 하는 이유는 바로 몸에서 나는 악취였다. 트렁크 안에 있을 때 몸에 밴 휘발유 냄새와 땀 냄새가 났다. 그뿐만 아니라 실패와 좌절의 냄새도 있었다. 심지어 두려움의 냄새도 조금 섞여 있었다.

의심의 여지가 없었다. 돈을 주고 사진을 찾아오려는 계획을 누군가가 알아차리고 간이식당에서 협박꾼의 집까지 찰리를 미행했음이 분명했다. 그들의 계획이 다시 원점으로 돌아온 셈이었다. 다만 지금은 윈터나 리츠키만큼 아마추어가 아니고 틀림없이 더 위험한 인물이 상대라는 점이 달랐다.

집에 돌아온 찰리는 침실로 가서 옷을 벗었다. 침대에 양복을 내려놓는데, 트렁크에 갇혀 있었던 탓에 새 옷에 묻은 검은 얼룩이 차갑고 얄궂은 현실을 일깨워주었다.

한참 동안 샤워를 한 뒤 옛날에 입던 양복을 꺼내 입고, 버번을 잔에 조금 따른 뒤 커랠에 전화했다. 빌리가 그곳에 있는 것을 확인하고 나니 마음이 놓였다. 자신이 그날 어디에 있었는지 누구에게도 말하면 안 된다고 빌리에게 꼭 강조하고 싶었기 때문에.

"우리 둘만의 비밀이 될 거예요, 그레인저 아저씨."
"우리 둘도 몰라야 돼, 빌리."

찰리는 다시 자동차에 올라 호텔로 향했다. 호텔에 도착하면 곧장 이블린의 방으로 갈 생각이었지만, 로비에서 프렌티스 사이먼스가 그를 불렀다.

"아, 이제 왔군!" 프렌티스가 항상 앉는 의자에서 일어나면서 말했다.

찰리는 사이먼스에게 다가가 그의 손을 잡았다.

"축하합니다."

"흥. 그런 건 아무것도 아니지."

사이먼스가 찰리에게 오늘 계획이 잘 풀렸느냐고 묻지 않는 것이 다행이었다. 대신 사이먼스는 전달할 말이 있다고 했다.

"이블린이 나더러 대신 당신을 만나달라고 했소."

"이블린이 없습니까?"

"그래요. 외출했어요."

"어디로요?"

"당신이 알 줄 알았는데." 사이먼스가 조금 놀란 기색으로 말했다. "나머지 사진을 찾으러 간다고 이블린이 말했거든."

피니건

 로스 양은 아주 편안한 자세였다. 소파 등받이에 한 팔을 걸치고, 오른쪽 다리를 왼쪽 다리 위로 꼬았는데 무릎까지 맨살이 드러나 있었다. 그녀 앞의 칵테일 테이블에는 위스키 한 병과 잔 두 개가 있고, 잔 하나는 빈 잔이었다. 피니건은 거기에 있는 것이 자신이 가진 최고의 위스키임을 알아보았다. 로스 양이 이미 그 위스키를 더블로 따라 마셨다는 사실이 거의 감탄스러울 정도였다.
 그가 집 안으로 걸어들어왔을 때 그녀는 곧바로 고개를 돌리지 않았다. 잠시 시간을 끌다가 어깨 너머로 뒤를 돌아보았다. 나른하게. 일부러 느릿느릿 움직이던 도허티의 방식과 같은 종류의 행동, 즉 비슷한 의도를 지닌 그녀 나름의 행동임이 분명했다. 피니건은 하마터면 빙그레 웃을 뻔했다.
 "좋은 저녁이에요, 피니건 씨." 그녀가 말했다.
 "좋은 저녁입니다, 로스 양."

"같이하시겠어요?"

피니건은 손에 식료품 봉지를 들고 있음을 몸짓으로 알렸다.

"일단 이걸 놓고 오죠."

부엌으로 들어간 피니건은 냉장고 문을 열고, 등으로 그녀의 시선을 차단하며 사진과 돈을 빈 선반에 올려놓았다. 냉장고 문을 닫은 뒤에는 봉투를 접어 조리대에 놓았다. 그러고 나서 거실로 가 소파 옆 의자 대신 자신의 책상에 앉았다.

로스의 오른쪽 다리가 허공에서 가볍게 튀듯이 움직였다. 세상의 모든 시간이 자신의 것이라는 듯한 태도였다.

"이걸 물어도 되는지 모르겠습니다만, 로스 양, 내 집에 어떻게 들어왔습니까?"

"창문을 깼어요."

"그건 별로 숙녀답지 않은데요."

"난 별로 숙녀답지 않아요."

피니건은 빙긋 웃은 뒤 위스키를 가리켰다.

"알아서 꺼내 마시다니, 다행이네요."

"네, 고마워요. 맛있더라고요. 따라드릴까요?"

그녀는 앞으로 몸을 기울여 병을 들고 그에게 술을 따라주겠다는 시늉을 했다.

"아뇨, 괜찮아요. 난 보통 특별한 때를 위해서 아껴두는 편이라."

"지금이 특별한 때잖아요."

"어떤 면에서요?"

"전망 좋은 관계가 시작되는 날이죠."

피니건은 말도 안 된다는 듯이 손을 저었다.

"저는 관심이 안 가는데요."

그녀가 눈썹을 치떴다.

"남자한테 더 관심이 간다는 뜻인가요, 피니건 씨?"

"나 자신한테 더 관심이 간다는 뜻입니다."

"그건 나랑 공통점이네요." 그녀가 입술을 아주 조금만 벌려 미소를 지으며 말했다.

피니건은 그 말을 의심하지 않았다. 단 1초도. 그녀가 자신을 위해 움직이는 사람인 건 맞았다. 그것이 피니건의 관심을 끌었다. 보통 여자에게 느끼지 못하는 호기심을 로스 양에게 품었음을 인정할 수밖에 없었다. 아니, 여자뿐만 아니라 모든 사람이 그에게는 마찬가지였다.

"내가 조금 전 전망 좋은 관계의 시작이라고 말한 건, 로맨틱한 의미가 아니었어요. 직업적인 의미였지." 그녀가 말했다.

"오?"

"올리비아 드 하빌런드의 어떤 사진과 관련해서요."

"올리비아 드 하빌런드의 사진?"

그녀는 약간 실망스러운 기색으로 그를 보았다.

"당신이 변죽을 울리는 사람처럼 보이지는 않는데요, 피니건 씨."

"맞아요. 그렇죠."

"그럼 우리 둘 다 이제 변죽은 그만 울리는 게 어떨까요?"

그는 그녀에게 하고 싶은 말을 실컷 해보라는 몸짓을 했다.

"며칠 전 어떤 봉투가 드 하빌런드 양 앞으로 온 걸 틀림없이 기억할 거예요. 알고 보니 두 남자가 그녀의 곤란한 사진을 몇 장 입수했더라고요. 우리는 돈으로 그 사진을 사기로 하고, 약속대로 돈을 배달했어요. 하지만 그 남자들이 거래 조건을 완수하기 전에 제3자가 끼어들어서 돈과 사진을 가져간 거예요. 나는 그 사람이 당신인 것 같다고 생각하게 됐고요."

"로스 양, 미안하지만 무슨 소리인지 전혀……."

"알아요, 알아요. 당신은 내가 무슨 말을 하는 건지 전혀 모르겠죠. 하지만 재미있는 부분은 아직 나오지 않았어요."

그녀는 오른발을 다시 바닥에 내려놓고, 팔로 무릎을 짚으며 앞으로 몸을 기울였다. 거의 남자 같은 자세였다. 그러고는 완전히 밝아진 모습으로 다시 입을 열었다.

그녀의 설명에 따르면, 영화사들이 매년 홍보에 사용하는 돈은 수백만 달러 규모였다. 자신들이 만든 영화와 소속 배우를 홍보하고 과장해서 각광받게 만들려고 쓰는 돈이었다. 그러나 정반대의 목적으로 떼어둔 돈도 있었다. 이야기를 묻어버리고 소문을 잠잠하게 만드는 데 쓰려고 준비해둔 돈. 그런데 로스 양이 갑자기 그 일을 맡게 되었다. 현재 그녀는 우연히 워너브라더스와 셀즈닉 인터내셔널에서 모두 돈을 받으며, 이른바 불운한 만남, 어색하게 얽힌 일, 경솔한 인간관계로부터 영화사와 스타의 평판을 보호하는 일을 하고 있었다. 물론 곤란한 사진을 관리하는 것도 그녀의 일이었다.

"내 생각에는 말이에요, 피니건 씨가 불법적인 사업으로 넘어가기 직전인 것 같아요. 그래서 당신이 **합법적으로** 정확히 똑같은 일을 하면서 정확히 똑같은 보수를 챙길 수 있다는 말을 하러 왔어요. 문제 있는 기사와 사진을 사들일 돈으로 나한테 배정된 예산이 있거든요. 어두운 밤에 어디 뒷골목에서 주고받아야 하는 돈도 아니에요. 백주 대낮에 거래가 이루어지고, 그 돈은 영화사의 재정보고서에 정당하게 포함돼요. 세금 공제가 가능하게!"

피니건은 의자에 등을 기댔다. 자신이 로스 양을 그동안 모든 면에서 과소평가했다는 생각이 들었다. 그녀는 남편 사냥꾼도 아니고 식객도 아니었다. 자신과 비슷한 부류였다. 그리고 물론 그녀가 방금 한 말은 절대적으로 옳았다.

로스앤젤레스에서 불법적으로 이루어지는 모든 일은 로스앤젤레스에서 완전히 합법적으로 이루어질 수도 있었다. 계획을 잘 짜기만 한다면. 이 도시의 모든 사람과 마찬가지로, 법 또한 돈에 좌우되기 때문이었다. 법은 스스로 근무시간을 기록하고, 알아서 양보하고, 알아서 쓴 물을 삼켰다. 이 커다란 황금빛 기계의 톱니가 되기 위해서.

의심스러운 돈을 덜 의심스럽게 만들고 싶다면, 영화사를 통해 이 돈을 돌려서 임금 장부에 넣어줄 사람만 구하면 되었다. 미국에서 임금만큼 고귀하고 신성한 것은 없기 때문이었다.

피니건이 말했다. "나는 드 하빌런드 양의 사진에 대해서는 전혀 모르지만, 내가 이해하기로 당신 말은, 만약 누군가가 그 사진을 손에 넣는 경우 영화사가 배우를 대신해서 기꺼이 회수 요금을 지불할 거라는 뜻입니까?"

"맞아요. 내가 에이전트 역할을 하면 돼요."

"그럼 에이전트로서 당신이 당연히 수수료를 받겠군요."

"내가 그런 건 필요없다고 하면 나를 믿겠어요, 피니건 씨?"

아, 그래, 확실히 그녀를 과소평가하고 있었다. 하지만 그는 이제라도 잘못을 바로잡을 생각이었다. 앞으로 그는 이블린 로스에 대해 모든 정보를 알아볼 것이다. 그녀의 출신지와 그동안 있었던 곳뿐만 아니라, 그녀가 가슴속에 자그맣게 품고 있는 열정까지도. 그렇게 필요한 정보를 모두 얻고 나면, 자신이 문제가 될 만한 사진을 우연히 발견했다고 말할 작정이었다. 하지만 드 하빌런드의 사진부터 내밀지는 않을 것이다. 〈바람과 함께 사라지다〉가 가을 개봉을 예정으로 촬영 중이고 영화 개봉이 가까워질수록 사진의 가치가 더 높아질 테니, 그 사진을 내미는 것은 뒤로 미뤄야 했다. 다른 사진을 하나씩 차례로 내놓아 보상금을 챙기면서, 언제든 때가 되면 판을 뒤집어 그녀보다 우위에 설 준비를 할 것이다.

"음, 확실히 생각해볼 만한 일이네요, 로스 양."

"그렇죠, 내가 뭐랬어요?" 그녀가 미소를 지었다.

그리고 앞으로 몸을 기울여 빈 잔에 위스키를 더블로 따른 다음 두 잔을 들고 그의 책상으로 다가왔다. 그녀는 그에게 잔 하나를 건넨 뒤, 자신의 잔을 들어올렸다.

"전망 좋은 관계를 위하여."

그녀는 단번에 잔을 비워버렸다.

"전망 좋은 관계를 위하여." 그도 맞장구를 친 다음 자신의 잔을 비웠다.

로스 양은 다시 소파에 앉았다. 피니건은 함께 저녁을 먹으러 나가자고 청할까 생각해보았다. 안 될 것도 없지. 그는 결코 예쁜 얼굴에 홀랑 넘어가는 사람이 아니었지만, 상대가 남들에게 내세우는 이야기를 듣고 나면 그 사람에게 오점을 묻히기가 항상 훨씬 더 쉬워졌다. 그런 이야기는 그 사람이 드러내고 싶지 않은 부분을 가릴 수 있게 만들어졌기 때문이다. 그러니 그 이야기를 뒤집으면, 상대의 모든 결점, 후회, 죄악이 지도처럼 잘 드러났다. 이번에도 순전히 로스 양이 입을 열게 만들기 위해 무소앤드프랭크스로 데려가 스테이크를 함께 먹으며 마티니를 마시면 어떨까 싶었다.

"시장한가요, 로스 양?" 그가 물었다.

"난 항상 배가 고파요."

그러나 그가 생각한 것을 말로 꺼내기도 전에 크게 우지끈하는 소리가 들렸다. 부서진 나무 조각들이 바닥에 흩어지면서 현관문이 벌컥 열리고, 양손에 박물관으로 가야 할 무기와 쇠지레를 각각 든 찰리 그레인저의 모습이 나타났다. 코미디 영화 속 경찰관의 모습 그대로였다.

찰리

 차를 몰고 베네딕트캐니언을 올라가는 동안 찰리는 자신에게 화가 나서 견딜 수가 없었다. 이걸 왜 예상하지 못했을까? 그는 심지어 이블린에게 윈터의 집까지 누가 자신을 미행했다는 말까지 해버렸다. 찰리가 그 간이식당 앞을 지키고 있을 것이라는 사실을 알 수 있는 사람은 전혀 없었다. 따라서 윈터의 집까지 그를 미행한 사람은 호텔에서부터 줄곧 그를 따라왔음이 분명했다. 그 말은, 협박꾼 일당이 이블린에게 언제 전화할지 그자가 정확히 알고 있었다는 뜻이었다. 그리고 그 시각을 알 수 있는 사람은 한 명뿐이었다. 피니건. 그가 드 하빌런드에게 사진을 전달하기 전에 틀림없이 봉투를 열어 협박꾼의 메모를 읽었을 것이다.
 찰리보다 먼저 이블린이 이런 정황을 알아차렸다는 것만으로도 심각했다. 하지만 찰리가 일찌감치 의심했어야 하는 지점이 적어도 세 개나 된다는 점이 더욱더 심각했다. 첫째, 찰리가 이블린의 이름을 언급했을 때 피니건은 그녀의 이름뿐만 아니라, 그녀가 머무는 방의 번호까지 알고 있었다. 피니건이 방 번호를 말했을 때 찰리는 그가 업무를 아주 세세히 파악하고 있다며 감탄했지만, 베벌리힐스 호텔의 객실은 사실 이백 개가 넘었다. 즉, 1년 동안 호텔을 드나드는 손님이 무려 만 명 이상이었다. 피니건이 이블린의 방 번호를 알고 있었다면, 그것은 그가 최근에 그 방 번호를 찾아본 적이 있다는 뜻이었다.

둘째, 피니건은 파란색 컨버터블을 몰던 운전자의 인상착의를 알아보려 하지 않았다. 아니, 당연히 인상착의를 물어보기는 했다! 신참 순찰경관이라도 그렇게 했을 것이다. 경찰학교에서 가장 먼저 가르치는 내용 중 하나가 바로 목격자의 기억이 희미해지기 전에 최대한 빨리 용의자의 인상착의를 확보하라는 것이었으니까. 피니건은 늙은 멕시코인에게 컨버터블 운전자의 인상착의를 확실히 물어보았지만, 그 정보를 혼자만 알고 있었다.

마지막으로 '은퇴되었다'는 이상한 표현이 있었다. 그래, 문법적으로 틀린 피니건의 말에 찰리가 그토록 모욕감을 느낀 것이 다소 우스꽝스러운 일이기는 했다. 하지만 피니건의 그 말에는 잘난체하는 태도가 조금 배어 있었다. 젊은 사람이 늙은 사람에게 보이는 잘난 체뿐만 아니라, 어떤 정보를 아는 사람이 아무것도 모르는 상대를 구경하며 즐거워하는 듯한 태도.

찰리는 피니건의 집 진입로를 지나쳐 길가에 차를 세웠다. 시간을 절약하려면 집 바로 앞에 차를 세우는 편이 좋겠지만, 자신의 존재를 알리기 전에 먼저 상황을 파악할 필요가 있었다.

차에서 내린 그는 총집에 권총이 잘 꽂혀 있는지 확인하고, 집을 향해 재빨리 움직였다. 도로 쪽으로는 창문이 하나도 없어서 집 뒤편으로 돌아가니 집이 일종의 축대 위에 서 있었다. 그의 오른편은 집이고, 왼편에는 아래로 뚝 떨어진 곳에 산속 풍경이 펼쳐져 있었다. 집의 뒷면 벽 거의 전체가 유리였다. 해가 지기 시작하면 안에 있는 사람은 밖에서 벌어지는 일을 잘 볼 수 없을 테지만, 밖에 있는 사람은 안에서 벌어지는 일을 선명하게 볼 수 있었다. 그런 면에서 이 유리벽은 페어필드의 목욕장과 LA 경찰국에 있는 양면 거울과 다르지 않았다.

찰리가 서 있는 위치에서 보면 집 전체가 하나의 방으로 구성된 것처럼 보였다. 피니건은 창문을 등진 채 책상에 앉아 있고, 이블린은 그를 바라보는 방향에서 소파에 앉아 있었다.

이블린이 무사한 것을 보고 찰리가 가장 먼저 느낀 것은 안도감이었다. 하지만 그다음에는 불편한 감정이 밀려왔다. 두 사람이 오랜 친구 사이처럼 행동하고 있기 때문이었다. 이블린은 말을 하면서 미소를 띠었다. 찰리의 위치에서는 피니건의 얼굴이 보이지 않았지만, 그가 이블린을 향해 고개를 끄덕이는 것이 보였다. 그러자 이블린이 피니건의 잔에 술을 따라서 그의 책상으로 가져다주고, 둘이 함께 건배를 했다.

저 둘이 한 패인가 싶은 생각에 거의 현기증이 날 지경이었다.

아니지.

찰리는 처음부터 엉성하게 굴었다. 여러 징후를 무시했고, 식당에서부터 미행당한 것도 모른 채 브렌트우드 글렌에서 기습당했다. 하지만 이블린을 이렇게까지 잘못 볼 만큼 늙었거나 감상적이지는 않았다. 그녀가 사진을 보고 분노하던 모습을 본 그는 그 분노가 진심이었다고 확신했다. 지금 그녀가 피니건 앞에서 웃음 짓고 있는 것은 그를 홀리거나 설득하기 위해서일 터였다. 하지만 그건 피니건이 그녀에게 얼마나 위험한 존재인지 잘 모르는 행동이었다.

찰리는 다시 집 옆을 돌아서 앞문으로 갔다. 문고리를 잡고 열어보니 문이 잠겨 있었다. 노크를 할까 생각해보았지만, 이블린이 온 것을 본 피니건이 이미 잔뜩 경계하고 있을 듯했다. 찰리는 자동차로 뛰어가서 조수석에 있던 쇠지레를 들고 앞문으로 돌아왔다. 그리고 쇠지레의 발톱을 조용히 문틀에 끼우고 오른손으로 권총을 뽑아 든 다음, 왼손으로 쇠지레를 당기며 동시에 발로 문을 걸어찼다.

문틀이 쪼개지면서 문짝이 날아가자, 찰리 앞에 정지화면이 펼쳐져 있었다. 그가 조금 전 집 뒤편에서 본 광경이었으나, 이번에는 피니건의 얼굴이 그를 향하고 이블린은 문을 등지고 있었다. 우지끈 하는 소리에 두 사람이 모두 시선을 들었다.

찰리는 피니건의 놀란 표정을 보고 조금 즐거워졌다. 꼭 필요한 탐문수사를 마치고 여러 사실 사이의 연관관계를 파악해 우세한 위치를 점할 때 느끼던 즐거움이었다. 피니건이 워낙 잘난체하던 녀석이라서 그 기분이 한결 더 달콤했다.

하지만 피니건이 웃음을 터뜨렸다. 아주 시원한 웃음이었다.

그 소리에 찰리는 이를 갈았다. 젊었을 때라면 피니건의 가슴에 총알을 한두 발 박아주고 싶다는 충동이 생겼을 것이다.

"찰리?" 이블린이 놀라움을 드러냈다. 아주 조금이지만 짜증스러운 기색도 있었다.

그걸 보고 찰리는 이렇게 박차고 들어온 것이 옳은 일이었는지 다시 생각하게 되었지만, 그건 순간에 그쳤다.

"손을 내가 볼 수 있는 곳에 둬, 션."

피니건은 찰리에게 양 손바닥을 보여준 뒤, 책상 위에 두 손을 놓았다. 그동안 내내 그 짜증스러운 미소를 유지하면서.

"괜찮아, 이블린?" 찰리가 물었다.

"괜찮아요, 찰리 아저씨."

찰리는 이제 이 건물이 원룸이 아님을 알 수 있었다. 그는 계속 피니건에게 총을 겨눈 채, 하나뿐인 문을 향해 옆걸음으로 움직였다. 그 안을 흘깃 보니, 작은 침실이었다. 찰리는 거실 한복판으로 되돌아왔다.

피니건이 능글맞게 웃으며 고개를 절레절레 저었다.

"타이밍이 정말 이보다 나쁠 수는 없을 거예요, 찰리."

"내 타이밍에는 아무 문제 없어, 션."

"로스 양의 얼굴에 드러나 있잖아요. 당신이 나타난 걸 보고 로스 양도 나만큼 짜증이 났다는 게. 우리 의견이 막 일치하려던 참이었거든요."

"네가 어떤 놈인지 로스 양이 몰랐겠지."

피니건은 어깨를 으쓱했다.

"내가 보기에는 아주 예리한 사람 같은데요."

이블린은 피니건을 노려보기만 할 뿐 아무 말도 하지 않았다.

"그래, 이제 다음은 뭔가요, 찰리? 시민의 자격으로 날 체포해서 경찰서로 데려갈 건가요?" 피니건이 그를 조롱했다.

"좋은 생각 같군."

"문제가 딱 하나 있긴 하죠."

"무슨 문제?"

"당신 총이 비었다는 것."

"아, 그래." 찰리는 피니건에게 똑같이 능글맞은 표정을 지어주었다.

하지만 그와 동시에 자신감이 흔들렸다. 브렌트우드 글렌에서 그를 기습한 션이 아마 그의 몸을 더듬어 소지품을 확인했을 것이다. 경찰 아카데미에서 **가장 먼저** 가르치는 내용이었다. 션이라면 몸수색에서 발견된 찰리의 총을 가져가거나 아니면 탄창을 비워두었을 터였다.

찰리는 피니건의 왼쪽으로 총구를 살짝 돌려 방아쇠를 당겼다. 섬세하고 거슬리지 않는 찰칵 소리가 났다. 집 안이 조용하지 않았다면 거의 들리지 않았을 소리였다. 또한 찰리가 들어본 것 중 가장 기운 빠지는 소리이기도 했다. 그는 유혹을 이기지 못하고 두 번 더 방아쇠를 당겼지만 결과는 똑같았다.

피니건이 특유의 동작으로 어깨를 으쓱했다. 그러고는 입을 열어 말을 시작하면서 아무렇지도 않게 베레타 권총을 꺼냈다.

"총을 들고 문을 박차고 들어왔는데 총알이 없다는 걸 알게 됐으니 조금 어색하겠네요. 하지만 그보다 더 어색한 순간이 언제일까요, 찰리? 당신 총알이 있는 곳을 살인전담반 녀석들이 알게 될 때죠."

총알은 여섯 발. 찰리는 속으로 생각했다. 그가 직접 헤아린 숫자였다. 한 발은 동양식 단지를 맞혔고, 세 발은 리츠키의 등에, 한 발은 리츠키의 발에 박혔다. 그리고 윈터의 가슴에 한 발.

피니건이 안쪽으로 더 깊숙이 들어오라고 찰리에게 권총을 흔들었다.

"들어와서 좀 쉬지 그래요."

그는 전에 사무실에서 그를 만났을 때처럼 말했지만, 이번에는 위에서 내려다보는 듯한 태도가 노골적이었다.

찰리는 소파 옆을 돌아갔다. 피니건에게 달려들 거라면 지금 해야 했다. 하지만 그와 자신 사이의 거리는 족히 3미터쯤 되고, 중간에 책상도 있었다. 상대가 아마추어라면 뜻밖의 행동에 놀라서 재빨리 반응하지 못할 거라는 기대를 품을 수도 있을 것이다. 하지만 피니건은 결코 화들짝 놀랄 사람이 아니었다. 아마 찰리가 달려들기를 미리 기다리고 있을 것이다. 거의 바라고 있을 것이다.

찰리는 소파에 이블린과 나란히 앉았다. 그녀가 자신을 향해 고개를 돌린 것이 느껴졌지만, 그는 차마 그녀를 마주 볼 수 없었.

피니건이 한가롭게 권총을 흔들었다.

"찰리의 타이밍이 나쁘다고 말한 건 농담이 아니었어요. 로스 양과 나는 사실 우리 둘에게 큰 이윤을 가져다줄 사업에 합의하려던 참이었거든요. 하지만 당신이 나타나는 바람에 일이 좀 복잡해진 것 같네요. 우리 모두 어두워질 때까지 기다렸다가 차를 몰고 멀홀랜드를 달려야 할 것 같아요."

"해가 진 뒤에 멀홀랜드에서 무슨 일이 벌어지는 건가요?" 이블린이 물었다.

"자동차 사고요." 피니건이 대답했다.

무력감에 휩싸인 찰리에게 피니건이 미소를 지었다.

"있죠, 찰리, 로스 양보다 더 충격받은 얼굴이네요."

"난 자동차 사고를 당한 적 있어요." 이블린이 아무렇지도 않게 말했다.

"음, 그렇군요." 피니건이 말했다.

저 멀리 계곡 아래쪽에서 수많은 주택의 불빛들이 반짝이기 시작했다. 앞으로 15분만 지나면 황혼이 밤으로 완전히 바뀔 터였다.

피니건은 찰리의 이런 생각을 읽기라도 한 것처럼 책상 위로 손을 뻗어 램프를 켰다. 그러고는 이블린과 찰리에게서 시선을 떼지 않은 채 의자에서 일어나 높은 스탠드로 천천히 걸어가서 불을 켰다. 그 뒤에 또 다른 스탠드로 천천히 걸어갔으나, 스위치를 헛짚었다. 그는 고개를 한 번 흔들고는 다시 손을 뻗었다. 하지만 이번에는 지탱할 것이 필요한 사람처럼 갑자기 스탠드를 붙잡고 말았다. 찰리와 이블린에게 계속 시선을 고정하고 있는 피니건의 표정이 조금 전처럼 능글맞게 보이지 않았다. 오히려 조금 당황한 것 같았다. 곧 그의 상체가 비틀리더니 눈이 깜박거리고, 권총 총구가 찰리와 이블린 사이에서 흔들렸다. 피니건이 스탠드를 잡은 채 바닥으로 우당탕 쓰러졌다. 그 바람에 전구가 깨지고, 권총은 카펫이 깔리지 않은 바닥에서 미끄러졌다.

피니건이 쓰러지자마자 이블린이 벌떡 일어서서 그에게 다가갔다.

찰리는 어떻게 된 일인지 잘 모르는 채로 일어서서 피니건의 베레타를 챙긴 뒤 움직이지 않는 피니건 옆의 이블린에게 다가갔다.

"남자들이란." 이블린이 경멸을 담아 말했다.

그러나 시선을 들어 찰리의 상처받은 표정을 보고 그녀가 말을 덧붙였다.

"아저씨는 아니에요. 아저씨는 진짜 남자죠. 이자랑 달라요."

찰리와 함께 피니건을 내려다보면서 이블린은 신발 끝으로 그의 갈비뼈를 찔렀다. 그에게서는 아무 반응이 없었다.

"별 다섯 개짜리 미키핀?" 찰리가 물었다.

"저는 그거 없이 집을 나선 적이 없어요."

찰리는 감탄해서 고개를 절레절레 저었다.

"아까 밖에서 이블린이 이놈한테 술을 따라주는 건 봤는데, 거기에 뭘 타는 건 못 봤어."

"병 안에 이미 들어 있었어요."

이블린은 피니건의 몸을 넘어가서 부엌으로 향했다. 찰리는 그녀가 평소보다 더 심하게 절룩거리는 것을 알아차렸다.

"괜찮아?" 그가 물었다.

그녀가 뒤를 돌아보았다.

"왜요?"

"평소보다 더 절룩거리는 것 같아서."

"아."

그녀는 빙긋 웃으며 손을 아래로 뻗어 신발 한 짝을 벗어 들고 찰리에게 보여주었다.

"욕실 창문을 깰 때 한쪽 뒤축이 빠졌어요."

이블린은 신발을 다시 신고 절룩거리며 부엌으로 들어가 냉장고를 열었다.

"이럴 줄 알았지." 그녀가 말했다.

돌아서는 그녀의 손에 약 1.5센티미터 두께의 서류철과 지폐 몇 다발이 들려 있었다. 그녀는 조리대의 접은 종이봉투 옆에 그것들을 놓았다. 그녀가 지폐를 계속 꺼내오는 동안 찰리가 봉투에 지폐를 넣기 시작했다. 이블린은 돈을 다 꺼낸 뒤 냉장고를 닫고, 조리대 맞은편의 찰리를 보았다.

"저놈이 틀렸어요."

"뭐가?"

"아저씨 타이밍은 최고였어요."

찰리는 이런 찬사를 받을 자격이 있는지 알 수 없었지만, 그래도 고맙다고 말했다.

"이제 어떻게 할까요, 보스?" 이블린이 물었다.

그래, 이제 어쩐다.

찰리는 피니건을 돌아보았다. 일주일 전에 누가 찰리에게 이런 상황에서 어떻게 할 거냐고 물었다면, 뭐라고 답해야 할지 몰랐을 것이다. 하지만 정확히 무엇을 해야 할지 갑자기 깨달음이 왔다. 그렇게 머리가 맑아지자 차가운 만족감이 조금 느껴졌다.

열 배로 되갚아주겠다는 그 옛날의 감정, 그것이 어쩌면 아직 사라지지 않은 모양이었다.

"여기까지 어떻게 왔어?" 그가 물었다.

"택시로요."

"좋아. 내 열쇠 받아. 내 차가 바로 저쪽 도로에 있어. 그걸 몰고 호텔로 돌아가. 내가 나중에 찾으러 갈 테니. 하지만 그전에, 지문이 남을지 모르니까 손이 닿은 곳을 전부 닦아. 컵도 닦아서 넣어두고. 다른 건 전부 이대로 둬. 그리고 내가 전화할 때까지 여기서 기다려."

"아저씨는 어디로 가시게요?"

"그건 걱정하지 마. 최대한 빨리 전화할게. 아마 15분을 넘기지 않을 거야. 하지만 내가 전화하기 전에 피니건이 깨어나는 것 같으면 당장 여기서 나가. 알겠어?"

"알았어요."

"좋아. 한 가지 더 있어. 그 서류철 안의 사진이 몇 장 필요해."

이블린은 놀란 얼굴로 그를 보다가 고개를 저었다.

"안 돼요."

"그 방법뿐이야. 경찰이 그 사진을 몇 장 발견하게 해야 해."

"몇 장이나요?"

"다섯 장이면 될 거야."

이블린은 잠시 망설이다가, 종이봉투에서 서류철을 꺼내 조리대에 놓았다.

"지문 조심해." 찰리가 말했다.

이블린은 서류철을 열어 손톱으로 사진을 죽 펼쳤다. 거기서 드하빌런드의 사진을 골라낸 뒤 시선을 돌려 다른 곳을 바라보며 말했다.

"아저씨가 골라요."

찰리는 맨 위의 사진 다섯 장을 손수건으로 감싸서 가져오고, 나머지 사진을 서류철에 넣었다. 그리고 서류철을 다시 봉투 안에 돌려놓았다.

이블린이 위스키 잔을 씻는 동안 찰리는 피니건의 주머니를 뒤졌다. 피니건의 자동차 열쇠 외에 장갑 한 켤레가 있었다. 그 장갑을 끼고 주머니를 계속 뒤져보니 베벌리힐스 호텔의 종이성냥이 나왔다. 피니건의 책상에서 마닐라 봉투 하나와 마스킹테이프를 찾아낸 찰리는 사진 네 장을 그 봉투에 넣은 뒤, 책상 서랍 한 곳의 바닥에 테이프로 붙였다. 지문을 깨끗이 닦아낸 자신의 총은 피니건의 지문이 묻게 그의 손에 쥐여주었다가, 부엌에서 찾아낸 행주로 감쌌다.

준비가 끝난 뒤 그는 이블린과 시선을 마주쳤다.

"잊지 마. 만약 놈이 정신을 차리면……."

"여기서 나간다."

찰리는 고개를 끄덕였다. 하지만 나가려고 몸을 돌리는데, 이블린이 한쪽으로 기울어진 채 서 있는 것이 보였다.

"구두 뒤축은 어디 있어?"

이블린은 손가락으로 허공을 가리켰다.

"욕실 쓰레기통에 있어요."

이블린이 뒤축을 가져오려고 욕실로 간 사이에 찰리는 밖으로 나갔다.

집 앞 진입로는 어둡고 조용했다. 피니건의 자동차 뒤쪽에 서니 보이는 것이라고는 가까운 곳에 있는 주택 한 채의 불빛뿐이었다. 찰리는 행주로 싼 권총을 트렁크 안에 숨기고는, 운전석에 올라 브렌트우드 글렌으로 차를 몰았다. 그리고 윈터의 집 앞에서 주위에 경찰이 있는지 확인한 뒤 진입로로 들어갔다.

낮에 왔을 때처럼 그는 이번에도 미닫이문을 통해 안으로 들어갔다. 시체를 외면한 채 곧장 전화기로 가서 피니건의 번호를 돌렸다. 벨이 울리자마자 이블린이 전화를 받았다.

"아무 일 없어?" 그가 물었다.

"아무 일 없어요."

"다행이네. 이 통화가 몇 분 정도 지속된 걸로 전화회사 기록에 남아야 하니까 아직 전화 끊지 마."

"그럴게요."

두 사람 모두 조용해졌다.

경찰로 일하는 동안 찰리는 불법적인 사진, 협박꾼, 부패한 경찰, 살인자와 많이 마주쳤다. 하지만 통화를 유지하면서 시간이 흐르기를 기다리는 동안 찰리는 지난 며칠 동안의 일을 이블린의 관점에서 생각해보게 되었다. 그녀가 친구의 그런 사진을 처음 보았을 때, 돈을 식당으로 가져갈 때, 피니건의 집에서 총구와 마주했을 때 어떤 기분이었을지 상상해보았다.

"로스앤젤레스에 남기를 잘했다 싶어?" 그가 조금 심술궂게 물었다.

하지만 그녀는 완전히 진지한 답변을 내놓았다.

"지금 이 순간에 내가 가장 있고 싶은 곳이 바로 여기예요."

전화를 끊은 뒤 찰리는 윈터의 침실로 가서 남은 사진 한 장을 비밀 서랍 뒤편에 놓았다. 마치 범인이 미처 보지 못하고 놓친 것처럼.

거실로 돌아온 그는 피니건의 종이성냥을 재떨이에 놓고, 윈터의 주소록 수첩을 획획 넘겨 F 항목을 찾았다. 그리고 최대한 윈터의 필체를 흉내 내서 거기에 피니건의 이름, 주소, 전화번호를 추가했다. 그러고는 펜을 그 페이지에 끼운 채 수첩을 닫아 탁자 위의 전화기 옆에 놓았다.

찰리가 낮에 이곳을 떠난 뒤로 리츠키의 시체 주위 피 웅덩이가 조금 말라붙은 상태였다. 찰리는 칵테일 테이블의 위스키 병을 들어 피 웅덩이에 부은 뒤, 병을 리츠키의 손 옆 바닥에 두었다.

이제 이곳을 떠나기 전 마지막으로 한 번 더 주위를 둘러보다가, 그의 시선이 결국 윈터의 발목에 걸린 바지에 닿았다. 피니건이 한 짓이었다. 틀림없었다. 피니건은 그 짜증스러운 미소를 얼굴에 걸친 채 윈터에게 바지를 내리라고 명령하고는 총을 쏘았을 것이다. 동성애의 징후가 조금만 보여도 살인전담반 형사들이 보기에 이 사건의 중요도가 확 내려갈 것을 알기 때문이었다. 형사들은 두 사람이 한창 일을 벌이던 중에 제3의 인물이 갑자기 나타나 질투심을 이기지 못하고 둘을 죽였다는 결론을 내릴 것이다. 즉, 더 이상 깊게 생각할 필요가 없는 범죄가 된다는 뜻이었다.

하지만 그런 결론은 찰리에게 도움이 되지 않았다. 그래서 그는 윈터 앞에 무릎으로 앉아서 그의 바지를 다시 올려주기 시작했다. 너무 힘들어서 놀라울 정도였다. 한 팔로 무거운 윈터의 시체를 소파에서 들어올린 뒤 다른 손으로 바지를 올려주는 와중에, 윈터의 상처에서 스며나온 피가 묻지 않게 조심해야 했다. 마침내 바지를 다 올린 찰리는 시체의 셔츠를 바지 안으로 넣고 허리띠를 채웠다.

모든 일을 끝낸 그는 다시 밖으로 나가 집 옆을 돌아가서 조심스레 거리를 살펴보았다. 원래는 자동차 한 대가 지나갈 때까지 기다릴 작정이었지만, 몇 집 떨어진 주택의 진입로에서 담배를 피우는 남자가 보였다.

훨씬 더 좋은걸. 찰리는 속으로 생각했다.

윈터의 집 진입로로 다시 들어온 찰리는 허공을 향해 피니건의 베레타 권총을 여섯 번 발사했다. 첫 번째와 세 번째 총성 뒤에는 잠시 간격을 두었다. 그러고는 피니건의 차에 올라 엔진을 공회전시키다가 후진으로 진입로를 빠져나와, 담배를 피우다 화들짝 놀란 남자를 향해 계속 후진으로 달려갔다. 그 뒤에야 기어를 바꿔 거리를 달려가며 어느 집 우편함을 아슬아슬하게 스치며 쓰러뜨리는 모습을 연출했다.

찰리가 집으로 돌아오는 데에는 두 시간이 걸렸다.

먼저 그는 피니건의 차를 원래 자리에 돌려놓아야 했다. 자동차 열쇠는 차 안에 꽂아두지 않고 덤불 속에 떨어뜨렸다. 이로써 살인전담반 녀석들이 여기까지 찾아왔을 때 피니건이 아픈 머리를 부여잡고 아직 집 안에 있을 가능성이 높아졌다.

찰리는 피니건의 집에서부터 멀홀랜드를 따라 동쪽으로 걷다가 베네딕트캐니언 드라이브를 내려갔다. 한 시간 동안 빈 택시 두 대가 지나갔지만 피니건의 집에서 더 멀어진 뒤에 택시를 타고 싶었다. 그는 10시가 넘은 뒤에야 마침내 택시를 잡아탔다. 원래는 택시를 타고 호텔로 가서 자신의 자동차를 되찾을 생각이었으나, 택시 뒷좌석에 편안히 자리를 잡고 나니 기운이 하나도 없었다. 그래서 기사에게 자신의 집 주소를 알려주었다.

차가 베벌리힐스를 달리는 동안 찰리는 리츠키와 윈터의 사망사건 수사가 이미 시작되었을 것이라고 확신했다. 밖에서 담배를 피우던 남자가 총성도 듣고 전속력으로 질주하던 자동차도 봤으니 경찰을 불렀을 것이다. 신고를 받고 출동한 제복경관 두 명이 시체를 발견하고 살인전담반에 연락했겠지. 한 시간도 안 돼서 현장에 도착한 형사들은 동양식 수납장 안의 사진과 어떤 페이지에 따로 표시가 되어 있는 주소록 수첩을 금방 발견했을 것이다. 나중에 피니건의 집까지 찾아온다면, 종이성냥과 권총에 묻어 있던 것이 그의 지문임을 알게 될 것이고 나머지 사진 또한 발견할 터였다.

완벽한 계획은 아니었다. 찰리도 알았다. 하지만 살인전담반과 강력반 사이는 그리 좋지 않았다. 봉급도 많고 일도 편한 직장으로 옮긴 동료 또는 상사에게 그들이 전적으로 의리를 지키지도 않았다. 따라서 일단 피니건이 수사망에 잡히면, 그에게 불리한 상황이 펼쳐질 것이다. 그리고 그런 상황에서는 그의 무죄를 증명해줄 사소한 사실들을 수사관이 간과하기 쉬웠다.

택시가 자기 집 진입로에 들어섰을 때, 찰리는 자신의 차가 평소 세워두는 자리에 서 있는 것을 보고 깜짝 놀랐다. 이블린이 다른 옷으로 갈아입고 현관 앞 계단에 앉아 있는 것도 놀라웠다. 그녀를 보니 조금 기운이 났다.

"우리 집 창문은 깨지 않아서 고맙네." 그가 말했다.

"저도 신발이 무한정 많은 게 아니라서요."

찰리는 이블린을 안으로 데리고 들어가서 함께 부엌으로 갔다. 그와 베티가 앉던 작은 식탁에 이블린이 앉았다.

"차를 줄까?" 그가 물었다.

"저는 버번이 좋은데요."

이블린의 솔직함에 다시 미소를 지으며 찰리는 버번 한 병을 꺼내 두 잔에 따른 뒤 그녀의 맞은편에 앉았다.

"긴 하루였어." 둘이 각각 술을 한 모금씩 마신 뒤에 찰리가 말했다.

"정말 그랬죠." 그녀가 웃으며 맞장구를 쳤다.

그러고는 곧 좀 더 진지한 표정이 되었다.

"아저씨랑 피니건이 나눈 이야기를 들어 보니, 그동안 저한테 숨긴 것이 있는 모양이더라고요, 찰리 아저씨. 그래서 뭔지는 잘 모르겠지만 하여튼 꼭 처리해야 하는 일을 처리하느라 집에 돌아오는 시간도 더 걸린 거죠."

찰리는 아무 말도 하지 않았다.

이블린이 말을 이었다.

"아저씨가 뭘 하려는지는 알아요. 저를 위해 숨기신 거겠죠. 하지만 가끔은요, 착한 마음으로 입을 다문 사람들이 지금까지 제 인생을 가득 채운 것 같은 기분이 들어요. 아버지는 풍파를 일으키기 싫어서 입을 다무셨고, 어머니는 행복한 그리스도교인 가정이라는 이상과 어긋나는 모든 것을 인정하기 싫어서 입을 다무셨어요. 그리고 뉴욕에서는 저랑 같이 살던 남자가……."

"그 정부 말이지."

"네, 정부요. 어쨌든 그 사람은 비밀의 숲 속에 살고 있었어요. 자기 집안, 직업, 연애가 모두 비밀이었죠. 자기 아파트에 대해서도 비밀이 있었고요! 하지만 이 사람들이 무슨 이유로 입을 다물었든, 그건 모두 일종의 거짓말이었어요. 난 이제 그런 건 질렸어요. 모든 이야기를 듣고 싶어요. 아무리 추악해도, 불편해도, 신경에 거슬려도, 무슨 일이 있었던 건지 듣고 싶어요. 시선을 피하고 싶은 일을 똑바로 바라보지 않는다면, 세상은 그냥 신기루가 되어버리니까요."

이블린은 잠시 말을 멈추고 잔을 다시 채웠다. 그러고는 찰리를 보며 기다렸다.

그래서 그는 그녀에게 모든 것을 이야기해주었다. 리츠키와 윈터가 살해당했다는 사실, 그리고 리츠키의 상체 주위에 고인 피 웅덩이와 윈터의 발목에 걸려 있던 바지에 대해서. 살해 도구를 피니건의 트렁크에 숨기고, 주소록 수첩에 피니건의 이름을 추가하고, 피니건의 차에 도주 흔적이 남도록 우편함에 충돌했다는 이야기도.

찰리의 말이 끝나자 이블린은 고개를 끄덕였다. 단순히 그의 이야기를 이해했다거나 수고하셨다고 인정하는 데에서 그치지 않고, 세상을 있는 그대로 기꺼이 받아들이는 사람의 모습이었다.

"고마워요, 찰리 아저씨."

두 사람은 잠시 식탁에 앉아 버번을 홀짝거리며, 편안한 침묵에서 오는 만족감을 함께 즐겼다.

그러나 술을 다 마시고 이블린이 자리를 뜰 때가 되었을 때, 찰리에게는 말하고 싶은 것이 아직 하나 더 남아 있었다. 아니, 인정하고 싶은 것이라고 해야 할 것 같았다.

"오늘 밤 두 사람이 시체로 쓰러져 있는 낯선 사람의 집에서 머리에는 혹을 매단 채로 범인을 옭아맬 계획을 짜면서 이블린과 통화할 때 나도 내가 가장 있고 싶은 곳이 여기라고 확신했어."

마커스

셀즈닉 인터내셔널의 직원들은 지난 72시간을 바쁘게 보냈다. 도시 전체의 영화사들에게도 바쁜 72시간이었다. 지난 사흘 동안 마커스는 워너브라더스, 파라마운트, MGM, 20세기폭스에서 자신과 같은 일을 하는 사람들과 최소한 다섯 번씩 통화했다. 그가 피한 기자들의 전화는 50통이 넘었고, 불쑥 찾아온 기자 두 명도 만나지 않았다. 처음에는 업계 전문지와 《로스앤젤레스타임스》의 기자에게서만 연락이 왔지만, 나중에는 뉴욕, 시카고, 덴버, 세인트루이스의 유력지 기자들도 전화를 걸어왔다.

일이 분주하게 돌아가기 시작한 것은 월요일 오전부터였다. 저명한 가십 칼럼니스트가 즐거운 인생을 살고 있는 누군가의 집에 있는 여성 탈의실에서 양면 거울이 발견되었다고 보도한 것이 발단이었다. 점심쯤에는 그 누군가가 바로 프레디 페어뷰이며, 거울 뒤에 카메라가 설치되어 있었다는 사실을 모르는 사람이 없었다. 그 거울이 발각된 날 그 집에 갔던 젊은 여배우 중 한 명이 경찰에 고발하는 바람에 영장이 발부되어 프레디의 집에 대한 수색이 이루어졌다. 그러나 사진이 한 장도 발견되지 않자 프레디는 그 거울의 존재를 전혀 몰랐다고 단호하게 부정하며, 누가 함정을 판 것 같다고 말했다. 수영장을 청소하는 인부들이나 정원사의 함정인 것 같다고.

그러나 화요일 아침, 시내에서 발간된 모든 신문의 1면에는 직장이 없는 두 사진작가의 살인사건 소식이 실렸다. 둘 중 한 사람은 어느 영화사에서 일한 적이 있는데, 전직 형사가 범인으로 체포되었다고 했다. 그리고 전직 형사의 집과 영화사에서 일했던 사진작가의 집에서 모두 페어뷰의 탈의실에서 찍힌 여배우들의 곤란한 사진이 발견되었다. 경찰국 내부의 소식통은, 회수된 사진은 소수에 불과하지만 공들여 장치를 마련하고 사람을 고용한 것으로 보아 찍힌 사진이 그것밖에 안 된다고는 누구도 믿지 않을 것이라는 의견을 내놓았다. 그래서 시내 모든 영화사의 간부, 제작자, 감독, 매니저 등은 어떤 여배우가 그 탈의실에 들른 적이 있는지 알아내려고 애썼다. 페어뷰가 일요일 오전에 열던 파티는 인기가 높았으므로, 여배우의 명단이 너무 길어서 기가 질릴 정도였다.

영화에서 문이 쾅 하고 닫히는 장면은 분노 또는 관계의 결정적인 종말을 표현하는 클리셰다. 반면 문이 쾅 하고 열리는 장면에 대해서는 이렇다 할 해석이 없다. 일이 터지고 72시간 동안 마커스의 문이 쾅 하고 열린 횟수는 헤아릴 수도 없을 만큼 많았다. 갑자기 쳐들어와 걱정스럽다고 토로하고, 상황 보고를 요구하고, 대응책을 제안하고, 법적인 조치를 취하겠다고 협박하는 데이비드 때문이었다.

"법적인 조치라니, 누구를 상대로?"

"페어뷰. 사진작가들. LA 경찰국. 썩어빠진 놈들 전부!"

이런저런 일들이 이어지면서 마커스의 전화통에 불이 났기 때문에 그는 전화를 거의 받지 않게 되었다. 그러나 수요일 밤에는 전화를 받기를 잘했다고 생각하게 되었다. 상대의 목소리가 다급하지도, 불안하지도, 경황이 없지도 않았기 때문이다. 중서부 말씨를 구사하는 차분한 목소리였다. 그가 기다리던 단 하나의 전화이기도 했다.

"로스 양."

"벤튼 씨."

"드 하빌런드의 사진을 받으셨어요?"

"모두 받았습니다."

사흘 만에 처음으로 마커스는 미소를 지었다.

"언제 영화사로 올 수 있습니까?"

"내일 정오는 어때요?"

"좋습니다. 정오가 데이비드의 휴식시간이거든요. 틀림없이 데이비드가 로스 양한테 직접 감사인사를 하고 싶어 할 겁니다."

"셀즈닉 씨가 오신다면, 저는 안 가요."

마커스는 무슨 뜻인지 알겠다는 듯이 고개를 끄덕였다.

"3시는 어때요?"

"3시로 하죠."

3시 15분 전에 마커스는 비서를 퇴근시켰다. 그가 퇴근하기 전에 비서가 퇴근하는 것은 이번이 처음이었다. 비서가 나간 뒤 마커스는 사무실 문을 살짝 열어두었다. 그러고는 책상으로 돌아가려다가,

아칸소주 동부를 그린 낡은 지도 앞에서 자신도 모르게 걸음을 멈췄다. 데이비드가 그를 위해 복제해준 지도였다. 이 지도의 범례에 따르면, 제작 연도가 1882년이었다. 아칸소주는 그 뒤로 변한 것이 별로 없다는 생각이 들었다. 과거의 매력이 과거의 불의와 나란히 여전히 존재하고 있었다. 이 두 요소가 모두 그의 마음을 끌어당겼다.

사무실로 걸어 들어온 로스 양은 살짝 놀란 기색을 드러냈다. 바깥쪽 사무실에 비서가 없고, 안쪽 사무실 문이 열려 있는 것이 평소 보기 힘든 모습이라는 사실을 알아차린 사람 같았다. 아니, 어쩌면 마커스가 낡은 지도 앞에 서 있는 모습 때문일 수도 있었다. 이번에도 그녀는 바지와 블라우스 차림이었다. 낚싯대와 모자는 없었지만, 겨드랑이에 신발 상자를 끼고 있었다. 그녀는 마커스와 동시에 의자에 앉으면서 그의 책상에 신발 상자를 내려놓았다.

그가 상자를 가리켰다.

"사진인가요?"

"돈이에요." 그녀가 말했다.

마커스는 무슨 말을 들어도 침착한 표정을 유지하는 데 익숙했다. 하지만 로스 양의 대답에는 놀란 기색을 드러내지 않을 수 없었다. 뚜껑을 열어보고 싶다는 유혹에도 저항하지 못했.

확실히 돈이 있었다. 그가 이미 경비로 처리한 5천 달러.

"이 돈을 다시 보게 될 줄은 몰랐는데요." 그가 속내를 털어놓았다.

"이쪽 돈이잖아요."

"그렇다 해도……."

로스 양은 눈을 가늘게 떴다.

"제 것이 아닌 돈을 쓰는 건 즐겁지 않아요, 벤튼 씨."

그래요, 그런 사람이죠. 마커스는 속으로 생각했다.

그녀가 말을 이었다.

"사실 돈이 **전부** 있는 건 아니에요. 100달러쯤 모자라요."

"경비로 썼나요?"

"자전거랑 신발 한 켤레를 새로 사야 했거든요."

그녀는 자신이 신고 온 하이힐을 가리켰다. 빨간 신발이 반짝거렸다.

마커스는 빙긋 웃었다. 이블린 로스는 모든 면에서 그의 예상을 뛰어넘었다. 영리함, 신중함, 행동을 주저하지 않는 태도. 특히 육감이 뛰어났다. 마커스가 함께 일하면서 **즐거움**을 느낀 사람은 정말로 몇 명 되지 않았다. 그래서 이제부터 반드시 해야 하는 말이 더욱 달콤쓸쓸했다. 하지만 일을 미룰 수는 없었다.

"사진을 가져왔습니까?"

로스 양이 길쭉한 봉투를 꺼내 책상 위로 가볍게 던졌다.

마커스는 봉투의 크기를 보고 조금 놀랐다. 현장에서 회수한 사진이 전형적인 홍보용 스틸사진 크기라고 경찰국 소식통에게서 들었기 때문이었다. 그가 조금 의아한 얼굴로 이블린을 보았으나, 그녀는 서늘한 표정으로 그 시선을 맞받았다. 마커스는 조심스레 봉투를 열어 내용물을 꺼냈다.

안에는 스물다섯 장쯤 되는 사진이 있었다. 세로 2인치, 가로 8인치 크기의 사진에 각각 카메라를 응시하는 여배우의 얼굴이 담겨 있었다. 여배우의 정수리에서 쇄골 부위까지만 나오도록, 큰 사진에서 잘라낸 것이 분명했다. 모두 대형 영화사의 정상급 여배우였다. 신경에 거슬리는 사진 모음이었다.

브라보. 충격에서 회복한 마커스는 속으로 생각했다.
로스 양이 직접 가위를 휘둘러, 노골적인 모습이 담긴 부분을 폐기했음을 확신했기 때문이다. 만약 사진을 회수한 사람이 남자였다면 그런 조치를 취하지 않았을 것이다. 사진을 그대로 가져왔을 것이다. 로스 양은 왜 사진을 잘랐을까? 이 업계를 통틀어, 그런 사진을 손에 넣고도 순수한 마음을 유지할 거라고 믿을 수 있는 남자는 직급을 막론하고 소수에 불과했기 때문이다.

마커스가 시선을 들었을 때 이블린의 시선은 이미 다른 곳에 가 있었다. 그녀는 밀짚모자가 카이사르의 흉상과 나란히, 모든 면에서 동등하게 놓여 있는 선반을 바라보고 있었다. 마커스가 사진을 책상 위에 내려놓자 그녀의 시선이 그에게 되돌아왔다.

"로스 양이 이 사진들을 이렇게 성공적으로 회수해온 것을 알면 데이비드와 잭이 얼마나 고마워할지 아무리 말해도 지나치지 않을 겁니다. 하지만 알다시피, 이 여성들 중 대부분은 셀즈닉이나 워너 브라더스 소속이 아닙니다. 로스 양이 허락하신다면, 다른 영화사들에 이 일과 로스 양의 활약을 알리고 싶습니다. 그쪽 담당자들 여러 명이 로스 양에게 감사를 표시하고 싶어 할 것 같군요. 금전적으로."

로스 양은 그렇게 해도 좋다고 허락했다. 그러나 영화사들이 감사를 표시하는 더 좋은 방법이 있다고 말했다. 사진을 회수할 때 그녀를 도운 사람이 세 명 있는데, 그중에 한 명은 노배우이고 다른 한 명은 스턴트맨 지망생이라고 했다.

"영화사들이 앞으로 캐스팅할 때 그 두 사람을 염두에 두신다면 고마울 거예요."

"내가 처리하지요."

"감사합니다."

"하지만 다음에 로스 양이 셀즈닉에 오실 때는 내가 여기 없을 수도 있다고 미리 알려드려야겠습니다."

로스 양은 걱정스러운 표정을 지었다.

마커스는 명확한 설명을 덧붙였다.

"내 자의로 물러나는 겁니다. 로스앤젤레스에 4년 동안 있었으니, 이제 고향으로 돌아갈 때가 된 것 같아요."

마커스는 고향으로 돌아간다는 말에 로스 양이 공감할 것 같지 않았지만, 그녀는 이해한다는 듯 고개를 끄덕였다. 아니, 정말로 공감하는 것 같기도 했다. 그녀가 일어서서 한 손을 내밀었다.

"보고 싶을 거예요, 벤튼 씨."

"누가 보고 싶어 해주면 좋지요."

이 감정에도 로스 양이 공감하지 못할 것 같았지만, 그녀는 그와 악수하면서 또 고개를 끄덕였다.

문을 향해 몸을 돌리는 로스 양을 보면서 마커스는 더 이상 아무 말도 필요하지 않다는 것을 깨달았다. 어려운 문제가 만족스럽게 해결되었다. 로스 양은 영화사에 좋은 인상을 남겼고, 마커스 자신은 곧 고향으로 돌아갈 것이다. 서로에게 행운도 빌어주었다. 여기에 영화사를 위해 아직 수행해야 하는 의무, 그리고 그의 직업 특유의 신중함을 추가한다면, 지금은 침묵을 지키는 편이 좋을 것이다. 그래도…….

"로스 양."

그녀가 돌아섰다.

"〈바람과 함께 사라지다〉의 촬영이 끝나면 드 하빌런드 양이 워너브라더스로 돌아가 에롤 플린과 새 영화를 찍을 예정이라고 들었습니다."

"맞아요. 둘이 함께 찍는 다섯 번째 작품이죠. 〈엘리자베스와 에섹스의 사생활〉이라는 역사 로맨스예요."

마커스는 고개를 끄덕였다.

"플린 씨와 맞서는 여자주인공 역에 잭 워너가 베티 데이비스를 캐스팅할 생각이라는 걸 알고 계셔야 할 것 같습니다."

마커스는 로스 양의 표정이 굳어지는 것을 보았다.

"데이비스가 엘리자베스 여왕을 연기한다면, 올리비아는 무슨 역을 맡는 건가요?" 그녀가 물었다.

"시녀 역입니다."

마커스에게 분노가 인상을 남기는 경우는 드물었다. 할리우드에서 보낸 지난 세월 동안 그는 온갖 다양한 형태의 분노를 목격했다. 제작자가 뜻밖의 지출이나 설명할 수 없는 대중의 취향에 욕을 퍼붓는 것도 보고, 감독이 카메라맨에게 대본을 던지거나 작가가 촬영장에서 나가버리는 모습도 보았다. 여배우가 분장실에서 몇 시간이나 버티는 것도 보고, 최신 영화에 드러난 부도덕성 때문에 분노한 종교인과 정치가를 상대하기도 했다. 이 모든 사례에서 분노한 사람에게는 본질적으로 유치한 면이 있었다. 그러나 마커스가 '시녀'라는 말을 입에 담았을 때 로스 양이 드러낸 분노는 너무나 갑작스럽고, 너무나 예리하고, 너무나 절제되어 있어서 그는 깊은 인상을 받을 수밖에 없었다.

"순전히 앙심 때문이네요." 다시 차분한 모습으로 돌아온 로스 양이 말했다.

"그것도 있지만, 〈바람과 함께 사라지다〉에서 연기로 아무리 좋은 반응을 얻더라도 드 하빌런드 양은 여전히 계약에 묶여 있다는 점을 일깨우려는 생각도 있는 것 같습니다."

"'묶여 있다'는 말이 맞네요, 벤튼 씨."

"그런 것 같죠."

로스 양이 다시 문을 향해 몸을 돌리는 순간, 마커스는 자기도 모르게 말을 덧붙였다.

"혹시 법적인 자문이 필요하다면, 로스 양, 망설이지 말고 연락 주시길 바랍니다."

이브

 사나운 걸음으로 2번 건물을 나서면서 이브는 생각했다. 거물. 귀족. 고관. 차르와 술탄. 왕, 칸, 주술사. 전 세계 언어에서 비슷한 뜻을 지닌 다양한 단어들이 모두 영어로 흘러들어와 일상적으로 쓰이게 되었다. 이들이 서로 다른 존재인 것처럼.
 이브는 주차장으로 향하다가 걸음을 멈췄다. 고작 오후 4시였으므로, 올리비아가 아직 여기 어디 있을 터였다. 지금 말해줄까? 아니면 나중에?
 올리비아는 〈엘리자베스와 에섹스의 사생활〉이 다음 작품이라는 말을 듣고 몹시 들떴다. 〈로빈 후드〉를 연출한 커티즈와 다시 함께 일하게 되었다는 말에도 들뜨고, 플린과 일하게 된 것에도 들떴다(신이여, 그녀를 도우소서). 그러나 그녀를 가장 들뜨게 만든 것은 그녀가 맡을 역할이었다. 대본에 대해서는 아직 아는 것이 별로 없지만, 그녀가 평소와는 아주 다른 유형의 여자를 연기할 기회가 될 것 같았다. 곤경에 빠진 숙녀가 아니라, 한 나라를 지휘하는 여왕이 되어 전쟁 중에 반역 혐의를 받은 연인에게 사형을 선고할 수밖에 없는 모습을 연기할 것이다. 열정보다 원칙을 앞세우는 모습을 극한까지 표현해야 하는 것이다.

그런데 알고 보니 여왕 역할은 베티 데이비스의 것이고, 올리비아는 뒤에서 옷자락을 잡아주는 역할이었다.

이브는 이 소식을 전하기가 내키지 않았다. 하지만 워너가 이 소식을 직접 전달하며 만족감을 느끼게 둘 수도 없었다. 그래서 그녀는 오하라 집안의 농장 세트가 세워진 곳으로 방향을 돌렸다.

이브는 촬영 2주차에 타라에 발을 들여놓은 적이 있었다. 그날 촬영이 예정된 장면은 스칼렛 자매들이 밝고 화려한 드레스 차림으로 계단을 내려와 어머니에게 인사하며, 다음 날 밤에 열릴 무도회에 대해 신이 나서 이야기하는 모습이었다. 현관홀은 전쟁 전 오하라 가문의 부와 우아함이 드러나게 꾸며져 있었다. 파랗게 칠해진 웨인스코팅 위의 하얀 벽지에는 만발한 장미가 그려져 있고, 한쪽 벽 앞의 소파는 유럽 스타일이었다. 맞은편 벽 선반에 줄줄이 세워진 양초 불빛은 문의 반짝이는 놋쇠 장식에 부딪혀 반사되었다.

그러나 오늘 이브가 들어온 홀은 그때 그 모습이 아니었다. 서먼 장군의 행군 직후 스칼렛과 멜라니가 타라로 돌아오는 장면을 찍기 위해 변신하는 중이었다.

그동안 약탈이 있었음을 보여주기 위해 현관홀에 있던 가구와 양초가 모두 사라졌다. 심지어 문의 놋쇠 장식도 제거되었다. 이브 바로 앞에서는 나이가 지긋한 남자가 네 발로 엎드려 속돌로 나무 바닥을 문지르고 있었다. 계단에서는 그보다 젊은 남자가 망치로 난간을 살짝 우그러뜨렸다. 이브의 왼쪽에서는 홀쭉한 기술자가 등에 정교한 장치(해충 구제장치와 비슷했다)를 메고 벽지에 색이 살짝 들어간 액체를 뿌리는 중이었다. 지붕에서 물이 새서 벽에 얼룩이 생긴 모습을 연출하기 위해서였다. 현관홀 뒤편에서는 고글을 쓴 남자가 보석 세공인의 망치로 유리창을 여기저기 조금씩 깨고 있었다.

"실례합니다." 공구 벨트를 허리에 맨 남자가 이브 옆을 돌아가더니, 현관문의 경첩에 손을 대서 문이 열릴 때마다 삐걱거리게 만들었다.

옆방으로 가봤더니 거기서도 방을 허름하게 만드는 작업이 진행 중이었다. 열심히 일하고 있는 두 여자 중 한 명은 회벽에 금이 간 것처럼 모양을 그렸고, 다른 한 명은 테이프로 표시해둔 사각형 주위에 어두운 색을 칠하고 있었다. 과거 초상화가 걸려 있던 자리에 유령처럼 남은 흔적을 만들기 위해서였다.

모두 숨이 멎을 만큼 대단한 광경이었다.

로스앤젤레스에 도착하기 전날 이브는 자신이 가보고 싶은 전 세계 장소들의 목록을 만들었다. 자금성, 타지마할, 알람브라 궁전. 그러나 마커스 벤튼의 일자리 제의를 받아들이면서 그 목록을 접어 실망감과 함께 치워두었다. 그런데 지금 다른 모습으로 변신한 타라에 서 있다 보니, 그 목록이 갑자기 머리에 떠오르면서 이브는 자기도 모르게 후련하다는 생각이 들었다. 사실 그 목록 속 장소들은 모두 궁전이 아니던가.

고등학교 때 이브는 어느 여행자의 이야기를 담은 시를 과제로 읽었다. 그 여행자는 아무것도 없는 사막 한복판에서 부스러지기 직전인 왕의 조각상을 우연히 발견했다. 조각상의 발판에는 왕이 힘 있는 자들에게 보내는 기원이 새겨져 있었다. 자신이 남긴 것을 보고 절망하라는 기원. 이브는 그 시가 마음에 들었다. 짧고, 운이 잘 맞고, 인과응보의 정신에 맞는 밝은 분위기였다. 그러나 물론 그 왕의 기원은 희망 사항에 불과했다. 왕들이 남긴 건물이 반드시 모래 속에 파묻힐 것이라고 장담할 수는 없다. 사막에서 바람에 실려 온 모래가 자금성이나 타지마할을 묻어버리는 일은 일어나지 않았다. 엠파이어스테이트빌딩이나 할리우드가 모래에 파묻히는 일도 없을 것이다. 시인의 낭만적인 선언과 달리, 욕심 많은 자들의 기념물은 아주 오랫동안 살아남을 수 있음을 역사가 보여준다.

그 기념물을 세운(아니, 세워지게 만든) 사람이 이미 세상을 떠난 것은 사실이다. 그러나 세대가 바뀔 때마다 새로운 형태의 거물들이 나타나 왕좌를 차지하고, 처음부터 왕으로 예정되어 있던 사람과 똑같이 변덕을 부렸다.

이브는 생각했다. 그래, 산타아나나 사막의 모래가 단 하나의 목적을 위해 매진하는 사람의 업적을 반드시 무위로 돌리는 건 아니지. 세상에 정의라는 것이 있다면, 장인들 한 무리가 망치와 붓과 속돌을 들고 나서서 참을성 있게 작업해야만 자부심 높은 자의 궁궐을 없앨 수 있을 것이다.

작가의 말

친애하는 독자 여러분,

많은 소설가가 그렇듯이, 저도 단편소설로 작가 수련을 했습니다. 지난 40년 동안 인물묘사, 배경설정, 작품의 분위기 설정에 접근하는 다양한 방식을 탐구하고, 가능하다면 완전히 제 것으로 만들기 위해 단편소설 창작에 의지한 적이 몇 번이나 되는지 모릅니다.

『테이블 포 투』에는 제가 지난 10년 동안 쓴 단편소설 여섯 편과 중편소설 한 편이 실려 있습니다. 단편소설 여섯 편은 모두 뉴욕을 배경으로 새천년이 시작될 무렵의 일들을 이야기하고 있습니다. 따라서 제 장편소설과 달리, 이 작품들은 제가 비록 작가의 눈으로 바라보기는 했어도 어쨌든 직접 목격한 시대와 장소를 대변합니다.

이 책의 절반을 차지하는 중편소설은 『우아한 연인』의 등장인물인 이블린 로스를 따라 1938년의 할리우드로 갑니다. 『우아한 연인』이 출간된 뒤 제가 「할리우드의 이브」라는 제목으로 단편소설치고는 긴 작품을 쓴 것을 기억하는 분이 있을지 모르겠습니다. 그것은 독자 여러분에게 이브의 새로운 삶을 언뜻 보여준 작품이었습니다. 저는 이 작품을 다른 사람들에게 보여줄 때, 그것이 주인공과 마찬가지로 날씬하고 불가해하다고 말하곤 했습니다. 그런데 알고 보니 사실 저한테조차 너무 날씬하고 불가해한 작품이었습니다! 그래서 작년에 베벌리힐스 호텔에 방을 잡고, 마침내 이브에게 걸맞은 이야기를 만들어주었습니다.

이 책에 실린 작품들을 다 모은 뒤, 대부분의 작품에서 가장 중요한 순간에 가족이나 낯선 사람 두 명이 테이블을 가운데 두고 마주 앉아서 자기 삶에 나타난 새로운 사실과 직면한다는 것을 문득 깨달았습니다. 이 작품들을 쓸 때는 그 점을 의식하지 못했으나, 틀림없이 2인용 테이블에서 나눈 단 한 번의 대화로 인생이 크게 변할 때가 많다는 제 잠재의식 속 확신이 낳은 결과일 겁니다.

제가 이 작품들을 쓰면서 즐거웠듯이, 여러분도 이 작품들을 즐겁게 읽어주시기 바랍니다.

에이모 토울스
뉴욕, 뉴욕
2024년 3월

옮긴이 김승욱

성균관대학교 영문학과를 졸업하고 뉴욕시립대학교에서 여성학을 공부했다. 《동아일보》 문화부 기자로 근무했으며, 현재 전문 번역가로 활동하고 있다. 옮긴 책으로는 에이모 토울스의 『우아한 연인』, 조지 오웰의 『1984』 『동물농장』 『카탈로니아 찬가』, 존 스타인벡의 『분노의 포도』, 도리스 레싱의 『19호실로 가다』 『사랑하는 습관』 『고양이에 대하여』, 루크 라인하트의 『침략자들』, 존 윌리엄스의 『스토너』, 프랭크 허버트의 『듄』, 콜슨 화이트헤드의 『니클의 소년들』, 존 르 카레의 『완벽한 스파이』, 리처드 플래너건의 『먼 북으로 가는 좁은 길』, 데니스 루헤인의 『살인자들의 섬』, 주제 사라마구의 『히카르두 헤이스가 죽은 해』, 『도플갱어』, 패트릭 맥케이브의 『푸줏간 소년』, 에단 호크의 『완전한 구원』 등 다수의 문학 작품이 있다.

테이블 포 투

지은이 에이모 토울스
옮긴이 김승욱
펴낸이 김영정

초판 1쇄 펴낸날 2025년 6월 24일
초판 2쇄 펴낸날 2025년 8월 18일

펴낸곳 (주)현대문학
등록번호 제1-452호
주소 06532 서울시 서초구 신반포로 321(잠원동, 미래엔)
전화 02-2017-0280
팩스 02-516-5433
홈페이지 www.hdmh.co.kr

ⓒ 2025, 현대문학

ISBN 979-11-6790-307-5 03840

* 책값은 뒤표지에 있습니다.
* 파본은 구입처에서 교환해드립니다.

현대문학 에이모 토울스 컬렉션

우아한 연인 Rules of Civility
김승욱 옮김 | 540면

재즈만큼이나 예측 불가능하던 '순수의 시대'
화려한 삶과 양심 사이에서 서로 엇갈린
찬란한 젊음들에 바치는 찬사

모스크바의 신사 A Gentleman in Moscow
서창렬 옮김 | 724면

두 번의 혁명 이후 1920년대 러시아,
메트로폴 호텔에 종신 연금된 구시대 귀족
로스토프 백작의 우아한 생존기

링컨 하이웨이 The Lincoln Highway
서창렬 옮김 | 820면

1954년, 미국 네브래스카에서 캘리포니아까지
인생의 극적인 변화를 맞이하는 문턱에 선
형제와 친구들의 열흘간의 이야기

테이블 포 투 Table for Two
김승욱 옮김 | 592면

뉴욕과 로스앤젤레스,
두 도시를 무대로 펼쳐지는 일곱 편의 이야기
테이블에 마주 앉아 현실을 직면하는 순간,
삶이 움직이기 시작한다